BALA SANTA

LUIS MIGUEL ROCHA

BALA SANTA

SUMA
de letras

© 2007, Luís Miguel Rocha
Derechos de traducción en castellano concertados con International Editors' Co.
© De la traducción: María José Arregui Galán
© De esta edición: 2011, Santillana Ediciones Generales, S. L.
Torrelaguna, 60. 28043 Madrid
Teléfono 91 744 90 60
Telefax 91 744 92 24
www.sumadeletras.com

Diseño de cubierta: Elsa Suárez

Primera edición: febrero de 2011

ISBN: 978-84-8365-105-6
Depósito legal: M-47.584-2010
Impreso en España por Unigraf, S. L. (Móstoles, Madrid)
Printed in Spain

Este libro está dedicado a
Ioannes Paulus PP. II
Karol Jósef Wojtyla
18/05/1920–02/06/2005

A tutto l'uomo di fiducia.
(«A todos los hombres de confianza».)
JC, 26/02/2007

Ninguna bala puede matar
si no fuera ésa Su voluntad.
La hermana Lucía en una carta a Karol Wojtyla,
abril de 1981

Hitler no debe de haber sido tan malo como dicen.
No puede haber matado a seis millones.
No debe de haber pasado de los cuatro millones.
San José María Escrivá de Balaguer
en una carta a un miembro del Opus Dei

Capítulo

1

En este momento estoy escribiendo un libro, en el cual diré
toda la verdad. Hasta ahora he contado cincuenta
historias diferentes, pero son todas falsas.
Ali Agca, el turco que disparó sobre el papa Juan Pablo II

Anno Domini MMVII

Todo tiene un inicio.

El principio, el comienzo, el arranque, el cero, el domingo, el disparo de salida, el escarbar la tierra en busca de luz, el chapotear en el agua, el latido precoz del corazón, la primera palabra, el primer lloro que aprisiona el alma y agarra la vida, que se espera cubierta de prosperidad y prestigio, hasta la hora de una tardía muerte... la nada camino del todo, la primera piedra de una aldea, una villa o ciudad, de un muro, una casa, un palacio, una iglesia o un edificio. De este edificio en una ciudad desconocida, cuya planta baja y sótano están ocupados por un restaurante de lujo, conforme nos indica la carta de menú expuesta junto a la puerta. No es que se anuncie a los cuatro puntos cardinales, ni a ningún otro, esa calidad suya, nada de eso; se percibe por el hecho de no saberse lo que hay tras las puertas de cristales ahumados, siempre cerradas, por la pose altiva del portero, impecablemente vestido con un uniforme color burdeos. En última instancia, el lego percibirá el lujo que emana de este restaurante por el simple hecho de no haber ninguna intención de anunciar el establecimiento, al margen de un portero uniformado y de la placa que indica una serie de platos selectos. La ausencia de precios en la carta, unida a la abundancia de expresiones en francés, es también señal de fausto, aun en el caso de que la ciudad desconocida esté situada en tierras francesas, lo cual no queda confirmado ni tampoco desmentido. Lo que es cierto es que dicho restaurante no necesita divulgación alguna de sus servicios, algo que, por sí solo, presupone una clientela asidua.

Cualquier comensal que quiera disfrutar de los favores de este establecimiento tendrá primero que ver aprobada esa ambición. Autorización sin la cual jamás pasará por las mencionadas puertas de cristales ahumados. Habitualmente, ésta puede conseguirse a través de la propuesta de un cliente habitual, algo así como un miembro preferente que tenga mucho peso en el área de gerencia, o bien haciendo una petición formal que pasa por un largo proceso de investigación de la vida privada del candidato. Una cuenta bancaria bien aprovisionada es útil pero no primordial, por lo que es habitual que resulten declinadas las pretensiones de algunos nuevos ricos, aunque tampoco sean escasas las de miembros consanguíneos de linajes ancestrales. Tal declinación, y repárese en que las palabras «rechazo» o «recusación» jamás se emplean, es comunicada a través de una misiva en sobre blanco, sin referencia al remitente. Una vez tomada esa decisión, ésta jamás podrá ser revocada. En caso de aceptación, habrá un conjunto de reglas que han de ser consideradas. Está, por ejemplo, previsto en los estatutos la expulsión de un miembro en caso de ofensas muy graves, si bien tal cosa nunca ha acontecido.

La aceptación como cliente habitual o miembro del establecimiento se manifiesta de forma diferente a la declinación: una llamada telefónica a su domicilio invitando al elegido a una cena. Allí, es cumplimentado por el portero uniformado, que abre las puertas de cristales ahumados. Una vez dentro, es tratado con toda deferencia, pero sin llegar nunca al exceso. Otro empleado se encarga de aliviarle de las prendas más pesadas de su vestuario. Seguidamente, es acompañado a su mesa que, a partir de ese día, será siempre la misma, sea cual fuere la hora o el día de la semana. Puede traer siempre a los invitados que deseare, con tal de que informe a la gerencia con cinco días de antelación y comunique los nombres de los invitados. En ese caso no será valorada la moralidad de los acompañantes. Privilegio este de clientes seleccionados que pueden compartir cuanto quieran y con quien deseen: favores, negocios, intrigas, chantaje, compras, el destino de los otros, sus propios destinos, sin que nadie apunte un dedo recriminatorio, todo ello acompañado por el refinado paladeo de una pechuga de pollo rellena con paté de beicon y salsa de hongos, vino tinto y *brandy*. Aquí no existen transacciones financieras, sólo las mencionadas en los negocios discutidos en la mesa y que no son pocas. Los miembros pagan una cuota mensual de doce mil quinientos euros, mediante transferencia bancaria, que cubre todos los privilegios de tener una cocina disponible durante las veinticuatro horas de los siete días de la semana. Así funciona este restaurante, con locales diseminados un poco por todas las ciudades de mayor influencia político-económica del mundo, como ésta.

Hoy, en esta hora del mediodía en particular, el restaurante está medio vacío, lo que equivale a decir que los clientes de las mesas desocupadas han quedado retenidos en sus vidas personales, profesionales u otras. La mesa que nos importa es la número trece; no obstante, los dos hombres que en ella se sientan no son dados a creencias supersticiosas. En su opinión, tan válida como cualquier otra, lo que importa es el aquí y el ahora; lo que está más allá de eso son teorías inútiles y sin valor, imposibles de ser contrastadas, de momento, por falta de elementos que puedan explicarlas. Con todo, estos hombres son amoldables a los tiempos y a las circunstancias. Cada caso es un caso. En un mundo cuyo motor es el dinero, esta filosofía de la adaptación es ventajosa y ellos dos saben aprovecharse de ella.

Razones de seguridad y privacidad impiden que se divulgue en qué ciudad se localiza el restaurante al que pertenece la mesa número trece en que se sientan, uno frente al otro, los dos hombres. El que está de espaldas al comedor es el miembro y, aunque no lo aparente, tiene edad para ser padre o hasta abuelo del que se sienta enfrente. No es ni una cosa ni otra, ningún lazo de parentesco los une, a no ser el de Adán y Eva que nos liga a todos. Realmente, ni siquiera son amigos. El más joven es colaborador del más viejo, para no decir siervo, un epíteto en desuso en los días actuales; por el mismo motivo, tal vez no debamos llamar órdenes a aquello que está recibiendo, sino instrucciones o indicaciones. Visten sobriamente, como cualquier ejecutivo u hombre de negocios sentado en las otras mesas. Degustan unos deliciosos bocados de halibut con salsa de espinacas y *mascarpone* y hojaldres de jamón de Parma, lo que tira por tierra la teoría de que se come poco y mal en los restaurantes de lujo. De ser verdad, éste debería figurar en los de la categoría de excepción a la regla. Beben un *pinot noir*, Kaimira, cosecha de 1998, escogido por el miembro sin consulta alguna, previa o posterior, al colaborador. Todo es comedido, pues no son hombres de excesos ni contemplaciones, nunca lo fueron, ya que la palabra «excepción» no forma parte de sus vocabularios. Todo es lo que es: aquí y ahora, siempre.

—No he tenido oportunidad de preguntarle cómo está desarrollándose la investigación en Estados Unidos —pregunta el más viejo.

—Ha sido archivada, obviamente. Causas naturales.

—Perfecto. ¿Puedo por tanto deducir que no quedó ningún indicio en el lugar? —La vena calculadora del más viejo se vislumbra en su lenguaje. No es dado a imponderabilidades o sorpresas de última hora.

—Con toda seguridad. Recogí todo antes de que las autoridades llegaran. La edad de él también ayudó a que le dieran carpetazo a todo con mayor rapidez —explica el más joven con un tono frío y profesional.

—Perfecto.

Continúan comiendo en silencio durante algún tiempo. De este modo se comprende quién marca la cadencia de la conversación, para no tildarlo de interrogatorio, por lo menos en esta fase, pues ésta no es una comida de confraternización, sino una reunión con un plan de trabajo bien delineado por el más viejo. Ambos comen pausadamente, cogiendo con el tenedor poca comida en cada bocado y parando para masticar sin prisa.

—La segunda parte del plan se va a iniciar de inmediato —comienza el más viejo—. Va a ser cada vez más exigente. No puede haber fallos.

—No los habrá —garantiza el más joven, seguro de sí mismo.

—¿Cómo está el equipo?

—Ya en el terreno desde hace algunas semanas, conforme a lo ordenado. Todos los objetivos están bajo vigilancia permanente, excepto uno.

—Bien, bien. Óptimo. —Sólo le faltaría frotarse las manos de contento, si fuese un hombre dado a expresiones gestuales. Todas las emociones se las guarda para él y jamás las comparte. Sin embargo, ese que falta no será fácil de agarrar—. Y ¿en Londres?

—Nuestro hombre ha conseguido acceso privilegiado al objetivo —explica—. En cuanto yo dé el OK, el camino estará abierto.

—Son las partes más difíciles de concretar del plan. Londres y JC —informa con dureza el hombre de espaldas al comedor.

—¿Aún no hay rastro de él? —quiere saber el más joven.

—No. Es un zorro viejo, como yo. Pero estamos obligados a hacerlo aparecer; en caso contrario, el plan se verá comprometido.

—Lo haremos aparecer. Londres provocará eso.

—Sí. En cuanto surja, no se lo piense, actúe. Si se permitiera el lujo de pensar, aunque sólo fuera durante un segundo, cuando quisiera volver en sí, ya estaría dominado por él.

El joven no consigue imaginar una situación así. No es que no esté preparado para todo, pero la idea de que existan personas con tanta rapidez de raciocinio como él le parece un tanto improbable. Además, estamos hablando de un viejo con más de setenta años. ¿Qué mal podrá él representar? No deja, sin embargo, traslucir tales pensamientos ante el anciano sentado a la mesa, o mejor dicho, a su mesa.

—Sé lo que piensa —advierte el más viejo—. Todos los seres humanos tienen flaquezas. La mía es la Iglesia, la suya es la autoconfianza. Es un error. Retire todo eso de la ecuación, su propio ego. Solamente así podrá garantizar que no fallará.

—Así se hará.

—Debe ser así. En caso contrario, no va a ser usted el que mire el cadáver de ellos. Y justamente en Londres no va a ser fácil.

—Tengo allí un hombre muy eficiente que abrirá el camino para que yo haga el trabajo.

—Una precisión antes de continuar. De momento, no tengo motivo alguno para criticar o censurar su trabajo. Cien por cien de eficacia, pero sin haber tenido que enfrentarse a las fuerzas con las que se las va a ver esta vez...

—El plan es prácticamente infalible —contesta el joven, de forma osada.

—Eso no existe —argumenta el otro—. Existe un plan que lo tiene todo para acertar; no sólo eso, tiene que acertar, ésa es mi voluntad; pero infalible, ni el papa.

—Claro, pero…

—Para terminar, una precisión —interrumpe—, nada más que una pequeña advertencia. —Espera a que el joven le mire bien a los ojos, captando toda su atención—: JC es el hombre que mató a Juan Pablo I en 1978 y, a pesar de eso, no consiguió matarla en Londres. Y, también él, nunca antes había fallado.

El joven absorbe las palabras y se queda pensativo durante unos momentos. El viejo tiene razón. El exceso de confianza es enemigo de la concretización. Es ése el mensaje que el otro le quiere transmitir.

—He comprendido. No daré margen de maniobra a nadie.

—También él es consciente de que si falla no sobrevivirá. Sea por mediación de JC o de este cliente habitual del restaurante localizado en una ciudad desconocida, no verá el día siguiente. Es hora de cambiar de asunto, dentro del mismo tema, siguiendo la enorme amplitud del plan—. ¿Y en cuanto a Mitrokine?

—Estoy en ello —responde el viejo—. Mis contactos en Moscú están encargándose del asunto en este preciso momento.

—¿Y el turco?

—Déjele que siga preso. Ése no hace mal a nadie. No olvide que no volveremos a comunicarnos hasta que el plan concluya.

—Sí, comprendo. No lo olvidaré. Sólo falta…

—El Vaticano —interrumpe el viejo—. De ésos me encargaré yo personalmente. —Por primera vez el viejo esboza una sonrisa desvaída.

Todo tiene un inicio.

WOJTYLA

13 de mayo de 1981

D e entre aquellas veinte mil personas, ninguna sabrá decir con seguridad si llovía o si el cielo estaba claro en aquel lejano decimotercer día, del quinto mes, del año de Gracia del Señor de 1981. Por ventura, si hiciesen un esfuerzo, podrían afirmar con alguna dosis de certeza que hacía un día de sol brillante, un calor primaveral apacible, a pesar de haber llovido un poco a media tarde, no mucho, apenas durante cinco minutos. Y, de entre estas veinte mil personas, más de la mitad no se acordará del calor primaveral apacible ni tampoco del sol, pero no olvidará la lluvia, y aún conseguirán sentirla mojando su cuerpo, empapando hasta sus huesos, tal como en el mismo día en cuestión. Algunos dudarán incluso de que haya llovido solamente durante cinco minutos; no, fue mucho más, cinco minutos no mojan de esa manera. Pero de todas las reminiscencias, estas veinte mil personas no se lamentarán ni de la lluvia ni del sol; sin embargo, todavía sienten el dolor y las lágrimas grabados en sus rostros, y el sonido agudo de cada disparo bien vivo en su mente, uno, dos, tres, cuatro, cinco, seis, primero, segundo, tercero, cuarto, quinto, sexto. Y el impacto que rasgó la carne e hizo gritar de dolor a las veinte mil personas, tanto como a la propia víctima. De eso sí que se acuerdan. ¿Qué importancia tienen el sol y la lluvia en medio de un calvario así? ¿Qué importa la hora exacta, si el Papa podía haber muerto?

Veinte mil personas lo esperaban ese día, en la majestuosa plaza de San Pedro, el salón de visitas del mundo católico. Para aquellos elegidos por el azar era adecuada la expresión «Aquellos que fueron elegidos por el azar podrán contar que fueron a Roma y vieron al Papa». En el número magno de dos mil millones de fieles católicos que, según el mundo de las estadísticas, se reparten por todo el globo, tan sólo unos pocos millones podrán decir que han visto al Pontífice; de ellos, menos aún podrán gritar a viva voz que lo vieron a una distancia identificable. Y, en última instancia, tan sólo un parco número del orden de los millares podrá garantizar que tocó al Santo Padre o que intercambió palabras con él. Para la mayoría, el Papa no pasa de ser una imagen en la televisión, una fotografía, una ilusión. Para el joven de veintitrés años que esperaba en medio de la multitud, siempre con las dos manos metidas en los bolsillos de la chaqueta, el Sumo Pontífice, Karol Wojtyla, era solamente un trabajo.

Estaba en Roma desde hacía tres días y esperaba salir del país ese mismo 13 de mayo, después de cumplida la tarea encomendada. No era de fácil ejecución, pero el desafío clamaba dentro de su corazón joven. En cuanto superase el obstáculo con claridad, todos lo verían con otros ojos, con respeto y admiración, hasta con alguna envidia. Refiérase esto a las personas integrantes de su gremio, obviamente. Los otros, los que forman la llamada sociedad, jamás sabrían de su existencia o de su autoría material en el acto que cambiaría para siempre el mundo católico. Matar a un papa no era algo realmente nuevo, ya otros lo habían hecho en el pasado; el anterior, Albino Luciani, era ejemplo de ello, como bien sabía, pero nunca nadie lo había hecho a los ojos del mundo en pleno día, sin esperar al silencio de la noche para después echarle las culpas a un corazón débil. Este homicidio era mucho más osado. Matar y escapar, en medio de veinte mil personas, a la luz de las cinco de la tarde.

Llovió un poco durante la tarde, pero ésta acabó por rendirse definitivamente al sol, que cubrió la ciudad y el pequeño Estado del Vaticano con un calor primaveral apacible. La lluvia sería, tal vez, una buena aliada, toda vez que encubriría sus gestos en medio de los paraguas protectores. Pero, por otro lado, obligaría a que Juan Pablo II fuese acompañado de un asistente para protegerlo con un paraguas. En último caso, hasta podría optar por desfilar en un coche cubierto. Mejor así, por tanto. Al sol, el universo conspiraba a su favor. El crimen perfecto no es aquel que no parece ser crimen, sino aquel en que no se es capturado.

Las órdenes habían sido precisas, matar y andar, disparar y huir; si fuese capturado, sólo podían hacer una cosa por él y no se trataba de su liberación. Pero todo iba a desarrollarse bien. Lleno de fe en sí mismo, apretó todavía con más fuerza la culata del revólver que llevaba dentro del bolsillo de la chaqueta. Quince minutos más...

***

A algunas manzanas de la plaza de San Pedro se encuentra otro admirable templo de la cristiandad, la basílica de Santa Maria Maggiore, el más antiguo lugar de culto del mundo dedicado a la Virgen. Es también conocida como basílica de Santa Maria della Neve, o Liberiana, en honor de Liberio, papa del siglo IV, a quien la Virgen se apareció en sueños y al cual, según el testimonio del patricio romano Juan y su esposa, pidió que se construyese una capilla, en Roma, en el lugar donde nevara en aquellos días. Tal variación climática aconteció, de hecho, en pleno verano, en la noche del 4 al 5 de agosto del año 358, en el monte Esquilino. Ahora bien, siendo Liberio el papa, olvidó la humildad de la petición de la Virgen y dibujó un esbozo en la nieve de aquello que llegaría a ser un enorme santuario. Sin embargo, no sería hasta un siglo después, en el papado de Sixto III, inmediatamente después del Concilio de Éfeso, aquel que confirmó la maternidad divina de María y definió como dogma de fe aquello que ya se sabía hacía cinco siglos, la existencia del Hijo de Dios, concebido sin pecado, cuando fue construida la basílica, todavía mayor de lo que estaba previsto en el proyecto inicial del santuario de Liberio, a quien le fue consagrada. Es este mismo edificio sacro que, restauración arriba, restauración abajo, se yergue en la actualidad en el monte Esquilino y que todos los días 5 de agosto se ve inundado de pétalos blancos, simbolizando la nieve que nunca más volvió a caer, literalmente, en pleno verano. La amada María, Señora de la Tierra, acogida bajo la advocación de Salus Populi Romani.

A las cinco de la tarde de aquel día 13 de mayo, entró en esos dominios un purpurado que caminaba con pasos largos, recorriendo el portentoso ábside, ignorando a fieles y turistas y, por añadidura, los deslumbrantes mosaicos del fraile franciscano Jacopo Torriti, originarios de la época en que éste vivió, el siglo XIII, y que retratan la coronación de la Virgen. Tampoco prestó atención a las ancestrales columnas de mármol atenienses que soportaban la nave y que han servido de molde a muchas otras estructuras idénticas del mundo católico o a la tumba donde Gian Lorenzo Bernini descansa para la eternidad. Nada de eso ofuscaba la concentración del obispo, que continuaba su camino en dirección al altar.

—¿Su Eminencia necesita alguna cosa? —preguntó uno de los redentoristas con amable simpatía, aunque se hubiera interpuesto en el camino del prelado con alguna aspereza, lo cual no debe ser interpretado como rudeza, sino más bien como voluntad de servir.

El purpurado paró un momento al ver su camino cerrado y, como después de una reflexión, esquivó al hermano responsable de las confesiones de aquel día.

—Quítate de delante —masculló, faltándole sólo empujarlo, cosa que probablemente habría hecho si no le hubiera ya esquivado—. Sólo me faltaba un dominico cruzándoseme en el camino.

El objetivo de su trayecto se reveló después de algunos metros, junto al baldaquín de bronce, cuando descendió las escaleras que llevaban a la cripta.

La cripta de Belén, también llamada de la Natividad, es un lugar santo con un gran significado religioso e histórico. Alberga, según parece, reliquias de la Tierra Santa, entre las cuales figuran las tablas que pertenecieron a la cuna de madera en la que Jesucristo durmió tras su nacimiento. Todo eso puede ser visto en esta cripta donde Ignacio de Loyola celebró su primera misa el día 25 de diciembre de 1538, antes de fundar la célebre Compañía de Jesús, que todavía está presente entre nosotros. El purpurado descendió al santificado lugar, se arrodilló y se santiguó.

—Perdóname, Padre, pues he pecado —suplicó, bajando la cabeza en gesto de sumisión y genuino arrepentimiento—. La carne es débil, soy débil. El demonio me tienta diariamente y no tengo fuerzas para resistir.

Las lágrimas brotan de sus ojos como agua de manantial abriendo nuevos surcos. No es poco el sufrimiento del purpurado ni la carga que soportan sus hombros, haciéndole humillarse e implorar a Dios Padre Todopoderoso su sagrada misericordia divina. Quien nunca haya pecado que tire la primera piedra sobre este obispo doliente de la Iglesia católica romana, pues ni siquiera una buena parte de los santos consiguió pasar su vida inmune a la sagacidad del mal, aunque resistiera más que los comunes mortales. En esta cripta están enterrados papas y otros doctores de la Iglesia a los que el obispo viene a pedir clemencia y fuerza, ya que el peso es demasiado para un hombre solo.

—Ayúdame, san Jerónimo mío, intercede por mí ante el Niño Dios —suplica el purpurado, pidiendo favores al santo allí sepultado, pues un obispo debe ser atendido antes que los demás fieles, ése ha de ser uno de los privilegios de servir a Dios—. Por todo lo más sagrado, quítame este peso de los hombros. Déjame respirar.

Se levantó y retiró una llave que traía colgada del cuello en una cadena de oro. La colocó en la cerradura de la puerta y le dio vueltas. A pesar de que no se abriese ésta con frecuencia, no reveló señal alguna del deterioro del tiempo. Tal vez porque el oro se mantiene incorruptible a lo largo de los siglos, superando las animosidades del clima, de la Historia y de la locura de los hombres.

Las entrañas seculares giraron los mecanismos interconectados, que abrieron el arca. De dentro de la sotana, el prelado sacó un sobre amarillo y grande que depositó en el interior. La expresión pensativa duró unos instantes, el sudor se mezclaba con las lágrimas: la misma sal para diferentes sensaciones. Las variadas manifestaciones del cuerpo en su modo de reacción. Cerró los ojos al mismo tiempo que giró la llave, cerrando el arca que guardaría el secreto hasta cuando la Historia decidiese juzgarlo, en otra época, ni mejor ni peor, pero diferente de ésta, lejana, cuando ya no quedase en el capítulo terreno nadie relacionado con tal secreto.

Más calmado, retrocedió algunos pasos con la cabeza baja, en actitud sumisa, pero nunca humilde.

—Padre mío, perdóname por todo lo que he hecho —dijo en voz grave y pesarosa. Abrió los ojos aún humedecidos y se santiguó antes de darse la vuelta y salir de la cripta—. Y por lo que he mandado hacer.

***

Más o menos a la misma hora en que el obispo salía de la basílica de Santa Maria Maggiore, donde expió los pecados que le masacraban la conciencia, Juan Pablo, el segundo pastor de los pastores con ese nombre, hacía su aparición en la plaza de San Pedro ante las veinte mil personas presentes. Un pasillo, abierto por las fuerzas de seguridad entre los fieles, indicaba el camino que tomaría el coche descapotable, comprado a propósito para aquellas ocasiones. La multitud aclamaba al Santo Padre, creando un clamor ensordecedor que se extendía por la plaza, vías y callejuelas adyacentes. Era el Papa, el más santo entre los santos, la voz de Dios en la Tierra. Cuánto no pagarían algunos por un momento como ése, poder verlo allí, a dos o tres pasos, haciendo gestos, sonriendo, agradecido por la visita y dedicación de ellos, agradecido... ¿por la fe?

Ajeno a todo eso, el joven de veintitrés años aguardaba el momento adecuado. La caravana distaba todavía más de cien metros y se aproximaba despacio. El polaco quería realmente ser visto por cada uno de sus dilectos fieles. *Aprovecha tu última ovación*, pensó para sí mismo. *De aquí vas directo para la tumba*. Respiraba la confianza propia de la juventud, excesiva y tonta, que acaba por pasar con el tiempo, o no, dependiendo de la vida que cada uno lleva y de la fuerza con que ella nos hace doblegarnos a su voluntad, sin piedad o misericordia, sin contemplaciones.

Cincuenta metros separaban la vida del valle de las sombras de la muerte, la desventura de la gloria parcial, a Wojtyla de Mehmet, respectivamente, siendo este último el nombre del joven imberbe de veintitrés años, con las manos enfundadas en los bolsillos de la chaqueta, a pesar de la ausencia de frío. Nada los unía en aquel momento, un fiel disfrazado y el mayor contrito de todos ellos, ignorando que era el blanco del muchacho, tirador profesional con currículo, preparado para añadir la guinda al pastel de su carrera, aquella por la cual jamás sería olvidado en su mundo.

A unos cuarenta metros las personas comenzaron a juntarse cada vez más, apretándose, dándose codazos unas a otras con la esperanza egoísta de conquistar una mejor posición para ver, quién sabe si hasta robar, una mirada del Santo Padre, un gesto personal e intransmisible, junto con su sonrisa bondadosa. Oro sobre azul, la gran suerte, qué mejor fortuna podría ocurrir que ir a Roma, ver al Papa y ser visto y saludado por él, aunque a la distancia de dos o tres pasos, perfectamente conscientes de que el Sumo Pontífice jamás los recordaría en sus sueños, conversaciones, discursos... pero nada de eso importaba.

Los treinta metros entre el Papa y el tirador le revelaron un problema no calculado e incontrolable, la falta de libertad de movimientos que la apretura de la multitud le ocasionaba. Irónico cómo aquello que convertía el plan en infalible, un tiro saliendo de entre la turba, disparado sin saber desde dónde, sin saber por quién, parecía en aquel instante un obstáculo. Era como si parte de las veinte mil personas, inconscientemente, claro está, intentasen proteger a su pastor de aquello que no podían prever ni en los más calamitosos pensamientos. O tal vez fuera el Dios de ellos ordenando a cada uno de los presentes tal disposición. Cierto es que esa idea le pasó por la cabeza, pero, de igual forma que de improviso surgió, con igual rapidez la apartó. Era hora de actuar, de centrarse en la tarea que lo ocupaba, de neutralizar el objetivo.

Veinte metros. La euforia aumentaba a cada paso, una experiencia de fe auténtica y sagrada que llenaba de conmoción el portento elíptico de Gian Lorenzo Bernini. Ajeno a esa experiencia mística, Mehmet hacía un repaso de su vida pasada, sintiendo la proximidad del reconocimiento y admiración, además de la gloria, aunque parcial. Estaba empotrado entre una anciana polaca llorosa que gritaba palabras incomprensibles en su lengua, dos alemanas, un militar italiano engalanado con las medallas de una vida quitando vidas en defensa del país, un tullido en una silla de ruedas, procedente de Nápoles, y cinco hermanas de las Misioneras de la Consolata. Todos ellos contribuían en igual medida al trastorno de Mehmet, que no encontraba, por mucho que buscase, la tan ansiada vía de fuga. Bastaban cincuenta centímetros de espacio, e incluso menos, y nadie lo cogería; pero, así, tenía difícil hasta sacar el arma del bolsillo. *Rayos,* maldecía interiormente. El objetivo sonreía a la multitud.

Diez metros. Mehmet conseguía identificar todos los contornos del rostro y del cuerpo de Wojtyla. A aquella distancia entreveía su sonrisa benigna, a la par que los gestos de agradecimiento a la multitud, éstos repetidos infinitamente desde el inicio del trayecto, pero que parecían siempre renovados, cautivantes, sentidos. El Papa emanaba alegría, resplandor, esperanza, y todo eso provocaba una alteración psicológica en los presentes, un aliento redoblado, una esperanza tan fuerte, que todos querían un poco de la mirada, de la sonrisa y del gesto sagrado de Juan Pablo II. Mehmet deseaba tan sólo un momento de menor apretura para poder hacer el trabajo con pleno vigor. La lluvia habría sido, a pesar de todo, mejor aliada, pero el buen ejecutor no busca disculpas a la hora de la verdad. Mejor o peor, saldría de allí; o, en último caso, no saldría, riesgos del oficio, pero su tarea sería cumplida.

Era el momento; si el Papa pasaba de allí, no conseguiría concretar el encargo. *Escapaste una vez,* piensa, recordando el pasado reciente. *Hoy eres mío.* Tranquiliza la mente lo más posible y saca el arma del bolsillo. Aprieta el gatillo una, dos, tres, cuatro veces, cinco, seis veces, hasta que le impiden continuar los valerosos hombres del pueblo que lo rodeaban. Lo desarmaron en un momento aplicando fuerza bruta, y mucha suerte tuvo de no ser linchado allí mismo. Las fuerzas de seguridad se acercaron a él y lo detuvieron, mientras el coche pontificio aceleraba a toda velocidad, con el Papa herido amparado por los asistentes y escoltas, en dirección a los muros protectores del Estado de la Santa Sede. Al registrar al joven de veintitrés años de nombre Mehmet, encontraron un papel con una frase escrita en turco. Más tarde, alguien traduciría lo escrito como: *Mato al Papa como forma de protesta contra el imperialismo de la Unión Soviética y de los Estados Unidos de América y contra el genocidio que se está llevando a cabo en El Salvador y en Afganistán.*

Esposado y arrastrado por las fuerzas policiales sin respeto alguno, pagador de sus propios agravios mentales, Mehmet gritaba a viva voz en su lengua materna, hecho que con toda seguridad contribuyó a que las personas no atentasen contra él, sino que se limitasen a mirarlo incrédulos, pesarosos, impotentes y con el corazón lleno de dolor y preocupación por el Santo Padre.

La ejecución del encargo se saldó con un detenido, el pobre y nada arrepentido Mehmet, y tres heridos. Dos de ellos leves, espectadores tranquilos sin culpa alguna de las ideas votivas del turco, así como el tercero de ellos, el propio Papa, que recibió cuatro balas y cuyo cuerpo no fue hecho para recibir ninguna. Abdomen, intestino, brazo y mano del lado izquierdo, marcas suficientes para sacudir una vida entera.

—No tengo ningún respeto por la vida humana —era lo que él gritaba, sonriendo satisfecho por la tarea cumplida. Eran las cinco y cuarto de la tarde.

Sesenta y cuatro años antes, en el mismo día y hora, a dos mil kilómetros de Roma, la Virgen se aparecía por primera vez a los tres pastorcillos de la cueva de Iria, en Portugal.

Capítulo
3

Jerusalén.

La vista sobre la ciudad santa es asombrosa desde el séptimo piso del hotel Rey David, situado en la calle del mismo nombre. Se ve la bóveda de la iglesia del Santo Sepulcro en el barrio cristiano y armenio, donde se cree que estuvo sepultado el propio Cristo, hace más de dos mil años, el mismo que resucitó al tercer día. Destaca contra el cielo la dorada cúpula de la roca de Haram esh-Sharif, en el barrio musulmán, que protege de la intemperie la roca sagrada donde, se supone, Dios pidió a Abraham que sacrificase a Isaac, su hijo. Un poco más a la derecha se descubre la cúpula más pequeña de la mezquita de El-Aqsa, en la cual hoy al mediodía irán a reunirse innumerables fieles, dado que es viernes. Y se ve también el barrio judío, más al fondo, con el arco suspendido de la antigua sinagoga de Hurva, único elemento que quedó del inmenso edificio después de las batallas de 1948 que enfrentaron a judíos y árabes.

El hombre que observa la ciudad a la luz de la mañana, inclinado sobre la ventana, está muy preocupado. Aterrizó en Ben Gurion, en Tel Aviv, a media tarde del día anterior y enseguida se dirigió a su objetivo, antes incluso de ir al hotel. Entró en la ciudad antigua por la ajetreada puerta de Damasco, anexa a la gran muralla que rodea la parte secular, mandada levantar por Solimán el Magnífico, y continuó de frente por la El-wad, confluyendo con la multitud. En la mano llevaba una maleta negra de ejecutivo. Más adelante giró a la derecha, entrando en la Vía Sacra, contrariando el flujo de turistas que cumplían la tercera y cuarta estaciones de la cruz, respectivamente aquella en la que Jesús, llevándola sobre sus espaldas, cayó y aquella en la que vio a su madre. Un homenaje al Hijo de Dios que murió para salvar a la humanidad de sí misma, según reza la leyenda.

Los turistas occidentales se dejaban arrastrar por el misticismo, mirando alrededor, absorbiendo la energía, recordando la historia impuesta a sus oídos desde su nacimiento y comprobándola *in loco,* en una escala bastante más pequeña de la que se habían imaginado. Fue ésa la sensación que él tuvo en su primera visita a la ciudad, hace muchos años. Las calles estrechas, las casas pequeñas, contrastan con la magnificencia que se exige cuando se menciona a Cristo. Es la realidad de todo lo que fue o pudo haber sido, sin que se quite la importancia debida a los acontecimientos históricos importantes que el lugar presenció o se subestime su belleza pictórica. Simplemente se quiere evidenciar la humildad y la fe, elementos comunes a los tres grandes profetas que dieron origen a las tres grandes religiones monoteístas, sin desaire para las demás. La simplicidad es patente por todos los lados, mucho más que en cualquier otro lugar santo, aunque sea filial de éste.

Prosiguió por el recorrido histórico, plagado de casas y tiendas, dejando a la multitud de los creyentes seguir el resto de la Historia hacia atrás, en la Vía Dolorosa, pasando, sin echar una segunda mirada, por la primera estación de la cruz, en el monasterio de la Flagelación, donde Cristo fue condenado y bárbaramente torturado por los legionarios a sueldo de Poncio Pilatos.

Un poco más adelante, el hombre dobló a la izquierda, en la Qadisieh, repleta de casas bajas y puertas cerradas. Llamó en la puerta de la tercera del lado izquierdo. Allí podría preguntar por la dirección. Quien abrió fue una mujer de tez oscura; no se le escapó el color, a pesar de lo poco que la vestimenta dejaba entrever. Así manda la tradición musulmana, que las mujeres nada enseñen, pues el hombre no puede ser tentado por la carne de la hembra y, si lo fuera, la culpa es, naturalmente, de ella.

—Perdóneme la intromisión —se excusó—. ¿Tendría la gentileza de informarme dónde queda la casa de Abu Rashid?

La reacción de la mujer fue un intempestivo portazo, dejándolo plantado mirando la madera astillada por los años. Una de dos, o es ésta la casa de Abu Rashid o no lo es.

Cuando estaba dispuesto a desistir e intentarlo en otra puerta, oyó pasos pesados que venían del interior de la casa aproximándose a la entrada. El crujir de los goznes dio paso a un hombre robusto con barba y bigote grisáceos, túnica de color burdeos cayéndole sobre el cuerpo, señales de la siempre honrosa tradición.

—Buenas tardes —saludó el extranjero—. ¿Sabría decirme dónde queda la casa de...?

—Sí, sí... —rezongó el viejo barbudo, impaciente, inundando el aire con partículas salivares. Miró al extranjero de traje negro, valoró su edad mediana y se dio la vuelta, dejando la puerta abierta—. Deja los zapatos en la entrada.

No llevó mucho tiempo acatar las órdenes del propietario y se descalzó. Se sentía un poco sudado y necesitado de un baño, pero no iba a abandonar el trabajo sólo por sentirse incómodo. El bienestar estaba muy abajo en su lista de prioridades. Entró en la casa de forma respetuosa, pues desde muy temprano había aprendido que reverenciar a los demás trae beneficios a corto, medio y largo plazo. La luz penetraba libremente por la parte superior de la casa que, con la excepción de la puerta que había vuelto a quedar cerrada, dejaba el aire entrar y ventilar el pasillo y las estancias. Sintió varias miradas femeninas sobre su nuca, a pesar de no conseguir verlas. Percibió algunas risitas tímidas por detrás de las cortinas. Se quedó en mitad del pasillo. No quería ser poco delicado y entrar donde no debía. Aguardó una señal del viejo, que llegó en forma de invitación.

—¿*Shai*? —oyó preguntar desde una antecámara más al fondo del espacio iluminado.

Se encaminó en esa dirección y se encontró con él sentado en una mecedora, fumando un cigarro. Una mujer descubierta se abanicaba a su lado, ahuyentando el calor repentino del final de la tarde y secando con un pañuelo de tela las gotitas de sudor que insistían en formarse en la cabeza de él. Seguramente su esposa, o una de ellas.

—Sí, acepto —respondió el extranjero—. Gracias.

Un leve gesto para la joven mujer, y ésta salió jadeante para cumplir la orden, dejando que la canícula se apoderase de su lindo marido.

—Y cúbrete esa cabeza —gritó el hombre con la entonación adecuada para que la orden fuera oída—. Tenemos visita.

El extranjero lo miró durante algunos segundos, con la preocupación de no mostrarse inconveniente; no obstante, el viejo musulmán se rodeaba de un aura de misterio tan cautivante que dificultaba cualquier movimiento.

—Siéntate —ordenó el dueño de la casa, apuntando en la dirección de una mecedora idéntica a la suya.

El extranjero, una vez más, volvió a acatar la orden, casi sin razonar, obedeciendo el mandato o petición sin saber si por su propia voluntad o no. Dejó la maleta sobre el regazo.

—Quieres presentarte a Abu Rashid —dijo el viejo.

—Sí —respondió el extranjero, a pesar de no haber sido proferida pregunta alguna—. ¿Sabe dónde vive? —se vio indagando como un niño que pide un caramelo.

—Él anda siempre por ahí —se limitó a decir—. ¿Cuál es tu asunto con él? —preguntó sin ceremonia.

El extranjero decidió no mantener en secreto sus intenciones, a pesar de la debida reserva con la que debía protegerse. Sin embargo, lo invadía por dentro la intuición de que, si mintiera, el viejo lo sabría.

—Soy el emisario de Roma —informó en un tono grave, evidenciando el profesionalismo y competencia que se exigen a un hombre de su calibre—. He venido a investigar las alegadas visiones de Abu Rashid.

—¿Alegadas? —El viejo se inclinó hacia delante, agarrándose a los brazos del asiento con una expresión inquisitiva y desconfiada—. ¿Es que quizá Roma piensa que es una leyenda?

—En Roma aún no se piensa nada. Por eso me han enviado —explicó el extranjero, sentado en el borde del asiento, intentando mantener la espalda recta—. Existen varias versiones acerca de los hechos y visiones de Abu Rashid. Estoy aquí para valorar el caso y sancionar la apertura de una comisión de investigación, si fuera necesario.

El silencio se impuso con la entrada no anunciada de la joven esposa, que llevaba una bandeja en la que el vapor del agua, mezclado con las hojas de menta, inundaba el ambiente, ya de por sí repleto de olores de almizcle. No se había olvidado del pañuelo sobre la cabeza, pues aún había visitas. Dejó la bandeja sobre una pequeña mesa oscura y redonda, pegada a una pared, e inclinó la boca de la tetera humeante, primero sobre la taza del esposo, vertiendo el líquido verdoso y echando seis cucharadas de azúcar. Devotamente, depositó el platillo con la taza en la mano de él, que lo cogió, casi inconscientemente, sin dispensar una mirada a la mujer, que sólo entonces fue a preparar lo mismo para el visitante.

El viejo sorbió un poco del té hervido, sin esbozar ninguna muestra de desagrado por la temperatura elevada y sin quitar los ojos del extranjero, que recibió de la dedicada esposa la porcelana con idéntico contenido, que agradeció.

—¿Y consideras necesario sancionar esa comisión? —inquirió el viejo, nada más salir su esposa de la sala.

—Aún no sé. He llegado hace pocas horas y es la primera parada que hago —aclaró.

—Comprendo. Pero seguro que ya te hiciste tu propio juicio de valor acerca de lo que has oído sobre Abu Rashid —prosiguió el musulmán—. ¿Lo crees necesario?

Había una cierta estulticia en el dueño de la casa que incomodaba al extranjero, unida a la manera como lo miraba y al interrogatorio descarado del que era objeto. Sin embargo, por increíble que pudiese parecer, el aura de misterio cautivante continuaba rodeándolo, invisible, poderoso. *¿Quién es este hombre?*, se acuerda de haber pensado en aquel momento. Decidió responder.

—Es cierto que los relatos parecen un poco fantasiosos; estamos hablando de alguien que, por lo que parece, tiene el don de curar lo científicamente incurable. Parece que salvó a treinta personas, después de haberse ahogado. Y que él mismo se ahogó y resucitó. Pero existen innumerables ejemplos en la Historia de personas que poseían el don de la curación, unos más creíbles que otros… Por tanto, hasta que vea y sopese, no puedo emitir ningún juicio de valor por mi parte. —Terminó con un sorbo muy ligero para no quemarse la lengua. Era un té muy fuerte y excesivamente azucarado.

El otro dejó que la atención del extranjero recayese sobre él. Esperaba una nueva pregunta, ciertamente, pero no accedería a lo previsible, particularidad ajena a su estilo.

—Sé muy bien quién es Abu Rashid —comenzó, por fin, el viejo, desviando la mirada hacia sus recuerdos—. Un hombre santo, capaz de curar a los vivos… Y a los muertos.

—¿Los muertos? —preguntó el extranjero, y se agitó con incomodidad en el asiento—. Eso no me parece muy verosímil —se arriesgó a confesar.

—Ah, pero es verdad —aseveró el anciano, mirando al vacío—. La más pura verdad.

El timbre de la voz del musulmán se alteró sobremanera. Los modos racionales e indagatorios fueron sustituidos por otros más introspectivos, evocadores, demostrando respeto y hasta alguna veneración, letárgicos también, de alguien que mira a otro mundo, reclinado con los brazos apoyados en la mecedora.

—Lo tendré que confirmar —contrapuso el extranjero evasivamente.

—¿Cómo puedes considerar la resurrección inverosímil, si defendéis que vuestro Mesías lo hizo consigo mismo y con Lázaro? —argumentó el viejo, que parecía haber recuperado algún poder de raciocinio.

—Por eso mismo. Era el Mesías. Nadie más ha tenido su poder desde entonces —garantizó el extranjero, con decisión.

—Alá dijo: *En cuanto a los incrédulos, tanto se les da que los amonestes como que no los amonestes… no creerán*. Sé muy bien lo que estoy diciendo, pues yo he estado muerto y él me ha traído de nuevo a la vida.

Un interés súbito se apoderó del extranjero.

—¿Cómo ha dicho?

—He estado muerto y él me ha traído de nuevo a la vida —repitió el viejo musulmán, mirándolo a los ojos—. No vas a encontrar mentiras aquí.

Los dos hombres dejaron decaer la conversación, cada uno entregado a su taza de té con menta. Dio tiempo para que la temperatura bajara e hiciera el líquido fácilmente bebible, aunque, en lo referente al dueño de la casa, ya se hubiese tragado la mayor parte cuando todavía abrasaba, como era de su gusto.

—Lo que me intriga —prosiguió el viejo, liberando su franqueza— es esa súbita preocupación de Roma. Sancionar o no una investigación, ¿para qué? ¿Qué tienen que ver con esto?

—Sabe que la Iglesia siempre defendió a sus fieles y a sus santos. Podría muy bien ser que Abu Rashid llegara a merecer los preceptos de la beatificación y de la canonización, después de su muerte, evidentemente. De cualquier manera, es una oportunidad para documentarnos ya. No obstante, los milagros que haya hecho en vida no serán válidos. Sólo cuentan los póstumos.

El viejo musulmán soltó una carcajada efusiva que le hizo lagrimear los ojos. El extranjero lo miraba sin comprender la razón de tanta risa.

—Ah, entonces es eso —dijo el viejo, dejando el platillo y la taza vacía, con riesgo de caerse, encima del brazo del asiento, atragantado con una carcajada gutural—. Puedes quedarte a cenar. Puedes comenzar tu valoración conmigo. Pero no te va a servir de nada —informó tras parar de reír.

—¿Por qué? —El extranjero continuaba pasmado.

El viejo lo miró seriamente.

—¿Desde cuándo los cristianos rezan a los musulmanes?

—Nunca nadie dijo que él fuera musulmán. Los relatos mencionan a un cristiano muy creyente que ve a la Virgen. —Malamente conseguía creer lo que había oído—. ¿Tiene la certeza?

—Absolutamente. No es cristiano creyente. Pero ve a la Virgen María. —El viejo se levantó, se aproximó al otro y le extendió la mano—. Abu Rashid. Alá sea contigo.

Este hombre que observa la ciudad a la luz de la mañana, inclinado sobre la ventana, está muy preocupado.

La iglesia Dei Quattro Capi es así denominada porque queda cerca del puente del mismo nombre, que antiguamente
se llamaba puente Fabricio, y aún se lo conoce por ese nombre si
por él decidieran preguntar, rebautizándolo en honor al maestro
que mandó colocar la primera piedra en el año 62 antes de la llegada de Nuestro Señor Jesucristo a la Tierra, el gran responsable del
inicio del calendario, lo que lo convierte en el puente más antiguo
de Roma. Antes de esta denominación actual y simplista —Cuatro
Cabezas—, heredada de los dos bustos con las tales cuatro cabezas
de Mercurio esculpidas, que, para quien nunca haya reparado en
ellas, se sitúan en una de las extremidades, el puente era conocido
como Pons Judaeorum, debido a la proximidad del gueto judío.
Siempre fue un precepto conciliatorio de los humanos el de asociar
las cosas a lo evidente.

En el travertino de los arcos que lo sustentan hace más de
veintiún siglos fueron grabadas inscripciones, a ambos lados, que
recuerdan a su constructor, Fabricio, el hombre que estuvo en el
inicio de todo lo que pasó con este puente hasta el día de hoy y que
de ese modo intentó dejar su marca para la posteridad. Pero la verdad es que nadie lo recuerda, tampoco ningún historiador podría

afirmar con certeza su primer nombre, tan sólo que comienza por
L, como atestiguan las inscripciones del puente y poco más. Es un
componente más en las diversas capas de Historia que se acumulan,
unas sobre otras, la más reciente cubriendo a la anterior y haciendo
de Roma la ciudad más secreta y misteriosa. Sobre el puente Fabricio pasan varios grupos de personas, olvidadas o ignorantes del que
otrora era, más que un puente peatonal y turístico, un punto de
paso de víveres, bienes y vehículos en la sublime capital del gran
Imperio romano… pero eso fue en el inicio.

Hoy las personas, nada interesadas en ingeniería de puentes,
se limitan a atravesarlo en dirección a la iglesia, como este sacerdote, para asistir a las misas de las siete de la mañana y de las seis y
media de la tarde, de lunes a sábado, o a las misas de las siete y de
las once de la mañana, el domingo. Como todas las casas del Señor
esparcidas por este mundo, la pequeña iglesia de San Gregorio della
Divina Pietà, su nombre oficial, en la parroquia de Sant'Angelo,
acoge a todos los fieles que deseen oír y sentir Su Palabra, descargar
el pesado fardo de la vida durante el intervalo de una eucaristía y
unirse en la fe.

Esta mañana de martes no es una excepción, varias personas
entran en la pequeña iglesia; la mayor parte ni se molesta en admirar la fachada, tal vez por estar acostumbrada a la misma, como si
se tratase de un reducto doméstico más, como la propia ciudad
donde se vive, o tal vez el hecho de que la misa ya haya comenzado
funcione como catalizador de urgencia. Los pocos que la miran son
con toda seguridad turistas, admiran la pintura del Cristo crucificado que la domina, llorado, más abajo, por María y Magdalena, la
habitual escena comúnmente reproducida desde sus diversos ángu-
los e interpretaciones artísticas y subjetivas de la madre y de la esposa que lloran al difunto hijo y marido que habría de resucitar al
tercer día. Por encima del pórtico, una placa con las palabras *Indul-*
gentia plenaria quotidiana perpetua pro vivis et defunctis. Una deli-
beración papal y sacerdotal respecto al privilegio cotidiano sobre
los vivos y los muertos que se puede hallar dentro de este templo
sagrado. El sacerdote que hace poco ha pasado por el puente Fabricio entra también en la iglesia donde la misa ya ha empezado. El
interior refleja algo de la simplicidad exterior, aunque, como es co-

mún en todas las iglesias y basílicas de Roma, posea reliquias de incalculable valor, bien que en menor número en comparación con las restantes centenas de iglesias extendidas por la ciudad.

No es la primera vez que el padre Rafael Santini celebra misa en este lugar, aunque no sea la parroquia que le fue asignada. Ésa queda al norte de Roma, en un pequeño pueblo, el cual no tiene por costumbre dar a conocer por razones que no vienen ahora al caso.

Se celebran en esta fresca mañana las conmemoraciones de las bodas de plata del padre Carrara en el ejercicio del deber de párroco, su amigo de hace tiempo y colega de oficios, del sacerdocio y de otros asuntos que no se darán ahora a conocer. Rafael, en cuanto sacerdote, no es un hombre que resulte indiferente a las personas, especialmente a las mujeres, así se lo ha manifestado la experiencia desde lo alto de su mediana edad. Pero siendo que una mediana edad puede variar mucho, dependiendo de los cálculos y variables de quien la estipula, debe usarse como referencia una vida entera entre los setenta y cinco y los ochenta años para que quede clara esta a la que nos referimos del padre Rafael. Podríamos ser directos y apuntar a los treinta y ocho años, cumplidos el día 16 de abril, pero ¿quién podría afirmar con seguridad su edad y día exactos de nacimiento? Hombres como Rafael tienen la edad que quieran aparentar, si ésa fuera su voluntad. Quien lo vea celebrando la eucaristía, como ahora, allí, en el altar de San Gregorio della Divina Pietà, no dejará de reparar en un cierto desprendimiento eucarístico, poco habitual en un sacerdote. La velocidad con que lee el misal, llegando en no pocas ocasiones a parecer sólo un balbuceo sin sentido, raya con el desinterés por la causa. El propio sermón es proferido con tanta frialdad, que hace recordar a un funcionario público recitando el código de circulación o a un alumno cantando las tablas de multiplicar frente al profesor.

Lo que puede ser entendido por el común de los creyentes, algunos de los cuales están sentados en estos bancos, como falta de vocación no corresponde en nada a la realidad. Que lo diga este hombre que acaba de entrar y se sienta en la última fila. Una sotana negra y un alzacuello lo identifican como otro sacerdote dentro de una iglesia, algo nada anómalo. Pero anomalías e imaginaciones poco interesan, centrémonos en su apariencia sexagenaria, que no es ilusoria, añadiendo un año o reduciendo dos a la cuenta, y mucho podría decir sobre la vocación de Rafael Santini en el celo por los intereses de la Santa Madre Iglesia, aunque jamás haya sido testigo de ninguno de sus actos o le haya conocido antes de entrar en esta iglesia. Todo lo que puede aportar sobre la lealtad y competencia del padre Rafael se basa en relatos fidedignos y verdaderos que, en su opinión, no dejan margen alguno para la duda.

Acelérese, por tanto, la celebración eucarística hasta su punto culminante en que Rafael profiere la frase más querida por unos y más rechazada por otros: «Podéis ir en paz», que a veces se convierte en «Id en la paz del Señor», o en un simple «Buenos días».

—Amén —dice el coro de fieles presentes, haciendo, posteriormente, la señal de la cruz y dando por acabada la misa del alba. Todos se levantan de sus lugares en dirección a la salida, y el padre Rafael rumbo a la sacristía, en tanto que el sacerdote que entró durante la lectura de la primera epístola del apóstol san Pablo a los fariseos aprovecha para concluir el propósito de su visita matinal. Una vez en el interior de la sacristía de la iglesia de San Gregorio della Divina Pietà, bautizada de esta forma a causa de haber tenido su casa en este preciso lugar el padre del santo, se ve sorprendido por el vacío. No el del despojo decorativo, pues en cuanto a eso la estancia responde perfectamente a los parámetros romanos, sino el vacío humano. Rafael, al que hace poco viera encaminarse en esa misma dirección, no está allí…

—¿A qué debo el honor? —se oye una voz preguntar por detrás del visitante.

—Ah, padre Rafael. ¿Cómo está? —saluda el hombre después de darse la vuelta—. Me ha asustado.

—No fue mi intención.

—Lo sé. Me han alertado sobre su carácter imprevisible.

—¿Qué le trae por aquí? —pregunta bruscamente. Una de las particularidades de Rafael, sin categorizar como defecto o cualidad, es el hecho de no gastar latín en banalidades. Aquella visita sólo puede significar una cosa, por lo que se pueden ahorrar los cumplidos preliminares, aunque eso no quiera decir que será mal educado.

—¿El padre Carrara no está? —quiere saber el visitante.

—Vendrá a la misa de la tarde.

—Muy bien. Mi nombre es Phelps. Soy un sacerdote inglés, destacado en el Vaticano. James Phelps. Es un placer conocerlo.

—Extiende la mano como saludo, lo cual es correspondido con un apretón fuerte y firme.

—Rafael Santini.

El padre Phelps no consigue disimular su embarazo. No es, seguramente, un hombre habituado a estas tareas.

—Cálmese, padre Phelps —tranquiliza Rafael, sin dejar el tono serio—. Es todo muy simple. Basta con que me transmita las informaciones que le hayan dado o que me proporcione el soporte donde las hayan grabado y su trabajo habrá acabado. El resto es cuestión mía.

—Ya. Ojalá fuese así de simple. Tenemos un problema grave.

—Todos lo son.

—Mis órdenes consisten en llevarlo inmediatamente a la Santa Sede.

—¿En serio? Cuánto honor. Me va a encantar conocer el Vaticano. Y ¿con quién vamos a hablar?

Al inglés no le agrada el tono irónico, rayano en lo sarcástico, de su interlocutor, pero el respeto y admiración granjeados por Rafael, con arreglo a los relatos transmitidos por persona interpuesta, son demasiado grandes como para darse el lujo de quedar molesto o darlo a entender.

—Con Su Santidad, el papa Benedicto XVI.

Capítulo
5

EL ENCUENTRO
Febrero de 1981

Habrá quien diga que el encuentro entre los dos hombres no ocurrió en el año 1981, sino antes, en 1979 o 1980, o incluso en marzo de 1982. Otros corroboran el encuentro de 1981, pero no están de acuerdo en el mes, señalando agosto, septiembre o noviembre, sin ningún argumento que apoye esa afirmación. Algunos de los defensores del mes de febrero disienten en la fecha exacta de dicho encuentro y tampoco existen dos voces consonantes en lo relativo al contenido y atmósfera de la conversación. En cuanto a la localización, son más los partidarios de que la reunión tuvo lugar en el despacho de uno o del otro. Otro punto muy propenso a la discordia histórica es el de la discusión en sí. Una facción defiende una conversación serena y cordial, mientras que otra mantiene precisamente lo contrario. Incluso hay quien refuta todas estas teorías y afirma bien alto que tal encuentro nunca tuvo lugar. En Historia, todo es una cuestión de puntos de vista y de imaginación.

El supuesto encuentro entre los dos hombres ocurrió, de hecho, en el despacho del primero, a las once horas de la mañana del martes, 3 de febrero. El segundo hombre se presentó bastante antes a la puerta del despacho por ignorar que el norteamericano sólo conseguía liberarse del sueño matinal muy tarde. Ya debería conocer sus hábitos, pues el hombre a quien esperaba no era propiamente un recién llegado, dado que ejercía aquellas funciones desde hacía ya diez años y permanecería otros tantos en el mismo cargo. Además, no tenía ningún encuentro formalmente señalado por los canales burocráticos considerados como normales en estas ocasiones.

Así pues, tras dos horas y media de espera, el norteamericano se dignó abandonar el sueño más que reparador, necesario para garantizar el reposo de sus casi dos metros de altura que le valían el mote de Gorila y, finalmente, apareció en el despacho.

—Buenos días, Eminencia —saludó el sirviente que abrió la puerta con prontitud para que el norteamericano no se ensuciase la púdica mano con la manilla.

—Buenos días. —El áspero tono del mal despertar. La mejor hora de cama para este hombre era la mañana, el calor de las sábanas, el sonido del movimiento diurno, la consciencia leve... Alguien estaba sentado en el interior de su despacho.

—El cardenal está esperándolo hace algún tiempo —se apresuró a informar el sirviente con miedo.

El norteamericano tenía sus crisis temperamentales, especialmente por la mañana. Esta vez, sin embargo, se limitó a entrar sin lanzar ninguna mirada reprobadora al infeliz funcionario. ¿Qué podía hacer? ¿Rechazar la entrada de un cardenal de la Santa Madre Iglesia?

El otro estaba sentado en la silla opuesta al escritorio, con rostro inexpresivo, absorto en los documentos traídos por él. El norteamericano se dirigió a su silla sin mirarlo una sola vez.

—Buenos días, Eminencia —saludó el recién llegado en un tono neutro—. No me acuerdo de que hubiéramos fijado esta reunión.

—Y no lo hicimos —replicó el otro sin levantar la cabeza.

Dos perros oliendo cada uno los miedos del otro, con perdón de la metáfora; entiéndase la alusión canina como una mera extrapolación imaginativa para la correcta interpretación de la escena a la que se asiste y nunca como un agravio gratuito a cualquiera de los presentes.

—Entonces voy a tener que pedirle que se retire y fije una audiencia formal —dijo el norteamericano con frialdad, sentándose y cogiendo un habano de una caja dorada sobre el escritorio de caoba, sin encenderlo.

—¿El obispo Marcinkus está olvidando la debida educación jerárquica? —preguntó el cardenal levantando los ojos por primera vez.

—De ninguna manera, Eminencia. Estoy tan sólo haciendo lo que mis competencias exigen. Todas las reuniones deben ser previamente fijadas. Además, en este departamento, mi superior jerárquico es Su Santidad.

—Bien lo sé. Bien lo sé —dijo sin desviar los ojos del norteamericano Marcinkus—. Y ¿hasta dónde piensa que va a conseguir llegar?

—No comprendo.

—¿Cree que Su Santidad va a apoyarlo cuando las autoridades italianas y norteamericanas comiencen a presionar? ¿Cree que él, de buena fe, va a ponerse de su lado? —En este momento de la conversación, aunque ninguna de las diversas teorías lo defienda, el cardenal se levantó y apoyó las manos en el escritorio, mirando intensamente al obispo.

—No comprendo, Eminencia.

—Vamos, déjelo ya. No precisa dárselas de puritano conmigo. Yo ya lo sé todo.

—Pero… ¿qué todo, Eminencia?

—Todo. Todo. Las maquinaciones financieras, el blanqueo de dinero, el descalabro del Ambrosiano. Sé que está detrás de todo eso.

Es el turno de Marcinkus, quien se levanta y mira al cardenal desde lo alto de sus imponentes casi dos metros.

—Tendré que pedirle que fije una reunión para otra fecha. Haga el favor de retirarse. —El resoplido profundo que malamente quería encubrir la furia tampoco pretendía disimular lo que quiera que fuese.

—No será necesario, obispo —respondió el cardenal, quitando las manos del escritorio y dirigiéndose a la puerta—. Su Santidad está a todo.

Antes de que el cardenal saliera, aún tuvo tiempo de oír la respuesta del americano.

—Es bueno que lo esté, Eminencia. Nunca se sabe lo que puede aparecer por el horizonte.

Sin manifestar reacción alguna ante aquellas últimas palabras, el cardenal salió y cerró la puerta.

Todas las teorías terminan cuando se cierra esta puerta, testimoniado por el sirviente que estaba en la parte de fuera del despacho.

Marcinkus, el obispo, no permitió ningún tipo de interrupción hasta nueva orden, mandato que el sirviente acata sin gesto alguno añadido; con el norteamericano se oye, se calla y se cumple.

En el interior del despacho, el obispo se apresuró a coger el teléfono y marcar un número.

—Están apretando el cerco —informó sin esbozar ningún saludo para quien se hallara del otro lado de la línea. No es el momento de seguir los protocolos de la buena educación—. Tenemos que actuar rápidamente.

El obispo se quedó durante algún tiempo oyendo las palabras del destinatario de la llamada.

—No quiero saber nada de errores ni de disculpas. Quiero esto resuelto lo antes posible. El alemán, Ratzinger, acaba de salir de aquí.

Capítulo
6

S olomon Keys es norteamericano. Por sí solo, este rótulo no
supone defecto ni cualidad, nada más un dato, una compro-
bación. A los ochenta y siete años, se encuentra ya lejos de los
tiempos en que era dado a patriotismos excesivos, a América, América, América, la tierra de la oportunidad, de la libertad y demás
cosas. Entiéndase bien, Solomon Keys fue todo eso en el pasado y
hasta hace bien poco tiempo. Nacido en Washington, distrito de
Columbia —en honor al descubridor del continente—, centro
mundial de la política desde 1800, año en que fue inaugurada la ciudad, Solomon Keys combatió en la guerra de su generación, en su
caso la Segunda Guerra Mundial, pero tómese el verbo «combatir»
con la debida prudencia, toda vez que nunca vio un frente de guerra, ni muertos ni heridos ni nada parecido. Su puesto operacional
se encontraba en Londres, en el Office of Strategic Services, desco-
dificando mensajes alemanes, lo que acabó por tener gran influencia en los diversos frentes y, tal vez, mientras dañaba su columna
inclinado sobre la mesa del escritorio descifrando códigos, salvara
algunas vidas. Ni siquiera puede decirse que sufriera las amarguras
del *Blitz* que ensombreció las noches y los días de los británicos

entre 1940 y 1941, pues Solomon Keys llegó a la capital inglesa en mayo de 1943. Sea como fuere, sirvió a su patria con dedicación, competencia, empeño y obediencia, como un buen americano.

De regreso a casa, puso rumbo a New Haven, en Connecticut, para ingresar en la mítica Universidad de Yale, donde fue a estudiar Derecho. Claro está que un joven nacido en la capital federal, que había servido en el OSS, que, a partir del final de la guerra, se convirtió, como por arte de magia, y bajo las órdenes del presidente Harry S. Truman, en la Central Intelligence Agency, CIA para los amigos y conocidos, no dio esos pasos tan fácilmente como se describe. Todo vino de los conocimientos adecuados en el momento y el lugar adecuados, que facilitaron los pasos, también, naturalmente, adecuados y que trajeron consigo igualmente el previsible ingreso en la sociedad secreta Skull and Bones (Calavera y Huesos) en el año 1948, en el mismo grupo que el futuro cuadragésimo primer presidente de los Estados Unidos de América y veinte años antes del cuadragésimo tercero, por casualidad, pero sólo por casualidad, hijo del cuadragésimo primero, para que nada quede por explicar. Reunión todos los jueves y domingos por la noche, en la Tumba, el edificio sede de la nada secreta sociedad, con prácticas notoriamente secretas que pasaban y pasan por dignificantes luchas en el barro hasta el célebre y difícil momento en que el futuro miembro es llamado a revelar algún secreto que nunca haya confiado a nadie, lo que hace que sea tratado a partir de ese día en adelante como un *bonesman*. Los futuros hombres más influyentes del país y algunos incluso del mundo, vinculados unos a otros por rituales y secretos, hermanos de sangre, de servicio mutuo hasta el final de sus vidas, los Caballeros, como se llaman los miembros entre sí, los escogidos para tomar el poder, para moldear a los Bárbaros a su voluntad, epíteto por el cual son nombrados todos aquellos que no pertenecen a la sociedad creada en 1832, básicamente, el mundo entero. Caballeros dominando a Bárbaros, nótese la falta de imaginación.

Pero todo eso forma parte del rico pasado de Solomon Keys, que tras décadas de trabajo y dedicación ha decidido partir al encuentro de lo desconocido, sin destino ni ambiciones, que ésas ya habían sido colmadas, tan sólo por el placer de la diversión y del turismo. Y es entonces cuando lo encontramos, ya avanzado el viaje, en la Amsterdam Centraal, haciendo tiempo para coger el servicio Go London, que engloba un viaje en tren hasta la estación de Hoek van Holland Haven, en un rincón de Países Bajos, literalmente, seguido del *ferry* hasta Harwish y, nuevamente, un viaje en tren de la estación Harwish International hasta Londres, con llegada a la estación de Liverpool Street. El viaje en sentido inverso tiene el nombre de Dutchflyer y Solomon Keys tiene billete de regreso a Ámsterdam, en ese mismo servicio, de aquí a tres días. Seguidamente, partirá aún más hacia el este, con el fin de explorar la Europa del frío, los países que componían el antiguo Telón de Acero.

Es bastante incómodo que tengamos que describir aquí la llamada que a Solomon Keys le ha sido impuesta por la madre naturaleza, y explicar que este hombre tan pródigo y con una vida tan llena se encuentre, en este momento, con los pantalones a media asta en uno de los váteres masculinos de la estación, encerrado en uno de los reservados para detritos fecales. Aún faltan noventa minutos para que el tren lo transporte hasta Hoek van Holland y siempre es mejor estar allí que tener que recurir a los váteres poco higiénicos del tren.

Es entonces, en medio de esa serenidad higiénica, pues Solomon Keys es el único ocupante del espacio, cuando tal calma se ve interrumpida por algunos empujones en la puerta de entrada, seguidos de otros ruidos entrecortados que acaban por invadir la cabina de al lado de la que ocupa el norteamericano, hasta que… hasta que continúan los ruidos con pequeños estallidos que no dejan comprender muy bien lo que pasa allí dentro. Sería injusto para con el anciano describir los hechos y dejarlo fuera de la realidad, pues hasta por la edad merece respeto; por tanto, y en lugar de hacernos *voyeurs,* nos quedamos junto a Solomon Keys, que intenta descifrar los sonidos que le llegan de la otra cabina, como si de un código en plena guerra se tratara. En sus ochenta y siete años, ésta es la primera vez que el norteamericano oye a alguien copular así tan cerca, por lo menos es lo que le parece, no nos cabe a nosotros confirmar o desmentir, lo que echa por tierra las tesis de que en la Skull and Bones se promovían orgías u otro tipo de actos de esta índole. Si lo hacían, ello nunca sucedió en su presencia.

Interpretando los sonidos que llegan a los oídos de Solomon Keys y que estimulan su imaginación, el gemido contenido de la mujer deja entrever el placer y el fuego de ambos, así como el roce de las ropas y el entrechocar de los cuerpos permite que Solomon Keys pueda conjeturar una cópula desenfrenada. Algunos minutos después, el frenesí se rinde y los gemidos se transforman en susurros de gozo, tanto masculino como femenino, y las palabras que se oyen salir de la boca de ella son de tal manera ofensivas, que su reproducción tiene algo de prohibido, por lo que se las dejamos a Solomon Keys, con todo el respeto. El tabique que separa a Solomon de aquellos dos individuos licenciosos comienza a temblar con más intensidad, como si algo o alguien estuviese siendo empujado contra él. ¿Un cambio de posición? *Santa Madre de Dios, piensa Solomon,* que no es muy creyente. Continúa sentado, quieto, con los pantalones por el suelo, con el corazón a trompicones a la espera del desenlace. Jamás se había rendido a las garras del matrimonio, aunque lo hubiese hecho a las del sexo, claro. Pero nunca había oído expresiones tan guarras durante el coito como estas que están susurrando, en este instante, aquí al lado.

Mientras el asalto continúa con promesas de correrse en breve, de eso puede dar fe Solomon Keys, pues lo oye con sus propios oídos, la puerta de la cabina donde están ellos se abre de repente. Dos sonidos ahogados transforman en silencio súbito aquella excitación desenfrenada anunciada a los cuatro vientos. Solomon Keys oye el sonido de los cuerpos que caen al suelo, desamparados.

Oh, diablos. ¿Qué está pasando?, se sobresalta Solomon Keys. Pasos firmes y fuertes que, hace poco, no ha oído cuando ha sido invadido el váter se dirigen hacia su puerta. La excitación deja paso al pánico. Solomon Keys estira los brazos agarrando los dos lados de la cabina y se yergue ligeramente de la taza.

Dos tiros traspasan la puerta. El primero alcanza los azulejos detrás de él, el segundo, el pecho. Anegado de dolor, el norteamericano siente que todo va a terminar. Lo que quiera que haya hecho o merecido en el pasado, o la simple aleatoriedad de la vida, lo ha elegido para dejar la existencia hoy, ahora. No siente nada del otro lado de la puerta cerrada. Ni pasos ni respiración. Tan sólo el silencio. Tal vez aún pueda salir y pedir ayuda. Levanta una de las manos hacia el cerrojo, con mucho esfuerzo. El cerrojo le parece una enorme y pesada cerradura de un portón. Las fuerzas le abandonan rápidamente. El sufrimiento acaba deprisa, con el tercer tiro que traspasa la puerta y lo alcanza en la cabeza. El fin.

Solomon Keys ve su vida terminar en las cabinas del váter de la estación de Amsterdam Centraal. Con él ha partido también una pareja de aventureros del sexo.

Capítulo

7

No se puede administrar la Iglesia
con avemarías.
Paul Marcinkus al diario *Observer*,
25 de mayo de 1986

MARCINKUS
19 de febrero de 2006

Mucho se podría hablar sobre Paul Casimir Marcinkus, arzobispo de la Iglesia de Roma. Durante años, más de una década, fue el hombre más influyente del Vaticano. ¿Cómo puede ser que un hombre que nunca llegó a cardenal se convirtiera en alguien más poderoso que el propio Papa? Bien, ésa es otra historia.

Lo que verdaderamente importa en este día 19 del mes de febrero es la soledad. La soledad de Paul Marcinkus, desde hace dieciséis años desterrado en su propia tierra natal. La verdad es que vivió en Roma más de dos tercios de su vida, cortando prácticamente cualquier lazo con la patria. En esta misma línea, se daba también la particularidad, por sí sola de magna importancia, de que Paul Marcinkus no perteneciera a ningún lado, que fuera un ciudadano del mundo, y al mismo tiempo un extraño a él. A Paul Casimir Marcinkus solamente le interesa su mundo, el resto no pasan de ser marionetas que deben ser manipuladas a su antojo hasta que dejan de ser útiles.

Apartado a la diócesis de Chicago en 1989, se vio obligado a olvidar toda la opulencia y poder con que se rodeara durante tanto tiempo. Tan sólo le quedó la soledad y, más grave aún, la confirmación de que no tenía amigos, solamente comparsas. Hay amistades cuya piedra angular es el poder, y sin el cual se desmoronan casi instantáneamente. A su regreso a Chicago, hace dieciséis años, tuvo por primera vez la certeza de que siempre había estado solo, siempre había sido un huérfano de la vida. Aún hoy, con ochenta y cuatro años cumplidos el mes pasado, ya no en Chicago, sino en Sun City, cerca de Phoenix, en el estado de Arizona, una ciudad con cerca de cuarenta mil habitantes, donde está instalado desde 1997, está solo.

Ya prácticamente no sale del dormitorio de la casa donde vive. Nada más para celebrar la eucaristía en la parroquia de St. Clements of Rome, donde es uno de los cuatro párrocos, por lo que no tiene que hacerlo diariamente. El resto del día lo pasa revisando los recuerdos cada vez más enraizados en el fondo del cerebro o viendo papeles y fotografías. El papa Pablo, Calvi y Gelli en los buenos tiempos, el canalla de Villot, Casaroli, Poletti, los cabrones de Luciani y de Wojtyla... Emanuela... la bella Emanuela. Qué pena que no tenga ninguna fotografía de Emanuela. ¿Cómo podría él, un arzobispo de la Iglesia católica romana, casado con Dios, sea Él quien fuere, gestor, durante muchos años, de las cuentas por Él legadas en la Tierra, llegando incluso a triplicar su peculio, aunque hay quien afirma que de forma arriesgada y nociva, pero eso son malas lenguas, tener un retrato de la dulce Emanuela? ¿Cómo se tipificaría esa traición? Qué maravilloso sería ver una imagen de la bella Emanuela. ¿Cuántos años pasaron desde que ella...? ¿Veintidós? ¿Veintitrés? Y pensar que llegó a ser el rey de los números, de los cálculos, de las operaciones financieras. Pero, tonterías, son ochenta y cuatro años, una vida. Los muertos le hacen mucha más compañía que los vivos.

Dos toques en la puerta lo sacan del estado letárgico en que le ha sumido la imagen lejana y fija de Emanuela... de Dios, permitan la corrección. ¿Quién podrá ser? Le lleva su tiempo levantarse del escritorio y hacer el recorrido hasta la puerta de entrada; mientras tanto, la llamada no se vuelve a hacer sentir. O es alguien muy paciente o el viejo Marcinkus ya anda oyendo cosas raras. Son los muertos que se acostumbran a su vida. Pero nada más abrir la puerta, se congratula al ver que, de hecho, hay alguien materializado en la entrada.

—Buenas tardes, Eminencia —saluda el joven visitante. Toda vez que el término «joven» tiene un radio de alcance muy amplio, debe reducirse sin embargo entre los veintiocho y los treinta y tres años. En esta franja se sitúa la edad correcta de este joven, transfigurándolo en un adulto con las debidas resistencias.

—¿Quién es usted? —pregunta Marcinkus con malos modos, pues la simpatía nunca fue su fuerte.

El joven no parece ni mínimamente impresionado con la altura del hombre, tampoco con la falta de modales.

—Soy el hermano Herbert. Llamé a la parroquia para decir que venía —informa el joven clérigo. Pantalones negros, camisa y chaqueta negras y un alzacuello idéntico al que usan los sacerdotes. Le confiere dignidad. Trae además una cartera con hojas y una botella.

—Nadie me ha dicho nada. ¿Cuál es el asunto? —dispara Marcinkus. Odia las visitas, especialmente de desconocidos.

—Vengo de Roma. Estoy haciendo mi doctorado. Le pido disculpas por molestarlo, pero mi tesis es sobre el mundo financiero y la Iglesia, y ¿quién mejor que su Eminencia para esclarecerme? —El joven continúa sumiso y educado.

—No puedo ayudarlo. Buenas tardes —responde el viejo Marcinkus, haciendo ademán de cerrar la puerta.

—No le voy a robar mucho tiempo, Eminencia. Se lo prometo —se apresura a argumentar el joven—. Le traje un regalo de Italia. —Levanta la mano con la botella de Brunello di Montalcino, un maravilloso néctar de vino tinto de la región de la Toscana, con cuerpo y de sabor intenso, que no debe ser confundido con el más común Rosso di Montalcino, proveniente de la misma región.

Marcinkus medita durante algunos segundos, reticente.

—Hagamos lo siguiente —propone, cambiando de estrategia, el joven, un negociador, marcando la diferencia entre una buena tesis y otra excelente, la puerta de entrada para una gran carrera—: la botella se queda y yo vuelvo en un momento más oportuno. ¿Le parece bien?

Marcinkus mira al joven durante algún tiempo más.

—Venga mañana después de la comida.

—Muchas gracias, Eminencia —agradece el joven—. Le quedo eternamente agradecido.

—Me cobraré esa gratitud.

—Será un privilegio. —El joven se prepara para dar media vuelta—. Muchas gracias, Eminencia. Hasta mañana.

—Espere —ordena el viejo Marcinkus—. Esto se queda. —Le retira la botella de la mano.

—Claro, claro —se disculpa el joven cura—. Mis disculpas. Hasta mañana, Eminencia.

—No se retrase. —Y cierra la puerta sin más palabras. Un golpe fuerte y vigoroso que hasta remueve los cimientos de la casa. El regreso a sus recuerdos, a sus espectros que lo aguardan del otro lado, sea cual fuere, bien entendido, porque apenas se sabe qué es el otro lado, lo de allá, el más allá, donde viven los muertos a la espera de que el tiempo pase para nosotros, eso si hubiese tiempo. La verdad es que nunca nadie ha regresado para contar cómo es ese otro lado, pero el hecho es que Marcinkus va a recordar a esos muertos, a despertarlos, aunque lo haga tan sólo en su consciencia. Lo que ignora es que, hoy, los muertos que lo acompañan desde hace ochenta y cuatro años vienen a reclamar su presencia junto a ellos.

—Descanse en paz, Eminencia —le desea el joven clérigo, ya sin que Paul Marcinkus lo oiga y antes de dar media vuelta para salir del edificio.

***

El tiempo se agota. El arzobispo, tumbado en su lecho de muerte, sabe que sus problemas comienzan ahora, cuando sea llamado a rendir cuentas al Dios que tanto teme y que olvidó en tantas ocasiones. El verdadero banquero de Dios se ve ante el Todopoderoso, mostrándole los libros de ingresos y gastos, el debe y el haber, explicando por qué cometieron aquellos fraudes, convenciéndolo de la necesidad de diversificar las inversiones y blanquear el dinero del crimen organizado. Con la fiebre y la angustia de la muerte, Marcinkus ve a Dios como el presidente de un consejo de administración, un jefe incapaz de reconocer que todo lo que aquel siervo ha hecho a lo largo de sus ochenta y cuatro años fue para el bien de la Empresa.

***

En el suelo del dormitorio, al lado de la cama, una botella volcada y una copa rota.

Raúl Brandão Monteiro sabía que ese día había de llegar.
No es que tenga alma de vidente o haya tenido algún sueño premonitorio. Ser capitán del ejército portugués retirado no le
permite, por deformación profesional, ir a buscar previsiones en
otro lugar que no sea el de la razón, la neurálgica religión del raciocinio impecable. Fue el pasado más lejano y algunos elementos
más recientes los que le proporcionaron esa inferencia y, por mucho que intentase convencerse a sí mismo y a los suyos de lo contrario, sabía que un día abriría la puerta al pasado para dejarle co-
brarse lo suyo. Ese día es hoy.

Primero entra el viejo con bastón, cuyo puño es una cabeza
de león dorada; a continuación el hombre más joven, con un impecable traje Armani satinado, de color negro. Si el bastón coronado
por la cabeza de león ampara la vejez del primer individuo, con el
segundo tampoco desentonaría. La pronunciada cojera de la pierna
izquierda es reveladora de un accidente u otro asunto más oscuro,
heridas que se van coleccionando, unas más graves que otras, desde
las indelebles hasta las que dejan marcas, como ésta, que sólo les
ocurren a los vivos. Unos pocos sabrán el origen del traumatismo,
tal vez hasta el propio capitán Raúl Brandão Monteiro tenga alguna

idea de cómo ocurrió todo, pero la mayoría se quedarán en la ignorancia, no siendo el hombre del impecable traje Armani, ahora con el epíteto de cojo, persona dada a divulgar hechos del pasado, el cómo, el dónde y el porqué, ni de embarcarse en cuestiones kármicas, esotéricas o filosóficas. Cada uno juega con lo que tiene o recibe.

El sereno monte alentejano, en la Trindade, cerca de Beja, donde el capitán decidió, hace unos años, quitarse las botas y dejar los galones para gozar del retiro, juntamente con su esposa Elizabeth, inglesa de nacimiento, no casa bien con la tensión presente. Menos mal que Elizabeth no está en casa, aunque, con esta gente, eso valga de muy poco. Para un hombre con un poder tan grande, capaz de doblegar a la CIA a su antojo, como el de este viejo, saber que Elizabeth ha ido a la ciudad de compras para la casa no ha de ser tarea hercúlea. Lo más seguro es que ya lo sepa.

—Mi querido capitán. Volvemos a encontrarnos —dice el viejo, parándose delante de Raúl.

El cojo, sin respetar ninguna norma referente a visitantes y dueños de la casa, toma una silla para que el anciano pueda sentarse y recuperar el resuello. La edad es madrastra y el tiempo padrastro. Los dos juntos no perdonan, son implacables, doblegando a los fuertes y a los oprimidos, a los nobles y a los plebeyos, aun sabiendo que la valoración de cada uno de nosotros es subjetiva y particular. El mal y el bien no son iguales para todos.

El capitán mira a los dos hombres alternativamente, midiendo las posibilidades. El viejo sentado es un blanco fácil, a pesar de ser quien manda; ahora bien, el acompañante es otro cantar. El defecto es en la pierna y no en las manos; no dudaría dos veces en sacar el arma y pegarle uno o dos tiros y, lo que es peor, con suficiente frialdad para decidir qué parte del cuerpo alcanzar. Y el hecho de que el viejo se haya molestado en viajar hasta su encuentro es anuncio claro de intereses importantes, o sea, el tiro o tiros no serían mortales.

—¿Qué quiere de mí? —pregunta el militar con aspereza.

—Oh, querido mío. ¿Dónde están sus modales? —protesta el viejo, sin alterar el tono neutro—. Estamos en tierra de buen vino. Sé que tiene producción propia, para consumo casero. Podemos

comenzar por ahí. —Que nadie se confunda con los modos obse-
quiosos; eso es una orden y no una sugerencia. No son estos hombres personas de peticiones o invitaciones amables, el mundo no se
gobierna con simpatía.

Raúl se dirige a la cocina bajo la mirada atenta del cojo, que,
ya que todavía no tiene otro nombre, continuará siendo llamado
así. En ningún momento deja que el militar salga de su campo visual. Hay personas a quienes basta un segundo, una oportunidad
para inventarse medios de alcanzar la libertad, pero no hoy, no
ahora, no bajo su mirada atenta. Tan sólo un hombre se lo tomó
con ligereza y le pilló desprevenido en el pasado dejándole su marca indeleble. Tal cosa no volverá a pasar.

El capitán regresa con unas copas y una botella sin etiqueta,
las pone encima de la mesa de la sala, la habitación de entrada en
esta casa baja en medio de la nada, luego llena las copas con el líquido rojo de casta Periquita y deja el resto a voluntad del viejo. Éste
extiende la mano hacia una de las copas y sorbe un buche para hacerle la cata.

—Magnífico —comenta—. Una de las joyas de este país
vuestro es, sin duda, el vino. —Se vuelve hacia el cojo—: Bebe.
—Después se dirige de nuevo hacia el militar—: Traiga otra copa
para usted. Es siempre conveniente el sabor de un buen vino para
poner la conversación al día.

—No me apetece —informa Raúl lo más fríamente posible.

—Nuestra futura convivencia le enseñará varias cosas, una de
las cuales es la de que no me gusta tener que repetir las palabras
—afirma categórico y lleva nuevamente a la boca la copa escogida.
El cojo da también pequeños sorbos a la suya, no manifestando ni
deleite ni disgusto. Es difícil prever y valorar sus inclinaciones.
Un profesional que en ningún momento quita los ojos del objetivo;
en este caso concreto, el capitán portugués. El trabajo es el trabajo,
el coñac es el coñac, por lo que incluso sorbiendo el vino, no se deja
embaucar por apreciaciones vinícolas, por mucha calidad que el líquido pueda tener. No es el momento y el viejo no perdona distracciones. Ni él mismo, por otra parte.

—Verdaderamente magnífico —repite el viejo en tono provocativo.

Raúl va a buscar otra copa al armario de la cocina. Vierte en ella un poco del líquido de la botella y lo bebe de una sola vez. La pelota vuelve a estar en el otro lado, si es que alguna vez ha llegado a salir de allí. El portugués sabe que nada adelanta con forzar las cosas. No obtendrá respuestas tan sólo por el simple hecho de preguntar. No con esta gente; entiéndase que la expresión «esta gente» no supone insinuación ofensiva alguna, por extraño que pueda parecer. Esta gente significa tan sólo esta gente. Por eso la mejor estrategia será aguardar. Acabarán, por fin, por decir a qué vienen, eso es seguro.

El viejo acaba el vino restante de su copa y no pide más. El cojo no llega a terminar de beber el contenido de la suya. Ambos dejan las copas. El más joven siempre mirando a Raúl, el más viejo recorriendo los diversos rincones de la gran y acogedora habitación. Es una sala decorada con motivos rústicos, alentejanos, haciendo los honores a la región en la que se encuentran. El granero de Portugal, la tierra llana, en contraste con el accidentado terreno del norte y del centro. Una rueda de carro domina una de las paredes, en todo lo alto, barnizada y con varios azulejos distribuidos por los radios. Algunos con versos escritos, otros con figuras históricas. Lleva algún tiempo el que el viejo desvíe la mirada del objeto tan pintoresco y la fije en un cuerno de buey. Parece no tener ninguna prisa, será la provecta edad la que le ha vuelto así, pachorrudo, plácido, o es, pura y simplemente, su planteamiento psicológico. No queden dudas sobre su ingenio manipulador y su arte para el engaño, siempre empleados en el buen sentido, claro está. Aquel que le conviene más. ¿Cuál si no podría ser más importante?

Diez minutos de silencio. Diez. No se pronuncia una sola palabra, tan sólo los sonidos respiratorios más jadeantes del viejo se dejan oír y el roce del traje de Raúl Brandão Monteiro cuando se mueve en la silla en la que se ha sentado, manifestando desasosiego. Nada más.

Capítulo
9

Ya que Dios nos ha dado el papado,
vamos a divertirnos con ello.
León X en carta a su hermano Giuliano

EL SEGUNDO CÓNCLAVE
16 de octubre de 1978

El lunes señala el tercer día de cónclave. Quedan atrás seis sesiones de escrutinio sin conclusiones. Ciento once cardenales con edad inferior a ochenta años participan en el sufragio, los mismos que hace seis semanas eligieran a Albino Luciani, el difunto Juan Pablo I, treinta y tres días en el cargo hasta que el corazón se le paró, según cuenta la historia oficial, aquella que permanece... hasta que se demuestre lo contrario.

La hora de la comida suspende los trabajos, aumentando la tensión sobre los hombros del polaco Karol Wojtyla. Durante dos noches ha rezado intensamente en la celda número 91, que le ha sido asignada, para que Dios iluminase el cónclave con Su infinita sabiduría, en el justo encauzamiento de los votos. Ay, ¿por qué es tan difícil formar parte de la Iglesia católica romana? Si al menos el más allá pudiese tener un modo de comunicación más directo con la Tierra... ¿cómo entender las señales, lo que es y lo que no es? El impacto de la muerte súbita de Luciani todavía gravita sobre él, su sonrisa genuina, la bondad intrínseca, la santidad... Nunca pensó volver a pisar la Capilla Sixtina en su vida para escoger a otro papa, tampoco en el mismo año, apenas escasas semanas después.

Ahora, se inclina sobre los *cannelloni* sin hambre alguna, temeroso de que haya rezado para sí mismo, de que Dios vea en él al seguidor de Luciani.

¿Cómo es posible que el sábado haya iniciado el cónclave con unos sorprendentes cinco votos y en la sexta votación, antes de esta comida, haya recogido cincuenta y dos? Durante aquellos días de preparación del cónclave en que algunos cardenales calman a las huestes, anunciando, hipócritamente, que no son candidatos al pontificado, en comidas y otros encuentros santificados, Wojtyla y los otros supieron, desde luego, quiénes eran los favoritos, los *papabili*. Únicamente dos, Siri y Benelli. El primero, un ultraconservador curial con muy mal carácter; el segundo, en la línea más liberal de Juan Pablo I, de quien era amigo. Llegó a comentar la condición de favoritos del genovés y del florentino con König, el influyente cardenal austriaco.

—El cónclave es para corredores de fondo, Karol —le respondió éste—. Aquellos que entran papas en el cónclave normalmente salen cardenales.

—Ya lo sé, Franz. Pero no creo que éste traiga las sorpresas del anterior —manifestó Karol con sinceridad. Ambos hablaban en la lengua viva que los unía, el italiano. König con un pronunciado deje alemán y Karol, inmaculadamente.

—Nunca se sabe —dijo Franz König, dándole una palmada en el hombro—. Nunca se sabe.

Pero la verdad es que la primera votación reveló unos resultado acordes con la línea de pensamiento del polaco. Siri en cabeza con veintitrés votos, seguido de Benelli con veintidós, Ursi con dieciocho, Felici con diecisiete, Pappalardo con quince y... Wojtyla con cinco, probablemente por bienquerencia, cinco almas con las que él se habría portado de forma sensata en un pasado reciente. Destáquese el hecho de que no se trataba de ninguna competición deportiva o de otro tipo, sino que todo está hecho en la más sagrada convivencia espiritual y cualquier semejanza con una disputa desaforada es ilusoria. Son fórmulas santas para elegir un santo, el medio de comunicación con el Padre, y la configuración descriptiva de los resultados es meramente ilustrativa; por tanto, cuando se dice Siri en cabeza con veintitrés votos, no debe uno imaginarse a una claque gritando su nombre, como la que anima a un corredor.

En el segundo sufragio del sábado, Benelli ha arrancado cuarenta votos, Felici treinta y Siri ha caído a once. Ursi ha mantenido los dieciocho votos, Pappalardo salió de la lista de los votados y Wojtyla, váyase a saber cómo, ha aumentado su peculio hasta nueve. En ese momento no se preocupó por el asunto, dichos votos serían por simpatía, nada demasiado sustentado ni sustentable. Dentro de poco saldría de la lista de votados, como Pappalardo. Tendría Cracovia a la vista para finales de semana, a más tardar.

El domingo se ha iniciado con tres sesiones de votación, aunque Benelli no necesitaría de tanto. Sería papa para el final del día o antes de eso, así pensó Karol Wojtyla en su ingenuidad, ignorando las maquinaciones de un gran amigo. La primera del día, tercera de la general, dio cuarenta y cinco votos a Benelli, veintisiete a Felici, los dieciocho votos de costumbre a Ursi y los mismos nueve a Wojtyla. Treinta más y Giovanni Benelli obtendría los dos tercios más uno exigidos, lo cual no parecía muy problemático.

En la ronda siguiente, Benelli, siempre en ascensión, ha llegado a sesenta y cinco votos, Ursi cuatro y Wojtyla ha avanzado hasta veinticuatro. Sin embargo, surge un nuevo adversario, en el sentido más canónico del término, pues no se trata de ninguna disputa militada, Giovanni Colombo, arzobispo de Milán, con catorce votos.

Antes de la última votación del día, el cardenal Colombo ha presentado una petición para que no volviesen a considerarlo en las sesiones subsiguientes. Así, Benelli ha sido votado setenta veces, a menos de cinco votos del papado, y Wojtyla ha tenido cuarenta votos. Su regreso a la celda número 91, después de la cena, ha estado marcado por cierta ansiedad, pero no mucha. Benelli estaba a unos míseros votos de convertirse en el próximo Sumo Pontífice. Por la mañana, estaría todo resuelto a favor del florentino. Por eso, ha dedicado la oración a Benelli, para que obtuviese la luz necesaria para guiar a la Iglesia en los próximos años. Con el tercer papa en un mismo año, había necesidad de asiento.

Así ha llegado la mañana del lunes y la sexta votación, que ha hecho a Wojtyla encogerse al nombrársele cincuenta y dos veces, mientras que Benelli reducía su radio de influencia a los cincuenta y nueve votos. En materia de cónclaves, cuando se pierde terreno, nunca más se recupera.

Compréndase por tanto que el cardenal de Cracovia mire los *cannelloni*, pero no tenga ganas de comerlos. Un manojo de nervios le encoge el estómago, de tal forma, que lo deja lívido y jadeante.

—El cónclave es para corredores de fondo, Karol —oye el polaco. Es Franz König, que se sienta a su lado. Le acompaña el compatriota de Karol, Wyszynski.

—Esto es obra tuya —ataca Wojtyla, levantando los ojos hacia el compañero.

—¿Mía? Eso son señales de contradicción —acusa el austriaco con una sonrisa—. No, Karol. Esto es obra tuya.

—Todo va a marchar bien —apoya Wyszynski.

Los tres hombres se levantan y se dirigen a la capilla. El plato de Wojtyla ha permanecido sin tocar durante toda la comida.

—¿Te acuerdas de lo que Willebrands le dijo a Luciani en la última votación? —pregunta König en voz baja.

—No estaba yo cerca de él en el último cónclave.

—Yo sí lo estaba. Y cuando Luciani comenzó a sentir el pánico de su inminente elección, Willebrands le dijo una gran verdad: *El Señor da la carga, pero también da la fuerza para llevarla.*

—No desearías estar en mi lugar, Franz. Espero que Benelli se recupere y acabe enseguida con esto.

Se ponen en la fila para la entrada ordenada en la capilla. Nada en este local se hace con desorden, todo según las normas de Dios Padre Todopoderoso, creador del Cielo y de la Tierra y de todo el Universo. Karol Wojtyla cierra los ojos e inspira. Todo será como Él quiera. Benelli o él. Así sea.

Un poco más atrás, Franz König se regocija con su trabajo. Desde el inicio ha trazado una estratagema para que el desenlace desemboque en la elección de Karol Wojtyla. Ha hablado con la mayor parte de los colegas no italianos, les presentó obras de Wojtyla, para cautivarlos mejor. Nada como un poco de publicidad, no engañosa, pues Wojtyla es un hombre serio e íntegro. Todo sin que éste se percatara de nada. Basta de Siri, Benelli y Felici. Todos tienen sus cualidades inherentes, es obvio; bueno, Siri tal vez no tenga ninguna; pero es momento de cambiar. El tiempo de los italianos tiene que acabar. Séptima sesión de votación, el mismo ritual de hace ocho siglos, de los días de humo negro blancuzco, de decisión pendiente, de expectativas frustradas en la plaza de San Pedro. Doscientas mil personas en ese lugar, en espera constante, y mil millones de oídos pegados al receptor de radio y de ojos fijos en la televisión. Esto sólo en lo referente a los católicos. Falta añadir todos los expertos y curiosos, no movidos por la religión, y los seguidores de otras manifestaciones teológicas. El recuento arroja setenta y tres votos para Wojtyla y treinta y ocho para Giovanni Benelli. Dos votos más y Karol Wojtyla jamás verá Cracovia con los mismos ojos de cardenal, solamente como papa y en breves visitas. Este pensamiento le encoge el corazón y casi le anega los ojos de emoción.

A las cinco y veinte minutos de la tarde, según los relojes estén más o menos adelantados, Wojtyla se convierte en el primer papa no italiano en más de cuatrocientos cincuenta años de Historia. El último fue Adriano VI, un holandés, elegido en 1522, muy impopular en Roma por defender y referenciar en una de sus obras el *haeresim per suam determinationem aut Decretalem assurondo,* lo que equivale a decir que los papas podían cometer errores en materia de fe. Sacrilegio. Sacrilegio. Murió poco más de un año después de la entronización y no dejó nostalgia, según parece.

El ducentésimo sexagésimo cuarto papa de la Iglesia católica se lleva las manos a la cabeza y comienza a llorar, extendiendo un clamor de emoción por la capilla que se transforma en un aplauso contenido. El cardenal Jean-Marie Villot, camarlengo, lo equivalente a papa interino, cargo que tan sólo existe desde la muerte de un papa hasta la elección del sucesor, se dirige hacia Wojtyla con el ceño fruncido, señal de solemnidad.

—¿Acepta su elección canónica para Sumo Pontífice?

Con los ojos anegados, Wojtyla levanta la cabeza y mira a los presentes. Las lágrimas se deslizan por su rostro.

—Con obediencia en la fe de Cristo, Nuestro Señor, y con confianza en la Madre de Cristo y en la Iglesia, a pesar de las grandes dificultades, acepto.

Un suspiro de alivio recorrió la capilla, especialmente por la zona del austriaco Franz König. Elegir un papa es fácil. Convencerlo a aceptar el cargo depende sólo del elegido.

—¿Por qué nombre desea ser llamado? —prosigue Villot. La misma pregunta que sólo hace seis semanas pronunciara al desdichado Albino Luciani, encontrado muerto en sus aposentos durante la madrugada del 28 al 29 de septiembre, el papa que murió solo, caso de creer en la versión oficial. Hay quien defiende una muerte oscura, un asesinato, debido a su ímpetu reformador e incorruptibilidad total. Hasta se habla de veneno o de una almohada que lo asfixió en el silencio de la noche, pero ésa es la historia del papa Luciani y la que importa ahora es la del polaco Wojtyla, no se mezclen las cosas.

Karol Wojtyla piensa durante algunos segundos y sonríe por primera vez.

—Juan Pablo II.

Se ordena la apertura de la capilla; los hermanos Gammarelli entran para vestir al nuevo papa en la sacristía. Han hecho tres túnicas inmaculadas, alguna habrá de servir al polaco.

Las papeletas son quemadas de forma que produzcan el célebre humo blanco, pero el problema no está en los compuestos químicos, sino más bien en la chimenea sucia que hace más de un siglo que nadie limpia. Así nunca se sabrá con certeza si el humo es blanco o negro, por lo que, en la plaza de San Pedro, algunos permanecen, resistentes, y otros desisten, regresando a sus casas o a sus hoteles, a sus vidas.

Dos horas después, las campanas retumban anunciando la buena nueva y las puertas del pórtico de la basílica de San Pedro se abren. La plaza hierve de fieles en silencio para dejar a Pericle Felici pronunciar las mismas palabras del 26 de agosto, sustituyendo tan sólo el nombre del sucesor de Luciani.

—*Annuntio vobis gaudio magno, habemus Papam! Eminentissimum ac Reverendissimum Dominum, Dominum Carolum, Santae Romanae Ecclesiae Cardinalem Wojtyla, qui sibi nomem imposuit... Ioannis Pauli Secundi.*

Capítulo
10

E s siempre recomendable ajustar todo un conjunto de engranajes para que el proceso confluya en el objetivo primario. A eso se le puede llamar el plan de ejecución, de producción, de fabricación, el gran plan, el primer plan, el método, proceso, operación, fabricación, maquinación, manipulación... el plan.

Sarah Monteiro sabe que es una y sólo una de las ruedas de ese engranaje mayor que culminará en algo que aún desconoce. Periodista, luso-británica, hija de nuestro ya conocido capitán del ejército portugués Raúl Brandão Monteiro, y de Elizabeth Sullivan Monteiro, para que quede completa la filiación, es consciente de que el lugar que ocupa es temporal, mientras su trabajo pueda servir a los intereses mayores de quien puede, quiere y manda.

Si hace algunos meses alguien le hubiese dicho que, hoy, Sarah sería editora de política internacional del afamado y prestigioso *The Times,* le habría arrancado una carcajada gutural, obtusa pero sincera, seguida de un rotundo «Intérnenle», si el profeta fuese del sexo masculino, obviamente.

Sin embargo, no se engañaría, pues los condicionantes de la vida, del ya mencionado engranaje, así lo desearon. Sarah es la reputada editora de política internacional, un cargo inmensamente codiciado y envidiado, que ella nunca buscó alcanzar. Llega a rayar en la videncia la forma en que consigue obtener informaciones exclusivas o prever futuras reacciones. Hay editores de política internacional de otros diarios que andan a remolque de sus acciones, aguardando a que ella marque el camino, que sugiera un posible panorama. En Inglaterra, ese respeto y admiración granjeados entre los colegas de la clase le han valido el sobrenombre de «Mourinho» del periodismo, contribuyendo a ello su origen paterno portugués.

Como en todo lo que nos rodea, existen también los codiciosos, aquellos que por incompetencia, infortunio o pura ruindad no consiguen alcanzar el nivel de fiabilidad y profesionalismo de Sarah y ensucian su buen nombre inventando un supuesto amante que ella tiene en los servicios secretos. La verdad es que alguien le transmite, de hecho, las informaciones que acaban siempre por demostrarse correctas, pero no es su amante ni tampoco ningún funcionario de los servicios secretos de cualquier país. Está muy por encima de todo eso.

Para comprender cómo Sarah ha llegado a este lugar, tendríamos que dar marcha atrás en el tiempo, algunos meses, casi un año, a una noche en su antiguo piso de la casa de Belgrave Road, justo junto a la parada del 24 que lleva a Pimlico/Grovesnor Road o a Trafalgar Square si fuera en sentido contrario, y contar otra historia con numerosos elementos y revelaciones sobre su ascendencia y las de la propia sociedad. Tendríamos que hablar de logias masónicas secretas y verdaderas, espías, curas y cardenales asesinos y asesinados, documentos perdidos y encontrados, un papa maravilloso muerto antes de su hora, o en su hora, quién sabe sobre los designios de Él, que, a pesar de parecer siempre discordantes, acaban por revelarse rectos y derechos. La simplicidad de la naturaleza, aquella que no es reproducible en laboratorio.

—Eso es otro libro —protesta Sarah—. Está a la venta en las librerías. No precisas que te lo cuente. La historia ahora es otra.

—¿Está publicado? —pregunta Simon, curioso.

—¿El qué?

—Ese libro.

—No tomes todo al pie de la letra —explica ella—. Ni pienses que el mundo gira a tu alrededor. No estaba hablando contigo.

Simon mira alrededor.

—No hay nadie más aquí.

—Tengo mucho que hacer. Venga, déjame trabajar.

Simon, becario y asistente de Sarah, reclutado en Cardiff, y con un acento cerrado, difícil de comprender por los propios ingleses, sale del despacho, cabizbajo. Sarah es un misterio para él, a todos los niveles; además de eso está considerada de manera sobresaliente por los otros integrantes de su especie como físicamente atractiva. Lo contrató después de dos preguntas, la primera fue para confirmar el nombre de Simon Lloyd y la segunda si podía confiar en él, echando por tierra todos los temores y aflicciones, sudores fríos y nervios que rodearon la víspera de la entrevista. Se preparó para algo intenso en lo que tendría que mostrar su valor, autoconfianza y autoestima, y, de repente, todavía sin acabar de acomodarse en la silla, Sarah ya le extendía la mano diciéndole que se presentara al día siguiente, a las nueve de la mañana, preparado para trabajar. Siempre se preguntó, en los pocos meses que llevaba en aquel empleo, lo que la llevó a contratarlo. Intentó también, no pocas veces, saber más cosas sobre su superior jerárquico, pero sin éxito. Sarah defiende su privacidad férreamente y siempre dio a entender que avanzar en ese sentido es como chocar con un muro de cemento de frente. De existir una puerta en esa pared, sería abierta siempre y cuando ella quisiere revelar los interiores de su mundo.

La verdad es que estos últimos meses estaban dándosele bien, en todos los aspectos, hablamos de Simon y no de Sarah. Son aquellas fases de la vida en que parecemos imparables, todo resulta, nada parece imposible y el futuro se prefigura como algo muy fácil de alcanzar. El empleo en el mejor diario británico no podía haber llegado en mejor hora, y al mismo tiempo que un nuevo amor, lleno de pasión y emoción, que apareció por azar, en la noche en que festejaba su nueva posición, una bendición. No se acuerda de haber estado tan bien en su vida como ahora, todo él es serenidad y confianza, valentía y pasión por la vida, se siente capaz de todo y emana amor, por sí mismo y por su nuevo amor, así como gratitud y admiración por su misteriosa jefa que le proporcionó, inconscientemente, toda esa estabilidad profesional y emocional.

El teléfono está sonando sobre el escritorio, sí, él tiene su propio escritorio a la puerta del despacho de Sarah, orientado hacia la alborotada redacción siempre repleta de frenesí taquicárdico, sacándolo de ese letargo feliz y convocándolo de vuelta al trabajo.

—Simon Lloyd —se presenta a la persona del otro lado de la línea.

—Hola, mi amor. Buenos días. —Una sonrisa ancha se extiende gradualmente por sus labios en cuanto reconoce la voz. El rubor le colorea la piel del rostro y provoca otras reacciones corporales, normales en este caso específico. —No esperaba que me llamases.

Se inicia en esta fase una conversación entre enamorados que no importa seguir, tópicos del género de *¿Dormiste bien?* Ese otro de *Eres un ángel*, y *No te quise despertar, por eso salí despacito.* Avancemos, por tanto, hasta el toque persistente que invade el aparato cinco minutos más tarde, anunciando otra llamada que le reclama atención.

—Espera un momento, tengo otra llamada en línea —informa Simon—. Es un minuto, mi ángel. Hasta ahora. Besos. Besos. Besos. —Se esfuerza por apretar en la tecla que hace que su amor quede en segundo plano, aunque siempre primero en su corazón, y da paso al destructor de conversaciones amorosas.

—Simon Lloyd —se presenta con profesionalismo, aunque deje escapar alguna aspereza en la voz.

—Buenos días, Simon —oye decir a la voz en un inglés de extranjero nada simpático—. Deseo hablar con Sarah.

—Está ocupada. Tendría que ver si puede atenderlo. ¿A quién debo anunciar? —pregunta mientras se mira las uñas de la mano derecha, analizando la necesidad o no de cortarlas. La imagen lo es todo en esta profesión y en esta ciudad.

—Dígale que es su padre.

—Ah, señor Raúl. ¿Cómo está? No le había reconocido, le pido disculpas.

—No importa. Voy tirando, ¿y usted? —Si no fuese por la flecha de Cupido, Simon notaría en el tono de voz del capitán alguna impaciencia. El simple acto de hablar por hablar sin sentido, por delicadeza, educación, simpatía.

—Muy bien. Estoy muy bien. —La misma sonrisa boba le inunda la boca, la sonrisa de la felicidad—. Voy a pasarle, señor Raúl. Que siga disfrutando de un buen día. —Si no fuera por el hecho de tener al tan codiciado amor en segundo plano, en la línea adyacente, Simon iniciaría una larga conversación con el simpático capitán, el coronel, el mayor, padre de Sarah Monteiro, al que aún no ha tenido la oportunidad de conocer. Mejor que haya optado por no hacerlo. Mejor para los dos, claro.

Oprime las teclas adecuadas para el fin pretendido, que es pasar la llamada de Raúl Brandão Monteiro para el terminal del despacho de Sarah; ni siquiera precisa comunicárselo a su jefa, pues las órdenes son transmitir directamente la llamada cuando se trata de la familia; padre y madre, bien entendido.

—Estoy de vuelta, mi amor —dice él con la misma sonrisa tonta y el rubor adherido a la piel. Es el amor—. Era el padre de mi jefa. Nada importante.

Dejemos al enamoramiento continuar en ese lado y pasemos al despacho de Sarah, donde el terminal telefónico comienza a sonar. No es Simon, pues en ese caso sonaría de una forma diferente, son las maravillas de la tecnología; es una llamada externa y al mirar en el visor del teléfono identifica el número familiar de la heredad de sus padres, en Beja. Detiene el trabajo que está haciendo en el ordenador y atiende inmediatamente.

—¿Sí?

—¿Sarah?

—Hola, papá. ¿Está todo bien?

—¿Estás bien, Sarah? —Una pregunta sigue a la otra, ignorando totalmente el interés primero de la hija.

—Sí. Estoy bien. —Malo. La voz del padre no refleja la serenidad de costumbre. La última vez que lo oyó en ese estado tenía un hombre a la puerta de su antigua casa, en Belgrave Road, preparado para matarla. Y solamente no lo hizo porque…

—Sarah, necesito que me escuches con atención —ordena el padre en tono grave.

—¿Qué pasa, papá? —Vuelve a experimentar esa excitación nerviosa que no sentía desde hacía algún tiempo. La sensación desagradable que desearía no volver a sentir jamás.

—Escucha, Sarah —repite el padre—. Escucha con atención. Tienes que salir de Londres inmediatamente…

—¿Por qué? —interrumpe de golpe con el corazón alborotado—. No me trates como a una niña que sólo cumple lo que le mandas y hace las preguntas después. Esta vez quiero saberlo todo.

El silencio invade la línea, nunca totalmente, puntuado por unas crepitaciones y por la electricidad estática que se multiplica en estos medios, enseñoreándose de los dominios de la comunicación y escuchando las privacidades sin mirar a quién. La aflicción gana terreno en Sarah, así como la confusión. El pasado está llamando a su puerta como aquella otra noche. *¿Qué rayos está pasando?*

—¿Papá? —le llama para traerlo nuevamente a la tierra.

—Sarah —se oye una voz diferente, que casi hace ahogarse a Sarah de nervios y pánico. *No. No puede ser él. ¿Será?*

—¿JC? —pregunta con miedo, deseando haberse confundido y oído mal. *Por favor, no. Que no sea él,* suplica.

—Mucho me honra que no se haya olvidado de mí.

Es él. Las piernas se le doblan; si no fuera por la silla y el hecho de estar bien sentada se caería al suelo, tal es el impacto al oírle nuevamente.

—¿Cómo está desde nuestra última conversación en el Palatino? —quiere saber él en un puro acto de palabrería, cosa que no es propia de su personalidad y despierta desconfianza en Sarah. Rememora la conversación que tuvo con JC en el Grand Hotel Palatino, en Roma, asegurándole que volverían a hablar. Casi un año después, esta llamada cumplía esa promesa.

—¿Qué quiere? ¿Qué está haciendo en la heredad de mis padres? —Se acaban las ceremonias para Sarah, en cuanto recupera la razón. No puede mostrar miedo, por mucho que lo sienta. Es ésa la forma de lidiar con gente de ese tipo, sin que pueda considerarse falta de delicadeza la expresión. JC en Portugal, en la casa de sus padres, si el número que está en el visor del teléfono no miente. El significado de eso es todavía un espejismo.

—Bueno, bueno, querida. ¿Dónde están sus modales? —protesta el tal JC, sin esforzarse en disfrazar el sarcasmo—. Estoy teniendo una agradable conversación con su padre, acompañado de un vino magnífico. Llegamos, finalmente, al punto más crucial de nuestro reencuentro, razón por la cual él la ha llamado.

—¿Qué quiere de nosotros? —La voz le sale dura, como pretende, a pesar del torbellino interior que la atormenta.

—Voy a simplificar las cosas, para hacerme comprensible y no dar lugar a malentendidos.

—Soy toda oídos. —Casi no cree que haya dicho esto.

Un segundo de silencio para que toda la concentración se condense en Sarah. El viejo sabe cómo captar la atención de sus interlocutores. No siempre es necesaria un arma apuntando a la cabeza para hacerse entender.

—Salga de Londres, ya. Traiga aquello que le dejé en el Grand Hotel Palatino y no hable con nadie, no avise a nadie, no espere a nadie...

—¿Y si no hiciera lo que me pide? —se enfrenta Sarah.

—En ese caso, su padre podría comenzar ya a preparar el traslado de su cuerpo porque sería eliminada hoy mismo.

Capítulo

11

En este lugar se encuentran los restos mortales del patrono de los camioneros, de los toneleros, sombrereros, farmacéuticos, veterinarios, peleteros, caballeros y caminantes, de las peregrinaciones y de los caminos, de Chile, Perú, México, Colombia, Cuba, Guatemala, Nicaragua, Galicia y España, y, para abreviar la larga lista, del ejército español. Es conocido por muchos nombres, Iacobus, Jacob, Jacó, James, Jacques, Jacóme, Jaume, Jaime, pero aquel que mueve multitudes es el antropónimo Santiago. Santiago Mayor, apóstol de Cristo, muerto por el filo de la espada de Herodes, hermano de otro apóstol, san Juan Evangelista, ambos hijos de Salomé y Zebedeo.

Nadie sabe precisar la fecha, pero si hacemos caso de esas inexactitudes propias de esos tiempos en que la información se perdía en las bocas y en los pergaminos y era consumida por el fuego de los déspotas o por el simple e implacable pasar del tiempo, fue en el año 813 u 814 cuando Pelagio, un eremita cristiano, informó a Teodomiro, obispo de Iria Flavia, aquí en Galicia, acerca de una estrella que iluminaba un monte. Hay también quien en esta parte de la leyenda, o de la verdad, el que quiera que escoja, sustituye estrella por luces extrañas o una señal de los cielos; lo que es cierto es que, fuese lo que fuese, incidía sobre un lugar concreto, un monte deshabitado, como si alguien ansiase que algo no permaneciese más en la oscura ignorancia. Fue así como Teodomiro encontró una tumba. Dentro, un cuerpo degollado con una cabeza debajo del brazo, presumiblemente perteneciente al mismo dueño. Hubo unanimidad a la hora de apellidar el cuerpo, al igual que la cabeza debajo del brazo, como el apóstol Santiago Mayor, para siempre inmortalizado como Santiago de Compostela y que no debe confundirse con Santiago Menor, otro de los doce seguidores de Cristo. Leyenda o no, la verdad es que millones de personas visitan este lugar sacro todos los años, muchos de los cuales hacen uno de los innumerables caminos que aquí vienen a dar. Y esto sucede desde hace doce siglos.

Es en la plaza del Obradoiro, fronteriza a la catedral barroca, construida durante los nueve siglos posteriores al hallazgo de los restos mortales del citado apóstol, donde Marius Ferris se deja contagiar por la quietud del lugar. Contempla la rebuscada fachada de la catedral, de espaldas al Pazo Raxoi, actual sede de la Xunta de Galicia, un edificio de estilo neoclásico, mandado construir por el arzobispo de igual nombre, Raxoi, en el mismo siglo en que terminaron las obras de edificación de la catedral de Santiago, el XVIII, que debe siempre representarse con números romanos, naturalmente. Dos formas distintas de perpetuar el nombre con que se nace, Raxoi y Santiago: a uno le bastó con que le separaran la cabeza del cuerpo y ser encontrado, tampoco debió buscar ningún tipo de fama y provecho en su propagación de la palabra de Él; el otro tuvo que mandar construir un palacio.

También antiguos son los demás edificios, igualmente ignorados por Marius Ferris, toda vez que continúa mirando atentamente la fachada de la catedral. A su izquierda, el equivalente al norte, el hostal de los Reyes Católicos, una hospedería de lujo, que comenzó a ser erigida en el año 1486, con ocasión de la visita de Isabel y Fernando a Santiago de Compostela. El proyecto inicial configuraba un hospital para acoger a los innumerables peregrinos que hacían el camino, pero quiso la reina que el edificio se transformase en centro de acogida y no de cura.

A la derecha de Marius Ferris, que continúa hipnotizado por la catedral dominante, se yergue el Colexio San Xerome, del siglo XVI,

Éste es el primer día de la nueva vida. De regreso a los orígenes, viene a rendir visita al apóstol Santiago. Es justo que sea la primera cosa que realice si, hace veinte años, fue la última, antes de abandonar la ciudad rumbo al nuevo mundo.

Marius Ferris, cura jubilado, sube las escaleras de la inmensa catedral. Es hora de rezar, de rendir cuentas, de entenderse con su Dios, ajeno al hombre que, algunos metros detrás de él, sigue sus pasos hacia el interior de la catedral.

Nunca pensé conocer a un miembro de la Santa Alianza.

—La Santa Alianza no existe —responde Rafael perentoriamente.

—¿No existe?

—No. Es un mito.

—Entonces, ¿a qué organización pertenece? —pregunta el padre James Phelps, acomodándose en el asiento del Airbus A320 que cruza los cielos a once mil metros de altitud.

Rafael vuelve la mirada a través de la pequeña ventana. Desde aquella altitud apenas se vislumbra el azul del cielo, todo el resto es inconexo, ininteligible, así como la duda del clérigo que lo acompaña en el viaje. En otros tiempos, incluso ante un colega de oficio, sobre todo ante uno, respondería con un categórico *Soy lo que soy*, zanjando de esa forma el asunto. Sin embargo, en este caso, se trata de alguien que lo acompaña en una misión, cuyo desenlace aún es una incógnita. No debe, por tanto, alimentar burdas querellas.

—Soy otra cosa —concluye, de forma más evasiva que imperativa.

La cabina está ocupada por ciento treinta y nueve almas, clase ejecutiva incluida, pues no hay diferencias cuando se habla de números, sea de heridos, muertos o, simplemente, pasajeros. Todos son iguales a los ojos de los números. Despegaron hace poco más de una hora, lo que significa todavía noventa minutos más de vuelo. La azafata está en plena distribución de la comida para aquellos que la aceptan, la mayor parte, aunque sólo sea porque está incluida en el precio del billete, ya que forma parte de la costumbre o sirve como disculpa para un poco de conversación con la azafata, nada más que eso, un poco.

Rafael no lleva ningún traje que lo identifique como miembro de la Iglesia, mientras que James Phelps viste un traje gris muy sobrio, con el alzacuello delator. No supone vergüenza alguna usar las ropas que identifican su creencia, sea una sotana o un simple alzacuello, un turbante, un *chador,* un *burka,* un *niqab,* una barba larga o un sombrero, una estrella o un tatuaje. Sin embargo, existe un conjunto reducido de situaciones que llaman al olvido de esos elementos para no atraer atenciones indeseadas. Ésta es una de ellas.

—Nada más tocar tierra es mejor que se quite el alzacuello —avisa Rafael. Excusado será decir que la entonación recomendatoria no es más que eso, una entonación. Y James Phelps es suficientemente inteligente como para comprenderlo.

—¿Y después?

—Después es simple, siga mis instrucciones.

—Naturalmente —accede el más viejo—. No tengo edad para meterme en arenas movedizas.

—Ya está metido, padre. Ahora lo que es preciso es no irse al fondo.

—Confío en usted —remata con una sonrisa benigna.

—Lo mejor es confiar en su Dios. Es más seguro.

El inglés lo mira con desconfianza.

—Nuestro Dios, querido mío. Y no me meta más miedo del que ya tengo.

Phelps recuerda el encuentro con Rafael en el Palacio Apostólico del Vaticano. Ha entrado solo y ha salido veinte minutos después, sin siquiera pararse a esperar a que el emisario de la iglesia de San Gregorio della Divina Pietà se levantase de la silla, tapizada de terciopelo rojo. Aún estaba en medio de ese proceso cuando ha oído un *¿Vamos?* proveniente del pasillo por donde Rafael había seguido. *¿Vamos adónde?*, murmuró para sí mismo.

Rafael no ha dicho una palabra de lo ocurrido durante los veinte minutos en los que ha desaparecido por la enorme puerta que separa los apartamentos papales del resto del palacio. Ni ha hecho comentario alguno sobre quién ha hablado con él. ¿Habría sido el propio Papa como le habían ordenado que dijese cuando lo fue a buscar? ¿El secretario Bertone? ¿U otra persona cualquiera, menos referenciada y reverenciada? Fuese como fuese, Rafael no era hombre a quien se pudiese preguntar algo de esa índole, así como James Phelps no era hombre que fuese a interpelar sobre dicha cuestión, por mucho que se sintiese tentado y hasta con derecho a ello, una vez que, por lo visto, le había correspondido acompañarlo. A cada uno su ocupación y sus debilidades, y, de creer en los relatos que había oído sobre su pasado, como cree, sabe de lo que es capaz. Sumando todos esos elementos, Phelps está seguro de que si Rafael considera importante que él esté al tanto del tenor de la conversación o del conjunto de instrucciones, esto último será la mejor opción, y se lo dará a conocer. Hasta entonces vivirá en la ignorancia, volando a novecientos kilómetros por hora camino de lo desconocido.

—¿Quiere su comida? —pregunta la azafata con algo comestible envuelto en una película de aluminio, probablemente un sándwich guarnecido con cualquier tipo de relleno de escaso valor gastronómico.

—Sí, gracias —responde Rafael, liberando el soporte que desciende de la trasera del asiento delantero, las maravillas de la ergonomía en la aviación, que inventan espacio donde no lo hay.

—¿Desea también usted su comida? —repite la azafata, maquinalmente, teniendo esta vez a James Phelps como objetivo.

—No, gracias. No tengo hambre —responde el simpático señor, pasando los dedos por el interior del alzacuello, una sensación de incomodidad, de apretón súbito, falta de aire, la lividez extendiéndosele por el rostro. *¿Dónde me he ido a meter?*, piensa—. Pero sí deseo un vaso de agua, por favor.

—Naturalmente. —La azafata toma la botella transparente con eficiencia y vierte el líquido—. Aquí está, señor.

El cura toma el vaso y lo coloca torpemente en el soporte que, entretanto, también ha desplegado de la trasera del asiento delantero, agarrándose la pierna izquierda. Un dolor como un cuchillo le perfora hacia mitad del muslo. Se controla todo lo posible para no verbalizar el padecimiento, respirando hondo y ahogando los gemidos, convirtiéndolos en lamentos respiratorios jadeantes.

—¿Está usted bien? —pregunta la azafata con las manos llenas de envoltorios de aluminio y un vaso con zumo de naranja.

—Sí. Sí, no es nada. Esto se pasa, gracias —responde él recostando la cabeza en el asiento y cerrando los ojos unos instantes. Gotitas de sudor le cubren la frente.

Rafael, ajeno a la incomodidad del compañero, ataca el sándwich y descubre que es de jamón, acompañado de una pasta aún no identificada, pero que no da como resultado un gran maridaje, aunque a él no le importe demasiado. Para beber se inclina por el zumo de naranja. Será, posiblemente, uno de los raros seres humanos a los que les gusta la comida de las aeronaves. Lo que sea que le pongan delante es una verdadera golosina de los aires y lo engullirá con gusto.

El menú termina con un café para Rafael. James Phelps, ya recuperado del agudo dolor que ha sufrido, pide otro vaso de agua, y lo bebe de un trago.

—Hace mal en no comer —advierte Rafael.

—En realidad no tengo nada de hambre —se disculpa el inglés—. Y la comida que sirven en el avión no es mi fuerte. ¿Verdaderamente le gusta esto? —Señala el envoltorio de aluminio arrugado que hace poco envolvía el sándwich.

—Cuando esté días sin comer y sin saber cuándo será la próxima comida decente, esto le va a parecer el mejor manjar de su vida.

Phelps traga saliva. No tanto por el escenario dantesco presentado, sino por la frialdad compacta de la voz.

—¿Qué nos espera? —pregunta curioso y con los nervios a flor de piel. La sensación angustiosa regresa a las vías respiratorias. *¿En qué me he ido yo a meter?*, piensa nuevamente, mientras se quita la tira blanca del cuello de la camisa y afloja el primer botón.

Rafael tarda algún tiempo en responder. La expresión pensativa revela ponderación en la elección de las palabras y, al mismo tiempo, aumenta a cada segundo la tensión del clérigo inglés.

—Depende —responde por fin, optando por el subterfugio, pero forzando otra pregunta inequívoca.

La alarma es cada vez más evidente en los ojos de Phelps. Sesenta años, añadiendo uno o suprimiendo dos, pasados casi en su totalidad en la devoción a Cristo y en el estudio, siempre con todo modestamente planeado, de la *a* a la *ce*, pasando por la *be*, con horarios lo más pormenorizados posible, y nada de aventuras ni de días de hambre. Y ahora esto. Un viaje, lo desconocido, oscuro y peligroso, y, aquello que lo sume más en el abismo, la calma de su compañero en el asiento de al lado, la mirada por la ventana hacia el vacío del espacio, después de haberse alimentado tranquilamente. Pero lo mejor es no pensar siquiera en eso, tampoco en que todo tuvo su inicio con una visita a los apartamentos papales y que lo que sea que van a hacer tiene el aval de una alta instancia del Vaticano, quizá el propio Sumo Pontífice, el magno Joseph Ratzinger. En este momento, lo que más le atormenta es la parca elucidación de su simple pregunta anterior.

—¿De qué? —insiste. Es lógico que algo que *depende* esté sujeto a variables explicables.

—De si vamos a llegar a tiempo… o no.

Capítulo
13

Son innumerables los tratados, los atestados, los exámenes médicos, burocracias, condiciones, valoraciones, impresiones, interrogatorios, positivos o no, que forman parte de un proceso de beatificación o de canonización. Existen leyes y reglas, rigurosas en la mayor parte de los casos, que deben ser cumplidas escrupulosamente por los funcionarios, emisarios y prelados de la Santa Sede encargados del caso. Un milagro, aunque sólo sea uno, es suficiente para desencadenar la maquinaria. Lleva años, a veces décadas, legalizar el hecho y el efecto, dependiendo del candidato en cuestión y del interés de la Iglesia en la materia. Mucho interés deviene en una aceleración del proceso; poco, en una morosidad capaz de ennegrecer y pulverizar las piedras de la calzada. Es preferible que el candidato a la santidad haya muerto hace más de cinco años para iniciarse el proceso de beatificación, excepto en casos puntuales de santificación por actitud o modo, adoptadas en vida por el proponente. Se pone como ejemplo a la venerable madre Teresa de Calcuta, que, en vida, fue más santa que muchos santos después de muertos. Sigue el ejemplo de madre Teresa este de Abu Rashid, el musulmán gordo, sentado en una silla estrecha, en la habitación del séptimo piso del hotel Rey David.

El extranjero mira, a través de la ventana, la ciudad antigua y su interreligiosidad, polémica pero pacífica; en esta parcela de tierra, nadie se atreve a cuestionar lo que es de cada uno en los barrios afectos a su credo particular.

Hoy es viernes, aún no es mediodía, pero ya se oyen los altavoces llamando a la oración desde lo alto del minarete de la mezquita de El-Aqsa. En otros tiempos, sería el muecín el que invocara a los fieles para el momento de rezar a Alá, vueltos hacia la ciudad sagrada de La Meca.

—Cuénteme todo, Abu Rashid —pide el hombre sin desviar la mirada, hipnotizado con las cúpulas cristianas y ortodoxas del barrio cristiano y armenio.

—¿Qué he de contar que no sepas ya? —responde con una pregunta.

El extranjero recuerda el día anterior y la visita certera a la casa del musulmán, la primera a la que llamó, además de lo que sucedió después.

—Se rescató de entre los muertos y a quien estaba con usted en el *Haj*, después de un diluvio monstruoso en el que se ahogaron cerca de treinta personas… —repite el extranjero por cuarta vez—. ¿Dónde andan esos muertos-vivos? —pregunta, sardónico.

—Por ahí —se limita el viejo a decir—. No ando llevando la cuenta de la vida de cada uno.

—Eso se tendrá que ver… Se tendrá que ver… —avisa el otro—. ¿Usted se imagina el trabajo que me va a dar? —Le asoma al semblante una casi imperceptible irritación.

—Ya estás más que habituado. Alguien tiene que hacerlo. —La voz permanece serena, no alterándose jamás. Un poco de paciencia.

El extranjero se aparta de la ventana y se sienta en el borde de la cama. Mira a Abu Rashid con cierta sumisión que malamente consigue disfrazar, lo que le deja aún más alterado. Siente que se ruboriza. El calor le sube por las mejillas. Odia que esto ocurra, especialmente cuando está trabajando en algo tan importante.

—¿Cuándo vio a la… Virgen? —No sin algún temor evoca el nombre de la Madre de Él.

—Siempre que Ella aparece.

El extranjero encara la respuesta como un desplante blasfemo. Se siente como si hubiesen insultado a su propia madre, lo que acaba por corresponder a la verdad, pues la Virgen es la madre en el cielo de cada cristiano.

—Y ¿cuándo es eso? —Opta por calmarse. No gana nada perdiendo el control.

—Depende.

—¿De qué?

—De lo que Ella me tenga que decir.

—Ella es la Madre de Cristo, un icono cristiano. ¿Abu Rashid cree en Ella? —*No pierdas la paciencia. No pierdas la paciencia.*

—Creo porque La veo.

—Puede que no sea más que una alucinación, hombre de Dios… De Alá —corrige.

—Alá es Dios —contrapone el musulmán.

—Pero no el mío —replica el otro, con decisión.

—Sólo existe un Dios. El mío puede ser el nuestro.

—Déjese de demagogia. Cree en Ella porque La ve.

—Correcto.

—Pero Ella puede que sólo sea una alucinación —afirma con intención de sugerir.

Abu Rashid mueve la cabeza negando.

—No. Las alucinaciones son como los espejismos. Engañan.

—¿Y Ella no engaña?

—Nunca. Todo lo que dice es siempre cierto. —La frase refleja el respeto que le inspira la visión.

El extranjero vuelve a levantarse y anda de un lado para otro de la habitación, bien generosa de espacio. Suspira hondo, las manos anudadas por detrás del cuerpo.

—¿Qué es lo que esa visión le ha dicho? —acaba por preguntar.

—Oh, tantas cosas… —Una sonrisa le asoma a los labios.

—Por ejemplo —ordena el extranjero.

—Me habló del diluvio y del ahogamiento.

—¿Eso fue hace cuántos años?

—Hace diez.

—¿Tuvo esa visión hace diez años?

—Hace más —afirma el musulmán con la misma sonrisa estampada en el rostro.

—¿Cuándo tuvo la primera visión? —inquiere nervioso el extranjero, a medio camino entre la puerta y la cama—. ¿Se acuerda?

—Como si fuese hoy —anuncia Abu Rashid con la mirada melancólica y nostálgica, vuelto hacia el pasado, hacia aquel día de su cumpleaños, el decimoprimero, en que ella apareció a su lado, ni arriba, ni abajo, en el Monte de los Olivos, vestida de blanco inmaculado, tan brillante que él tuvo que protegerse los ojos con la mano. Corría en dirección a la ciudad, a la misma casa que hoy habita, en la calle Qadisieh, con el fin de acompañar a su padre a Haram esh-Sharif para la oración.

—¿Adónde vas con tanta prisa? —le preguntó Ella con una voz melodiosa y tranquilizadora.

El niño le explicó sus deberes para con Dios y la familia, contrito, respetuoso.

—Dios está siempre dentro de ti. Basta oírlo y sentirlo —respondió Ella como el gorjear de un ruiseñor, con un melodioso razonamiento que hizo que el niño se parara para verla mejor.

—¿Quién es usted?

—La Señora. Tengo muchos nombres. María de todas las voluntades e ideas, Aparecida, Virgen, todo lo que me quisieren llamar, incluyendo Señora.

El niño encontró aquello muy extraño. ¿Una señora con los nombres que le quisieren llamar?

—*Okay, okay, okay* —profiere el extranjero, llamándole nuevamente al presente con impaciencia—. Entonces, según dice, Ella se le aparece desde los once años —recapitula.

—Correcto.

—¿Tiene algún día fijo para hacerlo, algún ritual que deba seguir para que Ella aparezca?

—No.

—¿Puede contabilizar cuántas visiones tuvo? —suspira. Está perdiendo la paciencia.

—Eso es fácil.

—¿Lo es? —Al final hay esperanza.

—Lo es. Basta contar los días desde la visión en el Monte de los Olivos.

—No comprendo. —Vuelve a sentarse al borde de la cama, atento.

—Es simple. Ella se me aparece todos los días desde entonces.

El extranjero le mira incrédulo.

—¿Está diciendo que la Virgen se le aparece diariamente? Eso daría millares de veces.

Abu Rashid se limita a confirmar con un gesto de cabeza.

—¿Y ese hecho no lo ha convertido en cristiano?

—Como ves, no.

—¿Por qué?

—Porque la Virgen nunca me lo ha pedido.

—¿Y cambiaría si Ella se lo pidiese?

—No lo pediría —afirma el viejo con seguridad.

—Pero suponga que lo pidiera.

—No lo pediría.

—¿Y qué es lo que Ella le dice? —cambia de asunto el extranjero.

—Ya te he respondido a eso.

—Pero no sabía que protagonizó millares de visiones de Nuestra Señora. Eso cambia muchas cosas. Vale, deme algunos ejemplos más. —La entonación en plan de examen y desafío es evidente.

—Me dijo que vendrías.

El extranjero le da una tregua al escuchar esta observación, dejando espacio a Abu Rashid para proseguir.

—Me contó todo lo que va a suceder conmigo y contigo.

—¿Y se está cumpliendo?

Una llamada telefónica interrumpe los hilos conductores del pensamiento. Es del móvil del extranjero, no podría ser otro, pues Abu Rashid aún no se ha rendido a las maravillas de la tecnología.

—¿Sí? —atiende el otro, levantándose y acercándose a la ventana. Habla en susurros para que no pueda entenderle el musulmán, aún poco convencido de la veracidad de las visiones, pues, de lo contrario, nada adelantaría escudándose en la voz baja, casi deletreada. De cualquier manera, es poco probable que Abu Rashid comprenda y domine la lengua italiana.

La conversación se prolonga durante algunos minutos, siempre con el mismo tono nasalizado. Todo cuidado es poco. El extranjero intenta ser lo más evasivo posible, verbalizando sólo palabras inconexas como *problema, averiguar, seguro, lo haré lo mejor que me sea posible...* De repente, mira hacia atrás, a la silla donde Abu Rashid está sentado, y no consigue dejar de pensar que él está entendiendo todo, o mejor, que nada de aquello le resulta novedoso. Se concentra en las palabras del interlocutor, apartando las ideas invasivas. No se puede dejar influenciar por las palabras. Sólo los hechos cuentan. La llamada termina con un clic del otro lado. Jamás se atrevería él a cortar antes.

—¿Recibiste tus instrucciones? —pregunta Abu Rashid de golpe, sin ceremonia.

—Era una conversación privada —protesta el extranjero.

—Pero que me afecta —asevera.

Una sonrisa macilenta atraviesa los labios del extranjero.

—No sabía que comprendiera el italiano.

—No lo comprendo, pero ya conozco el contenido de esa conversación hace mucho más tiempo del que tú tienes de vida —afirma perentorio.

La contundencia de la frase hace encogerse al extranjero. Aquí pasa algo.

—Entonces, ¿sabe lo que va a pasar a continuación?

—Vamos a viajar —continúa hablando con ademanes serios.

—¿Qué más te ha dicho Ella? —intenta cambiar de asunto, ligeramente, e ignorar el acierto del viejo.

—Que ni Ella ni el Hijo se preocupan ni por el comunismo ni por cualquier otra convicción política. Jamás dividen el mundo entre buenos y malos. Todo el mal del mundo es creado única y exclusivamente por nosotros, por nuestra libre y espontánea voluntad; por tanto, cuando se reza a Dios para que nos proteja, se debe, verdaderamente, rezar al hombre para que se defienda de sí mismo.

El extranjero se levanta y se dirige junto a Abu Rashid, mirándolo desde lo alto de su casi metro ochenta.

—Cuidado con lo que dice —amenaza.

—No tengo miedo.

—Veo que nada resulta novedoso para usted.

—Pues no.

—¿Quiere decir alguna cosa más?

—Sé lo que le hicieron al cuerpo del polaco —se limita a añadir Abu Rashid.

Confuso, pero preocupado en no demostrarlo, el extranjero
vuelve a ponerle la mordaza, que colgaba en el cuello del musulmán, en la boca y se asegura de que las cuerdas están bien amarra-
das al cuerpo y a la silla, no permitiendo su fuga.

Capítulo
14

NÉSTOR
18 de agosto de 1981

C uánto me alegro de verlo recuperado, Santidad.
—Gracias, Marcinkus.

Los dos hombres están sentados en un sofá carmesí del despacho papal. Wojtyla se ha acomodado con dificultad. Las huellas del atentado han quedado grabadas en su cuerpo.

—¿A qué debo el honor? —quiere saber el polaco.

El americano sorbe un poco del té que el Santo Padre, tan amablemente, ha pedido. Plato en una mano, taza en la otra.

—Bueno, me temo que no sea un asunto de su agrado, Santidad.

El Sumo Pontífice frunce el ceño, manifestando su total atención.

—Diga.

Marcinkus acomoda su sotana negra en el sofá antes de hablar.

—Bien, seré directo y conciso, como el Santo Padre merece. Un hombre que dice llamarse Néstor y alega pertenecer al KGB se ha puesto en contacto conmigo. Me ha informado de que estuvo detrás del atentado de hace un año y que puede prepararse para otros si no se cumplen sus exigencias.

El semblante del Papa se apesadumbra de disgusto y recelo.

—¿Y cuáles son esas exigencias?

—Parar inmediatamente la financiación a Solidaridad y dejar de presionar al Telón de Acero. Suspender todas las auditorías al IOR. Reforzar la inversión en América del Sur de la forma que se especifique.

El Papa cierra los ojos y suspira.

—¿Sólo eso?

—Inmediatamente —responde Marcinkus.

—¿Y por qué contactó con usted?

—Porque represento al IOR. Soy quien gestiona el dinero. Él fue directo —advierte Marcinkus, imprimiendo un tono más serio—. Cesar de inmediato los donativos o podría ser víctima de un nuevo atentado, y garantiza que esta vez…

—Entiendo —interrumpe el Papa con la mano levantada—. ¿Cuál es el plazo?

—El plazo inicial era de quince días, pero he conseguido que diese un mes.

—Lo agradezco —profiere Wojtyla, que se levanta y deambula, sufridamente, por el despacho.

Con las manos atrás, pensativo, receloso, y sudores fríos que le hacen estremecerse, pero Marcinkus no se da cuenta de ello. Ser Papa es mucho más difícil de lo que se piensa. Además de las innumerables obligaciones a que está sujeto debido al cargo, tiene la vida siempre en peligro, siempre.

—¿Cómo dijo que se llama ese agente?

—Néstor, Santidad.

—Néstor, exacto.

—¿Ya ha oído hablar de él por intermedio de otras personas, Santidad?

—No, no.

El Papa camina, lentamente, hasta el sofá carmesí y mira a Marcinkus.

—Un mes. Volveremos a hablar.

—Naturalmente, Santidad.

Marcinkus se levanta, besa el anillo de pescador y sale del despacho.

El Papa le deja salir en silencio y así permanece durante algún tiempo. Más tarde, se arrodilla en medio del despacho y besa el rosario que lleva siempre consigo.

—Ayúdame, María.

Capítulo
15

Geoffrey Barnes es el hombre de la CIA en Europa. Ésta es la forma simplificada de explicar un sinnúmero de responsabilidades y tareas; el nombre preciso y un tanto imponente del cargo es director de Operaciones y gestor de Informaciones de la Placa Continental Europea. La sede principal se localiza en la ciudad de Londres, en un edificio perfectamente normal, muy céntrico, y del cual no podemos proporcionar su dirección por razones de seguridad nacional, el peor de los motivos y el más común, capaz de hacer que los ciudadanos pierdan derechos temporal o permanentemente. Siendo así, circunscribimos el centro operativo a la ciudad, no afectando así a los intereses norteamericanos, ni a la intocable seguridad nacional norteamericana.

Geoffrey Barnes tiene a su cargo centenas de personas diseminadas por la placa continental, la porción de tierra llamada Europa, desde subdirectores a jefes de departamento, agentes, técnicos y colaboradores temporales, todos a sueldo del Tío Sam, que tiene los bolsillos llenos de dinero para que toquen y dancen a su son. Quien puede, puede, y quien no puede se quita de en medio. Queriendo o no, la información secreta más relevante pasa siempre por este lado del Atlántico, no existe lugar más importante, siendo después enviada para ser expurgada a Langley, donde funciona la sede de la Agencia, lugar que puede ser publicitado sin temor a represalias, pues es de público conocimiento y hasta lugar histórico. Barnes tiene solamente dos superiores jerárquicos, el director general en Langley, en el estado de Virginia, y el presidente de los Estados Unidos de América, o el vicepresidente en caso de impedimento físico o legal del jefe de Estado o de estados, como es el caso. Existen también colaboraciones especiales con otras agencias de información, en particular el Mosad, o incluso otras entidades secretas generosamente patrocinadas por ello, y que, no raras veces, solicitan el apoyo logístico de la Compañía.

Hoy el problema es exclusivamente de la Agencia, la muerte de un antiguo colaborador en la estación central de Ámsterdam, en circunstancias poco claras. El viaje hasta la capital holandesa ha sido rápido y sin incidentes. La distancia de Londres hasta aquí es de apenas un suspiro. Le acompaña Jerónimo Staughton, ascendido a asistente personal de Geoffrey Barnes hace un año, o algo menos, que se encontraba más a gusto en su antiguo puesto de analista de datos en tiempo real. Andar a remolque de Barnes es como llevar una tuneladora encima, diariamente, sujeto a sus caprichos y variaciones de humor, al vozarrón gutural lleno de improperios y a los apetitos a destiempo para alimentar su gigantesco cuerpo. Más allá de las diferencias evidentes entre ser analista y asistente, el trabajo sobre el terreno es siempre más peligroso que estar sentado ante una mesa de escritorio con la mirada en los papeles o monitores. Es la llamada progresión en la carrera que no siempre es bienvenida, de no ser por los billetes de más al final de cada semana. De cualquier manera, a pesar de la gravedad de la situación, Barnes se ha mostrado tranquilo, nada truculento, incluso más conversador, algo no muy natural en un hombre que tiene que gestionar los grandes secretos sobre todo y todos.

Así que aterrizan en el aeropuerto de Schiphol, donde los coches ya los aguardan. Todo está planeado al milímetro, incluso cuando se tiene que hacer con la hora encima o con escaso plazo. Son coches de gama media, para no levantar sospechas, y no se presentarán, obviamente, como personas de la CIA, sino como agentes del FBI intentando saber más sobre lo ocurrido y ofrecer sus servicios, en la medida de lo posible. Una de las desventajas de la tapadera es tener que andar en medio del tráfico sin que puedan abrirse camino libremente. Si estuviesen en Estados Unidos, o incluso en el Reino Unido, arramblarían con todo, pero aquí hay que mantener las apariencias y la buena educación, ya que los holandeses no son conocidos solamente por los tulipanes, sino también por la hospitalidad. El viaje les lleva, por eso, una hora. En cuanto avistan la estación, se dan cuenta también de la presencia del agente Thompson, que ha ido por delante para tantear las intenciones.

En cuanto salen del coche, Barnes se pone las manos en los riñones, con ademán de hacer un estiramiento, como intentando que desaparezca alguna incomodidad o mal rollo.

—Esto me jode —se limita a decir—. Este trabajo aún me va a matar.

—Usted nos va a enterrar a todos, jefe —dice Thompson, extendiendo la mano a Barnes como saludo y sólo después a Staughton. Son las normas jerárquicas que también se imponen a las de la educación—. ¿Qué tal fue el viaje?

—Hemos tardado más del aeropuerto hasta aquí que de Londres a Schiphol.

—Es por la hora.

—Vamos a lo que interesa —ordena Barnes, perentorio—. Todavía quiero llegar a casa a tiempo para cenar.

—Por aquí —se encamina Thompson en dirección al interior de la estación.

—¿Qué conseguiste averiguar hasta ahora? —quiere saber Barnes.

Staughton es conocido por hablar poco, de ahí que sea normal su silencio. Está asimilando todas las informaciones que oye y ve, para más tarde procesarlas. Es en eso en lo que él es bueno, en sumar las partes, siempre intentando dominar el espíritu impulsivo del director.

La estación no está cerrada. Tan sólo algunas partes están vedadas y señalizadas por cinta policial, por lo que el movimiento de civiles es constante.

—¿No cerraron la estación? —inquiere Barnes.

—No lo consideraron necesario. El váter está apartado del corazón de la estación, queda en un rincón; por eso, optaron por impedir el acceso de ese lado, lo cual no afecta al normal funcionamiento —explica—. No hubo ni siquiera retraso en los trenes.

—Eficiencia.

—Nuestro hombre se llamaba Solomon Keys —comienza Thompson—. Nacido en 1920.

—¿Solomon Keys? —se admira Barnes—. Es una leyenda de la Agencia. Recuerdo haberlo visto una o dos veces. Formaba parte del mobiliario desde el inicio. Vino de la OSS, si no estoy equivocado.

—Afirmativo —prosigue Thompson, valiéndose de una chuleta que ha escrito en un pequeño cuaderno de tapa dura negra—. Auxiliar de la OSS de 1943 hasta el fin de la guerra, habiendo sido luego reclutado por la Agencia, en cuanto fue fundada.

—Uno de los fundadores —rememora Barnes, hablando más consigo mismo que con los otros. Un poco recordando su propia trayectoria hasta llegar aquí, a director de la CIA, aquí, a la Amsterdam Centraal. Mucho sudor y sangre vertidos, la vida en peligro muchas veces y pérdida. La pérdida de todo. De la familia, de las mujeres, de la vida… *La Compañía exige exclusividad.* Es lo que acostumbra a pensar en las noches solitarias para justificar lo que perdió. La verdad es que no sabría vivir de otra forma. Cuando un hombre tiene un grado de información tan elevado como Geoffrey Barnes, con el poder y responsabilidades inherentes a ese cargo, deja de tener vida propia. *Es una cruz.* Su cruz, la cruz que todos cargan, cada uno a su manera, unas más pesadas que otras. Nadie tiene noción de lo que es ser Geoffrey Barnes, de lo que es tener su trabajo, de lo que es saber lo que él sabe. Y ninguna esposa, por muy dedicada que fuera, tendría temple para esperar noches inacabables, ignorando a veces si volverá a ver a su marido vivo. Es duro trabajar en la Agencia, tan duro como ser esposa de un asalariado de la misma. Que lo diga Jerónimo Staughton y sus dos matrimonios fracasados, con sólo treinta años a cuestas—. Debía de ser un hijo de puta, malo como las cobras, cabrón hasta decir basta.

—Ya —adverbia Thompson—. Estudió Derecho en Yale al mismo tiempo que se convirtió en un recurso valioso de la CIA

—continúa la explicación—. Dejó de servir a la Agencia en 1992 y se dedicó a viajar por el mundo. Ah, ¿y quieren saber una cosa interesante?

—Estamos aquí sólo para eso. Para tragedias me habría quedado en casa a vaguear.

—Era miembro de la Skull and Bones. Entró en el mismo año que Bush padre.

—Qué hijo de puta.

—¿Quién? —pregunta Thompson curioso.

—Nadie. Es sólo una expresión —explica Staughton, siempre preparado para librar a Barnes de su mala lengua—. Cuando digo que eres un hijo de puta, en realidad no te estoy insultando, ¿comprendes? Es como un cumplido.

—*Okay*.

—Miembro de la Skull and Bones —repite Barnes pensativo.

—¿Qué es la Skull and Bones? —pregunta Staughton—. ¿Algún club? ¿Una cofradía o hermandad?

—¿Que qué es la Skull and Bones? —Barnes está escandalizado con tamaña ignorancia.

—No fui contratado por mi cultura general —replica Staughton como pidiendo disculpas.

—La Skull and Bones es una sociedad secreta. O mejor, es la gran sociedad secreta de nuestro país. —Es Thompson quien explica.

—¿Otra como la P2?

—No. Nada de eso —contesta Barnes—. No. La P2 es diferente. —Reflexiona durante algunos segundos—. Si estuviéramos obligados a hacer un ránking de las sociedades secretas, la P2 sería aquella que mandaría en casi todas las demás, incluso en la Skull and Bones.

—Pero, según Thompson, esa Skull and Bones tiene miembros influyentes. Oí hablar de un presidente —arguye Staughton, verdaderamente curioso.

—Sí. En verdad son dos, Bush hijo también es miembro desde 1968 —refuerza Thompson.

—Vamos a ver si me hago entender —modera Barnes, parando.

La alusión a la P2, sigla de la logia masónica italiana de nombre completo Propaganda Due, tiene que ver con un caso ocurrido el año anterior, que juntó a estos tres hombres en una persecución a gran escala que acabó en nada, según Barnes. La Propaganda Due es una de las tan citadas colaboradoras especiales de la Agencia y la renta millonaria que recibe de Langley, desde hace más de treinta años, permite que sus líderes tengan una relación privilegiada, confundiéndose, no raras veces, quién tiene ascendencia sobre quién, o quién sirve a quién; o, mejor, quién utiliza a quién. El poder de esa Loggia es, de hecho, enorme, muy por encima de algunos presidentes, primeros ministros y afines. En realidad, la P2 tiene poder suficiente para instaurar gobiernos o derrumbarlos cuando ya no sirven a sus propósitos. Disponen de las vidas de todos como les conviene, hasta de papas. Que hablara Juan Pablo I, si aún estuviese entre nosotros. Lo cierto es que la Skull and Bones es un club de barrio, un juego de alumnos ricos, si se compara con la P2, aunque disponga de miembros influyentes, bien entendido; pero siempre bajo la jurisdicción de quien manda realmente. Y quien lo hace de verdad no aparece en las televisiones arengando al mundo.

—Pero el jefe dijo que la P2 mandaba en casi todas las demás —interrumpe Staughton—. Falta el casi.

Geoffrey Barnes mira a los dos hombres desde lo alto de sus casi dos metros imponentes. Retoman la marcha en dirección al lugar donde el crimen fue cometido hace dieciocho horas. Cintas de la policía holandesa impiden el paso, así como la puerta de entrada al váter. Un agente uniformado está de guardia en la puerta para asegurarse de que los no autorizados no entren.

—A ver, pedazo de burros, ¿quién manda en todo y en todos?

—¿Quién? —pregunta Thompson a falta de respuesta.

—El Opus Dei, ¿quién si no? —concluye el jefe.

Muestra el distintivo del FBI al centinela y entra en el lugar del crimen, dejando a los subalternos boquiabiertos, mirándose el uno al otro.

—¿El Opus Dei? —repiten uno y otro.

Acaban por unirse a Barnes instantes después, ignorando si lo que él ha dicho es cierto o no. Sea como sea, es hora de desconectar de los asuntos mundanos del poder y concentrar los esfuerzos en encontrar al asesino o asesinos de Solomon Keys.

—Aquí estamos —dice Barnes, mirando el amplio espacio. Urinarios a la derecha, cabinas con puerta a la izquierda. Un pasillo los separa. El color amarillo de los azulejos no disfraza el paso del tiempo. Otrora eran blanco puro, inmaculados, elección indiscutible cuando se trata de cuartos de baño, símbolo de salubridad y, no obstante, lujo al mismo tiempo. El objeto de la investigación se encuentra ya allí, en la cuarta y quinta puertas, son ocho en total. La sangre se extiende por las paredes y el suelo, más en el cuarto que en el quinto. La puerta del quinto tiene tres agujeros que forman un triángulo irregular. Una mancha de sangre se proyecta en la pared donde se apoya el tanque del agua. Algunos azulejos están rotos en el lado izquierdo de la misma pared.

—Fue aquí donde asesinaron a nuestro hombre —informa Thompson.

Todos miran en silencio, buscando los hilos del crimen. El más ínfimo detalle aporta información, intenta dar respuesta a sus preguntas. ¿Quién? ¿Por qué?

—Qué forma más jodida de morir —se desahoga Barnes.

—Sí que lo es. Y, según el informe de los holandeses, con los pantalones en la mano. Literalmente —avisa Thompson.

—Uno ya ni puede cagar en paz —advierte Barnes, analizando inquisitoriamente el lugar.

—Aquí, en éste, estaba una pareja de ingleses. Tal como nuestro hombre, aguardaban el tren para Hoek Van Holland.

—Cuando yo muera, quiero que sea así, con ella dentro —escarnece Barnes, lanzando una sonrisa sarcástica.

—¿Cómo lo sabe? —inquiere Staughton.

—Debes tener la mente ágil, Jerónimo, rapidez de raciocinio —advierte Barnes—. Que yo sepa aún no existen váteres mixtos.

Se hace la luz en la mente de Staughton. Claro, es evidente.

—¿Y estos tiros en la puerta? —pregunta Barnes a Thompson.

—Parece que a Keys lo asesinaron con la puerta cerrada. Por lo menos fue así como la encontraron y estaba cerrada por dentro.

Un tiro acertó en el pecho, otro en la cabeza y un tercero se perdió en aquellos azulejos.

Barnes mira a Thompson y después a las puertas.

—¿La puerta estaba cerrada? —Pensativo, sujeta la puerta que recibió los tiros y la analiza con más cuidado. Después pasa a la otra puerta—. ¿Dónde se llevaron éstos los tiros?

—Ah, un tiro en la cabeza de cada uno. Muy limpio —comunica Thompson.

Puerta abierta, puerta cerrada. La mente de Barnes hierve con ecuaciones y elucubraciones. Las cosas nunca son lo que parecen. Existen siempre variantes y variables, caprichos e imponderables, cosas difíciles de relacionar y comprender.

—¿Qué piensas de esto, Staughton? —pregunta el jefe en forma de examen.

Profesional, Staughton no se deja impresionar. Con Barnes es preciso estar siempre a la altura, sin miedo, con decisión, preparado para recibir las balas, en sentido figurado, entiéndase. A Staughton nunca se le ha dado muy bien el trabajo sobre el terreno y su actividad profesional secundaria pretende tan sólo ser eso, extrínseco, sin levantar olas, presentar soluciones, sin que para eso tenga que estar en el lugar donde se van a concretizar. Está claro que prefiere no tener que salir nunca de Londres, del centro de operaciones. Pero no son incursiones como ésta de Ámsterdam las que le afligen. Hay cosas mucho más peligrosas en este mundo.

—Si el informe es correcto, y sucedió todo, de hecho, como escuchamos...

—No te enrolles y avanza —interrumpe Barnes. No tiene paciencia para interludios.

—Diría que el señor Solomon Keys fue un daño colateral —concluye.

—¿Qué? —pronuncia Thompson apabullado.

—También a mí me lo parece —apoya Barnes.

—¿Cómo pueden llegar a esa conclusión? —interroga Thompson todavía pasmado.

—Staughton, haz el favor... —incita Barnes, autorizando al subordinado a presentar la teoría.

—No es, evidentemente, una conclusión, es una teoría —previene Staughton. Las cosas deben siempre ser bien explicadas para evitar confusiones y equívocos—. Si los datos que has dado son correctos —mira a Thompson, que asevera con un gesto de cabeza la fiabilidad de los datos—, se trata, casi con seguridad, de un daño colateral. La puerta del váter donde estaba la pareja está abierta y no presenta orificios de bala. Por otro lado, tampoco presenta señal alguna de haber sido forzada. El cerrojo está intacto, como pueden ver. —Apunta a la cerradura de la puerta número cuatro que, realmente, no presenta ninguna señal de violencia—. O sea, lo que fuera que ellos estuvieran haciendo...

—Estaban jodiendo, con toda seguridad —susurra Barnes para sí mismo, gesticulando hacia Thompson con una sonrisa viciosa.

—... debían de estar tan inmersos en sus asuntos, que ni se tomaron el trabajo de cerrar por dentro. En ésta se confirma que estaba cerrada por dentro y el asesino ni se tomó la molestia de echarla abajo. Pegó tres tiros y asunto arreglado.

—No comprendo adónde quieren llegar con eso —dice Thompson confundido.

—Es simple, Thompson. Quienquiera que haya hecho esto no estaba preocupado por el viejo. No se tomó la molestia de asegurarse de que había muerto, ni de quién era. No le importaba. Yo digo que Keys estaba ya dentro cuando la pareja entró. Después entró el asesino, que abrió la puerta de ellos y los liquidó sin error alguno. Como la puerta de Keys estaba cerrada, partió del principio de que había alguien en el interior. Le pegó tres tiros y se largó. En suma, esto era para ellos —apunta hacia la puerta número cuatro—, y no para él.

—¿Sabes la identidad de la pareja? —pregunta Barnes a Thompson. Es obvio que corrobora la teoría de Staughton.

—Está aquí —anuncia Thompson, entregándole un papel con las identificaciones.

Barnes mira los nombres. Dos desconocidos, macho y hembra, ambos muertos en el decurso de un acto de placer. Barnes no deja de esbozar una sonrisa al imaginarlos liberando los fluidos y las energías, y, de repente, pum, pum, o mejor, puf, puf, pues nadie oyó nada parecido a disparos en toda la estación. Estaba provisto, sin duda, de silenciador. Solomon Keys al lado, procurando pasar lo más desapercibido posible, tal vez hasta excitado, en la medida en que se lo permitían sus ochenta y siete años, el desatino que debe haber escuchado e imaginado y, de repente, nada. Probablemente escuchó los cuerpos al caer sin dueño y, después, la puerta de su cubículo cerrada, siempre cerrada, ningún intento de abrirla o romperla, nada. El silencio, sólo el silencio. Sin duda que ni la respiración se oía, la de ninguno de ellos. Uno de un lado, el otro del otro, el viejo con los pantalones sobre las rodillas, qué puta manera de morir. Un hombre que dio todo por la patria. No hay derecho. Es humillante, Barnes se siente humillado por Solomon Keys, por sí mismo, pues nadie sabe en qué condición se marchará al otro lado. Muerto, eso es cierto, llega muerto, pero el último momento, aquel último momento, el del suspiro final, del *Te quiero, Os quiero,* o algo por el estilo, cuántos tendrán la serenidad, la perspicacia de sentirlo, de intuir su llegada y de despedirse, a tiempo, de los suyos. El momento del puf, puf, puf, para Solomon Keys con los pantalones bajados. La puta que lo parió. No hay derecho. Es, ha sido un daño colateral, aquel que estaba en el lugar equivocado en el momento equivocado. No existe peor suerte que la hora y lugar equivocados traigan la muerte. Todo el resto es tolerable, menos eso. Pero ¿quién tiene el poder de adivinar cuáles son los lugares adecuados y equivocados para estar? La razón del crimen fue la pareja inglesa. Trás ellos iba él o ella. De estos cuyo nombre…

—Oh, mierda —maldice Barnes.

—¿Qué pasa, jefe? —quiere saber Thompson.

—¿Reconoces alguno de estos nombres? —pregunta Barnes, entregando el papel identificativo a Staughton.

Sin esperar respuesta, Barnes coge su móvil y hace una llamada.

—Oh, no —deja escapar Staughton.

—¿Qué pasa? ¿Alguien me lo dice? —continúa preguntando Thompson, enojado por no reconocer ninguno de los nombres.

—Soy Barnes —se presenta en cuanto responden a la llamada—. Quiero comunicar un homicidio. —Espera unos instantes—.

Llámelo, por favor. —Tras un momento de espera, parece estar escuchando lo que su interlocutor dice—. No me interesa que él esté ocupado. Llámelo inmediatamente y déjese de mierdas. Ha habido un asesinato, pero eso es lo de menos.

Capítulo
16

Volvamos a los engranajes y a sus ruedas solitarias, que tan sólo saben hacer su parte de trabajo, ignorando el resultado final, el propósito de su rodar hacia un lado o hacia el otro. Hablamos de Sarah Monteiro y del torbellino que la ha invadido hace poco, de la llamada de su padre y de JC, cosa extraña y preocupante, los dos juntos en la misma casa. ¿Qué privaciones estará sufriendo Raúl Brandão Monteiro en este preciso momento? Lo cierto es que la voz de su padre denotaba solamente preocupación y pesar, ningún signo doloroso fue perceptible, pero un ápice de algo quién sabe cuando de JC se trata. Él es el que parece tener los medios de saber de todo y de todos y disponer de todos y de cada uno a su antojo. Él es el diseñador del engranaje, el ingeniero y el constructor, es él quien crea los movimientos de las ruedas dentadas, de las cadenas, de las correas, ora hacia un lado, ora hacia el otro. Todos danzan al son de su música, de eso Sarah tiene la certeza. La única en medio de todas las dudas que la atormentan. A él se debe el puesto de editora de política internacional en *The Times*, el acierto en las noticias y las reacciones previstas. Incluso ausente, estuvo siempre presente durante el último año, cuchicheándole al oído, la sombra que se disipa cuando mira por encima del hombro o, simplemente, cuando es fruto de su imaginación. Pero no hoy, no ahora que escuchó su voz, nuevamente. Quedarse para ver cumplida su sentencia no es una opción. Mejor cumplir los preceptos recibidos y después ver, desde fuera, las secuelas.

El taxi la lleva en dirección a su nueva vivienda, en Chelsea, una casa de dos pisos, bien provistos de espacio y con una vista de ensueño para quien guste de admirar edificios y ríos de agua marrón. Después de aquella noche, hace casi un año, cuando vivía en su antigua casa, también de dos pisos, en Belgrave Road, no consiguió volver a poner los pies en ella. Las escenas le venían constantemente al pensamiento y las rememoraba con demasiada nitidez. Cuán sospechosos le parecían todos, los simples transeúntes que ella miraba por la ventana. El hombre de la bolsa de basura, la mujer hablando por teléfono que estaba permanentemente mirando por la ventana del segundo piso del Hollyday Express, enfrente, la parada del 24, el coche negro de cristales tintados aparcado en la calle, el hombre que invadió su casa, con el arma apuntándole a ella y los dos disparos misteriosos que dejaron dos orificios en la ventana de su antiguo cuarto de baño y dos letales en el hombre que vino para abatirla. Sólo más tarde comprendió quién fue su salvador, quién mató al asesino que la vino a matar. Piensa en él muchas veces, en el salvador, aunque nunca más lo haya visto. Se le aparece todas las noches librándola de las pesadillas nocturnas, de la imagen de JC, del otro bien vestido, de las detonaciones, de las muertes, de las risas malignas, de los actos maléficos. Es siempre él quien se viene a recostar con ella, todas las noches, susurrando canciones de cuna a su oído, hasta que Sarah se despierta por la mañana, en calma y serena, una sonrisa en los labios, sola, sin nadie. Los monstruos regresan todas las noches, las mismas imágenes, personajes, rostros, las mismas balas, los mismos muertos, la última noche en la casa de Belgrave Road, el arma apuntando hacia ella, los últimos momentos de la corta vida y él que vuelve a su lado, susurrándole melodías hasta que ella se duerme nuevamente. Después de eso fue a vivir una temporada al estudio de su amiga y colega de profesión Natalie Golden, en Pentonville Road. Posteriormente, incluso llegó a alquilar un estudio en Polygon Road, hasta que el empleo actual le trajo el colchón financiero necesario para arrendar el nuevo inmueble. No lo tendría si no fuese por él, tampoco estaría en este taxi, ni Simon Lloyd sería su becario y se sentaría a su lado con el brillo de la felicidad en la mirada. Todo es una consecuencia de causas anteriores.

Sarah no se sentiría bien ausentándose del diario sin dejar aviso; por eso, ha informado a su director sobre su breve ausencia. Una bomba periodística, de última hora, una exclusiva que valía la pena investigar, justificarían el viaje.

—En ese caso, lleva a Simon contigo —fue lo que le ordenó el director, y ella no ha conseguido argumentar nada para declinar aquella oferta. Tal vez en otro momento, con más calma, lo habría persuadido de la inutilidad de llevar a Simon con ella, sin ofensa para la competencia de su becario, pero su mente estaba ocupada con otros problemas más acuciantes.

—¿Qué vamos a hacer en su casa? —quiere saber el curioso Simon, arrullado por la marcha veloz del coche por las calles de Londres, a pesar de la hora punta del final de la tarde.

—Voy a buscar algunas herramientas de investigación —explica Sarah—. Y después estás dispensado y podrás marcharte —concluye.

Valía la pena intentarlo, pero daba por seguro que Simon no iba a acatar tal sugerencia, incluso proviniendo de su superior jerárquico.

—Mis órdenes son que la acompañe en este asunto. No piense que se libra de mí así con tanta facilidad —contesta Simon virilmente. Bravo, muchacho.

—Las órdenes soy yo quien te las da, ¿lo has olvidado? —ataca ella.

—Con el debido respeto, acato siempre sus órdenes, pero éstas me las ha dado, personalmente, el director —argumenta con un dedo apuntado hacia arriba como si estuviese hablando del mismísimo Dios—. ¿Qué le digo si me presento al trabajo y él me pregunta por usted? —Uno a cero para Simon Lloyd—. «Ah, señor director, ella me ha dispensado». ¿Eso le digo?

—*Okay, okay* —se rinde Sarah. Más vale conformarse por el momento y después ya se verá. De cualquier manera, jamás se perdonaría si le pasase algo por su causa. Cada cosa en su momento, cada problema en su momento—. Estate atento a lo que te voy a decir. Haces todo lo que yo te mande hacer y no inventes nada en esa cabecita loca. ¿Entendido? —Simon la mira picado.

—Me siento un poco ofendido con la observación, pero cuente conmigo. No seré un estorbo, sino un activo. Somos un equipo. —Sonríe al terminar la frase.

Qué rayos de tío tan formal, piensa Sarah irritada.

—Y, ahora, ¿puede decirme adónde vamos? —pregunta Simon curioso.

—Vamos a mi casa, ya lo sabes —respuesta seca.

—Sí, ¿y después de eso?

Sarah aún no ha planeado esa parte. La frase *Salga de Londres, ya* aún resuena en su mente como un martillo neumático, pero ¿salir hacia dónde? ¿Adónde puede ir? El abanico es amplio, Londres está unida al mundo por tierra, agua y aire, ahí no está el problema; ahora bien, ¿hacia dónde será mejor? ¿Coger un avión intercontinental con destino a Estados Unidos, por ejemplo? ¿Será un lugar, temporalmente, seguro? ¿O, por otro lado, debe permanecer en Europa, cerca de su padre y con más libertad de movimientos e independencia para moverse? Ninguna instrucción más le ha sido dada, aparte de huir a toda prisa y sin mirar atrás, ellos andan ahí, detrás de ti, no te dejes cazar. ¿Y después? Lo mejor es quedarse cerca, decide. Además, su última experiencia al otro lado del Atlántico fue tan traumática, que le parece mejor enfrentar los peligros desde este lado.

—Después, tren hasta París —anuncia.

—¿París? —repite Simon con el rostro iluminado—. Nunca he estado en París. Va a ser maravilloso.

—Simon, es trabajo y no turismo —advierte—. ¿Qué estás haciendo? —pregunta Sarah al verlo pulsar frenéticamente teclas en el móvil.

—Enviar un mensaje a mi media naranja. Ya sabe cómo es esto. ¿Usted tiene novio? —Tal vez ahora pueda saber algo de su jefa, después de todo. Inesperado. Es curioso cómo todo cambia en segundos, tal vez este viaje laboral acabe por unirlos y transforme la convencional relación jerárquica en una bella amistad.

—Hemos llegado —informa Sarah al entrar en la calle Redcliffe Gardens. Su casa se sitúa en uno de los extremos y más informaciones sobre el domicilio no se darán, con el fin de preservar su privacidad. Es importante que episodios como el de Belgrave Road no se repitan, para el bien de la propia salud mental de Sarah, que sin duda precisa de aliento en estas horas de incertidumbre.

Efectuado el pago al taxista, en libras esterlinas, la moneda del reino, Simon y Sarah cruzan al otro lado de la calle, así fue, pues el taxista aparcó en el opuesto, enfrente, son futilidades que atañen a la dirección del tráfico y que no importa referir. Llegados al lado correcto, Sarah abre la bolsa y busca la llave de la sólida puerta blanca, de madera. Piensa en París, en el viaje a París, en tren, en el Eurostar, el Tren de Gran Velocidad que cruza el canal de la Mancha y une la isla al continente, dos horas y treinta y siete minutos después, si no hubiere atrasos, y normalmente no los hay. La última vez que hizo ese viaje iba con él, su salvador, con un fardo inmenso en la consciencia, forzada por las incongruencias del destino, como ahora, aunque esta vez tenga posibilidad de elección. Dejaban atrás un rastro de destrucción, es verdad, un mar de lágrimas, de hogares deshechos, de proyectos cancelados o aplazados, de vidas descoyuntadas, en el último viaje de Eurostar en dirección a la ciudad de la luz. No, esta vez es muy diferente. Aún no hay muertos o heridos, por lo menos que ella sepa, sólo un aviso, una advertencia u orden de salir de allí. Lo que venga ya se verá.

Sarah encuentra el muñeco en forma de burro que hace las veces de llavero y enfila la adecuada en la cerradura, en el preciso momento en que una sombra ennegrece el blanco de la sólida puerta de madera. Mira hacia atrás y ve un autobús londinense parar enfrente para dejar salir y entrar a quien sigue la vida normalmente. Quién pudiera hacer lo mismo. En vez de eso, tiene que rememorar cosas pasadas, como, por ejemplo, el lugar donde guardó el dosier que JC, o alguien a su sueldo, es lo más probable, dejó en la habitación del séptimo piso del Grand Hotel Palatino, en Roma.

—¿Sarah Monteiro?

Oye una voz preguntar a su oído. No es Simon, ése está al otro lado. Mira hacia un hombre embutido en un traje negro, con una cicatriz rasgándole el rostro desde el ojo derecho hasta el labio superior del mismo lado, recordando a los villanos que siempre existen en los romances de cordel o en algunos relatos policiacos, más o menos insensatos, sobre servicios secretos, espionaje, atentados a papas y películas del mismo contenido inventivo. No puede decirse que el pánico no haya aflorado entre sus emociones, pero, para gran sorpresa de Sarah, consigue controlarlo moderadamente para no dejarlo exteriorizar.

—¿Quién lo desea saber? —pregunta sin denotar cualquier fricción nerviosa en las cuerdas vocales.

—Mi nombre es Simon Templar —responde sucinto—. Voy a necesitar que me acompañe. —Una necesidad más en plan de orden que otra cosa, pues ya la agarra por un brazo al mismo tiempo que muestra su identificación. Un carné en el interior de la cartera desplegable, con su fotografía, unos años más joven, y la filiación laboral superpuesta. SIS. Secret Intelligence Services.

—Vaya —deja escapar Simon Lloyd, necesitado ahora de apellido para que no haya confusiones—. Servicios secretos.

—¿Cuál es la razón? —pregunta Sarah ruborizada. Los nervios interiores comienzan a producirle escalofríos. Verdad o no, esto no lo esperaba. ¿Es esto cierto?

—Es un asunto de Estado. De momento no puedo adelantar nada más —concluye, revelando alguna irritación. El Estado, con letra mayúscula, está por encima de todo. Credo, raza, profesión, vida personal, nada de eso importa cuando toca la campanilla el Estado. Nunca se debe cuestionar su voluntad. Se cumple y listo.

El agente Simon Templar, cuyo nombre parece salido de una serie cualquiera de televisión de los años sesenta, toma por el brazo a Sarah, como un guardia de prisiones celoso, alerta ante cualquier acto ilícito o imprevisto.

—No necesito guía. Sé andar sola, gracias —avisa Sarah, liberando el brazo y lanzando una mirada segura al agente gubernamental.

Caminan en dirección a un coche negro con matrícula del gobierno, que deja a Sarah más aliviada.

—Sarah —llama el otro Simon, el subalterno, corriendo a su encuentro. Se había quedado pasmado en el umbral de la puerta durante algunos instantes, sin reaccionar, pero enseguida recupera su habitual desenvoltura—. ¿Qué necesita que haga?

—Ah... no sé cuánto tiempo se va a demorar esto... por eso... ah... —piensa, razona—. Vas a mi casa y, en la sala, en el estante de los libros, buscas una caja de madera con una botella de vino de Oporto añejo, cosecha de 1976. Por detrás, encontrarás un dosier. Llévatelo y espera a que yo contacte contigo —concluye Sarah, entrando en el asiento de atrás del vehículo.

—Así lo haré, Sarah —la tranquiliza él—. Cualquier cosa que necesite... pero de verdad cualquier cosa...

El coche gubernamental arranca a toda velocidad, no dejando entrever su interior, debido a los cristales ahumados. Simon Lloyd, empleado bien enseñado, se acerca a la sólida puerta blanca de madera que impide la entrada libre en la casa de Sarah. La llave todavía está metida en la cerradura. Con la confusión imprevista, Sarah se ha olvidado de sacarla. El estribillo de *Bad*, de Michael Jackson, comienza a sonar en el móvil de Simon. No deja que llegue ni siquiera al tercer verso.

—Hola, mi amor —saluda—. Ni te imaginas lo que acaba de pasar. Hasta estoy con carne de gallina... después te cuento. —Escucha la voz del amor del otro lado de la línea imaginaria—. Vamos, quiero decir, íbamos... todavía tenemos que ir, en cuanto ella esté libre. —Más conversación—. Libre es una forma de decir. En cuanto esté disponible... después te cuento con más detalle... ¿Ahora? Ahora voy a su casa...

Para poder explicar cómo es que, dos segundos después, Simon Lloyd está extendido en el suelo, entre la acera y el asfalto, con la puerta encima de él, partida en dos, es preciso utilizar el recurso estilístico, no literario, de la cámara lenta, pues dos segundos han bastado para separar el final de una frase de todo el resto que ha pasado a continuación. Y si dos segundos parecen muy poco tiempo, ha sido más que suficiente para que, nada más girar la llave en la cerradura de la sólida puerta blanca, ésta fuera impelida contra él, empujada por una explosión procedente del interior, lanzándole algunos metros por el aire, hasta dar con las costillas en el autobús de dos pisos que estaba arrancando, al mismo tiempo que la puerta se partía sobre él. Ha aplastado un poco la carrocería y no ha roto los cristales solamente porque el desplazamiento de aire provocado por la explosión se ha encargado de ello; no sólo en el mencionado autobús, sino en un radio de centenas de metros, casi todos los coches y casas han visto sus cristales deshacerse en mil pedazos y proyectarse en todas las direcciones. Simon ha caído al suelo, quedando con los pies en la acera y la cabeza en el asfalto de la calle, junto al autobús, inanimado. No se da cuenta, por eso, de las llamaradas que irrumpen de la casa de Sarah y se extienden a las otras vecinas. Gritos inconexos resuenan por la calle. Avivan viejas y recientes memorias de atentados en la vida de las personas normales. El final de las vidas, sin apelación ni agravio, sin piedad. ¿Cómo puede algo tan divino no significar nada en absoluto para algunos?

Simon abre los ojos un momento, la sangre se le extiende por la cara y por el cuerpo, vidrios y lascas de madera, ceniza, sobre él el vano grande de la puerta, partida en dos. Presiente la presencia de algunos bultos. Los ojos desenfocados intentan ver, pero no consiguen discernir nada. ¿Dónde estará? ¿Ha muerto? ¿Será la entrada en el cielo? No tiene dolores, por lo menos no es consciente de ellos. Siente los bultos aproximarse aún más. Un segundo, una milésima, y algo de su propia mente, un enfoque fugaz en uno de los bultos, consigue provocarle una sonrisa antes de desfallecer y un murmullo.

—Mi amor. Mi amor.

Es curioso cómo cambia todo en segundos.

Capítulo
17

L o primero nada más pasar las puertas automáticas de cristal de la entrada es seguir de frente hasta los ascensores. A excepción del domingo, hay gran ajetreo durante los restantes días de la semana; por eso, como hoy es jueves, se comprenden los movimientos, a primera vista inconexos, de todos los que aquí trabajan, ora hacia un lado, ora hacia el otro, en el ascensor, subiendo las escaleras, entrando en los diversos sectores, recorriendo los pasillos laberínticos, cada uno con un carné plastificado identificativo, colgado en la chaqueta, en la camisa, en la blusa escotada, conforme al traje que le corresponda. Sin embargo, cada uno es una pieza influyente, una parte fundamental del sistema. Una vez en el interior del ascensor que esté disponible, tienen que marcar el número 3 para que la máquina eleve el receptáculo hasta la planta en cuestión. Una vez ahí, damos con un enorme pasillo, tomamos el camino de la derecha, desde la perspectiva de quien sale del citado ascensor, y recorremos cien metros, más o menos, donde daremos con un par de puertas de aluminio. Están cerradas, pero basta empujar para que cedan. Treinta o cuarenta metros tras los cuales el mencionado pasillo gira a la izquierda 90 grados, marcando la esquina del edificio, por en medio de las personas enfrascadas en sus quehaceres laborales, y aparecerá un nuevo par de puertas de aluminio, con una placa de cristal esmerilado en la parte de arriba donde está grabada la palabra *Pathologie*.

Allí dentro, además de tres camillas de acero inoxidable, más un conjunto de monitores y varios utensilios y armarios que no vienen al caso, existe toda una pared revestida con el mismo acero y dieciocho puertas cuadradas, uniformemente colocadas, tres filas de seis que cubren todo la longitud y altura de la pared. Son las cámaras frigoríficas que albergan los cuerpos que dejaron la duda en este mundo. Hablamos de la sala de autopsias del Nederlands Forensisch Instituut, el lugar donde los muertos revelan sus últimas sentencias.

Es aquí donde vemos entrar a los tres norteamericanos, Geoffrey Barnes, Jerónimo Staughton y Thompson. Tienen la intención de observar los cuerpos de los dos ingleses fornicadores, más el de Solomon Keys, y tiempo no es un elemento del que dispongan en abundancia. No, si se confirma una de las identidades allí presentes.

Al contrario de las morgues convencionales, la temperatura de estas cámaras varía entre 15 y 25 grados centígrados negativos, para que la descomposición sea totalmente interrumpida, preservando así la mayor parte de los datos forenses posibles. En las morgues hospitalarias o funerarias, por ejemplo, la intención no es interrumpir la descomposición, sino retrasarla, dejarla avanzar lentamente, por lo que la temperatura en esos frigoríficos es positiva, entre 2 y 4 grados. Son dos formas diferentes de preservar a aquellos que ya partieron, durante el tiempo suficiente para que digan todo lo que tienen que decir sobre las causas de su muerte, antes de ser enviados a su última morada, allá donde ésta se encuentre.

Un hombre de bata blanca, supuestamente médico forense, confirmado por el carné identificativo prendido en la bata, hace la limpieza de una de las camillas, con una manguera fina de donde chorrea el líquido aséptico que permitirá una nueva autopsia, libre de gérmenes antiguos que puedan infestar las pruebas nuevas. Mira a los tres grandullones que acaban de entrar, mientras barre la sangre hacia los canalillos adyacentes. ¿Cuántos cuerpos habrán pasado hoy por su bisturí, para sufrir la última incisión, la más invasiva de todas, aquella que todo relata, los defectos y virtudes, sin omisiones

Staughton cumple la orden con gusto, sin disposiciones heroicas que demostrar, ni interés en ello. Barnes sabe perfectamente las cualidades y defectos de quienes le sirven y lo que cada uno consigue aguantar. De otra forma, le obligaría a permanecer allí durante toda la observación. Staughton es bueno en otras cosas, como ya ha quedado probado en el váter de Amsterdam Centraal. Observar y deducir, recoger los datos y procesarlos. Sí, en eso nadie puede con Jerónimo Staughton.

Barnes mira serio el cuerpo. Totalmente desnudo de ropa y prejuicios, santificado por la muerte perenne, dos orificios de acuerdo con el informe pericial, uno en el pecho y otro justo en el centro de la cabeza, morado, sin vida, pues hasta la sangre pierde la vivacidad y se amolda con la podredumbre que vendrá, más pronto o más tarde, no importando el tiempo que se retrase el proceso.

—¿Ya tiene el informe de balística? —pregunta Barnes sin quitar los ojos del cuerpo del antiguo miembro de la Agencia.

—Sí, un momento —responde el médico, dirigiéndose de mala gana a la pequeña mesa donde se encuentra el monitor—. Nueve milímetros.

—Nueve milímetros —repite Barnes—. Claro. Sólo podía ser así. —Continúa mirando el cuerpo—. ¿Fueron todos abatidos con la misma arma?

No consigue dejar de mirar al hombre, aunque razone independientemente. Piensa que un día podría ser él quien se encontrara allí extendido o en otra camilla de cualquier otro departamento forense, con un tiro en los cuernos y las arrugas de la edad jodiéndole el rostro, eso si llega a la edad de Solomon Keys. El mundo de Solomon ya no existe. El tiempo en el que la gente confiaba en desconocidos que surgían de la nada, de repente, manipulándola a su antojo, pagando generosamente por informaciones y lugares estratégicos, eliminando a quien tenía que serlo y evitando riesgos a quien se encargaba de ello. Hoy las cosas son más peligrosas, los criminales son mucho más inteligentes, cautelosos, van siempre dos pasos por delante de los servicios de información y no tienen contemplaciones. Además de eso, vidas dobles o triples o totalmente inventadas por los agentes, como en el tiempo de Solomon, ya no tienen sentido. Todo se hace a distancia, por Internet u otros dispositivos inalámbricos. La exigencia es mucho mayor. Las comunicaciones son cifradas y siempre son necesarios varios millones de dólares para validar o descifrar una información, no significando eso que sea fiable. Ésa es una de las razones por las que la Compañía opta por vigilar a todos, y no sólo a aquellos que sean considerados sospechosos, pues no tienen idea de quién lo es realmente. Después de un barrido informático en que un superordenador busca patrones binarios que reflejan palabras como *presidente, atentado, bomba, Estados Unidos de América, amenaza, gas*, entre otras de una extensa lista, vía Internet, audio y vídeo, consiguen, de vez en cuando, coger a alguien cuya inteligencia raya en la estupidez. No, Barnes no llegará a la edad de ochenta y siete años de Solomon Keys, ni nada que se le parezca. Pero el tiro en los cuernos está prácticamente garantizado. De ahí la mirada compasiva al viejo difunto.

—Sí. Todos por la misma arma —concluye el médico legista.

—Quiero ver a los otros dos —exige Barnes.

Otras varias maniobras en el teclado del ordenador y la información aparece en la pantalla, revelando las puertas 15 y 16 como albergues de los cuerpos de la pareja inglesa. Davids se dirige primero a la 15, la abre y tira de la camilla que contiene... ningún cuerpo.

—Esto es inesperado —profiere Davids, paralizado por la sorpresa.

—¿Tiene la seguridad de que era ahí donde estaba? —pregunta Barnes.

—Es lo que dice el ordenador —informa el médico.

Abre la puerta de la 16, que presenta el mismo resultado. Nada.

—Joder —blasfema Barnes—. ¿Estás viendo esto? —inquiere, girándose hacia Thompson.

Irritado e impaciente, Barnes comienza a abrir las puertas de todas las cámaras frigoríficas y a tirar de las camillas.

—¡Eh! —protesta el médico.

—Quédese quieto —avisa Thompson, comenzando también a abrir las cámaras y a leer la etiqueta colocada en el pie de cada extinto.

Trece muertos después, ya que algunas cámaras se encuentran vacías, no hallan señal alguna de la pareja inglesa. Repasando la lista de los presentes, más las respectivas localizaciones, todo parece estar en orden con los demás.

—¿Quién puede haberse llevado los cuerpos? —pregunta Barnes al médico.

—Nadie. Los cuerpos aún no están preparados para su traslado.

—¿Y cuando lo estén? ¿Quién se los puede llevar?

—En este caso, como son extranjeros, puede ser la familia o un representante del Estado de origen del difunto, pero siempre acompañado por un familiar.

—¿No puede haber algún error informático? ¿Haber sido entregados los cuerpos y que esa información no haya sido todavía procesada en el ordenador? —quiere saber Thompson.

—Me parece un poco extraño, pero voy a enterarme de eso —informa Davids, mucho más amistoso que en el inicio. Es la morbidez de la situación. Ironía, ironía.

Descuelga el teléfono, clavado en la pared junto a la puerta de entrada o salida, conforme el caso, y marca tres cifras, extensión interna. Tres segundos después, inicia una conversación en el nasal neerlandés que culmina de forma violenta al colgar el teléfono, que acaba por quedarse bailando pendiente del cable.

—Ya viene —aclara.

—¿Quién? —preguntan Barnes y Thompson.

—El jefe. El doctor Vanderbilt —explica—. *Zoon van een wijfje.* —Hijo de puta.

Las razones de la blasfemia son suyas, quizá incidentes de orden jerárquico que no nos interesan, tampoco a Barnes o a Thompson, ni a Staughton que entra nuevamente, descolorido como una col blanca, limpiándose la boca con un pañuelo de tela, al mismo tiempo que lo usa para cubrirse la nariz.

—Aquí está todo esterilizado. No huele a nada —advierte Davids saturado de tanta intromisión. Están retrasando su trabajo. Staughton no atiende a la advertencia. Mira las puertas abiertas de la gigante arca frigorífica y los cuerpos, trece, sacados fuera. Observa a Thompson curioso. Éste, al encararlo, desvía la mirada.

—Ni preguntes —avisa.

Mientras tanto, entra aquel que será el tal Vanderbilt, doctor, jefe de Davids, doctor. Viste un traje azul índigo con corbata de idéntico color por dentro de la bata blanca y abierta. Pose rebosante de confianza y altivez y una sonrisa en los labios interrumpida súbitamente. Suspende el *Goede nacht, heren, Buenas noches, señores,* al ver aquel espectáculo macabro. Parece que alguien quisiera comprar cuerpos o parte de ellos.

—Davids, *sluit alles, nu* —grita para Davids, lo equivalente a mandar cerrar toda aquella mierda, sin la respectiva blasfemia, pero inherente en el tono con que la frase es proferida—. ¿Qué es esto, señores míos? ¿Quieren asaltarme el chiringuito? —profiere en tono jocoso. Sabe a quién puede hablar así y cómo hacerlo.

Un único gesto de cabeza de Barnes a Thompson hace que el segundo se coloque en el camino de Davids, impidiéndole cumplir la orden del jefe.

—Alto ahí, Davids —notifica Barnes—. Aquí nadie toca nada hasta que me expliquen dónde están los dos cuerpos que faltan.

—Pero ¿qué es esto, señores? ¿Dónde piensa que está? ¿En su país? Aquí usted no manda nada —aclara, abandonando los modos conciliatorios. Al final, parece que no sabe a quién puede hablar así ni cómo hacerlo.

—Este norteamericano fue asesinado en su país, en esta ciudad. Si supiese la importancia que este hombre tiene para los Estados Unidos de América, se lo pensaría dos veces. Si a Bagdad llegamos en tres semanas, podemos muy bien llegar aquí en tres días.

—Bueno, bueno. No hay necesidad de exaltarnos. Además de eso, están bajo jurisdicción de los Países Bajos. Ese cuerpo no va a ningún lado hasta que yo dé autorización.

Nos ha puesto en nuestro sitio, piensa Barnes.

—Muy bien. ¿Dónde están los cuerpos de los ingleses? —pregunta.

—Han sido retirados. Están camino de Londres en este exacto momento.

—No está en el ordenador —informa Davids, sorprendido.

—No está porque yo todavía no lo he hecho. Acabo de realizarlo hace unos tres cuartos de hora.

—¿Quién se ha llevado los cuerpos? —Voz incisiva y cortante la de Barnes. Algo se le escapa. ¿El qué?

—Un familiar.

—Nombre —quiere saber Barnes.

—Sabe perfectamente que es materia bajo investigación y secreto...

—El nombre. —Esta vez lo dice gritando para que no existan dudas sobre quién manda allí.

Vanderbilt, doctor, se acerca al ordenador e introduce un conjunto de códigos y otras parafernalias programáticas, necesarias para el buen funcionamiento del *software* informático. Instantes después, le da la vuelta al monitor de plasma para que ellos vean el nombre. Su cara es de pocos amigos, pero de nada le vale. Lo hecho, hecho está.

Barnes se acerca al monitor y lee la información contenida en él. Staughton y Thompson hacen lo mismo.

—¿Qué? —explota Staughton atónito.

—Hijo de la gran puta —vocifera Geoffrey Barnes, no queriendo creer el nombre que acaba de leer.

Capítulo
18

Dios, cuyo Hijo Unigénito, con su vida, muerte y resurrección, nos consiguió el premio de la vida eterna, nos concede, a nosotros que celebramos estos misterios del santo rosario, imitar lo que contienen y alcanzar lo que prometen. Por Cristo nuestro Señor —recita el sacerdote.

—Amén —contestan todos los creyentes.

Así se presenta el acto litúrgico en la capilla mayor de la catedral de Santiago de Compostela, donde el mayor incensario del mundo, el *botafumeiro,* pende inerte, sin incienso, pero conservando el mayor de los respetos. Hace setecientos años que se mantiene la tradición de usar el gigante incensario, no éste, que tiene poco más de ciento cincuenta, sino otros similares, siendo la idea purificar el ambiente espiritualmente y en lo referente al olfato, pues era el medio más eficaz de repeler el olor que emanaba de los peregrinos, después de centenas o millares de kilómetros en peregrinación por la fe, descuidando la higiene, no tan accesible ni recomendable en aquellos tiempos.

Marius Ferris ha pasado aquí el día entero asistiendo, prácticamente, a todos los rituales de la jornada litúrgica. Ha visitado la cripta de Jacob, donde quedan las reliquias del apóstol. Ha estado arrodillado en oración durante más de una hora en el angosto lugar, ignorando a los transeúntes que acudían al obligatorio paso que queda por debajo del altar, con entrada por una puerta estrecha que da a unas escaleras aún más estrechas. La entrada queda del lado izquierdo de quien mira de frente hacia el altar y la salida por el derecho y, a pesar de estar ambas debidamente señalizadas, hay quien no se digna cumplir esas normas organizativas y entra por la salida y sale por la entrada. Ajeno a todo eso, Marius Ferris ha continuado rezando a Santiago Mayor, arrodillado en el reclinatorio, con los ojos cerrados, el ceño fruncido, sintiendo cada palabra proferida mentalmente. Ha habido ocasiones en que parecía verse una lágrima desprenderse del párpado cerrado y descender hasta perderse en la mejilla y evaporarse.

Ahora está sentado en medio de la nave, escuchando las últimas palabras del padre Clemente, y la noche ha caído hace ya más de una hora. Algunas decenas de fieles están diseminados por las filas de bancos, ancianos y encorbatados que acaban de salir de sus empleos o empresas, según los casos, agradeciendo los favores obtenidos o, más probablemente, pidiendo nuevas gracias o subrogando algunas antiguas por otras recientes, como un servicio proporcionado desde lo alto a quien sepa negociar.

En la última fila se sienta un hombre joven con traje negro, y quien atendiese a sus movimientos durante el día jamás podría afirmar con certeza absoluta que el motivo de su presencia fuese Marius Ferris. Bien al contrario. La forma como ha paseado por la catedral, evitando la cripta cuando el sacerdote rezaba allí con ahínco, haría que el más resuelto de los curiosos lo tildase de historiador o bien de amante apasionado del arte sacro. Se ha demorado en los más variados rincones, apreciando algunas de las reliquias abiertas a la mirada, no todas, pues un día no es suficiente para ello, quizá ni una vida, prestando especial atención al crucifijo de oro, original del año 874, que se encuentra en la capilla del relicario y que contiene, según se cree, un pedazo de la verdadera cruz en que Cristo fue crucificado. La Historia, siempre la Historia y la fe, no tanto la fe en este hombre, sino más bien el valor y la curiosidad inmanente de la reliquia, tal vez solamente la curiosidad. ¿Será realmente un pedazo de la madera de la cruz? ¿Y si lo fuere? Ha reflexionado sobre eso largos minutos, a falta de otro interés y lugar a donde ir, pero ha acabado por concluir que, incluso aunque se confirmase tal proveniencia, a él tanto le daba, pues un objeto no se convierte en santo sólo porque sujetara a Cristo hasta la muerte, haciéndole penar, torturándolo horas y horas hasta el último suspiro.

Más tarde ha descendido a la cripta, cuando ésta ya se encontraba desocupada de orantes, y ha analizado el estrecho lugar. Tres pequeñas puertas enrejadas, siendo la del medio la que guarda el sarcófago de plata con reliquias sagradas, los huesos de Jacob, al fondo de un pequeño pasillo con el suelo cubierto de mosaicos negros y blancos. Las otras dos puertas guardan los restos mortales de los dos discípulos de Santiago Mayor, denominados san Teodoro y san Atanasio, al lado de los de su amo en la vida y en la muerte.

Acabada esta pequeña peregrinación personal, hecha más bien por obligación y para evitar el desagrado del trabajo que le ha sido encomendado, ha ido a sentarse en este banco de la última fila, donde permanece desde que la misa ha comenzado.

—En el nombre del Padre, del Hijo y del Espíritu Santo —profiere el padre Clemente al mismo tiempo que pone la mano derecha sobre la cabeza al pronunciar Padre y sobre cada uno de los hombros al decir Hijo y Espíritu Santo—. Id en paz y el Señor os acompañe.

Otra celebración eucarística terminada, la quinta a la que asiste hoy, hablamos del mismo hombre sentado en el banco. Está casi terminando su martirio y comenzando el de otros. Las cosas están yendo bien en los diversos frentes de operación.

Ve a Marius Ferris dirigirse al sacerdote que se encamina hacia la sacristía, pero no hace amago alguno de levantarse del banco de la última fila. Aún no es la hora. Las instrucciones son precisas.

—Don Clemente —saluda Marius Ferris, con una voz plácida, acorde con el lugar sagrado.

El sacerdote, también de pelo cano, se detiene y lo examina. Aquel rostro no le es extraño. Pero el pelo blanco…

—¿Marius? —pregunta con un poco de duda.

—Aún te acuerdas de mí —responde el otro.

—Oh, Marius.

Los dos hombres de la Iglesia se abrazan con fuerza, congregando todos los años de separación con aquel gesto.

—¿Cuántos años? —quiere saber por fin don Clemente, aturdido por la alegría de volver a ver al amigo y paisano.

—Han sido muchos —responde Marius Ferris—. No importa. ¿Cómo estás?

—Como ves —replica el otro—. En la Gracia del Señor. No esperaba volver a verte. ¿Cómo estás? ¿Qué has hecho?

—He regresado —informa Marius Ferris, sin añadir más de lo debido. Lo suficiente es bastante.

—Oí decir que estabas en Nueva York.

—Sí. Es verdad —responde evasivamente.

—Y, entonces, ¿es el regreso definitivo?

—Casi —dice Marius Ferris—. Aún me falta una última jornada. Pero he querido comenzar primero por aquí.

—Obviamente. Obviamente —apoya don Clemente—. Primero aquellos que nos tocan más de cerca.

—Naturalmente. Han sido muchos años apartado de la tierra. —Estas últimas palabras son pronunciadas con alguna melancolía y una mirada vacía. El tiempo pasando por las órbitas, sin clemencia, lo que se va, se va, está acabado, está pasado y no volverá a ser presente, nunca más, por eso se lamenta, se queja, es la congoja que vence cuando se recuerda el tiempo que no ha sido nuestro. Pero una vida dedicada a los ideales de la Iglesia no se aborrece, y mucho menos una persona en la posición de Marius Ferris. Se puede tener pena por la vida lejos de la tierra, por el corazón que quedó aquí cuando él partió, hace veinte años, pero no por sus hechos y concretizaciones, por la propagación de la Palabra de Él y de él, siendo la de este último la del pastor de los pastores, Su Santidad, los varios papas que tuvo y a los que sirvió durante todo este tiempo—. También iré a Fátima, a Lourdes y visitaré la Santa Sede. Sólo entonces regresaré del todo —concluye.

—Una verdadera peregrinación personal —dice don Clemente, verdaderamente admirado.

—De la cual estoy necesitado hace mucho.

—Lo creo. Lo creo —admite el padre—. Aquí te esperaré cuando vuelvas. Sabes siempre dónde encontrarme.

Coloca una mano en el hombro de Marius Ferris en gesto de aprecio y después continúa su camino hacia la sacristía.

—En verdad —comienza Marius Ferris, interrumpiendo los pasos de don Clemente—, he venido aquí también por otra razón.

—Su semblante es serio.

—¿Ah, sí? —Aguarda a que el amigo Marius prosiga su explicación, pero éste no dice nada más. Continúa mirándolo con expresión grave—. ¿Y bien? Di lo que sea.

—Quiero confesarme.

La tensión opresora que Marius ha transmitido al ambiente queda cortada por una carcajada estridente de don Clemente.

—¿Sólo eso? —pregunta el otro, enjugándose las lágrimas con la manga de la sotana—. Ha habido un momento en que he pensado que me venías a pedir dinero.

Es el momento de que Marius Ferris esboce una sonrisa.

—No. Sólo me quiero confesar.

—Muy bien.

El silencio se extiende por toda la catedral, prácticamente vacía. Solamente un hombre deambula por el Pórtico de la Gloria, absorto por la magnificencia del lugar. Marius continúa mirando al amigo.

—¿Pero cómo? ¿Ahora? —quiere saber don Clemente, cayendo en la cuenta de repente. No se había percatado de que la petición era de cumplimiento inmediato.

—Sí —confirma el otro.

Don Clemente consulta el reloj con el ceño fruncido y mira hacia la puerta grande de la catedral.

—Espérame aquí. Ya vengo —se excusa.

Y con estas palabras le da la espalda y retoma su camino. Marius Ferris se sienta en uno de los bancos, mirando al altar.

Por norma, un sacerdote nunca se confiesa en un confesionario, es sabido que uno de los privilegios del cargo, si así se quisiere considerar, reside en el hecho de no tener que entrar en el cubículo claustrofóbico para desnudar el alma, murmurando junto a la celosía que separa al sacerdote en el otro lado, ni oír el decreto penitencial. Cuando un sacerdote se confiesa a otro, lo hace cara a cara, mirándolo de frente, despojándose de todos los pecaminosos hechos pasados, purificando el espíritu, en la medida de lo posible. La desventaja, si la hubiere, es que, al contrario del común de los fieles, un colega del oficio no puede contar a otro sus secretos más profundos. No es que exista algún añadido que permita libertades al secreto confesional, en este caso funciona del mismo modo, cerrado, inviolable, intransmisible. Cualquier palabra proferida jamás podrá ser contada a terceros. El problema es intrínseco al hecho de que el pecador sea sacerdote, así como el confesor, y a no tener que guardar los secretos de otro hijo de la Iglesia católica romana, pudiendo, dependiendo del secreto y del pecado, originar una ascendencia desfavorable de uno sobre el otro. Todo deriva del carácter de cada uno y de cada cual. Por eso, cuando un sacerdote se confiesa, debe tener mucho cuidado con lo que dice.

Don Clemente regresa poco tiempo después, vestido con la ropa para la ocasión, el alzacuello por dentro del cuello de la camisa, poniendo de manifiesto la ocupación. Se sienta en el banco y aguarda a que Marius Ferris se aproxime.

—Cuéntame, Marius —pide él—. Purifica tu alma.

Marius Ferris se aproxima al amigo y lo mira durante algunos momentos, los ojos humedecidos por la emoción. Lo que quiera que provenga de él será la total verdad, sin rodeos, hoy, en esta hora. Marius Ferris va a abrir el corazón sin medir las palabras. No habrá reservas ni secretos.

—Me conoces hace muchos años, Clemente —comienza Marius Ferris—. Sabes que siempre fui devoto del Señor, siempre seguí sus enseñanzas, en Su infinita sabiduría, sin dudar nunca.

Don Clemente hace un gesto con la cabeza en señal de confirmación.

—He hecho todo lo que debía hacer, conforme me exigían, dentro de mis posibilidades y valores, a veces con mucho sudor y sacrificio. No todos entienden los caminos de Dios como yo y como tú, eso lo sabes bien.

El confesor escucha, con los ojos fijos en el interlocutor, sin esbozar ningún juicio de valor sobre lo que oye. Lo cierto es que todavía no ha sido dicho nada que requiera la intrínseca capacidad humana de conjeturar, de criticar, aunque sin verbalizar esos razonamientos sobre las actitudes de los otros.

—No me puedo quejar de nada. Dejar Compostela, hace más de veinte años, fue, probablemente, mi mayor prueba. Galicia nos roba el alma, nos agarra con uñas y dientes y no deja que la olvidemos. Muchas noches hubo en que lloré por estar apartado de aquí y no poder ver la catedral, comer unas navajas en el Don Gaifeiros. Lloré, sí, pero en la habitación de mi lujoso apartamento, en la Séptima Avenida, a pocas manzanas de Central Park. Celebraba las misas en el confort del hogar, en una estancia equipada para tal efecto, sólo para algunos fieles acomodados que tenían ese privilegio. Amasé mucho dinero para la obra de Dios. —Habla en un tono contenido, acorde con el aura compostelana; con todo, se le aprecia en la voz una cierta aspereza incisiva—. El año pasado, algunos acontecimientos desencadenaron en mí ciertos recelos.

—¿Qué acontecimientos fueron ésos? —quiere saber don Clemente, completamente embebido en la narrativa.

—Recibí algunos documentos de un portugués llamado monseñor Valdemar Firenzi. ¿Has oído hablar de él?

—Reconozco el nombre —responde don Clemente, acomodándose en el banco—. Pero no creo que lo conozca personalmente.

—Debes de haber oído hablar de él cuando publicaron la noticia de su muerte —explica Marius Ferris.

—Pues tal vez —reconoce el otro, aún con aquel aire pensativo de quien localiza un nombre o un acontecimiento en el gran almacén de la mente—. Exactamente —se acuerda ahora—. Apareció en el río Tíber el año pasado.

—Correcto —asiente Marius Ferris—. Valdemar Firenzi fue asesinado a causa de esos documentos. Fue él quien me los envió para que se guardaran en un lugar seguro.

—¿Y qué documentos son ésos? —Es notoria la avidez curiosa de don Clemente.

Marius Ferris se calla por unos instantes, lo que aviva aún más la vena chismosa de don Clemente. El primero organiza las ideas, pero no medirá las palabras. Todo tiene que ser dicho.

—Documentos escritos por el propio papa Juan Pablo I y que desaparecieron en la noche de su muerte —concluye.

Don Clemente queda boquiabierto, pero enseguida recupera la razón.

—Pero... pero... ¿qué documentos son ésos? ¿Dónde estaban? ¿No es una leyenda? ¿Un mito?

—No. Yo los he visto. Los he tenido en la mano y los he leído. Aparentemente, Valdemar los encontró, por azar, en los Archivos Secretos del Vaticano, donde estaban desde hacía más de veinte años. Por lo visto, fue el propio asesino quien los colocó allí.

—Pero ¿cómo? ¿Es uno de nosotros? ¿Cómo es que tienes acceso a toda esa información? ¿Es fiable? —El torrente de preguntas oportunas que brota de don Clemente no parece incomodar ni un ápice la mente racional del colega o amigo o lo que quiera que sean después de veinte años sin verse.

—Tuve la desgracia de conocerlo el año pasado.

—¿A quién? ¿Al asesino del papa Luciani?

Marius Ferris hace un gesto afirmativo.

—Marius... —Don Clemente lo mira atónito—. ¿Tienes idea de lo que estás diciendo?

—Es la verdad, Clemente. La más pura de las verdades. Tuvo conocimiento de que yo guardaba los papeles y me localizó. Lo peor no me ocurrió por muy poco.

Esta confesión comienza a convertirse más en una conversación, una revelación, que en una verdadera explicación de los pecados terrenales cometidos por el fiel Marius Ferris, seguidor de Cristo.

—Continúa —pide don Clemente—. Si te sigo interrumpiendo, nunca vas a llegar al final.

—Fui capturado e incorporado a un grupo de personas que, de una forma o de otra, también tenían conocimiento de los papeles escritos por el Papa. Éramos cuatro. Los únicos que quedábamos. Los otros ya habían sido asesinados. Nos esperaba lo peor. Pero, gracias a un emisario del Vaticano y a una periodista portuguesa que forzaron un acuerdo, conseguimos escapar todos, unos con más heridas que otros. Gracias al buen Dios, salí de allí incólume. Los papeles de los que te he hablado son valiosos solamente por su interés histórico. No tienen ninguna información relevante capaz de remover los cimientos de nuestra querida Iglesia. Son pensamientos de un hombre liberal que ya murió. Nada más. Todos somos libres de pensar.

—Eso que me cuentas es tremendo —afirma don Clemente, aturdido con todo lo que ha escuchado—. Sin embargo, aún no te he oído un solo pecado en todo lo que has dicho. —Una sonrisa esparce la bonhomía por su rostro—. Incidentes del destino, sí. Imponderables de la vida, también, cosas que escapan a nuestro control. Pero ningún pecado.

—Ya vamos a ello —advierte Marius Ferris—. Ya vamos —repite.

Don Clemente aprovecha nuevamente para reacomodar su cuerpo obeso en el banco, mientras el amigo organiza mentalmente las ideas.

—Durante este último año, he procurado hacer una gran introspección. He analizado todos mis años de trabajo y devoción, así como los de otros. He descubierto que hay mucha gente que utiliza la Iglesia para aprovecharse, Clemente.

—Bien lo sé, Marius. Pero ¿qué se puede hacer?

—Muchas cosas. Se puede cambiar todo —censura Marius Ferris, visiblemente irritado con la postura acomodaticia del otro—. La obra de Dios tiene que continuar.

—La obra de Dios sirve sólo a los intereses de unos pocos.

—¿Cómo te atreves a decir semejante cosa? —El acaloramiento de la furia se le propaga por el rostro—. Hace años que oigo palabras injuriosas de ese género. Pero nunca pensé escucharlas de un hombre listo como tú.

—Marius, tú sabes que es verdad —alega—. Puedes ser bienintencionado, Marius. No tengo duda alguna de ello, pero tú mismo lo has afirmado hace un rato. Celebrabas la Eucaristía en el confort de tu apartamento para unos cuantos privilegiados.

—¿No comprendes, Clemente? —Lo mira fijamente—. ¿No comprendes que los soldados de Cristo tienen que llegar a todos los estratos de la sociedad? —Mira alrededor de la majestuosa nave de la catedral—. Tu función es conquistar a los más pobres. La mía, a los más ricos.

—¿Soldados? ¿Conquistar? Esto no es una guerra, Marius. —El tono contenido refleja una tentativa de calma en los mares encrespados del ambiente.

—Ahí es donde te engañas. Esto es una guerra. Una guerra estratégica. Tenemos enemigos en el exterior y en el interior de la Iglesia. Y tenemos que eliminarlos a todos.

—Escúchate a ti mismo, Marius. —No ha dado resultado la pretendida tentativa de calmarlo. El diálogo no está funcionando en esta conversación confesional—. ¿Guerra? ¿Eliminar a los enemigos?

—La experiencia del año anterior me llevó a descubrir que existen otras entidades que actúan en el interior del Vaticano. Nuestra Santa Sede hace chanchullos con esa gente. ¿Y qué tienen ellos para ofrecernos? Nada. Ni creyentes son. Tan sólo quieren el dinero y el poder que pueden sacar de esa colaboración.

—Muy bien, Marius. Estás aquí para confesarte y no para quejarte. Continúa, por favor. —Don Clemente profiere estas palabras fríamente. *Nadie cambia a nadie,* piensa. Por mucho que se pueda creer lo contrario.

Marius Ferris continúa irritado por no ver sus principios comprendidos y acatados.

—Perdóname, padre, pues he pecado —dice fríamente.

—Háblame de ese pecado —dice el otro, pagando con la misma moneda.

—Fui cómplice en la muerte de un hombre.

El silencio se apodera del lugar durante unos momentos. Don Clemente indica, gestualmente, a Marius Ferris que prosiga.

—¿Y qué mal te hizo ese hombre?

—Atentó contra nuestra Santa Madre Iglesia.

—¿Y de qué manera cometió él ese acto tan abominable y ofensivo para con nuestra Santa Madre Iglesia?

—Repudió las enseñanzas del Señor y vendió su alma al demonio.

Don Clemente se mueve con impaciencia en el banco. Realmente, no le gusta lo que oye, pero tantas quejas le han pasado ya por el confesionario, de los más variados contenidos en los largos años de servicio, que tiene inmunizada su mente y su corazón. Lo que lo perturba es el hecho de ser un amigo, aunque apartado de la convivencia habitual por su trabajo, el que profiere esos disparates.

—¿Y cómo repudió las enseñanzas del Señor?

—Intentó matar a un papa. Uno de los nuestros intentó matar al Supremo Pontífice, ¿te lo crees?

—¿Qué dices? —Don Clemente no debe de haber oído bien.

—Es justo lo que has oído. Intentó matar a un papa. —Y no añade nada más, aunque el confesor continúe mirándolo intensamente.

—Bien… hoy no paras de sorprenderme. —Ni sabe lo que tiene que decir.

—¿Qué tipo de penitencia merece un acto de éstos?

Don Clemente cavila durante un largo rato. Nunca había pensado volver a ver a Marius Ferris ese día, ni que él le contase tantas cosas que él preferiría ignorar. Que el papa Luciani fuera asesinado no era ninguna novedad. Y no dejó de ser reprobable la forma en que el Vaticano manejó el asunto. Pero eso fue hace treinta años y don Clemente no es hombre para andar cuestionando las actitudes de sus superiores. También es corriente que se planeen atentados contra papas. Todos ellos han sido víctimas de atentados, aunque no sea más que en el pensamiento, sobre el papel, como proyecto. En la práctica han sido pocos los que han sucumbido o los que han salido heridos. No obstante, de los últimos tres papas, dos los sufrieron, resultando que uno de ellos pereció a causa de ello y el otro quedó gravemente herido, pero eso es de conocimiento general. ¿De cuál de ellos estará Marius Ferris hablando?

—No se considera pecado cuando está en causa la sagrada institución de la Santa Madre Iglesia, por lo que, aunque la complicidad en un homicidio sea una falta gravísima, no puedo, en buena ley, ponerte penitencia alguna por el acto —decreta don Clemente.

—Gracias, hermano. Era eso lo que quería oír —dice Marius Ferris, besándole la mano—. ¿Cómo está tu sobrino? —pregunta.

—Está bien —responde el otro en ademán de agradecimiento por el recuerdo.

—Siendo así, no te robo más tiempo y me despido. Hasta la vista.

Don Clemente se levanta al ver al otro hacer lo mismo y tomar el camino de la puerta grande de la catedral.

—Adiós, Marius.

Marius Ferris no mira para atrás y deja el sagrado edificio. Don Clemente, con mirada vacía hacia las puertas por donde el colega ha salido, permanece junto al banco, con la mente en ebullición. Ni repara en el hombre vestido de negro que se le acerca.

—¿Puedo ayudarlo? —pregunta cuando advierte la presencia del visitante.

—Sí, gracias —responde el hombre, amablemente, mientras saca algo del bolsillo interior de la chaqueta—. Quiero que me diga dónde está el dosier del turco.

—¿El qué? No tengo idea de lo que está hablando —responde Clemente, confuso.

—Entonces no necesito ayuda.

—En ese caso, buenas noches. —Y con ello don Clemente le da la espalda al visitante, encogiéndose de hombros.

—No se considera pecado cuando está en causa la sagrada institución de la Santa Madre Iglesia —dice el hombre. Don Clemente se vuelve hacia él, a tiempo de ver en su mano, una Beretta con silenciador.

Capítulo
19

En la sala donde Sarah Monteiro espera no se puede apreciar que ya es de madrugada; sólo se deduce, porque no hay ventanas, solamente relojes. El siempre prudente Simon Templar la ha traído a las instalaciones del Vauxhall Cross, el cuartel general del SIS, Secret Intelligence Service, el nombre completo de los servicios secretos británicos, más conocidos como MI6, su denominación anterior. Durante la Segunda Guerra Mundial, los servicios secretos británicos estaban divididos en varios departamentos encargados de tareas diferentes. Éstos eran denominados por MI, Military Intelligence, seguido del número que identificaba el servicio; iban desde el MI1, encargado de descifrar códigos, hasta el MI19, que se ocupaba de extraer información de los prisioneros de guerra. Por medio quedaban el famoso MI5, que se encargaba de la seguridad intrafronteras, y el MI6, que controlaba la información exterior. Cambian los nombres, pero la conducta y el objetivo son los mismos, apoyados, en el presente, por tecnología punta. Simon también le ha preguntado sobre su estado en términos de nutrición e hidratación, a lo que ella ha respondido con su rechazo en ambos casos. Le han pedido que aguardase. Esto ha sido hace casi nueve horas.

La sala donde aguarda está desnuda de accesorios decorativos, tan sólo el mobiliario esencial, una mesa cuadrada, suficiente para acomodar a dos personas de cada lado, pero que en este momento tiene solamente tres sillas como apéndice, una en uno de los flancos y dos enfrente.

Sarah está sentada en un pequeño sofá de napa negra, no muy confortable, pues tiene tendencia a llevar al fondo a aquellos que en él se sientan. Cinco relojes están colgados en una de las paredes, con placas identificativas del lugar a que se refieren en la parte inferior. A saber, de izquierda a derecha, son las tres y tres minutos de la madrugada en Londres, las cuatro y tres en París, las veintidós y tres en Washington, las seis y tres en Moscú y la misma hora en Bagdad. El tiempo puede ser diferente, pero nunca para.

El suspiro de Sarah revela cansancio e incomodidad. Ya son muchas las horas de espera, no se sabe de qué. Ahora, la propuesta alimenticia de Simon Templar ya sería vista con otros ojos, pero lo cierto es que, desde que él ha salido, a las 18 horas, minuto más, minuto menos, nadie más se ha dignado aparecer. Sarah ha pasado el tiempo hundida en el sofá o andando de un lado para otro; ha intentado varias veces telefonear a Simon Lloyd y al periódico, pero nunca ha conseguido culminar la llamada, a pesar de tener señalada cobertura de red en el móvil. Por suerte, la habitación tiene acceso a un pequeño cuarto de baño, limpio, gracias a Dios, que Sarah ha usado dos veces. Si la idea de todo aquello es debilitarla psicológicamente para poder manejar mejor su voluntad, debe de estar funcionando, pues es capaz de decir todo lo que ellos quieran o de firmar lo que sea que le pongan delante. Ha llegado a mirar algunas veces la puerta, sin aproximarse nunca a ella. El teclado numérico acoplado en la cerradura indica la necesidad de un código para abrirla. Sin embargo, Sarah en ningún momento ha querido confirmar si la puerta está, de hecho, con la cerradura activada. Es una fórmula para precaverse anímicamente y no sentirse cautiva. Cada uno tiene su manera de pelear con las situaciones del día a día, por poco rutinarias que sean. Durante las primeras horas, ha barajado las posibles preguntas de que sería objeto. Podrían ser muchas cosas. Sin embargo, no encontraba razones para que aquello de lo que se trate tenga algo que ver con el asesinato del papa Luciani. No,

ese secreto está bien guardado y no es del interés de JC que los ingleses, u otros, se metan en ese asunto. Esto tiene que ver con otra
cuestión. ¿Pero cuál? Al presionar seis dígitos en el exterior de la
habitación se abre la puerta. Finalmente, aquí vienen las respuestas.

Entran dos hombres; Sarah reconoce, enseguida, a uno de
ellos como el Simon Templar que la ha ido a buscar a Redcliffe
Gardens. Sarah se levanta con un impulso inconsciente, como si el
cuerpo supiese reaccionar automáticamente ante esta situación.

—Sarah Monteiro —llama el hombre que ella desconoce—.
Venga a sentarse en esta silla, por favor —solicita, colocando las
manos en el respaldo de la silla singular que ya ha sido citada como
la que se encuentra en uno de los lados en oposición a otras dos,
donde, por cierto, se sentarán los agentes.

Sarah cumple la petición como si de una orden se tratase. Se
sienta en la silla que el agente le acomoda como un buen camarero
de un restaurante bien cotizado. No consigue dejar de sentirse nerviosa después de tantas horas de espera. Al darse cuenta de eso, intenta disimular como puede. No se debe demostrar debilidad en
momentos como éstos. Simon Templar ya se ha sentado en una de
las sillas enfrente de Sarah y aguarda a que el colega rodee la mesa y
se siente en la suya, después de haber tenido la amabilidad de ayudar a Sarah. Está creado el ambiente de cooperación. Deposita un
dosier encima de la mesa. Las letras de la etiqueta pegada en la tapa
son demasiado pequeñas para que Sarah consiga leerlas.

—Sarah Monteiro —vuelve a decir el mismo hombre abriendo el dosier—. La señora es una mujer misteriosa.

—¿Yo? —Es la única palabra que se le viene a la cabeza.

—Sí, Sarah —confirma el hombre en tono dulce—. Una mujer llena de secretos.

—No sé por qué dice eso —disimula.

—Sí lo sabe —responde el agente, apremiante—. Pero antes
de que debatamos el asunto que nos ha llevado a traerla aquí, me
gustaría que le echase un vistazo a esto. —El agente aún sin nombre
retira unas fotografías del dosier y las desliza, sobre la mesa, hasta
Sarah—. Ha puesto la ciudad en polvorosa hace pocas horas.

Sarah mira la primera fotografía en formato A4 que muestra
un autobús londinense con todos los cristales destrozados y algu-

nas abolladuras en la carrocería. Otros vehículos están también en el mismo estado. Cristales y otros varios restos se extienden por la calle.

—¿Reconoce el lugar?

La segunda fotografía muestra una casa completamente destruida, o por lo menos así lo parece, sin puertas ni ventanas, solamente el esqueleto de las paredes permanece y el número de la entrada encima de lo que era el pórtico. Un brusco trastorno la invade.

—Pero… pero… ésta es mi… —Las palabras le faltan.

—Así es —confirma el único agente hablador hasta el momento—. Eso es lo que queda de su casa.

—Pero ¿cómo? —No consigue quitar los ojos de la fotografía.

—En realidad, debe agradecerle al agente Simon Templar el haber sido tan obsequioso cuando la ha ido a buscar.

—No comprendo. —Sarah continúa atónita, con los ojos desencajados escudriñando todos los rincones de la imagen.

—Como puede ver, todo ese estrago ha sido provocado por un ingenio explosivo que ha deflagrado cuando la llave ha sido accionada en la cerradura —explica—. Podría haber sido usted, Sarah.

Sarah reflexiona sobre eso durante unos instantes, completamente devastada. Alguien ha intentado matarla y se ha dado un trabajo enorme para hacerlo. Podía haber sido ella quien girara la llave en la cerradura, como ha señalado el agente. Podría haber sido…

—Dios mío. —Alza la voz, nerviosa—. Simon. —Se acuerda del becario—. Ha sido él quien ha abierto la puerta. Yo se lo he mandado… —Esconde el rostro entre los brazos, apoyando la cabeza sobre la mesa. Esto no puede ser verdad.

—Está vivo —se limita a decir el agente.

—¿Lo está?

—Ha sufrido algunas excoriaciones, se ha roto algunos huesos, pero sobrevivirá. Podría haber sido mucho peor. Está internado en el Chelsea and Westminster Hospital —informa.

Una ola de alivio recorre el cuerpo de Sarah. Algunas excoriaciones y huesos rotos son algo soportable. La muerte no lo es.

—Tenemos que hablar sobre esto con más profundidad —alerta el agente—. Pero, como sabe, ésta no ha sido la razón por la que la hemos convocado —dice, mientras le recoge las fotografías a Sarah.

¿Convocado? ¿A esto lo llama convocar? Está loco, piensa.

—Han destruido mi casa. ¿Sobre qué más quiere hablar?

—Comprendo su reacción, pero créame que, en este momento, hay materias más importantes.

—Sí, Sarah. —Es la primera vez que el agente Simon Templar toma la palabra desde que la ha interpelado hace más de nueve horas—. Deje al agente Fox hacer las preguntas. Más tarde hablaremos de lo acontecido en su casa.

—Es natural que la señora esté preocupada con la explosión, Simon —advierte el recién bautizado agente Fox.

—Sí, pero con el debido respeto que la señora Sarah Monteiro merece —se disculpa Simon Templar—, tenemos asuntos más importantes que tratar. Usted lo sabe, John.

—¿Más importantes que poner una trampa en mi casa, mandarla por los aires y herir a mi ayudante, eso sin hablar de los innumerables daños que esto ha provocado? —Sarah está furiosa.

—De hecho… hay cosas bastante más importantes que eso —informa el agente John Fox, acercando otras tres fotografías a Sarah—. ¿Reconoce a alguna de estas personas?

Esta vez son tres retratos en formato de diez por quince centímetros. El primero muestra un hombre de edad con una cabellera blanca inmaculada. El temblor del papel brillante es debido a la mano de Sarah, cuyos nervios aún están a flor de piel. ¡Pues claro! Volaron su casa sin contemplaciones y el objetivo era ella. Casi un año después, su vida vuelve a estar pendiente de un hilo muy tenue, capaz de quebrarse en cualquier momento. La fotografía fue sacada mientras el hombre entraba en un taxi verde con caracteres levantinos que denuncian su procedencia oriental.

—No lo conozco —concluye.

—¿Está segura? —presiona el agente Fox.

—Absolutamente —refuerza Sarah—. Nunca he visto a ese hombre. —Mira nuevamente al anciano de la imagen—. ¿Por qué? ¿Debía conocerlo?

—Depende de sus relaciones con los efectivos de la CIA —ataca Simon Templar de forma cortante.

Sarah no esperaba esa salida. ¿Qué tendrá el viejo de la fotografía que ver con la CIA? Es en estos momentos cuando le surge la duda sobre lo que se puede decir o no, sobre lo que ellos saben o hacen como que saben. Es difícil manejar estas coyunturas. Lo que es cierto es que no conoce al viejo de la fotografía y por ahí no pueden acusarla de absolutamente nada...

—No tengo relación alguna con la CIA, como debe ser de su conocimiento. —Opta por resguardarse—. Ni más ni menos que la que tengo con ustedes.

Si ellos desconfían de alguna cosa, continuarán siguiendo la misma línea de interrogatorio; en caso contrario, seguirán adelante. Es así como ellos funcionan y Sarah lo sabe. Lanzan el cebo y aguardan a que el sedal traiga algo cuando tiran de él.

—Ese hombre se llamaba Solomon Keys y era un antiguo agente de la CIA —informa John Fox.

—¿Se llamaba? —¿*Ya no se llama?*

—Fue asesinado hace dos días en Ámsterdam.

Los dos hombres miran a Sarah como si aguardasen una confesión o comentario.

—Si juzgan que tuve algo que ver con eso, pueden confirmar con muchas personas que estuve cubriendo la cumbre del G8 en Edimburgo —se apresura a disculparse.

—Estamos al corriente de sus pasos, no se preocupe —informa John Fox—. ¿Y en cuanto a los otros? —Apunta a las fotografías que aún están en la mano de ella.

Sarah ni se había acordado de mirar los otros retratos. Había partido del principio de que pertenecerían a la misma persona, pero se da cuenta de que no es así al ver la imagen siguiente. Un rubio, de unos treinta y cinco años. La última fotografía revela una mujer también de la misma edad, mes más, mes menos, una sonrisa idílica en los labios, los cabellos rubios descendiéndole por los hombros hasta los senos cubiertos por una blusa ajustada. ¿Qué significa aquello?

—A éstos sí los conozco —se limita a decir.

—¿Quiénes son? —quiere certificar John Fox.

Sarah se resiste durante algunos momentos a decir lo que quiera que sea. ¿Es que ellos no lo saben? No, con toda seguridad sí lo sabrán. No será difícil llegar a las identidades, filiaciones, profesión, antecedentes penales y color político. Decide confiar. No tiene nada que ganar escondiendo las cosas.

—Él es Greg Saunders. Ella es Natalie Golden.

—¿Y cuál es su relación con ellos?

—Somos amigos y colegas de profesión. Natalie trabaja en la BBC, como saben, y Greg es reportero fotográfico. Ahora se dedica a la vida animal y viaja frecuentemente a África al servicio de *National Geographic,* como deben de haber visto por su pasaporte.

John Fox y Simon Templar intercambian miradas, incomodados. Sarah se percata de ello y siente un escalofrío recorriéndole la espina dorsal.

—¿Qué pasa? —pregunta.

—¿Sabe cuál era la relación entre ellos dos? —interroga John Fox, inclinándose sobre la mesa.

—¿La relación entre ellos? —A Sarah no le está gustando el rumbo de la conversación.

—Sí. La relación. ¿Eran amantes? ¿Amigos? ¿Novios?

—Ellos no tienen vocación matrimonial —dice Sarah, esbozando una sonrisa delicada al imaginar la escena—. Pueden haber tenido sus escarceos uno con otro, pero nada serio.

—¿Y esos escarceos eran frecuentes?

—Depende. A eso se le llama una amistad con derecho a roce. Es cuando surge. *—Pero qué rayos de conversación es ésta.*

—Comprendo —afirma Simon Templar, sacando un cigarrillo del paquete y llevándoselo a la boca—. ¿Le importa que fume?

No espera la respuesta de Sarah y enciende el mechero plateado que enseguida dirige a la punta del cigarrillo, abrasándola. Dos chupadas intensas encienden el cigarrillo, una bocanada de humo impregna el aire.

—¿Esos encuentros aún se dan? —Es John Fox quien pregunta.

—No les veo desde hace dos o tres semanas, pero presumo que sí.

John Fox se levanta y comienza a andar por la sala.

—Sarah, no hay una manera fácil de decir esto, por tanto…

El teléfono suena en ese preciso momento y hace que Sarah pegue un salto asustada. Es un sonido estridente y continuo que proviene del móvil sujeto al cinto de John Fox, que finalmente coge el aparato y acaba con el martirio sonoro.

—Fox —dice para el aparato. Oye lo que dicen del otro lado durante algunos instantes y comienza a percibirse la tensión creciente de los músculos. Lo que quiera que sea no son buenas noticias, eso es seguro. Un sonido seco marca el fin de la llamada y el regreso del móvil a su lugar.

—Vamos —avisa cerrando el dosier y cogiendo las fotografías de la mano de Sarah sin ceremonias ni educación.

—¿Ella también? —pregunta Simon Templar.

—Sí. Vamos todos —ordena el otro, dirigiéndose a la puerta.

Simon se levanta, así como Sarah, aún medio aturdida.

—¿Vamos adónde? —inquiere ella.

—A Redcliffe Gardens —informa John Fox.

A Sarah le lleva dos segundos razonar.

—¿Qué vamos a hacer allí?

John Fox digita el código en el teclado de la cerradura y abre la puerta antes de mirar a Sarah a los ojos.

—Han encontrado un cuerpo en el interior de su dormitorio.

—¿Qué? —chilla ella.

—Eso mismo —asevera él y se vuelve hacia Simon—: En cuanto a los cuerpos de los otros…

—¿Los de Ámsterdam? —inquiere de forma confusa.

—Exactamente. Desaparecieron de la morgue.

Sarah escucha este intercambio de palabras con atención y siente un escalofrío traspasarle el cuerpo.

—¿Cuerpos? ¿Qué cuerpos?

Capítulo
20

El ARZOBISPO
26 de septiembre de 1981

E l papel está timbrado con el blasón pontificio de Juan Pablo II, dos llaves cruzadas, una de oro, otra argéntea, atadas por un cordón rojo, bajo un escudo eclesiástico azul con una cruz latina jalde. La tiara papal con tres coronas doradas encima del escudo y de las llaves.

Paul Casimir Marcinkus, arzobispo titular de Horta y secretario de la curia romana, está a un paso de ser nombrado vicepresidente de la Comisión Pontificia para el Estado de la Ciudad del Vaticano, convirtiéndolo en el tercer hombre más influyente de la Iglesia. Falta para ello la firma de Karol Wojtyla, que tiene la pluma de oro, de tinta permanente, en la mano para tal efecto.

—¿Estás totalmente seguro? —pregunta el alemán.

Un suspiro hace al polaco dejar la pluma encima del escritorio, al lado del papel.

—Me parece el hombre adecuado.

—Piensa un poco más. —Se sienta en una silla enfrente del majestuoso escritorio papal—. No me inspira confianza.

—Tú no confías en nadie, Joseph.

—Confío, sólo pienso que somos muy influenciables.

—Ser influenciables es lo que nos trajo aquí —añade el polaco.

El cardenal alemán mira al amigo y superior jerárquico con condescendencia. Tiene razón, como siempre.

—Comprendo, Karol —asevera Joseph—. Sin embargo, me cuesta verlo con más poderes. Parece que estamos pasando una procuración de plenos poderes. Estoy seguro de que con un poco más de tiempo...

—Hice una promesa cuando fui elegido, Joseph. Proteger a nuestra familia —dice con énfasis—. No me voy a desviar de ese camino —afirma, decidido.

Joseph sabe que no vale la pena presentar argumentos que lo contraríen. Nada le va a impedir cumplir la promesa, por el simple hecho de que se comprometió con Dios cuando la hizo y nadie en su sano juicio puede renegar de un acuerdo que hizo con el Creador.

—Muchas personas escriben sobre mis actos, sabes eso muy bien. No puedo dar un paso que no sea juzgado por alguien, archivado para la posteridad. Cuando comuniqué que perdonaba al muchacho sus actos, todos lo censuraron. Es una hipocresía. Sólo está diciendo eso para quedar bien, está dándoselas de santo. ¿En ningún momento las personas pensaron en quién soy yo para juzgar los actos de los otros, incluso aunque me perjudiquen? En ningún momento dijeron: mira, ahí hay un gesto genuino... *Así como nosotros perdonamos a quien nos ofende.*

El silencio se extiende por el inmenso despacho papal. Aquí se toman las más importantes decisiones del mundo católico. Una simple firma sobre una hoja de papel timbrado tiene el poder de cambiar conciencias, iniciar revoluciones o animarlas, aminorar una pequeña parte del hambre en el mundo, de la pobreza, para abrigar a los que no tienen casa o acoger a aquellos cuyos progenitores les rechazan. Aquí se hacen sacerdotes, obispos, arzobispos, monseñores, cardenales, misioneros que llevan el nombre de Cristo a todos los rincones del mundo, una palabra amiga, un trozo de pan, un vaso de agua potable, una sonrisa unida a un beso de amor. Aquí se omite lo que no puede ser dicho y se maquillan las verdades. Sólo de esa forma, compleja, habituada a cesiones, negociaciones, acuerdos estratégicos, puede existir la Iglesia. La simplicidad pura a que se asocia la imagen de Jesucristo no es posible de concretar en el mundo de los hombres, a no ser por un hombre superior, como el propio Cristo.

—Después de todo lo que se consiguió sacar al turco... —defiende el cardenal alemán.

—Es exactamente por eso por lo que hago esto. Si, de hecho, él estuviera implicado, no sospechará de nuestra desconfianza. Después podremos investigar a nuestro gusto.

—Tal vez tengas razón —condesciende Joseph.

—Cuando fuere posible, quiero hablar personalmente con el turco.

Wojtyla coge la pluma, en el exacto momento en que la puerta se abre y el secretario anuncia la llegada del arzobispo Paul Marcinkus.

—Mándele entrar. —Se vuelve hacia el cardenal alemán—. Dame un minuto, Joseph, por favor.

Contrariado, Joseph se levanta de la silla y deja el despacho por una puerta lateral, al mismo tiempo que el obispo norteamericano entra.

—Santo Padre —saluda, haciendo intención de besar el anillo de pescador, en el dedo de Wojtyla; sin embargo, éste no lo extiende.

—Siéntese, por favor —acoge con seriedad—. ¿Desea tomar alguna cosa?

—No necesito nada, gracias —agradece con una sonrisa.

—¿Ha tenido noticias de Néstor? —pregunta el Sumo Pontífice.

—No. De cualquier manera, todavía no hemos cumplido con lo requerido por él, Santidad.

—Ya, ya —corrobora falsamente—. Recuérdeme lo que nos fue solicitado.

—Ellos están interesados en el refuerzo de la inversión del IOR en América del Sur y en Suiza —expone Marcinkus. Adopta un tono confidencial—. En verdad, él ha presionado. Pero yo no he querido perturbar al Santo Padre. He presentado disculpas por los preparativos del viaje al Reino Unido y, de momento, he conseguido mantenerlo apartado. Pero vivo con temor permanente de que puedan atentar contra usted nuevamente, Santidad. Es un martirio.

—Claro, claro. Se lo agradezco, mi buen hombre, todo lo que ha hecho para protegerme —aboga el polaco. Piensa durante unos instantes—. Puede iniciar las inversiones en América del Sur, conforme considere más conveniente.

—Eso son inmejorables noticias, Santo Padre. —Marcinkus sonríe genuinamente. Esto sí que es una buena nueva—. Voy a hacer inversiones inteligentes que no menoscaben su buen nombre.

—Así lo espero. No quiero otro Ambrosiano, Marcinkus —alude con voz firme—. Pero no ha sido por eso por lo que lo he llamado.

—¿No? —*¿Aún hay más?*, piensa Marcinkus.

—No. —Wojtyla se levanta y mira por la ventana—. Quiero comunicarle que voy a nombrarlo vicepresidente de la Comisión Pontificia para la Ciudad del Vaticano.

Marcinkus lo mira, incrédulo.

—Mucho me honra, Santo Padre. Estoy sin palabras.

—Tendrá más responsabilidades, pero estoy seguro de que estará a la altura de ellas.

—Muy agradecido, Santidad. —Marcinkus está, verdaderamente, sorprendido.

Minutos después, solo, Wojtyla vuelve a sentarse en la silla, toma la pluma... Tres segundos más y firma la hoja de papel timbrado.

Capítulo
21

L a Mercedes oscura sigue por la autopista E19/A1 a gran
velocidad. Entiéndase como tal todo lo que supere la velocidad máxima de 120 kilómetros por hora permitida por la ley. Son
raros los cumplidores, y esta Mercedes de cristales negros no es excepción. Rueda a 160 kilómetros por hora, sobrepasando a los demás vehículos que circulan con menor gas.

—¿Hay necesidad de que vayamos a esta velocidad? —pregunta James Phelps en el asiento del pasajero, el único en esa enorme
furgoneta, con una incomodidad que se manifiesta en su palidez.

—El tiempo urge, querido mío —responde Rafael, sin dejar
de mirar a la carretera—. Tenemos 400 kilómetros que recorrer y
cuatro horas para hacerlo.

—¿Dónde vamos ahora?

—Enseguida lo verá.

Ha sido así desde que han salido de Roma, en el avión, y ahora en esta furgoneta Mercedes negra. Hablamos de la poca información proporcionada por Rafael. Tan sólo en pequeñas dosis ambi-
guas, sin profundizar mucho, o casi nada, lo cual se ha reflejado en
el humor de James Phelps, siempre tan sereno y circunspecto, que
hasta parece fuera de lugar aquella manifestación de desagrado.

En cuanto han echado pie a tierra, Rafael le ha ordenado que lo esperase allí mismo, en la terminal del aeropuerto.

—No contacte con nadie, no hable con nadie, a no ser que alguien hable con usted. Si le preguntaran, está esperando a que un familiar lo venga a buscar.

—¿Quién va a hablar conmigo? —interroga Phelps atónito.

—No sé. Estoy tan sólo dándole estas instrucciones por precaución. Nunca se sabe —explica Rafael con calma—. Aproveche para comer cualquier cosa. De aquí a dos horas diríjase a la puerta de las llegadas y espéreme —concluye, avanzando entre medias de la multitud hacia el exterior del aeropuerto.

—Espere, ¿va a demorarse tanto? —ha querido saber James Phelps, pero Rafael ya no le ha oído, perdiéndose en medio de la turba de viajeros recién llegados y de las familias reencontradas, en la plataforma de llegada.

James Phelps, cuya profesión no volveremos a propalar por motivos bien conocidos, aunque bien nos acordamos de la advertencia de Rafael referente al alzacuello que James vestía orgullosamente en el cuello de la camisa, y que se ha quitado ya antes de bajar del avión, ha deambulado durante algunos minutos por la terminal con el semblante preocupado. No ha querido comer nada, a pesar del consejo, y después de una hora ha comprado un ejemplar de *The Times* a la venta en el quiosco. Lo ha ojeado con atención, pues no tenía dónde ir durante la hora siguiente, ni más cosas que hacer. La noche ha caído y las pantallas distribuidas por el aeropuerto indicaban las ocho horas de la noche. Tras varios intentos, no se conseguía concentrar en las noticias impresas en el papel. Pensar que por la mañana todo estaba bien, calmo y sereno, sobre ruedas, organizado, y pocas horas después... Si al menos supiese qué palabras habían sido pronunciadas en el interior de los apartamentos papales... Probablemente disminuiría mucho su aflicción y preocupación. *Él es muy inteligente*, ha pensado. *Con tantos buitres a su alrededor, es la única manera de conseguir manejar todo eso sin volverse loco. Reuniones a puerta cerrada, encuentros secretos. Es un valiente. Un valiente*, ha reflexionado al mismo tiempo que iba leyendo el diario. *Partiendo del principio de que ha sido con él con quien Rafael ha hablado, claro*, ha continuado con sus inferencias. *Pero sólo así podía ser. Sólo así.*

Ha seguido con esos devaneos para llenar el tiempo muerto, sin entregarse a la lectura atenta del diario británico. Sólo pasaba las hojas, leyendo los grandes titulares, hasta detenerse en uno que ha llamado su atención, vaya usted a saber por qué razón unas cosas alcanzan a nuestro espíritu y otras no.

Pareja de ingleses asesinados en Ámsterdam.

Una pareja de ingleses han sido encontrados muertos en uno de los váteres de la Estación Central de Ámsterdam. Según los pocos datos que se han conseguido obtener de las autoridades, parece haberse tratado de una especie de ejecución, pues ambos han sido asesinados de un tiro en la cabeza. Las identidades de las víctimas aún no han sido hechas públicas por las autoridades holandesas, que aúnan esfuerzos con Scotland Yard para esclarecer las causas de tal fatalidad.

Vidas segadas por otras vidas, sin piedad. ¿Qué beneficios se obtienen con tales actitudes? Alguien ha de ganar con ello, ciertamente, pero ¿vale el precio? ¿Cuál será el sabor de algo conquistado con vidas humanas? Lo más probable es que se saboree con indiferencia, sin tener en cuenta los medios utilizados; en caso contrario, nadie lo haría.

Dos horas han pasado y James Phelps, siempre cumplidor de sus compromisos, incluso aquéllos no fijados por él, se ha presentado en el exterior de la terminal de llegadas a la espera del extraño Rafael. No han pasado más de cinco minutos cuando una Mercedes negra le ha pitado. En principio no se ha dado cuenta, pero cuando el cristal automático del lado del pasajero ha bajado y ha visto a Rafael en el lugar del conductor, ha comprendido que la llamada era para él.

—¿Qué es esto? —ha sido su primera reacción de sorpresa.

—Una furgoneta —se limita a responder Rafael.

Del aeropuerto hasta la autopista E19/A1, les ha llevado cerca de una hora y 100 kilómetros dejados atrás. Faltan, como ha informado Rafael, cerca de 400 kilómetros hasta el destino, que sólo él conoce.

—No me gustan mucho los viajes por la noche —se desahoga James Phelps.

—No se preocupe. Va a ir todo bien.

Un pequeño frenazo, más intenso de lo normal, pero sin ser brusco, provoca un golpe en el separador entre la cabina de conducción y la parte de carga. Algo ha chocado contra esa divisoria metálica.

—¿Llevamos alguna cosa en la parte de atrás? —inquiere Phelps curioso. Además mira por la pequeña ventana localizada en medio de la chapa separadora, pero tan sólo ve la oscuridad que puebla la parte de atrás.

—Debe de ser el triángulo o la rueda de repuesto, que andan dando tumbos por ahí atrás —responde Rafael sin quitar los ojos de la carretera.

Pero Phelps no queda convencido. Aquello que ha golpeado en la divisoria era algo mayor y más sólido que una rueda o un simple triángulo. Deducción obtenida por la sonoridad del golpe. Allí hay misterio o quizá no.

Algunos kilómetros más adelante, Rafael interrumpe el silencio para informar a Phelps de que va a repostar en la próxima estación de servicio. Atento a las señales informativas, y antes de que Rafael haga la señal para girar a la derecha en dirección a la estación de servicio, Phelps ve la placa que dice que faltan ocho kilómetros para Amberes. ¿Qué rayos hacen en Bélgica? ¿Y hacia dónde van? Tiene que descubrir eso lo más rápidamente posible. No puede continuar siendo una marioneta. Además, tiene su propia vida esperándolo. Él no es ningún agente secreto, ningún espía al servicio del Papa. Ése es el papel de Rafael. Fue destacado a la Santa Sede con el objetivo, por lo menos así lo creyó, de servir a los fieles lo mejor que pudiese, dentro de sus cualidades inherentes de pastor y guía, no como un activo agente de la Santa Alianza o como quiera que se llamen los servicios secretos vaticanistas. Activo en el sentido de presente, porque si le preguntasen lo que está haciendo y por qué, no sabría responder, pues no tiene la más mínima idea. Está descentrado, fuera de sitio, y cómo odia no tener el control de las cosas. Pueden quitarle todo, menos eso. Precisa tener la certeza de que todo marcha como planea y organiza, sin sustos ni incógnitas. Así no.

En cuanto paran, Rafael sale de la furgoneta e inicia la operación de llenado del depósito. Tras unos instantes, toca en el cristal de la puerta de Phelps. Éste lo baja.

—Está llenándose. Voy al baño.

—De acuerdo —afirma Phelps aprensivo.

Un, dos, tres, cuatro, cinco segundos. Es el tiempo que le lleva a Rafael entrar en la tienda y desaparecer en los lavabos. Phelps sale de la furgoneta y la rodea por el lado del conductor para llegar a la parte de atrás del vehículo y abrir las puertas. Se confirma su sospecha. No era la rueda de repuesto, ni mucho menos el triángulo.

—Rayos —maldice enfurecido—. No puede ser. No puede ser —repite solo—. Esto es...

—Señor cura, contrólese —oye la voz de Rafael, ordenando detrás de él, venida de no sabe dónde.

—¿Qué es esto? —pregunta Phelps sobresaltado e indignado—. ¿Es lo que yo pienso?

—Sólo puede serlo, ¿no le parece? —responde el otro.

—Basta de secretos. Quiero saberlo todo. —La voz se le altera. Phelps está verdaderamente enfadado—. Primero me deja dos horas esperándolo en Schiphol, después aparece en esta furgoneta, sin ninguna explicación. Ahora estamos en medio de Bélgica y veo esto aquí dentro. ¿Dos ataúdes?

—Correcto, querido mío —admite Rafael impasible.

—¿Qué es lo que pasa? —Está furioso—. ¿Tienen gente dentro?

—Claro —responde el otro. Sube a la furgoneta y abre los dos ataúdes. Una mujer está echada en el de la derecha y un hombre en el de la izquierda.

Phelps se acuerda de la noticia que ha leído en el diario hace pocas horas. *Pareja de ingleses asesinados en Ámsterdam*. No hay coincidencias. El espíritu atiende a aquello que considera primordial en nuestras vidas. No quiere decir con seguridad que éstos sean los mismos, pero hay grandes probabilidades de ello, confirmadas por los orificios bien demarcados en la cabeza de él y en la frente de ella. *Esto no está yendo nada bien,* piensa. El dolor en la pierna izquierda vuelve a hacerse notar. Se toca la zona, en medio del muslo, con un gesto atormentado. Son las marcas de los años alrededor del cuerpo, agrediendo, aleatoriamente, sin compasión ni piedad, sólo porque sí, porque en la salud y en la enfermedad todos somos iguales, no importa qué tratamientos se hagan, lo saludables que sean; el tiempo y la aleatoriedad acabarán con todo y todos. En esta ocasión, el dolor agudo casi le hace doblarse y gemir, pero consigue controlarse. Algunos instantes más y acaba pasando por completo.

—Debería ir a que le vieran lo que tiene en esa pierna —aconseja Rafael sin demostrar ningún tipo de compasión. Un tono neutro, completamente fuera de lugar en quien ve a alguien angustiado como James Phelps.

—Esto no es nada —dice el otro—. ¿Quiénes son? —pregunta con una voz débil, mirando los cadáveres. La palidez de los cuerpos se extiende a su propio rostro. Usa un pañuelo de tela para limpiarse el sudor frío que ha perlado con gotitas su cabeza.

—Son el cebo —responde Rafael, mirándolo seriamente.

Capítulo
22

L as noches son la peor parte del día cuando el estado es de alerta como hoy. Hay, no obstante, un punto positivo que reside en el hecho de que el cielo esté estrellado, escenario raramente presenciado por él, nacido y criado en una gran ciudad, muy industrializada, con edificios altos, muchos coches, personas, competición y tiempo escaso para admirar el cielo de día o de noche. Ésta sería una visión magnífica si él fuese vulnerable a la majestad del Universo. La única cosa que le preocupa es el dolor en la pierna izquierda que lo asalta durante las noches secas. No trae consigo previsiones climatológicas o esotéricas, tan sólo duele... y nada más. Pero alguien tiene que hacer la ronda, vigilar la heredad, aunque sea altamente improbable que sepan dónde están, y, aunque lo supiesen, no sería fácil encontrarlos en aquel monte en medio de la nada. Beja, pleno Alentejo, corazón de la planicie lusa, a poco más de sesenta kilómetros de la frontera española. Sus zapatos Prada están llenos de polvo. Aquel lugar no es acorde con esta clase de calzado, tampoco con el traje Armani; pero del mal, éste es el menor, pues si estuviese lloviendo sería mucho peor. El sonido de los chaparrones anularía por completo la posibilidad de detectar la aproximación de cualquier villano, por no mencionar el barro metiéndose por dentro de los zapatos. Es mejor el polvo.

Faltan tres horas para el alba. Todo está calmo. Ha establecido un perímetro de vigilancia de cerca de mil quinientos metros, que recorre cada dos horas para comprobar, personalmente, la seguridad. En otros tiempos tendría varios hombres distribuidos en puntos clave, elegidos por él, preparados para dar la alarma al mínimo suspiro y neutralizar la amenaza. Así, de repente, le vienen a la memoria Kabul, Budapest, Sofía, Ramalá. Hoy está solo, con una pierna lesionada, pero no menos letal por eso. Sale de encima del asiento del tractor donde ha descansado algunos minutos después de la ronda de las cuatro y recorre la distancia que lleva del granero a la casa.

Encima de la mesa hay tres platos con restos de comida, se habla ya en el interior de la casa donde acaba de entrar, un jamón a medias, sujeto en el soporte de corte, varias copas, unas con vino, otras vacías pero con un fondo rosado revelador de la periquita que en otro momento ha estado en ellas, vestigios de un banquete evidente.

Raúl Brandão Monteiro descansa en el sofá, cubierto por una manta fina. Ha preparado uno de los tres dormitorios para el viejo JC, pero ha rechazado ir a dormir en el suyo, la vena militar no le permite comodidades en horas de crisis. Eso y el hecho de que su esposa, Elizabeth, le haya mirado con ojos letales cuando ha llegado a la casa y se ha enterado de las identidades e intenciones de tan ilustres visitas. Responsabiliza a Raúl de estos acontecimientos y no deja de tener razón, pues su pasado es causa de esta consecuencia. El ingreso en una logia masónica durante su juventud rebelde es la causa, el efecto es que JC sea el actual gran maestre de esa orden y tenga intereses que interfieren con sus vidas y la de su hija… por segunda vez. Ella está en peligro y él no puede hacer nada. Están todos en peligro. Esta vez, Elizabeth no le va a perdonar.

El cojo se sienta en el butacón que está junto a la pared con la rueda de carro colgada y varios motivos alentejanos sujetos a los radios. Descansará una hora, siempre con un ojo abierto, no vaya el diablo a liarla, siendo esto una forma de expresión, está claro, y, en cuanto al diablo, partiendo del principio de que exista.

—Aún hay otro dormitorio libre. Puede ir a descansar —aconseja el capitán, echado en el sofá, sin abrir los ojos—. Yo vigilo.

—Estoy habituado. No hay necesidad —responde el cojo, reclinándose en el butacón y cerrando, también él, los ojos.

—Como quiera. ¿Hay noticias?

—Aún no —se limita a contestar. Flexiona la rodilla con esfuerzo. Parece que duele más y más. Hay días en que el dolor casi le impide pensar. Hoy no es uno de ellos, menos mal. Es la molestia con la que convive hace casi un año, apremiante, permanente, implacable.

—Estoy preocupado —confiesa el capitán todavía con los ojos cerrados. Es palpable que no consigue dormir. Su hija no se le va de la cabeza. Su hija y su mujer.

—No adelanta nada con ello —dice el otro con aspereza—. Sólo le queda esperar.

—Debía haber hablado con mi contacto. —Abre los ojos y se sienta con la manta tapándole las piernas.

—No vuelva a hablar sobre eso —interrumpe el cojo. La simple mención del contacto que ha hecho Raúl le provoca tanta ira, que olvida la molestia que le castiga la pierna.

—Comprendo su rabia. Créame que la comprendo, pero esta vez estamos del mismo lado —intenta explicar Raúl.

—No diga disparates. Nunca estaremos del mismo lado —dispara el cojo.

—Sólo existe un lado —se oye una voz decir—. El mío.

Ambos miran en la dirección de la voz y ven a JC en bata, junto a la puerta del dormitorio que le han preparado para esta noche. Se apoya en el bastón y camina hasta el sofá donde Raúl ocupa un lugar para sentarse a su lado.

—¿No puede dormir? —pregunta a Raúl.

—No soy el único. —El militar dirige la mirada hacia el cojo.

—Ah, ¿él? Parece que está despierto, pero está dormido —dice, apoyando las dos manos en el bastón.

El cojo no se manifiesta. Continúa con los ojos cerrados, recostado en el butacón, atento al interior y al exterior, vaya usted a saber las capacidades de vigía de este hombre.

—Su señora no ha reaccionado muy bien.

—¡Cómo no! —suspira Raúl—. Si le dijesen que su hija está en peligro, ¿cómo se sentiría?

—No tengo descendencia. La familia es una flaqueza —manifiesta fríamente.

—¿Eso cree? —Raúl lo mira horrorizado ante la idea que el otro defiende—. Sin descendencia, sin familia, no hay humanidad.

—¿Nunca se le ha pasado por la cabeza que esto sin nosotros sería el paraíso?

Raúl no responde. Consigue entender ahora por qué JC no tiene ningún respeto por la vida humana, que la considere algo prescindible, a no ser que tenga alguna utilidad momentánea. Sólo existe un lado.

—¿Quién ha cometido la proeza de hacer huir al temible JC, asesino de Juan Pablo I?

—Ah, mi querido. No me atribuya crímenes que la Historia no considera como tales.

—Ambos sabemos que la Historia es atrevida —vuelve a atacar Raúl.

—Es la que tenemos y la que respetamos —argumenta con calma. Las palabras de Raúl no han surtido ningún efecto provocador, si era ésa la intención—. En cuanto a su pregunta, se trata de una coyuntura estratégica desfavorable. Nada más.

—Dicho así, hasta parece simple.

—Y lo es. Repare, los aliados de ayer son los enemigos de hoy. Es así como funciona el mundo. Hay millares de ejemplos en la Historia capaces de ilustrar lo que le digo y no es necesario mirar muy atrás.

—¿Y los enemigos se convierten en aliados?

—Evidentemente. —Se recuesta en el sofá y posa el bastón a su lado—. No es preciso ser un gran cerebro para ver eso a simple vista. La relación de los norteamericanos con Bin Laden, por ejemplo.

—Ése siempre fue el eterno enemigo.

—¿O el eterno aliado? —rápida pregunta de JC para lanzar la duda sobre Raúl.

—Pues si él es un aliado de ellos, apaga y vámonos —refuta Raúl.

—Existen innumerables formas de cooperación, mi querido capitán. Si yo lo ataco, no soy, necesariamente, su enemigo, puedo ser un aliado, cuyo papel es parecer enemigo. Pero estoy dispersándome, discúlpeme. Este ejemplo no ilustra lo que le digo. Ponga los ojos en Pakistán, en Arabia Saudí. Ésos sí son aliados y enemigos de Estados Unidos, según lo que la gerencia de cada país considere ser su mejor interés.

—¿Y cuál es su relación con esos países? ¿Aliado o enemigo? —Dedo incisivo en la herida por parte de Raúl.

Una sonrisa seca es la primera respuesta, seguida de una tos sofocada que lo deja jadeando. El oxígeno es un bien difícil de adquirir con la edad.

—Nadie puede darse el lujo de tenerme como enemigo, capitán. Si me conociese, lo sabría.

—Pero no es lo que parece. Si no, no estaría aquí. —Otra embestida. Está en forma el militar.

—Tampoco me conocen. En breve tomarán nota de eso —responde en tono serio, con la seguridad inherente a los líderes.

—Y la CIA, ¿dónde queda dentro de todo esto? Tiene mucho poder sobre ellos.

—No podemos contar con la CIA en este campo. Están del otro lado de la barricada. Van a dar a entender eso, pero no levantarán una mano para perjudicar a ninguno de los lados. Es una manera extraña de funcionar, pero la única para sobrevivir.

Un sonido vibratorio, seguido de la *Novena Sinfonía* de Beethoven, invade la sala. Es el móvil del cojo, que enseguida lo atiende sin dignarse abrir los ojos.

—Sí.

Veinte segundos después, desconecta el teléfono, sin pronunciar ninguna otra palabra de despedida, ni un «adiós» o un «hasta luego», tampoco un «gracias».

—Han volado la casa de ella. Todavía no se ha hecho público —se limita a decir.

Una aflicción desgarradora, peor que una cuchilla caliente, traspasa el cuerpo de Raúl.

—¿Y Sarah?

—No hay noticias de ella.

—Dios mío. —Raúl se lleva las manos al rostro, desesperado. La sensación de impotencia le invade el alma, mientras intenta imaginar a su hija, entregada a su suerte, incierta o tal vez muerta, de forma execrable. Los profesionales no tienen compasión ni están atentos a sus últimas palabras. De confirmarse, sólo espera que haya sido rápido.

—No se preocupe —oye a JC decir—. Si le hubiese ocurrido algo, ya lo sabríamos.

—¿Cómo puede tener la certeza? —pregunta frustrado y con los ojos húmedos.

—Porque ése sería un mensaje que ellos tratarían de hacernos llegar inmediatamente. Ya estaría en la televisión. Puede estar tranquilo. Está todo bien —explica el viejo con serenidad. Tanta frialdad provoca escalofríos en Raúl.

—¿Cómo se consigue esconder la explosión de una casa de los medios de comunicación? —Eso no lo comprende. Las palabras de JC, sea por lo que fuere, lo calman. Está bien Sarah, consigue pensar, más aliviado.

—Cerrando la zona o diciendo que fue una bombona de gas. Enseguida deja de interesarles —aclara—. Lo que importa es sangre y terrorismo.

—¿Todo esto tiene que ver con la muerte de Luciani? —quiere saber el portugués.

—Irónicamente, no.

—¿No?

—No.

El silencio se extiende por la sala con gran rapidez. Raúl aguarda una conclusión que no llega. El viejo es irritante.

—Entonces ¿con qué tiene que ver? —acaba por tener que preguntar.

—Un té caliente.

—¿Cómo?

—Un té caliente. Es lo que me está apeteciendo. ¿Tiene?

Raúl no consigue creer que en este momento de desorientación el viejo esté pensando en beber té, pero viniendo de él ya debería estar habituado. En la gran mayoría de las ocasiones, Raúl lo encara como un ser humano normal, un viejo frágil como cualquier otro de los muchos que se ven por ahí. Nada más ilusorio.

—¿Tiene? —vuelve a preguntar JC.

—Tila —responde el militar.

—Puede valer. Pero le sugiero que renueve su *stock* con Earl Grey o Twinnings, para mañana.

Raúl se levanta y lo mira desde arriba antes de ir a la cocina a preparar la infusión.

—¿No me va a responder?

—Esto no tiene nada que ver con el papa Luciani —responde sin mirar hacia él—. Tiene que ver con el polaco.

—¿Wojtyla? —Raúl lo mira incrédulo.

El viejo confirma con un gesto de cabeza.

—¿Usted tiene a todos los papas como enemigos?

—Wojtyla no era mi enemigo. Nunca. Era un viejo sin pelotas, pero no un enemigo.

Esta respuesta deja a Raúl pasmado. El misterio se adensa. Al final, esto no tiene nada que ver con lo que pensaba. Está verdaderamente fuera de todo lo que está pasando a su alrededor. Una cosa es cierta, no hay muchas personas que hagan a alguien tan influyente como JC retroceder y buscar un lugar como su heredad para refugiarse. Lo que pasa tiene que ser grave para que este brillante estratega deje el confort de su villa en Italia. Otra cosa que le estremece hasta las puntas de los cabellos es la tentativa del viejo de proteger a su hija, aunque no haya hecho nada salvo avisarla. Tiene una débil esperanza en el corazón de que lo haya hecho a tiempo y ella haya conseguido salir de la ciudad.

—Mientras pone el agua a hervir, llame a su contacto.

—Maestre —grita el cojo, que se levanta de golpe con el orgullo herido—. Eso no.

—Siéntate —ordena el viejo con una voz firme. No existen dudas sobre quién es el león del trío—. Precisamos de alguien más próximo a los acontecimientos. Debido a nuestra retirada estratégica, no tenemos a nadie que pueda ser mis ojos y oídos en el terreno; por tanto, ésa es la mejor solución. —La mirada austera muestra que está decidido y ha quedado explicado.

El hombre cojo, epíteto utilizado sin intención de ofensa o cualquier juicio de valor para con él, solamente un apelativo para alguien que no gusta de revelar su nombre, no esconde el gesto de furia en el rostro, pero acaba por sentarse sin decir nada más.

—¿Quién anda detrás de nosotros, entonces? —quiere saber Raúl, que aún no ha ido a poner el agua para preparar la tila ni ha cumplido con lo dispuesto por JC.

El viejo se echa por encima de sus piernas la manta que cubría a Raúl. El calor también es un bien que nunca se debe menospreciar a su edad. Raúl aguarda una respuesta que viene glacial e insensible.

—El Opus Dei.

Capítulo
23

Hay muchas cosas que están sucediendo en nuestras propias barbas y no me agrada que no tengamos un mínimo control de la situación —grita Geoffrey Barnes al entrar en el centro de operaciones de la CIA en Londres.

Recorre la enorme sala repleta de monitores, ordenadores y una enorme pantalla que llena toda una pared donde aparece el mapa del mundo con varias señales que poco dirían al común de los mortales, aunque puedan tener mucho que ver con las vidas de esos comunes de los mortales, sin cesar de vociferar y gesticular, ruborizado por la furia. Aquí, en esta estancia, sólo algunas vidas son importantes, todas las demás son desechables siempre y cuando sea necesario.

Las impresoras vomitan páginas y páginas de información y colaboran con la agitación que reina en el centro operacional. Nadie hace caso de las palabras encarnizadas del director, no hay tiempo ni paciencia, él mismo les hará pararse si considera que todos le deben escuchar. Pero no lo hace, Geoffrey Barnes ya ha entrado en su despacho, separado del centro operacional por una mera estructura de aluminio y cristal. El director tiene una vista privilegiada sobre la sala, nada se le escapa si así lo desea, pero si, por otro lado, su deseo es disfrutar de unos minutos de privacidad, bastará bajar los estores interiores y nadie tendrá acceso a las actividades de Geoffrey Barnes. Staughton y Thompson lo siguen al interior del despacho y cierran la puerta tras ellos, anulando por completo la corriente del sonido de la sala.

El jefe se sienta y pone los pies encima del escritorio. Staughton y Thompson se limitan a observarlo, mientras él tira algunos papeles al suelo para reposar mejor las piernas y gozar del efímero descanso. A los tres teléfonos que se alinean encima de la mesa de caoba, hacia el lado derecho, ya no tiene el atrevimiento de maltratarlos. Ésos no. Uno verde, otro rojo y el otro beis. El verde es el contacto directo con Langley, en Virginia, sede de los servicios secretos norteamericanos; el beis, para los socios de la Agencia, y es habitual ver a Barnes evitando atender ese teléfono; son dos las razones para ese acto: la primera, cuando no sabe quién está al otro lado, y la segunda, cuando sí lo sabe. Son muy poderosas las personas que tienen esta línea, puede incluso decirse que, en algunos casos, tienen más poder que el hombre que usa el tercer teléfono, el rojo, el consabido pero verdadero teléfono del presidente. Cuando suena, significa que al otro lado está alguien del despacho personal del dueño de la Casa Blanca o el propio presidente de los Estados Unidos de América, en voz, porque no se puede decir que en persona. Ése ha sonado sólo una vez desde que Barnes tomó el cargo en sus manos hace más de siete años, y fue precisamente el día 7 de julio de 2005, cuando, supuestamente, cuatro terroristas hicieron estallar unos explosivos en el sistema de transportes londinense, por la mañana. Se acuerda de haberse ruborizado cuando el teléfono comenzó a sonar, nunca se le había pasado por la cabeza que el aparato funcionase, tan habituado estaba a verlo mudo o a no oírlo jamás. Al atenderlo, supo que era un asistente cualquiera del presidente requiriendo noticias de mayor calado para transmitírselas en primera mano al jefe de Estado. Barnes no se anduvo con medias tintas y vendió la versión oficial, aquella a la que cualquiera tuvo acceso. La verdad, algunas veces, no es para los oídos del presidente.

No se pretende con esto decir que Geoffrey Barnes no es un patriota. Quien no quiera ver su vida al descubierto jamás debe pronunciar tales cosas de manera que él las oiga. Geoffrey Barnes es uno de los pocos hombres que se puede dar el lujo de cribar la información y separarla en varios sectores: la esencial, la vital y la normal. El presidente tiene acceso sólo a la información normal y esencial. La vital es tratada por otros. Un país tiene tantos asuntos putrefactos, que hace que ciertas y determinadas cuestiones no puedan llegar al conocimiento del jefe supremo. Todos lo entenderán, por cierto.

—Estamos jodidos —se desahoga, todavía enfurecido—. Fija una reunión de grupo para las seis y media.

—¿Tan pronto? —contesta Staughton tímidamente.

—Estoy despierto, ¿o no? —vocifera Barnes—. Pues entonces ningún otro puede estar durmiendo tranquilamente en el hogar después de un buen casquete —concluye tras ver que Staughton no se interpone.

—*Okay* —se limita a responder Jerónimo Staughton, abriendo la puerta para ir a cumplir la orden en otro lugar. Durante unos momentos, el estruendo invade el despacho, quebrando el sosiego acústico que ahí se había instalado. Sólo el tiempo que Staughton tarda en salir y volver a cerrar la puerta y separar los mundos.

—Thompson —llama Barnes.

—Diga, jefe.

—Quiero un informe de aquí a media hora en mi mesa con todos los datos y hechos reunidos de lo que sabemos hasta el momento.

—Eso está hecho —acata el otro, buscando inmediatamente la salida.

—Es mejor que pongas a todos tus contactos en alerta—ordena Barnes.

—¿A todos? —interpela el otro ya con la mano en la manilla de la puerta. Sólo consigue pensar en el cigarrillo que se va a fumar de aquí a nada.

—A todos. —Se levanta con algún esfuerzo y se inclina sobre la mesa apoyándose en las dos manos—. ¿De cuánto tiempo precisas?

—Es sólo hacer algunas llamadas —responde Thompson, pensativo—. Un cuarto de hora. Aprovecho y ya intento saber qué ondas circulan por ahí.

—Haz eso.

Thompson abre la puerta. Ya consigue sentir el amargor del tabaco invadiéndolo y serenándole los instintos, la necesidad de afinar el olfato, la máquina de lucha. Las cosas están difíciles por ahí fuera.

—Y no te olvides de traerme el informe de aquí a media hora —advierte Barnes, dándole la espalda y mirando a la ciudad. Odia no tener el control de las situaciones. Peor que eso, abomina no comprender una mierda de lo que está aconteciendo. Tres muertos en unos váteres públicos holandeses, con la circunstancia de que uno era un antiguo agente de la CIA. Su imagen con la cavidad violácea, oscura, justo en el centro de la cabeza, demarcando el fin de la vida. La puta que los parió, o que lo parió, pues todo apunta a que haya sido sólo uno el que haya firmado el pase de los tres desgraciados: las estadísticas no atribuyen crímenes de este tipo a autores del sexo femenino.

La ciudad es tan sólo una inmensa lámpara de luces amarillentas, punteadas, por debajo, por las rojizas de las traseras de los coches. Londres es también una ciudad que no duerme, nunca, desde hace muchos años. A esta hora le vendría bien ir a tomar un generoso desayuno en el Vingt et Quatre, en Fulham Road, por la zona de Chelsea. El hecho de ser conocido de la casa le ayuda a no tener que soportar la habitual fila de personas que tienen que esperar a la puerta para conseguir mesa, sea de día o de noche. Unos huevos escalfados, más unas salchichas fritas y unas judías pintas y blancas comienzan a hacer salivar los pensamientos de Geoffrey Barnes. Que les parta un rayo a aquellos que se interponen entre su soberbia barriga y la posibilidad de llenarla con sustancias tan nutritivas. Tendrá que dejarlo para otra noche. La suerte es que el Vingt et Quatre no se va de su sitio.

Olvida la ciudad y coge el teléfono interno. Basta levantar para que alguien atienda en el otro lado; es la secretaria, Teresa, que le pregunta sobre sus peticiones.

—Buenas noches, Teresa. Tráigame una hamburguesa doble con queso, una pizza americana y una Carlsberg, lo más deprisa posible —solicita Barnes con la boca hecha agua sólo de imaginar todo eso delante de él. Al mismo tiempo, oye las preguntas de la solícita secretaria. Barnes nunca le falta al respeto ni eleva la voz—.

Prefiero Burger King, pero si no encuentra ninguno abierto, puede ser de otra tienda cualquiera, no se preocupe por eso. —Y cuelga el teléfono.

Se entrega, nuevamente, a la reflexión idiosincrásica de los acontecimientos. Una vez más, Jack Payne o Rafael, o como quiera que se llame, metiéndose en su camino. La diferencia es que esta vez no se va a llevar la mejor parte. No habrá acuerdos que lo salven. ¿Por qué razón habrá ido a llevarse los dos cuerpos a Ámsterdam? ¿Para qué? Los cadáveres no tienen utilidad alguna, ¿o sí la tienen? Aquél no da puntada sin hilo. Necesita tenerlo delante de él cuanto antes. Es eso. Descuelga el teléfono, pero esta vez marca tres números. Dos segundos después, el destinatario atiende pronunciando el apellido, regla organizativa para evitar el *¿Diga?* o *¿Quién habla?*

—Staughton —dice el objetivo de la llamada.

—Quiero que pongas un grupo exclusivamente detrás de Jack. Lo quiero delante de mí antes del final de la mañana.

—Detrás de Jack Payne, ¿cierto? —No hay lugar para malentendidos en esta profesión. Se juega con vidas humanas y los errores, por norma, se pagan caros, contribuyendo a las estadísticas de la muerte.

—Claro que de Jack Payne, ¿de quién otro podría ser? —Jack tiene el don o la facultad de perturbarlo sobremanera, lo deja irritable y, como consecuencia, lleno de hambre.

—*Okay.* Me voy para encargarme de eso —informa Staughton, que desconecta el teléfono sin aguardar a que Barnes se acuerde de indicarle más instrucciones. Dar órdenes es muy bonito, lo peor es el resto.

Barnes, por su parte, también cuelga el teléfono, con un cierto atontamiento. Observa la sala más allá del cristal de separación. Continúa una correría de hombres y mujeres, de un lado para otro. Gente braceando con papeles en la mano, otros gritando por teléfono, hay quienes lo están escuchando atentamente, música no será, con toda seguridad. Los más distraídos o poco frecuentadores de estos espacios podrían pensar que se tratase de la Bolsa de Wall Street o de Londres, en este caso trabajando fuera de horario. La aparente desorganización no pasa de ser algo ilusorio, todos saben lo que están haciendo en el interior de aquella sala. En la gran pantalla que llena una pared el mapa del mundo ha sufrido un aumento considerable y ahora incide solamente sobre el Viejo Continente. Nuevos círculos, de varios colores, parpadean psicodélicamente sobre ciertos lugares. Cada color identifica una acción en marcha, sea una escucha, una operación de menor o mayor envergadura, o un mero posicionamiento de los agentes sobre el terreno o donde sea. Son indicadores que importan solamente a quien aquí trabaja, aunque a muchos servicios secretos y a otros individuos menos escrupulosos les encantaría echar mano a esta información.

A pesar de que, a primera vista, parezca que nadie mira dos veces a esa pantalla, las instrucciones contenidas en ella son vitales para la Agencia. Las acciones de todos los que aquí corren de un lado para otro están identificadas y tipificadas en ella. Hasta Barnes está allí presente con su barriga prominente, ansiando una hamburguesa doble con queso, más la pizza americana y la Carlsberg para empujar todo para abajo. Con un simple clic, conseguirían, si fuese importante, acceder a todos sus datos personales, antecedentes penales, cuentas bancarias, bodas, descendencia, si la hubiese, y todos los datos posibles e imaginables. Si fuera necesario, podrían bloquear esas mismas cuentas o modificarlas, alterar sus antecedentes, para bien o para mal, en fin, un sinnúmero de escenarios y posibilidades que todos los días son ejecutados para otros sujetos, pero no para Barnes, claro está. Hasta el momento ha sido siempre considerado un activo competente en todas las valoraciones anuales.

Si esforzara un poco la vista, desde el despacho donde se encuentra Barnes conseguiría ver un círculo rojo parpadeando intermitentemente sobre Ámsterdam. La información todavía es escasa, pero en breve se llenará como un huevo.

—La puta de la comida nunca llega —se queja.

Es en ese momento cuando un sonido estridente comienza a resonar de modo continuo. Un estremecimiento le atraviesa la columna. Observa el teléfono verde encima del escritorio. Una luz verde parpadea informándole de que está sonando. Es una alerta a los sentidos auditivo y visual, imposible de evitar. Langley quiere informaciones por vía segura. No es muy normal. El beis también mezcla su sonido con el otro provocando una amalgama de sonidos tintineantes, lo denuncia la luz color naranja intermitente. Barnes silencia los teléfonos para no contaminar más el ambiente y su cabeza, dejando las luces parpadeando, señal de que la llamada continúa. ¿Cuál es el protocolo a seguir cuando dos teléfonos seguros suenan al mismo tiempo? No existe. Se decide por los patronos de Langley. A fin de cuentas, son ellos quienes le pagan.

—Barnes.

Es entonces cuando el sonido de otro teléfono se hace oír en el despacho. Barnes se deja caer en la silla, sin conseguir desviar los ojos de él. El sonido continuo podría engañar, pero la luz roja parpadeando en señal de emergencia no deja margen para dudas. El teléfono del presidente está dando señales de vida.

Capítulo
24

La explosión de gas ocurrida en el número que no propalaremos de la calle de Redcliffe Gardens, en Chelsea, ha dejado irreconocible el edificio. Esto lo puede atestiguar su dueña, que bien sabe cómo era antes y entra ahora en los destrozos residuales. Las últimas horas han sido para olvidar. Los ojos hundidos indican lágrimas recientes o que todavía brotan, pues se ve una rodando rostro abajo. No se sabría decir si la ha provocado esta visión infausta o si aún es un vestigio del dolor por la pérdida de los dos amigos. Natalie y Greg, muertos. Ésa es una visión inimaginable por mucho que se intente convencer de la verdad; además, sabe que nos va a acontecer a todos en una determinada hora y día, sin apelación ni agravio, sin aviso. Sin embargo, Natalie y Greg pertenecían a aquel grupo de personas inmortales, tal era la vida que emanaba de sus cuerpos. Pero lo que más le afecta es la forma en que han dejado este mundo. Seguramente, ni se han dado cuenta de que morían. En un segundo están vivos, expresando su voluptuosidad, sin barreras, según ha descrito el agente John Fox; en el siguiente están muertos, cadáveres, difuntos, inanimados. Es cruel. Y, como si no bastase, ahora tiene que enfrentarse a esto, un guiñapo de casa, sin personalidad, sin vida, una ruina. Por cierto, la lágrima aúna ambos dolores. Este día no ha sido nada fácil para Sarah Monteiro.

—¿Están seguros de que Simon Lloyd se encuentra en el hospital? —pregunta incomodada, recordando el cuerpo que viene a ver, con un estremecimiento.

—Lo estamos. Tenga calma —tranquiliza el agente John Fox—. Éste es otro individuo.

—Espero no conocerlo —confiesa egoístamente, más para sí que para los agentes.

Se visten unas batas y se envuelven los zapatos con una protección que se ajusta con un cordón en el tobillo, para no contaminar el lugar del crimen, aunque no haya duda de que se encontrarán vestigios del ADN de Sarah Monteiro por todos los lados.

—No toque nada —advierte el siempre simpático Simon Templar con un murmullo—. Quiero dejar registrado que estoy en contra de su presencia en este lugar.

—Está registrado —afirma John Fox. Aquí se comprende quién manda sobre quién, si todavía no había quedado claro—. Ahora prosigamos.

El lugar está iluminado por focos. Varios técnicos de la Policía Metropolitana están distribuidos por lo que, en otro tiempo, fueron las habitaciones de una casa sobriamente decorada. Aun así, existen paredes que han permanecido intactas de la quemazón del fuego, acariciando las luces ardientes de los proyectores y reflejando su limpidez.

Casi es necesario un mapa para ver dónde se puede pisar, ya que el trabajo prosigue y todavía hay algunas zonas inaccesibles, donde se puede ver a técnicos forenses inclinados sobre pequeños objetos con un pincel de pelo suave, de igual manera que un arqueólogo y su paciente desentierro de los huesos del periodo Cretácico u otro cualquiera. Es un trabajo que exige paciencia, dedicación y mucha agudeza de espíritu.

—¿Dónde está el cuerpo? —pregunta John Fox a uno de esos técnicos.

—En el salón —responde, sin siquiera levantar los ojos, hacia el inquiridor.

John Fox mira a Sarah como preguntándole dónde queda la habitación que servía de salón.

—Es enfrente y a la izquierda —informa ella—. Creo yo.

Siguen, lentamente, por el pasillo ennegrecido, repleto de despojos esparcidos por el suelo, pero debidamente circunscritos con cintas de la policía que separan las zonas consideradas como libres de las otras que requieren más horas, quizá días de intensa labor. Es una suerte que el departamento de información, váyase a saber por qué razón, haya ocultado a la opinión pública, por lo menos durante algún tiempo, el verdadero origen de la explosión. Aunque parezca que no, atenúa mucho la presión sobre los técnicos forenses. Si ya fuese del dominio público el origen criminal del incidente, serían muchos más los agentes designados para la investigación y las llamadas telefónicas estarían lloviendo constantemente, demandando un culpable o un chivo expiatorio, nada más iniciar la conversación. De esta forma, hay tiempo de hacer un trabajo en condiciones, con resultados certeros, si así fuera necesario.

John Fox es el primero en entrar al salón. Nada hace pensar que se trate de esa habitación de la casa, tampoco haría pensar en otra cosa. Estantes, sofás, plasma de 40 pulgadas, lector de DVD, la mesa de comedor y las sillas, entre muchos otros objetos que quedarán olvidados. A primera vista, nada ha quedado incólume. La única historia que cuentan es que han sido consumidos por las llamas y por la fuerza de la explosión.

—Estaba viendo que no llegaban hoy —rezonga aquel que debe de ser el médico forense, ansioso por dejar al cuerpo seguir los trámites legales, dispensándole así de su presencia para lo que le resta de tiempo de ocio. Entiéndanse, por eso, los malos modos patentes en su expresión facial—. ¿Es que no podían ir a verlo a la morgue?

—Si pudiésemos o quisiésemos, no le habríamos mandado esperar aquí —ataca Simon Templar, sediento de conflicto.

—Déjalo, Simon —ordena John Fox. Se vuelve hacia el médico—: Será rápido.

El cuerpo está tumbado en una camilla, dentro de un saco apropiado para cadáveres que se encuentra cerrado.

—Vamos a acabar esto —insta el médico forense, solícito, corriendo la cremallera para abrir el saco. Cuanto más deprisa, mejor.

John Fox mira a Sarah y no precisa decir nada para hacerse entender. Ella avanza lentamente en dirección a la camilla que sustenta el cuerpo hasta que el interior del saco queda al alcance de su campo de visión. No tiene coraje para mirar, enseguida, el rostro, por eso comienza por el tronco, ya que es hasta donde el médico forense ha abierto el cierre. Va enfrentando el miedo, desviando la mirada cada vez más hacia la cara. Es o era un hombre grande, corpulento, que trae a la memoria a Geoffrey Barnes, de tan malos recuerdos. Viste una camisa de tela gruesa y una chaqueta adecuada para la nieve, ambas bastante afectadas por la destrucción, rasgadas y quemadas en algunos sitios, pero suficientemente enteras como para poder identificarlas como chaqueta y camisa. Además, el cuerpo está bastante bien conservado para quien ha sido víctima de una explosión.

—¿Cuál ha sido la causa de la muerte? —quiere saber Sarah.

—La señora ¿quién es? —pregunta el médico forense con descaro.

—Soy la dueña de la casa —sentencia ella—. Y soy periodista.

—Muy bonito —deja escapar el hombre de los muertos—. Ahora es cuando se ha jodido todo.

—Cuidado con la lengua —amonesta John Fox—. La señora Sarah Monteiro está aquí en calidad de testigo y no va a hacer pública ninguna de nuestras conclusiones mientras no sea de nuestro interés —aclara.

Sarah mira, por fin, el rostro del cadáver. Pálido, pero sereno. Parece que ha sido víctima de una muerte santificada.

—Ha muerto de muerte no natural—bromea el médico forense, pero nadie se manifiesta contento con la gracia—. Ha sido un golpe en la cabeza, pero sólo la autopsia podrá aportar las conclusiones definitivas.

—¿Tienen ya datos sobre la identidad de la víctima? —pregunta John Fox, serio.

—Sí, hemos obtenido algunos a partir de los documentos que llevaba en la cartera. Vea usted mismo —dice el médico, extendiendo un papel.

—¿Qué es esto?

—Un *print* de los datos relativos a la víctima. La cartera ya se mandó a los peritos. No iba a quedarse esperándolos a ustedes —clama dando una risotada.

John Fox coge el papel y comienza a leer en voz alta.

—Grigori Nikolai Nestov, cincuenta y un años, ruso, de Vladivostok, es... —Las palabras se le atascan en la boca—. ¿Esto es verdad? —pregunta al médico forense.

—Aún no ha sido desmentido —responde el otro, mascando un chicle que se ve cada vez que suelta una risotada como ahora. La situación lo divierte. Son los efectos de la convivencia diaria con la muerte. Deja de doler.

—¿Qué pasa? —inquiere Sarah curiosa.

John Fox pasa el papel a Simon Templar.

—¿Lo conoce? —pregunta.

—No. Nunca lo he visto —responde Sarah sin sombra de duda.

—¿Tiene la certeza?

—Absoluta.

—¿SVR? —deja escapar Simon Templar.

—Es lo que parece —responde John Fox.

—¿SVR? —pregunta Sarah, curiosa—. ¿Eso qué quiere decir?

—Que la víctima era un agente de los servicios secretos rusos.

—¿Servicios secretos rusos? —Sarah se queda boquiabierta—. ¿Y qué estaba haciendo en mi casa? —pregunta medio incrédula, medio escandalizada.

—Bien, les voy a dejar con sus problemas y me voy a mis cosas —avisa el médico forense mientras cierra el saco. Silba hacia la puerta para llamar a los camilleros que conducirán el cuerpo a la ambulancia. Éstos entran diligentes e inician el transporte, uno a cada lado.

—Cuidado al salir. No queremos aparecer en la televisión ni en los diarios —previene, mirando a Sarah—. Buenas noches, señores míos —se despide de los presentes y sale detrás de los camilleros.

Sin el cuerpo, la sala parece más vacía, con los focos iluminando el vacío, los despojos de lo que era una construcción sólida. Sarah se había mudado hacía tan poco tiempo y ahora tiene que prever otra mudanza... si sobrevive. Observa todos los rincones de la sala destrozada y algo le llama la atención. Un objeto que no cuadra con la falta de armonía del lugar. Una pequeña caja de madera que ha sobrevivido al holocausto explosivo sin un arañazo ni chamuscadura. Desde allí no consigue verlo, pero sabe lo que se encuentra en su interior. Una botella de Oporto añejo, cosecha de 1976, el año de su nacimiento.

Da algunos pasos para rodear la caja que se halla tirada en el suelo, en medio de los escombros, no porque sienta el deseo de endulzarse los labios, simplemente por la atracción de la aleatoriedad del destino. Una caja tan pequeña y frágil sobrevive a una explosión, seguida de incendio. ¿Qué probabilidad tan ínfima puede tener un hecho de esta índole? Si un cuerpo ni siquiera aguanta un golpe en la cabeza. Sarah sabe que la parte frontal de la caja es de cristal para servir de expositor al néctar intocable que contiene. Cuando ha dado la vuelta a la caja, con el fin de ver el lado opuesto, repara en que el cristal no está mirando hacia abajo, impidiendo ver si la botella se ha partido. Le vienen a la cabeza las palabras de Simon Templar, *no toque nada*. No será necesario. Mira el interior más allá del cristal intacto y se asombra al ver que la botella no está donde debería estar. Es una caja vacía, incólume. Se inclina sobre ella.

—No toque nada —reclama Simon Templar.

Sarah se incorpora pensativa, y tales pensamientos provienen de una simple botella de vino, con su edad grabada, que falta del interior de la caja de madera superviviente. Dirige la mirada hacia John Fox, a quien ha decidido no contarle nada, y se da cuenta de que él hace mucho que no le quita ojo, atento y observador.

Lo es. Sarah es una mujer llena de misterios.

Capítulo
25

La última mirada siempre ha tenido sobre él un efecto devastador tan pronunciado, que se ha convertido en un vicio. La mayor parte de las que componen su vasta experiencia son de súplica, una petición con cierto sentido de clemencia, de dolor, reflejado en la orina que se desprende, y, a veces, del resto.

Las reacciones son diferentes en cada caso, dependiendo de lo que viene a la mente de cada objetivo en los últimos momentos. Don Clemente encaja en el género que más aborrece. Ha enfrentado el arma con una sonrisa serena y pacífica y así ha permanecido, incluso después...

Normalmente, cuando se mata, se le quita a la víctima aquello que más aprecia, pero existen algunos, como don Clemente, a quien ya no se le quita absolutamente nada. La necesidad de sentir la culpa masacrándole la conciencia después de oprimido el gatillo que provoca el sonido sordo y libera la guadaña permanece aplazada. Ni se ha permitido mirar durante un segundo a don Clemente cuando éste ha caído hacia atrás, derrumbando, con su robustez corporal, la fila de bancos que tenía tras él. El cura no se ha enterado de nada, de eso está seguro, pues sabe perfectamente dónde le ha metido la bala para que él estuviese muerto antes de caer.

Pero este hombre de apariencia común, una ventaja notable en un oficio como el suyo, no es dado a introspecciones nostálgicas. Don Clemente es ya pasado, nació y murió, y su cuerpo yace a más de mil kilómetros de distancia, en Galicia, tal vez en alguna morgue, intentando contar al médico forense la historia de su muerte. Que se jodan don Clemente, Galicia y Santiago de Compostela, ciudad, catedral y santo, todos juntos.

Ha tenido tiempo de embarcar en el último vuelo para la capital inglesa, donde se desarrolla la fase central del plan. Están siendo días extenuantes pero placenteros, con innumerables viajes: Roma, Ámsterdam, Compostela y, ahora, Londres. El patrón ha optado por seguir hacia otro destino como estaba previsto. Dos días más y se reunirá con él para la resolución final.

Recorre la ciudad en el célebre taxi londinense, camino de la dirección combinada. Aún existen más objetivos para ser borrados del mapa por la Beretta. En tiempos fue el fiel propietario de una Glock del mismo tipo de proyectil, nueve milímetros, pero esta Beretta 90two da otra sensación. Funciona como una prolongación de la mano, las balas son escupidas por los dedos. La Glock es más ruda, más aguerrida y, a pesar de provocar el mismo destrozo, tiene retroceso en cada tiro, lo que, para un profesional perfeccionista como él, molesta sobremanera. Por ello, optó por la menos temperamental Beretta; sin embargo, compréndase que las armas no tienen consciencia, todo resulta del humano que la empuña; no hay duda de que servirán a su dueño ciegamente.

La vibración del móvil pegado al cuerpo no se confunde con la del automóvil surcando el piso irregular. Saca del bolsillo de la chaqueta un auricular sin hilos que se coloca en el oído y presiona un botón para autorizar la entrada de la llamada. No intercambia ninguna palabra inicial, tan sólo escucha la demanda.

—Estoy en camino —informa en francés. Escucha lo que sea que se esté diciendo del otro lado con notable concentración. Nadie le podría acusar de no escuchar atento. Frunce el ceño ligeramente.

—Eso no es bueno.

Las luces urbanas van iluminando el asiento trasero a medida que el coche penetra en la ciudad. Vienen y van, se quedan atrás, inmóviles, dejando al vehículo seguir su rumbo por el interior de la metrópolis ordenada, invadiendo la cabina, pero abandonando enseguida por su propia voluntad el espacio, para a continuación hacer otra vez lo mismo, en un juego interminable de hilillos de luz amarilla que usurpan la privacidad del hombre que permanece a la escucha, hablando, casi deletreando en la lengua gálica sus consideraciones sobre el tema a debate.

—Me encargaré de eso. Todo seguirá conforme a los planes. Tengo gente en el sitio, estoy seguro de que actuarán correctamente. —Y desconecta.

Coge el teléfono y marca unas cuantas cifras. Dos toques después, alguien atiende.

—¿Dónde estás? —pregunta en tono serio—. Perfecto. Voy ya a reunirme contigo. No salgas de ahí.

Desconecta el móvil y esboza una sonrisa tenue. Las cosas están yendo bien, después de todo. El equipo es bueno. Presiona el botón que permite comunicar con el conductor del taxi.

—Cambio de planes. Lléveme al Chelsea and Westminster Hospital.

Capítulo
26

Seguro que el rostro de Abu Rashid ha conocido mejores días. Los labios cortados, un ojo hinchado, unas cuantas contusiones internas y externas, en la zona del tronco esencialmente, imperceptibles debido a la túnica blanca que las esconde. A pesar de todo, no se encoge ante el dolor y permanece con la misma expresión serena de quien conoce una verdad mayor y, por eso, se apoya en ella con todas las fuerzas.

El extranjero, que se toma un descanso, está sentado más atrás, en uno de los lujosos bancos de piel crema del jet privado que sobrevuela el territorio búlgaro. El plan tenía previsto el regreso en un vuelo comercial que saldría de Ben Gurion y haría escala en Fráncfort, antes del destino final, Roma. Sin embargo, las confirmadas palabras de Abu Rashid han incomodado tanto al superior, que ha mandado de inmediato preparar un jet y ha alterado la ruta. Han salido de Kefar Gallim, para no levantar muchas sospechas, y Abu Rashid se ha mostrado en todo momento cooperante. Tal vez por eso tenga el rostro en este estado que podemos testimoniar. La sangre que brotaba del labio se ha secado, pero la inflamación en el ojo izquierdo parece estar aumentando por momentos. Todo ello porque no modifica las palabras que, según él, oyó de la boca de Nuestra Señora, en visión, lo que, siendo él musulmán, agrava mucho su situación. No hay mención, en la historia religiosa o en otra, de que alguna vez un santo católico se haya aparecido a un creyente de otra religión, sea la que fuere, y, para herir un poco más las susceptibilidades, que esa visión sea protagonizada por la Madre de Cristo, en persona, la Virgen María, Nuestra Señora. Y si ese hecho, que no admite disculpas, puede dejar a cualquier prelado con los nervios a flor de piel, capaz de hacer brotar un conjunto de infantiles pensamientos y provocar un incidente interreligioso de dimensiones graves, la cosa todavía se agrava más cuando las palabras proferidas por boca de la Virgen y transmitidas al mundo por el árabe pueden provocar una fractura en todo el orbe católico.

El extranjero rumia los diversos presupuestos, mientras mira por la pequeña ventana. No se ve nada, pues está oscuro como la pez, la noche se ha instalado y va a permanecer durante todo el viaje. Ya no falta mucho. Dios es testigo de que él no quería hacer daño al viejo; sin embargo, si aquella boca habla públicamente, todos sufrirán. Tiene que ser silenciado, desacreditado, lo cual no es difícil, un musulmán que ve a María es un chiste, y sólo puede ser motivo de risa en todo el mundo católico y musulmán. El problema está en lo que dice. Si alguien, más inteligente, profundizara en sus palabras, podría llegar, fácilmente, a la verdad. Y eso no puede acontecer, de forma alguna. Tiene que forzar un cambio de rumbo en el hombre. Incluso aunque él, verdaderamente, vea a María. Ella tendrá que comprenderlo. Existen los católicos y los otros, ellos y nosotros, no hay mezclas, nunca las ha habido. El día que eso aconteciera, se acabarían las religiones. Esto es grave, muy grave.

Vuelve a levantarse y se dirige al asiento de Abu Rashid, que reposa con los ojos cerrados y una pequeña sonrisa.

—Lo sé perfectamente —afirma el viejo sin abrir los ojos.

—¿El qué sabe?

—Sé adónde vamos. Es lo que iba a preguntarme.

El extranjero se sienta en el asiento de al lado y suspira. Mira hacia la cartera negra que permanece esposada al asiento. Además de Abu Rashid, otra de las responsabilidades es aquella maleta negra. Estas premoniciones lo sacan de la realidad. Debe de ser alguna evolución cerebral que permite discernir con anticipación las disposiciones de las otras personas. En ningún momento puede pensar que es realmente la Virgen quien lo ayuda. Perdería toda la fuerza y control si se dejase llevar por esa sensación. Y sería una manera de decir Ella que no puede contar con él ni con ningún cristiano. O que son realmente todos iguales. *Mierda. Mierda. Mierda.*

—Puede no parecerlo, pero estoy aquí para ayudarlo —alega el extranjero—. Si colabora, será bueno para usted y para nosotros.

—No he hecho otra cosa sino colaborar —declara Abu Rashid, aún con los ojos cerrados.

—Necesito más de su parte, Abu Rashid —observa—. Deme lo que necesito para interceder ante mi superior y le dejo seguir en libertad.

Una sonrisa distiende los labios del musulmán.

—Lo que usted quiere es que yo mienta.

—Quiero que colabore —insiste el extranjero.

—Estoy colaborando —insiste Abu Rashid, terminante—. No tengo culpa de que haya escogido el lado equivocado. Pero está en su derecho. Hay siempre dos lados.

—¿Está diciendo que defiende a aquellos que quieren perjudicar a la Iglesia?

—Soy musulmán, no podría estar menos interesado en su Iglesia. —Abre bien los ojos—. Estoy del lado de Ella.

—Yo también —alega el extranjero.

—Usted está del lado de la Iglesia.

—La Iglesia que la representa. Que le ha dado la imagen. Ha hecho de Ella lo que Ella es.

—Precisamente —profiere Abu Rashid, desviando la mirada hacia la ventana con una expresión entristecida.

—¿Qué sabe exactamente acerca del lugar hacia donde vamos?

—Sé todo lo que hay que saber —confirma el viejo musulmán, acariciándose la barba.

—¿Le importa ser más explícito?

—¿Sabe lo que ocurrió el trigésimo tercer día después de la muerte de su Papa anterior?

—No lo sé —suspira—. Pero según los contactos con mis superiores jerárquicos, pienso que usted tampoco lo debería saber.

—Tal vez fuese mejor para mí no saber nada —confiesa Abu Rashid.

—¿Quiere decir que llegamos a un acuerdo? Puede olvidar todo lo que cree saber?

—Querido mío, usted es político y trabaja para políticos. No se puede confiar en ustedes. Son capaces de vender a la propia Madre del Cielo.

Sin un acuerdo con el que convencer al tan mencionado superior para evitarle dificultades a Abu Rashid, el extranjero se levanta y se arremanga. A fin de cuentas, aún faltan algunas horas de vuelo.

Capítulo
27

Lucía no era una muchacha bonita. El único atractivo de su rostro —que no era repelente— eran los dos ojos negros debajo de las densas cejas. El cabello, espeso y negro, se dividía por el medio y le caía sobre los hombros. La nariz era chata, los labios gruesos y la boca grande.
Padre De Marchi en *The True Story of Fatima*

LUCÍA
31 de agosto de 1941

Hay una cierta urgencia en la escritura. Las palabras surgen apresuradas, lanzadas por la tinta de la pluma que se desliza de forma precisa y correcta, sin manchas inadecuadas. Sin embargo, no son caracteres ejecutados con gusto, floreados en la elaboración o adornados por la ejecución. Es un trabajo, un deber, una obligación. Una copia de algo ya escrito por otro. Pierde el brillo de nuestra propia creatividad. Son hojas de papel blanco, sin líneas, unas ya garabateadas, otras por garabatear. Las rellenas con las palabras de la lengua madre lusa están separadas en dos montones, colocados en su lado izquierdo. Se desconoce la razón de esa división, de cualquier forma induce a la curiosidad y llama la atención de los más atentos, si los hubiese. El montón de hojas de la derecha presenta una letra pulcra, inocente, sin tachaduras, nacida de un puño puro, tal vez ingenuo, joven. El otro es igual a esta hoja que ahora se escribe, presionado, cautivo de la obligación informe, como si supiese que no debían ser transcritas aquellas palabras, pues no han nacido de ella. Uno y otro, hablamos de los montones de hojas apiladas, han sido escritos por el mismo puño; sin embargo, la diferencia es acusada entre uno y otro.

¿Por qué?

Es la misma mujer quien los escribe, sentada en una silla de madera oscura, inclinada sobre una mesa pequeña del mismo tono, a la luz de una vela, la cabeza vigilando la hoja de papel a pocos centímetros, por no verla con nitidez. Pero no es ésa la razón que marca la diferencia de letra. Una hoja, la de su lado derecho, representa el molde de lo que se quiere escrito por su puño.

El emisario, con sotana negra, entra en la estrecha celda, silencioso, da pasos sordos hasta la mujer y deposita otro paquete de hojas en el lado derecho.

—Son sólo estas más, hija —dice con voz apagada para no perturbar.

—Puede dejarlas. —La joven cesa de escribir y mira al hombre, preocupada—. ¿Está seguro de esto? No me parece bien.

El emisario sonríe y se sienta a su lado.

—No te preocupes, Lucía. Estás haciendo lo correcto, bajo la orientación de Dios, por intermedio de Su Eminencia, don Alves Correia da Silva.

—Pero no entiendo este secretismo. La Señora...

—Ten calma —interrumpe el emisario—. Los fieles necesitan ser moldeados. Debemos tener mucho cuidado en cómo pasamos las informaciones para no caer en ridículo y llegar al mayor número posible de personas.

—No lo comprendo. Hablan de secretos. La Señora nunca ha hablado de secretos.

—Voy a explicártelo nuevamente. El Papa ha decidido dividir las revelaciones en tres secretos. La visión del Infierno, el primero, el final de la Primera Guerra Mundial y la previsión de la Segunda si continuasen ofendiendo a Dios y Rusia no se convierte, el segundo, y aquel que todavía no hemos conseguido interpretar será el tercero y el único que permanecerá secreto. En cuanto a ése, te pido que no lo escribas por ahora.

—Comprendo. Pero la Señora nunca me ha mostrado ninguna visión del Infierno, ni me ha hablado de la Segunda Guerra Mundial, ni de la reconversión de Rusia, ni...

—Como te he dicho, es preciso moldear a los fieles. Confía en el Santo Padre. Él sabe lo que hace.

—Yo confío —declara Lucía.

El emisario se acomoda en su silla.

—¿La Señora se te ha aparecido? —pregunta tímidamente.

—Todos los meses.

—No te olvides de apuntar todo lo que Ella dice. Puede ser importante —recomienda el hombre.

—Todo lo que la Señora dice es importante —musita Lucía.

—Claro… Es eso lo que he querido decir —se disculpa el hombre—. Pero la forma en que se transmite el mensaje al mundo debe obedecer a las órdenes del Papa. Sólo él sabe cómo desenvolverse con los fieles.

Lucía asiente con un gesto.

—Seguiré las instrucciones del Santo Padre y del obispo. Pero, por favor, dígales que aquello… —reflexiona—, lo que llaman la tercera parte del secreto, debe ser revelado como muy tarde en 1960.

—Se lo haré saber al obispo —prosigue el emisario—. Todo lo que la Señora transmita debe ser pasado al papel y enviado por mí al obispo de Leiria, que decidirá cómo proceder.

Lucía escucha con atención. No comprende nada de las leyes que orientan la Iglesia. Las cosas deberían ser más simples. Cuando la Señora se le aparece, envuelta en un aura de paz y alegría, la simplicidad reina, no pide secreto. La verdad es que tampoco pide la orientación de la Iglesia, eso ha ocurrido motu proprio, ya que es natural que el clero cuide de lo que tiene que ver consigo. No obstante, nunca pensó que el control fuese tan intenso, resguardándola de la vida pública, alegando que precisa de protección, instruyéndola sobre lo que irán a decir en nombre de ella y de la Virgen. No tiene nada contra eso, ni lo censura, incluso alaba la atención con que es obsequiada por la Iglesia. La tratan como un cristal frágil que puede quebrarse con el toque más leve. Hay días, sin embargo, en que no consigue evitar sentirse presa, asfixiada. Es el destino que Dios le reservó y no será alcanzado sin sacrificio.

La única cosa que la perturba no es el control que el Santo Padre y el obispo ejercen sobre todas las visiones, sino las inclusiones ficticias que se atribuyen a la Señora y que Ella nunca menciona en sus apariciones. La explicación del emisario es satisfactoria, ellos saben mejor que nadie difundir el mensaje de la Señora.

—No olvides, jamás debes hablar de esto con quienquiera que sea. Volverás a Portugal en breve e ingresarás en las hermanas carmelitas. Es ésa la voluntad de Dios y de la Señora.

El voto de silencio que ha prometido ante el emisario será cumplido por ella hasta el final de sus días. Entretanto, va a escribir lo que le piden, con la certeza de que, en breve, la Señora aparecerá, nuevamente, y podrá entonces pasar al papel las felices palabras que Ella profiera. Ésos son los momentos más felices de su vida.

Capítulo
28

E l movido viaje en el pequeño *ferry* se convierte en un alivio añadido para James Phelps. Tres horas y media de viaje en coche le han dejado las nalgas dormidas y, a pesar de estar navegando en el canal desde hace cerca de un cuarto de hora, aún siente molestia en la parte baja de la espalda.

La brisa es un poco fría, pero no le importa. El cielo está limpio y estrellado, lo cual le admira, pues no vivimos en una época en que los hombres miren a las estrellas en el cielo, a no ser que sean astrónomos aficionados o profesionales. Se siente embebido por la fuerza del Universo durante algún tiempo. Rafael charla con el capitán del barco en el interior del minúsculo puente de mando. Al fondo, avista las luces que puntean la costa, Dover, el inicio del imperio inglés. Tiene todos los ingredientes para sentirse en paz con su Dios, pero está desasosegado. Rafael es un hombre lleno de misterios y no confía en él, eso es obvio; si no, le habría contado lo de los cuerpos que transportan en la furgoneta. Por lo menos ésos duermen el sueño de los justos para la eternidad.

No han vuelto a cruzar palabra desde la estación de servicio cerca de Amberes, pero James Phelps ha desarrollado su propia tesis, centenas de conjeturas y especulaciones, con el fin de intentar, por lo menos, comprender una ínfima parte del rompecabezas. Sin embargo, sólo ha conseguido sentir adormecer el culo más y más a cada kilómetro recorrido. Han entrado en Francia y han bordeado todo el litoral norte a gran velocidad hasta Calais, donde este *ferry* los esperaba. Todo muy bien organizado y James Phelps, como siempre, un espectador envuelto en la trama, pero completamente fuera del esquema.

—Basta —se oye decir a sí mismo en el vacío.

Lleva la mano decidida al bolsillo interior de la chaqueta y coge un móvil. También él tiene derecho a acceder a las nuevas tecnologías, aunque no sea un corrompido. Pueden traer ventajas cuando se usan con moderación y tino, como todo. Recorre la lista telefónica a la búsqueda del nombre de la persona a quien tiene en mente llamar. En cuanto lo encuentra oprime en el botón verde, aquel que inicia la llamada. Lanza una mirada hacia arriba, al puente de mando donde Rafael continúa entretenido en una conversación amena con el capitán del *ferry*, que parece ser conocido suyo.

—Estoy completamente fuera de lo que está pasando —dice de golpe al auricular del móvil en cuanto alguien atiende—. No sé nada. Me ordenaron que lo acompañase, pero él no abre la boca sobre nada. Así es difícil. Si él no habla, pienso que monseñor tiene el deber de informarme y alertarme. —Da oportunidad al tal monseñor de aceptar la sugerencia, puede parecer más que eso por el tono de voz decidido de James Phelps, será que le sobrepasa la situación, pues jamás se le pasaría por la cabeza dar órdenes a quien quiera que sea, y menos a un monseñor—. Sí, claro. Pido disculpas, pero he andado a ciegas desde que salimos de Roma. —Pausa—. No era mi intención —se excusa, sumiso—. Pido disculpas, pero entiéndalo, traemos cuerpos con nosotros. Tiene que convenir conmigo en que no es normal. No estoy habituado a... —Es interrumpido al otro lado de la línea, o eso parece debido a la súbita pausa y por la expresión de atención auditiva—. Me ha oído bien, monseñor. Cuerpos. Según lo que sé, son de una pareja de ingleses. —Nueva pausa. Seguramente ha picado la curiosidad del prelado—. En el canal de la Mancha, camino de Dover.

Siente una presión indolora en el dorso de la mano que le hace abrirla, como teledirigida, y soltar el móvil sobre otra mano que lo acoge, la de Rafael. James Phelps no le ha oído aproximarse.

—¿Cómo se atreve? —grita Phelps ruborizado. Ya no aguanta más a este hombre. No tiene el menor respeto por las personas ni por la edad, que es una dignidad, desde luego.

Acto seguido, Rafael lanza el aparato muy lejos, en un arco que se pierde en la oscuridad de la noche y cae en las aguas del canal, provocando un chapoteo inaudible que se confunde con el agua rasgada por la proa del *ferry*.

—¿Está usted loco? ¿Cómo se atreve? —Phelps está como un poseso, mirando al agua donde la voz del monseñor se ha ahogado—. No puedo creer lo que ha hecho.

Rafael lo mira con aquella expresión indiferente característica de su personalidad. Ni cruje ni muge, ajeno a la ira dantesca del socio.

—Yo... yo... yo... —insiste James Phelps en su letanía pasmada.

Su estado habitualmente sereno tiene mayor ascendente sobre él. Se nota, pues el repertorio de improperios que cualquiera lanzaría sobre Rafael se agota en poco tiempo, no dando tiempo a que la lengua se caliente. El rubor de la furia sí que sería digno de ver, si las condiciones de iluminación fuesen favorables, ya que incluso un caballero como James Phelps tiene derecho a exaltarse ante un agravio como éste. ¿O no? Era un móvil, el suyo, y estaba en plena conversación. No puede haber mayor afrenta que ésta de hoy.

Rafael pone una mano sobre el hombro de Phelps y lo mira a los ojos con seriedad.

—Dé la otra cara —se limita a decir en sordina—. Dé la otra cara. —Y dejando estas palabras en el aire, se retira hacia el puente de mando para continuar la conversación con el capitán.

Catorce minutos después, precisamente, Rafael se sienta, nuevamente, al volante de la Mercedes y James Phelps, silencioso, en el lugar del copiloto, preparados para proseguir hacia el destino desconocido, por lo menos de todos los James Phelps que habitan este mundo.

Es Phelps quien consulta el reloj que Rafael aún no se ha acordado de tirar por la borda; en este caso, por la ventana. Todavía marca la hora romana, una más que en la vieja Albión, cuentas fáciles de hacer; son, en este momento, las tres y tres minutos de la madrugada. La noche va por la mitad, así como la furia. Si continúa de esta guisa, va a perder el respeto por su oficio, deshonrar a Dios Padre Todopoderoso y atizarle unos sopapos en los morros a este Rafael... o tal vez sea mejor no embarcarse por ese camino. Reza subrepticiamente, apartando la animosidad íntima. Es increíble lo que este hombre consigue despertar en él. La carretera se les presenta desierta, punteada por los postes de iluminación en las orillas. Sólo el ruido del motor de la furgoneta perturba la armonía nocturna.

—¿Cuándo va a dejar de tratarme como una marioneta? —pregunta por fin, en tono sereno, para intentar obtener alguna información por las buenas, aunque tiene bien claro que eso poco vale con el hombre que conduce la Mercedes.

—No lo trato como una marioneta —responde Rafael sin quitar los ojos de la carretera.

—¿No? —Por un momento pierde los estribos, lo que hace que esta negativa le salga con más fuerza de lo que pretendía. Consigue apelar a la calma y reunir fuerzas para el cuerpo y el espíritu—. No sé hacia dónde vamos ni quiénes son los cuerpos que transportamos o lo que va a hacer con ellos. Es sacrilegio, debería saberlo, profanar cuerpos de esta forma. Merecen el descanso eterno. —Enumera con los dedos de la mano, acordándose de no levantar la voz. ¿Cómo puede ser que Rafael consiga mantener esa postura impasible? Ése es otro pensamiento que le pasa por la cabeza y atenta contra su serenidad. Es irritante—. Tuvo la desfachatez de tirar mi móvil al canal. —Aquí la voz comienza a alterarse. La simple rememoración lo llena de cólera—. No conseguiré aguantar más tiempo esta situación —se desahoga—. Me siento perdido, no sé lo que ando haciendo aquí... quiero ayudar, no me interprete mal, pero no sé cómo. —Suspira—. Si quiere saber la verdad, me siento cautivo. Estoy bajo su custodia sin saber por qué, ni qué me aguarda.

Un frenazo repentino espanta las ideas de James Phelps y lo deja palpitando de ansiedad. La furgoneta se queda completamente clavada.

—¿Qué pasa? —pregunta Phelps con los instintos despiertos, mirando para todos los lados.

Rafael permanece imperturbable y sereno.

—¿Ocurre algo? —quiere saber James Phelps, que no consigue avistar nada anormal.

—Estoy a la espera —declara Rafael.

—¿A la espera de qué?

—De que salga de la furgoneta.

James Phelps mira a Rafael atónito.

—¿Quiere que salga de la furgoneta?

—No. Es usted quien se siente preso. Estoy mostrándole que se puede ir cuando lo considere oportuno.

Los dos hombres se miran en silencio durante unos instantes. Rafael no es hombre capaz de dejar asuntos sin resolver; cuando hay dudas, prefiere aclarar algunas y dejar madurar otras. El mensaje que quiere que James Phelps capte es el de que la misión en que están metidos se hará con él o sin él.

—Siga —se decide.

—¿Es por su libre y espontánea voluntad? —presiona Rafael, pues así se asegura de que el asunto queda zanjado.

—Siga —repite.

La Mercedes arranca decidida en dirección a Londres. La tensión que se mascaba en la cabina ha desaparecido.

—Sabrá, en el momento debido, por qué razón ha venido conmigo. Sólo ahí le informaré de lo que le compete hacer. En cuanto al resto, es mejor que permanezca en la ignorancia, para su propia seguridad.

—¿Por qué todo esto? ¿Tanto secretismo a qué viene?

—No me toca a mí explicarle los meandros y móviles de la operación.

—Pero ¿a qué se debe todo esto? ¿Andamos detrás de qué o de quién?

Rafael deja la pregunta de James Phelps en el aire. Una pausa suspensiva, catalizadora de la curiosidad, propia de los maestros manipuladores.

Una llamada telefónica le ahorra la aclaración. Sólo puede ser el móvil de Rafael, pues el de James Phelps yace, ahogado, en el fondo del canal hasta su descomposición postrera. Rafael mira el teléfono y, por primera vez, Phelps lo ve dudar. Quienquiera que sea ha tenido algún efecto en él.

—Sí —acaba por atender.

Pasan sesenta y un segundos en que no pronuncia ninguna palabra, pero el tono indiferente lo abandona. El ceño fruncido evidencia una tensión moderada. *Después de todo, él es humano,* piensa James Phelps.

—¿No tiene más informaciones? —pregunta para el móvil. Escucha la respuesta—. Conozco a quien nos puede ayudar. Voy a encargarme de eso… si aún estamos a tiempo. —Y desconecta el aparato. Las conversaciones telefónicas entre gente así son siempre muy secas.

Alguna cosa ha perturbado a Rafael, pues sus modos indiferentes parecen haberse desvanecido. Su mente es un motor trabajando a muchas revoluciones. Hasta James Phelps consigue comprender eso.

—No me ha acabado de responder —interrumpe Phelps cuando considera haberle dado tiempo suficiente—. ¿Andamos detrás de quién?

—De Juan Pablo II —responde Rafael, secamente.

—¿Qué? —James Phelps no puede creer el nombre que ha oído.

Capítulo
29

E sta ciudad dormitorio de los alrededores de Washington, D. C., tiene en su seno la capacidad de influir en los acontecimientos del mundo. Es como un órgano vital de la sociedad que, si funciona mal, puede provocar graves disfunciones. Hablamos de Langley, en el estado norteamericano de Virginia, donde está instalado el cuartel general de la Central Intelligence Agency. Aquí son recogidas las informaciones que llegan de todo el mundo y presentadas al poder político de Washington, ahí al lado, cuando esté justificado.

Inventados o fidedignos, de ficción o realistas, la verdad es que los informes confidenciales que salen de aquí tienen el poder de fomentar guerras donde todavía no existen, suprimir cualquier política, nacional o en suelo extranjero, que no siga los caminos exigidos por las estadísticas conciliatorias o incluso modificar la rutina de millares y millares de personas en un determinado punto del globo, tan sólo porque se calcula, según estudios provisionales, que eso podría beneficiar a la economía americana o hacer desaparecer una hipotética amenaza externa. Se ilustra, de esta forma subliminar, el poderío de la Agencia, de la Compañía, situada en este enorme edificio donde trabajan decenas de miles de personas.

Sin embargo, los sesenta años de la Compañía reflejan la entrada en la tercera edad. Otras instituciones, en particular la NSA, siglas de National Security Agency, durante muchos años apellidada como No Such Agency, tal era el estatuto de secretismo que poseía, usan tecnología punta que llega siempre más lejos y más rápidamente que la fuerza humana en que la CIA se apoya, contribuyen al declive y a un cierto descrédito al que están acostumbrados. Además de eso, las máquinas son siempre mucho más dignas de confianza. El tiempo de los espías ha cambiado de repente y sin aviso.

El turno de noche acaba de entrar de servicio y eso irrita al secretario del subdirector, pues significa horas extraordinarias, el sacrificio del tiempo familiar, nuevamente, la tercera vez esta semana. Con todo, para Harvey Littel, la patria está por encima de todo, tal vez ese hecho explique la elevada tasa de divorcios entre los que trabajan en este ramo, aunque ése no sea su caso.

Ha hecho muchos kilómetros por estos pasillos donde lo vemos, desde que fichó, a las siete de la mañana, el sol aún no había nacido, y, ahora, vuelve a recorrerlos en dirección al ascensor del ala este. Los treinta minutos de *jogging* que practica todas las mañanas, antes de entrar en el edificio sede, le proporcionan un estado de forma envidiable, que le permite, a los cincuenta y tres años, aguantar la presión diaria a la que se ve sometido por ser secretario del subdirector.

Las funciones de Harvey Littel pueden explicarse de forma bastante simplificada, categorizándolo como el hombre que le hace toda la papilla al subdirector para que éste la presente al director como un trabajo de su autoría, o sea que si Harvey Littel, por algún azar, la cagara todos andarían con la mierda a cuestas a continuación, pero sólo una cabeza rodaría… la de él.

Echa una ojeada a las ventanas que reflejan la oscuridad de la noche, comprobando cómo un día más ha pasado sin que haya podido disfrutar del sol. A las cinco de la tarde ha informado a su mujer, Lindy, de que no contase con él para cenar.

—Harvey, es la tercera vez esta semana —le ha regañado ésta en cuanto ha atendido el teléfono, jadeante. Harvey ni ha necesitado decirle la razón de la llamada—. Mira a ver si tu jefe pudiera librarte de algunas obligaciones. Es lo malo de tener un marido que vende más que los otros —ha continuado rezongando, más consigo misma que con él, en una cadencia acelerada. Es una señora sola, desde que los hijos emprendieron su propio rumbo. El marido está demasiado ocupado con el trabajo en la empresa de ordenadores en la que es jefe del departamento de ventas. Un beso por parte de cada uno termina con el teatro. Lindy no se puede figurar que su marido piensa que anda salvando el mundo todos los días, defendiendo el interés nacional. Harvey tampoco imagina que la protesta por su ausencia a la cena ha sido hecha desde encima de la cama, de su cama, de matrimonio, donde ella cabalgaba con el amante de las cinco de la tarde, Stephen Baldwin, que, por casualidad, hasta se parece al famoso y que, por otra casualidad, también trabaja en la Agencia, en el economato. Hablamos de Stephen Baldwin, un desconocido que va a casa de Harvey Littel a las cinco de la tarde de los lunes, miércoles y viernes; bien entendido que ignora que el marido de Lindy es el secretario del subdirector de la CIA. Es lo que tiene no mirar para nuestro propio ombligo.

Una vez en la cabina del ascensor, Littel pasa su tarjeta de funcionario con licencia de nivel dos y marca un código que le fue atribuido. El ascensor interpreta la orden e inicia el descenso para la planta menos dos, bien enterrada en el subsuelo, donde lo aguardan. Estas licencias van del grado inferior, el seis, al uno y sirven para controlar la seguridad y la información a la que cada individuo puede tener acceso en el interior del edificio y en otras dependencias dispersas por el territorio. La cúpula directiva consigue, de esta forma, monitorizar al detalle el trabajo que cada individuo presta a la Agencia. Así, si llegara a ser necesario por alguna dudosa contingencia, sería posible consultar los datos y saber que Harvey Littel ha descendido en el ascensor número doce a la planta menos dos, a las veintitrés horas, cuarenta y cinco minutos y doce segundos del día actual, pues todos los movimientos están controlados. Las tarjetas atribuidas a los funcionarios no sólo cortan, como se demuestra, el acceso a la información informática, sino también la entrada a todas las dependencias a las que dicha licencia no lo permita. Si uno cualquiera, por distracción, intenta meterse donde no debe, verá que la puerta permanece cerrada y el ascensor inmóvil, y será prontamente llamado a los servicios de seguridad interna para justificarse.

Pero éstas son las reglas de la casa y poco importan al común de los mortales, sirven sólo para entretener mientras el ascensor baja a Harvey Littel hasta la planta indicada.

Un frenazo suave antecede a la voz masculina que informa sobre lo explícito, *Doors opening*. Harvey sale al pasillo oscuro, sembrado de sensores de presencia invisibles que van encendiendo las luces fluorescentes a medida que él avanza con paso firme y enérgico. En el ahorro es donde está la ganancia.

Después de girar una vez a la izquierda y dos a la derecha, desemboca en otro pasillo, más estrecho, con una luz azulada y una puerta al fondo que impide la progresión. Harvey pasa, nuevamente, la tarjeta por el lector existente en la pared e introduce el código habitual. La respuesta inmediata es la apertura automática de la puerta, dejando la vía abierta. Una vez del otro lado, la puerta se cierra detrás de Harvey Littel, separando un mundo del otro.

La luz crea una atmósfera infausta, como si transportara a los transeúntes hacia otra dimensión. Varias puertas se perfilan a ambos lados, todas cerradas. La que importa a Harvey Littel es la tercera del lado derecho. Pasa la tarjeta por el lector. Es, seguramente, uno de los movimientos que más ejecuta a lo largo del día, facilitando el acceso a los lugares donde se dirige. La puerta se abre en cuanto introduce el código y, después de inspirar hondo, entra. Allí dentro, siete personas lo aguardan.

—Buenas noches, señores míos —saluda con modos severos, muy en su papel profesional.

Casi todos los componentes se levantan alrededor de la larga mesa rectangular que apenas llenan. Sólo el viejo coronel Stuart Garrison no lo hace; no se atribuya, sin embargo, tal actitud a su innata arrogancia que lo hace un sujeto insoportable. La silla de ruedas en que se sienta es argumento más que suficiente para explicar que se quede sentado cuando todos los demás se levantan. Son las marcas de la guerra que quedan para toda la vida, obtenidas, como no se cansa de contar, en marzo de 2003, en los alrededores de Nasiria, durante la segunda guerra del Golfo, cuando las fuerzas aliadas marchaban a toda velocidad por el interior del territorio iraquí, camino de Bagdad. Un *rocket* lanzado por un fulano clasificado como chií sobre el Humvee en que iba, junto con un equipo de cinco militares, le quitó toda la capacidad de movilidad de la cintura para abajo, lo que afecta, por otro lado, a su capacidad sexual, aunque nada de eso influya en su fuerte carácter. Tal acto terrorista del que fue víctima le valió al coronel Stuart Garrison la medalla del valor debido a los hechos heroicos que emprendió después de la explosión. De una forma un tanto grandilocuente, el informe narra que Stuart Garrison, apresado en lo que quedó de la estructura del retorcido Humvee, consiguió anular la amenaza que se preparaba para aplicar el golpe de gracia con otro proyectil. Un tiro certero en la cabeza del villano salvó la vida a los seis ocupantes del vehículo, aunque uno no sobrevivió a las heridas y falleció camino del hospital de campaña, después de esperar tres horas al equipo de rescate. Lo que el informe no mencionó fue que el tiro le fue dado a un púber de menos de quince años que había reaccionado de forma vengativa después de que los aliados hubieran aniquilado a toda su familia inocente. Son las bajas de la guerra, implacables para ambos lados. Una vez apartado del terreno por la imponderabilidad de la guerra, Stuart Garrison fue invitado a ingresar en la Agencia, debido a sus contactos privilegiados con Oriente Medio, lo que hace que sea el hombre de la CIA más imbécil, arrogante, insoportable y deficiente. Palabras mudas de quien lo conoce.

Explicadas las menudencias de por qué unos se levantan y otro no, pasamos a presentar al resto del grupo por orden jerárquico. Se sientan tres a cada lado, dejando la cabecera para el recién llegado secretario del subdirector, Harvey Littel, cuya posición superior le permite ocuparla. Si el subdirector o el director estuviesen aquí, en persona, tendrían esa primacía. Del lado derecho, desde el punto de vista del secretario, tenemos al ya mencionado coronel Stuart Garrison, responsable de las comunicaciones de Oriente Medio y Rusia, seguido de Wally Johnson, teniente coronel, oficial de enlace con el ejército de los Estados Unidos de América, joven, intrépido y orgulloso, de unos cuarenta años, aunque en la pubertad en lo referente a los meandros militares. Enfrente de ellos, a dos metros, correspondientes al ancho de la mesa, Sebastian Ford, agregado diplomático, el político de profesión, aquel que parece siempre hacer mucha crítica, pero cuando se intenta sacar el zumo de sus palabras, no queda nada. El demagogo mayor que conecta este departamento con el presidente, siempre preparado para sacrificar a quien sea en pro de su carrera... ah, y de la seguridad nacional, como es obvio. Los otros no importa nombrarlos, toda vez que presentan poco interés para el desarrollo de la historia, son las crueldades de la relevancia, que afectan siempre a los anónimos. Ya nos olvidábamos de la mujer que no se sienta a la mesa; se encuentra junto a la pared, detrás de Harvey Littel, con un bloc de notas preparado para ser frenéticamente garabateado. Se llama Priscilla Thomason y es la asistente de Harvey, pues hasta él es hijo de Dios y tiene derecho a algunos privilegios.

—¿Ya han conseguido conectar? —pregunta Littel a nadie en particular.

—Sí —responde alguien.

—Muy bien. ¿Barnes? —habla dirigiéndose al aparato telefónico que se encuentra ante él. No hay respuesta.

—¿Barnes? —vuelve a decir...

La misma respuesta.

Littel levanta el auricular del aparato y se lo lleva al oído. Lo deja enseguida.

—Se ha cortado. Vuelvan a llamar —ordena.

Se asombra cuando no ve a nadie moverse.

—¿Están esperando a que sea yo el que llame? —Comienza a irritarse con tal falta de dinamismo y coge, nuevamente, el auricular.

—Doctor Littel —llama Priscilla, detrás de él, levantándose. Al menos hay alguien activo—. La conexión se ha hecho, pero... —Baja la mirada.

—¿Pero? —ayuda Littel en tono incitador.

—Él ha desconectado —completa Stuart Garrison.

—¿Ha desconectado? —La expresión con que lanza el vocablo denota extrañeza. Piensa durante dos segundos—. ¿Y ya han intentado retomar la conexión?

—Varias veces —informa la secretaria, de pie, a su lado—. No atiende.

Littel comprende ahora los aires pensativos con que se le ha recibido a la entrada. Cuando se atascan con algún escollo, le toca a él rodearlo; de este modo, cargará con las consecuencias y responsabilidades para bien y para mal. La mente hierve con conjeturas y apelaciones. Barnes ha desconectado el teléfono directo y seguro que une Londres a Langley. Eso es un quebranto grave del protocolo, con riesgo de proceso disciplinario y posible despido, si no se justifica convincentemente. Barnes puede ser un cascarrabias, nunca nada está bien para él, pero de ahí a manchar su hoja de servicios por iniciativa propia va una gran distancia. Es un activo valioso, inteligente, un verdadero mulo de carga que apecha con un continente entero y los alrededores de otros dos. No puede ser. Algo debe de haber acontecido para que Barnes haya desconectado. Algo grave. A no ser que...

—¿Alguien ha llamado al centro de operaciones? —Adopta una pose de liderazgo. Hay esperanza.

—No —responde Stuart.

—No se nos ha pasado por la cabeza. La conducta de Geoffrey Barnes es muy grave —argumenta Sebastian Ford—. Tendré que informar al presidente de ello. —Su boca apenas se abre para pronunciar estas locuciones. El pelo empastado de gel, la pluma empuñada, en la vertical, la espalda tiesa, ningún gesto pasa indiferente a la consciencia, tampoco ninguna palabra. Está todo estudiado. El político en su mejor forma.

—No podría atender si el edificio se le hubiera caído encima, por ejemplo —argumenta Littel—. Llamen al centro de operaciones.

Le irrita la amenaza del agregado diplomático. Es un vendido, sin alma, se autoproclama patriota cuando ni sabe la historia de los padres de la nación. Si existe alguien por quien Littel pondría las manos en el fuego, sería Barnes. Tendrá una justificación plausible... sin duda.

Priscilla toma el teléfono y marca cuatro guarismos. Los *bips* irrumpen en la sala por el altavoz del aparato, mientras todos tienen suspendida su mirada en él con aprensión. Por fin, se oye un chasquido estático que antecede al establecimiento de lo conexión y una voz nerviosa, probablemente debido a la proveniencia de la llamada. No todos los días se recibe una llamada de la *Cueva*.

—Staughton —pronuncia, aunque parece ser más una pregunta que una presentación.

—Buenas noches, agente Staughton —saluda Littel, afablemente—. Soy Harvey Littel, seguro que ha oído hablar de mí…

—Sí… sí, señor secretario —responde Staughton, prontamente. Es perceptible su incomodidad.

—Voy directo al asunto, agente Staughton. Preciso hablar, urgentemente, con su superior, Geoffrey Barnes. —Sus modos son graves ahora.

—Ah, pues… no estoy con él, pero… —se disculpa atropelladamente.

—Hágame un favor, búsquelo.

—Naturalmente —acata Staughton—. Me vuelve a llamar de aquí a cinco minutos… —Nuevamente, más en forma de pregunta que de afirmación.

—No, no, agente Staughton. No me está comprendiendo. Quiero que lo busque ahora. Ahora, ¿ha entendido?

El silencio prueba que Jerónimo Staughton no esperaba esta orden. Si supiese la extensa audiencia con la que cuenta, enterraría la cabeza en la arena. Todos escuchan, atentamente, la respiración jadeante de Staughton. Si no tuviese los tímpanos latiendo al unísono con los golpes de su propio corazón, tal vez consiguiese oír los suspiros emitidos a millares de kilómetros.

—Agente Staughton, ¿está escuchándome? —presiona Littel. El tiempo urge.

La respuesta sólo llega diez segundos más tarde, cuando Littel iba a repetir la pregunta.

—El jefe está en el despacho.

Littel siente el alivio invadirle el cuerpo como si estuviese tomando una ducha de agua templada. Estupendo.

—Perfecto, agente Staughton. Haga el favor de pasarle el móvil.

—Ah… no va a ser posible —refuta Staughton.

—¿Cómo que no? Haga lo que le mando. —Aunque haya imprimido un toque imperativo y seco a la voz, Littel sabe por qué razón Staughton no puede pasar el teléfono. Barnes tiene otra prioridad.

—Qué petulancia —murmura el coronel Garrison.

Littel se pone de pie y levanta el brazo como para pedir silencio en la sala.

—Es que… Es que… —tartamudea Staughton.

—¿Es que qué, hombre? Desembuche.

Exceptuando a Littel, la respiración queda suspensa en la sala. ¿Qué rayos estará Barnes haciendo para que el funcionario se resista a pasarle el teléfono?

—Es que está en la línea directa con la Casa Blanca.

La lividez se adueña de los presentes, menos Littel, que ve su razonamiento confirmado. Mira a Sebastian Ford, no dejando escapar la sonrisa interior que le acomete. Es siempre bueno ver a aquellos que no dudan en desairar a sus hombres tener que recular con el rabo entre las piernas y tragarse en seco la estupidez que dejaron escapar por la boca.

—Perfectamente, agente Staughton —certifica Littel—. Transmita, por favor, a su superior que me llame nada más terminar con la Casa Blanca.

—*Okay*, señor secretario. —La voz de Staughton recupera la confianza. Tal vez, hasta podría habituarse a recibir estas llamadas.

La comunicación se corta del lado norteamericano, dejando en el aire un silencio pesado. Todos eligen puntos neutros e indistintos para fijar la mirada, siendo el preferido la madera de la mesa de caoba; el teléfono está en segundo lugar. Littel es el primero en agitar las aguas, como debe ser. El tiempo de reflexión ha pasado.

—Es obvio que la situación ha escapado a nuestro control —afirma pesaroso.

—De una forma alarmante —completa Wally Johnson.

—Sebastian —dice Littel—, prepare el comité de crisis.

—¿Para cuándo?

Estos políticos sólo saben funcionar con plazos y horarios.

—Para dentro de media hora —responde Littel, sucinto y firme.

Ford sale con los dos asistentes que se sentaban a su lado.

—Coronel —Littel se vuelve a Garrison esta vez—, ¿a quién tenemos en Rusia?

—A Nestov y a Litvinenko.

—¿Ése no murió envenenado? —se extraña Wally Johnson.

El coronel y Littel le lanzan una mirada reprobadora.

—Hay más Litvinenkos en el SVR —aclara el viejo militar.

—Trate de entrar en contacto con ellos. Esto se va a calentar y necesitamos estar preparados.

El coronel maniobra con la silla hacia atrás y después recibe la ayuda de un asistente para rodear la mesa y salir de la sala. Quedan Littel, Priscilla y Wally Johnson. Se cruzan las miradas en silencio y, enseguida, los dos hombres irrumpen en una carcajada unísona que deja a Priscilla atónita.

—Consíguenos dos cafés, por favor, Cil —pide Littel, enjugándose los ojos de la risa—. Va a ser una larga noche.

Priscilla sale de la sala para cumplir la petición, dejando a los dos hombres entregados a sí mismos.

Es Wally el primero en enfrentar el silencio.

—¿Qué piensas que quiere el presidente de Barnes?

—Una receta de bacalao en salsa —responde Littel, serio, provocando una carcajada en el militar que acaba por contagiarlo.

—¿Cómo es que el hijo de puta de Keys ha ido a morir tan lejos y en un váter? —quiere saber Wally Johnson.

—Eso es lo que tenemos que ver. La historia del daño colateral no me convence.

—¿Crees que alguien desconfía?

—No —responde Littel con una seguridad aplastante—. Va a ser una bomba.

Una puerta ha salvado a Simon Lloyd de una muerte segura. Esa ironía vital es ignorada por los autores de estos pasos que resuenan en el pasillo oscuro, perturbando el silencio que se ha instalado desde que la noche ha caído. Ésta es el ala de ortopedia del Chelsea and Westminster Hospital y los gemidos provocados por los hierros clavados que atraviesan la carne y fijan los huesos no se dejan oír únicamente porque las puertas, que se alinean a ambos lados del pasillo, están reforzadas y cerradas. Por eso, los pasos más sonoros de Sarah y algo menos ruidosos de John Fox, a su lado, no hacen mella en quienes están acostados en las camas que se perfilan en el interior de las habitaciones, donde los pacientes intentan pasar otra noche, soportando el dolor, ansiando mejores días en breve, a la mañana siguiente, a ser posible.

Sarah evita mostrar la debilidad que se apodera de ella, no lo cree conveniente, estando al lado de un agente del SIS, aunque John Fox se revele bastante amigable. Simon Templar ha optado por aguardar en el coche, de ahí su ausencia, prefiere discutir con el volante que servir de dama de compañía de la portuguesa, periodista de profesión, además.

En cuanto el cuerpo de Grigori Nestov ha sido sacado por el médico forense de los escombros de la casa de Sarah, el agente John Fox ha tratado de dispensarla. Han sido muchos acontecimientos y descubrimientos para un solo día. Tienen su contacto telefónico, si necesitasen alguna cosa volverían a comunicarse con ella. Consciente de que las órdenes recibidas de JC han sido muy explícitas, ha decidido que iría a Waterloo International, la estación de ferrocarril, y cogería el primer Eurostar para París. Una vez allí, llamaría a su padre. Se ha acordado, sin embargo, de que debía una visita a Simon Lloyd. Es lo mínimo que puede hacer por lo que él ha tenido que sufrir. Ha decidido entonces que iría al hospital, muy cerca de su casa, antes de poner rumbo a Wellington. Le ha pedido a John Fox que alguien la acompañara y éste se ha ofrecido para hacerlo él mismo, tal como vemos. Era una forma de tantear el estado del tal Simon Lloyd para prestar declaración. Acompañando a Sarah, rápidamente ganaría la confianza de él y podría acordar una visita para el día siguiente.

La expresión preocupada de Sarah no lo deja indiferente. Ha simpatizado con ella en cuanto la ha visto; no solamente como mujer, sino también por las grandes dosis de misterio que encierra en sí. Esta mujer sabe mucho, aunque él no tenga clara la noción de qué ni de cómo. Lee asiduamente los artículos que ella escribe en el diario, los cuales, a veces, revelan ser de gran ayuda para los variados departamentos del SIS, así como para las agencias extranjeras, eso lo sabe muy bien. Es como si Sarah se limitase a enviar mensajes para las diversas facciones, Occidente, Oriente, como si ella los conociese a todos, sus identidades secretas y verdaderas. Es una pieza valiosa para tener como aliada; por eso, John no comprende la actitud desconfiada y llena de sospechas de Simon Templar. ¿Será a causa de que precisamente sea una mujer la que posea informaciones que a todos ellos les gustaría tener? Poco importa, él, John Fox, está dispuesto a invertir en este contacto, no presionando, mostrándose prudente y amigo. Después ya se verá. Hay buenas cosas que nacen primero de la artificialidad.

—No se preocupe —intenta calmarla—. Él debe de estar bien.

—Espero que así sea —anhela Sarah con una sonrisa tímida.

Pero no es en él en quien estoy pensando, se confiesa interiormente. Su mente navega marcha atrás, al año anterior, recordándole. Estaba a su lado, la protegía, a pesar de la irritante manía de no contar nada o, si no, de contar las cosas a retazos, con una lógica sólo comprensible para él. Qué falta le hace en estos momentos. Se siente sola, desamparada, aunque, con todos los muertos y heridos que han caído sobre ella, algunos bastante próximos que prefiere no recordar ahora, para no flaquear, más la explosión en su casa, la llamada alarmante de JC y todo eso, no se siente, verdaderamente, en peligro. No como la noche de hace un año en que, en estos momentos, ya habían invadido su casa y apuntado un arma a su cabeza, preparada para disparar. Tal vez los villanos de hoy, sean quienes sean, sepan que ella está acompañada de los agentes del SIS. Es obvio que sí. El corto viaje hasta Waterloo International será tenso, pues no tiene previsto aceptar la amable compañía de John Fox nuevamente. Ellos no pueden llegar a conocer sus intenciones de abandonar Londres.

—¿Cuál es el número de cama? —Sarah se ha olvidado. Es por culpa de los nervios.

—La veinticinco —comunica John Fox—. Ya estamos casi ahí.

Los pasos salvan los metros que distan de la habitación donde, según han sido informados en el mostrador de la recepción, está internado el paciente del incidente de urgencia número 259475, cuyo nombre es Simon Lloyd. Pasan la 19, la 20. Inconscientemente, Sarah afloja el paso, en una actitud defensiva y de preparación para lo que va a enfrentar.

Respira hondo…

21…

Respira hondo…

22…

Aminora el paso todavía más, dejando que John Fox se adelante algunos metros.

23…

Se permite cerrar los ojos durante algunos segundos. ¿Por qué está ocurriendo otra vez todo esto? Nadie debería ser obligado a pasar por ello dos veces. Nadie debería ser obligado a pasar por esto, punto final. Simon Lloyd, otra víctima del poder de los hombres a los que no les importan los medios. Todo a causa de ella, de su padre, de su pasado… del año pasado…

24…

—¿Se siente bien? —inquiere John Fox, parado, a su espera, tres pasos por delante.

Natalie y Greg. Muertos. Vencidos por la fuerza gigante de los maquiavélicos. ¿Por qué? No desea que su mente vague por esas zonas oscuras, pero no consigue evitarlo. Tantas dudas, tantas cuestiones, ninguna respuesta. Se da cuenta, en fin, de cómo está en peligro su vida. Natalie y Greg. Muertos, castigados por alguien que no tiene el menor respeto por la existencia de los otros. Ni temor alguno de Dios. Son los más peligrosos. Tan sólo recuerda un motivo por el que los hayan eliminado. Sí, existe. Prácticamente inofensivo, pero real. Debe de haber sido eso lo que les ha ocasionado la muerte. Dios mío, capaces de matar por tan poco… si al menos él estuviese aquí…

Abre los ojos.

—Sí, estoy bien —replica con una voz débil. Si la luz no fuese difusa, casi inexistente, John Fox vería el mar de lágrimas en que los ojos de Sarah se han convertido.

—¿Vamos?

La mirada apática de Sarah lo deja cohibido.

—Entro primero y después lo llamo. —Es una orden, no una sugerencia, y John Fox tiene que acatarla.

Sarah abre la puerta con cuidado para hacer poco ruido y la cierra en cuanto entra. La habitación está más iluminada que el pasillo; así tiene que ser, de otra forma los auxiliares, médicos y enfermeros, a pesar de que no se ve ninguno en las proximidades, andarían tropezando entre sí en caso de emergencia. Se enjuga los ojos con las manos y mira hacia la cama donde Simon duerme, apoyado en la cabecera, con la cabeza colgando hacia el lado derecho. Le cae baba de la boca abierta sobre la bata del hospital. Debe de haber recibido la visita de alguien y se ha dormido viendo la televisión, quedando en esta posición, medio tumbado, medio sentado o ni una cosa ni otra. La televisión irradia una luminiscencia irritante en ese momento, más brillante, menos, luz clara, oscura, así, con grandes diferencias de tono, dependiendo de la imagen del film de terror que llena la pantalla. Indiferente a todo esto, Simon duerme, liberando el líquido hacia la bata donde se confunde lo que es saliva y sudor, roncando ligeramente de puro cansancio, de un modo casi imperceptible.

Sarah respira hondo y se acerca al colega con cautela para no perturbarlo.

—¿Ya has vuelto? —se oye decir a Simon, sin abrir los ojos, con una voz estropajosa, propia del sueño de los analgésicos que le deben de estar suministrando.

—Soy yo, Sarah.

Mira hacia él de arriba abajo, inspeccionándolo, en un primer vistazo, buscando elementos que fundamenten su presencia allí. No ve, sin embargo, ningún motivo aparente, a no ser una mano vendada, la izquierda; claro que los miembros inferiores están cubiertos por una manta fina y no se dejan analizar.

Simon abre los ojos, alerta, y sonríe.

—Hola, jefa. ¿Qué hora es? —Mira su reloj de pulsera, encima de la mesa, otro superviviente de la explosión, medio aturdido—. Caramba. Tan pronto —exclama—. ¿Qué hace aquí a estas horas?

Se incorpora un poco más, con el fin de quedar totalmente sentado.

—He venido a verte. —Intenta mantener una voz normal, con el deseo de transmitir el mensaje implícito de que todo está bien—. ¿Cómo estás?

—Teniendo en cuenta las circunstancias, no puedo estar mejor. Me he quemado la mano, como puede ver, y una pierna. Estoy un poco dolorido. Parece que me he golpeado contra un autobús, pero, por lo demás, preparado para otra.

Un brillo en los ojos deja entrever un cierto orgullo por haber superado la prueba y sobrevivido.

—¿Qué es lo que ha pasado? ¿Ha sido realmente una fuga de gas?

Sarah aún no está preparada para dar explicaciones más pormenorizadas. Además, no tiene respuestas para las preguntas de este Simon. Cuanto menos sepa, mejor para él, por lo menos por ahora.

—Sí, eso ha sido —responde tan sólo—. Un problema en la instalación. Pido disculpas por ello —se excusa sin demasiada habilidad.

—No tiene que pedir disculpas. Ya ha pasado —afirma Simon con condescendencia—. Podemos seguir viaje mañana —cambia de asunto, sonriendo.

—Es mejor que te quedes para recuperarte. Yo me encargo de todo.

—Ni pensarlo —protesta—. Estoy fenómeno.

La persistencia periodística. Deformación profesional. Es de las primeras cosas que se aprenden si se pretende sobrevivir en este trabajo.

—Además de eso, hay personas que te van a querer hacer preguntas en los próximos días —se disculpa. No se va a conformar esta vez. El peligro es real. Necesita estar sola y no arrastrar a más inocentes con ella.

—¿Más? —Un gesto de irritación hace que mueva la mano más de lo debido y suelte un gemido—. Ya estoy harto de responder a preguntas idiotas.

—Cuidado. Cálmate —responde Sarah, aproximándose a él y pasando la mano por los cabellos todavía mojados de sudor—. ¿Quién ha estado aquí? —pregunta como quien está solamente dando conversación.

—Scotland Yard, el FBI, también el MI6. —Suspira fastidiado—. Ésos estaban justo a mi lado cuando me he despertado. Después de los médicos, han sido las primeras personas que he visto.

—¿Y qué querían?

—Darme instrucciones, pero pienso que a usted sí se lo puedo decir. Al fin y al cabo, estamos juntos en esto.

Sarah acerca una silla junto a la cama y se sienta a escuchar atenta.

—He sido víctima de una explosión provocada por una fuga de gas y eso es lo que tengo que responder a cualquiera que venga aquí. Si me preguntasen por usted, tengo que decir que no sabía dónde estaba y que he ido allí a la casa solo.

—¿Y lo has cumplido?

—Claro. Con los otros ha sido fácil. Lo peor ha sido convencer a nuestro director.

—¿Ha estado aquí?

—Sí. Y ha preguntado por usted. ¿No ha recibido las llamadas de él en el móvil?

—Donde estaba no podía recibir llamadas.

—No sé si él se ha quedado convencido, pero yo le he dicho que nos habíamos separado. Había quedado en ir a buscar unas cosas a su casa, mientras usted iba a comprar unas ropas que necesitaba. Habíamos acordado encontrarnos en la estación. Si él le pregunta, ésta es la versión oficial. No me comprometa. —Esboza una sonrisa tímida.

—No te preocupes. Puedes estar tranquilo. Cuando amanezca, le llamo y confirmo la historia. —Emplea un tono amistoso con Simon, aunque su mente hierva con otros asuntos más apremiantes que la falta de convencimiento del director.

—Nunca había pensado ser una estrella tan mediática. Todo por causa de una fuga de gas. Incluso me pidieron disculpas.

—¿Quiénes?

—Los del MI6. —Tal vez la hora tardía provoque la confusión de asuntos en Simon, perfectamente disculpable—. Por estar dándome instrucciones, pero al abrigo de la ley de terrorismo no querían que llegase a la opinión pública una versión tendenciosa, basada en conjeturas y prejuicios —musita, desplazándose más para arriba, acordándose de no usar la mano lesionada, lo que dificulta el movimiento—. Una explosión es suficiente para aterrorizar a toda la gente.

—¿Y los otros? ¿También fueron amistosos?

—Para nada. Fueron unos canallas. —Está verdaderamente indignado, este Simon Lloyd, sólo de acordarse.

—¿Qué es lo que querían?

—Saber cómo había ocurrido todo. Si estaba fumando, si llevaba algún tipo de combustible, incluso sin mezclar, en estado sólido, líquido o gaseoso o cualquier otra sustancia. Son unos arrogantes de mierda y parece que no creen en lo que decimos.

Conozco muy bien la sensación, apoya Sarah, sin proferir palabra.

—Malhumorados. Especialmente, los americanos. Piensan que todo es de ellos —prosigue con el lamento—. Parece que cometemos el crimen de darles trabajo. Imagine si hubiera sido una bomba de Al Qaeda. Ya estaría preso —bufa de rabia.

—Ten calma. Ha ido todo bien. El mero hecho de que puedas lamentarte es buena señal.

—¿Cómo es que la han dejado entrar a estas horas? —quiere saber Simon.

—He venido con un agente del SIS —suelta de repente, sin pensar—. Si no, no me hubieran dejado entrar —concluye.

—Ah, es verdad. El agente de los servicios secretos. —Adopta un aire pensativo—. Disculpe. Ya no me acordaba de eso. ¿Qué tal ha ido todo? ¿La consideran una terrorista?

—No te preocupes por eso —responde, evasiva—. Él está ahí fuera para conocerte. ¿Estás dispuesto?

—Sarah es la jefa.

—No estoy aquí en calidad de superiora. Soy tu amiga. Tú eres el que decides.

A Simon le lleva poco tiempo decidir.

—Mándele entrar —decide.

Sarah se levanta y se dirige a la puerta. La abre y atisba por el pasillo. No hay señal de John Fox. Extraño. No parece razonable que él se haya ido sin avisar. Tal vez haya ido al servicio. Sale al pasillo con el fin de ver un poco mejor, pero la vista no la ha engañado. No se encuentra en las inmediaciones. Sarah, preocupada, vuelve a entrar en la habitación. *Olvídalo. Ya aparecerá*, piensa.

—No está ahí. Debe de haber ido al baño —justifica—. ¿Y has recibido más visitas? —Sarah intenta dar conversación.

Decide esperar a John Fox durante quince minutos. Después de eso, adiós.

—Pues mire, han venido mis padres, preocupadísimos, como es natural, pero se han marchado bastante más tranquilos. Mi hermana también ha estado. Ha sido muy cariñosa. Me ha hecho un masaje que me ha dejado bastante relajado, pero ha sido en ese momento cuando han venido los hombres del FBI y ella ha tenido que salir. Son unos maleducados, arrogantes…

—Olvídalo, Simon. Ya ha pasado. No vale la pena que te quedes de mal humor a causa de gente como ésa —aconseja Sarah.

—Tiene razón. —Respira hondo—. Tiene razón. —Una sonrisa se dibuja en sus labios. Un pensamiento bueno sustituyendo a un mal recuerdo—. Y también ha venido mi amor. Ha sido la mejor visita, sin querer desmerecer a mi familia, claro. Es pura timidez. Sólo ha venido cuando todos se han marchado.

Este Simon, cuando empieza con la matraca no hay quien lo calle. Le cuenta su vida entera a quienquiera que sea. Pobre del oyente. Se trata de elucubraciones de Sarah, que ve al colega recuperar la forma a ojos vista. Menos mal. Uno menos de quien preocuparse.

—Mire el regalo que me ha traído. —Con algunos esfuerzos, Simon alcanza la mesilla de al lado de la ventana y coge algo—. ¿Qué le parece la calidad del caldo?

Sarah mira, boquiabierta y trastornada, la botella de vino de Oporto añejo, cosecha de 1976. No puede ser. No puede ser.

Capítulo
31

Geoffrey Barnes desgasta la moqueta azul que cubre el suelo a cada paso. Su figura imponente, fruto de las buenas mesas de los restaurantes que pueblan esta Europa, contribuye a ello, más los nervios inherentes a la conversación telefónica que ha mantenido con la Casa Blanca, no hace ni cinco minutos. Conviene que se rectifique esta última información, pues el teléfono color sangre o victoria, quizá tragedia ibídem, está ligado al despacho del presidente de los Estados Unidos de América donde quiera que él se encuentre y no sólo en la Casa Blanca, símbolo máximo de la democracia norteamericana, siguiendo al titular del cargo. Dicho esto, el aparato rojo que sigue al magno responsable de la nación está a bordo del *Air Force One*, el vehículo de transporte más usado por la presidencia y sus afiliados, por lo que ha sido desde allí desde donde la comunicación ha partido.

Geoffrey Barnes espumajea de rabia y preocupación, síntoma inusual cuando se ha hablado con el presidente en persona y no con cualquier lacayo amaestrado.

Staughton abre la puerta y siente las malas vibraciones procedentes del jefe. Consigue refrenar la curiosidad excitada y aguardar a horas más serenas. De cualquier manera, no se augura nada bueno, si la comunicación le ha dejado en este estado. El recado es lo que tiene que dar si no quiere ser llamado al cepo.

—Jefe, los tipos de Langley quieren que los llame. —Prepara los oídos para la retahíla de exabruptos.

—¿Qué es lo que quieren esos hijos de puta? —Por increíble que parezca, los improperios son proferidos sin levantar el timbre de voz, aunque evidenciando irritación.

—Ha sido Harvey Littel quien ha llamado. Ha pedido que lo telefonee en cuanto terminara con la Casa Blanca.

—¿Cómo es que saben que estaba al teléfono con ellos? —Levanta los ojos hacia Jerónimo Staughton.

—Él quería que yo le pasase el teléfono —explica con preocupación—. He tenido que dar una justificación.

—Has hecho bien. Has hecho bien —afirma, sentándose en el sillón y bufando desasosegado—. Llamaré dentro de un rato. Que esperen, que se jodan.

Theresa entra con el encargo. Hamburguesa doble con queso, pizza americana y una Carlsberg fría. Ah, viene justo a tiempo. Regar el disgusto con cerveza y llenar la panza de hidratos de carbono. Thompson entra detrás de ella con un mazo de papeles en la mano.

—¿Novedades? —quiere saber Barnes, apreciando los envoltorios que Theresa deposita sobre el escritorio.

—Calientes. —Agita el mazo de papeles.

—¿Van a quitarme el apetito? —pregunta con aire agobiado—. Si es así, puedes esperar ahí fuera.

Thompson no hace caso de las palabras del jefe. Son explosiones de carácter, nada que interfiera, efectivamente, en el trabajo. Lo que trae es de mucho valor, y Barnes lo sabrá agradecer al final. Es siempre así.

—Hace algunas horas ha habido una explosión en una casa en Redcliffe Gardens, cerca de Earl's Court —comienza Thompson, entusiasmado como un periodista con una exclusiva.

—Una explosión, ¿no? —cuestiona Barnes por el simple placer de cuestionar, con la boca llena con una porción de sándwich y hamburguesa doble con queso que mastica salvajemente. Enseguida, lleva la Carlsberg a la boca con el fin de ayudar a la correcta deglución de los alimentos.

—¿Alguna cosa más, doctor Barnes? —pregunta Theresa desde la puerta.

—No, gracias, Theresa. Está muy bueno.

Ésta sale, dejando a los tres hombres solos y en silencio, entrecortado sólo por la ruidosa masticación y por el deglutir tenaz de enormes bocados. De tres bocados, la hamburguesa le desaparece de las manos. Pasa al segundo plato, no de menor importancia. Los dos asistentes lo miran como si estuviesen comiendo con los ojos al mismo tiempo que Barnes.

—¿Y qué pasa con esa explosión? —retoma Barnes con la boca llena.

—Las autoridades hablan de una fuga de gas.

—Entonces no hay historia —concluye Barnes.

—Pues no —conviene Staughton.

—Mis hombres han estado sobre el terreno y han juntado algunas piezas. No ha sido una fuga de gas. Ha sido una bomba —lanza Thompson de golpe, captando de inmediato la atención de los dos hombres. Hasta Barnes para de masticar.

—¿Tienes la certeza?

—Absoluta. Y es más, el MI6 anda metido en el encubrimiento de todo esto.

—¿Por qué? ¿Qué ganan con ello?

—Eso todavía no lo sé. Pero ellos saben cómo somos nosotros. Nos gusta husmear… ¿y qué es lo que nuestro olfato ha descubierto, *off the record*?

Barnes y Staughton aguardan en suspenso a que complete la frase.

—Han encontrado un cuerpo entre los escombros, perteneciente a Grigori Nestov. ¿Lo han oído nombrar?

—Grigori Nestov —repiten mientras procesan nombre y apellido en los registros mentales.

—No tengo ni idea —desiste Staughton.

—Nunca he oído hablar de él —garantiza Barnes.

—Ni yo —completa Thompson con una sonrisa triunfal—. Pero ocurre que Nestov forma parte de los cuadros del SVR.

—¡Vaya! —deja escapar Staughton—. ¿El SVR?

Tanto Barnes como Thompson se le encaran reprobadoramente. ¿Qué tiene de especial ser del SVR cuando ellos son de la CIA?

—Tenemos al SVR en medio de una explosión. ¿Qué significará eso? —rumia Barnes, mientras se lleva a la boca el último pedazo de pizza.

—Pero es que todavía queda lo mejor y esto sí que será capaz de hacerle levantar de la silla —anticipa Thompson.

—¿El qué? —inquiere Barnes a la expectativa.

—La casa. Está a nombre de Sarah Monteiro. ¿Este nombre le dice algo?

—¿Qué? —Esta pregunta ya viene en forma de grito catatónico, con Barnes de pie y las manos apoyadas en el escritorio.

—¡Vaya! —repite Staughton—. ¿Confirmado?

—Confirmadísimo —aclara, gesticulando con los papeles y entregando el primero a Staughton para que éste lo compruebe con sus propios ojos.

—Qué hijos de puta —insulta Barnes enervado—. ¿Quiénes son estos ingleses?, ¿qué se piensan que son? Sólo sirven para limpiarnos el culo ¿y ahora quieren dejarnos al margen? Cabrones.

—¿Y qué le ha pasado a la tía? —pregunta Staughton, entregando, a su vez, el papel a Barnes, que lo coge con brutalidad, arrancándolo de las manos del asistente.

—Localización desconocida. Se sabe que hay un herido. Está internado en el Chelsea and Westminster, pero no es ella.

—Vayan para allí inmediatamente —ordena Barnes—. Y la quiero delante de mí antes del final de la mañana. Descubran qué estaba haciendo un agente ruso en su casa. Eso también es prioritario, ¿entendido? —No espera respuesta. Claro que está entendido—. ¿Hay noticias de Jack?

—Por mi parte, nada —comunica Thompson con alguna frustración—. Ese Jack Payne es una piedra en el zapato y sabe cómo irritarnos.

—No tanto. —Staughton lo afirma con alguna confianza—. Hemos localizado una reserva de una furgoneta Mercedes Vito, hecha en Fiumicino y retirada en el aeropuerto de Schiphol.

—Ámsterdam —dice Barnes en voz alta para sí mismo. Se sienta, nuevamente con aires meditabundos.

—La reserva fue registrada a nombre de Rafael Santini —prosigue Staughton.

—¿Rafael Santini? —pregunta Thompson—. ¿Creen que puede ser él?

—Es él —afirma Barnes con rotundidad—. Su verdadero nombre, por lo que parece. —La rabia se hace palpable en la voz.

—¿Cómo es que no lo hemos descubierto antes? —Thompson continúa curioso. El individuo siempre lo ha cautivado.

—Porque él no ha querido —aclara Barnes—. Un buen agente doble o infiltrado, traidor, hijo de puta, sólo se revela cuando le parece bien. —Se vuelve hacia Staughton—. ¿Dónde anda?

—No sabemos —responde bajando la mirada.

—¿No sabemos?

—No. Ha sido visto en Amberes, Dunkerque y le hemos perdido el rastro por ahí.

Barnes se lleva una mano a la barbilla con aire reflexivo. Las cartas están sobre el tapete y los dados lanzados. Quien tenga la mejor mano o saque el resultado más alto será el vencedor y, esta vez, tiene que ser Geoffrey Barnes, pues el derrotado no quedará vivo para contar su versión de la historia. Así es. Victoria o muerte.

—Viene hacia aquí —acaba por decir.

—¿Qué?

—¿Cómo?

—Él viene hacia aquí —repite Barnes—. Ha cogido la furgoneta en Ámsterdam, ha ido a buscar los cuerpos, ha sido visto en Bélgica y en Francia. Viene hacia aquí y quiero un comité de bienvenida cuando llegue. Sin errores.

—¿Cómo puede estar tan seguro? —inquiere el siempre calculador Staughton.

—Debido a algo con lo que no nos podemos dar el lujo de enfrentarnos en este momento.

—¿El qué? —preguntan los dos asistentes.

—El hecho de que es él quien siembra las pistas para que lo cojamos fácilmente. Eso me perturba. Él quiere que lo descubramos. —Cambia de asunto—. Vayan al hospital y vean en qué estado está el herido. Quiero un interrogatorio profundo. No debe de tener lesiones en la boca; por eso, háganle largar todo lo posible. Es el momento de dar satisfacciones a Langley.

—¿Y qué hay de la Casa Blanca? ¿Alguna cosa digna de mención? —inquiere Thompson, que tiene la pregunta preparada desde que ha entrado en el despacho. Ha aguardado el momento propicio... éste.

Barnes da el último trago a la Carlsberg antes de responder.

—Un arma de destrucción masiva, mi gente. Un arma de destrucción masiva.

Capítulo
32

Quién... quién te ha dado eso? —No tiene ojos más que para la botella—. ¿La puedo ver?

Sarah le quita la botella de las manos sin que Simon haya tenido tiempo de contestar. La analiza con detalle. Hasta la proveniencia es idéntica, Real Companhia Velha. No puede ser.

—Ha sido mi media naranja. —Simon se extraña del comportamiento de su jefa, que no está aquí en calidad de ello. Sarah es una mujer llena de misterios. Y uno de ellos es la forma en que evalúa la botella de regalo, en esta visita que le hace en hora tan tardía o madrugadora, según el punto de vista—. ¿Le trae recuerdos de Portugal? Nunca pensé que fuese tan melancólica —bromea Simon, aunque de forma comedida, con miedo. Poco a poco va conquistando algo de confianza. Poco a poco.

Ojalá fuese eso, desea Sarah en el pensamiento. Se aproxima nuevamente a la puerta con la botella en la mano y la entreabre. Vigila el pasillo con los sentidos en alerta. Nadie. Ni John Fox. El pánico la deja con la piel de gallina. Cierra la puerta despacio y se encuentra ante un Simon que no desvía la expresión inquisitoria de ella.

—¿Tu novia te ha regalado esta botella? —vuelve a preguntar—. ¿Estás seguro?

—Puede decirse que sí —responde Simon, empezando a reaccionar, aún con extrañeza.

—¿Puede decirse que sí? O ha sido o no ha sido. —No vale la pena irritarse con él. Tiene que ser fría para poder pensar lógicamente. La rapidez de raciocinio puede alargar la vida.

—Ha sido... pero no es mi novia.

—Has sido tú el que lo ha dicho —interrumpe Sarah—. ¿Entonces qué es? —Que le parta un rayo a este muchacho que no da pie con bola. Será por los medicamentos.

—Ya sé lo que he dicho... Es mi novio —explica reticente.

El miedo se apodera de Sarah. Eso explica muchas cosas.

—¿Tú tienes un novio?

—Sí.

—¿Y él te ha regalado esta botella?

—Ya he dicho que sí. —Simon observa a Sarah en busca de elementos reprobadores, pero no los detecta. Tan sólo confusión... en ambos.

—Simon, ¿tú confías en mí?

—Claro —responde sin rastro alguno de duda.

—Estupendo. —Lo mira con seriedad—. Levántate y vámonos ya mismo.

—¿Qué? —Qué sugerencia tan inoportuna—. ¿Cuándo?

—Ahora.

—Sarah, ¿qué es lo que está pasando?

Sarah se acerca a él y le pone la mano en el hombro, en actitud de ánimo.

—Simon, confía en mí. Nuestra vida está en peligro. Si no salimos de aquí, ahora, vamos a morir. No hay otra forma de decirlo.

Simon no consigue articular palabra, se nota el mar de dudas en que se ve envuelto, que le hacen permanecer recostado en la cabecera de la cama. Sarah tendrá que explicarse mejor de lo que lo ha hecho.

—Simon, haz lo que te digo. Levántate.

Simon no se mueve.

Sarah suspira y cierra los ojos antes de decidirse.

—No ha sido una fuga de gas. —*Sea hecha tu voluntad*—. Ha sido una bomba, accionada cuando has girado la llave.

—¡¿Qué?! —chilla atónito—. Pero ¿quién?

—El quién no importa de momento, Simon. Si nos quedamos aquí para conocerlos, será nuestro fin.

Dos segundos es el tiempo que a Simon le lleva decidirse. Los nuevos datos son relevantes. Se levanta, se calza las zapatillas del hospital y se arrastra con dificultad en dirección a la puerta. Sarah tendrá que ayudarlo; para ello, se pone a su lado sirviendo de apoyo. Será más fácil para Simon, más lento para los dos. No hay tiempo que perder.

—Espera aquí —pide Sarah, acercándole una silla, que está al lado de la puerta, junto a él. Simon prefiere apoyarse en los brazos a sentarse. Sarah entreabre la puerta y mira a un lado y al otro. El camino está libre.

—Vamos.

Sarah vuelve atrás para servir de muleta al colega dolorido y enfrentan el pasillo desierto y oscuro. Todos los gemidos, gritos y silbidos de los pacientes y de las máquinas sirven para catalizar el miedo. Paso a paso, sudando al arrastrarse, mirando alrededor en busca del peligro. El final del pasillo, al fondo, parece que se aleja más, haciendo desaparecer la esperanza de alcanzar el exterior. Hasta sus sombras, mezcladas con las otras, les hacen temer que algo surja de la oscuridad, sin aviso, sin una última palabra, y todo acabe, de una sola vez, como ha comenzado.

—¿Está segura? —pregunta Simon en sordina, asustado.

—Lo estoy. ¿Crees que te sacaría de la habitación y perjudicaría tu recuperación por un simple juego?

Claro que no. Sarah jamás lo haría. Maldito pasillo, que nunca se acaba. Se oye un ruido metálico procedente del fondo. Algún objeto ha caído al suelo o ha sido lanzado, porque las cosas no caen sin ayuda. Sarah y Simon se paran. Miran hacia atrás. No se ve a nadie. Tal vez valiese la pena optar por ese otro camino, sólo que Sarah nada más conoce éste, por donde ha venido con John Fox. Retoman la marcha en dirección a la fuente del ruido que han oído hace poco. Es mejor arriesgarse por territorio conocido. Las palpitaciones aumentan de intensidad en los dos colegas. Simon, apoyado en Sarah, con el cuerpo tembloroso, pidiendo descanso. El corazón de ella martilleándole en los oídos impidiéndole el discernimiento.

La ironía es que, ahora, el fondo del pasillo se aproxima muy rápido a cada paso, pues el temor de lo que haya más allá de la esquina, junto a los ascensores, es incontestable.

Por fin, acaban por doblar la esquina, a la izquierda, y avistan los ascensores. La fuente del ruido ha sido una bandeja de metal que ha caído de un carro parado contra la pared. Varios instrumentos quirúrgicos están diseminados por el suelo, fruto de la caída, tales como tijeras, bisturís, pinzas de varios formatos y otros objetos no tan fácilmente identificables a primera vista, pero de la misma índole. Avanzan, cautelosamente, hacia los ascensores, sorteando el repulsivo metal. Sarah consigue distinguir unas manchas oscuras en algunos de los objetos cortantes, pero la tenue iluminación no deja discernir colores. La imaginación la lleva instantáneamente hacia el rojo sangre, lo cual no es nada descabellado y se asocia puerilmente con el bisturí. Sin embargo, no ve plausible que un médico o enfermero deje todos sus instrumentos de trabajo sucios después de una operación y salga de la sala sin preocuparse de esterilizaciones y desinfecciones. Aparta las posibles malas conjeturas de la mente y llama al ascensor. Es interesante cómo algo tan natural como la presencia de sangre en un hospital, al igual que cuando fluye dentro de las venas, puede parecer fuera de lugar cuando se trata de una mancha en el bisturí, partiendo del principio de que se trate realmente de sangre y no de un juego cualquiera de sombras imperceptibles. Eso es una teoría que Sarah deberá desentrañar en el momento adecuado. Lo que importa, en este instante, es salir de allí.

Una señal sonora avisa de que uno de los ascensores está llegando a la planta y va a abrir las puertas. Existen tres posibilidades, izquierda, derecha, centro, como todo en la vida, pero no tienen ninguna otra información de cuál sea el salvador. Acaba por ser el del centro el que abre las puertas y revela al agente John Fox en su interior, mirando a Sarah.

Simon clava los dedos en el brazo de ella, de tal forma que si la adrenalina no le estuviese invadiendo el organismo, sería muy probable que gritase de dolor.

—Éste es el agente John Fox que me ha acompañado —avisa Sarah, más aliviada.

Simon afloja los dedos, contagiado por el alivio de Sarah. Éste es el agente que la ha acompañado. John no sé cuántos, no ha conseguido comprender el apellido. Menos mal.

El agente está callado y continúa mirando a Sarah, concentrado.

—Tengo una cosa que decirle —comienza Sarah, irguiendo la botella de Oporto que trae en la única mano libre—. Ellos…

John Fox da un paso inseguro hacia delante y se apoya en el marco de las puertas abiertas del ascensor, como Sansón en las columnas del templo.

—… están aquí —completa Sarah, ya sin reflexionar en lo que está diciendo.

Ambos miran a John Fox, que concentra la atención en los dos de forma extraña.

—Huyan —consigue decir en sordina, antes de que una bocanada de sangre le brote de la boca. Da dos pasos más hacia delante como un zombi, mientras Sarah y Simon, aterrorizados, se van hacia atrás para dejarle espacio sin conseguir desviar la mirada. John Fox se tambalea unos instantes hasta que su cuerpo cae pesadamente sobre el carro, derrumbándolo, y, con él, el resto de los utensilios que allí se hallaban. En la espalda de John Fox hay nada menos que seis bisturís clavados. ¿Cómo es que han ido a parar allí? Ésa es la cuestión cuya respuesta no importa ahora.

Sarah y Simon registran el acontecimiento, incrédulos. Parece una película o una pesadilla de la cual quieren despertar y no lo consiguen, aunque los ojos están abiertos. Y bien que procuran esforzarse por abrirlos todavía más, casi haciéndolos salir de las órbitas, pero acaban por convencerse de que es la pura realidad… la de ellos. Sarah da un grito mudo y se desembaraza de la mano de Simon, que, a la vista de la escena, recobra la energía y no se siente tan dolorido. Lo que es verdadero dolor es asistir a una muerte en vivo, a sangre fría, sin reservas ni censura.

Pasos. Se oyen pasos en el pasillo por donde han venido. No se permiten el lujo de reflexionar, caminan juntos hacia el ascensor abierto. Los pasos se escuchan cada vez más próximos. Firmes y cadenciados, ni deprisa ni despacio, capaces de provocar horror suficiente a un gato escaldado como Sarah Monteiro. Aprietan varias veces el botón rotulado con el número cero. Podría haber sido cualquier otro, con tal de que las puertas se cerrasen y los pasos dejasen de oírse.

—Ciérrate, ciérrate, ciérrate —suplica Sarah en una tentativa vana de acelerar la acción con las palabras.

Un bulto dobla la esquina del pasillo y corre hacia las puertas que se cierran.

—Simon, Simon —se oye gritar.

Éste, impelido por la voz que reconoce, busca el botón de abrir las puertas y lo presiona en cuanto lo encuentra.

—Simon, no —grita Sarah—. No hagas eso.

Simon no presta oídos a su jefa y mantiene el botón oprimido. Las puertas obedecen prontamente y se abren, permitiendo que la cabina ilumine el bulto y lo convierta en un hombre garboso, más viejo que Simon, rayando la edad de Sarah.

—¿Qué ha pasado aquí, amor mío? —pregunta el desconocido.

—Oh, querido mío. Ha sido horrible. Alguien ha matado a este hombre. —Una lágrima rueda por el rostro de Simon, de miedo y disgusto por lo que ha visto y jamás conseguirá olvidar—. Andan detrás de nosotros, Hugh.

—¿Qué? ¿Quién? —El hombre parece perdido, mirando al cuerpo y a Simon, sin mantener nunca contacto visual con Sarah—. ¿Quién ha hecho esto?

—No lo sé. No lo sé. —Simon llora sin parar—. Abrázame, Hugh —implora con la urgente necesidad de amor.

—Oh, mi amor. No llores —le calma el tal Hugh, colocándose entre las puertas de modo que los sensores no permitan el cierre automático, y abraza a Simon con fuerza—. Bueno, ya ha pasado. —Le da besos en la cabeza con ternura. Simon libera el torrente de emociones sin que le inhiban los prejuicios—. Vale. Vale. Ya ha pasado.

Los dos hombres se giran con el sentido abrazo, de forma que Simon queda hacia fuera y el otro dentro, de espaldas a Sarah, que asiste a aquello con indecisión. No sabe qué hacer, o mejor dicho, sí sabe pero teme las consecuencias. El abrazo pierde intensidad, aunque los hombres permanezcan agarrados. Simon tiene los ojos cerrados y húmedos, aprovechando cada centésima de segundo.

—¿Qué has venido a hacer aquí a estas horas? —pregunta—. ¿Cómo has entrado?

El hombre titubea unos instantes, pero el abrazo le esconde esa duda a Simon. Solamente Sarah se percata, aunque él esté de espaldas a ella. Tiene el don de ayudarla a tomar la decisión. Y ésta es la hora oportuna para actuar. Espera que todo salga bien.

—Ah… tengo un conocido aquí. No he aguantado tu recuerdo.

La fuerza con que la botella de Oporto añejo, cosecha de 1976, golpea en la cabeza de Hugh la destroza de una sola vez, a la botella, claro está, quedando solamente el cuello en la mano de Sarah.

—Esto es por robar lo que no es tuyo, Hugh. —Con énfasis en el nombre del hombre, insinuando desconfianza en la veracidad del mismo.

Qué desperdicio de buen vino chorreando por la cabeza del novio de Simon.

Antes de que Simon se aperciba de lo que pasa, Sarah le agarra por un brazo y lo empuja para dentro del ascensor, mientras aprovecha el aturdimiento momentáneo de Hugh para empujarlo hacia fuera con un pie. Se asombra al verlo salir del cubículo con tanta facilidad y caer al suelo a la salida del ascensor. Magnífico. Acto seguido, en cuanto los sensores quedan sin trabas, las puertas se cierran para llevar a los ocupantes a su destino, previamente solicitado, la planta cero. Misión cumplida. La excitación de Sarah es tanta, que ni repara en el pequeño orificio que ha aparecido en el espejo a sus espaldas, fruto de un disparo con escasa puntería, del tal Hugh, más que seguro.

—Pero ¿qué es lo que hace? —grita Simon—. ¿Está loca? —Oprime el botón de la planta que acaban de dejar—. Joder. ¿Cómo ha podido hacer una cosa así? No se puede desconfiar de toda la gente, de esa manera. —Está completamente fuera de sí.

—Cállate, Simon —ordena Sarah, decidida—. Esta botella —agita el cuello que permanece en su mano, siempre puede servir de arma defensiva, a falta de algo mejor—, cuando era una botella, estaba en mi casa. ¿Te acuerdas dónde te mandé buscar el dosier?

Simon malamente consigue razonar. Recuerda las órdenes. Coger el dosier que está detrás de una botella de vino de Oporto añejo.

—¿Y? —cuestiona—. ¿Sólo existe ésta? ¿No hay más a la venta?

—La caja está intacta en lo que queda de mi casa. La botella no se encuentra allí dentro. ¿Hace falta que sea más clara?

Las lágrimas vuelven a brotar de los ojos de Simon.

—No puede ser. No puede ser. Él debe de tener una explicación. —Ve la vida desmoronarse ante él—. Debe de ser una desagradable coincidencia. —Se agarra a esa esperanza. Hay más botellas de vino de Oporto añejo, cosecha de 1976. Ha sido un regalo de Hugh, nada más, sin dobles intenciones. Rememora el bulto de Hugh justo en el momento en que cayó desfallecido, en Redcliffe Gardens. Podía ser una visión confusa, una alucinación, un engaño de la mente lo que le hizo ver al ser amado en aquella hora mala.

—Lo siento, Simon. Él ni siquiera debe de llamarse Hugh. Lo siento mucho.

El ascensor alcanza la planta indicada y abre las puertas. A la espera de ellos está Simon Templar.

—Menos mal que lo veo —dice Sarah jadeante—. Han matado a su colega y andan detrás de nosotros.

Sarah ayuda a Simon a salir del ascensor y se encamina hacia las puertas de salida, a veinte metros. Con excepción de Templar, no hay ninguna persona a la vista.

—¿Dónde piensan que van? —pregunta Simon Templar de manera chulesca.

Sarah continúa arrastrando a Simon Lloyd en dirección a las puertas de salida. Oyen un chasquido electrónico parecido al de una radio de comunicación. Sarah apresura todavía más el paso, tirando de un Simon letárgico.

—James, eres verdaderamente estúpido —oyen a Simon Templar decir hacia el aparato de radio.

Un silbido atraviesa los oídos de Simon y Sarah y se estrella en el suelo de mármol provocando un levantamiento de piedrecillas y polvo. Un tiro con silenciador. Sarah mira hacia atrás y ve a Simon Templar arma en mano, apuntando hacia ellos. A Simon poco le importa, pero Sarah siente crecer en su interior el pánico y la frustración. Un arma vuelve a estar apuntada hacia ella, un año después.

—El próximo es en la cabeza —avisa Templar, que vuelve a acercarse la radio a la boca—. James, baja. Ya los he pillado.

Capítulo
33

U sted me quiere tomar el pelo.

—No es eso.

—¿Quiere decirme que andamos persiguiendo a un muerto? —James Phelps expresa incredulidad, que se suma al cansancio de este largo día tan atípico. Aun con todo, tiene la sutileza suficiente para sentir admiración ante el pensamiento impuro y la blasfemia a los cuales es ajeno—. Fui al funeral de Su Santidad hace dos años.

—Yo también, y más de cuatro millones de personas.

—Todavía no hace un mes que he visitado la Cripta de los Papas y he rezado delante de su tumba. Paz a su santa alma. —Ignora la observación de Rafael.

—Hay hombres que no mueren.

—Sí, histórica, intelectual y culturalmente. César, emperador de Roma, jamás morirá, Enrique VIII, Cristóbal Colón...

—Juan Pablo II —completa Rafael, concentrado en los pocos kilómetros que les faltan por hacer en la M20, a la entrada de Londres.

—Juan Pablo II —admite Phelps—. Entonces estamos en la senda de su legado.

Rafael se vuelve hacia James Phelps y lo mira gravemente, para enseguida volver a mirar la *motorway* y las luces rojas que puntean los vehículos que circulan delante de ellos con destino al frenesí de la capital, sin confirmar o desmentir la conjetura de Phelps. Todo a su tiempo. Es la forma en que la vida funciona, en el momento adecuado, hora, minuto, segundo, hasta lo indivisible, si es que existe.

Aunque acicateado por la curiosidad mórbida de los objetivos primordiales de Rafael, al servicio de Benedicto P. P. XVI, así se le menciona, el sueño comienza a adueñarse de James Phelps sin su consentimiento. Está despierto desde hace casi veinticuatro horas y el movimiento de la furgoneta más el estrépito del motor comienzan a sonar como un ronroneo felino y arrullador, capaz de bajarle los párpados e inhibir cualquier tentativa de levantarlos.

Cuando se da cuenta del cambio de dirección tomado por Rafael, abre los ojos. Le parece que no ha pasado nada de tiempo desde que los ha cerrado, pero han transcurrido diez minutos de inconsciencia.

—¿Ya llegamos?

—Todavía no —responde Rafael, mirando por el retrovisor de su lado—. Viene alguien detrás de nosotros.

—¿En serio? —Un nudo se forma en la garganta de Phelps, disipando el sueño totalmente—. ¿Alguien nos está siguiendo?

Rafael acelera la furgoneta en dirección a una carretera secundaria; Phelps inclina la cabeza para ver por el retrovisor de su lado los faros blancos que apuntan hacia la furgoneta. El corazón bombea con más vigor la sangre arterial en todas las direcciones del cuerpo. La respiración se acelera. James Phelps no es un hombre habituado a estos escenarios.

—¿Está seguro? —pregunta con miedo, sin quitar los ojos del espejo.

—Absolutamente.

—¿Y qué va a hacer?

—Nada —aclara Rafael—. Continuamos nuestro camino.

—¿Hacia dónde vamos?

—De aquí a poco lo sabremos.

Phelps se afloja el botón de la camisa, angustiado y receloso.

—No me estoy sintiendo muy bien —avisa—. Taquicardia.

—Añádasele la falta de aire a las palpitaciones desacompasadas, sudores fríos que encharcan el cuerpo, la pierna palpitante que vuelve a incomodarle con su dolor agudo y obtenemos el cuadro clínico de este británico sexagenario.

—Es de los nervios —se limita a decir Rafael, atento a la carretera y a los perseguidores, sin esbozar signo alguno de preocupación.

—¿Usted… usted no tiene miedo? —pregunta Phelps con la boca clamando por alguna sustancia líquida que aplaque la sequedad nerviosa.

—¿Miedo de qué?

Rafael insiste en no mirarlo y adopta un tono insensible, altamente incómodo para James Phelps.

—De ellos. —Apunta hacia la parte de atrás, la fuente de la amenaza.

—No —responde secamente.

James Phelps mira por el retrovisor nuevamente, controlando la distancia que, por razones incomprensibles, parece acortarse cada vez más, según sus ojos, poco dignos de confianza a estas horas.

Siente el ímpetu de hacer más preguntas, pero la expresión de Rafael no anima a que las formule. Lo mejor es esperar a que esto pase, si pasa, esperemos que sí, Dios ayudará.

Las dudas se disipan cuando James Phelps ve los faros del perseguidor casi pegados a la furgoneta, lo que le deja preocupado y lleno de pánico. La velocidad de los dos vehículos no es grande, ni llega a los cien kilómetros por hora y, cada vez que mira a Rafael, no deduce ninguna voluntad de acelerar la marcha.

—¿No cree que debemos acelerar? —acaba por preguntar con la voz un poco embargada por el miedo.

—No hay peligro.

—¿No?

—No. Quien vigila no se deja ver.

—¿Quiere decir que no nos están siguiendo?

El vehículo de detrás emite señales con las luces a la furgoneta. James Phelps cada vez comprende menos lo que está pasando. Y todavía más cuando Rafael frena el vehículo hasta pararlo del todo.

—¿Qué está haciendo?

—Parar.

—¿No es peligroso?

—No —tranquiliza Rafael, quitándose el cinturón y abriendo la puerta—. Quédese aquí.

James Phelps quiere protestar con vehemencia, pero Rafael ya ha cerrado la puerta, dejándole solo, pataleando consigo mismo. Usa los espejos retrovisores para intentar seguir de alguna manera los acontecimientos. Las luces del otro coche se apagan y ve salir a dos hombres en dirección a Rafael, que aguarda tranquilo, recostado en la trasera de la Mercedes. Se saludan con un apretón de manos, lo que le deja mucho más aliviado. Los villanos no saludan a las futuras víctimas. A no ser que sea un embuste. Rafael conversa con los dos hombres durante algunos instantes. Poco después, uno de ellos le entrega un objeto que Phelps no consigue identificar. Rafael se vuelve para regresar al volante y el británico consigue oír a los hombres despedirse con un *à bientôt*. Extraño.

Rafael sube a su asiento, arranca el motor y retoma el camino sin proferir ninguna palabra o explicación.

El silencio oprime a Phelps hasta hacerse ensordecedor. Pero ¿quién se cree Rafael que es? Un sujeto que no es capaz de mostrar la más pequeña señal de confianza en él. Es un digno heredero de las oscuras maniobras e intrigas del Vaticano. Sería un excelente miembro de la curia y tiene todo para conseguirlo. Guarda siempre lo mejor para sí mismo, mide conscientemente las palabras que profiere; crea, efectiva o ilusoriamente, un ascendente sobre los otros, engordando una hipotética o real ventaja que confunde aliados y enemigos, como un puzle en el que sólo él sabe la disposición de cada pieza en el todo que lo forma. Es un canalla, sólo puede ser eso si es capaz de llevar a un caballero como James Phelps a blasfemar aunque sólo con el pensamiento.

—Al final resulta que nadie nos estaba siguiendo —comprueba Phelps con los ojos puestos en la carretera. Una afrenta a su dignidad de hombre y prelado, aunque no convenga desvelar esto último para no llamar la atención.

—Nunca he dicho que nos estuvieran siguiendo —aclara Rafael—. He dicho que venía alguien detrás de nosotros.

—Con usted es preciso tener mucho cuidado con las palabras —puntualiza Phelps, conteniéndose apenas—. Las apariencias engañan.

Nada más acertado para la ocasión. El silencio se adueña del habitáculo durante el resto del camino; desapacible, incómodo, presente. Entran en la gran ciudad de Londres que se abre delante de ellos con un poco más de tráfico. Aquí parece más confuso el volante de la Mercedes instalado en el lado del arcén, contrariando la sensación de seguridad que se debe tener cuando se circula en carretera. Incluso así, Rafael no se cohíbe en adelantar a los más perezosos.

El móvil de Rafael suena en ese preciso momento. Mira el visor que identifica la llamada y atiende.

—*Alors?* —dice para el aparato, demostrando conocer a quien sea. Escucha el mensaje que aguarda desde hace algún tiempo. No suelta ninguna interjección interrogativa o de asentimiento. Segundos después, desconecta el teléfono y, sin aviso, gira la Mercedes 180 grados, haciendo que James Phelps se golpee con el rostro en la ventanilla de su puerta. Acabada esta maniobra, podemos verlos a gran velocidad en sentido contrario.

—¿Está loco? —protesta Phelps.

—Tiene más sentido con el volante en este lado —afirma Rafael, esquivando a los coches que vienen en sentido contrario, por el lado correcto y que protestan pitando con vehemencia y desviándose como pueden. Algunos vehículos acaban por chocar con otros anodinos estacionados en el arcén de la carretera.

—Cuidado —exclama Phelps agarrado al asiento—. Usted está loco.

Rafael continúa conduciendo con pericia, indiferente a los insultos desmedidos o a los elogios, según el punto de vista. Phelps cierra los ojos y no dice nada más. Se santigua y ora mentalmente, *Señor Padre, Todopoderoso, líbrame de esta oveja negra, desviada del rebaño, y colócala en la senda del bien...*

Muchas pitadas e insultos después, la furgoneta se detiene en la entrada de un edificio victoriano en decadencia. Rafael mira para todos los lados posibles con ademán escrutador. James Phelps intenta descubrir qué y dónde, pero todavía está demasiado alterado para poder razonar con serenidad y paz. Además, él es británico del norte, de cerca de Newcastle, y no tiene obligación de saber dónde está en la capital del imperio.

—¿Dónde estamos? —pregunta a Rafael.

Éste ignora la pregunta y saca el paquete entregado por los dos hombres desconocidos, algunas decenas de kilómetros atrás, tras un pequeño matorral a cubierto de la noche.

—¿Qué es eso?

Rafael responde rasgando el envoltorio que tapa un objeto en su interior.

—Dios mío. ¿Para qué quiere eso? —pregunta Phelps sorprendido.

Rafael verifica el cargador de la Glock y la desbloquea antes de mirar a Phelps.

—No todo es lo que parece. —Y sale de la furgoneta en dirección a la puerta del edificio deshabitado.

L o que más le ha dolido ha sido el bofetón, tipo proyectil
dirigido con el dorso de la mano, que lo ha tirado al suelo. El
dolor físico no ha significado nada, comparado con la herida del
corazón y de los sueños de un amor maravilloso, de bellos contornos
idílicos, favorecido por la primavera ingenua de la vida, destruido por
la siempre dura realidad. Para Simon Lloyd eso de la vida es bella ha
terminado con aquel golpe de Hugh o James o la puta que lo parió.
La rabia se ha adueñado de él, pero un puntapié en el estómago le ha
hecho repensar las prioridades, mientras el dolor se extendía por su
cuerpo. La rabia puede esperar.

Sarah no ha tenido un tratamiento similar porque eran ésas
las órdenes dadas a Templar y comparsa, vía teléfono.

—Herbert está llegando. Ha dicho que no lo toquemos —ha
advertido Templar cuando James o Hugh o la puta que lo parió,
según las dudas de Simon Lloyd, nombre verdadero, le iba a aplicar
otra ración de estopa.

—Estaría bien que se diese prisa —ha protestado James—, o…

Sarah y Simon Lloyd se encuentran ahora encerrados en un
pequeño cuarto, sin ventanas y completamente sumido en una oscuridad claustrofóbica. Antes, Simon todavía se ha llevado algunos

sopapos más del ex amado y ha descubierto cuánto enojaba al otro, y viceversa. La oreja cortada por la botella que Sarah ha estampado en la cabeza de James es poco, muy poco sufrimiento para quien le ha manipulado con tanta maestría y frialdad. Y toda vez que el villano no se podía desquitar con Sarah por el ultraje, se aprestaba a hacerlo con Simon, con amor. Él era tan sólo un trabajo, una tarea que garantizaba un medio de pago al tal James o Hugh o…

Sarah oye a Simon moqueando e intentando disfrazar el lloro en sordina, lo cual la deja completamente desalentada. Otra víctima que sufre por su culpa.

—¿Qué van a hacer con nosotros? —pregunta Simon, rompiendo el silencio opresor.

—A ti, nada —afirma con confianza. Hará todo lo necesario para que él no sufra las consecuencias de andar con la compañía equivocada. Nadie debe pagar por eso.

—Qué desilusión. Qué desilusión. —Se aprecian restos de húmedad que delatan las lágrimas que todavía corren por su rostro, pero no se ven.

Simon tiene a Hugh como blanco de esas palabras; sin embargo, Sarah prefiere aplicárselas a sí misma, pues las siente de forma profunda. Se considera una desilusión para todos, empezando por las personas a las que quiere, permanentemente en peligro, importunadas, heridas, muertas. Por eso, repite: «A ti, nada», pues está férreamente dispuesta a no colaborar con el tal Herbert o cualquiera que venga, mientras no accedan a la liberación de Simon. Puede ser torturada, física y psicológicamente, pero sólo hablará cuando Simon esté fuera de peligro. Aunque sea la última cosa que haga, como es probable, intentará salvar a Simon. Lo peor es si el tal Herbert no quiere ninguna información de ella y va solamente a concretizar, personalmente, la eliminación terrena. Si fuere así, que la perdone Simon, pero la impotencia no le permitirá actos heroicos. Es un aspecto primordial que haya disposición negociadora por parte del tal Herbert, sólo así uno de ellos podrá sobrevivir. Es la dura realidad, difícilmente trasladada a los libros policiacos o películas del mismo tenor. Los buenos mueren antes del final.

—¿Qué está pasando? ¿Qué hemos hecho para merecer esto? —se lamenta Simon en la oscuridad del cuarto, que se funde con la mental que se apodera de él, desde que giró la llave en la maldita puerta de la casa de Redcliffe Gardens y convocó a lo desconocido.

—No has hecho nada, Simon —aclara Sarah avergonzada—. Esto… sólo tiene que ver conmigo y nada más que conmigo —confiesa.

Nada más se dicen durante un rato, pero no es un mutismo de esos coactivos, sino que más bien sirve para ordenar palabras y vivencias, especulaciones y realidades. Los espacios de cada uno ofrecidos a uno y al otro, justo en esta hora mala. Además, es el momento de que Sarah continúe, sin presiones, si así lo desea. La reconforta, sin embargo, y en la medida de lo posible, pues su cabeza está en juego, más para allá que para aquí, saber que nada de aquello es irracional, sin sentido. Hay una lógica, una posible falta de alguien, de Sarah. No han sido elegidos aleatoriamente para morir.

—El año pasado pusieron precio a mi cabeza sin tener arte ni parte —comienza a explicar.

No hay posibilidad de ver, pero Simon endereza la espalda contra la pared fría del cuarto, aguza los oídos y aguarda.

—Mi padrino, de quien casi no me acordaba, me envió una lista de nombres pertenecientes a una secta secreta italiana. En ella figuran nombres muy importantes de la política, del poder judicial, religioso, a nivel internacional. Hasta el nombre de mi padre está allí. Supe más tarde que esa lista estaba en manos de Juan Pablo I la noche de su muerte… y supe también que él fue asesinado.

—¿Qué? —Simon apenas consigue creer lo que acaba de oír.

—Eso mismo. Se inició entonces una persecución contra mí impuesta por la secta, que se llama P2, y por la CIA.

—Dios mío —exclama Simon—. ¿Son ellos los que nos quieren mal?

—No. Esto es cualquier otra cosa que todavía no he conseguido comprender.

Simon se calla como para dejar que Sarah continúe abriendo el corazón de su triste vida.

—Las cosas se precipitaron de tal modo, que no conseguía procesar toda la información que me era dada. Aún hoy no comprendo el alcance de todo lo que sé. No sólo por ser asuntos tan escabrosos como la muerte de un papa y tantos otros inocentes, sino también porque, al mismo tiempo, andaba en el filo de la navaja, con la vida en peligro permanente, con el corazón en la boca, y mira que esto no es un artificio narrativo para darle más emoción a la historia —apunta.

—Sarah, nos tienen presos en una despensa o lo que quiera que esto sea. Están dos hombres armados ahí fuera preparados para darnos el pasaporte. Sé muy bien a lo que se refiere.

No obstante todo lo que está sucediendo, Simon parece más dueño de la situación. El poder de la aceptación tiene esa consecuencia, lo que está hecho, hecho está, esperemos momentos mejores, si vienen. Claro que el miedo de lo que puedan hacer contra ellos está siempre presente. Una muerte rápida es preferible a la tortura megalomaniaca, aunque lo mejor sería que abrieran la puerta y los liberaran, con las respectivas disculpas por el mal que les han hecho, lamentando el terrible error identificativo, acompañado de un vale de comida canjeable en cualquier restaurante de moda. Ah, el poder de la imaginación, invencible, incluso bajo la inminencia del fin.

—Acabamos por conseguir llegar a un acuerdo entre las partes —prosigue Sarah.

—¿Qué acuerdo?

—Nosotros no los denunciábamos y ellos no nos importunaban.

—Pueden haberse arrepentido —sugiere Simon.

—Tendrían mucho que perder. Además es la Santa Sede quien tutela ese acuerdo —afirma Sarah pensativa. Intenta juntar las piezas desencajadas para ver si cobran algún sentido—. Esto es otra cosa.

—Lo que no faltan por ahí son dementes con poder —se desahoga Simon con un suspiro—. ¿Cree que nos van a dejar aquí el resto de la noche?

—El tiempo suficiente para ablandarnos. —Le toca ahora a Sarah suspirar—. Son especialistas en eso.

—Yo… usted no sé, pero yo estoy más blando que un flan.

Dos carcajadas terroríficas llenan el reducido cuarto, completamente fuera de lugar, dada la precaria situación en que se encuentran. El miedo también hace reír.

El sonido del mecanismo de la cerradura actuando reprime lo que queda de la risa. Alguien está abriendo la puerta. Segundos después, la claridad artificial del pasillo invade la despensa, cegando a Sarah y Simon, que se protegen de la luz con las manos.

—Qué bueno veros tan bien dispuestos —escarnece James, cuya silueta se perfila en la abertura de la puerta—. A levantarse. Es la hora.

Simon traga saliva. El corazón todavía sangra por este ser frío y mortal que lo mira con una indiferencia cortante.

Sin aguardar a que cumplan lo ordenado, James levanta a Simon cogiéndolo por la pechera con brutalidad, evidenciando una ofensa llena de prejuicios: ha desempeñado un papel que le resultaba rechazable, todo lo contrario que al periodista becario; un trabajo ejecutado ejemplarmente. Ahora quiere dejar patente su desprecio.

Y si Simon prefiere canalizar su imaginación en la elaboración de un escenario más dulce, la ilusión de una broma de tremendo mal gusto, pero tan digna de perdón como las más afortunadas, enseguida se retrae con las dos fuertes bofetadas que James tiene el placer de sacudirle en la cara, marcándola, aunque de forma extemporánea, liberando, nuevamente, la rabia impotente que se traga en seco, frustrando cualquier tentativa de embate titánico. A fin de cuentas, James es el que tiene el arma que ahora apunta a la cabeza del ex amado, nunca amante.

—Déjele en paz —grita Sarah, llamando sobre sí la atención.

El resultado es inmediatamente visible, pues James desvía la mirada hacia ella con desprecio. La mira de arriba abajo con modos tan execrables, que hace a Sarah bajar la cabeza, asqueada por ese ser hediondo capaz de manipular los sentimientos ajenos a su antojo con el fin de saciar las voluntades de los otros. James da un corto paso en dirección a ella y le pone el cañón del arma debajo de la barbilla para obligarla a levantar la cabeza. Un villano sabe reconocer el odio que emana del globo ocular, aspirar la rabia con su olor fétido que le pasa insensible por los canales olfativos.

—Tu hora está llegando —comenta con desprecio. Culmina con un bofetón en la cara de Sarah que le revienta un labio, al mismo tiempo que la cabeza casi se le desencaja.

—Hijo de puta —se oye decir de repente a Simon, indignado con el acto de James—. Sin el arma ya no serías tan valiente, cabrón.
—La indignación ha hecho presa en él.
—Simon, cállate —pide Sarah, en forma de orden. Nunca se debe irritar a un hombre de éstos, especialmente a este James, que aparenta tener algo de temperamental dentro de sí—. Por favor, Simon.

James se vuelve lentamente hacia Simon con una expresión sarcástica. Guarda el arma en la parte de atrás del pantalón, cubriéndola con la parte de abajo de la chaqueta, para no dar ideas furtivas a Sarah.

Abre los brazos de modo ilustrativo.
—Sin arma —dice—. ¿Y ahora? ¿Qué haces?

Simon se queda apoyado contra la pared, en la misma posición en que James lo ha dejado cuando Sarah ha solicitado su atención. El villano, dependiendo del punto de vista de cada uno, aguarda algunos instantes más, la enorme envergadura de brazos abierta a la espera de Simon y de la demostración física de la verbalización valiente y aguerrida.

Acaba por soltar una carcajada gutural, impropia en estos casos, algo maquiavélica, una factura triunfal siempre bien recibida. Ha apostado y ha vencido, como sabía que vencería de una manera o de otra.

—Eres un marica, Simon —profiere, liberando todavía más la risa egocéntrica de la gracia por él inventada.

Simon se limita a bajar los ojos con la tentativa de evitar una vergüenza mayor. No ver a James riéndose de él en su cara hace que él pueda estar riéndose de cualquier otra cosa; por lo menos, puede darse esa libertad. Sólo le apetece llorar e inundar el mundo con las lágrimas de su cruel destino.

A continuación, casi de una forma maquinal, James interrumpe su propia carcajada, como si ella misma, genuina y verdadera, fuese algo fabricado, manipulado, un actor trabajando para sí mismo.
—Basta de diversión. Venga, delante de mí —ordena James con una voz de mando militar.

Simon y Sarah no pueden hacer nada más que cumplir lo ordenado para no empeorar la situación; incluso así, se llevan varios empujones a lo largo del pasillo, no a modo de mensaje en el sentido de andar más deprisa; simplemente porque sí. Son maneras masculinas de mostrar quién manda... y quién tiene que obedecer.

Avanzan por el pasillo mal iluminado con el corazón pesado, desvaneciéndose a cada paso lo que les quedaba de esperanza, recibiendo empujones en las costillas, ahora a uno, ahora al otro, a veces con el cañón frío del arma sirviendo de acicate, de catalizador de emociones negativas, medrosas, llenas de pavor.

—Izquierda —ordena James, tocando con el cañón en el hombro de Sarah.

En esa dirección encuentran una puerta blanca cerrada. En medio de ella, un aviso informa de que la entrada sólo está permitida al personal debidamente autorizado.

—Esto ni parece un hospital —dice Simon en sordina—. No se ve a nadie. ¿Dónde paran los médicos y el resto del personal?

—Debe de ser así como funciona durante la noche —supone Sarah en un murmullo.

—¿Y los de seguridad? —prosigue Simon—. ¿Esto no tiene seguridad?

—Es mejor que no aparezca nadie, créelo —advierte Sarah.

—Calla —rezonga James—. Adentro y el pico cerrado.

Sarah empuja la puerta de aquello que será un cuarto de internamiento no utilizado. El espacio es grande, una cama de cuerpo y medio pegada a un rincón, enormes ventanas a todo lo largo de una pared, en otro rincón un armario abierto, blanco, todo ello revelando la falta de uso actual. El ambiente aséptico hace mucho que les ha impregnado la nariz, habituándose a él. Justo en el centro, sentado en una silla de plástico, Simon Templar, arma en mano, los mira gravemente. Ha llegado el momento. El tal Herbert debe de haber llegado.

—Aquí están nuestros palomitos —escarnece James—. Estoy ansioso por poder jugar con ellos —dice con la boca bien cerca del oído de Sarah, que cierra los ojos. El hombre saca la lengua y juguetea con ella a milímetros de la piel de la periodista. A pesar de no demostrarlo, Sarah siente un asco convulsivo apoderarse de ella. Si James no se va para atrás, es probable que las entrañas se le revuelvan aún más y acabe por vomitar.

—¿Y ahora? —quiere saber James, volviéndose hacia Templar, que continúa con la misma expresión seria, como si hubiese acabado de tener conocimiento de una mala noticia.

Templar ignora la pregunta del compañero y continúa volcando su mirada vítrea hacia Sarah, o por lo menos así parece, lo que la incomoda sobremanera.

—¿Y ahora, tío? —vuelve a preguntar James, a quien no agrada la mirada penetrante de Templar.

El comportamiento del colega de oficio, carnicero o mercenario a sueldo de quien sea más generoso abriendo la cartera es anormal también a sus ojos. Se acerca al compañero, sentado en la silla de plástico, y le coloca la mano en el hombro, dándole una palmada.

—¿Entonces, tío? —llama—. ¿Estás durmiendo despierto?

El arma empuñada por Templar se dispara. Por suerte, alcanza el techo, donde apuntaba, no creando ningún peligro. Acto seguido, la palmada vigorosa hace que él caiga, inerte, al suelo, con la barriga para abajo. James se inclina sobre él, pasmado. Dos agujeros en la chaqueta hacen sobrentender el resto. Mira hacia la silla donde se repiten los dos orificios y una mancha de sangre de Templar, rojo oscuro, anunciadores de muerte.

El pánico se apodera de James.

—No os mováis —grita a Sarah y Simon—. Nadie se mueve.

Desorientado, empuña el arma al azar, girándose hacia todos los lados, alerta, buscando la fuente del peligro, el origen de los tiros. No consigue encontrar los casquillos de las balas, lo que significa que han sido recogidos o que los tiros no han sido disparados ahí dentro.

—Nadie se mueve —grita nuevamente—. El primero en respirar se lleva un tiro en los cuernos.

—*Okay. Okay* —acata Simon, incomodado con el pánico reflejado en los ojos del ex amante—. Cuidado con eso.

Sarah inspecciona la habitación con la mirada, intentando comprender lo que está pasando. Cuando se pierde el control, deja de tener gracia, piensa al ver las contorsiones de James.

James se aproxima a la enorme ventana despacio y mira hacia el exterior, deteniéndose a observar el cristal.

—Oh, mierda —exclama.

Segundos después, es proyectado hacia atrás y cae en el suelo. Simon da un grito, más bien un alarido, y ve, así como Sarah, un hilo de sangre brotándole de la cabeza. Los ojos muertos impregnados de la expresión de pánico con la que ha expirado.

—Joder —estalla Simon, que mira a Sarah—. ¿Ha visto esto?

Sarah no responde, una sonrisa dislocada le invade el rostro, mientras mira hacia la ventana.

—¿Qué pasa? —pregunta Simon, que mira también a la ventana para ver la procedencia de los últimos sucesos.

En el cristal, se ven tres orificios pequeños.

Capítulo

35

EL POLACO Y EL TURCO
27 de diciembre de 1983

El Santo Padre nunca más ha exhibido el fulgor de tiempos atrás. *Dios da la carga, pero también la fuerza para sobrellevarla.* Piensa en las palabras transmitidas por Franz König, el austriaco emprendedor, responsable confeso de su elección en octubre de 1978, mientras sube las escaleras del establecimiento penitenciario en dirección a la celda. Le acompaña el fiel Stanislaw, siempre presente, además del director, algunos sacerdotes y guardias. Un perímetro riguroso de seguridad está montado. No hay lugar a distracciones desde lo acontecido dos años antes, no muy lejos de allí, en territorio extranjero a Italia. *Dios da la carga...* vuelve la frase a su mente. Ha meditado largamente sobre eso y ha llegado a la conclusión de que lo importante no es cargar, sino soportar. Es el pastor de los pastores del mundo católico desde hace cinco años y puede confirmar, mejor que nadie que esté vivo, que el papado envejece y mata lentamente. Es un peso constante, incomparable a cualquier otra cosa que exista, y lo tiene que soportar, no cargar, sólo hasta que...

Sube las escaleras con dificultad, amparado por Stanislaw Dziwisz. La edad también es otro peso más, pero nada que pueda influir, todavía no, en la subida de los escalones. Fueron los tiros los que lo debilitaron de esta manera, dificultando otros tantos quehaceres y placeres, imperfecciones provocadas por el mal íntimo del hombre, combatidas por la cirugía, pero imposibles de corregir en su totalidad, de limpiar y curar, como si el 13 de mayo de hace dos años tuviese la importancia de un día normal, sin confusiones ni dificultades, y los hombres fuesen capaces de dialogar en vez de dirimir a tiros sus diferencias.

El último escalón se perfila como una victoria sin sabor particular, marca el inicio de la recuperación del esfuerzo, del aliento. Wojtyla deja que lo conduzcan por los pasillos grises y feos en dirección a la celda donde el joven turco paga por el horrendo crimen de atentar contra la vida de un papa, éste, que camina esforzadamente para verlo.

—¿Está bien, Santo Padre? —pregunta el fiel secretario, Stanislaw Dziwisz, que le entregó su vida hace muchos años.

—Sí, lo estoy —responde el Sumo Pontífice, jadeante.

—¿Quiere parar, Santidad? —pregunta el director a su lado.

—Prosigamos —dice Wojtyla con bonhomía. Una ligera sonrisa ilustra la voluntad expresada, que será acatada sin vacilaciones.

Algunas decenas de metros más adelante, paran delante de una puerta gris blindada, donde dos guardias están de vigilancia, uno a cada lado. El director ordena a uno de ellos que abra la puerta. El subalterno cumple el requisito con prontitud, no sin antes arrodillarse ante el Santo Padre y besarle la mano, como manda el respeto clerical sobre la fe de los hombres comunes. Gira la llave en la cerradura y es el primero en entrar en la celda, mientras el compañero permanece atento, al lado de la puerta.

—Por favor, Santidad —pide el director, extendiendo la mano e indicando la entrada.

Wojtyla entra, seguido de Stanislaw Dziwisz, y el director es el último, dejando al resto de la comitiva en la puerta.

Allí dentro encontramos al joven turco, de pie, con la mirada insegura y avergonzada posada sobre el polaco. No la consigue mantener por mucho tiempo. La baja, enseguida, como un niño bueno que hace una trastada y aguarda el castigo superior.

—Santidad, quédese el tiempo que considere —instruye el director—. Quedará aquí un guardia, permanentemente, con el arma sin seguro, preparada para actuar en caso de que sea necesario.

—Perfectamente —asiente el secretario, manifestando la comprensión de las instrucciones de seguridad.

Wojtyla ya ha entrado en otro plano, mirando al joven turco con indulgencia. Los intervinientes aguardan a que el director se retire de la celda. Se oye el engranaje cerrando por el lado de fuera, seguido de un silencio opresor para algunos, pero no para Wojtyla, que mira de arriba abajo al turco, quien se encuentra con el rostro bajo en señal de sumisión. El Papa se aproxima a él y, sin ceremonias, lleva la mano arrugada a su cara y se la levanta. Los ojos mortecinos del joven no tienen dónde escudarse, ni los párpados obedecen. Quedan ahí, desnudos ante el hombre que debía estar muerto hace dos años, llorado, enterrado y sustituido, pues la vida continúa y sólo importa quién está aquí, como estos dos que ahora tienen que pasar por encima de las diferencias culturales, religiosas, de ideas y otras, más mortales.

De súbito, los ojos mortecinos del turco dejan que alguna vida los invada, se anegan y parecen sucumbir a la escrutación; sin embargo, la mano de Wojtyla levantándole la barbilla es más firme, como una piedra. No hay censura o reprobación en su expresión, ninguna forma de condena visible, solamente un hombre, el más santo de entre ellos, viendo el fondo del alma del otro y entendiendo todo, sin pronunciar una palabra o manifestar una emoción.

En cuanto Wojtyla lo libera, el joven turco se arrodilla a sus pies con tal devoción, que el guardia casi dispara sobre él. El Papa levanta la mano como diciendo que baje el arma y el guardia acata la petición sin pensarlo dos veces.

—Perdóneme, Santo Padre —suplica el turco llorando, con la cabeza inclinada entre los pies del estimado sucesor de Pedro.

Wojtyla se agacha para levantarlo y coloca la mano sobre la cabeza de él.

—Levántate, hijo mío. Lo que haya que perdonar ya lo ha sido hace mucho tiempo.

Ayuda al turco a levantarse y lo conduce a la cama.

—Ahora siéntate —ordena—. Respira hondo y cuéntame todo, hijo mío.

Capítulo
36

Harvey Littel entra en la sala que hace las veces de despacho de crisis con la confianza de un soberano legislando sobre su pueblo. Es cierto que Harvey Littel no dicta leyes, tampoco ejecuta las reglamentadas. El mundo suyo es un mundo aparte, el de la información, la contrainformación, el espionaje militar, civil, industrial y político. Sólo existe una regla en ese campo, vencer, a cualquier precio, pero de forma innegable. Imbuido de este espíritu, Harvey Littel toma su lugar en la presidencia de la mesa, al mismo tiempo que los cristales de las puertas quedan automáticamente oscurecidos para ocultar la visión del interior.

—Buenas noches, una vez más, señores míos. ¿Hay novedades? —pregunta, tomando asiento en el confortable butacón de cuero.

—Tenemos los contactos rusos en alerta permanente —informa el coronel Garrison, sacando un puro del bolsillo y llevándoselo a la boca.

—Perfecto. Perfecto —agradece Littel, levantando una mano—. Le agradezco que no fume en mi presencia. Gracias. —Parece claro que es una orden y no una petición cortés.

Stuart Garrison se queda mirando hacia él con el puro cubano sin encender y la expresión de quien no esperaba aquella negativa. Acaba por guardarlo nuevamente en el bolsillo de la chaqueta a la espera de horas mejores.

—¿Y Barnes? ¿Ya ha dado noticias?

—Está al teléfono en este preciso momento, doctor Littel —se presta a informar Priscilla, sentada en la silla junto a la pared, con un cuaderno en el que no para de garabatear.

—Estupendo —responde Littel—. No le vamos a hacer aguardar más —decide—. Pónganlo por el altavoz.

—¿Geoffrey Barnes? —llama Priscilla, cuyo diminutivo cariñoso sólo lo usa su patrón y nadie más.

—¿Sí? —se oye la voz gutural de Barnes llenando la sala a través de altavoces colocados en el techo. El aparato telefónico, como en la sala anterior, está cerca de Littel, encima de la gran mesa.

—Barnes, querido, ¿cómo estás? —Es Littel quien saluda con evidente afabilidad.

—Littel, bien, gracias. ¿Y tú? ¿Encerrado en la menos dos, sin ver la luna llena? —Denota una gran seguridad en la voz, lo que, ya por sí solo, tranquiliza a toda la audiencia.

—Ya sabes cómo es la cosa. Por aquí el trabajo es sufrido. Apuesto a que estás sentado en tu escritorio, en la sexta planta, viendo las luces de la ciudad y con el tenedor y el cuchillo en la mano, preparado para tragarte un faisán.

—Te equivocas en la cuestión de la comida, pero no deja de ser una buena idea.

—Pues muy bien. ¿Cómo es que ha muerto uno de los nuestros en Ámsterdam? —opta por adoptar un tono grave de repente.

—Mi gente ha estado allí. Yo mismo también, la noche pasada, y puedo afirmar que la víctima, de nombre Solomon Keys, estaba en el lugar equivocado a la hora equivocada.

—Solomon Keys. Se confirma. —Littel corrobora la información dada por Barnes con la que ya poseía.

Se oyen algunos suspiros por la sala, de reconocimiento del nombre oído, la mayor parte por haber oído hablar de él, otros de conocerlo personalmente. Paz a su noble alma.

—Sí. Pues bien, él ha muerto porque estaba en la estación de Amsterdam Centraal, en uno de los váteres; más precisamente, cuando ha entrado una pareja de ingleses para satisfacer el deseo carnal.

Algunos oyentes comienzan a reírse tímidamente. No deja de tener gracia oír a Barnes relatar una escena de ese tipo con un profesionalismo a toda prueba.

—Alguien ha entrado para eliminar a esa pareja y Keys ha pagado el pato —concluye Barnes.

—*Okay*. De cualquier manera, vamos a solicitar la hoja de servicios suya para confirmar si los motivos del viaje eran ocio u operación. —Littel dice esto y, al mismo tiempo, gesticula hacia Priscilla como para encomendarle esa tarea. Ella asiente y garabatea en su cuaderno.

—Él tenía ochenta y tantos años —argumenta Barnes en el sentido de quitar toda culpa al antiguo operacional de la Compañía.

—No sería el primero, Barnes —aclara Littel—. A veces, vuelven a la actividad para una misión o dos más.

Aunque separados por miles de kilómetros, ambos se ven haciendo lo mismo. Viejecitos, con bastón, llenos de artritis, jadeantes, pero si la Agencia los necesita… Aquello es su vida, el mayor matrimonio que nunca hayan tenido, hasta que la muerte los separe.

—De acuerdo —afirma Barnes—. Pero no es probable que encuentres nada. Los objetivos de esta operación eran dos periodistas ingleses, Natalie Golden y Greg Saunders.

—¿Quiénes son?

—Periodistas prestigiosos.

—¿Ya se conoce el móvil? —quiere saber Littel.

—Vamos al rastro. En breve sabremos alguna cosa más.

—Natalie Golden y Greg Saunders —repite Littel para la sala—. Quiero que descubran todo de su vida, desde dónde nacieron hasta con quién patinaron. El más mínimo detalle es importante. Encárguense de ello.

Se ve a un conjunto de personas abandonar la sala con el fin de cumplir lo establecido.

—Barnes, ¿qué más tienes para mí?

—Ha habido una explosión al final de la tarde, aquí en Londres.

—En… —Consulta sus apuntes encima de la mesa—. Redcliffe Gardens. Estamos al corriente —completa Littel.

—Pues bien, la explosión ha sido de origen criminal y ha tenido como resultado un herido y un muerto.

Un rumor de desasosiego invade la sala.

—Ya estamos tratando de interrogar al herido.

—¿Y el muerto?

—Un agente del SVR, un tal Nestov.

—¿Nestov? —exclama el coronel Stuart Garrison—. Por eso es por lo que no atiende al teléfono. —El coronel se queda blanco.

—¿De quién es la casa? ¿Qué estaba haciendo él allí?

Barnes no responde. El murmullo aumenta cada vez más en la sala.

—Silencio —pide Littel—. Barnes, ¿estás ahí?

—Estoy.

—Entonces haz el favor de responderme. ¿Qué estaba haciendo él en la casa?

Barnes vuelve a no dar ninguna respuesta. Cuando eso acontece, sólo puede significar una cosa. Littel comprende y levanta el auricular del teléfono, desconectando el altavoz.

—Bien, Barnes. Ahora estamos sólo tú y yo.

Está claro que a los demás oyentes no les agrada la idea de quedarse fuera de la conversación, pues tal actitud significa un nivel más elevado de secretismo, multiplicando la curiosidad de los intervinientes.

Harvey Littel escucha con atención lo que Barnes delega sobre sus hombros. El rostro comienza a denotar inquietud, sombrío, dando lugar a una expresión de irritación y desasosiego.

El auditorio se da cuenta de esa variación de humor y queda cada vez más frustrado, pues sólo consigue oír las parcas palabras de Harvey Littel, sin el contexto en el que ellas se insertan.

—¿Es ésa la posición de la presidencia?

Al oír hablar de Washington, todos estiran los oídos en vano. Continúan escuchando lo mismo. Nada.

Segundos después, Harvey Littel deposita el auricular del teléfono, desconectándolo por completo. Consiguen avistarse algunas gotitas de sudor deslizándose frente abajo. No serán con certeza a causa del aire acondicionado que mantiene la temperatura confortablemente agradable en todo el edificio. Algo incomoda a Harvey Littel y, si algo le incomoda, en breve les incomodará a todos.

Tamborilea con los dedos en la mesa durante algunos momentos, enervando a los otros, que se mantienen callados en su frustración.

—Despierten al subdirector —ordena por fin—. Y manden preparar un avión.

Capítulo
37

Esto está muy turbio —protesta Staughton en el asiento de copiloto, mientras Thompson desemboca en Montpellier Street y gira a la izquierda hacia Bromton Road.

—Es así como funcionan las instituciones. Si fuese todo a las claras, no tendríamos empleo —explica Thompson.

—Eso es verdad —admite Staughton. Respira hondo, incómodo—. Pero uno puede equivocarse.

—No puede.

—¿No?

—No —repite Thompson—. Ellos para nosotros son colaboradores. Colaboramos mientras sea de interés mutuo. Nosotros comprendemos eso y ellos también.

—Sí, pero según el presidente.

—El presidente actúa según los intereses de los Estados Unidos de América. Es sólo en eso en lo que él tiene que pensar. Y según esos intereses que él juró defender, opta en este momento por ayudar a quien da más.

—Me parece injusto —confiesa Staughton.

—Tú eres novato en la cuestión de trabajo operacional sobre el terreno; por eso, déjame darte un consejo. Existen los americanos, que somos nosotros, y los otros. Nunca te encariñes con los otros porque un día volverán a ser nuestros enemigos, ¿comprendes?

—No por eso deja de ser injusto.

—Olvida la injusticia. El mundo es injusto por naturaleza. Aprende ese consejo y nunca tendrás problemas cuando las piezas cambien de lado, simplemente porque son los otros y esos otros —hace unas cruces en el aire con una de las manos al pronunciar la palabra— son meros accesorios y los primeros en caer cuando las cosas se tuercen.

—Ya he comprendido.

Los dos hombres continúan el viaje en silencio. Staughton asimila la lección moral dada por el colega de trabajo, ya debería ser amigo, dadas las horas diarias de convivencia, probablemente hasta lo son sin saberlo, capaces de dar la vida el uno por el otro si se diera el caso… o no, sólo el momento lo dirá, si acaso llega a acontecer algín día. Es curioso cómo pasan innumerables noches juntos, viajan, vigilan, escuchan, pero continúan siendo dos desconocidos, tal vez porque cada uno coloca una barrera protectora que impide cualquier aproximación, pues una de las cosas que este empleo les ha enseñado y no se cansa de recordarles a los dos es que, al contrario de la guerra, en la que nuestra vida se confía al hombre que está al lado, y así sucesivamente, aquí nadie es de confianza. Hay que desconfiar de la propia sombra que no tendrá ningún cargo de conciencia en delatarnos.

—Volvemos a oír hablar de Sarah Monteiro y Jack Payne. ¿No te recuerda nada? —pregunta Staughton.

—A ti también te debería recordar, ¿o será que el palo que te dieron en St. Patricks te dejó amnésico? —La irritación en la voz es evidente. No es materia que le guste recordar.

—No me siento orgulloso, estoy de acuerdo, a nadie le gusta quedar inconsciente. —Apunta hacia Thompson—. Pero no fui el único, no digo nombres, pero apunto. —Sonríe intentando romper el mal ambiente que el recuerdo ha creado—. Por otro lado, prefiero que las cosas se hayan desarrollado así.

—¿Así? ¿Por qué? —Thompson hasta se permite quitar los ojos de la carretera y mirar a su socio, tal es su extrañeza al oír tamaña estupidez.

—Porque podríamos tener que rendir cuentas de tres o cuatro cadáveres sin necesidad. Las partes acabaron por llegar a un buen entendimiento a través del diálogo y nadie murió —concluye.

Thompson lo mira sin saber muy bien qué decir, hasta que recupera el raciocinio lógico y la irritación.

—Llegaron a un acuerdo debido a un chantaje. *O se quedan quietos o publicamos esto.* Y debo recordar que la autora de ese chantaje ha muerto jodiendo en un servicio en Ámsterdam, juntamente con su colega, que no tenía culpa alguna. Probablemente ignoraba lo que ella hizo y se lo han llevado por delante. —Casi babea de rabia.

—Y, ahora, alguien que ni siquiera tiene arte ni parte en esta mierda se ha acordado de ajustar cuentas con ellos. Y el Tío Sam...

—Deja al Tío Sam en paz —interrumpe Thompson—. El Tío Sam sabe siempre lo que hace aunque a veces no lo parezca; acabamos siempre por darle la razón —argumenta.

Staughton se calla al oír eso. No vale la pena continuar discutiendo, es un diálogo irritante, de sordos, y jamás se van a entender. Thompson es un agente formado con los vicios del trabajo sobre el terreno, de las operaciones de múltiples facetas, habituado a asumir personalidades que nada tienen que ver con su identidad. Un verdadero espía, camaleón de mil y un colores, capaz de convencer a su madre, si ella todavía estuviese viva, de que es su marido.

Staughton es un caso muy diferente. Reclutado para la sección informática de cruce de datos, siempre ha operado en el interior; con un ratón y un teléfono no había adversario que le hiciese frente. Las operaciones adquieren el don de la fantasía cuando todo se hace con los ojos puestos en un monitor que va dictando el resultado, como un juego de ordenador que paga un sueldo real al final de cada semana. Ahora, desde que está al servicio de Geoffrey Barnes en el terreno real, ha comprendido, por fin, que los contornos de la pantalla significan lugares verdaderos y los puntitos de colores diferentes ilustran personas de carne y hueso, como él y Thompson, que conduce antipático a su lado, y la misión cumplida describe solamente una de las partes. Hay siempre alguien que pierde y, por norma general, mucho más de lo que preveía.

Thompson acelera un poco más, reflejo de la irritación, entrando en Fulham Road un poco más deprisa de lo permitido por la ley. Sin embargo, no hay ningún policía en las inmediaciones, preparado para hacer uso de su autoridad y denunciar al infractor. Se desvía rápidamente hacia la derecha por Fulham Road y acelera todavía más. Staughton respira hondo, sabe que en cualquier momento el hospital aparecerá en su campo de visión, en el lado izquierdo.

Así acontece, un kilómetro y medio más adelante, cuando ven el anuncio del edificio. Chelsea and Westminster Hospital, dos ambulancias aparcadas delante, sin nadie, más una furgoneta Mercedes parada en la carretera, con las luces dadas y el motor en marcha. Thompson gira ciento ochenta grados para colocarse detrás de la Mercedes.

—Mira ahí —apunta hacia la entrada.

Staughton también está observando. Una mujer que enseguida reconoce sale del interior del hospital, acompañada de un viejo rubio y un joven vestido con un pijama.

Thompson para el coche y sale con la pistola empuñada.

—Sarah Monteiro —llama con una voz fuerte y controladora, apuntando el arma a la portuguesa sin ceremonias—. No se mueva.

Staughton sale también del coche, indeciso, pero no coge su arma. Su compañero tiene la situación controlada y está más que habituado a apuntar armas a las personas y hasta… a disparar sobre ellas, sin pudor ni objeciones de conciencia.

Sarah y los otros obedecen prontamente y hasta levantan las manos, como mandan los guiones cinematográficos, sin que tal orden haya sido proferida.

Thompson sonríe al ver la escena que se desarrolla bajo su batuta y mira hacia Staughton con aire confiado, como un maestro enseñando al alumno condescendiente el arte de cómo prender a uno o varios individuos, pero su semblante se altera en cuanto vuelve los ojos hacia su compañero y ve un punto rojo subirle desde el pecho hacia la cabeza.

—¿Qué ha sido? —quiere saber Staughton—. ¿Qué pasa? —El miedo le embarga la voz.

—No te muevas —ordena Thompson mirando hacia el otro lado de la calle, el probable puesto del tirador. Varios edificios con las luces apagadas, lo que convierte la identificación en prácticamente imposible.

Thompson continúa con el arma en la mano, apuntando a los tres individuos, y no hace amago de soltarla, mientras observa los edificios de enfrente, visiblemente incomodado.

—Sarah Monteiro —grita—. Aproxímese.

Puede ser que consiga utilizarla como escudo, obteniendo una ventaja sobre el tirador, cuya identidad medita en su mente. Sólo puede ser Jack Payne, el tal Rafael Santini.

Sarah camina en dirección a Thompson, paso a paso, sin prisa; esta parada no estaba en sus planes, todo parecía resuelto con la eliminación de Templar y James. Qué noche ésta. Un ruido en la ventanilla de la puerta del conductor del coche de Thompson y ésta se rompe en mil pedazos y hace que Sarah dé un grito y se tire al suelo. Thompson saca de la chaqueta los vestigios de lo que otrora fuera un cristal y corre para alcanzar a Sarah, su última oportunidad, a unos quince metros, tumbada en el suelo, fácil, fácil. El asfalto, sin embargo, salta por los aires dos veces junto a sus pies. Dos tiros, sin duda, que le hacen pararse y comprender el mensaje, *no te quiero matar, pero si tiene que ser...* Deja el arma en el suelo y pone las manos detrás de la cabeza... sin que nadie se lo haya ordenado. Ha perdido. En ese momento, ve a Rafael salir de la casa de enfrente y atravesar la calle, con el arma apuntando hacia él.

—Tu colega, que se desarme —ordena Rafael.

Al oírlo, Sarah se levanta y mira hacia él con ojos luminosos. Un año después, el reencuentro en las mismas circunstancias. ¿Será que no pueden verse de otra manera más normal? ¿Una cena, una salida al cine o a un salón de té?

—Haz lo que te dice —pide Thompson a Staughton con la misma voz vigorosa de siempre, señal de que no es la primera vez que se encuentra bajo la mira de un arma. La madera del guerrero, piensa Staughton con respeto, mientras tira su arma lejos de él. Si le conociesen bien, sabrían que jamás dispararía sobre nadie.

Rafael atraviesa la carretera sin dejar nunca de mirar a los dos hombres. Jamás da facilidades, ni una mirada desviada en la dirección de Sarah, que ya sabe cómo se las gasta. Primero el trabajo, después el trabajo y después de eso más trabajo. No existe diversión en la vida de Rafael Santini, en otros tiempos agente doble de la P2, que adoptaba el nombre de Jack Payne.

En cuanto Rafael llega junto a Thompson, arquea los labios con una sonrisa sarcástica.

—¿Cómo está Geoffrey Barnes?

Ninguno de los agentes responde, como es natural. Thompson enfrenta la mirada de Rafael, mientras que Staughton la baja para no llamar la atención innecesariamente sobre él. En los ordenadores es todo mucho más fácil.

—Transmítanle mis saludos —pide en un tono neutro, con la expectativa de que ellos entreguen el recado al director. Claro que jamás lo harán, pero para Staughton es agradable saber que Rafael no pretende hacerles daño, el plural implica que sean los dos los que transmitan el mensaje.

—Usted está completamente loco —protesta Phelps—. ¿Arma en ristre, a tiros con las personas? —Está completamente poseso—. ¿Adónde hemos llegado, Dios mío? ¿Y estos señores también? —Apunta a Staughton y Thompson, que lo miran alucinados.

—Mi querido Phelps —llama Rafael—, acomode a nuestros dos nuevos compañeros en la furgoneta. Irán un poco apretados, pero donde hay buena voluntad… —Y no dice más.

Phelps quiere continuar mostrando su indignación, pero una mano de Sarah sobre la suya le devuelve a la tierra y enseguida se ve acompañando a Simon y a la señora o señorita a la furgoneta, donde tienen que ir tres en el sitio de dos. Nada que no pueda hacerse, con la Gracia de Nuestro Señor.

Rafael, siempre atento, coge las armas de Staughton y Thompson lanzadas a su suerte en el suelo, las desmonta con maestría y deja caer las piezas, guardando los cargadores para un futuro uso, dada la compatibilidad de la marca.

—Volveremos a vernos —informa Rafael, encaminándose hacia la furgoneta—. Hasta la próxima.

Antes de entrar en la furgoneta, apunta una pluma que libera un haz rojo a los ojos de Thompson. Las apariencias engañan. Ahora sí, arranca a toda velocidad.

Los dos hombres se quedan, pasmados, viendo la furgoneta partir por Fulham Road en dirección a Fulham Broadway. La reacción viene después, cuando Thompson abre la puerta del coche.

—Vamos.

—¿Dónde?

—Detrás de ellos, ¿dónde querías que fuese?

Los dos hombres entran en el coche y aceleran en la misma dirección o, por lo menos, era ésa la intención; sin embargo, Thompson siente algo en la dirección y frena el vehículo. Saca la cabeza fuera y repara en lo que no se había fijado antes, váyase a saber por qué, las dos ruedas de su lado están sin aire. Rafael debe de haber disparado sobre ellas.

—¿Qué pasa? —pregunta Staughton.

—Ruedas agujereadas —explica Thompson, saliendo del coche.

—Lo es —exclama Staughton con un suspiro.

—¿El qué? —El tono irritado de Thompson no invita a bromas.

—El tipo es bueno —confiesa con admiración.

Justamente cuando Thompson va a expresar su indignación al compañero, se detiene un taxi londinense junto a su coche. Un hombre aún joven sale del taxi con un *just a moment* y los mira con desdén.

—¿Qué ha pasado aquí? —pregunta con aspereza.

—Siga su camino —responde Thompson con malos modos—. Esto no le importa a usted.

Una sonrisa sarcástica e irritante aparece en el rostro del hombre.

—Ustedes deben de ser los pardillos de Barnes.

—¿Y usted quién es? —quiere saber Staughton descontento con el insulto.

—Soy vuestro patrón durante las próximas horas. Tengo dos hombres ahí dentro. ¿Qué ha ocurrido aquí?

—¿Estamos hablando con el tal Herbert?

El hombre afirma con un cortés gesto de cabeza.

—Sus hombres deben de estar muertos. No hemos conseguido impedir que se llevaran a la mujer —confiesa Staughton.

—¿Quién?

—¿No ha oído hablar de Rafael Santini o Jack Payne?

Un gesto de reconocimiento se apodera de su rostro. Es evidente la rabia que siente por él.

Herbert se dirige a la puerta del conductor del taxi y desenvaina un revólver.

—He agotado mi paciencia; por eso, voy a darle cinco segundos para abandonar el vehículo.

El conductor se queda atónito e inmóvil, pero cuando Herbert mira el reloj y comienza a contar, uno, dos, tres, cuatro, es cuestión de un segundo verlo saliendo del coche y corriendo todo lo que la edad le permite.

—Vámonos ya —ordena Herbert. Se vuelve hacia Thompson—: Usted conduce. —Después hacia Staughton—: Usted, llame a Barnes. No podemos permitir que salgan de la ciudad, que ponga al presidente detrás de ellos si fuera necesario. No pueden y no van a salir de esta ciudad con vida.

Capítulo
38

¡Por Dios! ¿Quién será a estas horas? —protesta la pobre hermana, que ha tenido que vestirse a toda prisa para ir a atender al impaciente desconocido que llama a la puerta del convento de las Religiosas del Sagrado Corazón de Jesús con vehemencia, desde hace más de cinco minutos. Hasta se ha santiguado cuando ha mirado el reloj, todavía acostada en la cama, y ha visto en las agujas que faltaban diez minutos para las cinco de la mañana, cincuenta y cinco minutos antes del alba, rezando las primeras oraciones, antes del desayuno.

Quienquiera que sea va a tener que oír una reprimenda de las suyas, pues es de muy mala educación incomodar el descanso de las hermanas, todavía más cuando la víspera ha sido noche de procesión de velas en honor a Nuestra Señora. El santuario mariano se yergue a unos cientos de metros de este lugar y, en este día, se espera la llegada de millares de peregrinos que vienen a demostrar su devoción a la Virgen y al fruto concebido sin pecado.

La hermana desciende la escalera malhumorada, cómo no, debería ser un crimen castigado con prisión despertar a alguien a menos de una hora del inicio de las obligaciones diarias. Son órdenes de la madre superiora abrir la puerta a cualquier hora, todos los fieles devotos tienen derecho a una palabra amiga, comida o incluso refugio en caso de necesidad. Lo cierto es que no es la madre quien se tiene que levantar a esta hora y abrir la puerta, expuesta a ser asaltada por cualquier bribón, pues ella duerme en la planta superior y reza la primera de las oraciones del día en el confort de su aposento, descendiendo sólo para tomar el desayuno y dar las órdenes de la jornada, siempre iguales a las de todas las demás jornadas.

Ya ha llegado a la puerta la hermana, vestida con el hábito de la orden de color azul, con un pañuelo blanco que ahora ajusta para no parecer desarreglada a quienquiera que sea.

Abre un pequeño postigo cuadrado, a la altura de la cabeza de una monja alta, pero ella tiene que subirse a un pequeño cajón, que en tiempos sirvió para cargar fruta, para alcanzar la altura de la abertura, apenas más ancha que su cabeza.

—¿Quién va? —pregunta con una voz desagradable para no dar pie a veleidades por parte de quien sea que se encuentre al otro lado de la puerta.

—Buenas noches —se oye al hombre decir—. Perdone mi aparición a una hora tan tardía —comienza por disculparse con una voz melosa—. Tenía intención de haber llegado más pronto, pero he sufrido un retraso.

—¿Quién es el señor? —pregunta la hermana, aguzando la vista para vislumbrar al hombre que le habla.

—Soy el padre Marius Ferris. Quedé en llegar la noche pasada para pernoctar bajo el techo santificado de este convento.

La hermana se conmueve al oír el nombre y cambia por completo de actitud.

—¿Marius Ferris? ¿Discípulo de Escrivá? ¡Dios mío!

El prelado no ve a la hermana saltar desde encima del cajón de fruta que le da la altura, ni quitarlo de delante de la puerta con un puntapié certero; oye, sin embargo, todos los ruidos que componen todos esos actos, además de la llave accionando en la sólida cerradura en el sentido de la abertura, con vigor, revelando a la afable hermana, treinta centímetros más baja de lo que pensaba, en cuanto la puerta se abre. Las apariencias engañan, piensa el hombre de pelo blanco, que es invitado a entrar en el convento por la enternecida hermana, entiéndase enternecida como una devota de la Virgen que ve a una celebridad del sacerdocio delante de ella, en el mismo sentido en que una admiradora vislumbra a cualquier estrella de Hollywood, salvaguardando los debidos pensamientos pecaminosos que, como es natural, esta hermana no tiene.

—Haga el favor de entrar. Sea bienvenido.

Ambos suben las escaleras que dan acceso al convento propiamente dicho, Marius Ferris más expedito que la hermana, cuya edad ya no le permite mucha celeridad en subidas, consecuencia de la mitad de la vida enclaustrada en esas cuatro paredes, orando al Señor, preparando las tres comidas diarias y durmiendo las ocho horas de costumbre. En Marius Ferris se ve el resultado de las caminatas diarias que practicaba en Nueva York, desde el número 38 de la avenida de las Américas, o Sexta, hasta el Central Park y regreso a la séptima planta del número citado.

—La madre superiora me pidió que la avisase en cuanto llegase —informa la hermana, peleando con la falta de aire.

—No hay necesidad —afirma Marius Ferris—. Déjela descansar. Indíqueme mis aposentos y también usted podrá ir a descansar un poco más. —La voz amistosa la conquista por completo.

—Gracias. Estoy bien. Voy a pedir que no lo incomoden hasta la hora de la comida para descansar más.

Marius Ferris sonríe.

—No se moleste, hermana. He dormido durante el viaje. Sólo preciso de un baño, hacer unas llamadas telefónicas y bajo a desayunar.

—Hoy se espera un gentío por estas tierras —informa la hermana de forma servicial. A fin de cuentas, no todos los días tenemos con nosotros a un dignatario de tanta importancia. Solamente el Papa, en persona, puede superar esta visita, mencionando sólo a los humanos, bien entendido, pues Jesucristo, Hijo unigénito, está siempre presente en las almas de casi todas las hermanas, así como la Madre de todas las madres a quien el convento está consagrado. Con este pensamiento sagrado, he aquí que llegan a la puerta que da acceso a los aposentos temporales de Marius Ferris. Una pequeña puerta marrón, semejante a las demás a lo largo del pasillo, con una cruz clavada en el centro, sin el Cristo crucificado esculpido, pero que se sobrentiende, como en muchas otras cruces, en otros lugares, recordando la amplitud religiosa, por mera cuestión decorativa y no por necesidad intrínseca, habida cuenta de que las hermanas son todas devotas responsables y no precisan que se les avive la mente sobre lo que es lo cierto y lo equivocado en aquella santa casa.

—Bien lo sé, hermana —evoca el prelado con gesto agradecido—. Todos los días 13. Ayer fue día de procesión, si bien recuerdo.

Ay, si la hermana no fuese monja. Qué palabras tan dulces, o por lo menos así suenan en sus oídos hechos miel.

—Correctísimo. Ha sido una pena que se haya retrasado. La ceremonia fue bellísima.

—Imagino que sí. Imagino que sí. Ya la vi en otros tiempos... Hace muchos años, más de veinte. —Sus ojos revelan alguna nostalgia, que intenta esconder en vano. El pasado tiene el poder de los años, no hay quien se le resista, incluso los más osados.

—Habrá otras oportunidades, seguro —presagia la hermana de buen humor. Será un buen día. Abre la puerta y hace un gesto de invitación con la mano, indicando a Marius Ferris que entre—. Ya sabe, Eminencia, del 12 al 13, entre mayo y octubre. Desde 1917, gracias a la Virgen María. —Se inclina con la intención de besar la mano del clérigo en busca de la bendición del superior, que no es declinada por él.

—Dios la bendiga, hermana —profiere en tono magnánimo—. Bajaré enseguida.

—Bienvenido a Fátima, Eminencia.

Y así se despiden sin más palabras. Marius cierra la puerta tras de sí y deja la pequeña maleta que transporta encima de una pequeña mesa, apoyada contra una de las paredes de la celda. A pesar de parecer diminuta, debe de ser la mayor habitación de reposo del convento; parca en decoración como corresponde, tan sólo una cama individual, la mesita mencionada, que también puede hacer las veces de escritorio, una silla de apariencia antigua y un estante de minúsculas dimensiones con algunos libros autorizados por la Santa Madre Iglesia.

Sonríe al analizar el cubículo. Cómo adora ser tratado con deferencia, casi como un soberano, y lo cierto es que no deja de scrlo, a su manera, con sus reglas, secretamente. De acuerdo, no pasará a la Historia como Marius I o II, pero ¿quién sabe si de aquí a unas décadas no será apellidado como S. Marius, protector del buen nombre de la Iglesia católica? La imagen de los fieles rezando ante su imagen, dejando la limosna, haciendo una petición fervorosa, casi lo lleva al éxtasis.

Verifica la señal del Nokia, las rayas revelan la intensidad máxima, válganos la cueva de Iria, sea quien fuere la Iria a quien pertenecía la cueva, donde todo comenzó hace noventa años y Lucía, Jacinta y Francisco vieron a la madre de Jesús revelar al mundo los tres secretos más importantes, comenzando por el final de la Primera Guerra Mundial, que ocurrió al año siguiente, el declive de la Unión Soviética, que tanto mal debió hacer a Cristo y a la Madre para que Ellos la quisieran ver declinar y, por último, aquel que permaneció en secreto durante más tiempo y así continúa con el aval de Marius Ferris, el asesino de un papa, personificado en la persona del célebre Albino Luciani, el papa Juan Pablo I, de buena y mala memoria, siendo la buena la sonrisa y el carácter jerárquico opuesto a la Iglesia que representaba y la mala, la noche del 29 de septiembre de 1978, en que falleció en circunstancias que Marius tan bien conoce. No es hombre para validar el mal ocasionado, pero adopta un lema que la Iglesia aprecia mucho: *lo que está hecho, hecho está*, a lo que se añade que *no se adelanta nada con llorar por la leche derramada*. Lo que debe es limpiar la cizaña con tino y corrección, sin dejar que los vestigios lleguen a la opinión pública, cualquiera que sea el credo que represente, y en eso Marius Ferris es maestro. Se tumba en la cama sin deshacerla, no sin antes decidir que serán tan sólo diez minutos para atenuar el cansancio. Después rezará por el alma de Clemente, pedirá a Santiago el Mayor que perdone la falta y le rescate de las llamas del Infierno hasta su compañía. Todos merecen una segunda oportunidad, si no ha sido aquí, que sea allí... al otro lado de la vida.

Cierra los ojos con el fin de buscar la imagen de la paz dentro de él, la rosa o la paloma blanca, lo mismo da, cualquier ser vivo del color de la pureza de espíritu y de los nobles valores que transmita bondad, serenidad y todos los sustantivos de este tipo.

Cuando la primera paloma sacude las alas silenciosamente, en el techo, un canto gregoriano invade la celda eclipsando el sopor al que Marius Ferris se ha entregado. El móvil, dejado sobre la pequeña mesa, recita el *Pater Noster* con unas voces varoniles que no corresponden a las de este convento. Otra persona, probablemente, se sentiría arrullada con la melodía y se embarcaría en el sueño de los justos, pero no Marius Ferris, que sabe la empresa a la que se ha lanzado y que cada canto gregoriano antecede a un informe de suma importancia de la operación en marcha.

Se levanta de un salto y coge el aparato de inmediato.

—Sí —dice, dirigiéndose al aparato.

El resto del tiempo lo pasa escuchando cómo está la situación en los diversos lugares de la operación a la que decidió dar el nombre de «Obra de Dios». Una de las observaciones le agria el humor.

—¿Cómo es eso?

Algo no está en orden.

—¿Cómo ha podido suceder eso?

El silencio en el cubículo queda entrecortado por la respiración alterada de Marius Ferris y por los paseos frenéticos a que se dedica para expulsar la energía negativa, acumulada con esta conversación.

—Óigame bien. Es imperativo que ellos no abandonen la ciudad. Voy a asegurarme de que tendrá los medios necesarios para que eso sea así. —La voz es dura y encierra una frialdad cortante. El líder pone la locomotora nuevamente en los raíles—. ¿Quién ha sido el autor de esa proeza?

Escucha el nombre con impaciencia.

—¿Está seguro de lo que está diciendo? —Da tiempo al ayudante para responder—. Entonces tenemos un problema grave. Manténgase atento y preparado para todo. No quiero retrasos en la operación. —Y, sin más, desconecta el teléfono para enseguida recorrer la lista de contactos memorizada en el aparato y marcar otro destinatario en cuanto lo encuentra. Da tiempo para que la conexión internacional se establezca y, antes incluso del primer bip, alguien atiende al otro lado.

—Señor Barnes, buenas noches —saluda—. Bueno, la mía tampoco ha sido nada especial. ¿Será necesario que le recuerde en qué lado tiene que servir en este embrollo? —Dos segundos de pausa para recibir la respuesta de Barnes—. Perfectamente. Sé que no estamos peleando con una fuerza cualquiera. Pero mi dinero tampoco mira a bandos cuando se trata de elegir a los amigos. Por eso, le doy esta orden y espero… —pausa momentánea para repensar las palabras a utilizar— … sé que la va a cumplir. Así que localice a la mujer y a todos los acompañantes y elimínelos sin pensarlo dos veces, ¿entendido? —Aguarda a la reacción del otro lado—. No se preocupe con JC. Ése está controlado. —Otro instante de pausa, es muy importante manejar los silencios—. Encárguese de ello. Dios así lo quiere. —Y desconecta el teléfono.

Es el momento de rezar por la salvación del alma de Clemente.

Capítulo
39

lguien me explica cómo puede ser que hayamos tenido a estos hijos de puta en la mano y los hayan dejado volar? —quiere saber Barnes, casi gritando, en la cabecera de la enorme mesa de la sala de reuniones, ocupada por los agentes de servicio.

—Ah —comienza Staughton.

—Tú cállate, nadie te ha preguntado nada —explota Barnes, golpeando con los puños encima de la mesa, intempestivamente—. Tengo a la Casa Blanca y a Langley jodiéndome porque ustedes —apunta a todos— son una pandilla de incompetentes de mierda que no saben hacer su trabajo.

—Y porque el presidente debe favores a los canallas de los curas —murmura Thompson entre dientes, bajo la mirada escrutadora de Herbert que, a excepción de Barnes, es el único que está de pie, apoyado en la pared.

—¿Quieren saber lo que su mal trabajo ha originado? ¿Quieren saberlo?

La sala se mantiene en suspenso, atenta al jefe.

—Littel está en camino. Ese mismo que están pensando, Harvey Littel, secretario del subdirector. Viene a evaluar la calidad de los agentes que tengo. ¿Y saben lo que le voy a decir? —Deletrea

256

con los dientes apretados—: Que ustedes son una m-i-e-r-d-a. No sirven ni para limpiar el culo —añade revolucionado.

—¿Qué es lo que Littel viene a hacer aquí? —susurra Staughton a Thompson, que está justo a su lado.

El compañero encoge los hombros como diciendo que no tiene idea y, al mismo tiempo, llama involuntariamente la atención.

—¿Tienes alguna cosa que decir, Thompson? —inquiere Barnes con malos modos—. Estoy dispuesto a escuchar.

Thompson no se hace de rogar con la demanda, se levanta y carraspea para aclarar la garganta.

—Comprendo la irritación del jefe.

Alguien sentado a la mesa tose y no deja de ser interesante que el sonido proferido por el carraspeo de las vías respiratorias suene a algo parecido a «pelota»; no obstante, Thompson permanece firme y no se deja afectar por la observación.

—Pero pienso que soy más útil a la Agencia vivo que muerto —continúa Thompson.

Barnes bufa de impaciencia, está harto de explicaciones, pero la razón fundamental de su desasosiego no es Langley, ni tan siquiera el presidente, tampoco la desagradable llamada que ha recibido hace unos minutos del discípulo de Escrivá. Su mal humor se llama Jack Payne o Rafael Santini, como deseen llamarlo, un traidor que ha servido algunas veces a la CIA, por préstamo de la P2, ciega por no ver la duplicidad de este individuo, un miembro de la Santa Alianza o como quiera que se llamen los servicios secretos del Vaticano... si es que alguna vez han existido. Para Geoffrey Barnes, Jack Payne será siempre un enemigo, incluso aunque, *vade retro* tal pensamiento, algún día actúen en el mismo bando. Ya ha visto lo suficiente en este mundo para estar seguro de que esa posibilidad es siempre probable.

—Para mejor visualizar lo que ha sucedido, imaginen un partido de fútbol europeo, un delantero que, sin querer, recibe el balón, completamente solo, cuando no tenía ninguna esperanza de que le llegase a sus pies. Sólo están él y el portero, el gol está garantizado, pero, de repente, el delantero es embestido por un defensa que surge no se sabe de dónde y se lleva el balón consigo, dejando al delantero tirado en el suelo, sin ninguna posibilidad de recuperación.

La audiencia, incluyendo a Barnes, lo escuchan en silencio.

—Ha sido esto lo que ha ocurrido en el Chelsea and Westminster, antes de llegar este señor —apunta para Herbert y se sienta. Sólo falta el «he dicho», para terminar el discurso con pompa.

Es el argumento necesario para que Barnes busque otro blanco, Herbert, de pie, apoyado en la pared, inmóvil, frío como una piedra.

—¿Podrá explicarme qué es lo que sus hombres hicieron para dejar a un herido y una mujer salir incólumes?

—Todavía se está investigando —aclara el hombre, perfectamente indiferente, con una voz neutra, insensible a las variaciones de humor.

—En verdad, ya está investigado. —Es el momento en que Staughton se levanta, entre confiado y tímido, debido a las decenas de cabezas que le miran. Los más próximos hasta podrían percibir un cierto rubor tiñéndole la cara—. Había tres cuerpos en el interior del hospital, relacionados con este caso. Uno en la cuarta planta de un agente del SIS cuyo nombre es John Cornelius Fox, los otros dos en la primera planta, Simon Templar, cuyo verdadero nombre era Stanishev Yonsheva, antiguo cuadro del KDS...

—¿El KDS? —se oye a alguien exclamar—. Dónde se ha visto algo así.

—Primero un agente del SVR ruso, ahora del antiguo KGB búlgaro —reflexiona Barnes—. ¿Cuál es el camino de esto? —Se sienta en el sillón, pensativo. Tiene unas ganas enormes de aflojar el nudo de la garganta, pero un jefe no puede dar una impresión de desconcierto. Se vuelve hacia Herbert—: ¿Dónde reclutan ustedes a esa gente?

—El búlgaro estaba a nuestro servicio, lo confirmo. En cuanto a ese ruso de que habla, no tengo la menor idea de quién es —informa Herbert.

—Continúa —ordena Barnes a Staughton.

—Pues bien, ese búlgaro se ha llevado dos tiros en la espalda de la misma arma que ha pegado un tiro en la cabeza a James Hugh Cavanaugh, un mercenario norteamericano que no tenía ninguna filiación o interés partidario.

—Era un obseso de las armas y del dinero —completa Herbert—. Un actor fracasado que decidió experimentar el mundo real. —No se aprecia ningún tipo de compasión por las pérdidas sufridas.

—Según el MI6 —prosigue Staughton—, los tiros han venido del edificio de enfrente, que está casualmente abandonado. El cristal de la ventana tiene tres orificios que los técnicos forenses están todavía analizando, pero que suponemos corresponderán a los proyectiles encontrados en los cuerpos.

—¿Y el de la cuarta planta? —pregunta Barnes—. ¿Cómo lo han matado?

—Ése ha sido acuchillado con un bisturí —explica Staughton—. No se ha llevado ningún tiro. El individuo de nombre James tenía varios en los bolsillos, por lo que parece un buen sospechoso de haberle hecho eso al hombre.

—En el lugar equivocado, a la hora equivocada —sugiere Barnes.

—Según la recepcionista, han entrado John Fox y Sarah Monteiro, a las cuatro, para visitar al herido en la explosión y que ya tiene nombre, es Simon Lloyd.

—Buen trabajo —elogia Barnes. Sabe que en eso es en lo que Staughton es bueno. En el contraste y gestión de la información. La evolución sobre el terreno será lenta y compleja, pero una vez llevada a cabo dará lugar a un agente con gran capacidad, un buen sustituto. Hay tiempo—. ¿Qué sabemos sobre él?

—Es becario en *The Times,* asistente de Sarah Monteiro. Nada de extraordinario.

Barnes vuelve a levantar su imponente estatura para preparar las órdenes. Es eso lo que se espera de un jefe. Escucha los informes y decide sobre ellos para llevar los objetivos a buen puerto.

—Ésta es la situación en que nos encontramos, señoras y señores. Tenemos a cuatro personas descontroladas… —se interrumpe a sí mismo—. ¿Quién es el cuarto? —plantea la cuestión a la sala.

Es Staughton, ya sentado, quien responde nuevamente.

—Aún no ha sido identificado. Es un viejo, de unos sesenta años, pero no se sabe más. Hemos recibido hace unos minutos las imágenes de seguridad del exterior del hospital y ya estamos trabajando en la identificación.

—No es importante —advierte Herbert con los ojos vítreos.

—Yo soy quien decide si lo es o no —replica Barnes—. Veamos, ésta es la situación: cuatro personas en una Mercedes. Sea como sea, no pueden, bajo ningún concepto, abandonar este país. —Una mirada profunda abarca la sala, a lo que se añade la voz gutural y seria—. Todas las pistas son importantes. Si los llegan a encontrar, repito, si los encuentran, disparen primero, pregunten después.

—Lo más seguro es que abandonen la furgoneta —sugiere Thompson.

—No pueden —contesta Staughton.

—¿Por qué no pueden? —pregunta Barnes curioso.

—A causa de los cuerpos —aclara el subalterno.

—Es verdad, los cuerpos. —Barnes ya no se acordaba de ellos. Todos se cruzan miradas mientras Barnes razona, sin ayuda, en busca de soluciones plausibles—. Pero ¿para qué rayos quiere él los cuerpos?

Capítulo
40

L a alborada anima el canto del gallo igual que en las historias mágicas, como si no fuese ése un dato confirmado por los más sólidos investigadores del ramo, que el animal tiene la manía de hacerlo a las primeras horas de la mañana con el fin de despertar a los que lo rodean. Estando en una zona rural, propicia a la crianza de gallos y gallinas, cerdos, conejos y otros animales de granja, es natural que se oiga el potente canto en un radio de centenas de metros.

El viejo duerme en el sofá, con una manta protegiéndole del frío que, habitualmente, reina en las noches en esta región.

El butacón donde se sentó el cojo está ahora ocupado por un Raúl Brandão Monteiro malamente dormido, con los ojos cerrados, en una somnolencia letárgica muy ligera, de la que sale con el mínimo cric de un grillo o canto de gallo, como éste. El cojo debe de andar en una más de sus rutinarias rondas, pues todo cuidado es poco cuando los enemigos son poderosos.

Raúl se levanta, medio aturdido, se calza las zapatillas que se le han escapado de los pies mientras se debatía en el duermevela del final de la noche, y asiste al amanecer de un nuevo día. Ha pasado horas con la mirada en el teléfono a la espera de noticias, ignorando que el aparato se hace oír cuando quiere ser atendido. Ha recorrido las formas que de él destacan, el teclado alfanumérico de plástico, el visor policromado, se ha asegurado millones de veces de que funcionaba a la perfección. Todo normal, sólo era preciso que alguien llamase para poner a prueba la eficacia tecnológica del terminal… pero nadie ha llamado.

Se dirige al dormitorio donde Elizabeth descansa, pero la puerta cerrada le impide ver el estado de su mujer. No necesita verla para saber que ella no ha pegado ojo durante toda la noche y, por cierto, se ha dado la vuelta en la cama cuando él ha intentado abrir la puerta, sin éxito. No importa, ella saldrá a preguntarle por la hija de aquí a poco y se quedará decepcionada cuando sepa que él no tiene nada que responder. Suena, teléfono, suena, desea con ansiedad Raúl de regreso a la sala donde el viejo JC lo aguarda, sentado en el sofá, con la manta sobre la espalda a modo de resguardo.

—¿Ya despierto? —comprueba el viejo, sonriente.

—No sé cómo consigue dormir como si nada estuviese pasando —se indigna Raúl sin pelos en la lengua.

—El cuerpo se habitúa a todo, mi querido capitán —explica—. ¿Dónde hizo usted su campaña?

—En Cuanza-Norte, en 1963 —responde el capitán, hablando sobre su incorporación al ejército y su destino durante dos años en ultramar, en la guerra entre Portugal y las colonias.

—Y dígame una cosa, ¿dejó de dormir mientras estuvo allí?

Comprende adónde quiere llegar JC, para él es otro día rutinario de su larga vida. Nada de anormal, está adaptado a periodos de estos en que tiene que cambiar de refugio o en que es el blanco de fuerzas tan grandes o superiores a la suya. No pierde el sueño a causa de eso, porque no conoce otra realidad, otra manera de vivir. La calma y la serenidad sí que le deben quitar el sueño.

—Aún no hay noticias —avisa Raúl, preocupado.

—Habrá —afirma el viejo tranquilamente.

JC se levanta con la ayuda del bastón y camina hasta la mesa donde aún quedan los vestigios de la cena de la noche anterior. Se sienta en la silla y mira a Raúl.

—¿Qué hay de desayuno?

Con un suspiro, Raúl, el cocinero de servicio, se ausenta en dirección a la cocina para preparar el tentempié, normalmente bastante condimentado y fuerte, para aguantar un día en el campo. Hoy, el hambre es escasa, la suya, por eso hará solamente lo esencial, para tapar el agujero del estómago del viejo.

—Buenos días, querido. ¿Todo en calma? —pregunta JC al cojo, que acaba de entrar.

—Ninguna novedad —relata el más joven de forma profesional, sentándose también a la mesa.

El viejo toma una botella de agua de encima de la mesa para llenar una copa. Saca del bolsillo una caja de comprimidos de donde escoge dos para llevárselos a la lengua y ayudarlos a entrar con el líquido. El cojo lo mira sin decir nada.

—Aún no es la hora —responde el viejo a la pregunta no proferida—. Vamos a continuar por aquí.

El cojo se levanta, sin demostrar contrariedad o asentimiento. El viejo siempre ha sabido lo que se hacía.

—En ese caso, voy a darme un baño —avisa—. Este polvo acaba conmigo.

—Vaya, vaya —concede JC con una cierta bonhomía en la voz. La vejez parece estar teniendo un efecto suavizador en él, pero no en el espíritu combativo del carácter, solamente en estos pequeños episodios domésticos a los que, en otros tiempos no muy lejanos, no daría importancia o familiaridad.

El cojo deja la sala que ya se ha convertido en el centro operacional de aquel trío y deja a JC entregado a sus elaboraciones estratégicas, que no avanzarán mucho, pues no es hombre que guste de actuar con la tripa vacía, a no ser que sea imperativo, lo que no es el caso.

—¿Raúl? —se oye a una voz femenina preguntar.

JC se vuelve hacia la fuente emisora de timbre tan melodioso y se encuentra con Elizabeth. Ahora, con la primera luz de la mañana, tiene oportunidad de verla en su verdadera esencia, sin máscaras, y se da cuenta del odio que emana de ella. Una reacción perfectamente natural, dadas las circunstancias.

—Su marido está en la cocina encargándose del desayuno —informa, enfatizando el parentesco que los une, para denotar que se ha percatado de que el hecho de que ella le haya llamado Raúl y no *mi marido* es demostrativo de divergencia.

Elizabeth no hace gesto de ir hacia la cocina. En vez de eso, se pone a pasear por la sala, sin quitar nunca los ojos de él, como si estuviese clamando en silencio el mar de insultos que tiene en el alma. Acaba por sentarse a su lado y desvía la mirada.

—Es verdaderamente la madre de su hija —dice JC como elogio, aunque pueda no ser entendido como tal.

—¿Hay noticias de mi niña? —El corazón oprimido y angustiado es perceptible. No es necesario ser padre o madre para entender lo que ella está sintiendo.

—Habrá —se limita a responder.

Una lágrima contenida se desliza por el rostro de Elizabeth, transportando todo su dolor de madre que parió una hija para vivir la alegría del mundo y no las amarguras de la muerte prematura e ingrata. Se nace para vivir y después morir, no se nace para ser matado. Y nunca, bajo ningún concepto, un padre debe tener que enterrar a un hijo, pues no existe dolor mayor que ése. JC, sin pizca de vergüenza, se acerca para limpiar la lágrima que cae sin vida, sin rumbo.

—Mi padre acostumbraba a decir que las lágrimas de los ojos se guardan para los muertos. —No muestra ninguna condescendencia o pena por ella—. Puede no parecerlo, pero también yo tuve un padre en determinada fase de mi vida.

Elizabeth mira hacia él desorientada, sin verlo enteramente, como con una niebla que le enturbia la visión.

—Aquí no ha muerto nadie —articula él con voz alta y clara.

—Pero puede morir. —La certeza de él, por alguna razón, la convence, atenuando la duda contenida en la frase.

—Podemos todos, querida mía. —Ésa es una de aquellas grandes verdades, ineludibles, innegables, inmutables.

—No consigo comprender si la culpa de todo esto es de su padre, si es suya...

—Nadie tiene culpa, señora mía —afirma con un aire decidido, como si ya fuese un asunto insistentemente considerado por él mismo en busca de respuestas—. ¿Alguien tiene culpa de nacer pobre o con una enfermedad o de tener padres negligentes o explotadores? ¿O de nacer en un país sin condiciones o en un barrio con mala fama? Son las cartas del juego y tenemos que aceptarlas e ir jugando conforme a nuestras posibilidades. Nadie es culpable por eso. O, si lo es, tendríamos que ir a buscarlo bien al principio de la historia de la humanidad. Son éstas las reglas y no podemos hacer nada en cuanto a eso. No hay nadie culpable o somos todos culpables y de aquí a cincuenta, cien o doscientos años alguien nos culpará por el mal de su vida. —Unos instantes de pausa para que Elizabeth asimile lo que ha dicho—. Podemos dar gracias por haber nacido en Europa, en la parte más civilizada del mundo, pero incluso aquí existen cosas demasiado podridas. Considere que hemos heredado un poco de esa podredumbre y tenemos que sacudirla, expulsarla de nosotros, pero ella se agarra con fuerza. Sólo nuestra persistencia la vencerá y la enterrará. Sin embargo, más focos de podredumbre comenzarán a aparecer y tendremos que enfrentarlos, más pronto o más tarde.

Elizabeth lo escucha con redoblada atención. Aquel hombre habla de certezas, no de conjeturas o especulaciones irrisorias. Son metáforas inteligentes que ilustran, fielmente, la realidad tal como los afecta.

—¿Cuándo vamos a tener noticias de ella? —El tono de súplica en la voz intensifica la confianza que tiene en las respuestas del anciano desconocido, de quien solamente ha oído hablar con un gran temor en la voz del que hablaba.

JC se mantiene en silencio durante algunos segundos, sin pestañear o dejar transmitir cualquier indicio de duda.

—De aquí a poco —asegura.

—Creo que me voy a ir a casa de mi suegra, en Oporto. —Es una petición de ayuda, una decisión para ser aprobada o rechazada por la dirección, en este caso, el hombre que tiene delante.

—No nos deje, querida mía. —La voz se vuelve más amistosa—. Además, no podemos dejarla suelta por ahí. Debilitaría nuestra posición. Con nosotros está mejor, más segura, y, en breve, podrá hablar con su hija.

Raúl entra en la sala con una bandeja en las manos. Encima, una tetera humeante, pan alentejano, mantequilla, queso casero, leche y café calientes.

—Pero qué maravilla. Su marido está tratando de ver si me mata por exceso de colesterol —dice jocosamente—. Y confieso que es la mejor de las muertes. Señal de que se ha comido y bebido bien en vida.

Raúl no dice nada. No esperaba la presencia de su mujer allí, mucho menos en conversación serena con el viejo. Pero está comprobado que él tiene el don de hacer que lo admiren. La apariencia de viejecito frágil contribuye a eso.

—¿Estás bien? —Es ella quien pregunta. Por lo visto él también tiene el don de resolver los enfados entre marido y mujer.

—Ahora estoy mejor —confiesa Raúl, pasando una mano tierna por el hombro de ella.

El teléfono suena, finalmente, sobresaltando a Raúl y Elizabeth. El primero corre hacia el aparato, no vaya a desconectarse antes de tiempo.

—Raúl —se presenta con un grito histérico que ha dejado escapar extemporáneamente. Escucha sin decir nada y cierra los ojos mientras lo hace—. Gracias. —Es la primera cosa que dice cuando el interlocutor cesa de hablar—. Muchas gracias —la segunda—. Tengo plena confianza en ti. Sé que no va a ser fácil. Tienen a medio mundo detrás de vosotros; por eso, actúa con extremo cuidado. Llama por la noche para que tracemos un plan común. Y gracias, una vez más.

La conversación termina cuando Raúl presiona un botón en el teléfono.

—¿Qué? ¿Quién era? —pregunta Elizabeth, impaciente.

—Rafael. Ella está con él. —Una sonrisa de oreja a oreja—. Está bien. No ha sido posible hablar con ella porque está durmiendo. Pero está bien, es lo que importa.

Elizabeth mira a JC recordando la previsión profética de hace unos minutos.

—Esto es sólo una pausa, querida mía. Nada está resuelto —alerta el anciano.

—Ah, pero ya es algo —dice Raúl.

—¿Dónde están? —inquiere la madre, visiblemente aliviada del peso que le abrumaba el corazón.

—En un lugar seguro —responde Raúl con una sonrisa—. En un lugar bien seguro.

Capítulo
41

S e acuerda de haber aparcado en el garaje de una casa, pero parece de otra época, antigua, no, medieval, cuando las televisiones comenzaron a hacer la transición del blanco y negro a aquello que llamaban en color y que hoy, siempre que se presentan imágenes de archivo, se revela como algo que ha venido del fondo de un baúl donde reposaron más que una eternidad. Había un coche aparcado en ese mismo garaje, algo como *déjà vu,* él ha pedido a todos que entrasen en el vehículo. Claro, ésa es la diferencia, no están solos en esta ocasión, los acompañan dos o tres personas más, no se molesta en contar. Han vuelto a salir del garaje, en este otro coche, recién estrenado, se sabe por el olor que los automóviles despiden cuando no tienen todavía kilómetros que los maduren. Ha ido en el asiento de atrás con uno o dos más, tal vez solamente uno, ha echado la cabeza para atrás y ha descansado. Acunada por el vaivén del vehículo, puesto a prueba por las calles de la ciudad, además de las luces que pasaban, creando un aura entre el amarillo y la oscuridad, se ha quedado dormida profundamente, recostada hacia una ventanilla, y ha cesado de sentir el ruido del motor, de los neumáticos pegados al asfalto, de la respiración, de la vida transcurriendo a su alrededor.

No sabe precisar durante cuánto tiempo han ido en coche, si minutos u horas, pero recuerda una caricia suave en los cabellos en alguna parte del camino que la ha hecho sentirse levitando y suspendida a algunos metros del suelo. Ha abierto los ojos, unos instantes, y ha visto que levitaba sobre unas escaleras de madera oscura, familiares, en el interior de una casa, que ha hecho que un escalofrío le recorriese la columna vertebral. Sentía un cuerpo contra el suyo, brazos fuertes que la rodeaban y, finalmente, el suave colchón y las sábanas dejando el frío fuera. Voces en sordina, a lo lejos, incomprensibles, sólo más cerca en una ocasión, pero distantes al mismo tiempo, que ha podido entender, *Ahora no, está durmiendo,* debía de ser sobre ella y, después, ha vuelto a ser conquistada por la relajación absoluta de los miembros y de la mente, descansa, cuerpo, porque la lucha no ha hecho sino comenzar. Renueva las energías, afloja los nervios, cura las llagas y afronta los fluidos del miedo, obligándolos a retroceder hasta las entrañas oscuras de donde provienen. Tras unas pocas horas de reconstitución interior, Sarah Monteiro abre los ojos y despierta.

Ya es de día, los rayos de sol invaden la habitación a través de la separación entre las cortinas rojas. Mira a su alrededor intentando reconocer el espacio, un dormitorio de medidas generosas, de decoración antigua, un enorme ropero de madera oscura con líneas conocidas ocupa toda una pared. Se sienta en el borde de la cama y apoya un pie en la mullida moqueta verde que cubre el suelo de madera. Se arriesga a levantarse y se lleva la mano a la boca, incrédula. Una lágrima se le escapa del ojo, indicando la emoción que la invade. Ésta es su habitación de la antigua casa de Belgrave Road. No tiene la menor duda. Hace un año, o casi, que no pisaba aquel espacio. Sus pasos inseguros hacen que la madera se queje del peso, no es que sea mucho, nada de eso, pero es natural que maderas con tantos años se resientan a la mínima pisada que tienen que soportar.

—Buenos días —oye la voz de Rafael, apoyado en el quicio de la puerta del dormitorio—. ¿Mejor?

—¿Qué estamos haciendo aquí? —inquiere con aspereza evidente.

—Estamos seguros. Aquí nadie nos vendrá a buscar —responde con seguridad—. Tiene el desayuno preparado abajo. —Y se marcha.

—¿De quién es esta casa? —le da tiempo a preguntar a Sarah, alzando la voz con el volumen necesario para alcanzarlo.

—Mía —le oye decir antes de que los pasos anuncien la bajada a la planta inferior.

La información la deja atónita y boquiabierta. Respira hondo e inspecciona el dormitorio. Está tal cual lo dejó aquella noche, cuando la vida le descubrió que el control es puramente ilusorio y, si muchos viven sin ser nunca molestados por el destino terreno, todavía son más aquellos que, inconscientemente, lo intentan modificar sin resultado; existen otros, como ella, que saben que ese destino depende de innumerables factores, siendo el principal no estar en línea de colisión con ningún interés vital o estratégico de alguna institución o secta que no tenga escrúpulos en eliminar o apartar efectiva o subrepticiamente aquello que no está en el lugar adecuado.

Reflexiona un poco sobre la revelación de Rafael y decide que él ha optado por dar la respuesta más fácil, la que no pide más explicaciones, pero, si piensa así, está muy equivocado. No le va a salir así de barata la historia.

Él aparece nuevamente en su vida en una hora crucial. Esta vez no se va a rendir a las evidencias, quiere saberlo todo… y ya.

Sale del dormitorio impetuosamente, con la ropa de dormir, que casualmente es la del día anterior, y se tropieza con la puerta del cuarto de baño abierta. Apoyada contra la ventana de cristal traslúcido, una bañera que la incita a desistir de ir a pedir satisfacciones abajo. Se detiene un momento y acaba por decidir que puede que no tenga otra oportunidad de darse un baño como debe ser. Es mejor aprovechar mientras pueda que lamentarse más tarde, arrepentida de lo que dejó escapar. Regresa al dormitorio y abre el ropero. Se asombra al reconocer la ropa que no ha vuelto a usar desde que abandonara la casa y la vendiera con todo el mobiliario y demás accesorios por no querer tener más contacto con ese ambiente traumático. Ahora, obligada, pero agradecida al mismo tiempo, escoge de entre sus ropas antiguas lo que va a ponerse. Algo práctico, como es lógico; por eso, aparta vestidos, faldas, *tops*. Escoge unos pantalones y una blusa, nada muy vistoso, saca unas piezas de ropa interior de la cómoda, recuperando poco a poco el hábito y los gestos que el dormitorio le demandaba cuando vivía allí, como si nunca hubiese salido. Falta tan sólo una toalla del último cajón y entra en el cuarto de baño, deleitada con la perspectiva. Abre los grifos y a partir de aquí no se narrarán los detalles higiénicos que se suceden, por razones de privacidad, que son tan buenas como cualesquiera otras.

Veinte minutos después, Sarah se envuelve en la toalla y sale de la bañera, rejuvenecida, sonriente. La mirada se le escapa hacia el cristal traslúcido y en un instante siente un escalofrío de miedo. Dos orificios como los que ha visto en el Chelsea and Westminster, anteriores a ésos, que le hacen revivir el pasado y confirman su lucidez. No fue una pesadilla, ojalá lo hubiera sido. Mira el resto de la habitación con temor, bastante más iluminada en esta mañana que en aquella noche. Consigue ver el cuerpo del hombre, tumbado sobre ella.

Olvídalo, olvídalo. Ya pasó, se obliga a pensar.

Sale del cuarto de baño envuelta en la toalla y, después de secarse debidamente, se pone la ropa que ha escogido y dejado encima de la cama, y baja.

Abajo, todo está conforme lo dejó, lo que no deja de ser extraño. Ella abandonó la casa hace algún tiempo. No es normal que no se haya hecho ninguna modificación desde entonces, aunque sólo fuera porque el interior está constituido únicamente por el mobiliario esencial, de alguien que es poco exigente y está en el inicio de su carrera o en un sitio temporal y quiere ahorrar un poco para comprar algo mejor, como era su caso. Es todo muy extraño.

La planta inferior está compuesta por el salón y la cocina. En el salón, donde desemboca la escalera, un sofá grande, arrimado a la pared que tiene una ventana. En él está tumbado el simpático hombre mayor que acompaña a Rafael y al que todavía no ha sido presentada. En la cocina, un Simon Lloyd más relajado, leyendo el periódico, inclinado sobre la mesa. No hay rastro de Rafael.

—¿Estás mejor? —pregunta Sarah, sentándose en uno de los bancos.

—Oh, buenos días. —Levanta los ojos del periódico—. Estoy mucho mejor. ¿Y usted?

—Menos mal —replica ella, mirando alrededor—. Ayer desaparecí completamente. Disculpa —se excusa Sarah.

—Hizo bien. Después de la noche que pasamos… —Cambia de asunto—: ¿Quién es esta gente? —pregunta Simon en sordina, como un niño de coro que no quiere ser pillado haciendo una diablura.

—Son amigos —se limita a decir—. ¿Dormiste algo? —pregunta, cambiando de asunto, lo cual es siempre útil cuando no se quiere revelar más.

—Dormité —replica, rascándose la cabeza—. Después estuve más de una hora respondiendo a las preguntas de John. Fue un interrogatorio como en las películas.

—¿De John? ¿Quién es John? —¿*Será el viejo tumbado en el sofá?*

—John Doe, el que nos salvó en el hospital.

—¿El que está echado en el sofá?

—No, tonta. Entonces, ¿no los conoce? Ése se llama James Phelps. Es un tipo majo. El otro, el que la llevó hasta el dormitorio, el más joven, que va armado.

—¿Y sobre qué te preguntó?

—Huy, digamos que recorrimos toda mi vida, desde que nací, con más énfasis en la noche pasada. Verdaderamente terapéutico.

No da la impresión de haber sido presionado de ninguna forma. Incluso está bastante animado, por la sonrisa patente en los labios.

—¿Dónde está la gracia?

—¿Quién rayos se llama John Doe? —Y se ríe a gusto.

—¿Té, café, leche? —se oye a Rafael preguntar al entrar en la cocina sin hacerse notar, lo que provoca una parálisis en la risa de Simon.

—Café con leche —dice Sarah, confesando uno de sus gustos alimenticios matinales.

Rafael se dirige prontamente a la mesa, donde tiene todo preparado. Toma una taza que había, previamente, pasado por agua y detergente y echa en ella un poco de café. Enseguida la llena de leche hasta arriba. Pone un plato debajo y lleva la taza, sin temblores, hasta la mesa, donde la deja delante de Sarah. Aproxima el azucarero, le ofrece una cucharilla limpia y después va a buscar una bandeja con *muffins* de nueces y chocolate, *scones* frescas, pan, galletas de mantequilla, zumo de naranja, unas lonchas de jamón de york y queso.

—¿De dónde ha venido todo esto? —pregunta Sarah, curiosa y maravillada con tanta oferta de calidad.

—De la panadería, tres números más abajo, en la otra acera —responde Rafael—. Es todo fresco.

—Puede estar seguro. Ya lo he probado y lo confirmo —asiente Simon, sintiéndose más a gusto. La presencia de Rafael no parece causarle ningún temor.

La verdad es que él crea en Sarah una mezcla de sensaciones inexplicables. Hace casi un año que no lo veía, como no se cansa de repetirse a sí misma, y, simultáneamente, siente nervios, miedo y escalofríos en la barriga que pueden significar muchas cosas. Pero lo que más la impresiona es la idea de que siempre ha estado con él en este periodo de tiempo y de que no ha habido ausencia alguna. Amigos de café o pub que se ven todos los días o casi.

Cálmate, piensa para sí. *Frénate. Él es cura.*

—Tenemos que hablar. Tengo muchas preguntas que requieren respuestas… verdaderas —reclama de sopetón, con una tentativa de apartar los pensamientos lúbricos.

—Tome el desayuno con calma y después nos reunimos todos para hablar —informa él en tono sereno—. Ah, y si retrocede algunos meses en su cabeza y analiza todo lo que ocurrió, llegará a la conclusión de que nunca hice o dije cosa alguna que no fuese verdadera. —Y sale de la cocina, dejándola nuevamente con Simon y con el banquete listo para ser devorado.

Sin embargo, Sarah no piensa en la comida, sino en las últimas palabras de él. Está segura de que lo que él ha dicho es verdad. Nunca lo pilló en mentira. Quizá, omitía algo cuando consideraba que no debía ser él el que transmitiera ciertas informaciones, pero eso está a leguas de ser una falsedad. Él tiene razón, tal vez haya sido demasiado dura con él.

Simon se levanta y coge cubiertos limpios.

—Creo que voy a ayudarla. Esto es mucho para usted y no va a poder cumplir.

—¿Él me llevó al dormitorio? —quiere saber Sarah, picoteando un *muffin* de chocolate, con una apariencia deliciosa.

—En brazos —afirma Simon con malicia, con la boca atascada por una *scone*—. ¿No se acuerda?

No, piensa sin verbalizar.

—Tengo una vaga idea.

—¿Y ahora? ¿Cuál es el próximo paso? —La boca llena apenas le deja comprender las preguntas de él.

—No pienses en eso —advierte Sarah, sorbiendo el café con leche preparado por Rafael, lo que provoca en ella una sonrisa tímida.

Simon suelta una risotada que la hace ruborizar.

—¿Qué pasa? —pregunta desconcertada—. ¿Qué pasa? —reformula ante la falta de respuesta.

—Ustedes no engañan a nadie —acaba por responder Simon.

—¿Quiénes? —No tiene mucho arte para hacer como que no comprende.

—Usted y John. —Nueva risotada.

—Venga, por favor —se escandaliza enfáticamente, intentando demostrar una afrenta genuina.

—Buenos días —saluda una voz bondadosa que se difunde por la cocina. Los tranquilos estudios teológicos de James Phelps no casan bien con esta vida descontrolada a la que se ha visto obligado a entregarse por imposición del destino clerical.

—Buenos días —responden Sarah y Simon al unísono, como manda la buena educación.

—¿Ha descansado? —pregunta Simon, aguantando las risas que le provoca el asunto anterior, para no confundir al hombre o hacer que piense que se estaba riendo a su costa.

—Algo. Aunque la verdad es que ese sofá está pidiendo un arreglo. Esos muelles… —se queja Phelps, sujetándose con la mano los riñones doloridos—. Pero quien tiene un techo que lo abrigue no puede protestar, ¿no es verdad?

—Eso sí que es conversación de cura —señala Simon en broma, mientras continúa comiendo como una lima.

—No te pases, Simon —reprende Sarah, que ya ha comprendido los orígenes de este hombre que se intimida ante la observación—. Hay comida para uno más. Siéntese —invita en tono amigable.

—Ah, muchas gracias —acepta complacido, sentándose a su lado—. La verdad es que estoy hambriento. No como desde hace bastantes horas. —Ni se atreve a decir que hace más de un día que no ha probado bocado.

—Hay *scones*, pan, mantequilla, queso... —A medida que lo va diciendo, Sarah los va acercando a Phelps, que todavía no se encuentra a gusto—. ¿Quiere leche, café o té?

—Té, por favor.

—Buena elección. Todavía está caliente. —Vierte un poco del líquido en una taza—. Me llamo Sarah —acaba presentándose.

—James Phelps. —Se levanta con formalidad y extiende la mano—. Encantado.

Sarah se levanta también por simpatía y extiende la suya con el fin de cumplir una norma tradicional, la de no dejar al otro con la mano en el aire.

—Mucho gusto.

—Ayer fue duro —afirma Phelps en una tentativa poco hábil de mantener una conversación circunstancial.

—Si ustedes no llegan a aparecer justo a tiempo, le habría dado un gran disgusto a mi madre —dice convencido Simon, entrando en la conversación.

—¿De qué conocen a Rafael? —pregunta humilde el más viejo, sorbiendo un poco del té y dando un pequeño bocado a una *scone*.

—No conozco a nadie con ese nombre —resuelve Simon inmediatamente, sin dedicar un pensamiento al asunto.

—Es una larga historia, James. Discúlpeme, ¿puedo llamarlo James?

—Naturalmente, Sarah —asevera.

—¿Quién es Rafael? —pregunta Simon sin comprender.

—Será un placer escucharla, si me quiere contar —continúa Phelps, dejándolo en manos de ella e ignorando por completo la pregunta de Simon.

—Más tarde —interrumpe Rafael, apoyado en el quicio de la puerta—. Veo que están todos presentados. Ahora es necesario poner los puntos sobre las íes y atribuir las tareas que cada uno de nosotros tendrá que desempeñar.

—¿Qué tareas? —preguntan Phelps y Sarah al mismo tiempo.

—¿Piensan que el peligro ha pasado? Esto es tan sólo el principio.

Capítulo
42

Ha llegado la hora en la que Barnes ha exigido tener a Sarah y Rafael en su despacho, listos para un interrogatorio poco cordial, nada sensible, invariablemente pesado, muy agradable para él, especialmente en lo referente a imaginarse a Rafael sufriendo. Sin embargo, esa hora ha llegado y ha pasado, sin que nadie, a no ser él, haya permanecido en el interior del despacho. Esa soledad se ha visto alterada con unas pocas entradas de Staughton y Thompson para informar de la evolución de la situación, que era ninguna, y, a medida que las horas pasaban, comenzaba a ser preocupante. Priscilla ha pasado para interesarse por su estado físico y a ella le ha pedido una ración de cabrito asado con patatas y orégano, deseos de un cuerpo sediento de victorias.

En este momento entra Herbert con la misma expresión de indiferencia de a quien todo le resbala, aunque sea de suma importancia para su causa que se encuentren los objetivos.

—No me diga que se escondieron en un agujero.

—No me venga jodiendo —grita irritado en respuesta—. Si fuesen mejores, no necesitarían andar a nuestra sombra para hacer su trabajo de mierda.

—No tenga dudas de que si fuese yo el que mandara lo haría solo, sin ninguna ayuda. Tiene centenas de agentes bajo su supervisión y ninguno ha conseguido localizarlos. En cuanto a lo que nos afecta, incluso ya pueden haber salido del país.

—No han salido —afirma Barnes con firmeza.

—¿Qué garantías puede dar con relación a eso? —presiona Herbert, viéndolo apurado.

—Mi palabra es garantía suficiente. No han salido del país. Incluso le digo más, todavía están en la ciudad.

Hasta la sonrisa del más joven está fuera de cualquier sentimiento. Algo como una mueca, lívido, sin vida, sin sentido.

—Se basa en una corazonada, señor Barnes. Ustedes los americanos son muy aficionados a creer en la suerte y en el destino.

—Esto no tiene nada que ver con la suerte. Conozco muy bien a los objetivos —dice. *Además de eso, sé que él va a encontrar la forma de avisarnos cuando salga del país.* No verbaliza este pensamiento. Hay que mantener algún as en la manga, sin darlo a conocer a los otros, aunque sean socios.

Herbert levanta las dos manos como diciendo que no le sirven de nada los argumentos de Barnes, pero que si él prefiere creer en ellos, pues de acuerdo.

—Tengo que informar de la situación a mi superior de aquí a media hora. ¿Qué espera que le diga? ¿Que no ampliamos el radio de búsqueda porque usted tiene un pálpito?

—Me cago en lo que le vaya a decir. Mis hombres están haciendo su trabajo. No tengo la menor duda de que en cualquier momento entrarán por esa puerta con algo palpable. Si quiere que le diga, no me parece que vayamos a tener novedades antes del anochecer; por tanto, prepárese y prepare a su jefe. La espera va a ser larga.

—¿Quién es el hombre que apareció en el hospital? ¿Ese Rafael que parece acabar con sus nervios?

Barnes hace una pausa pensativa antes de responder.

—Un traidor. Se infiltró en la P2 para minarla por dentro y casi lo consiguió.

—¿Consiguió engañar a JC y a la CIA? —Una sonrisa sarcástica.

—No está en condiciones de reírse de ninguno de nosotros —avisa Barnes humillado—. Por lo que sé, les dio un buen repaso a sus hombres en tres tiempos. Apuesto a que ni se enteraron de lo que les ocurrió. —Lanza una risotada ofensiva que parece no tener ningún efecto en el otro. Se congratula pensando que, interiormente, debe de haberle afectado. Nadie consigue ser tan frío durante tanto tiempo.

La puerta del despacho se abre para dejar entrar a Staughton y a toda la parafernalia de ruido que proviene de la sala de operaciones. Al cerrarla detrás de él, corta el sonido exterior, dejando que una película muda se desarrolle al otro lado del cristal, una agitación sin sentido para quien la desconoce, pero que se basa en el rigor y la exigencia.

—¿Novedades? —quiere saber Barnes, recostado en el sillón para dar una imagen de calma y control ante el joven colaborador.

—Estamos analizando las imágenes de CCTV, pero es como buscar una aguja en un pajar. No encontramos ninguna Mercedes con características continentales o con la matrícula en cuestión. Tampoco hay movimientos bancarios en las cuentas de Sarah Monteiro ni de Simon Lloyd...

Una risotada seca de Barnes.

—¿Qué querías, que él te dejase todo mascado? No será por ahí por donde des con ellos.

—Entonces ¿por dónde será? —inquiere Herbert solícito y malicioso.

—Convénzanse de que estamos peleando con alguien que sabe cómo trabajamos nosotros. Me irrita, me saca de quicio, me deja jodido, pero tenemos que ser racionales.

—¿Qué quiere decir con eso?

—Que él va a aparecer cuando y como le parezca.

—Eso no es una opción. Tiene que haber alguna manera de localizarlos. —Se percibe, por primera vez, una cierta irritación en la voz de Herbert, lo cual agrada mucho a Geoffrey Barnes, que no se corta en demostrarlo.

—Todo lo que puede hacerse, está puesto en práctica —informa Staughton—. Tenemos las CCTV en proceso constante, no sólo en Londres, sino en todo el país. Todas las secciones de la policía, servicios de frontera, etcétera, tienen fotografías de ellos y saben lo que tienen que hacer si los vieran. El MI6 está trabajando en coordinación con nosotros.

—Está bien que colaboren —interrumpe Barnes—, me gusta poco que ellos piensen por su propia cuenta.

—No podemos hacer nada más —afirma Staughton.

—¿Y si ofrecemos recompensa? —sugiere Herbert.

—No diga chorradas —protesta Barnes—. ¿Darle publicidad al asunto? ¿Tener a los periodistas y a la opinión pública pegados a nosotros? ¿Qué ganamos con eso?

—Cogerlos más deprisa. Las personas son capaces de todo por dinero.

—Puede no ser una buena idea —contrapone Staughton.

Herbert cruza los brazos y pone cara de *por qué*.

—Hemos identificado al hombre que condujo a Sarah y Simon a la furgoneta.

Capta la atención de Barnes y Herbert.

—Se llama James Phelps y es un sacerdote inglés, agregado en el Vaticano.

—¿Qué? —refunfuña Barnes—. Hijo de puta.

Los tres se callan durante unos segundos. En este oficio todo es cuestión de análisis estratégico. Decidir qué camino se va a seguir para alcanzar determinado objetivo, especular sobre lo que los otros harán para llevar a cabo sus planes. Cuantos más datos tengan para llenar las lagunas, más acertada será la especulación; cuando hay escasez de información, se trata de pura adivinación y corazonadas. Fiarse de la suerte nunca es bueno, pero, a veces, no se puede hacer otra cosa.

—¿Y si excluimos al sacerdote y lanzamos un aviso solamente para los otros? —vuelve Herbert a intentarlo.

—No sirve. —Es Barnes quien habla—. La mujer tiene una posición influyente en *The Times*. Sólo sirve para perjudicarnos.

Otros segundos de silencio.

—¿A qué hora llega Littel? —pregunta Barnes.

—De aquí a dos horas —responde Staughton.

Barnes suspira.

—Muy bien. Dos horas. Hasta entonces no se hace nada. Cuando él llegue, decidimos qué hacer. —Bufa otra vez—. Consígueme algo en las próximas dos horas, Jerónimo. Estamos quedando mal ante nuestros amigos del Opus Dei. —Apunta en dirección de Herbert a quien no se le escapa el tono sardónico.

La puerta vuelve a abrirse para dejar paso a Thompson.

—Tenemos una novedad.

—Desembucha. —Barnes se levanta de golpe.

—Entre las cinco y las seis un agente de la policía metropolitana regresaba a su casa, después del turno, y ha visto una Mercedes con las mismas características que la de nuestra alerta entrar en el garaje de una casa en Clapham.

—¿A qué estamos esperando, señores míos? —pregunta Barnes, cogiendo su arma.

Capítulo

43

MIRELLA
7 de mayo de 1983

A los dieciséis años hay una renovación de la libido cada segundo que pasa. El despertar de las sensaciones sensuales, lascivas, que son satisfechas con una simple mirada de varón sediento, ávido del contacto que nunca es permitido. Se inician los primeros pasos en el arte de la seducción, las miradas, las señales que un cuerpo manda a otro, poco controladas en esta fase, o no, afectadas por una inmadurez pujante, que se sacian con una simple sonrisa, una lengua ansiosa que la saluda a distancia, un piropo lanzado desde una Lambretta o desde un coche que la hace enrojecer subrepticiamente, cuanto más directo mejor, un roce furtivo, sin delicadeza, en la nalga cubierta con una falda vaquera ajustada, resaltando los atributos. El triunfo llega en forma de invitación para salir, la petición de un beso en la boca, con o sin lengua, conforme a las preferencias de ella, es siempre ella quien manda, o, la medalla de oro, una invitación para cenar de un hombre más viejo. No de cualquier veinteañero universitario, que estudia arquitectura o derecho, lo que también sería una victoria fehaciente, sino de un macho rondando los treinta y siete o los cuarenta años, con coche, casa, vida organizada, tal vez divorciado, separado de hecho, uno o dos hijos que no le importa nombrar, necesitado de sentimientos nuevos, de una mujer juvenil, pero mujer, capaz de hacerle dar marcha atrás en el tiempo y recordar la vieja época de la locura.

Mirella se mira al espejo por enésima vez. No se puede correr riesgos estéticos en un encuentro de este género. Cualquier error es perjudicial, capaz de sacudir las estructuras psicológicas del púber que se considera adulto. Claro está que no pierde tiempo reflexionando sobre esas materias técnicas. Funciona todo de un modo inconsciente, instintivo, la preservación animal de la que los humanos no pueden huir, por más inteligentes que se consideren. Para Mirella, es un manto de olores corporales que emanan carnalidad, concupiscencia, frío cálculo, la oportunidad de dirigir el mensaje con el fin de no dejar dudas al otro y, al mismo tiempo, no parecer demasiado accesible a la primera cortesía que, con toda seguridad, precederá a otras que él lanzará a lo largo de la noche.

Es obvio que, a los dieciséis años, ningún padre autoriza una salida de este género, una cena romántica, a la luz de las velas, como ella imagina, con un hombre que tiene edad para ser su progenitor, Dios la libre, encantado con su feminidad, dispuesto a cubrirla con caros regalos y galanteos inacabables, besos en la mano, en el rostro y uno en los labios, lleno de voluptuosidad y pasión, quién sabe. Por eso, ha aceptado la sugerencia de él para decirles a sus padres que ha quedado con un antiguo compañero del colegio. Así no levanta dudas ni desconfianzas. Es lógico salir con un antiguo compañero de pupitre, de la misma edad o uno o dos años más viejo. No hacer eso implicaría un interrogatorio paterno intensivo que culminará, o culminaría, ya que se ha soslayado tal posibilidad con una mentira anodina, en una prohibición sin derecho a recurso, lágrimas por parte de Mirella, encierro en su dormitorio durante horas lamentando su mala suerte y censurando a sus malos padres, y cara larga durante días hasta que encontrase una nueva fuente de diversión que le hiciese olvidar la precedente. Sin embargo, nada de eso es necesario, como ya ha sido dicho, pues se ha pensado oportunamente y de modo irrefutable una solución pacífica y que no dará origen a ninguna reprimenda preventiva.

—¿Dónde vais a cenar? —pregunta la madre, que acaba de entrar en el dormitorio donde Mirella se examina, elegante y bella, en el espejo.

—A Campo di Fiori. Aún no sé dónde —responde Mirella sin quitar los ojos del espejo y de lo que parece ser el inicio de una erupción cutánea inoportuna en la barbilla—. Qué fastidio. Me está empezando a salir un grano.

Es uno de los dramas de la adolescencia. Ciertos inconvenientes corporales que no se pueden prever ni evitar.

—No le des importancia. Él también tendrá muchos.

—Queda verdaderamente mal —protesta Mirella.

La madre la coge por la barbilla y vuelve la cara hacia ella, como un objeto de su propiedad, lo que no deja de corresponder a la verdad, según su punto de vista. Analiza el cutis irritado de la cara de la hija, con una expresión maternal. Un pequeño punto rojo despunta en el lado derecho de la barbilla, nada grave.

—Esto no es nada. Aún le va a llevar algún tiempo hasta que reviente —afirma la madre—. Tienes que aprender a convivir con ellos.

—¿Cómo hiciste tú para librarte de los granos? —pregunta Mirella interesada en la fórmula mágica que, a veces, las madres proporcionan.

—Dejé de darles importancia —se limita a responder la madre—. Algún día también harás lo mismo —remata con una sonrisa.

Pero es sabido que las palabras sabias del padre y de la madre, que no siempre lo son, caen en saco roto en lo que se refiere a los dramas de la supervivencia de la pubertad. ¿Alguna vez Mirella dejará de preocuparse de los infames granos que le invaden la cara siempre que se acerca el periodo? Jamás. Naturalmente, no está, en este momento, en posesión de toda la información de lo que será su vida futura, nadie lo está, son las reglas del juego; en caso contrario, sabría que nunca más tendrá que preocuparse de erupciones cutáneas, ni menstruaciones, de clases, invenciones, seducciones sensuales, pensamientos jocosos y libidinosos, preocupaciones de conquistadora, ni de sentirse admirada o contabilizar las erecciones que su simple presencia provoca, de la sonrisa sugestiva debidamente calculada, de cenas con hombres más viejos, ni de sus padres… ni de la vida.

La hora acordada se aproxima y Mirella se acerca a la ventana para ver si el coche de él ya la aguarda. En eso se observa también un cierto grado de interés. Se le dibuja una sonrisa fascinante al ver que sí. Él ya está ahí abajo. Ha llegado con cinco minutos de adelanto. Es muy buena señal. Los romanos no son nada puntuales. Está en sus genes llegar con retraso a todos sus compromisos. Entre quince minutos a media hora, a nadie le parece mal, no puede parecerle mal, si no perdería mucho en términos sociales.

—Me marcho —grita para la cocina—. Hasta luego.

—Que no se te olvide. Como muy tarde, en casa a las doce —recuerda la madre, aunque la puerta ya se ha cerrado, dejando una Mirella libre para amar, y salir en libertad.

El corazón celoso de la madre le ordena que se aproxime a la ventana y mire, desde detrás de la cortina, al coche en que la hija entra en ese momento, sonriente, llena de una luz y un brillo intensos. Siente una opresión en el interior del cuerpo, una ansiedad destructiva, pensamientos funestos, nada a lo que deba dar importancia. No consigue ver la cara del conductor debido a la oscuridad de la noche sin luna que se ha instalado en la calle. Se golpea en el pecho para aflojar el nudo. Segundos después, siente un cierto alivio, la relajación del alma; la impresión ya ha pasado, está todo bien, nuevamente.

Se aparta de la ventana para servir la cena y dejar a la hija y a su amigo seguir su camino en la privacidad del BMW.

Capítulo

44

E s la hora de la procesión del Adiós en la cueva de Iria, cuando la Virgen María es llevada en andas por entre las centenas de miles de peregrinos, de regreso a la capilla de las Apariciones, donde se quedará hasta el próximo aniversario de la celebración litúrgica. Una ligera llovizna marca la bendición del acto, en este lugar central del mundo católico, a la par de San Pedro, en el Vaticano, madre y apóstol, donde nada sucede por azar. Centenas de miles de pañuelos blancos se agitan en el aire, marcando la despedida inmaculada, llorada con preces y súplicas, peticiones de ayuda, imploraciones legítimas o gratuitas, genuinas o excéntricas, porque nadie está allí sin segundas intenciones, por la pura manifestación de la fe y del sentir de la madre de Cristo; hay siempre algo que pedir, una gracia, *Salva a mi hija, Ayúdame en este negocio, Dame dinero y fortuna...*

Sería, ciertamente, injusto generalizar en cuanto a la actitud de cada uno de los presentes, toda vez que, a la derecha de la columnata, desde el punto de vista de quien mira a la basílica de frente, se yergue la capilla de la Exposición Perenne del Sagrado Sacramento, donde la Congregación de las Religiosas Reparadoras de Nuestra Señora de los Dolores de Fátima ora al Sagrado Corazón

285

de Jesús los siete días de la semana, durante las veinticuatro horas del día, desde 1960; no en ésta, que data de 1987, sino en las diversas que el lugar ha visto crecer a lo largo de los años. Es un acto valeroso de perdón de los pecados terrenales, conforme a la llamada de la Virgen en 1917 a los pastorcillos, sin necesidad de nada a cambio, solamente la paz en el mundo, si fuera posible, lo cual, por sí mismo, no es un hecho de poca monta, equiparado a un milagro del cielo. Son éstos los preceptos de las discípulas del padre Formigão, a quienes la Virgen pidió que reparasen los pecados a través de la oración. Todo esto lo puede comprobar Marius Ferris, arrodillado, en el último banco de la capilla, con la hermana reparadora, allí delante, cumpliendo su turno.

Después de la señal de la cruz, Marius Ferris se levanta y sale de la capilla. Desde allí, debajo de la columnata, se puede ver el mar de gente que abarrota el vasto recinto, las andas al fondo, camino de su sitio habitual, justo el lugar donde se encontraba la encina que dio cobijo a las apariciones marianas, precursoras de todo este cortejo al que Marius Ferris asiste.

—¿Crees que en la corona de la Virgen de Fátima está una de las balas que atentaron contra la vida del polaco en 1981, hermano? —se oye a alguien decir, detrás de Marius Ferris.

—Eso es de conocimiento público —replica Ferris—. Sabemos que Wojtyla era muy devoto de María. —Se apresura a inclinarse ante el hombre que se desplaza en una silla de ruedas—. Su bendición, Eminencia. —Le besa una de las manos.

—Dios te bendiga, hijo mío —recita el otro, concluyendo el ceremonial de saludo.

El hombre es bastante más viejo que Marius Ferris, andará cerca de los noventa años, se puede aventurar; viste un traje negro y una gran cruz de oro amarillo pende de una gruesa cadena en el cuello. Un joven clérigo, vestido con sotana negra, quizá un asistente, empuja la silla conforme a la voluntad del anciano.

Marius Ferris se levanta tras unos instantes de oración y mira al viejo delante de él.

—Envidio tu forma física —elogia el hombre.

—No envidie, pues no conseguiré llegar a su edad. —Una sonrisa imperturbable le aparece en la boca.

—Eso solamente Él lo sabe —advierte el otro—. Haz el favor de empujar mi silla, hermano. —Es una afirmación, no una petición. Con un gesto dispensa al joven. La conversación es privada a partir de ese momento.

Ferris toma la silla y la hace deslizar, suavemente, a lo largo de la columnata, en dirección a la basílica.

Se oye la voz de un prelado resonar en los altavoces del recinto. Un agradecimiento políglota a todos los peregrinos, directamente desde el altar colocado frente a la basílica, en lo alto de la escalinata, que sirve para las eucaristías internacionales.

—¿Es el enviado de Roma? —pregunta Ferris.

—Sí, Sodano.

—¿El olvidado del Papa? —Una cierta burla en la voz, alguna aversión.

—Él encuentra siempre la manera de hacer valer su posición. Además, el alemán ha escogido muy mal a su secretario de Estado.

—¿Ha escogido o era la única opción que le han dado? —contrapone Ferris.

—Puede ser. De cualquier manera, el Papa actual sabe lo que fue acordado en su elección. Si intentase huir de la prerrogativa...

—¿Cuál es la prerrogativa? —interrumpe Ferris.

—¿Cuál podría ser, hermano? Cerrar la Iglesia, retomar los viejos dogmas, combatir cualquier amenaza de reforma liberal. Dejar de dar esa imagen de circo constante en los medios de comunicación. Cristo no es un parque de atracciones. —Un cierto rubor confirma su afinidad en cuanto a esas teorías.

—Una Iglesia vuelta hacia dentro.

—¿Y cuál otra puede existir? —prosigue el hombre, no bautizado a los ojos de la narración—. Si se siguiesen los preceptos de nuestra Iglesia, la única, la verdadera, no existirían la mitad de los problemas con los que hoy se debaten las sociedades. ¿Aborto? ¿Preservativo? ¿Preservativo de qué? De la vida no lo es, seguro, porque no la preserva, la evita. —La irritación aumenta con cada tópico—. ¿Ecumenismo? ¿Para qué? ¿Diálogo interreligioso? Ellos son ellos, nosotros somos nosotros. No hay diálogo. Si, de algún modo, nos atacasen, nos echamos encima de ellos. Siempre ha sido así, ¿por qué andamos ahora con diplomacias necias?

—Eso va a cambiar —presagia Ferris.

—Me parece bien que cambie. En caso contrario, tendremos que hacer algo en relación con el alemán.

—No creo que llegue a ser necesario.

—¿Está todo desarrollándose conforme lo planeaste? —Un cambio de asunto casi imperceptible.

—Hasta el momento... sí —miente Ferris. Una pequeña mentira. No lo quiere preocupar con insignificancias que serán resueltas en breve, o tal vez ya lo hayan sido.

—Estupendo, estupendo —se regocija el otro—. ¿Vais a culpar a los rusos y a los búlgaros?

—Fueron ellos mismos los que se culparon hace mucho tiempo —asevera Ferris.

—¿Sabes dónde estaba el día 13 de mayo de 1981? —pregunta el prelado.

—¿En Roma? —arriesga Ferris.

—En Roma, ciertamente. En la cripta de Belén.

—¿En la basílica de Santa Maria Maggiore?

—Esa misma —confirma—. Expiando mis pecados junto a las tablas del Niño Jesús —confiesa.

—¿Todavía está allí rezando Pío? —sonríe Ferris, refiriéndose a la estatua del Papa rezando ante las sagradas tablas del pesebre.

—Sí lo estará. Pero ése era un papa en serio. No andaba con paños calientes, actuaba, tomaba decisiones y mantenía todo en su sitio.

—Los tiempos eran otros —justifica Ferris.

—Los tiempos son lo que nosotros hacemos de ellos. Hace cincuenta años que tenemos estrellas de cine en el trono de San Pedro.

Marius Ferris deja de empujar la silla. Contempla las andas de la Virgen que ya están en el discreto lugar donde la imagen reposa diariamente y es adorada por millones de creyentes anualmente, en persona o a distancia. La ceremonia ha terminado y llevará horas hasta que el recinto asfaltado se vacíe y retome la normalidad. En breve se volverán a ver a los pagadores de promesas encendiendo velas, rezando el rosario sumisamente, recorriendo el camino con las rodillas heridas, dando las vueltas prometidas alrededor de la capilla para agradecer a la Virgen la gracia concedida o solicitada, pues hay quien paga por adelantado.

—En el momento en que el polaco era tiroteado en San Pedro, yo rezaba por él. Quiso el Señor que él durase otros veintitantos años y yo acato siempre los designios de Él, incluso cuando no estoy de acuerdo, porque Él, sí, es infalible.

—De cualquier manera, él acabó por portarse bien —dice Ferris.

—Conseguimos controlarlo, gracias a Dios. Por lo menos, hasta finales de los años ochenta. A partir de ahí dio rienda suelta a la imaginación.

—Sí, pero no fue muy mal. A fin de cuentas, no podía remar contra sus propias palabras.

—Es cierto. Es cierto. Pero no olvido quién le proporcionó esa independencia en los noventa. —La voz se crispa nuevamente.

—Ni yo. Estamos encargándonos de eso.

—Está bien que se encarguen —advierte el clérigo con un tono amenazador—. Lo quiero muerto.

El hombre se quita la cadena donde cuelga la cruz de oro del cuello, busca la mano de Marius Ferris y la deposita en ella.

—En la cripta de Belén, junto a las tablas del pesebre, encontrarás lo que necesitas. Está allí desde hace veintiséis años esperándote —cuenta.

Marius Ferris guarda el regalo en el bolsillo con tanto cuidado como si se tratase de un tesoro de los cielos, lo que, en cierta medida, corresponde a la realidad. Retoman la marcha suave, primaveral, un paseo entre amigos.

—Justo a la hora en que el polaco estaba siendo tiroteado yo rezaba por él en Santa Maria Maggiore —repite el viejo—. Y ahora la bala está ahí, a pocos metros de distancia, en la corona de la Virgen. Parece una maldición que me persigue —confiesa.

—Esto es un almacén de reliquias —afirma Marius Ferris—. Tenemos a los tres pastorcillos sepultados en la basílica, a algunos pasos de aquí un trozo del Muro de Berlín.

—Un testimonio de nuestra obra —observa el clérigo.

—Por supuesto. Todos los lugares santos son una garantía de la capacidad de realización de la Iglesia —asevera Ferris sonriente.

—¿Y en cuanto a Mitrokine? —pregunta el viejo, serio.

—Lo que él dejó está controlado por los británicos. También es de su interés.

Se quedan en un silencio indigente, mientras observan la desbandada de los fieles. Al fondo, un poco a la izquierda, se alza un nuevo santuario, el de la Santísima Trinidad, con capacidad para albergar a casi nueve mil personas en su interior. El poder constructivo de la Iglesia, también partidario de la moda del hormigón.

El joven ayudante se aproxima y se encarga de las operaciones de conducción de la silla de ruedas. Nadie lo ha llamado, pero ha presentido que todo lo que había que decir ha acabado.

—Lleva nuestro barco a buen puerto —pide el viejo, más tranquilo, con un semblante meditabundo y letárgico, cansado de aquella exposición.

—Ya lo estoy viendo —afirma un Marius Ferris confiado—. Sólo falta atracar.

—Sabes dónde encontrarme al final.

Se separan con un gesto de despedida. Esta vez, Marius Ferris no se ha agachado para pedir la bendición, todo necesita su moderación, los excesos son enemigos de la fe.

A pesar de las señales esparcidas por todos los lados que indican la prohibición del uso de teléfonos móviles, no duda en iniciar una llamada. Son avisos para los fieles, no para los clérigos, beneficios del traje y de la profesión.

—Dígame.

El informe se recibe sin interrupciones. Marius Ferris sabe escuchar. Relaja sus facciones.

—Perfecto. Ataquen esa localización. Vaya manteniéndome informado.

Desconecta el móvil y saca del bolsillo la cadena de oro con la enorme cruz. La observa con evidente respeto, la personificación del cuerpo de Jesucristo grabada en oro, los filamentos de energía e historia que penetran bien hondo en su alma y lo hacen vibrar de emoción. Se arrodilla, vuelto hacia la Virgen, madre de Cristo, a lo lejos, en la capilla, y baja la cabeza, mientras una lágrima rueda por su mejilla.

—Ya han sido localizados. En breve estarán en nuestras manos. Yo te vengaré —promete—. Yo te vengaré, y a tu hijo.

Detrás de él, en la capilla de la Exposición Perenne del Sagrado Sacramento, la hermana reparadora continúa rezando hasta la eternidad.

Capítulo
45

Cuántas veces voy a tener que repetirlo? —se irrita Sarah a la enésima pregunta de Rafael—. ¿Está mirando si me coge en alguna contradicción? Estoy aquí bajo custodia, ¿no?

—De alguna forma sí lo está. No me parece que pueda andar libremente por la calle en estos momentos —advierte Rafael en tono neutro—. La única razón que tengo para presionarla es reunir el mayor número de elementos que nos puedan ayudar.

—¿Y me estoy portando bien? —El tono sardónico es evidente.

—Perfectamente. —Pasa a exponerle—: Su colega Simon ha sido víctima de una explosión desencadenada al entrar en su casa. Usted ha tenido la suerte, entre comillas —puntualiza—, de haber sido avisada, minutos antes, por Simon Templar.

—Correcto —afirma Sarah con la misma entonación.

—Significa que ellos han controlado siempre sus pasos y no han decidido actuar hasta el hospital.

—Pero yo he sido la que ha decidido ir al hospital. Nadie me ha obligado. He ido por mi propia voluntad.

—Es irrelevante. Hasta les ha hecho un favor. Así podían cogerlos a usted y a Simon.

Sarah mira a Simon. No había pensado en eso. Tal vez tenga razón.

—Pero Templar era contrario a que yo fuera al hospital.

—Eso vale lo que vale —refuta Rafael—. Puede simplemente haberle hecho pensar eso. Estoy seguro de que nunca ha desconfiado de él.

Sarah reflexiona un momento. Él tiene razón. Además, él sabe de lo que habla. Es su arte.

—Eso plantea una cuestión —continúa Rafael.

—Que es… —lo anima a seguir Sarah, impaciente.

—¿Quién ha puesto la bomba? El comportamiento de Templar nos revela que él no sabía nada sobre el artefacto, a pesar de ser un camaleón.

Como tú, piensa Sarah, aunque no lo verbalice. Acaba por avergonzarse de tal pensamiento. Él no merece esa falta de respeto. Ha sido él quien le ha salvado la vida, varias veces, como no se cansa de recordar.

—No nos olvidemos del agente ruso que han encontrado, además del tal Herbert, a quien ellos estaban esperando en el hospital, pero que no ha llegado a aparecer —advierte Sarah, un poco más cooperante.

—Del agente ruso ya nos ocuparemos después. En cuanto a ese Herbert, no hay nada que pensar de momento. Es solamente un nombre…

—¿Como Jack Payne? —lanza Sarah. Al final la cooperación es circunstancial.

—Como Jack Payne —corrobora Rafael.

—¿Quién es Jack Payne? —preguntan James Phelps y Simon al unísono—. Ya me doy cuenta de que nadie defiende el uso del nombre verdadero —verifica Simon.

—Es una larga historia —dice Sarah—. No es el momento.

—Tiempo es lo que más tenemos. —El interés de Phelps es visible—. Estoy muy interesado en escuchar la historia de Jack Payne.

—Jack Payne está muerto —observa Rafael—. Pertenece a otro libro. No hay nada que decir.

Sarah aprovecha esta última intervención para cambiar de asunto.

—Ha mencionado un «ellos» hace poco. Que me controlaron... ¿Quiénes son ellos? ¿Barnes?

—No —refuta Rafael rápidamente—. Barnes es un juguete en las manos de otros intereses. Ya le gustaría a él que lo dejasen en paz.

Un carraspeo tímido de Phelps indica su turno de entrar en la conversación.

—He reparado en una cierta derivación de la historia, y no estoy de forma alguna censurándola, hacia asuntos que solamente Sarah y Rafael dominan. Personajes que, según he comprendido, provienen de otras andanzas. —A pesar del discurso diplomático, la entonación censora es evidente. Se vuelve hacia Rafael—. Creo que es la hora de poner todo en claro. No quiero entrar en su historia conjunta, lejos de mí entrometerme en su privacidad, tienen derecho a ella; sin embargo, cuando hice una pregunta a Rafael, la noche pasada, quedé aterrado con la respuesta, aunque haya sido evasiva.

—¿Cuál era la pregunta? —quiere saber Simon, curioso.

—¿Detrás de quién andamos? —recuerda Phelps terminante.

—¿Y cuál fue la respuesta? —pregunta Sarah con los ojos fijos en él.

—De Juan... Pablo... II... —responde Phelps, pausadamente, para que cada componente del nombre pese sobre ellos.

El silencio se hace opresivo y la atención se vuelve, inmediatamente, hacia Rafael, que no manifiesta reprobación alguna en relación con James Phelps, ni tampoco aparenta incomodidad.

—Dios mío. El dosier del turco —deja escapar Sarah al recordar el cuaderno que JC le dejó en el Grand Hotel Palatino, en Roma, y que estaba detrás de la difunta botella de Oporto añejo.

—¿Aquel que yo iba a buscar? —pregunta Simon con los ojos bien abiertos.

—Sí.

—No se preocupe por eso —tranquiliza Rafael—. Ya no estaba allí desde hace mucho.

Sarah se indigna al oír estas palabras.

—¿Qué quiere decir con eso?

—Que ya no estaba allí desde hace mucho tiempo —repite Rafael sin pizca de emoción.

—¿No estaba dónde? —Sarah siente que va a perder la cabeza si él da la respuesta que prevé.

—En su casa que ha sufrido la explosión en Redcliffe Gardens, detrás de la botella de vino de Oporto añejo, cosecha de 1976 —afirma con la mayor jeta del mundo—. Estuve yo también por cogerla, pero recelé que la echase en falta.

Sarah se levanta de la mesa de la cocina donde la reunión transcurre, colorada, trastornada por ese ir y venir de su vida, de forma desaforada, y, lo que es peor, sin que ella se enterase.

—¿Cómo fue capaz? —casi le vocifera.

—Alguien tenía que leer aquello —argumenta Rafael a modo de excusa. Es un argumento plausible a su modo de ver.

—No tenía ese derecho —continúa Sarah, herida, aunque, bajo otra perspectiva y vistas las cosas de forma más fría, lo que no es todavía el caso, debe sentirse congratulada al saber que él siempre ha estado presente y atento al devenir de su vida. Vuelve a sentarse.

—Estamos apartándonos, nuevamente, del tema —reprende Phelps.

—De ninguna manera —interviene Rafael—. El dosier del turco es un asunto importante para este caso —explica.

—¿De qué forma? —insiste Phelps.

—Es un relato preciso de cómo sucedió todo, lo que llevó a la planificación de la muerte del polaco, quiénes fueron los autores morales y materiales, lo que sucedió en los años siguientes, las consecuencias y el desenlace. Un auténtico informe pormenorizado.

—¿Y dónde anda eso? —inquiere Phelps como un inspector de policía—. Me gustaría leerlo.

—Debería estar en mi casa —protesta Sarah, aunque ya más calmada.

Rafael sonríe. Es la segunda vez que Sarah ve su sonrisa.

—Usted no prestó atención a aquello, Sarah. Huía de él como el diablo de la cruz.

James Phelps se santigua al oír la mención del demonio, lo que provoca la risa en Simon, que intenta disimular.

—¿Y dónde está? —vuelve a preguntar Phelps.

—En un lugar seguro. Es mejor que no tengan conocimiento de su localización por su seguridad.

—¿Por nuestra seguridad? ¿Cuál es el problema? —Es Phelps quien vuelve a preguntar. Ah, valiente.

Rafael se enfrenta a las tres miradas inquisidoras sin pestañear.

—¿A qué creen que se debe todo esto?

—¿Por qué no nos lo aclara? —El tono de Sarah es grave y directo.

—Ellos quieren ese informe y exterminar todas las amenazas relacionadas con él. Incluso aunque no lo hayan leído —puntualiza.

Otra vez a causa de unos papeles, piensa Sarah con una sensación notoria de *déjà vu.*

—¿Esta gente no sabe que no debe dejar nada por escrito? —lamenta—. Entonces, ¿esto no tiene nada que ver con Albino Luciani y lo que sabemos sobre lo que le ocurrió? —Comienza a sentir un cierto temor. Esto es mucho más complicado de lo que pensaba.

—No. Es sobre Juan Pablo II y lo que no sabemos sobre él.

—Pero ¿quiénes son ellos? —pregunta Simon; los dolores comienzan a regresar a su cuerpo. Necesita reposo.

—Los salvadores de las causas de la Iglesia. Los dueños de la Iglesia.

—¿El Papa? —continúa Simon.

—No. Claro que no. ¿Qué le lleva a pensar que el Papa manda en la Iglesia?

—Los cónclaves, la elección del sucesor, los guardias suizos, el hecho de ser el jefe de Estado de su país. Escoja. —Simon presenta una ínfima lista de razones.

—El dueño de la Iglesia es y siempre ha sido el dinero —aclara Rafael.

James Phelps se siente ofendido por la observación.

—Oiga, oiga, Rafael.

Rafael levanta una mano autoritaria, mandándolo callar.

—El dueño de la Iglesia es el dinero. Piensen en el sistema bancario.

Phelps suspira, incómodo con la idea. Qué sacrilegio. Sarah, por su parte, no está entendiendo adónde quiere él llegar con esa tesis.

—Existen los bancos que tienen que obedecer las directrices del Banco Central. Suben o bajan el precio del dinero, son los estrategas, los reguladores...

—¿Adónde pretende llegar con eso? —Es Sarah quien se impacienta.

—A lo obvio. Existe la Santa Madre Iglesia, el Vaticano, que es el rostro y el agente regulador, que administra los bienes, que tutela en cuanto a las decisiones a tomar, que gestiona la fe.

—Por amor de Dios —se irrita Phelps, que se levanta y coloca las manos sobre la mesa—. ¿Está hablando de quién? Con toda seguridad del Vaticano.

—Se equivoca. Estoy hablando de la organización de Escrivá.

—Virgen Santísima. —Phelps vuelve a santiguarse, tres veces seguidas—. Herejía.

—¿La organización de Escrivá? —Simon está fuera de juego.

—El... Opus Dei... —precisan Sarah y Rafael al unísono.

—Eso me parece una tesis sin fundamento —contradice Sarah.

—Un ultraje —añade James Phelps. La voz le tiembla de indignación.

—Por desgracia no es una tesis, ni una especulación teórica. Es una certeza. Funciona de esa forma.

James Phelps se sienta, completamente hundido.

—No puede ser. No me lo creo, Dios mío. Debe de ser una idea equivocada.

Los tres oyentes se dejan caer en los bancos, inclinados sobre la mesa, como si se hubiesen enfrentado a una prueba que les hubiese exigido mucho esfuerzo físico. Pasan minutos sin que crucen palabra, tan sólo se oyen las vías respiratorias actuando, todos ellos jadeantes, fatigados, nerviosos.

—*Okay.* —Es Sarah quien interrumpe el silencio para asimilarlo, que le recuerda algunas conversaciones de este género que mantuvo con Rafael en el pasado—. Pienso que estamos todos de acuerdo en unir los cabos sueltos. Queremos saberlo todo.

Los otros dos se limitan a mover la cabeza dando su conformidad. Sí, quieren saberlo todo... Ahora. Sarah mira a Rafael seria.
Queremos saberlo todo... Ahora.

—Puede comenzar hablando de los cuerpos —pide Phelps,
santiguándose al mismo tiempo.

—¿Qué cuerpos? —A Sarah se le pone la carne de gallina.

—Esto se está poniendo cada vez más interesante —afirma
Simon con una sonrisa macilenta.

—Los cuerpos que este señor fue a buscar a Ámsterdam. Recorrimos quinientos kilómetros con ellos hasta aquí —le incrimina
Phelps.

—¿Natalie? —dice Sarah, tímidamente—. ¿Los cuerpos de
Natalie y de Greg? ¿Usted los ha traído? —No consigue concebir
ese gesto horrendo de arrebatar dos cuerpos, sus conocidos, al descanso eterno.

Rafael afirma con la cabeza.

—¿Por qué? —quiere saber Sarah. Este hombre no deja de
sorprenderla. No tiene idea de cómo se tiene que sentir. Si reír, si
llorar, si considerarlo bien o mal hecho.

—Entre otras razones... por esto. —Rafael exhibe un objeto diminuto, negro, del tamaño del botón de una chaqueta, circular, liso.

—¿Qué es eso?

—Un CD.

—¿Eso es un CD? —Simon mira pasmado el objeto—. ¿Los
hacen de ese tamaño?

—Los hacen del tamaño que sea necesario.

—¿Y qué tiene? ¿Quién lo tenía? —Es lo que le importa a Sarah.

—Informaciones que Natalie perseguía desde hace algún
tiempo —se limita a decir.

—¿Sobre qué?

—Emanuela y Mirella.

—¿Las muchachas? —pregunta James Phelps, nervioso—.
Dios mío, esto es un martirio. No lo puedo creer.

—¿Qué muchachas?

—Dios mío. Las muchachas. —James Phelps se tapa la cara
con las manos, paralizado—. Informaciones sobre lo peor, supongo
—intenta adivinar.

—¿Qué muchachas? —vuelve a preguntar Sarah. Los cabos quedan cada vez más sueltos en vez de unirse en explicaciones plausibles. No hay un desenlace visible. De momento, la conversación que pretende tener sobre la casa parece inoportuna.

—Dos adolescentes que desaparecieron en Roma, en 1983 —aclara Rafael, finalmente, ignorando el requerimiento de James Phelps.

—¿Y qué tienen ellas que ver con esto? ¿Para qué quería Natalie tener informaciones sobre ellas?

—Estaba haciendo una investigación sobre el atentado a Juan Pablo II. Le ha valido la muerte.

La imagen la estremece, impidiendo la formulación de la pregunta siguiente. Le lleva todavía algún tiempo recuperarse.

—Pero ¿quiénes son esas muchachas? —interpela Simon.

—Es un asunto delicado. Basta que sepan que fueron raptadas en Roma por personas ligadas a la Iglesia en ese momento. A pesar de haber hecho circular la idea de que querían canjearlas por el turco, a ellas las mataron poco después del rapto por otras razones.

—¿Y qué razones fueron ésas? —insta Phelps.

—Lo que he dicho es suficiente. —La expresión de Rafael deja patente que no dirá nada más sobre ese asunto.

—¿Y en cuanto a la otra víctima que murió con ellos? —Phelps cambia de asunto—. ¿Tenía algo que ver con el caso o fue atrapado por los imponderables de la vida? —Se acuerda del artículo que leyó en el aeropuerto de Schiphol que apuntaba a una pareja y otro hombre, aún no identificados.

—¿Hay más muertos? —Simon siente que ha entrado en un mundo enloquecido.

—Fue él quien desencadenó todo. Estaba al servicio de la CIA; es más, era uno de los fundadores, atrajo la muerte hacia él al seguir los movimientos de ellos. Lo irónico es que él había sido relevado del caso el día anterior. Su trabajo había terminado. Había relatado algo que Natalie había ido a buscar a Bulgaria. El hombre, de nombre Solomon Keys, iba a pasar unos días a Londres, antes de regresar a Estados Unidos. Natalie decidió saciar su deseo precisamente en el lugar donde Solomon, que ya no tenía nada que ver con el asunto, se hallaba. Probablemente no tenía idea de que se trataba de ella. El tirador nunca llegó a saber que era Solomon Keys el que ocupaba el otro váter.

—¿Cómo es eso? —Phelps está alucinado con tanta dosis informativa y no pierde hilo.

—Los tiros fueron hechos con la puerta cerrada por dentro.

—Dios mío —exclama Sarah, imaginando la escena.

—Usted está muy bien informado —comprueba James Phelps con alguna reserva en la voz.

Rafael nada dice.

—¿Las autoridades holandesas no detectaron el CD? —pregunta Sarah desconfiada.

—Claro que sí —comunica—. Y lo entregaron a quien tenían que hacerlo.

—No lo entiendo. —Sarah quiere que todo quede muy bien explicado. Está en su derecho.

—Son jugadas entre bastidores de los servicios de información que no importan aquí.

—¿Cómo tuvo conocimiento de todo esto? —insiste Sarah.

—Nada es invisible a los ojos del Vaticano —responde concluyente pero, al mismo tiempo, evasivamente.

—¿Y esas chicas? ¿Qué tienen que ver con el atentado a Juan Pablo II?

Rafael la mira fijamente para tener la seguridad de que va a comprenderlo.

—Todo.

La historia está cada vez más confusa en la mente de ella. Esperaba respuestas y las ha obtenido, en parte; sin embargo, cada una encierra en sí una batería de nuevas preguntas, dudas, misterios horrendos. Cómo es que se puede llegar a este estado tenebroso en que no se puede confiar en nadie, mucho menos en los promiscuos hombres que, supuestamente, tratan de la seguridad de las personas y bienes de cada país, por no mencionar a los religiosos, poco dados a los designios de la fe y cada vez más entregados a los terrenos.

—En resumen —comienza el silencioso Simon—, una institución religiosa, supuestamente, el Opus Dei, no quiere que se tenga conocimiento del entramado que envuelve el atentado a Juan Pablo II en 1981. —Parece la presentación de una obra periodística—. Por ello, inicia una operación, juzgo que es el término más adecuado, que tiene por objetivo silenciar a todos los intervinientes que tengan o puedan tener conocimiento acerca de esa materia, así como apoderarse de todos los documentos que la aborden.

Todos escuchan la síntesis de Simon. Sarah queda hasta perpleja. Basta una cabeza fría para que todo encaje.

—Tienen la ayuda de una gran organización gubernamental norteamericana y nosotros estamos aquí aplazando lo inevitable, ¿es así? —concluye en forma de pregunta.

—Me parece que es eso —defiende Sarah—. Falta explicar tantas cosas. Me siento más confusa que cuando llegué aquí.

—Hay una pregunta, sin embargo, que aún no ha sido hecha —dice Simon, analítico, mirando la expresión interrogativa de los otros con alguna timidez—. ¿Cuál es el interés del Opus Dei? Estamos hablando de una operación costosa, con bastantes medios. Además, son dos preguntas, y, para mí la más preocupante, ¿qué tiene que ver la CIA en esto?

—Eso queda para más tarde —decide Rafael—. Ahora tenemos que tratar del futuro.

Un sonido vibratorio interrumpe la explicación. Es el móvil de Rafael. Atiende sin proferir una palabra y desconecta de la misma forma.

—Pues yo, casualmente, necesito llamar a casa. ¿Puedo? —pide James Phelps apocado—. Tengo que tranquilizar a la familia. Hablo con ellos todos los días.

—Claro —accede Rafael. La entonación es seria, profesional.

—No se preocupe, sé muy bien lo que no puedo decir.

—También yo —advierte Rafael—. Pero antes Sarah tiene que hacer una llamada.

—¿Yo? —No esperaba esa imposición.

—Sí. Conviene tranquilizar a su padre. Le dije que usted lo llamaría más tarde. —Le pone el móvil en la mano—. Y, ya de paso, que él le diga al socio que necesitamos un avión para esta noche.

Capítulo

46

EMANUELA
Miércoles, 22 de junio de 1983

No es difícil adivinar el origen de este brillo en los ojos y de la sonrisa patente en los labios finos y rosados. Es la alegría de los quince años desfilando ante las maravillas de la vida, de las promesas, del futuro risueño que se asemeja a un ramo de rosas, olorosas, hermosas, dispuestas a lo lejos, la distancia que falta por recorrer para que ella lo coja, triunfal, vencedora. El destino es de color de rosa.

La razón del entusiasmo se debe a que la primera oportunidad laboral está en vías de hacerse efectiva. Un pequeño trabajo, esporádico pero honesto, una puerta que se abre, las primeras liras, suyas, sólo suyas, conseguidas con su sudor placentero. No ve la hora de llegar a casa y contárselo a su familia. Ahora tiene que apresurarse, pues la clase de flauta ya ha comenzado en el instituto. Ah, qué bella es Roma, la eterna, qué gracioso es todo a los ojos de la felicidad. Promotora de la Avon Cosmetics en la feria de moda. Quién iba a decirle que esta oportunidad se le pondría a su alcance.

—Emanuela tiene el perfil adecuado a la función. Es lo que buscamos —ha elogiado el representante, minutos antes, en la terraza, mientras tomaba un agua con gas.

No la ha llegado a abrir, la cartera negra colocada a sus pies, con el asa hacia arriba, nueva o bien cuidada, cuyo olor a cuero se mezcla con el del verano fresco, que acaba de entrar. La edad por encima de los cuarenta, poco más o menos, y la mirada segura de quien sabe lo que hace en su función de reclutamiento para la empresa francesa de belleza personal.

El rubor estampado en su cara, las señales del cuerpo inocente, sensaciones nuevas de realización interior, como nunca había sentido.

—Tendré que hablar con mi familia —ha avisado. Pero la voluntad era aceptar, sin tener en cuenta permisos familiares. Los quince años claman por la independencia—. Pero, en principio, podría contar conmigo —ha concluido con una expresión sonriente.

—Estupendo. Estupendo. Pero no se olvide de que la autorización de los padres es fundamental. Sin ella no podría contratarla —asegura en tono serio.

El hombre ha bebido el último resto de líquido del vaso y se ha levantado, ha cogido el asa pegada a la maleta por necesidad y ha extendido la mano, con profesionalidad.

—Ha sido un placer, Emanuela. Espero poder contar con usted.

La muchacha ha respondido al gesto con la sonrisa clavada en el rostro, insistente, delicado, apasionado.

—¿Cree que me puede dar la respuesta mañana? —ha seguido indagando el hombre.

—Con toda seguridad —ha respondido ella—. ¿Le llamo al número de la oficina?

—No —se ha apresurado él a responder—. Podemos quedar aquí mañana, a la misma hora. —No es una pregunta y Emanuela ha comprendido la falta de entonación que las distingue.

—Claro. Aquí estaré a la misma hora —concede la muchacha.

—Mañana —ha especificado él para no dar lugar a equívocos de fechas, ya que la hora estaba perfectamente acordada, la misma.

—Mañana. —La misma sonrisa cándida—. Entonces hasta mañana. Ya voy con retraso.

La despedida ha sido rápida. El hombre se ha quedado de pie, en la terraza, con aire pensativo, dejando pasar el tiempo para otra reunión, en la mano la llave del BMW aparcado enfrente, otra entrevista de empleo, quién sabe, la ve doblar la esquina corriendo hacia el Instituto Pontificio de Música Sacra.

No es difícil adivinar el origen de este brillo en los ojos y de la sonrisa patente en los labios finos y rosados. Es la alegría de los quince años desfilando ante las maravillas de la vida... El destino es de color de rosa.

No le apetece mucho ir a la clase, la excitación es demasiada, pero no puede pedir autorización a sus padres después de faltar, eso ni pensarlo. Es mejor ir a cumplir con sus obligaciones para no buscarse problemas con sus padres y, después, ¿quién sabe si este trabajo no será el inicio de un futuro en el mundo de la moda? Es lo más acertado.

Ha entrado en el aula con algunos minutos de retraso, por los cuales ha pedido disculpas y ha sido disculpada. El tráfico romano es un infierno, con perdón por la expresión, todos lo saben.

La clase ha transcurrido con normalidad, nuevas prácticas y pautas para practicar en casa, además de los tres días por semana en los cuales tiene que desplazarse a este edificio para recibir más materia para la flauta, perdónense las indebidas insensibilidades narrativas al poco importante tema sacro musical para el fundamento de la historia.

Después de las siete de la tarde, Emanuela ha llamado a casa y ha hablado con su hermana, a la cual ha contado la propuesta del representante de Avon Cosmetics. El entusiasmo era evidente. Prudente, la hermana le ha pedido que no tome ninguna decisión sin hablar con los padres. Hecho que, como comprobamos, jamás se le ha pasado por la cabeza, ni podía. La autorización de ellos es esencial para la legalidad de su contratación y la multinacional no es empresa para cometer actos ilícitos.

Ha caminado hasta la parada del autobús que la va a llevar a la plaza de San Pedro y después a su casa, a su país, en el interior del territorio vaticano, donde reside desde que nació. Se nota el crecer tímido de los días, el sol que se va quedando un poco más, cayendo, lentamente, más allá de los edificios, en un esfuerzo anaranjado, incandescente, al cual Emanuela no presta atención, por lo menos no conscientemente, pero que contribuye, en parte, a su alegría, tampoco pierde tiempo mirando los pósters que están distribuidos por la calle con la fotografía de una adolescente, un año mayor que ella, de nombre Mirella, desaparecida de casa de sus padres hace cuarenta días, desde el 7 de mayo, en plena primavera, de la estación y de la vida, y de la cual no hay rastro o pista desde entonces. Los padres ansían volver a verla o, en último caso, pues la incertidumbre los destroza, que su cuerpo aparezca, sin vida pero palpable. El buen tiempo y las buenas noticias apartan los malos anuncios de la visión púber de Emanuela.

En la parada sólo está una mujer, aguardando al vehículo, entregada a su vida, a su existencia, a quien nada importa el coche que hace sonar el claxon y para enfrente de la parada, como teniendo la certeza de que la llamada no es para ella.

—Emanuela —se oye desde el interior del vehículo.

Ella sólo oye la segunda llamada, absorta con sus ensueños y la sonrisa pasmada, corroborando el espíritu inventivo de los jóvenes.

—Hola —saluda.

—¿Quiere que la lleve? —ofrece la voz masculina.

—No se preocupe. No quiero darle trabajo —se excusa con pusilanimidad sincera—. Voy para el Vaticano.

—Yo voy allí, al lado del Borgo Pio, a hacer otra entrevista. —El hombre retira una maleta de cuero negra del asiento del pasajero para dejar el lugar libre y la coloca atrás—. Entre.

A Emanuela le lleva dos segundos pensarlo y, con la misma sonrisa casta, abre la puerta, decidida, y entra.

La mujer que espera en la parada, ahora sin Emanuela, ni siquiera echa una mirada al BMW que avanza en dirección al Coliseo. No existen sentimientos oblicuos o sucios por la mente sucia de los que pasan o de los que se quedan, ignorados del que pasa por delante, agarrados a su presente, ajenos a lo que los rodea. Pasan la mitad de la vida con la mirada hacia dentro, sin dar una posibilidad al mundo para revelarse. Él lo hace constantemente, cada hora, cada segundo, confiesa todo, sin excusas u omisiones. Apuesta por la franqueza, por la abierta probidad. Y los que pasan y los que se quedan continúan la vida sin verlo, aunque sea aquello que más anhelan.

El coche ya ha doblado la Via dei Fori Imperiali y se ha dejado de ver.

Adiós, Emanuela. Adiós... Para siempre...

Capítulo
47

Salen tres personas de este coche negro que ha estacionado frente a la entrada del Holliday Express. Entran en el hotel para turistas de bajo presupuesto y estancias cortas, pasan por la recepción, sin pedir ninguna autorización o llave de habitación, suben las escaleras hasta la primera planta, donde una puerta abierta deja ver una parafernalia de monitores, cámaras, ordenadores y otro tipo de aparatos no convencionales, algunos de los cuales son confidenciales para los civiles, por lo que nos privamos de identificarlos, controlados por cerca de una decena de agentes que se amontonan en el exiguo espacio. Indiferentes, los tres que han llegado en el coche negro prosiguen su marcha hasta el cuarto de al lado, cuya puerta está entornada, y no se cohíben en abrirla y entrar. Ven a cuatro hombres de traje idéntico mirando por la única ventana del cuarto. Jerónimo Staughton, Thompson, Herbert y Geoffrey Barnes.

—Buenas tardes, señores —saluda el recién llegado Harvey Littel, acompañado de Priscilla, la asistente, y de Wally Johnson con su traje militar—. Veo que hay novedades.

Barnes saluda a Littel con un apretón firme de manos, sin preocuparse de disfrazar el semblante serio.

—Bienvenido.

—Ésta es mi asistente, Priscilla Thomason, y el agregado militar Wally Johnson. —Señala hacia los dos, a los que Barnes saluda de la misma manera, con cara de pocos amigos.

—Mis asistentes, Staughton y Thompson —presenta él a su vez, un intercambio de presentaciones para que no haya desconocidos—. Éste es Herbert —apunta hacia el mencionado—, pero debes conocerlo mejor que yo.

—¿Qué hay de nuevo? —pregunta Littel, poniendo fin a la etiqueta.

—Hemos descubierto la furgoneta en la que se han movido, en Clapham, en una residencia privada. Estaban allí los cuerpos que faltaban, pero ni señal de la mujer o de los...

—¿Y después? —pregunta Littel, interrumpiendo el relato de los eventos que allí condujeron.

—Investigamos la identificación del propietario de la casa y hemos descubierto...

—¿El qué? —vuelve a interrumpir Littel.

—¿Te callas y dejas que me explique o lo quieres descubrir tú mismo? —Juego limpio de Barnes en el aviso. No está para juegos, aunque Littel no estuviese jugando, es una particularidad inherente a su carácter, así como la comida es su perdición, si consideramos otro aspecto de Barnes.

Priscilla y Wally Johnson lo miran como un displicente maleducado, sin respeto por la jerarquía. Desconocen todo lo que los dos hombres han vivido juntos.

—Mis disculpas. La investigación es tuya. Prosigue. —Littel está siendo sincero.

—Hemos descubierto que la casa está registrada a nombre de una multinacional del ramo de las telecomunicaciones llamada Hollynet. No ha sido preciso ir muy lejos para comprender que esa empresa no existe. Es una fachada de nuestros amigos del Vaticano.

—¿Del Vaticano? —Es Wally Johnson quien pregunta—. ¿Y de qué lado están?

Barnes ignora la pregunta del recién llegado.

—Hemos hecho un estudio de los bienes registrados a nombre de la empresa y dimos con un coche, un Volvo con tan sólo tres meses. Emitimos una alerta, y los hombres de aquí, de nuestro socio Herbert, han dado con él.

Barnes pide a Littel que se aproxime a la ventana. Staughton, Thompson y Herbert se abren para dejarlo pasar. El cuarto es muy reducido. Barnes señala hacia un coche, estacionado al otro lado de la calle, un Volvo.

—Es aquel coche. —Levanta la mano hacia la casa de enfrente—. Y en aquella casa vivió Sarah Monteiro.

—Entonces estamos en el camino adecuado. —Littel se frota las manos—. Vamos a acabar con esto. Informo al subdirector y regresamos a casa hoy mismo.

—¿Él no iba a venir? —pregunta Barnes.

—La cama es una gran adversaria cuando despertamos a alguien a las cuatro de la mañana. Quiere que lo mantenga informado y confía en que yo sea capaz de resolverlo. Lo que es igual a decir que no me puedes dejar quedar mal.

—Es siempre la misma mierda —protesta Barnes.

Littel asiente con la mirada y vuelve a observar la casa.

—¿Hay movimiento?

—Sí. Especialmente en la planta baja.

—Entonces no nos demoremos más. Manda avanzar —ordena Littel, que baja los ojos cuando Barnes lo observa desde lo alto de su estatura.

—Cuando quieras.

Barnes se lleva la radio a la boca y oprime uno de los botones.

—Atención, Alfa Líder, el capataz da autorización para avanzar, repito, autorización para avanzar.

Algunos segundos después, comienzan a oír por la radio el desarrollo de la operación. Son tres equipos, el Alfa Líder, el Beta, que será el número dos, y el Gama. El Alfa avanzará por el frente, el Beta por detrás y por arriba y el Gama queda de reserva para el caso de que haya necesidad de refuerzo. Es evidente que este género de operación no obedece a las mismas reglas de las fuerzas especiales, aunque, en parte, el principio sea el mismo. No olvidemos que se trata de forzar la entrada en una casa, a plena luz del día, por un organismo gubernamental extranjero, sin ninguna jurisdicción, autorización o conocimiento del país que los acoge. Así pues, ¿qué mejor disfraz que el de obreros de la construcción civil para abordar la casa por el frente, el equipo Alfa, y electricistas de alta tensión para entrar por las traseras, a través del tejado, el equipo Beta? Una operación organizada en tiempo récord, sin gran análisis de la planta del edificio, lo cual es un mal principio, pero ante el que tendrán que cerrar los ojos. La verdad es que no esperan gran resistencia por parte de los habitantes. El equipo Gama está diseminado por la calle, en el interior de coches, lectores de periódicos en la parada del 24, un barrendero limpiando la acera, un cartero, turistas con unas maletas y el mapa en la mano, a la búsqueda del hotel.

Barnes y los demás escuchan el desarrollo del ataque por los equipos Alfa y Beta en suspenso. Entran sin ninguna dificultad ni bullicio. Todo termina en pocos minutos. A medida que los equipos van recorriendo las habitaciones, alertan a Barnes sobre su estado, profiriendo la palabra «libre», que significa que no hay nadie, el área está limpia. Solamente en el salón mencionan la presencia de un individuo.

—Detengan al sospechoso —ordena Barnes.

Littel asiste sin entrometerse.

—Sujeto detenido sin resistencia —anuncia el agente, pocos segundos después—. Dice que tiene un recado para el capataz.

—Repita, Alfa Líder —solicita Barnes.

—El detenido tiene un mensaje para el capataz.

Barnes abandona la ventana y se encamina hacia la puerta.

—Aguarden, Alfa Líder. Voy a bajar.

—Recibido —informa el agente.

Dos minutos después, Geoffrey Barnes está en el salón de la antigua casa de Sarah Monteiro, acompañado de toda la comitiva que llenaba el cuarto del hotel de enfrente.

—¿Quién es usted? —pregunta con malos modos.

—Mi nombre es Simon Lloyd. Soy periodista de *The Times* y mi rotativo tiene conocimiento de mi presencia aquí.

Barnes lo mira de arriba abajo, y viceversa, valorando al joven que tiene frente a él. Parece nervioso y debe de estarlo. Todas las atenciones vueltas hacia él, personas tan influyentes, poderosas, que con un gesto acabarían con su vida sin pensarlo dos veces y después prepararían cualquier excusa ficticia para disculparse. La realidad es una gran ficción.

Simon, por su lado, se enfrenta a un ataque de pánico que se preocupa de no demostrar en la totalidad. Ha sido ésta la tarea que le ha sido atribuida, es de esta forma como tiene que contribuir para que Sarah y Rafael cumplan el plan elaborado. Él le garantizó que todo marcharía bien, pero ahora, bajo tantas miradas furtivas, no tiene tanta certeza. Tal vez haya sido una disculpa para convencerlo. Sarah le ha avisado de cuán manipuladora puede ser esta gente. Sea. La tarea será concluida.

—¿Cuál es el mensaje? —pregunta el americano gordo con aspereza.

Simon le entrega un disco del tamaño de un botón.

—¿Qué es esto? —pregunta mirando al objeto.

—No sé, pero Jack Payne me ha pedido que les diga que se encontrará con ustedes allí. —Tarea cumplida.

Los ojos de Barnes se llenan de odio, mientras mira el pequeño disco.

Capítulo
48

El automóvil avanza por el accidentado terreno a velocidad moderada para no perturbar la comodidad de los ocupantes. Aún faltan por recorrer algunos kilómetros por este camino particular hasta que alcancen la carretera nacional, ahí giran a la derecha y siguen adelante. Son cincuenta y tres kilómetros hasta la autopista que los llevará a Lisboa y a la base aérea de Figo Maduro, a la que deben llegar dentro de dos horas y media, minuto más, minuto menos, donde los espera un Learjet privado.

Dentro del coche encontramos a JC, en el asiento de atrás, con Elizabeth a su lado, el capitán Raúl Brandão Monteiro en el asiento del copiloto y el cojo encargado de la conducción, como compete a un asistente.

—No comprendo por qué tenemos que ir con usted —protesta Elizabeth, impotente ante el cambio de rutina y el corazón un poco más pesado debido al recuerdo de Sarah.

—Querida mía, no pueden quedarse porque no tendría cómo defenderlos. Si fuesen apresados, podrían usarlos como moneda de cambio para chantajear a su hija. Eso les daría un ascendente sobre nosotros. Inaceptable. Inaceptable. El enemigo debe negociar con las armas que tiene a su disposición y no con las que nosotros le facilitemos.

—Pero ustedes han pasado la noche en mi casa. No ha habido ningún problema —argumenta Elizabeth insistente.

—¿Nunca ha oído hablar de esos fugitivos de la justicia que nunca duermen dos noches seguidas en el mismo sitio? —Aguarda a que ella asienta—. Ése es nuestro caso en este momento. El sedentarismo y la previsibilidad son enemigos de la estrategia. Tenemos que mantenernos en movimiento.

—¿Adónde vamos? —quiere saber el capitán, volviéndose hacia atrás.

—Enseguida lo verán.

El vehículo circula algunos kilómetros sin que ninguna palabra sea proferida. Todavía están en la tierra de Raúl y Elizabeth. Cada uno piensa en su vida y en el trayecto común que el presente exige. Excepto el cojo, que todavía no ha digerido la rabia de tener a Rafael en el mismo bando y, por eso, la mastica, lentamente.

Raúl reza para que su hija y Rafael consigan llegar a tiempo y sanos y salvos. Eso es lo más importante.

—Pero ¿qué tiene que ver con todo esto Juan Pablo II? El hombre ya murió, pobrecillo. Sufrió como un desgraciado. —Es Raúl quien pregunta, recuperando la conversación de la noche anterior.

—¿Nunca oyó decir que sufrimos en la medida del mal que hacemos? Algo así es el karma. No es que yo crea en eso, evidentemente.

—El hombre era un santo —defiende Elizabeth, ofendida con la alusión maliciosa.

—Un hombre puede ser santo y pecar. El pecado no invalida la santidad. Existen millares de ejemplos en la Iglesia.

—¿Pero cuál es la relación con él? —insiste Raúl.

JC se acomoda en el asiento. El terreno accidentado ha quedado atrás, ahora hay buena carretera hasta Lisboa, con rectas todo lo que da la vista.

—Digamos que teníamos un acuerdo.

—¿Usted y él?

—Yo y él.

—¿Qué tipo de acuerdo? —pregunta Elizabeth.

—Eso es una historia muy larga.

—Nosotros no tenemos que ir a ningún lado —argumenta Raúl—. Estamos en sus manos. Tiempo es lo que nos sobra.

JC vislumbra el paisaje verde y amarillento del final de la tarde que desfila a lo largo de la carretera. La inmensidad del Alentejo, poblada de chopos, viñas, campos inacabables de centeno. La belleza de la naturaleza, virgen en algunas partes.

—Wojtyla se metió en un gran enredo cuando fue elegido papa. La Iglesia venía de un evento traumático, del cual le llevó muchos años recuperarse. —Mira a los ojos a Raúl sin pizca de contrición. Ambos saben a lo que se refiere el trauma; no obstante, JC es un enjuiciador nato de personas y tiene la seguridad, solamente con una mirada, de que Elizabeth no conoce los intríngulis de la situación—. Claro es que él ignoraba lo que había de venir. Hasta hizo un homenaje a su antecesor, recuperando el nombre. Juan Pablo, el segundo —proclama triunfalmente—. Mal podía imaginar que su querida Iglesia decidiría no correr más riesgos como en el caso de Juan Pablo I. Ustedes conocen ciertos… déjenme encontrar el término más acertado… ciertas manías que caen sobre los elegidos en sus primeros momentos, después de la elección canónica. Se proveen de una santidad fofa, mientras intentan, por todos los medios, hacer olvidar al antecesor. Bueno, Wojtyla estaba en una situación excepcional. El veneciano no llegó a calentar el sitio. —Nuevo intercambio de miradas con Raúl—. Por eso, recordarlo y homenajearlo se convertía en un beneficio para su imagen.

—¿Está acusándolo de aprovecharse de Juan Pablo I? —interroga Elizabeth asustada.

—Estoy solamente mencionando el debe y el haber. Para bien o para mal fue bien hecho y útil para él. El polaco era un hombre dinámico, emprendedor, preparado para trabajar, para luchar. —Una sonrisa sarcástica invade el rostro nostálgico—. No sabía lo que le esperaba. Cometió el mismo error que su predecesor.

—¿Cuál? —Raúl está totalmente absorbido por la narrativa.

—Se mezcló con Marcinkus.

—¿Marcinkus? —interrumpe Elizabeth—. ¿Quién es Marcinkus?

—Era el director del IOR, el banco del Vaticano, en aquella época, y permaneció durante largos años, durante el papado de

Wojtyla. Un obispo americano que Juan Pablo promovió a arzobispo, pero nunca a cardenal, aunque eso no haya pasado por los
pelos. Sólo veía su lado y nunca el de los otros; pero ¿quién soy yo
para acusar? —Pausa, unos segundos, para asimilar lo que ha sido
dicho—. Él bien que quería serlo. Imagine, cardenal Marcinkus.
Vuestro Dios tendría mucho trabajo que hacer sólo para quitarle la
soberbia del rostro.

—¿Y qué más? —presiona Elizabeth, incitándole a proseguir.

—Y entonces llegamos a 1989 y el polaco había aplazado, sucesivamente, la tan ansiada promoción a la categoría de los elegidos. No lo podía seguir haciendo más. Por razones más o menos
complicadas, que resumiré si es de su interés, Marcinkus lo tenía
bien agarrado… o al menos así lo creía.

—¿Al Papa? —Elizabeth está escandalizada. Es un escenario
difícil de concebir. Desconocía estas jugadas políticas entre los bastidores de la Iglesia. Una lucha por el poder, por el control, igual a la
de su propio país y a la de todos los demás. Pensaba que el Vaticano,
como imagen de fe, era inmune a estos vicios… Se había engañado.

—Sí —confirma el narrador.

—El hombre que, si ponía un pie fuera del Vaticano, hasta un
dedo, sería inmediatamente detenido por las autoridades italianas
que lo consideraban un criminal, ¿iba a ser cardenal? —Es el momento de Raúl para alcanzar a comprender el grado de imperfec-
ción de los sistemas políticos.

—En política, como en todo en la vida, es la ventaja lo que
cuenta. Su primer ministro tiene que andar al son de quien descubrió que él se había inventado el último año de la licenciatura. El
presidente americano fue obligado a invadir Irak porque sus patronos lo tienen bien agarrado… los saudíes, que, para no llamar la
atención, impidieron que el ataque procediese de su país. Todos tenemos compromisos con alguien y estamos siempre sujetos a sufrir
el ascendente de ese alguien sobre nosotros.

—¿Cuál era el as marcado de Marcinkus? —quiere saber
Raúl.

—La vida de Wojtyla —se limita a decir JC.

Se nota que ninguno de ellos esperaba aquella observación.
¿Cómo puede ser que alguien tenga como ascendente la vida de

un papa? No son conscientes de que podría haber tenido otros ases, pero nunca uno tan decisivo.

—¿Cómo puede ser eso? Un hombre que tiene centenas de personas cuidando de su seguridad —cuestiona Elizabeth.

El sol crepuscular irrumpe en el interior del coche con una luz anaranjada, fuerte, el último fulgor de la estrella reinante antes de sumergirse en el horizonte, vencido por la oscuridad de la noche, que se extenderá por los campos alentejanos hasta cubrirlos de negro. Se obvian en esta parte las explicaciones astronómicas, astrológicas, científicas de que el sol no se sumerge, pues él es el centro de nuestro universo galáctico. El mundo es como la religión, la metáfora es siempre más bella. Lo que importa es creer.

—El atentado de 1981 es una amenaza suficiente —afirma JC.

—¿Qué quiere decir con eso?

—Repare en que Marcinkus perdió uno de sus brazos derechos en el interior del Vaticano, el difunto secretario de Estado, el cardenal Jean Villot, que murió en marzo de 1979. Por sí solo, esto supone una pérdida de movilidad enorme para quien pretende manipular a un papa o, por lo menos, tener información sobre lo que él anda planeando. Cierto día recibe la visita de un cardenal alemán, del círculo de confianza del polaco, que le informa, sin reservas, de que su trabajo está siendo investigado con mucha atención...

—¿Y qué pasaba con su trabajo? —interrumpe Elizabeth—. ¿No era director del Banco del Vaticano? ¿No actuaba con honestidad?

Raúl y JC se miran, con cierto malestar por parte del portugués.

—Claro que no. ¿Conoce algún banco que no persiga el beneficio?

—Los bancos persiguen o deben perseguir el beneficio honesto. Pero seguro que ese Marcinkus tendría que rendir cuentas a alguien. ¿Al Papa, por ejemplo?

—Tiene alguna razón, en el sentido de que el banco pertenece al Sumo Pontífice, pero Marcinkus no rendía cuentas a nadie sino a él mismo. A causa de esa falta de inspección jerárquica, los negocios del banco rozaron lo escandaloso...

—¿Rozaron? —interroga Raúl. Tiene algún conocimiento de causa para el tono de protesta.

—Es una forma simpática de abordar el asunto. No les quiero marear con ingeniería financiera, legal o ilegal. Al final, ¿quién es el que decide lo que se puede hacer o no? ¿Basado en qué presupuestos? ¿Quién se puede levantar contra el hecho de que el IOR, bajo la gerencia de Marcinkus, fuera propietario de empresas de producción y venta de material pornográfico? ¿O empresas de fabricación de contraceptivos, armamento, o que financiaran operaciones económicas que promovieran genocidios en África? ¿Quién es quién para condenarlo?

—Los valores que la Santa Sede defiende contrarían ese género de negocios —advierte Raúl, enojado, aunque no sea la primera vez que oye hablar de esto—. Comprendo que Juan Pablo I fuese a cerrar el banco. Aquello es un antro.

—Aquello es un negocio —contrapone JC—. No se engañe con el nombre oficial de Instituto para las Obras de Religión. Es un banco, tiene que generar beneficios, sirve para hacer dinero... mucho dinero. Lo que mueve el mundo no es la fe... Es el dinero. En eso la Santa Sede siempre ha estado en la vanguardia. Es natural que se inmiscuyan en los negocios más rentables.

—Está a favor, presumo —sugiere Raúl.

—No estoy a favor ni en contra... Entiendo; es diferente. El capitalismo no es un sistema perfecto. Nada que sea inventado por el hombre lo es. Es un sistema de reacción. Precisa de antibióticos, de vez en cuando, para que los mercados reaccionen y el dinero circule. El dinero tiene que estar siempre cambiando de manos. Es esencial. Una explosión en un oleoducto para que el precio del barril de petróleo suba, una amenaza de guerra, una guerra efectiva. Todo eso está calculado. No es fruto del azar.

—Nunca me había dado cuenta de eso —exclama Elizabeth, espantada y aterrada.

—Claro. Nadie se da cuenta. Marcinkus no comprendía nada de economía, pero tenía un saldo casi infinito a su disposición, por no hablar de la bendición de Dios. Con todo eso, no podían faltar candidatos para ayudarlo a invertir. Las jugadas económicas de Marcinkus costaron más de un billón de dólares a las arcas del Vaticano, y él fue el responsable del atentado a Juan Pablo II.

—¿Fue él? ¿Y los búlgaros? ¿Y los soviéticos? ¿No fueron ellos? —pregunta Raúl, aturdido.

—Ya sabe que Licio siempre fue maestro en desinformación.

—¿Licio? ¿Quién es Licio? —Es el turno de preguntas de Elizabeth.

—Licio era el gran maestre de la orden que yo presido. Cualquier cosa que fuese necesario, Licio la resolvía. ¿Es necesario un nuevo gobierno en Argentina? ¿Para cuándo?, sería la pregunta de Licio. ¿Son necesarias armas para enfrentarse a los británicos en la guerra de las Malvinas...? Hagan la lista, decía Licio. A este juez lo tengo encima, decía otro. Tranquilo, que mañana se te quita ese peso, avisaba Licio. —La voz se le iba elevando a medida que enumeraba las variadas sugerencias o alusiones que le venían a la memoria. Un hombre conviviendo con su pasado—. Tenía siempre solución para todo. Y también la tuvo para Juan Pablo II.

—Para ser un gran defensor de Licio, usted parece poco contento —provoca Raúl.

—La edad comienza a pedir descanso, querido mío. El pasado queda más claro, y nos persigue. Ustedes también son una prueba de eso.

El silencio se adueña del habitáculo del vehículo. Es mucho material para asimilar de golpe.

—¿Por qué decidió confesarnos todo esto? —quiere saber Elizabeth, poniendo fin al mutismo.

JC la mira con aire superior.

—Ustedes no pueden hacer absolutamente nada con esta información, por eso no tengo nada que perder... ni ustedes que ganar. Considérenlo una gentileza por mi parte.

—Pienso que es de esas cosas que todos quieren saber, pero rezan para que no sea verdad —confiesa Elizabeth.

—Ah, pero ésta es verdad... la más pura verdad.

—Entonces no existió ninguna gran conspiración de los búlgaros ni de los soviéticos para matar al Papa. Partió todo de Marcinkus —concluye Raúl.

—Al fin y al cabo, todo se resume a un grupo restringido de menos de cinco personas. Es la única manera de garantizar que todo permanecerá bien tapado.

—¿Y en el caso de Juan Pablo I? —pregunta Raúl, metiendo el dedo en la llaga—. ¿Cuántos eran?

—Según oí decir, fue el corazón el que conspiró contra él —se limita a contestar, soslayando la cuestión—. No crea todo lo que lee en los libros. Esa gente lo que quiere es vender.

—Entonces ese Marcinkus está por detrás de todo esto —remata Elizabeth, ignorando las indirectas entre los dos hombres.

—Marcinkus entregó el alma a su Dios en 2006 —informa JC—. Para terminar, Licio tomó disposiciones para el día 13 de mayo de 1981.

—Pero Wojtyla no murió —verifica Elizabeth.

—Es cierto. Hubo muchos errores en la concretización del plan. Y eso llevó a una alteración profunda. Pero no fue difícil convencer al polaco de que aquello podía volver a suceder a cualquier hora, en cualquier lugar.

—¿Él lo amenazó?

—No exactamente.

—No comprendo.

—Ahí es donde entran los búlgaros, los soviéticos, los alemanes del Este y, también, los polacos. Fueron todos informados, a través de este vuestro amigo, de que un ataque a la vida del Papa era inminente. Y por eso existen innumerables relatos que señalan la presencia de agentes del KGB, del KDS, de la Stasi y de los polacos en la plaza de San Pedro, ese día. Fue una jugada maestra —elogia orgulloso.

—Él pensaba que estaba siendo amenazado por el bloque del Este —concluye Raúl en tono pensativo.

—Y lo estaba. Pero no de una forma directa. Por eso, Marcinkus, Licio y yo, durante algún tiempo, fabricamos un escenario de constante amenaza. Inventamos el contacto de un hombre que se presentó como Néstor, agente del KGB, y que usaba a Marcinkus para contactar con el Papa y presentar las exigencias soviéticas.

—Pero la Unión Soviética acabó por caer a finales de 1991.

—Sí, pero eso se debió a la ayuda que el polaco tuvo a partir de determinado momento. —Sabe que en esta profesión no se puede confiar en nadie demasiado tiempo.

—¿De quién? —preguntan Raúl y Elizabeth, casi al mismo tiempo.

El viejo los mira a ambos y esboza una sonrisa tenue.

—Mía.

El Mesías...

Capítulo
49

Londres es la ciudad más vigilada del mundo. Existen cámaras en todas las calles, callejones, edificios, transportes públicos, en grabación constante, pues el ansia de celo siempre será deficiente y el carácter de los hombres, más los enemigos creados, está siempre dispuesto a probar las defensas de todos y de cada uno.

Hay un pequeño jardín, el Saint Paul's Churchyard, anexo a la obra maestra de Christopher Wren, accesible a través de la Paternoster Row, que acostumbra a estar cerrado después de las ocho de la noche. Hoy no debería ser excepción, pero el portón negro cede a la presión de Rafael, y ni siquiera chirría cuando lo abre totalmente, lo que denuncia su uso frecuente y mantenimiento concienzudo de los prelados de la catedral de San Pablo, uno de los *exlibris* de esta bella ciudad.

—¿Qué hemos venido a hacer aquí? —protesta Sarah—. Deberíamos ir camino del aeropuerto. Todavía está lejos.

—Tenemos tiempo. Son sólo diez minutos.

—¿Diez minutos para qué? —inquiere James Phelps.

Rafael ignora la pregunta y toca un timbre colocado en el lateral de una sólida puerta de madera. Espera.

Para llegar aquí han cogido tres transportes diferentes. Han entrado en el autobús 24, cuya parada quedaba justo enfrente de la casa de Belgrave Road. Han bajado en Lupus Street y han entrado en la estación de metro de Pimlico hasta Euston. Después han ido en taxi hasta la Torre de Londres. El resto del camino lo han hecho andando por Cannon Street jugando al despiste de un modo que sólo Rafael comprende. Por el camino, Sarah se ha encargado de pedir el avión a JC, que ha atendido prontamente. ¿No hay nada que él no consiga? Ha hablado un poco con su padre y con su madre, tranquilizándolos, aunque la petición poco ortodoxa del avión haya dejado a Elizabeth preocupada.

—No han oído —dice Sarah, impaciente—. Toque nuevamente.

—Han oído, no se preocupe. Tenemos que esperar.

Sarah aprovecha la espera y se sienta en uno de los bancos de madera que se extienden por el pequeño pero bien cuidado jardín. Se comprende que, en esta pausa, los nervios comiencen a apoderarse de ella, así como las dudas, corrosivas, conspiradoras, alarmantes. Desgraciadamente, tiene la experiencia necesaria para saber que no se puede dar tiempo a la mente en estas horas, de lo contrario...

—¿Estará bien Simon? —La pregunta es más para sí misma que para los dos hombres. Una aflicción que ha desbordado los pensamientos y se ha verbalizado.

—Mejor que nosotros, puede estar segura —afirma Rafael con seguridad.

—¿Y si ellos lo torturan... o peor? —insiste Sarah—. No lo debía haber visitado en el hospital —declara, arrepentida.

—No diga disparates. Si usted no hubiese ido, entonces sí que él estaría peor. O quizá estaría mejor, pero la familia...

—Ya entiendo —interrumpe Sarah, levantando una de las manos para mandarle callar—. Ya entiendo.

—¿Cómo sabe que no le han hecho daño? —pregunta James Phelps, ayudando a Sarah y, al mismo tiempo, saciando su propia curiosidad.

—De la misma forma que supe que habíamos sido localizados en Belgrave Road.

—¿Usted tiene a alguien espiando a Barnes? —Sarah se levanta arrebatada—. No me lo creo. No puede ser. —Se muestra incrédula y poseída de la curiosidad típica del periodista—. ¿Quién es?

La mirada de James Phelps se mueve, ansiosa, entre Rafael y Sarah.

—¿Lo confirma, Rafael?

La puerta se abre, finalmente, después de oírse una llave dando vueltas en la cerradura y, por lo menos, dos cerrojos moviéndose para permitir la apertura.

—Existen varias maneras de conocer los pasos del enemigo —se limita a decir Rafael. La entrada muestra a un hombre calvo, gordo, vestido con un pijama con pelotas azules, pequeñas.

—¿Qué quieren? —pregunta con malos modos.

—Perdone la hora tardía, hermano —se disculpa Rafael con una entonación respetuosa.

¿Hora tardía?, se pregunta Sarah. *Son las ocho y media.*

—Venimos a hablar con el hermano John —prosigue Rafael.

—¿El hermano John, dice? ¿John qué? —No abandona los malos modos. Debía de estar durmiendo.

—John Cody.

—¿Y quién es usted?

—Disculpe mi distracción. Soy el hermano Rafael... de Roma.

—¿Y por qué no lo dijo antes? —rezonga el hermano portero. Es injusto cuando a uno lo arrebatan del sueño de los justos—. Entren. Entren.

Una vez en el interior del edificio, Sarah se siente transportada a otra época, entre los finales del siglo XVII y el inicio del XVIII, bastante después del gran incendio de 1666, que dejó la catedral en ruinas, así como al resto de la ciudad. Esa tragedia se manifiesta en este edificio monumental, en este pasillo de apariencia medieval que Sarah recorre con respeto y admiración, al contrario de los demás, que tan sólo ven un pasillo, como muchos otros, oscuro, algo siniestro, cerrado al público en general, pues las personas que habitan aquí necesitan de la merecida privacidad.

—Voy a llevarlos hasta la sacristía, donde pueden aguardar a John Cody —informa el hermano portero que, a pesar de su rostro ceñudo, tiene ahora una voz más amistosa.

—Se lo agradezco —dice Rafael, con la misma entonación respetuosa, propia de quien no quiere herir susceptibilidades o crear confusiones innecesarias.

El hermano abre una pesada puerta que da acceso al transepto inmenso que se abre como lugar de visita y oración.

—Magnífica —susurra James Phelps—. No deja de parecerme magnífica. Y mire que he entrado aquí muchas veces. —Es a Sarah a quien él habla, en un murmullo apagado, con la intención de no ofender el lugar sagrado.

Se detienen en la cancela, el centro de la majestuosa catedral. Al fondo, al oeste, la inmensa nave cubierta por la historia de los siglos, testigo de bodas reales y funerales de Estado. Abrigo de muchas de las grandes personalidades del reino, entre ellas el duque de Wellington, de nombre Arthur Wellesley, gran artífice de la derrota de Napoleón; lord Nelson, el malogrado almirante, vencedor de Trafalgar; Thomas Edward Lawrence, más conocido como Lawrence de Arabia; Florence Nightingale; sólo por nombrar algunas, ah, y claro, el gran maestre que hizo realidad el sueño, Christopher Wren, en cuya tumba se puede leer: *Lector, si monumentum requiris, circumspice*. Arriba, el domo magistral, con la linterna de 850 toneladas, bajo la cúpula gigantesca, donde se pueden admirar los frescos de Thornhill y cuyo exterior figura en las obligadas postales de la ciudad y en los directos televisivos de los canales ingleses. Es inconfundible. Sus 110 metros de altura son solamente superados por la cúpula de Miguel Ángel, en la basílica de San Pedro, aunque no haya existido competición alguna entre el maestro italiano y el inglés.

—Quédense aquí —ordena Rafael a Sarah y a James Phelps.

—¿Por qué? —pregunta Sarah indignada.

—Porque lo digo yo —replica Rafael, también con cierta arrogancia—. Admiren el lugar. Tiene mucho que ver —añade, siempre de espaldas a ellos, siguiendo el rastro del hermano portero.

Sarah y James Phelps acatan la orden, más bien por no querer desafiarlo, pues está claro que no están contentos con verse forzados a mantenerse al margen de lo que vaya a suceder. Pero Sarah no descansará mientras Rafael no le responda a todo. Él, que se prepare, que más tarde ya verá.

—¿Y ahora? —indaga James Phelps, visiblemente incomodado.

—Tenemos la catedral sólo para nosotros. ¿Por qué no me hace una visita guiada?

—Con mucho gusto, pero déjeme primero encontrar un servicio.

—De acuerdo. Yo lo espero. —Qué remedio.

James Phelps se aparta de la cancela, el vasto espacio abierto debajo de la cúpula, pero al tercer paso se agarra el muslo derecho y se agacha con dolores agudos. Sarah corre en su auxilio.

—¿Qué pasa, James? —pregunta preocupada.

—No se preocupe. Enseguida se me pasa.

—Venga a sentarse —sugiere, cogiéndolo por el brazo y llevándolo hasta el banco más próximo, en el lado norte del transepto.

James Phelps acata el consejo y se deja ayudar.

—Esto me da de vez en cuando.

—¿Y sabe lo que es?

—Pues, casualmente, no. —Sonríe como un niño que hace una travesura.

—Debería ir a que se lo vieran cuanto antes. Con la salud no se juega —asevera Sarah, complaciente, maternal.

Se sientan en el gran banco de madera, barnizado. James estira la pierna dolorida, todavía agarrándose el muslo.

—Esto ya se pasa —repite, más para tranquilizarla que otra cosa. Hace mucho que se acostumbró a convivir con este dolor agudo.

Esperan algunos minutos, en silencio, Sarah junto a James Phelps, atenta, olvidada de las tareas futuras y de los secretos de Rafael, en algún lugar de la sacristía con el tal hermano John Cody, hablando de asuntos privados, pero que le atañen, a ella y a James Phelps y a Simon Lloyd. Que Dios los proteja… si puede.

—Ya estoy mejor —declara James Phelps, irguiéndose, todavía con dificultad. Sarah no duda en ayudarlo a levantarse.

—¿Está seguro?

—Sí. Esto ya se va, tan deprisa como viene. —Ejercita un poco la pierna, apoya su peso sobre ella para probar la resistencia.

—¿Ve? Ya ha pasado.

—Menos mal, pero prométame que va a hacer que le vean eso cuando tenga oportunidad.

—Por supuesto. Gracias por la preocupación. —Una sonrisa sella el compromiso—. Voy a buscar un servicio.

—Estaré por aquí.

Aprovechamos esta separación voluntaria entre estas personas para seguirle la pista a Rafael, que ya ha dejado la sacristía, solo. El tal hermano Cody no ha aparecido en ese lugar, pero el hermano portero, que ha cambiado el semblante malhumorado nada más quedarse solo con Rafael, se ha acordado, de repente, que debía ir a buscarlo a la galería de los Susurros, en la base de la cúpula, un lugar nada adecuado para encuentros secretos. De cualquier manera, ha sido ése el lugar escogido y podemos testimoniar que Rafael sube las escaleras de caracol que lo llevarán a la mencionada galería. Son algunas centenas de escalones, pero él está en forma, como siempre, preparado para todo y, preferentemente, dos o tres pasos por delante de los enemigos.

Una vez alcanzado el estrado y la barandilla que componen la muy famosa galería de los Susurros y circundan la totalidad del diámetro de la base de la cúpula, Rafael busca. No es difícil localizarlo, a unos setenta metros, inclinado sobre la barandilla, mirando la cancela, abajo, en el centro, nada preocupado de que lo puedan ver. Rafael recorre la distancia que los separa hasta quedar a medio metro.

—Éste no es realmente el mejor sitio —protesta el recién llegado. La galería debe su nombre a la acústica atípica que hace que un susurro se oiga en toda la cúpula.

—No te preocupes. No hay nadie aquí arriba a esta hora. Me he asegurado de ello.

Los dos hombres se abrazan.

—Rafael —saluda el hermano John, dándole unas palmadas en el hombro.

—John Cody —responde el otro.

—Vaya un nombre que me has buscado —lamenta el otro sonriendo, soltándose del abrazo—. He estado investigando, John Cody fue arzobispo de Chicago, en los años setenta.

—Lo sé.

—Un putero cabrón.

—Lo sé.

—Ladrón y corrupto.

—Lo sé —repite Rafael—. ¿Qué tienes para mí?

—Poca cosa. Está todo más o menos controlado.

—¿Más o menos?

John Cody se encoge de hombros.

—Tenemos siempre que contar con los imponderables. Aparecen sin previo aviso y nunca sabemos lo que puede ser.

—Disculpas.

—La única cosa que tengo es un nombre. Andan, especialmente, interesados en un hombre.

—¿Quién?

—Un tal Abu Rashid.

—¿Qué tiene de especial?

—Según parece, sabe más de lo que debería.

—¿Y quién le ha proporcionado esa sabiduría?

—No tengo ni idea. No dejan que mucha gente tenga conocimiento del asunto.

Rafael se frota los ojos, meditabundo.

—¿Dónde suele parar?

—La última y única residencia conocida queda en el barrio musulmán, en Jerusalén. Pero hace algunos días que nadie lo ve por allí.

—Lo que quiere decir que le han echado la zarpa.

—No sé qué decirte. Pero si ha sido así, no hemos sido nosotros —se excusa John Cody—. ¿Crees que vale la pena ir a Jerusalén?

Rafael niega con la cabeza.

—Sería una pérdida de tiempo.

—¿Qué hacemos entonces?

—Proseguimos. Ya sé hacia dónde voy —declara Rafael, decidido.

—¿Y Abu Rashid?

—Intenta saber lo máximo sobre él y quién le da esas informaciones. Y qué informaciones son, ahora.

Un apretón de manos, más una palmada en el hombro, es la despedida entre los dos hombres. Rafael le da la espalda. Saldrá primero. John Cody aguardará cinco minutos y bajará después.

—Haz lo que tienes que hacer —ordena Rafael antes de salir por la apertura que da a la escalera de caracol.

—¿Estás seguro?

La falta de respuesta da por válida la decisión anterior.

Cinco minutos.

Pueden parecer una eternidad, incluso con la inmensidad de la cúpula encima de su cabeza mostrando su magnificencia. Da tiempo para que la noche caiga completamente, dejando a la penumbra inundar el lugar, combatida por las lámparas, estratégicamente colocadas, que dan un aire quimérico a todo aquello.

Cinco minutos.

No nos quedaremos con John Cody todo ese tiempo, por muy buena persona que pueda parecer. Avanzamos, sin embargo, una visión de lo que pasará finalizado ese plazo.

Cinco minutos han pasado, más treinta segundos, por celo profesional, inherente a todo funcionario que se declare competente. Se lleva la radio a la boca y presiona el botón.

—Atención a todas las unidades. El grupo ha sido localizado. Repito, el grupo ha sido localizado. Número dos de New Change, catedral de San Pablo. Repito, catedral de San Pablo.

Capítulo
50

Hoy es uno de esos días en que más vale llamar a la oficina y dar cualquier disculpa, de enfermedad o defunción, inculpar a un familiar, tío, abuelo o incluso un sobrino que se acordó de dejar esta tierra, nadie muy allegado, como padre, hermano, mujer, no vaya a llegar efectivamente el castigo, y dejar que los problemas sean resueltos por otros. Pero éste no es un trabajo vulgar, ni Geoffrey Barnes un hombre que huya de las dificultades. Por el contrario, toda esta locura de carrera, el flujo de la información, la próxima jugada estratégica, hacen que la adrenalina fluya en consonancia con el espíritu alterado. No cambiaría su posición por nada... incluso en los días malos.

El ajetreo en el centro de operaciones se manifiesta siempre del mismo modo. El caos aparente de decenas de personas de un lado para otro con papeles en la mano, atendiendo teléfonos, mirando monitores, pulsando en teclados fiables es tan sólo ilusorio. Todo se rige por reglas invisibles, pero patentes, para que nada pase desapercibido. Alguien, en medio de este mar intempestivo, se percatará de algo fuera de sitio, un movimiento anormal, una ola desacompasada de las otras, y dará la alerta.

—Que alguien cierre esa puerta —ordena Barnes a nadie en particular, sentado en el sillón de su despacho.

Es Priscilla quien la cierra, aislando la sala del ruido exterior. No es normal que haya tanta gente como hoy, pero hablamos de un día anómalo. Sentado en la silla frente a la mesa de Barnes encontramos a Littel. Priscilla, de pie, a su lado, después de haber cerrado la puerta, cual guardaespaldas. Herbert, detrás de Barnes, mirando por la ventana el atardecer londinense.

—¿Dónde están los otros? —pregunta Barnes.

—Analizando el disco —informa Priscilla. Es su cometido responder a este género de preguntas.

—¿Tu compinche está con ellos? —Mención de Barnes a Wally Johnson, dirigida a Littel, que permanece sentado y se limita a confirmar con un gesto de cabeza.

—Espero que acaben con eso —suspira—. ¿Qué rayos está pasando?

—¿Quiere que le haga un dibujo? —dice Herbert de sopetón, sin darle la espalda a la ventana.

—Si no le importa —contrapone Barnes, sarcásticamente.

Herbert se enfrenta a los presentes por primera vez. Lleno de ira, con una mirada terrible; no está habituado a perder el control de las situaciones.

—Es obvio que tiene un topo en su equipo.

Littel se levanta encolerizado.

—Tenga cuidado con la lengua, querido mío.

—¿Por constatar lo obvio? —arremete retóricamente—. Señores míos, ¿tendré que recalcar el hecho de que él estaba esperándonos? O mejor, ¿que dejó a alguien para darnos la bienvenida como si estuviese riéndose de nosotros?

Nadie refuta la observación. Se mantienen en silencio, autorizando la reprimenda debido al carácter hartamente intervencionista de Herbert, primado de la Obra en aquella sala y, tal vez, de toda la organización, algún día.

—No me agrada que él vaya por delante de nosotros y enviándonos mensajes. Tenemos que dar la vuelta a la situación y, por encima de todo, encontrar al topo.

Littel se parapeta en su posición de jefe máximo de este despacho, lo que corresponde enteramente a la verdad, por ser el superior jerárquico, como bien sabemos.

—Esto... ¿cómo se llama? —pregunta al hombre de la Obra de Dios.

—Herbert Ross.

—Herbert tiene razón. Esto no es trabajo. —Desvía la mirada hacia Barnes—. Tenemos que pillar al topo lo más rápidamente posible.

—¿Y cómo pretendes hacer tal cosa? Un topo no se coge en una hora —argumenta Barnes—. A no ser que conozcas alguna manera innovadora, lo máximo que puedo hacer es abrir una investigación.

—Esto no es cuestión de investigaciones —protesta Herbert, dirigiéndose a la puerta y abriéndola, dejando entrar de nuevo la adrenalina ruidosa del centro de operaciones.

—¿Adónde va? —pregunta Barnes.

—A hacer mi informe. Al maestre no le van a gustar las noticias. —Y cierra la puerta con estruendo.

—Estoy harto de maestres —refunfuña Barnes—. Harto hasta las narices.

—No sé si fue buena idea liberar al periodista —confiesa Littel, pensativo, cambiando completamente el asunto en cuestión.

—No tiene interés, créelo. No sabe nada que Rafael no quiera que sepa.

Rafael. Este nombre todavía suena a falso y le cuesta pronunciarlo siempre que lo verbaliza. Ése y Jack Payne, uno y otro la misma persona.

—Incluso así... —Littel no parece convencido.

—Además de eso, Roger está de nuestra parte. Hará lo que sea necesario. Y controla al periodista —alega Barnes.

—¿Quién es Roger?

—Roger Atwood —repite Barnes, escandalizado por la ignorancia—. El director del periódico.

Éste sí es, sin duda, un argumento válido, con el que se queda Littel y que lo convence de la buena decisión de Geoffrey Barnes al haber liberado a Simon Lloyd. Es de la vieja guardia, este Barnes, no da puntada sin hilo.

—¿Y en cuanto al topo? ¿Qué hacemos? —pregunta Littel.

—No te preocupes. Acabaremos por encontrarlo —afirma confiado—. Siempre ha sido así y así seguirá siendo.

—Priscilla, vaya a buscar dos cafés, por favor —pide Littel.

Es sabida la suprema dedicación y competencia de Priscilla Thomason; por eso, no es de admirar que no tarde un segundo, después del final de la frase de aquel a quien asiste, en pronunciar un «enseguida» y que salga, dejando a los dos hombres fuertes de la Agencia solos.

—¿Cómo llevas todo esto? —quiere saber Littel.

—Nunca peor —responde el otro con un suspiro. Se despereza, poniendo las manos en forma de concha, detrás de la cabeza—. Todo acaba por resolverse… de una manera o de otra.

—Eso es verdad —comenta Littel, mirando al vacío durante unos segundos, hasta volver a enfocar a Barnes—. Dime una cosa, ¿has oído hablar de Abu Rashid?

Abu Rashid continúa con su calvario personal, su misión sobrenatural, cautivo del extranjero intransigente, cuyo peso en la conciencia está relegado a un escalón inferior. En primer lugar está y estará siempre el buen nombre de la Iglesia católica romana.

Son las opciones que cada uno escoge, basándose en los hechos de que dispone en el momento; así funciona la vida, una rueda de selecciones, de suerte y lotería, donde la inteligencia y el talento tienen su peso, pero diminuto.

No, nunca la Virgen se aparecería a un musulmán, fuera lo que fuese lo que le revelara. Esto es un caso de psiquiatría, de internamiento en un establecimiento hospitalario para enfermos de la cabeza, completamente barrenados, sin gobierno ni norte. Es legítimo y normal que se confunda religión con esquizofrenia, visiones con alucinaciones, revelaciones con imaginación. Y lo mejor de todo esto es que podría probarlo de aquí a unos instantes, toda vez que ya se encuentran, nuevamente, con los pies en la tierra. El extranjero se agarra a esa esperanza, servirá de argumento ante los superiores y no habrá necesidad de eliminación física, hablamos de la de Abu Rashid, obviamente. Nunca fue su fuerte, jamás lo hizo, pero conoce a quien ha suprimido una vida humana, o más, por muchas menos razones de las que Abu Rashid ha proporcionado. Mas son otros caracteres y personalidades, hombres más enérgicos y con menos paciencia. Es esencial que la imagen y el buen nombre de la Iglesia sean siempre salvaguardados, de ahí la existencia de estos protectores, sin derecho a vida propia, ángeles que recorren millares de kilómetros para combatir las amenazas que se producen por este mundo. Son llamados santificadores y, a todos los efectos, no existen, nunca existirán ni llegarán a existir. Entregan desde muy pronto el alma a la Iglesia, a Cristo, y más no saben hacer. A veces, encontramos almas más blandas entre los santificadores, como este extranjero, pero que no se hagan ilusiones los optimistas y defensores de la vida humana. No dudará, si decide que Abu Rashid es, en verdad, una amenaza para el tan amado catolicismo, o si recibe órdenes en ese sentido. Apretará el gatillo o le partirá el cuello, sin pestañear. Cristo será siempre lo primero, lo segundo y lo tercero. No existe prioridad mayor en su vida.

Cuando han aterrizado en Balice, el avión se ha dirigido a una parte reservada del aeropuerto internacional Juan Pablo II, apropiada para la parada de aviones privados, donde un coche aguardaba, sin conductor, conforme a lo ordenado. No de gama alta, de mucha cilindrada, llamativo, sino un Lada con más de veinte años, blanco, sin ninguna de las comodidades de los automóviles actuales, pero que pasa totalmente desapercibido en este inmenso territorio polaco, cubierto por el manto de la noche.

El viaje ha sido corto, apenas cincuenta kilómetros hacia el sur de Cracovia, aunque en el Lada se haya tardado más de lo previsto. Lo que importa es que han llegado y, por esa razón, los vemos siguiendo el camino de tierra batida, a pie, Abu Rashid el primero, con las manos atadas, empujado, de vez en cuando, por el extranjero, no por andar demasiado despacio, sino para recordarle su condición de cautivo en posición de inferioridad. Además de algún codazo en las costillas, ahora bien, nada muy fuerte ni violento.

Las esposas unen la maleta negra a su muñeca como si fuese una prolongación de su cuerpo.

Cualquiera se sentiría tentado a preguntar sobre el destino final del viaje, pero no Abu Rashid, en quien casi conseguimos ver, en medio de la negrura de la noche sin luna, una sonrisa de satisfacción, en medio del rostro sudado y maltratado.

Suben el sendero del monte, ayudados por el foco de una linterna que malamente consigue penetrar en la densa oscuridad. El extranjero apunta la luz ligeramente hacia delante de los pies de Abu Rashid.

—Estamos llegando —avisa cordialmente, si así nos es permitido decirlo.

—Ya lo sé —responde el musulmán.

Algunos metros más adelante, nuevo codazo en las costillas de Abu Rashid que, en esta ocasión, cae al suelo, asustando al extranjero, que se pone en posición defensiva. No ha imprimido fuerza suficiente para causar esa reacción, de eso está seguro. Alguna cosa ha provocado la caída... O alguien.

Abu Rashid está arrodillado con la cabeza baja. Es difícil saber si está orientado hacia la Kaaba, en La Meca, dada la desorientación espacial, la opacidad de la noche sin estrellas y la falta de un *mihrab* indicador, pero lo cierto es que el musulmán adopta la posición de oración, extraña en esas horas de la madrugada; sin embargo, ¿quién puede criticar a un creyente que se postra en momentos de aflicción?

El extranjero sí puede. No sólo debido a su condición dominante de captor, cual ave de rapiña, sino más bien porque esa posición siempre le ha provocado un cierto asco. Toda esa sumisión incontenida, demostración abrasiva de la fe en Alá, Dios Todopoderoso, produce repulsa en el extranjero. Ni las promesas más aberrantes de los fieles católicos equivalen a esta entrega enfática e inadecuada para los tiempos que corren; ni tan siquiera el ritual de ordenación de nuevos sacerdotes se equipara a esta insolencia, cuando los seminaristas están tumbados en decúbito prono, besando el suelo, casi pisados por sus comparsas, y entregan la vida a la Iglesia católica romana, la única verdadera, no otra. Nada de eso le resulta tan insufrible al extranjero como este gesto retorcido de Abu Rashid, con los brazos estirados tocando el suelo y la cabeza acompañándolos.

El extranjero desea acabar con aquello cuanto antes, pero duda, tal vez porque ésa no es la hora típica del *Sabah* islámico, pero es sabido que puede variar de unos sitios a otros. Decide aguardar un momento, no por respeto a la creencia errónea, sino por recelo. Menos mal que están sólo él y Abu Rashid presentes aquí en medio de este bosquecillo polaco, en el que una brisa fría les corroe los huesos, más los de él que los del musulmán, lo cual también es enojoso.

Durante un minuto no pasa nada. Abu Rashid arrodillado e inclinado sobre el suelo y el extranjero de pie, contemplándolo con impaciencia.

—Aún hay esperanza —dice Abu Rashid sin moverse.

—¿Esperanza de qué?

—Para ti —responde el otro en la misma posición—. Hay siempre dos caminos, ya te lo dije.

—Venga, muévase. Tenemos que continuar. No son horas de rezar —rezonga el extranjero, ignorando la observación y dándole otro golpe leve en las costillas, con la linterna, como si se tratase de un animal de comportamiento imprevisible. La otra mano siempre agarrada al revólver, enfundado en la pistolera que lleva por dentro de la chaqueta. Nunca se sabe, toda prevención es poca.

—Todas las horas son horas de rezar. Pero tranquilízate, no estoy rezando.

—Entonces, ¿qué hace?

—La escucho —declara el viejo.

El extranjero mira para todos los lados con una sensación incómoda. No siente ni presiente alma viva. Empieza a hincar los dedos con más fuerza en el puño del arma, inseguro. Sacrilegio. Sacrilegio.

—Aquí no hay nadie —afirma, disimulando el recelo de estar equivocado y de que Ella lo esté viendo y censurando.

—No te incomodes. Ella te amará siempre, hagas lo que hagas. Si te censurase, no habría razón para la existencia del libre albedrío. La belleza del mundo está en que siempre podemos escoger.

—Cállese. Levántese y continúe —ordena.

Abu Rashid yergue el tronco, permaneciendo arrodillado. Sus ojos están abiertos, brillantes, mirando el vacío.

—¿No me ha oído? —insiste con soberbia.

—Tú eres el que no quiere escuchar —dice Abu Rashid.

El silencio cae bajo la cobertura de la noche, aliándose a los bichos, que dejan de contribuir con sus gemidos y cantos en ese mismo instante, como si todos sintiesen la presencia de un ente superior. Sólo el extranjero no consigue sentir nada, a pesar de ser devoto y creyente en la Virgen. No, Ella no puede estar allí. Va contra todo aquello en lo que cree.

—Cálmate, Tom. Deja entrar las energías positivas del universo. No vivas bajo ese manto de presión, frustración, duda.

El extranjero está atónito. ¿Habrá oído bien?

—Nunca le he dicho mi nombre. —Es lo único que consigue articular.

—Yo lo sé, Tom. Te conozco desde mucho antes de que nacieras.

—¿Quién le ha dicho mi nombre?

—Ella, ¿quién si no habría de ser? —Abu Rashid está imperturbable.

—Déjese de mierdas. ¿Quién lo ha avisado?

—El otro hizo exactamente la misma pregunta.

El extranjero, bautizado como Tom, saca el arma de la funda y la apunta a la cabeza del musulmán, presionando con cierta fuerza. Está perdiendo los estribos.

—¿Cuál otro?

Abu Rashid se gira hacia él, a pesar del cañón frío apoyado en la cabeza.

—Aún no es el momento, Tom.

Capítulo
52

Geoffrey Barnes es un hombre desconcertado por lo que acaba de oír de la boca de Harvey Littel sobre ese individuo llamado Abu Rashid, israelí de nacionalidad, musulmán de origen, residente en Jerusalén.

—Eso es demasiado surrealista —acaba por decir, después de algunos segundos de mutismo introspectivo—. ¿Hay certezas?

—Las prudentes, teniendo en cuenta las fuentes.

—Tenemos que saber más.

—Él ha desaparecido —informa Littel.

—Ya, y el otro murió —añade Barnes—. ¿Crees que alguien le ha echado el guante?

Littel se encoge de hombros.

—Es difícil decirlo. Sé que no hay rastro del hombre. Tenemos gente en vigilancia permanente, pero nada.

—Imagino que hay mucha gente que lo quiere coger —dice Barnes pensativo—. Y todavía más que se quieren deshacer de él.

—Eso es verdad —conviene Littel—. Pero ¿te imaginas que se haya escondido y un día aparece por ahí y empieza a largar?

—Nadie lo creería —asevera Barnes.

—A excepción de su pueblo.

Barnes hace un gesto con los labios anunciando una opinión dudosa, de quien no cree en consecuencias graves.

—Creo que no se necesita mucho para que se inicie una confrontación de religiones. De ahí a provocar una guerra funesta sólo hay un paso —advierte Littel.

—Eso es un escenario un poco dantesco.

—Para eso nos pagan, Barnes. Para que analicemos y proyectemos escenarios. Es eso lo que veo.

—Tenemos que encontrar la manera de echarle el guante. Él tiene que dar señales de vida.

—Si es que está vivo —alega Littel.

—Si no lo está, mejor para nosotros. Caso cerrado.

—Pero hemos de tener la certeza.

Los dos hombres se miran con una actitud respetuosa y circunspecta. Hasta aparecer el cuerpo está todo pendiente.

—Un musulmán que hace milagros y tiene revelaciones. Eso no se le ocurre a nadie —se desahoga Barnes, suspirando—. ¿Cómo lo supieron ellos?

—¿Quiénes?

—Los comunas.

—Esos tipos lo saben todo.

—¿Y qué es lo que les interesa?

—A esa gente les interesa todo... Incluso lo que no interesa.

—Puede interesarles a los ortodoxos —sugiere Barnes.

—¿Para qué? ¿Para chantajear al Vaticano? Ya acabaron con ese rollo. Pertenece al pasado.

—Nunca se sabe. Un cura más ambicioso. Que escucha aquí y allá. Un musulmán milagroso que conoce secretos de la Iglesia católica.

—Se presume que posea secretos.

—Es suficiente. La presunción siempre ha servido de disculpa para muchas cosas. Torturar y matar, inclusive.

—No creo que sea eso.

—Si tienes gente encargada del asunto, sólo nos queda esperar a que pase algo. Además de eso, tenemos asuntos más importantes.

—Necesitamos resolver este embrollo cuanto antes. Están sucediendo cosas muy extrañas —añade Littel.

—A mí me lo vas a decir.

Es en ese momento cuando el tumulto del centro de operaciones, exterior al despacho, se vuelve a dejar oír. Los dos hombres miran en la dirección de la puerta y ven a Staughton con la mano en el pomo.

—Tenemos una localización —avisa frenético.

Los dos hombres se levantan.

—Por fin —exclama Barnes, más aliviado—. ¿Dónde?

—Catedral de San Pablo.

—Hace falta tener cara —se queja Barnes, poniéndose la chaqueta—. Irse a un lugar sagrado después de tanta sangre. Esta gente es muy hipócrita.

—¿Tú eres creyente? —pregunta Littel, acompañando a Barnes hacia el exterior del despacho, con paso acelerado.

—En nuestro trabajo, no nos podemos permitir ese lujo.

—¿Por qué no?

—Es obvio, Harvey. No matarás es el primer mandamiento.

Pasan por el centro de operaciones, ignorando a los atareados funcionarios, las carreras desenfrenadas, los gritos inconexos que se entrecruzan en el aire de la sala y forman el sustrato ruidoso de voces y equipamiento que se oye.

Staughton y Herbert se unen a los dos hombres, así como Priscilla, además de un grupo de ocho agentes.

—¿Y el disco? —pregunta Barnes a Staughton.

—Aún está siendo procesado.

—Manda que lo acaben.

—No se puede ir más deprisa.

—¿Y Thompson?

—Ya se ha ido antes —informa Staughton, expedito.

—¿Y Wally? —quiere saber Littel.

—También.

Llegan al hall de los ascensores privados, los cuatro que dan servicio a las plantas que la Agencia usa, que descienden hasta un garaje reservado, con espacio para dieciocho vehículos. Existen otros tres ascensores, comunes a todo el edificio, pero que sólo paran en las plantas ocupadas por la institución americana a través del uso de una tarjeta que posee cada funcionario para indicar la parada. En estos ascensores ni tan siquiera figura la identificación de esos pisos. Las puertas están abiertas y las cabinas a la espera de ser ocupadas. Lo son prontamente y enseguida descienden hasta el garaje.

Está todo perfectamente organizado, pues en cuanto las puertas de los ascensores se abren en el garaje, podemos ver cuatro coches negros, de alta cilindrada, cristales ahumados, blindados, con las puertas abiertas, los motores en marcha y los conductores al volante, preparados para acelerar. La eficiencia americana en todo su esplendor. Vale todo cuando se trabaja en nombre del presidente de los cincuenta estados.

La puerta del garaje se abre cuando todos los ocupantes se han distribuido en los vehículos. Harvey Littel y Geoffrey Barnes viajan en coches separados, evidentemente, reglas lógicas y protocolarias. En caso de ataque es más fácil y probable que uno de ellos consiga escapar, evitando de esta forma una crisis de liderazgo o ascensos inesperados. Otro hecho de no menor importancia es el de circular en el medio del grupo, escudados por los restantes vehículos, ocupados por los otros agentes. Así funciona la democracia y la dictadura, capitalismo y comunismo, el débil y el fuerte, el inteligente y el idiota, proteger siempre a quien verdaderamente importa con el cuerpo, la vida, el alma. Todos los demás, Staughton, Priscilla, los ocho agentes y chóferes, además de Thompson, Wally Johnson y los restantes agentes que están sobre el terreno, son prescindibles. Barnes y Littel o Littel y Barnes son quienes tienen que ser protegidos a toda costa, en este caso aunque no sea probable que pueda sucederles algo a estos dos. Los generales hacen la guerra lejos del frente, no hay diferencias en este campo.

Barnes asume su condición de generalísimo, pues Littel le ha dado la primacía, y se comunica a través del micrófono colocado en la manga de la camisa. Tiene también un auricular sin hilos situado en el oído.

—¿Cuál es tu posición, Thompson?

Se oye tan sólo el ruido de las ondas hertzianas.

—Thompson, ¿cuál es tu posición?

—Los… en un… la dirección… Luton —son las palabras inconexas que se oyen en el aparato. La voz es la de Thompson.

—Tenemos interferencias. Repite, Thompson —ordena Barnes.

—Los objetivos han entrado en un taxi y han tomado la dirección de Luton —anuncia Thompson—. Estoy detrás de ellos, cerca de Hemel Hempstead, en la M1.

—*Okay*. ¿Han oído, señores míos? Sigan hacia allí deprisa y sin interrupción.

En el coche de Barnes siguen Herbert y el asistente Staughton, que enseguida comienza a cavilar sobre sus planes.

—¿Será allí donde él lo espera? —pregunta.

—¿Quién?

—Rafael.

—¿Dónde me espera cómo?

—¿No se acuerda de lo que el periodista dijo? —rememora—. Él lo espera allí a usted.

Geoffrey Barnes reflexiona durante algunos instantes. Se rasca la cabeza y la barbilla y respira hondo.

—Charadas. Estoy harto de charadas —refunfuña—. ¿Tienes algo sobre el CD?

—Tengo gente trabajando en ello. En cuanto sepan algo, ya me dirán.

—¿Por qué nos está dando tanto trabajo? Él no tiene tantos medios y ha conseguido descifrar el contenido.

—Nos hemos tropezado con un código. Supongo que ha sido él quien lo ha colocado para retrasarnos —responde Staughton, disculpando a los hombres que trabajan a sus órdenes.

—Hijo de puta —maldice Barnes—. ¿Cuánto tiempo piensas que llevará romper el código?

—En Langley ya había sido roto en el ordenador. O sea, una o dos horas más —prevé Staughton.

—Hazlo en tres cuartos de hora —ordena Barnes. Y no se habla más de eso.

—Aquí Thompson, acabamos de perder a los objetivos.

Barnes se lleva a la boca el micrófono escondido en la manga de la chaqueta.

—¿Cómo es posible que os haya pasado eso?

—Estamos aquí en el aeropuerto de Luton y casi hemos sido embestidos por un camión. Mientras tanto, los hemos perdido de vista —explica Thompson con la voz contraída por la frustración. Odia fallar, como toda la gente.

—Continúa a la búsqueda. Es obvio que están en el aeropuerto. Busca en todos los rincones. Aviación comercial y privada.

—Sí, señor —acata Thompson. Esperaba una bronca mayor.

—Señores, aceleren hacia Luton —ordena Barnes.

—No pueden dejar el país, Barnes —advierte Littel a través del transmisor. Están todos en comunicación directa y oyendo todo lo que se dice entre cada uno. Es un verdadero trabajo en equipo.

—Lo sé, Harvey. Ya lo sé. —No sabe otra cosa.

Sería complicado si los despistan, nuevamente, y dejan el país. Sin embargo, hay algo en medio de esto que lo tiene bastante inquieto.

—¿Quién ha sido el que los ha localizado en San Pablo? —pregunta a Staughton.

—No tengo ni idea. Emitimos una alerta, pienso que fueron los hombres del arzobispado —responde, sin seguridad.

—Eso es irrelevante —protesta Herbert, sentado en el asiento del copiloto—. Ya los hemos perdido otra vez —ataca incisivo.

—¿Quiere usted ir a pie? —Se le han hinchado las narices a Barnes. No ha sido un grito, sino más bien una afirmación desprovista de sentimiento, pero, al mismo tiempo, repleta de rabia, si es que eso es posible.

—Seguro que llegaría más deprisa —murmura el otro, no atreviéndose a responder en el mismo tono.

—Thompson, informe de la situación. —Barnes habla para el diminuto aparato.

—Aquí, Thompson. Continuamos a la búsqueda.

—Acelera. —La instrucción es para Thompson y no para el conductor del automóvil—. Ve a la pista y manda parar los aviones, si es preciso —lo dice en sentido figurado, está claro, pero si lo pudiese hacer…

—Comprendido —acata el otro, consciente de lo que es posible y lo que no.

Cuarenta y dos minutos y dieciocho segundos es el tiempo necesario para que Barnes, Littel y compañía lleguen al aeropuerto de Luton, noche cerrada, con viento, fría. Además, tres minutos y cuarenta y tres segundos para llegar junto a Thompson en el departamento de la dirección del LCDL. Un hombre esmirriado, vestido con un traje demasiado ancho para su estatura. Puro en mano con la ceniza colgando, consumiendo el tabaco. Excusado será decir que allí no se puede fumar... A no ser él.

—Le presento al director del London Luton Airport, Mctwain —dice Thompson—. Ha puesto el aeropuerto y a todos los empleados a nuestra disposición —añade.

Qué remedio, piensa Barnes. Pero no está interesado en iniciar otra enemistad. Ya basta con las que tiene.

—Gracias —se limita a decir.

Thompson pasa a las manos de Barnes un taco de hojas de papel.

—Es el listado de los vuelos de hoy —explica.

—¿Nada de anormal? —quiere saber Barnes.

Mctwain, además de delgado y fumador, tiembla como un junco. No de miedo, pues no sería director si no supiese pelear con el pánico, sino de estrés. Un aeropuerto debe arruinar los nervios a cualquiera.

—Mis subordinados están mirándolo todo con detalle, pero, por lo que parece, todo está en orden.

—¿Algún vuelo solicitado a última hora?

—Diariamente tenemos unas cuatro o cinco peticiones. Entre los privados, claro.

—¿Alguno con la hora encima?

—Defina lo de la hora encima.

El templeques debe de tener la manía de hacer comedia, se dice Barnes a sí mismo.

—Sólo autorizamos vuelos privados con petición mínima de cinco horas de antelación. A no ser que se trate de un caso grave —aclara Mctwain, hablando como un maestro.

—Necesitamos saber todos los *touch and go* solicitados en las últimas veinticuatro horas —ordena Herbert.

—¿No estamos descuidando los vuelos comerciales? —alerta Staughton.

—Tengo todo el equipo distribuido por el aeropuerto. Si embarcaran en un vuelo comercial, aún estarían en la terminal y serían vistos —avisa Thompson.

—¿Por qué será que tengo la sensación de que nos están tomando el pelo? —Barnes se muestra irritado, una vez más, nada nuevo.

—¿Qué quieres decir, Barnes? —pregunta Littel.

—Me parece que estamos donde él quiere que estemos.

Wally Johnson llega junto al grupo, agitando un papel en el aire.

—Creo que los he localizado —dice.

—¿Dónde?

—Un Learjet 45 de una compañía de alquiler italiana ha aterrizado hace menos de dos horas —informa.

—Déjame ver eso. —Herbert arranca el papel de las manos de Wally Johnson sin mirar a delicadezas ni educación. No es momento de considerar esas virtudes. Corre el dedo índice por la página—. ¿A nombre de Joseph Connelly?

—Exactamente.

—¿Y qué tiene que ver el culo con las témporas? —pregunta Barnes impaciente.

—Lo que me ha llamado la atención no ha sido el nombre, sino el código de vuelo.

Herbert mira nuevamente la hoja e identifica el código. La pasa a Barnes.

—Hijos de puta —se vuelve súbitamente hacia Mctwain—. Contacte con la torre y vea si ya ha despegado.

El director, solícito, coge la radio.

—Atención, torre. Aquí Mctwain. Código 139346.

—Código 139346, Mctwain, aquí torre, escucho.

—Torre, ¿cuál es el estado del vuelo JC1981?

—Un momento.

Todo el grupo está en suspenso, con los oídos pegados, en sentido figurado, a esa radio. Pasan apenas cinco segundos, pero parecen minutos inacabables. Por fin...

—Código 139346, Mctwain, autorización de despegue del vuelo JC1981, en aceleración en la pista 26.

—Torre, abortar autorización de despegue. Repito, abortar autorización de despegue.

—Código 139346, Mctwain, entendido —responde la torre.

Barnes encara al alfeñique tembloroso con otros ojos. Se comprende que sea director. Decisión y reacción rápida, una cualidad loable en cualquier profesional, sea del área que sea.

Otros segundos de espera. Un martirio.

—Código 139346, Mctwain, abortar despegue del vuelo JC1981 en la pista 26, negativo. Vuelo JC1981 a mil doscientos pies con instrucciones para subir a los once mil pies.

—Torre, aquí Código 139346, Mctwain, comunicación terminada. —Se vuelve hacia Barnes—. No está en mis manos, señor. Como sabe, mi poder termina cuando despegan. Tendrá que contactar con la NATS.

Barnes le da la espalda, frustrado pero no rendido.

—Charadas. Estoy harto de charadas.

—Mande abatir el avión —sugiere Herbert.

—No sea loco. —Es Littel el que se interpone—. ¿Cuál es el destino del aparato?

Barnes le muestra el papel con la información. Littel enrojece cuando lo lee y enfrenta la mirada de Barnes.

—Él sabe.

Capítulo

53

Ningún fiel puede negar
que la Iglesia es competente en su magisterium
para interpretar la ley natural moral.
Pablo VI en *Humanae Vitae Litterae Encyclicae*

EL NEGOCIO
Febrero de 1969

Son dos hombres muy diferentes estos que comparten la misma sala de estar en la residencia papal de vacaciones, en Castelgandolfo.

Giovanni Battista Montini es contenido y reservado, deja más espacio al pensamiento que a la palabra. El otro tiene el corazón cerca de la boca y lo deja expandirse libremente. Viste bien, lo tiene a gala; si posee algún defecto, aunque no lo considere, es el de la vanidad. Le gusta lo que es bueno, o extraordinario, y tiene siempre todo lo que quiere. Adora ser elogiado, lisonjeado, homenajeado. No todos los hombres consiguen alcanzar en una vida todo lo que él ha adquirido. Es dueño de un imperio, en nombre de Dios, es Obra de Dios. Tiene millares de seguidores y millones de ofertas financieras, diariamente. Se ha transformado en la mayor y más influyente prelatura de todos; de lo contrario no estaría aquí, en esta casa, hablando informalmente con Pablo VI, un amigo.

—José María, las cosas no son tan lineales.

—Claro que lo son. Fuiste tú mismo quien dijo que aquello está lleno de telas de araña. Ni sabes lo que tienes.

—No son míos. Tienen que inventariarse los bienes de la Iglesia —responde Giovanni Montini, comedido.

—Los bienes de la Iglesia pertenecen al Papa. Sabes eso muy bien. Son tuyos. Puedes poner y disponer. —Al mismo tiempo que habla, José María gesticula efusivamente, lo que, unido al vozarrón, lo convierte en alguien que tiene que ser escuchado. —Dinero genera dinero, Giovanni. Puedes ser dueño de un patrimonio ilimitado, tan poderoso, que podrías doblegar a cualquiera a la voluntad de tu Iglesia.

—La Iglesia no es mía. Soy su más alto representante y no me parece bien andar invirtiendo los bienes en operaciones financieras que pueden salir mal. No es ése el papel de la Iglesia.

—Por amor de Dios, Giovanni. Es deber de la Iglesia administrar el dinero que los fieles depositan en los cepillos de limosna. Ellos no esperarían otra cosa. Sólo te pido que le des la oportunidad a este hombre. Déjalo inventariar y organizar la casa. Después ya veremos.

Beben vino de Oporto Burmester, cosecha de 1963, año en el que Giovanni Battista Montini fue elegido papa, adoptando el nombre de Pablo por sexta vez en la historia de la Iglesia. El cónclave fue diferente de los otros, pues el moribundo Angelo Roncalli, más conocido como Juan XXIII, había pronunciado su nombre para sucesor. Es sabido que la voluntad del Papa deber ser cumplida siempre… O casi.

José María Escrivá ha traído la botella esta mañana, un regalo a su señor, su pastor y de todos los demás.

—¿Quién es el hombre?

—Un obispo que te ha servido en otras ocasiones. Competentísimo.

—¿Cómo se llama?

—Paul Marcinkus.

—¿Paul Marcinkus? Es mi amigo personal. Traductor principal y guardaespaldas.

Escrivá sonríe con ademán afirmativo.

—No sé. No sé si tiene cualidades para un cargo como éste —pronuncia el Papa en tono desconfiado.

—Tiene, puedes confiar. Es el hombre adecuado.

—¿Y qué va a decir la prensa? ¿Papa contrata a miembro del Opus Dei para dirigir el Banco del Vaticano? No me parece bien.

—Ahí es donde está la ventaja, Giovanni —subraya Escrivá—. Nadie sabe que es del Opus Dei. Sólo tú y yo. Nadie más necesita saberlo. —Una sonrisa de niño le aflora en los labios. Tan fácil.

—Si yo estuviera de acuerdo, tiene que quedar todo muy claro. Él no podría invertir a su antojo.

—Naturalmente que no —afirma Escrivá.

—Tendrá que elaborar un plan concreto en el que se especifique el alcance de los negocios. —Levanta un dedo avisando—. Sólo después de limpiar las telas de araña de la casa.

—Claro. Tú eres el dueño, no lo olvides.

—No digas eso —pide Pablo incómodo.

—Pero si es la verdad. Puedes no querer comprenderlo o no querer verlo, pero es todo tuyo. Este palacio, todo su contenido, el Estado del Vaticano… Caramba, una simple palabra tuya y cierran la plaza de San Pedro hasta nueva orden.

Pablo prefiere no pensar en esas cosas. Existen asuntos mucho más importantes que la administración del Estado y de sus bienes. No obstante, ve con buenos ojos que alguien que entienda se encargue de esas cosas más mundanas y ponga orden en la casa.

—Dile que venga a verme —acaba por decir Pablo.

Escrivá sonríe.

—De acuerdo.

—Fija una cita con mi secretario. Voy a pedir a Villot que venga también. Será bueno tener un amigo que se encargue de eso.

—Perfecto, Giovanni. Verás cómo me lo vas a agradecer —declara con seguridad.

—¿Y qué vas a querer en prueba de agradecimiento? —pregunta Pablo con ademán ingenuo.

—Una estatua dentro del Vaticano, después de mi canonización.

Pablo suelta una carcajada sonora, mientras Escrivá permanece pensativo.

—Estoy hablando en serio.

Capítulo
54

Después de una noche en la que se ha dormido bien, los cuerpos despiertan vigorizados, aptos para aceptar nuevos desafíos, más atentos y activos. Es lo que les sucede a Raúl y Elizabeth, después de un viaje de algunos miles de kilómetros sobre el Mediterráneo, en un avión tan lujoso, que hasta tiene dos dormitorios con camas de matrimonio para el correspondiente reposo. Se sienten un poco culpables, como si hubiesen pecado por el simple hecho de haber descansado.

—¿Cómo estará nuestra pequeña? —pregunta Elizabeth, verdaderamente preocupada. El corazón vuelve a encogérsele con un ahogo paralizante, sufrido, de angustia materna.

—Seguro que está todo bien —responde Raúl, poniendo una mano tímida sobre el hombro de ella.

—¿Dónde estamos?

Raúl mira por una de las pequeñas ventanas. Ya ha amanecido, el sol brilla, pero aún vuelan a la altura de crucero.

—No tengo ni idea.

La puerta del dormitorio del avión se abre ligeramente, lo suficiente para dejar entrar una voz, la del cojo, que no quiere interferir en la privacidad de los huéspedes.

—El desayuno está servido —informa.

—Ya vamos, gracias —responde Raúl.

La puerta se cierra sin ruido.

—Si alguien me hubiera dicho que hoy iba a tomar el desayuno a bordo de un avión privado que hasta tiene dormitorios, camino de no sé dónde, lo habría llamado loco —confiesa Elizabeth—. Hasta me siento mal con tantos agasajos, sin noticias de Sarah.

Raúl la abraza.

—Descansa. Esta gente sabe lo que hace. Y ella está protegida. Rafael es de confianza.

—Sí, pero las personas fallan. Quien anda detrás de ellos también debe de tener sus medios. Tal vez más.

—Pensamiento positivo, querida.

—Lo intento, pero siento una gran opresión en el corazón.

—Vamos a comer algo —sugiere Raúl, dirigiéndose a la puerta.

—No tengo hambre —avisa Elizabeth.

Raúl se vuelve hacia su esposa y la rodea con un brazo, como una pareja de novios en plena luna de miel.

—Tienes que alimentarte, querida. No nos podemos dejar debilitar. Nuestra hija nos necesita en buenas condiciones para ayudarla —argumenta.

—¿Qué podemos nosotros contra esta gente? —observa Elizabeth sin esperanza.

Raúl conduce a su mujer hasta la cama y se sientan en el borde. Una ligera turbulencia comienza a agitar el avión, produciendo una cierta incomodidad.

—Yo también pensaba así, Liz. Pero el año pasado tu hija nos dio a todos una lección —cuenta Raúl con pusilanimidad—. Las cosas sólo acaban cuando llega su fin y nunca antes de eso. Podemos sentirnos completamente estafados, derrotados, sin esperanza, con la muerte silbando en nuestros oídos, pero Dios, o lo que quiera que haya sido, nos ha dotado de algo precioso, la inteligencia. Y todo puede cambiar en el último segundo. —Su discurso es sentido, casi conmovedor—. Fue eso lo que ocurrió el año pasado, gracias a nuestra hija. Nunca podemos bajar los brazos. Ella va a salir bien.

Las lágrimas ruedan por el rostro de Elizabeth, que sólo consigue pensar en la juventud de su hija, pues para los padres los hijos son siempre prepúberes, y en las pruebas a las que se ha enfrentado, sin buscarlo. Tal vez sea el destino, alguna orden divina que pone en el camino de ella el lado más letal y desvergonzado de la piadosa Iglesia.

—¿Vamos? —insiste Raúl, una vez más.

—Vamos —accede Elizabeth, levantándose. Hay que reaccionar, por Sarah.

Salen del dormitorio hacia la cabina común, donde están instalados seis butacones de cuero, móviles y maniobrables. En este momento, cuatro de ellos forman dos pares, uno enfrente del otro, separados por una mesa del mismo color, cargada con los manjares del desayuno. Platos de *brioches, muffins,* pan integral y blanco, artesano y de molde, todo para todos los gustos, una mezcla de desayuno continental e inglés, donde no faltan las salchichas, el beicon, alubias y huevos pasados por agua y cocidos. Probablemente, preparado pensando en Elizabeth y en su sangre sajona. Todo eso acompañado de té Darjeeling y Earl Grey, leche, café, zumo de frutas de la época, naranjas, como siempre, y, para acabar, un plato con cuatro *sfogliatelle napolitane,* una perla de hojaldre de difícil confección, pero degustación exquisita, en honor de los viajantes italianos. No falta el mayordomo, vestido con un traje negro y blanco, haciendo las funciones de *maître.*

JC se sienta en uno de los butacones y come una *sfogliatella.* A su lado, el cojo da cuenta de un buen pedazo de pan con mantequilla.

Varios monitores de plasma están distribuidos por la sala, sintonizados con los canales de noticias y economía más prestigiosos. Elizabeth presta atención al de la Sky News.

—Buenos días —saluda JC—. Espero que les guste lo que he mandado preparar para nosotros.

Raúl saluda a los presentes y se sienta. Elizabeth permanece pegada al plasma.

—Venga a sentarse, querida mía. No hay noticias —avisa JC—. Venga a comer. He mandado escalfar unos huevos y hacer alubias, justamente para usted.

Elizabeth se sienta en el único butacón vacío, junto a la mesa.

—¿Qué quiere beber, *signora?* —pregunta el mayordomo.

—Té con leche, por favor.

—*E voi, signore?* —pregunta a Raúl.

—Café.

El mayordomo prepara lo pedido, en un carrito igual al usado por las azafatas de vuelo, situado al lado de la mesa.

—Gracias. No tenía que haberse molestado —agradece Elizabeth a JC.

—Bueno, querida Elizabeth. Lo que uno se lleva de esta vida es el confort. ¿Han dormido bien?

—Dentro de lo posible —responde Raúl, trincando un *brioche* con queso.

—Tiempos hubo en que me podía acostar en cualquier lado y no tardaba más de dos minutos en dormirme —se queja JC—. Ahora todo me molesta. No sé si es el ruido de los reactores o la altitud.

El mayordomo deja las bebidas delante de Raúl y Elizabeth.

—¿Dónde estamos? —quiere saber Raúl, con la pretensión de saciar también la curiosidad de su mujer.

—En el aire, querido mío.

—¿En el aire de quién? —insiste. Odia las evasivas.

—En el aire del dueño —responde JC con la misma moneda.

—¿Adónde vamos? —Es el turno de Elizabeth.

—A ver a un amigo —informa el otro.

Tiene siempre la respuesta preparada, piensa Elizabeth con algún recelo.

—¿También hablaba así con el Papa? —Raúl cambia de estrategia.

—El Papa no es superior a cualquiera de nosotros —responde JC con desplante.

—Es alguien muy especial —dice Elizabeth convencida.

—Claro es que sí, querida mía. Estoy seguro de que la recibirá con té y pastelillos. —El sarcasmo es más que evidente en la locución de JC.

—¿No era bien recibido por el polaco? —insiste Raúl en saber pormenores.

—Tenía demasiado miedo de mí para recibirme mal. Lo cual no quiere decir que me mimase con fiestas.

—¿Cuántas veces habló con él?

—¿Personalmente? Tres. Lo suficiente como para cambiar el mundo. —No muestra malestar alguno por la pretensión. Debe de ser como él se ve, un salvador, alguien con tanta importancia que puede poner y disponer a su antojo, arruinar gobiernos o Estados y sustituirlos por otros, aliados.

—Eso es un poco exagerado —considera Elizabeth.

—¿Eso cree? —pregunta JC, arrellanándose en el asiento y sorbiendo el Darjeeling—. Pregunte a los soviéticos y a la RDA.

—Ya no existen soviéticos ni RDA —observa Raúl.

—Precisamente —concluye el viejo con una pose triunfal, un brillo de niño orgulloso en los ojos, que ha subido a la más alta montaña para contemplar sus acciones.

—No lo puedo creer —manifiesta Raúl, completamente fulminado.

—Entonces no lo crea —responde el otro con simplicidad—. El hecho de no creerlo no significa que no sea verdad.

Ambos saben que es así. Y lo contrario también se puede considerar como verdadero.

—¿Por qué no podemos saber adónde vamos? —se arriesga a preguntar Elizabeth, con un poco de miedo.

—¿Y quién ha dicho que no pueden? No se sientan cautivos.

—¿Qué amigo es ese que va a ver? —Parece un interrogatorio acordado entre Raúl y Elizabeth. Esta última pregunta la ha formulado el marido, pero el viejo está habituado a maniobrar en la línea de fuego.

—También tendrán la oportunidad de conocerlo.

Se nota cómo los reactores aminoran la rotación y el avión desciende de la altura de crucero. Un ruido estático se oye, seguido de la voz del comandante.

—*Signore Dottore*, iniciamos la bajada hacia Atatürk.

JC presiona un botón.

—Perfectamente, Giovanni. Gracias.

—¿Atatürk? —Raúl reconoce el lugar.

—¿Dónde queda eso?

El mayordomo comienza a levantar la mesa con decisión. Razones de seguridad que regulan los despegues y aterrizajes, aunque falten más de veinte minutos para tomar tierra. En poco tiempo consigue quitar todo lo que ocupaba la mesa color crema.

—¿Qué es Atatürk? —vuelve a preguntar Elizabeth, visiblemente preocupada.

—Es un aeropuerto —responde JC apretando el cinturón—. Abróchense los cinturones… —avisa— y sean bienvenidos a Estambul —añade con una de sus raras sonrisas.

Capítulo
55

Existe una barbería en la Ulitsa Maroseyka, cerca de la estación de metro de Kitay Gorod, que se remonta al inicio del siglo XIX, primera década, en el tiempo en que los barberos desempeñaban otras funciones, como sacar muelas, resolver problemas familiares, en el campo de la terapia y de la planificación, y organizar motines, manifestaciones, revueltas políticas y golpes de Estado, entre otras muchas cosas. Puede no parecerlo, pero un simple barbero, de los de tijera y navaja en mano, tenía más poder que un presidente.

Ivanovsky, el dueño del establecimiento, heredado en los años setenta, en plena Guerra Fría, de otro Ivanovsky, su padre, no deja de apuntarse a la innovación tecnológica. Ha creado un sitio en Internet, en el cual los clientes pueden concertar su próxima visita, escoger el tipo de corte, así como seleccionar el empleado que lo ejecutará, si tuviera alguna preferencia. No obstante, a pesar de las diversas remodelaciones que los diversos Ivanovskys efectuaron, desde el primero que fundó la barbería, en este mismo local, este último descendiente nunca ha dejado que el edificio perdiese la identidad. Tal vez debido a eso podamos disfrutar de una encantadora muestra museológica en el interior de la gran barbería, compuesta por piezas que van desde la primera silla usada por el primer Ivanovsky a los accesorios peculiares que se han utilizado a lo largo del tiempo. Es un testimonio valioso que cualquier persona puede visitar, incluso aunque no vaya a cortarse el pelo o la barba. La entrada está permitida, sin que para ello estorben los atareados empleados y la clientela exigente, pues esas piezas antiguas están expuestas en una sala propia.

La verdad sea dicha, a pesar de la historia tumultuosa de la ciudad de Moscú, el clan Ivanovsky nunca ha tenido que preocuparse de asaltos, incendios, ajustes de cuentas o algo similar. Siempre han sabido ponerse del lado de la Historia y recoger los beneficios de esa elección. Uno de los antepasados Ivanovsky fue barbero privado del zar Nicolás I, del abuelo de Jósif Stalin, del padre de Jruschov, de Brézhnev y de Yeltsin, y ahora de Putin. Esa preferencia por la clase política en los barberos de la familia Ivanovsky provocó algunas algazaras entre los más curiosos, especialmente en el ramo de los peluqueros. Las envidias naturales de la competencia, y no sólo eso, que siempre terminaron evitando esas curiosidades de forma muy discreta y correcta. Su localización, en la Ulitsa Maroseyka, muy cerca de la plaza Roja y del Kremlin, también es un factor de popularidad, pues, además de constituir el centro político, es también el primer lugar turístico de Rusia, por donde pasan miles y miles de personas todos los días.

—¿Qué estamos haciendo aquí? —pregunta James Phelps a Rafael por milésima vez, fatigado, sintiéndose sucio y fuera de lugar, como un refugiado, retirado de su hogar, voluntariamente.

Rafael, Sarah y Phelps están en la Ulitsa Maroseyka, junto a una tienda de recuerdos, enfrente de la barbería Ivanovsky. Sarah ya ni se toma el trabajo de hacer preguntas. Es ésta la manera en que actúa Rafael. No hay nada que hacer.

—Yo me voy a afeitar. Ustedes quédense aquí. Pueden entrar en esa tienda y comprar algún recuerdo —decide.

Sin pronunciar ninguna palabra más, Rafael atraviesa la calle y entra en la barbería. Se oye el tintinear de una campanilla, que anuncia la entrada de clientes en la tienda.

Sarah y Phelps ni han tenido tiempo de reaccionar y, a pesar de que él da un paso en dirección a la barbería, ella lo frena, cogiéndole de un brazo.

—Déjelo ir. Si él ha querido ir solo, es porque tiene que ser así —le dice.

—No puede ser, Sarah. —Su voz denota irritación—. No podemos estar fuera de todo. Esto también nos afecta.

—Si quiere ir, vaya. Yo me abstengo. —Prefiere no saber lo que él ha ido a hacer, aunque tenga algo que ver con ella.

Sintiéndose autorizado, Phelps avanza hacia la barbería, dejándola sola. Ya no existen caballeros como antiguamente e, incluso ésos, era preciso llevar cuidado con ellos.

Se sorprende de cómo todavía nadie los ha interceptado desde que llegaron, no sólo por tener a Barnes pisándoles los talones, sino, principalmente, debido al agente ruso que murió en su casa. Es más que probable que la agencia secreta rusa esté con el ojo puesto en sus movimientos y en los de Rafael y Phelps, por añadidura. Pero ¿cómo no aparece nadie? Ya se ha hecho esa pregunta a sí misma más veces que las que Phelps ha preguntado a Rafael sobre la razón del viaje a Moscú. Son las tres de la tarde, han viajado toda la noche, está cansadísima, han hecho una escala en Sofía para reabastecimiento, y allí el misterioso Rafael ha aprovechado para ausentarse durante media hora. Han retomado el vuelo en cuanto él ha regresado y han aterrizado en el Domodedovo nada más pasar el mediodía. Éste ha sido el relato de la jornada que la ha traído hasta la puerta de esta tienda de recuerdos, enfrente de la barbería Ivanovsky. Sólo espera que Rafael no tarde mucho.

Dentro de la barbería, podemos ver a James Phelps buscando a Rafael, pero no se ven señales de él. El establecimiento es largo y estrecho, con espejos y sillones para el corte en los dos lados. La mayoría de ellos están ocupados por los clientes masculinos a quienes se atiende en la barbería, no se le llame prejuicio, más bien elección o preferencia. En cada uno se oye el abrir y cerrar de la tijera o máquina que desbasta la mayor parte del pelo, según los deseos de los clientes. Phelps no vislumbra a Rafael por ningún lado.

—¿Desea cortarse el pelo, señor? —pregunta un empleado, en ruso, que acaba de ver su silla desocupada.

—Disculpe. No hablo ruso —responde Phelps en inglés.

—No hay problema. Todos los empleados hablan inglés —se interpone el heredero Ivanovsky, un hombre de la edad de Phelps, muy bien conservado, que está haciendo tijera en mano un corte recto en la silla de enfrente. Puede ser el dueño, pero trabaja como los otros.

—¿Ah, sí? —Phelps no sabe bien qué decir.

—¿Desea cortarse el pelo? —vuelve a preguntar el empleado, ahora en inglés.

—La verdad es que busco a un amigo que ha venido a cortárselo. Un europeo, italiano, para ser más preciso.

—Lo que más hay aquí son europeos —vuelve a entrometerse Ivanovsky. Nada en su salón pasa desapercibido a sus ojos. Excéntrico, con un bigote fino y pose altiva, rostro lleno de polvo de arroz, rosado en las mejillas—. Incluso la mayoría de los empleados son franceses, reclutados en los mejores *coiffeurs* de París —añade.

—Muy bien. Volveré cuando necesite el corte. Lo prometo —afirma Phelps, evasivo e inseguro.

—El próximo —grita el empleado harto de la conversación. Sillón vacío es dinero sin entrar. Phelps se sobresalta con la convocatoria imprevista. Dos segundos después, el sillón está ocupado con un cebado aristócrata de traje con rayas negras y blancas, cabello marrón oscuro, recogido en una cola de caballo que el empleado suelta, una perilla puntiaguda y un bigote ruso.

—Busque, señor. Eche una ojeada —autoriza Ivanovsky a Phelps.

—Gracias.

El inglés recorre el estrecho pasillo, mirando hacia los espejos de ambos lados. Es más fácil identificar a Rafael si los mira de frente. Se crea una cierta confusión en su mente, provocada por el exceso de espejos y reflejos de personas hasta el infinito. No obstante, es capaz de vislumbrar todas las existencias que por allí andan y, exceptuando a los empleados, Rafael no ocupa ninguno de los sillones de corte, ni los de la sala de espera de al lado.

Al fondo del salón se encuentra una escalera que baja hacia un sótano y un ascensor antiguo, con puerta de reja, abierta. Se queda dudando, durante algunos segundos, entre la escalera y el ascensor, decidiendo si entra o baja.

—¿No lo encuentra? —Es Ivanovsky quien pregunta. Debe de haber despachado a otro cliente.

—No, por extraño que parezca —responde Phelps con una sonrisa tímida.

—Tal vez haya bajado al museo —sugiere el ruso.

—¿Le parece? —pregunta, disimulando mal un cierto temor.

—Si no lo encuentra en el salón y tiene la certeza de que está aquí... —explica el otro—. Sólo puede ser eso. —Toma uno de los brazos de Phelps y lo empuja, gentilmente, para adentro de la cabina del ascensor—. Vaya por aquí, que es más rápido.

Sin tiempo de reacción, Phelps se ve en el interior de la caja elevadora y le lleva algún tiempo hasta reparar en que no existe panel alguno con comandos. Ivanovsky cierra la reja y lo mira desde el lado de fuera, como un carcelero.

—Tenga cuidado. Hay poca luz ahí abajo.

La caja inicia un descenso lento. Phelps ve a Ivanovsky subir, aunque él sea el único en moverse, y repara en una sonrisa sardónica que le asoma a los labios, antes de desaparecer y caer en una oscuridad completa.

El motor ruge y todo el ascensor cruje a medida que penetra en el subsuelo. La falta de luz no permite hacerse una idea de la velocidad a la que baja, pero Phelps, con el corazón en la garganta, puede calcular que han pasado treinta segundos. Por muy lento que el ascensor sea, seguro que ha bajado unos veinte o treinta metros.

Frena de golpe, casi haciendo caer a Phelps, que ha olvidado la fatiga y sólo se preocupa de lo desconocido. Abre la puerta de reja, tímidamente, la iluminación es mediocre; da un primer paso hacia el exterior, un segundo y un tercero, y se detiene en un pasillo. Da para ver algo, poco, pero lo suficiente para no andar golpeándose contra las paredes. Los pasillos, salvo detalles decorativos o arquitectónicos, de longitud y anchura son todos iguales. Recorren los edificios, dando acceso a las diversas habitaciones principales. Éste no es diferente, y varias puertas se divisan en él, solamente en un lado.

—¿Esto es el museo?

Un chasquido enciende unas luces fluorescentes, blancas y potentes, justo encima de él. Se asusta y detiene la marcha, ya de por sí lentísima. *Deben de ser células fotoeléctricas,* piensa. Da otros dos pasos, saliendo del alcance de la lámpara, y otra se enciende. Se confirma. Las paredes son grises y están desnudas. Aparte de cuatro puertas, no hay nada más, ni cuadros, ni tapices, ni mesas, nada de nada.

Phelps avanza un poco más y las luces se van encendiendo a su paso, mientras las de detrás se apagan automáticamente, creando un ambiente tenebroso.

Más adelante, Phelps comienza a oír voces que provienen del interior de una de las salas anexas al pasillo. Identifica de inmediato la de Rafael, desconoce las otras dos. Hablan en ruso, o en alguna lengua del Este, eso es cierto. Este Rafael es sorprendente. El Vaticano no escatima en este servicio. Prepara a sus hombres de manera que puedan controlar todo sobre el terreno, sin fallos, errores, ni equivocaciones.

Se acerca a la puerta en cuestión, que se encuentra solamente entornada, pero no saca nada escuchando, pues no domina la lengua rusa. No comprende ni papa, para ser más precisos. Intenta atisbar el interior de la habitación, pero la rendija es pequeña. Sólo consigue ver sombras.

De repente, la puerta se abre, mostrando un hombre rubio, lleno de arrugas en el rostro, cubiertas por la barba de una semana. Lleva un Kalashnikov e inicia una discusión en ruso con James Phelps. Grita, lanzando perdigones de saliva en todos los sentidos. Phelps, con cierta mordacidad, cae en la cuenta de lo innecesario del arma, pues el aliento le apesta de tal manera que maniata a cualquier enemigo.

—Él no comprende ruso —se oye decir a Rafael en inglés.

El hombre suspende la algarabía y mira hacia dentro.

—¿Por qué no lo has dicho antes?

Sin modales, el ruso arrastra a Phelps hacia el interior del cuarto. Una lámpara de 60 vatios pende de un cable sujeto al techo, bien en el centro, incidiendo sobre una mesa cuadrada, en mal estado, con manchas de sangre seca en la madera laminada. Vislumbra a otro hombre con otro Kalashnikov apuntando a Rafael, sentado, pero, por lo que parece, sin heridas. Arrimado a la pared vemos un armario abierto. Dentro, tres estanterías llenas de diversas marcas de armas, granadas, radios, un teléfono-satélite, una máquina de reanimación o de tortura, dependiendo del objetivo perseguido. Phelps siente pánico al ver todo aquello.

—¿Estamos todos? —pregunta el hombre que apunta la automática a la cabeza de Rafael. Es más fuerte y más viejo.

—Falta la mujer —dice el arrugado, empujando a Phelps contra la pared e intimidándolo con el cañón del arma. Enseguida lo cachea minuciosamente—. Está limpio.

El más viejo coge la radio y presiona un botón.

—Todo limpio. Falta la mujer.

No se oye ninguna respuesta durante los primeros segundos. Solamente el silencio incómodo de la incertidumbre.

—Buen trabajo —se oye a una voz masculina decir por fin—. La mujer está conmigo. Encárguense de ellos.

Capítulo
56

Él sabe.

Es sabido que una de las bazas cruciales de los servicios de información, que se tildan de competentes y en la vanguardia de la evolución tecnológica, es la capacidad de adaptación para construir una base de comando donde fuere necesario. A pesar de que la enorme sede de la Agencia se halle en Langley y ocupe decenas de miles de kilómetros cuadrados, más los edificios secretos extendidos por todo el planeta, cada uno con diversas funciones, es habitual la existencia de pequeños cuarteles organizados para responder a las demandas del mundo del espionaje. Ya sea debajo del agua, sobre ella, en tierra o en el aire, los hombres de la CIA están siempre preparados para actuar.

En este caso, los hombres bajo la supervisión de Barnes y la mirada astuta de Harvey Littel se encuentran a cuarenta mil pies de altura, sobrevolando Polonia. Y desengáñese quien piense que van todos sentados en sus lugares, con los cinturones puestos. Aquí los cinturones sólo se los colocan durante el despegue y la fase final del aterrizaje. El ajetreo es idéntico al que tendrían en tierra en el centro de operaciones. Hombres y mujeres agarrados a monitores y teclados, auriculares en los oídos, gritos, conversaciones, impresoras vomitando información. Esto en una única sala. La organización se mantiene, rígida y responsable, adaptada a la realidad del espacio. El avión en cuestión es un Boeing 727 con la matrícula DC-1700WJY, completamente blanco, y pertenece a la Central Intelligence Agency, no lo fleta una compañía aérea cualquiera. Ni podría hacerlo, el Gobierno americano no lo permite. Los secretos de Estado deben ser guardados por el Estado. Más allá de toda la parafernalia y funcionarios que ocupan la parte a la que podemos llamar de clase económica, tampoco falta el despacho de Geoffrey Barnes, en la parte ejecutiva, estratégicamente situado junto a la puerta de comunicación con la cabina de pilotaje.

Es en ese despacho, vedado a las miradas del centro de operaciones, donde encontramos a los mismos de siempre. Geoffrey Barnes, sentado en un sillón idéntico al que tiene en Londres, reclinado, en una posición de reposo, y una mesa de escritorio más modesta; Harvey Littel, también sentado en una silla de brazos, piernas cruzadas, mirada pensativa. Y el resto de la *troupe*, Thompson, Herbert, Priscilla y Wally Johnson. Sólo falta Staughton, que está orientando los trabajos del otro grupo de viajeros.

—Él sabe —repite Barnes, más para sí mismo que para los presentes en el pequeño despacho.

—¿Cómo puede saber? —pregunta Herbert, irritado.

—¿Ha escogido Moscú por casualidad? ¿Coincidencia?

—Incluso aunque sea así no nos podemos arriesgar —advierte Littel—. ¿Qué dicen los rusos?

—No dicen nada. Han resuelto cerrarse en banda —relata Thompson—. Si dependiésemos de ellos, no tendríamos autorización para entrar en el país. Lo cual todavía no está garantizado. Ah, y niegan que ellos estén en Rusia.

—Cacho cabrones —maldice Barnes.

—Es una mierda —se desahoga Littel—. ¿Por qué será que han cambiado de actitud ahora?

—Siempre tienen algún as en la manga. No se puede confiar en los rusos —asevera Barnes.

—Una cosa es cierta —afirma Thompson—, ellos están mejor documentados que nosotros.

—¿No será que ellos tienen al musulmán? —sugiere Wally Johnson.

—Por nuestro bien, es mejor que no —declara Littel—. Eso sería calamitoso.

—¿Por qué? —quiere saber Thompson.

—Porque tendríamos que rescatarlo —aclara Herbert—. Y es probable que la cosa se torciera y muriesen todos durante la operación, el rehén inclusive —añade en un tono irónico.

—Si dependiese de usted, hasta nosotros naufragaríamos —murmura Barnes, lo suficiente para que tan sólo Herbert lo oiga. El gesto que éste le dirige a continuación confirma que el murmullo ha alcanzado el blanco.

Staughton entra de golpe, abriendo la puerta con violencia, algo poco acorde con su carácter.

—Tenemos un problema —dice.

—Uno más —estalla Barnes.

—Los rusos no autorizan que sobrevolemos su espacio aéreo. Y mucho menos que aterricemos en su territorio.

—¿Qué?

—Ahora eso. ¿No se puede hacer nada? —pregunta Herbert.

—Sólo si su jefe tiene conocidos en Rusia —informa Barnes—. Y al más alto nivel.

Littel mira hacia el suelo enmoquetado, pensativo.

—Todo esto es muy extraño.

Staughton se acerca y pone un dosier sobre el escritorio, enfrente de Barnes.

—¿Qué es esto? —pregunta, abandonando la posición de descanso e inclinándose sobre el informe.

—El contenido del CD.

Algunas decenas de hojas en el interior de la carpeta. Un montón considerable.

—¿Tanto? —protesta.

—Y sólo he seleccionado lo más importante.

Barnes va pasando hoja a hoja, sin ninguna gana de leerlo.

—Haz un resumen general —ordena a Staughton.

—No puedo.

Barnes levanta los ojos, extrañado.

—Que no puedes, ¿por qué?

—Esto es material confidencial. Hay personas en esta sala que no tienen autorización para oírlo o leerlo —explica con autoridad, recurriendo a las leyes federales que tutelan la Agencia y mirando a Herbert, váyase a saber por qué.

—*Okay*. Vamos a leer esto con atención —confirma Littel—. En cuanto a la prohibición de sobrevuelo y aterrizaje...

—Podemos intentar la vía diplomática —sugiere Barnes.

—No. Ellos saben algo. Van a liarnos y acabar por negar la autorización.

—Mientras tanto perdemos el rastro de la mujer y de los otros. Ya deben de estar en poder de ellos —dice Barnes en tono circunspecto.

—Pero hay una cosa que me intriga.

—¿Qué?

—Él ha dejado un camino de miguitas para que nosotros lo sigamos. ¿Por qué?

—No es para nosotros para quienes ha dejado las miguitas —asevera Herbert.

—¿Para quién entonces? —pregunta Barnes sin paciencia para aguantar al socio entrometido. Es obvio que no muere de amores por él.

—Para el topo.

—¿Otra vez la historia del topo? —vocifera Barnes, irritado.

—Hay un topo entre nosotros —insiste Herbert.

—Entonces váyase a freír espárragos y déjeme en paz —contesta Barnes, dando por cerrado el asunto. No permitirá que lo aborde de nuevo, es eso lo que su entonación muestra—. Tenemos un problema, señores míos. No podemos entrar en Rusia —anuncia con voz firme—. ¿Qué hacemos? ¿Alguien tiene sugerencias?

Se hace el silencio durante unos instantes. Nadie dice nada.

—Y pensar que los contribuyentes les pagan para esto —rezonga Barnes—. Salgan todos —ordena—. Fuera de mi vista.

Es evidente que la orden no incluye a Littel, pues él permanece en la misma posición en que se encuentra desde hace algún tiempo, sentado, con las piernas cruzadas.

Los restantes abandonan el despacho, mudos, desilusionados, fatigados. Es lo malo de este trabajo. Cuando lo hacen bien nadie lo agradece o dice una palabra amiga, de estímulo y aliento, pero si las cosas van mal, el dedo censor se pone a apuntar y la crítica nunca termina. En poco tiempo sólo quedan Littel y Barnes.

—Estamos jodidos —dice el gordo.

—No—asevera Littel—. Tenemos gente en Rusia. No necesitamos ir allí personalmente.

Con una sonrisa triunfal, Littel se acerca al teléfono-satélite colocado en el escritorio de Barnes y marca varios números. Aguarda a que se establezca la conexión y el brillo de los ojos se redobla cuando hay respuesta. Pone la llamada en la opción de altavoz.

—Coronel Garrison. Es un placer oírlo.

—El placer es mío.

—¿Está donde acordamos?

—Precisamente estoy tomando un descafeinado en la plaza Roja.

—Perfecto. Perfecto. Avance con la operación.

—Ya he avanzado, querido. Ya he avanzado.

Capítulo
57

Un año después, regresa el mismo miedo, el pánico flota exacerbado, el descontrol emocional, unido a la impotencia. Se acuerda del almacén abandonado en Nueva York, de las pesadas cadenas que pendían del techo y a las cuales les ataron las muñecas, a ella y a los demás. Veamos quiénes eran los demás, demos los nombres correctos y las caras: Rafael, que no se estaba callado, con la intención de atraer la tortura hacia él, su padre y el viejo sacerdote. ¿Cómo se llamaba? Marius Ferris. Eso es. No había vuelto a pensar en el viejote simpático, frágil, receloso, igualmente atado a las cadenas. Tampoco lo ha hecho en relación con los captores, Barnes y compañía, pero quien realmente daba las cartas era el hombre del traje Armani, tenebroso, mirada gélida, insensible, usurpador de vidas humanas, sin conciencia, y el ayudante, un polaco, de la misma calaña. Por encima de todos, incontestable, intocable, cruel, JC, el mismo con quien ahora colabora y que, hace un año, los quería a todos muertos. No hay verdades absolutas, tan sólo el momento.

Está en la puerta de la tienda de recuerdos rusos, le ha dado un repentino arranque de llamar a Simon para saber sobre su estado. *Matrioskas,* huevos imitando la creación de Fabergé, cuadros, jarras, lápices, postales, bisutería, todo lo que pueda asociarse al país. Excusado será decir que ninguna de las ofertas ha captado la atención de las retinas de Sarah. Se sentía demasiado cansada y preocupada, en un país extranjero, en una metrópolis en ebullición, llamativa, pero no en este momento concreto. Si le fuese dado escoger, preferiría la heredad de sus padres, en la Trindade, en Beja, sin carreras, fugas y persecuciones.

En vez de eso, le ha surgido una voz masculina por detrás, bien pegada a su oído. Casi podía oír resollar su respiración.

—Pequeña Sarah Monteiro. —No era una pregunta—. Haga el favor de atravesar la calle y entrar en la barbería. Con calma y relajada. No intente ninguna locura; si no, puede sufrir algún daño.

El corazón casi se le ha subido a la boca por el miedo atroz que ha sentido. Por muchas veces que se pase por situaciones de ésas, nada nos prepara para ellas. Su primera reacción ha sido una tentativa vana de darse la vuelta y poner una imagen a la voz del captor, pero él no lo ha permitido.

—No. No. No. Mire para el frente. No queremos ser atropellados, ¿no es así?

Mezclaba un cierto placer y sentido de responsabilidad en las palabras. Hablaba inglés con un pesado acento del Este. Ruso, probablemente.

—¿Quién es usted? —ha preguntado la periodista cuando ha recuperado sus capacidades.

—Eso no importa. Vamos. Dese prisa.

Han atravesado la calle, en medio del tráfico, haciendo que algunos coches les pitaran en protesta. En algún momento Sarah ha hecho amago de parar, pero algo circular y frío se le ha pegado a las costillas y la ha convencido de lo contrario.

El sonido de una voz disonante ha despertado la radio que el hombre tenía sujeta en el cinto. Él se la ha llevado a la boca y ha respondido algo en la extraña lengua rusa.

El fuerte sol se ha desvanecido en cuanto Sarah y el desconocido han entrado en la barbería. Los ojos de ella han tardado en adaptarse a las nuevas condiciones. Varios empleados, vestidos de negro, cortaban el pelo a otros tantos clientes. Numerosos, dispersos por ambos lados del pasillo. Si tenía dudas, se le han disipado, pues Sarah puede comprobar que se trata realmente de una barbería. Ha vuelto a sentir el cañón frío empujándola hacia delante, el único camino posible. Nadie mira hacia ella, incluso con tantos espejos. Los clientes se fijan en sus periódicos o admiran sus propios rostros, estampados en el espejo, o bien atienden a las noticias que se emiten en los plasmas situados en la parte superior del espejo, frente a cada sillón de corte. Todos indiferentes ante Sarah Monteiro y el hombre que la empuja. Al fondo se ve un ascensor. A la izquierda, una escalera que desciende.

—Baje la escalera —ordena el hombre.

Y no necesita decir nada más. Escalón a escalón, penetra en la profunda oscuridad. Siente el peligro. No ve nada. Siente tan sólo el cilindro apoyado en sus costillas. ¿Acaso él la va a matar allí? Pero ¿por qué? ¿Quién es él? Ha sido una estupidez haberse quedado sola en la calle. ¿Dónde andan Rafael y James Phelps?

—Espere —ha vuelto a mandar el hombre—. Póngase esto.

Le ha entregado un objeto que ella no ha conseguido identificar de inmediato.

—¿Qué es esto?

—Unas gafas. Póngaselas.

Quien no ve, no sabe. Ha acatado la orden y enseguida ha comprendido por qué había extrañado el objeto. Son, de hecho, unas gafas de visión nocturna. Aquel tramo de la escalera terminaba allí. Un paso más y daría con la cara en una pared. Una imagen verdosa volvía todo más nítido. Un descansillo daba inicio a otro tramo, a 180 grados, que la hundía cada vez más en suelo ruso. Nuevo descansillo, nuevo tramo, con muchos escalones, resbaladizos.

—¿Qué lugar es éste? —pregunta Sarah, con más miedo del que le gustaría aparentar.

—La escalera del infierno. ¿No le parece bonita? —responde el otro, sarcásticamente.

Sarah se arrepiente de haber preguntado. Lo cierto es que en toda la extensión recorrida no ha visto ninguna lámpara, o casquillo de bombilla, ni siquiera una vela, candil o lugar para él. Aquello ha sido realmente diseñado para no tener luz. Un escalofrío le recorre la espina dorsal.

—Pare —nueva orden—. Deme las gafas.

Sarah no ha tenido otro remedio que obedecer. Ha quedado inmersa en la oscuridad, en las profundidades de una escalera. Ha oído unos ruidos al lado.

—¿Qué es eso?

Silencio.

Nuevo ruido. Parecía algo arrastrándose.

—¿Qué es eso?

Tú, bien calladita —ha pedido el hombre con voz jadeante, denotando esfuerzo físico. La voz provenía de enfrente—. Es sólo un poco más.

El poco más ha sido largo, o así le ha parecido. La voz del hombre se ha hecho oír nuevamente detrás de ella.

—Ahora da un paso al frente.

Un paso al frente.

—Otro.

Otro paso al frente.

—Otro más.

Otro paso más al frente.

—Ahora sosiégate. Quédate callada.

Sarah ha cumplido y ha vuelto a oír los sonidos repetidos de arrastre.

De repente, una luz blanca, fluorescente, se ha encendido iluminando un pasillo desnudo. El hombre, de cerca de sesenta años, estaba ante ella y ha esbozado una sonrisa mordaz.

—Ya estamos llegando. Puedes continuar —ha dicho el desconocido—. Siempre de frente. No tiene pérdida.

Un año después, regresa el mismo miedo, el pánico exacerbado, el descontrol emocional, unido a la impotencia.

El pasillo tiene puertas solamente en uno de los lados. Entran en la segunda.

—Espera aquí un momento. Voy a orinar.

El hombre cierra la puerta, pero no se oye ningún ruido de llave en la cerradura.

Extraño, piensa Sarah. ¿Será que no la ha cerrado? Después de una escalera en la que son precisas unas gafas especiales para bajarla, de lo contrario andaría dándose contra las paredes, esto le parece un poco de aficionado. Quizá es que la puerta sólo puede abrirse por fuera. Es eso. Sólo eso puede ser.

Acicateada por la curiosidad, Sarah intenta girar el pomo de la puerta, con la certeza de que ésta no se abrirá.

Se ha equivocado.

Acecha el pasillo. No ve bicho viviente. Empieza a recorrerlo, pasito a pasito, no sabe en busca de qué. ¿De una salida? Sólo si fuese una diferente, porque por la escalera es imposible. No hay luz, ni sabe dónde queda. La puerta de reja del ascensor está cerrada y la caja ausente. No vislumbra ningún botón de llamada. Tantea las puertas, con miedo, siempre atenta a cualquier ruido que identifique el regreso del desconocido. Gira los pomos con cuidado. Dos están cerradas, no necesita volver a ver aquella de la que ha salido. La puerta de al lado está solamente entornada. La entreabre y ve a James Phelps y Rafael sentados en bancos, de bruces sobre una mesa cuadrada. Manchas rojas en el suelo le provocan un estremecimiento en la espina dorsal.

—Rafael —llama en sordina.

—Sarah —responde él, serio. No aparenta debilidad física alguna—. ¿Está bien?

—Sí. Quiero decir, en la medida de lo posible. —Está contenta de volver a verlo… Verlos—. ¿Está… están bien?

—Sí, gracias —asegura Rafael, con aire tranquilo.

—James está blanco —se da cuenta Sarah—. ¿Se encuentra bien?

—Ah, no se preocupe. Es de los nervios —asevera el inglés.

—¿Qué estamos haciendo aquí? —quiere saber ella—. ¿Es gente de Barn…?

Rafael se pone un dedo en los labios, el típico gesto del cállese.

—Estamos en la guarida de los servicios secretos rusos. Personas de la vieja guardia, sin pertrechos tecnológicos ni imágenes de satélite. Son muy pacientes y tienen su propia escuela. Éste es uno de los métodos antiguos.

—¿Qué método? —pregunta Phelps, perplejo.

—Nos sueltan aquí, a nuestro aire, sin presiones, preparados para quejarnos de nuestra vida, los unos a los otros, para que hablemos de lo que nos ha traído hasta aquí y de cómo todo nos ha ido mal, etcétera, etcétera.

De hecho, le ha parecido extraño a Sarah tanta libertad concedida. Rayaba en el amateurismo. Podría dar resultado si Rafael no estuviese presente.

—¿Quiere tomar algo? —pregunta Rafael a Sarah.

—¿Cómo? —No se esperaba esta pregunta—. Ah, si tuviesen la amabilidad de traer un té…

—Tres tés para aquí abajo, por favor —grita él hacia la puerta, asustando a Sarah y James Phelps.

—No todos los días recibimos una visita extranjera que conoce nuestros métodos —se oye a una voz decir desde la puerta—. Los extranjeros que los conocen, por norma, no forman parte del mundo de los vivos.

Sarah lo reconoce como el hombre sexagenario que la ha conducido a este sótano.

—¿Usted? —Es James Phelps quien profiere esta exclamación de asombro.

—Yo mismo —responde el hombre. Se vuelve hacia Rafael—. ¿Quién es usted?

Ambos se miran sin pestañear. Miden fuerzas, se estudian. Todos los gestos cuentan, de ahí su flema. Rafael sentado, con el codo apoyado en la mesa y el brazo sirviendo de soporte a la barbilla, como si no hubiese ningún problema del que preocuparse. El desconocido, apoyado en el quicio de la puerta, cigarrillo en la boca.

—Usted sabe quién soy yo.

Una sonrisa llena la boca del ruso. Dientes blancos.

—¿El Papa sabe que está aquí?

—¿Por qué no le pregunta?

—Tal vez lo haga.

Da una chupada al cigarrillo y adopta una expresión meditativa. Una mirada vacía, amparada en un silencio instalado en el momento adecuado.

—Tengo muchas preguntas que hacerle, padre Rafael Santini. —Una ligera mirada sarcástica brilla en las retinas del ruso. Es la hora de mostrar las cartas.

—No he venido aquí para responder, sino para preguntar… barbero Ivanovsky.

Capítulo
58

Dentro de cada frontera existe una élite con acceso ilimitado a todos los rincones y esquinas del territorio. Mantienen una ascendencia sobre toda la población, sea el régimen en vigor democrático o dictatorial. Los pocos que controlan a la multitud, la minoría que da palmas, en solitario, para ver transformarse un par de manos en un inmenso aplauso nacional. Además de esos miserables de influencia nacional, existen otros que van más allá de las fronteras de su propio país y consiguen poner a gran parte de algunas poblaciones exteriores a danzar al son de su música. Ésos son la élite de la élite, que también existe, pues todo puede ser subdividido hasta el infinito.

Marius Ferris puede considerarse uno de esos privilegiados, alguien que cruza fronteras sin ser incomodado. Que entra en los países por la puerta VIP, sin necesidad de dar explicaciones.

¿*Trabajo o placer*? Es lo que algunos guardias de frontera preguntan a los recién llegados. Frase que Marius Ferris nunca escucha. Dos palabras, dos solamente, es lo que le dicen: *Sea bienvenido*. Ni cogen el pasaporte diplomático con sello del Vaticano. Basta que lo vean de lejos, en la mano de este hombre de suma importancia.

Ha llegado en un vuelo nocturno, comercial, clase ejecutiva, obviamente. Ha tenido derecho a su whisky Famous Grouse, auriculares para escuchar música o añadir sonido a las imágenes que proliferaban en el monitor individual, una almohada ortopédica para dormir un poco. Después de todo, han sido dos horas y cuarenta minutos en el aire y el sueño tiene que normalizarse. Veinte minutos de retraso entre la hora prevista de llegada y la efectiva en la que el avión ha posado las ruedas sobre el asfalto del aeropuerto Leonardo Da Vinci, en Fiumicino.

Ha partido inmediatamente hacia su lugar de peregrinación personal. El dormitorio en la casa de Santa Marta podía aguardar.

A su espera se encontraba un joven conductor que llevaba un papel, donde estaban escritas las siglas M. F. O. D.

Marius Ferris, Obra de Dios, en su traducción del latín. El prelado ha sonreído al ver el desconcierto del hombre cuando él ha respondido a la llamada silenciosa.

—Soy yo. Buenas noches.

—Buenas… Buenas noches… Eminencia.

Podría corregirle e informarle de que no era eminencia, todavía, pero le gustaba aquella subordinación a la autoridad religiosa. A fin de cuentas, él y sus colegas son la frontera que separa a los creyentes del Señor. Y nadie llega hasta Él sin pasar por personas como él. Vale todo el dinero que saca de los fieles, más o menos adinerados, que le depositan fortunas en las manos… En nombre de Dios.

El conductor hace gesto de cogerle la pequeña cartera gris plata que porta.

—No se moleste. La llevo yo —ha rehusado sin arrogancia—. Indíqueme el coche, por favor.

Así hace el inexperto conductor; entiéndase en cuanto a la falta de práctica en tratar con los clientes y no a sus facultades de conducción del vehículo.

El coche está justo a la puerta de la terminal de llegadas, caso raro hoy en día, pero que se debe a ser el pasajero quien es.

Una vez instalado en el inmenso asiento trasero del Mercedes, gama superior, con la cartera en el regazo, Marius Ferris ha suspirado. Un suspiro de alivio, de paz consigo mismo. Las cosas están recomponiéndose.

—¿Para San Pedro, Eminencia? —pregunta el conductor, mirando por el retrovisor interno.

—No. No. Para Santa Maria Maggiore.

Tiene que ir ya. No puede esperar más.

El joven arranca, al mismo tiempo que se limpia las gotitas de sudor que se le han formado en la cabeza. Es extraño que el obispo desee ir a Santa Maria della Neve. La basílica está cerrada a esa hora, como todos los lugares sagrados de Roma. Hasta los santos tienen derecho al mismo descanso nocturno que los vivos. Gracias a Dios.

Hay poco tráfico en la autopista a esta hora de la madrugada. El propio aeropuerto carecía de vida cuando ha llegado. Solamente los retrasados, los distraídos, los desorientados, que no comprenden italiano o inglés, aquellos que han perdido sus pertenencias, u otra justificación, o los que provienen de vuelos nocturnos extemporáneos como el de Marius Ferris.

La estrecha vía rápida, con los quitamiedos a menos de un metro de las rayas de señalización exteriores, en el arcén y en la mediana, no intimida a los pocos conductores que la utilizan. Tampoco a este joven nervioso que, al volante, olvida los miedos y acelera hasta los ciento cincuenta o ciento sesenta kilómetros por hora, sin que nada le pese en la conciencia. La vía izquierda es para acelerar y no cambia de carril desde que ha entrado en la autopista Fiumicino-Roma, a no ser en una ocasión para dejar pasar a un BMW más apresurado.

Por lo menos es eficiente, piensa Marius Ferris, a quien el exceso no le molesta. Cuanto más rápido, mejor.

En un abrir y cerrar de ojos, entran en la magnánima ciudad imperial. Marius Ferris consulta el reloj en busca de información temporal. Son las dos y veinte. No es una hora prudente para entrar en esta basílica, en cualquier basílica o iglesia de Roma o del mundo. Pero existen preceptos intemporales que requieren actitudes firmes y coherentes en el momento justo. Éste es uno de ellos.

Entran en la Lungotevere di San Paolo, ignorando, a la derecha, la primera de las cuatro basílicas de Roma, la basílica de San Paolo Fuori le Mura. No es la que importa, bien lo sabemos, ni la mayor. El destino marca la de la Virgen mayor como la más importante esta noche.

—La basílica está cerrada a estas horas —se arriesga el conductor en una tentativa de dar conversación. Está, visiblemente, más tranquilo.

—Para usted —se limita a decir Marius Ferris, invocando su autoridad.

El joven conductor pensaba que sería un trabajo rápido, recoger a un sacerdote en el aeropuerto y llevarlo a San Pedro. Tenía tiempo para pasarse por la casa de Ramona, en la Via dell'Orso, y darle un beso de buenas noches, tal vez algo más. Pero este desvío no le permitirá la concretización de esos devaneos. Debería santiguarse y pedir perdón por un pensamiento tan lujurioso, pero siente vergüenza, debido a la presencia atenta del prelado en el asiento de atrás. Recela de que él pueda leerle los pensamientos. No sabe el joven conductor que Marius Ferris tiene más cosas en que pensar que en sus fantasías sexuales, aunque lo que el viejo siente, ahora que han dejado la Via dei Fori Imperiali y suben por la Cavour, aproximándose cada vez más al destino, pueda equipararse al placer resultante de una relación carnal, si bien en este caso provenga del espíritu. La ansiedad se apodera de Marius Ferris, aparentemente tranquilo, pero de una forma diferente, no nerviosa, más bien como una mariposa en el estómago, de esas benignas que anticipan un encuentro amoroso, un beso en la boca, una sonrisa verdadera. Y no estamos ciertamente hablando de un encuentro con la Virgen María.

Una vez en la Via Cavour, cortan a la derecha hacia la Via di Santa Maria Maggiore. Es una subida algo pronunciada que va a dar a la Via Liberiana. El conductor afloja la marcha algunos metros más adelante, con la basílica de Santa Maria Maggiore a la izquierda.

Marius Ferris abre la puerta con el vehículo todavía en marcha, lo que obliga al joven a una frenada brusca.

—Espéreme aquí —ordena, cerrando la puerta enseguida y caminando en dirección al portón lateral de acceso restringido del lado derecho de la basílica.

El conductor ha cerrado los ojos frustrado. *Rayos*. Odia la frase simplona *Espéreme aquí*. La odia. Oh, Ramona, bella Ramona, tendrás que esperar otra noche a que él tire una piedrecilla a tu ventana o te envíe un SMS para decirte que está abajo.

No obstante, es Marius Ferris quien nos interesa. Se aproxima al portón lateral, destinado a personalidades y empleados. Aprieta el botón del timbre, y tiene que insistir durante quince minutos para que alguien aparezca. En los últimos cinco no ha quitado el dedo de encima del botón. Quien viene a abrir es un hermano redentorista, sacado de la cama con la violencia de un zumbido constante.

—Hay horas para visitar la basílica y a los hermanos —reprende—. Ésta no es ninguna de ellas. —Tiene los ojos rojos de sueño y rabia.

—Quítese de delante —protesta Marius Ferris, apartándolo violentamente.

El hombre no ofrece resistencia y le deja libre el camino. No son los hermanos amantes de la violencia, sea del género que sea.

—¿Dónde piensa que va? ¿Quién es usted? —aún consigue preguntar.

—Aquel que le paga —responde Marius Ferris de golpe, vuelto de espaldas en dirección al interior del templo.

El hombre se va recobrando y corre en su dirección.

—Oiga, no sé quién se cree que es, pero no puede entrar así. Identifíquese o tendré que llamar a los Carabinieri.

Si, por un lado, Marius Ferris adora ser mimado, puesto en un altar y adorado, le enoja, en igual medida, lo contrario. Se para y mira al redentorista.

—Diga al hermano Vincenzo que voy a estar cinco minutos dentro de la cripta. Él ya sabe.

—¿El señor conoce al prior?

—Conozco a toda la gente. Si quiere continuar en su lugar, le sugiero que se vaya a dormir.

Ésta es una de esas afirmaciones que arruinan cualquier esperanza de marcha atrás. Es sabido que aquél es un trabajo de entrega, sin remuneración, por eso le ha parecido bien enfrentarse a quien decía pagarle. Sin embargo, ahora el hombre dice conocer a su superior religioso. Lo mejor es no arriesgarse más.

—Muy bien, señor. ¿Sabe el camino?

Marius asiente con un gesto de cabeza. Era lo que le faltaba, un fraile dándoselas de importante con él. Aguarda a que el otro regrese a su aposento y entra en la inmensa nave de techo dorado, silenciosa, oscura, sagrada.

Rehace el camino que hace veintiséis años otro recorrió, con el objetivo contrario, descubrir lo encubierto. Recorre el pasillo central, paso a paso, sin prisas, dejando que un ligero temor gane algún terreno dentro de sí, a medida que el baldaquín se va viendo mayor. Mentiría si dijese que no suda. La luz es escasa, pero denuncia la humedad en la cabeza que avanza hacia el resto de la cara. No tarda en gotear y mojar el traje y el suelo santo. Hasta los grandes hombres reaccionan ante los grandes momentos.

La cripta está situada bajo el altar. Dos cancelas pequeñas, una a cada lado, dan entrada y salida. Se abren hacia dos escaleras estrechas que llevan a la cripta, donde se encuentran las tablas del pesebre, el citado material que formaba parte de la cuna del Niño Jesús.

Cuando ya se encuentra delante de la reliquia, se arrodilla y baja la cabeza, sumiso. Une las manos y reza una letanía susurrada, que brota de un corazón que balbucea sentimientos dubitativos. No dará la espalda al desafío que lo espera; mientras tanto, nada lo puede apartar de su encuentro a solas con Dios, a quien pide discernimiento y salud para concluir lo que se ha propuesto.

Se arma de valor y se levanta del reclinatorio. Retira la cadena de oro que le cuelga del cuello y abre el escudo de cristal que separa el relicario que contiene las tablas sagradas del altar consagrado a la Virgen. Busca en el lugar acordado y… Nada.

Ningún sobre, objeto o cualquier otra cosa. Verifica repetidamente hasta que no le quedan dudas. Además de las tablas, guardadas en el interior de un relicario dorado, protegido con placas de metacrilato para permitir su visualización por los innumerables fieles que visitan la cripta todos los días, no hay nada más. Lo que sea que busca ha sido retirado.

El sudor le cae a chorros y los nervios se adueñan de él. Ha anticipado tanto este momento, ha deseado con tanto ardor sentir un torbellino de emociones contradictorias… Y ahora… Nada. Solamente las tablas permanecen en su relicario protector, pero, con el debido respeto, no tienen la misma importancia que el secreto que ahí debería estar escondido. Las dudas se apoderan de él. ¿Habrá estado alguna vez ahí? Observa la cadena y la llave de oro que prende de ella. Es un ejemplar único, de eso tiene la certeza. Recuerda cómo consiguió la llave cuando quedó decidido que éste sería el escondrijo, bajo la protección del Niño Dios. Tuvo que emborrachar a un franciscano, tarea dantesca, hasta perder éste el sentido por la cantidad de alcohol ingerida. Hizo desaparecer la llave esa noche y es la misma que tiene en las manos ahora. Se queda arrodillado frente al sagrario inmemorial. Las piernas, flojas, se le doblan con el peso de la desilusión.

Piensa. Piensa. Piensa.

Sólo consigue llegar a una conclusión poco optimista.

Traición.

Cierra la urna que protege el relicario de la atmósfera implacable y sube la escalera de dos en dos. Salta la pequeña cancela y corre por la nave en dirección a la salida.

Simultáneamente, marca un número en el móvil. Dos toques después, alguien atiende.

—Hemos sido traicionados. Mátalos a todos.

Capítulo
59

uan Pablo II.

—Todo se reduce a él.

—Es el punto de partida y llegada.

—Juan Pablo II está muerto.

—Un hombre de esos nunca muere.

¿Dónde he oído yo ya eso?, se pregunta Sarah, mientras escucha el debate de pura verborrea entre Rafael e Ivanovsky, el barbero espía.

Están todos sentados ante la estrecha mesa cuadrada. Sarah frente a James Phelps y el barbero frente al sacerdote.

La conversación es sólo entre los dos hombres. Nadie más está autorizado a entrometerse.

—¿Y cómo es que ustedes se meten en medio de esto? —quiere saber Rafael.

—La culpa es de Mitrokine —aclara Ivanovsky—. ¿Ha oído hablar de él?

—Evidentemente. Trabajó en los archivos del KGB durante cuarenta años y coleccionó su propio archivo, transcribiendo los documentos más importantes. Después se exilió al Reino Unido.

—Conveniente, ¿no le parece?

—Ustedes son los que tienen que ver a quién colocan en los cuadros. Naturalmente se convirtió, rápidamente, en el mejor amigo de los británicos.

—Él era antirruso. Un idiota, traidor.

—Pasó vuestros grandes secretos al enemigo —lo provoca Rafael.

Ivanovsky encoge los hombros, restándole importancia.

—Una ínfima parte. Los británicos fueron los que lo acogieron. Los americanos no le dieron crédito. A partir de cierto momento sospechamos de su duplicidad y decidimos proporcionarle información errónea.

Rafael arruga la nariz.

—No sé si creerlo.

—Créalo.

—¿La poderosa Unión Soviética tiene un funcionario sospechoso de alta traición y decide proporcionarle información errónea en vez de juzgarlo y matarlo?

—Fue justamente eso lo que pasó. La mayor parte de lo que se conoce como Informe Mitrokine es pura ficción.

—Pamplinas —acusa Rafael—. Él los engañó y decidieron inventar esa disculpa.

—No se olvide de que estamos hablando de transcripciones y no de documentos originales. No necesitamos inventar nada. Ni nos pronunciamos sobre el asunto.

—Pero los británicos lo clasificaron como la fuente más completa de la que hay memoria.

—¿Y por qué no habrían de hacerlo? Imagine que un agente de la CIA o del MI6 transcribe documentos, independientemente de ser verdaderos o falsos, durante treinta o cuarenta años y que después nos los pasa. ¿Cree que no los clasificaríamos como verdaderos?

Los dos hombres se miran un momento. El estudio ha terminado, el análisis de término y temperamento cesa. De aquí en adelante nada puede quedar por explicar.

—Todo comienza con Mitrokine —dice Rafael como un pensamiento en voz alta—. Que les denuncia, entre muchas otras cosas, por haber planeado y ejecutado el atentado de 1981 en San Pedro.

—Con la ayuda de los búlgaros, los polacos y les difuntos alemanes del Este —añade Ivanovsky.

—Fue ahí donde Mitrokine metió la pata —declara Rafael.

Ivanovsky frunce el ceño.

—Veo que está bien informado.

—Intento mantenerme actualizado. Si Mitrokine pensó que la URSS tuvo algo que ver con el atentado, es porque fue llevado a pensar eso. —Un guiño de ojos significativo.

—Es verdad, nos tendieron una trampa.

—Ya lo sé.

—Supimos que un atentado al Papa era inminente. Llenamos la plaza de San Pedro y las culpas recayeron sobre nosotros.

—¿De quién sospecharon?

—Durante dos años sospechamos de los americanos.

—¿Por qué?

—Puede no parecerlo, pero un papa polaco, en aquel tiempo, era para hacer a cualquiera mearse de miedo. Fuesen americanos o del Telón de Acero. Tienen tendencia a eso. Mataron a su propio presidente en 1963.

Sarah escucha aquellas palabras boquiabierta. ¡Dios mío, Kennedy!

—Mira quién habla —observa Rafael, sarcástico—. ¿A cuántos mató vuestro Stalin?

—Es mejor que no vayamos por ese lado.

—También lo creo.

—Todos tenemos tejados de cristal.

—¿Cuándo dejaron de sospechar de ellos? —Rafael vuelve a la carga.

—Cuando las muchachas desaparecieron, en 1983.

—¿Emanuela y Mirella? ¿Estamos hablando de ellas? —pregunta Rafael. No puede haber equívocos.

—Afirmativo.

El hombre de ceño fruncido que, hace poco, llevaba una AK 47, entra en el cuarto con una bandeja con cuatro tazas de té y una tetera. Señal de que el encuentro es amigable... O no.

—¿Quiénes son esas muchachas?

Los dos hombres miran a Sarah con aire superior y reprobatorio. No aguanta continuar callada. Ya ha oído hablar de esas chicas, James Phelps las ha llamado niñas, pero no sabe quiénes son... O quiénes eran.

El hombre de ceño fruncido deposita la bandeja encima de la mesa y sale. Ivanovsky distribuye las tazas y sirve el líquido humeante matizado con azahar a todos.

—Mirella y Emanuela eran dos adolescentes que desaparecieron en Roma en 1983. Fueron raptadas por el mismo hombre a las órdenes de Marcinkus.

—¿Para qué? —vuelve a preguntar Sarah.

—Para chantajear al Papa. A cambio de la libertad del turco.

—¿Qué? —Sarah no lo puede creer.

Phelps hace amago de coger la taza y beber su té, pero Rafael, sin quitar los ojos de Ivanovsky, coloca la mano sobre su taza.

—El Vaticano recibió tres llamadas de un hombre que se autodenominaba el Americano y pedía la liberación inmediata del turco a cambio de la libertad de Emanuela.

—¿Y el Vaticano no cedió? —Sarah entra, definitivamente, en la conversación.

—El Vaticano no podía hacer nada. El turco estaba bajo custodia italiana —explica el hombre mientras sorbe un poco de su té—. Pero eso nos dio indicios de que el ataque podía haber partido de dentro. Eso y otros elementos que descubrimos posteriormente.

Rafael retira la mano de la taza de Phelps, permitiendo que éste lo beba.

—¿Y él las mató? —pregunta ésta.

El hombre mira incómodo a Rafael, una petición de ayuda que el otro comprende.

—Ellas ya estaban muertas antes de las llamadas telefónicas —acaba por decir Rafael.

—¿Cómo es eso posible? ¿No eran la moneda de cambio para la liberación del turco?

Nuevo silencio opresivo.

—Digamos que ellas sirvieron para otros propósitos y no volveremos a hablar sobre eso —concluye Rafael, perentorio.

Cambia de asunto—. Hablemos del presente. ¿Qué estaba haciendo vuestro hombre en Londres?

—¿Qué hombre? —contesta el otro, evasivo.

—Grigori Nikolai Nestov.

Ivanovsky se remueve en la silla, disimulando el malestar.

—No comprendo —titubea.

—Ya hemos pasado esa fase, barbero Ivanovsky —reprende Rafael sin alterar el tono.

Da el primer trago a su té, mostrando confianza. Todos los gestos cuentan. Deja que el silencio se extienda por el cuarto al mismo tiempo que el líquido caliente desciende por la garganta.

—Grigori Nikolai Nestov —repite Rafael.

—Era un buen hombre. Y un buen amigo —confiesa por fin Ivanovsky, con los ojos mirando al vacío y la mente suministrándole imágenes vívidas del fallecido—. Dígame, ¿ya ha oído hablar de Abu Rashid?

—Ese nombre no me es extraño.

—¿Quién es? —pregunta Phelps, fascinado por todo lo que se dice.

—Abu Rashid es un musulmán que vive en Jerusalén y ve a la Virgen María.

—¿Qué dice? —Phelps está escandalizado.

—Es verdad —confirma Ivanovsky.

—Tonterías. Nunca se ha oído hablar de tal cosa —insiste Phelps.

—Casualmente es más común de lo que pueda pensarse. Su amigo del Vaticano tal vez se lo pueda confirmar. —El barbero apunta un dedo acusador.

Rafael mueve la cabeza afirmativamente.

Phelps y Sarah se quedan pasmados.

—No puede ser.

—Existen innumerables relatos de acontecimientos similares. Pero así como aparecen, desaparecen.

—¿Qué quiere decir con eso? —pregunta Phelps.

—Que siempre que se identifica un caso de ésos, el sujeto desaparece. Podemos retroceder más de trescientos años y el resultado es siempre el mismo —acusa el barbero—. Lo mismo acaba de pasar con éste.

—¿Y qué tiene que ver Nestov con Abu Rashid? —quiere saber Rafael.

—Nestov fue a ver a Abu Rashid —explica el barbero ruso— a Jerusalén. Precisábamos confirmar la veracidad de las apariciones.

—¿Y lo consiguieron? —preguntan Sarah y James Phelps, ávidos de curiosidad.

—Pensamos que sí.

—¿Piensan que sí? ¿No tienen la certeza? —El lado profesional de Sarah despierta. Acorralar al entrevistado.

—Nunca más nos vimos después de su viaje a Israel. Hablamos por teléfono. Sabemos que se encontró con él y que quedó perturbado.

—¿En qué aspecto? —Nueva pregunta de Sarah.

Ivanovsky la ignora y prosigue como si no hubiese sido interrumpido.

—Le habló de las visiones. De Londres. De una mujer en esa ciudad.

Sarah traga saliva. Tiene que dejar descansar las manos encima de la mesa para frenar un ligero temblor.

—¿Qué mujer es ésa? —inquiere Rafael. Es bueno que no decaiga la conversación.

—El nombre que dio fue Sarah Monteiro —revela, intimidado. Es un asunto incómodo para el barbero.

—¿Y qué tiene esa mujer? —prosigue Rafael.

—Dijo que guardaba el secreto que respondía a nuestras preguntas.

Ivanovsky baja los ojos, rememorando el momento.

Conversan como si Sarah no estuviese presente.

—¿Y cuáles son vuestras preguntas?

Ivanovsky vuelve a revolverse en el asiento. Este encuentro se revela como una purga de la parte rusa.

—Lo primero de todo, ¿cómo es que hemos llegado a esta situación? ¿Quién contribuyó a la caída de la Unión? ¿Cuál fue el papel de nuestros enemigos en todo ese descalabro?

—La respuesta está dentro de ustedes —provoca Rafael con sarcasmo—. No hay necesidad de culpar al enemigo por nuestras faltas.

—Tuvimos nuestras faltas, sí. Graves. Tantas como nadie se imagina, pero nuestros enemigos tuvieron un papel preponderante en la caída del régimen. Y su papa estuvo metido en ello hasta las narices.

—¿Cuál de ellos?

—El papa de ese momento. A éste no le importaría que el comunismo perdurase con tal de que el nacionalsocialismo fuese vengado.

—No diga disparates —protesta Rafael—. Benedicto XVI ama tanto los valores de Hitler como un ratón los ensayos de laboratorio.

—Tengo mis dudas.

—Tengo más dudas sobre esta democracia en la que ustedes viven actualmente —ataca Rafael.

—Todos las tenemos. Pero ¿sabe lo que acostumbro a decir? —La pregunta es retórica. No espera respuesta. Él mismo la da enseguida—. Nosotros hemos adoptado, de inmediato, la fase siguiente de las democracias. La del totalitarismo encubierto. Una democracia ilusoria que no existe en la realidad, solamente lo parece.

—Eso no lo discuto. Es, obviamente, ése el camino que está siendo tomado. No obstante, no olvide que no conozco otro régimen que no sea el absoluto.

—Ah, sí. Bien lo sé. El clero se detuvo en la Edad Media. Les conviene.

—A Putin tampoco se lo ve venir. Muerde a la chita callando.

—No lo comento. Es mi presidente.

—¿Abu Rashid dijo alguna cosa más?

Es mejor evitar las provocaciones. No nos desviemos.

—Dijo que la tentación era mucha, pero que Nestov no debía, bajo ningún pretexto, ir a Londres. No regresaría…

—Con vida —completa Sarah pasmada.

Ivanovsky cierra los ojos.

—Rafael sabe que somos hombres prácticos.

—Claro.

—Racionales. Si tenemos una pista, no lo pensamos dos veces. Además, no era verdaderamente una amenaza, más bien una sugerencia.

—Lo cierto es que ese Rashid tenía razón. Falta saber si fue casualidad o certeza.

El silencio vuelve a adueñarse del cuarto como un homenaje al alma de Nestov y en señal de respeto por el don profético de Abu Rashid.

—No creo que el profeta se estuviese refiriendo al secreto que marcó el fin del régimen comunista —declara Rafael tras un periodo breve de tiempo.

—¿No? —El ruso está admirado.

—No.

—¿De qué estamos entonces hablando?

—De la rehabilitación total de la antigua Unión en relación con la planificación y ejecución del atentado de 1981 —recita el italiano.

—Nosotros tenemos conocimiento de lo que hacemos y no hacemos.

—Pero el mundo no. El 70 por ciento de los católicos creen que ustedes, los búlgaros, los polacos y los alemanes del Este fueron los responsables del atentado fallido. Y la comisión Mitrokine italiana no vino a ayudar.

—Esa comisión es un fraude. Mitrokine era un fraude —rezonga el barbero.

—Pero tiene voz. La duda persistirá siempre.

—¿Ese secreto acaba con las dudas?

—Acaba. Pero incluso con todas las pruebas del mundo existirán siempre dudas.

—Eso es como todo.

—De cualquier manera, no se olvide de que ustedes dieron órdenes a los polacos para acabar con él.

—No tengo conocimiento.

—Es natural. Veinticinco tentativas frustradas son razón suficiente para no tener conocimiento. Dígame una cosa, ¿ha oído hablar de un hombre llamado Néstor?

Ivanovsky reflexiona durante algunos instantes.

—No creo que haya conocido a alguien con ese nombre.

—Pues mire que era un agente del KGB —observa Rafael, entrecerrando los ojos, esperando otra respuesta.

Ivanovsky niega con la cabeza.

—Nunca he oído hablar de él. Tendré que buscar en el archivo de personal. —Rafael da otro sorbo de té frío.

—Resumiendo, Mitrokine los engañó dándoles una fecha que no supieron quitarse de encima. Saben que alguien intentó matar al Papa, lo que habría sido un gran favor para ustedes si la cosa hubiera ido bien, pero fallaron y, lo peor de todo, cargaron con las culpas. No tienen idea de quién planeó el atentado de 1981, ¿no es eso? —Rafael habla demasiado rápido.

—Tenemos algunos sospechosos.

—¿Quiénes?

—Personal a sueldo de la CIA, italianos, musulmanes.

—Frío, frío, frío, querido mío. Estaban todos atemorizados, pero no tuvieron tiempo.

—Pero nuestra mayor sospecha va hacia alguien del interior del Vaticano —sugiere Ivanovsky.

—Tan simple como eso. —Rafael golpea en la mesa con la palma de la mano, sancionando la respuesta del ruso.

—Usted debería ser el primero en negarlo —aboga Ivanovsky.

—Entonces lo niego —dice Rafael—. ¿Cómo es que entran en esta historia ahora?

—¿Cómo es que han entrado ustedes?

—Por azar.

—Nosotros también.

—¿A quién estaban vigilando? —Rafael lo intenta de otro modo.

—Nosotros vigilamos a todo el mundo.

Malo. Estaba mejor la conversación, piensa Sarah. Una cosa es hacer confidencias sobre acciones e informaciones del pasado y otra es descubrir las bazas del presente.

—Le hago otra pregunta. ¿Por qué mataron a la pareja inglesa y al hombre de la CIA, en Ámsterdam?

Para Sarah aquella frase es como un puñetazo en el estómago dado por alguien con más de cien kilos. Un fuerte torbellino de sentimientos contradictorios barre su mente. ¿Fueron ellos quienes asesinaron a sangre fría a sus amigos? No lo puede creer.

—No hemos matado a nadie en Ámsterdam en los últimos tiempos —avisa el ruso—. ¿Por qué dice que matamos?

—Porque ellos tenían un disco con informaciones interesantes, obtenidas por el KGB hasta 1991 y después por sus excelencias, que heredaron la cartera.

—No sé de lo que está hablando.

—Venga ya, barbero. Estábamos haciéndolo tan bien... Es natural que tengan a sus enemigos y aliados bajo vigilancia permanente. La Santa Sede también lo hace. Todos lo hacen. Lo curioso es que tengan bajo su atenta mirada a una institución como el Opus Dei. Eso es lo que ya no es normal.

Sarah calma un poco el huracán interior. Sin embargo, la duda permanece. No porque él diga que no los ha matado ya pasa a ser verdad.

Ivanovsky traga saliva.

—Utilizamos a la mujer para mostrar que estábamos vigilantes; le dimos el disco con informaciones sobre lo que les sucedió a las muchachas, pero no los matamos... —Piensa si debe proseguir la explicación.

Hay algo que lo empuja a confiar en el italiano, y, realmente, sus instintos nunca lo han engañado. Los Ivanovsky tienen el talento innato de escoger siempre el lado oportuno de la Historia.

—El hecho de haber sido asesinados sólo viene a demostrar una cosa... —Duda, nuevamente.

—Que ustedes estaban siendo vigilados o que quien los alertó sobre el problema no habló solamente con ustedes.

—No invente.

—No estoy inventando —aventura Rafael con firmeza. Ya ha captado todo el enredo o, por lo menos, parte de él—. ¿Quién les puso en la pista del Opus Dei?

—Esa información es confidencial —asevera Ivanovsky.

—Todo lo que hemos dicho aquí es confidencial —afirma Rafael.

La expresión vacilante del ruso denuncia un conflicto interior entre el deber y el arrojo. La reiterada confianza en Rafael subsiste y gana terreno.

—Digamos que alguien nos alertó sobre ciertos movimientos de esa organización. Datos que se revelaron consistentes y fidedignos —aclara el barbero. Se levanta para ir a buscar una vieja botella con un líquido transparente en una bandeja. Vierte un poco en la taza vacía que hace minutos contenía té. El alcohol invade las fosas nasales de los presentes.

—¿Alguien quiere que le sirva?

Coloca la boca de la botella sobre la taza de Phelps, pero éste la tapa con la mano en señal de rechazo. Rafael acepta y le deja llenar la taza. Sarah también declina la oferta. Aquí no existe el precepto de las mujeres en primer lugar. Otro país, otra mentalidad.

—Salud —desea Rafael, levantando la taza en un brindis.

Ivanovsky corresponde, levantando la suya con aire pensativo.

—¿Cuál era el interés de ese alguien? —pregunta Rafael.

El barbero bebe un trago de vodka y saca un cigarrillo.

—¿Les importa que fume?

La pregunta no requiere respuesta, pues en cuanto la formula enciende un fósforo y lo aplica al pitillo. Da una larga calada, en un intento de liberar los nervios y las frustraciones a través del tabaco. Se echa un poco para atrás, lo suficiente para no caerse, buscando la comodidad. Sólo le falta estirar las piernas y poner los pies sobre la mesa para completar el escenario, pero la falta de respaldo en el banco y de espacio en la ya de por sí estrecha sala de conferencias no permite esas licencias. Cruza los brazos con el cigarrillo mediado entre los dedos de la mano derecha, soltando la ceniza encima de la mesa. El silencio es la respuesta.

—Voy a decirle lo que creo que pasó —enuncia Rafael—. Ese alguien os endulzó la boca, para lo cual no hace falta mucho, todo hay que decirlo, y os puso sobre la pista del Opus Dei. No es difícil descubrir lo que ellos andan haciendo. Apuesto a que después de algunos días obtuvieron un panorama generalizado.

—¿Y qué panorama es ése? —Es la ocasión de mostrarse sarcástico el ruso. Un poco de provocación.

—Es eso lo que ustedes no comprenden. Por un lado se encuentran con una operación a gran escala; por otro, no consiguen encontrar el hilo conductor de lo que está pasando. Su amigo, ese alguien, les da unas luces, una cosa mínima, tan sólo lo que le conviene. Apuesto a que fue él quien les pasó el disco, con instrucciones para que lo devolvieran una vez que lo hubiesen analizado y procesado. Así supieron que todo tiene que ver con el polaco. O mejor, se quedaron sabiendo sólo lo que ese alguien quería que ustedes supieran.

—Es una conjetura bien elaborada —interrumpe Ivanovsky con la misma entonación sardónica.

—¿Qué más cosas descubren? —prosigue Rafael, ignorando la observación—. ¿Que los curas ricos han acabado por aliarse con la CIA y están matando a diestra y siniestra?

El semblante del barbero Ivanovsky se altera.

—¿Quién le dijo eso? —pregunta irritado.

Rafael no responde.

—¿Quién le dijo eso? —insiste.

—Sabe que el hecho de que tengamos a Dios de nuestra parte es una gran ayuda —acaba por responder, bebiendo un poco de vodka—. Nos da el don de la omnisciencia.

—¿Y qué le parece todo? —pregunta Ivanovsky como quien no quiere la cosa.

—¿Está preguntándome?

—Así es.

—Entonces mi suposición le parece plausible. —Es una afirmación cargada de veneno.

—¿Por qué el Opus Dei ha preparado una conspiración con la CIA? ¿Cuál es el objetivo? —insiste el ruso, interrumpiendo.

—¿Qué le parece? —Rafael responde con una pregunta, tanteando el terreno.

—Quema de archivo —acaba por decir Ivanovsky.

—¿Quema de archivo? —balbucea Phelps—. ¿Qué es eso?

—Cuando alguien elimina los cabos sueltos —aclara Rafael.

—¿Está de acuerdo? —pregunta el barbero a Rafael. Está visiblemente interesado en lo que él piensa.

—No digo que no. Pero ¿por qué?

—Cuando ellos mataron a la pareja en Ámsterdam, fue lo que dieron a entender. El porqué no es fácil de entrever, pero una quema de archivo presupone la eliminación de elementos que pueden minar ciertos intereses —explica en tono coloquial.

—Todo tiene que ver con Juan Pablo II, ¿no fue lo que dijo? —recuerda el hombre del Vaticano.

—Exactamente —confirma el barbero.

—Pero Juan Pablo II está muerto.

—Claro —dice el otro, pensativo—. Lo cual nos lleva hacia otros caminos —sugiere.

—¿Cuáles? —Rafael no baja la guardia. Todo tiene que ser dicho. Ivanovsky ya ha comprendido eso. La confianza ha sido conquistada y es plena.

—La Obra de Dios, como ellos se llaman, se ocupó de la pareja inglesa; también del hombre de la CIA, creemos que por error, de un cura español de Santiago de Compostela y, presumimos, de Marcinkus, en Estados Unidos.

—¿Un cura en Santiago de Compostela? ¿Tiene la certeza? —interrumpe Rafael.

—Sí. No me quedé con el nombre —se disculpa Ivanovsky—. ¿Por qué? ¿Hay algún problema?

Una nube negra atraviesa el rostro de Rafael, pero se desvanece después de algún tiempo.

—No. Continúe.

—Ya hemos analizado todos los papeles que teníamos en nuestro poder, comunicaciones a las que tuvimos acceso, vigilancias programadas, agentes sobre el terreno y hemos llegado a ver dos posibilidades. —Levanta un dedo—. O quieren eliminar algo de acuerdo con una decisión del polaco tomada en vida...

—¿El qué? —protestan Sarah y James Phelps. Sarah cree que la bondad que emanaba de Wojtyla era genuina y no se lo puede imaginar ordenando matanzas en su nombre, para limpiar lo que quiera que sea.

—¿Cómo se atreve? —Es Phelps quien defiende a su difunto papa.

Ivanovsky los ignora y levanta otro dedo.

—... O el Opus Dei tiene algo podrido en su pasado que pretende esconder. Hemos hecho una investigación intensiva. La hemos llevado a cabo a lo largo de los años y hemos llegado a una información interesante. —Se calla, a propósito, durante algunos instantes, para aumentar el suspense—. Había un obispo en el Vaticano, que ya ha sido mencionado aquí, que no era quien parecía.

—Nadie es lo que parece en ningún lado. Especialmente en el Vaticano —declara Rafael.

—Ese obispo se movía muy bien en todos los lugares. Utilizaba a banqueros, cardenales, priores, políticos y economistas. Podía con todo. Menos con la oración. Era muy raro verlo rezar, a no ser que tuviese que decir una misa. Entraba en el corazón de las personas. Era muy amigo de Pablo VI.

»El dato interesante que hemos descubierto es que, además de ser miembro de una logia masónica, también era miembro del Opus Dei. Hemos podido saberlo a través de datos encontrados entre sus pertenencias. Jamás el Opus Dei permitiría que se tuviese conocimiento de una cosa así. A no ser que él fuese dueño de un banco o de una gran empresa. Ahí ya no haría diferencias. Hemos descubierto también un inmenso plan de ingeniería financiera ilegal diseñado por ese señor y comparsas, siempre con el conocimiento de ciertos miembros de la curia vaticana, de la logia masónica y del Opus Dei, a pesar de que ninguno de ellos sabía que los otros también tenían conocimiento de eso. Era de hecho una artimaña bien montada por el obispo. El nombre de él era...

—Paul Casimir Marcinkus —completa Rafael.

—Correcto.

Otra vez él, mascullaba Sarah para sí misma. *Siempre él.*

—Marcinkus —dice Phelps con odio en la voz—. Nunca tuvo respeto alguno por la Iglesia. Sólo existía él, nadie más. Un egocéntrico arrogante.

—¿Lo conoció? —pregunta el ruso.

—Lo conocí. Fui insultado y humillado por ese señor.

—¿Cuándo fue eso? —quiere saber Rafael.

—¿Cuándo? —responde con una pregunta. Está nervioso—. ¿Cuándo? Cuando le descubrí todos sus asuntos sucios.

—¿Quiere decir que usted tenía conocimiento de esto que acabo de contar?

—Por encima —replica, algo nervioso.

—Es la primera persona que conozco que sabe que Marcinkus era del Opus Dei.

—Pues… —duda—. Yo no…

De súbito, Phelps se lleva la mano al pecho y hace un gesto de dolor.

—¿Se siente bien? —pregunta Sarah, preocupada. No es la pregunta más adecuada, pero es la que más se hace en esas situaciones.

Phelps no dice nada. Se agarra el pecho con una mano y se cae del asiento, golpeando con la cabeza en el suelo.

—Vladimir —grita Ivanovsky.

El inglés se retuerce de dolor.

Rafael le coloca la mano en el pecho.

—¿Siente falta de aire?

Phelps confirma con un gesto. Está sufriendo.

—Vladimir —vuelve a gritar Ivanovsky—. Vamos a levantarlo —sugiere el barbero.

—No. Déjelo estar —ordena Rafael—. No debemos importunarlo.

Una lágrima rueda por la cara de Sarah.

—¿Qué es lo que tiene?

Nadie responde. El hombre del ceño fruncido entra en el cuarto.

—¿Qué pasa?

—Prepara el coche y llama a Mikhail. Tenemos que llevarlo al hospital.

Vladimir sale de la habitación corriendo.

Una última mueca de dolor y Phelps se desmaya. A pesar de todo, la calma se extiende por la habitación, instantáneamente.

Sarah mira hacia él, tumbado, lívido, y desvía la mirada hacia Rafael, inquisitiva.

—Ataque cardiaco —dice.

—Así es —conviene el ruso.

—Dios mío —invoca Sarah.

—Tenemos que llevarlo a un hospital cuanto antes —avisa Rafael.

—Ya nos encargamos de eso —informa Ivanovsky—. Vamos al Hospital de Veteranos.

Hablando en ruso, Rafael y él se apartan un poco de Sarah.

—Él sabe alguna cosa que precisamos conocer también —aborda en sordina.

—Pero me parece que hay alguien por encima de todos nosotros que sabe mucho más —reflexiona Rafael.

—¿Quién?

—Su amigo, ese alguien. Pienso que ya sé quién es.

El otro lo mira acobardado.

—Y rece a Dios para que éste sobreviva —sugiere Rafael, que vuelve junto a Sarah, arrodillada sobre Phelps, que aprieta una mano inerte.

Capítulo
60

EL AMERICANO
Junio de 1983

E l hombre transpira profusamente. La desnudez deja ver el sudor pegado al cuerpo. El placer exige esfuerzo, a cada embestida se oye un gemido como si marcase una vinculación entre una y otro, la causa y el efecto, la embestida y el gemido. El sexo es la mezcla de los cuerpos, en general dos —pero no hay límite para la imaginación humana—, el intercambio de fluidos y sudor, de saliva y de lo que se desee.

Se asiste a una manifestación de poder, el macho mostrando quién manda, invadiendo dominios, en una experiencia erótica, amorosa, tántrica, física. Durante la cópula casi sólo existen el uno y el otro, en este caso particular al que asistimos, nada más, el fuego tiene que ser apagado, no un incendio inoportuno para desviar a los intervinientes de su ejercicio de placer, sino el interior, que solamente será colmado con el clímax masculino del líquido seminal, cuya expulsión devora toneladas de energía, dando origen a una respiración jadeante y una súbita voluntad de dormir. Así se comprende que el macho, después de un gemido intenso de impudor prolífico, se tumbe de espaldas, para recuperar el aliento.

—Me estaba haciendo verdadera falta —dice el macho.

—También a mí. Lo tenemos que hacer con más frecuencia —sugiere el otro, cogiendo el paquete de cigarros, de encima de la mesilla.

—Es peligroso —alega el primero—. Los hábitos denuncian.

—No me seas tan cabeza dura, Paul. No juego cuando estoy de servicio.

—No nos podemos permitir el lujo de ser imprudentes —reafirma Paul.

Paul levanta sus dos metros de altura y se sienta en el borde de la cama.

—Dame uno.

El compañero le tiende el cigarrillo que había encendido para él y coge otro. Está apoyado en la cabecera de la cama, casi sentado.

—No van a ceder —comenta Paul, expulsando el humo.

—¿Estás seguro?

—Ya lo habrían hecho.

—No fue lo que dieron a entender cuando conecté con ellos —afirma el otro.

El humo de los cigarros forma una nube en el cuarto poco ventilado, creando un clima sombrío alrededor de los dos hombres.

—No fue buena idea que te pusieras de alias El Americano —gruñe Paul.

—Fue lo que me vino a la cabeza.

—Es preciso tener cuidado. Pueden desconfiar.

—Deja que yo me preocupe de esas cosas —dice el otro con complacencia—. Después de todo, ¿para qué quieres al turco fuera? Sólo te va a traer problemas.

—Esto no me huele bien. Oí decir que el polaco anda pensando en ir a verlo —responde, circunspecto.

—¿Y qué puede ocurrir? Él no sabe quién es —reitera el otro.

—¿Los dos juntos en la misma habitación? No es bueno.

—En la misma celda, quieres decir —bromea el otro, arrancando una sonrisa a Paul.

—Bien que me gustaría que el polaco estuviese en una celda. Tengo que sondear sus intenciones. Creo que desconfía.

—Es sólo una impresión tuya. No tiene razones para desconfiar de ti —asevera el otro.

—Debería haber sido JC el que ejecutara el plan. Que me parta un rayo. El turco me la lió.

—JC tiene otros planes.

—Ése sólo hace lo que Licio manda.

—Licio ya no manda nada.

Se quedan callados durante unos instantes. El raudal de sudor se ha ido secando, la energía se ha recobrado.

—¿Te deshiciste del coche? —inquiere Paul.

—Ya no incomodará a nadie. Lo vendí en el norte. Voy a tener que comprar otro.

—Cómpratelo. De otra marca. No quiero BMW.

—Estoy pensando en un Mercedes.

—Buena idea. Compra un Mercedes —acepta Paul.

Paul acaba el cigarro y se queda mirando el techo, las manos detrás de la cabeza. No dice nada durante minutos, se limita a mirar el techo corroído por el pasar de los años.

—Quiero que me proporciones otra —acaba por decir.

El otro lo mira reprobador.

—¿Otra? Eso es peligroso y da mucho trabajo.

—No lo es si son de fuera. No quiero más romanas ni vaticanas. Vaticanas, nunca más. Eso fue un error. Prefiero de Nápoles, deben ser atrevidas, o todavía más al sur. Ninguna romana más —exige.

—La verdad es que no les pido la identificación antes.

—Y no vuelvas a usar el truco de Avon.

—¿Qué te piensas que soy? —protesta el otro, simulando estar ofendido—. No uso el mismo truco dos veces.

—Un guardaespaldas del Papa puede tener poca imaginación —escarnece Paul.

—Retira lo que has dicho. —El otro se levanta encima del colchón—. Retira lo que has dicho.

—¿Y si no? —desafía Paul.

El guardaespaldas del Papa sonríe al oír el tono provocativo.

Capítulo
61

E stambul.

Otrora llamada Constantinopla. Ciudad imperial, cuna de civilizaciones, frontera entre Europa y Asia, punto de partida o llegada para cada uno de los continentes, encuentro de culturas ancestrales, tierra de emperadores europeos y sultanes árabes, bizantinos y otomanos, la ciudad más próspera de la cristiandad durante más de mil años.

Van en coche por el centro desde hace horas. Esta vez más apretados en la parte de atrás del vehículo, donde viajan JC, Elizabeth y Raúl. Delante, un conductor turco, excelente conocedor de la ciudad, evidentemente, y el cojo, taciturno, frío, observador, atento a todo, dentro y fuera del coche, a pesar de los millones que en esta ciudad residen, habitantes, turistas, personas ligadas a los negocios, comercio y colaterales.

Han comenzado por Beyoğlu, donde han visto la torre de Gálata, construida en el siglo vi. Con el paso de las horas, han ido entrando en la ruta que desemboca en lo que ahora es un círculo imperfecto que recorre el barrio del Bazar, con la mezquita de Süleymaniye marcando el punto más distante, el edificio erigido por Sinan, encima del Cuerno de Oro, en honor de Solimán el Magnífico, y donde ambos están sepultados, aunque en lugares opuestos. El interior del círculo abarca también el Serrallo, que los obsequia con el palacio de Topkaki, residencia oficial de sultanes durante cuatrocientos años, y el Sultanahmet, que guarda para sí otras dos perlas, situadas frente a frente, la mezquita Azul y Santa Sofía.

JC ejerce las funciones de cicerone turístico, explicando las dimensiones pluriculturales e históricas de cada monumento y lugar de esa inmensa ciudad.

—¿Cuál es el objetivo de esta excursión? —quiere saber Raúl, harto de tanto paseo lleno de secretismo.

—Ya se lo dije. Venimos a visitar a un amigo.

—¿Y dónde está él?

—Debe de estar camino del lugar donde nos vamos a encontrar. ¿A qué hora está fijado el encuentro? —pregunta al cojo.

—A las 18.00 horas.

—¿Ve? Sólo falta media hora.

—¿Y dónde va a ser el encuentro? —vuelve a la carga Raúl.

—Enseguida lo verá —responde el viejo, evasivamente.

—¿Por qué Estambul? —Es el turno de que Elizabeth solicite algunas respuestas.

—¿Por qué alguien cambia Inglaterra por un monte del Alentejo? ¿Quién puede responder a una cosa así? Son los imponderables de la vida. Los gustos, los deseos. Unos pueden cumplirse, otros no.

—¿Usted tiene siempre respuesta para todo? —Raúl hace la requisitoria. Considera esa facultad extraordinariamente irritante.

—Mi querido capitán, el día que no la tenga, puede poner la bandera a media asta, pues estaré muerto.

—Y ese amigo que vamos a visitar, ¿es como usted? —pregunta Elizabeth un poco recelosa.

No desea que él la interprete mal. Sépase de lo que estos hombres son capaces, especialmente el cojo que viaja delante. Sólo lo ha mirado dos veces, pero no precisa hacerlo ninguna más para comprender que no le gustan ni ella ni su marido. Los tolera tan sólo por respeto al viejo, que es quien manda en él, gracias a Dios. Por mucho que lo intente, no consigue imaginarse a ese viejo de apariencia frágil y salud precaria haciéndole daño a una mosca o liderando un amplio abanico de organizaciones con el fin de... Lo que quiera que sea su fin.

JC se ríe de la pregunta de ella.

—No. Hombres como yo están acabándose. Debo de ser el último de una especie poco apreciada. Vamos a ver a un cardenal de su Iglesia. Un hombre bastante más viejo que yo.

¿Vamos a ver a un cadáver?, se atreve a pensar Elizabeth, sin verbalizarlo. No sería de buena educación insultar al anfitrión.

—Hace algún tiempo que le quiero hacer una pregunta —se atreve Raúl, mirándolo a los ojos como para pedir permiso.

Quien calla otorga y el silencio de JC es prueba de eso.

—¿Por qué aceptó el acuerdo del año pasado?

—¿En Nueva York?

Raúl mueve la cabeza en señal de afirmación.

—Sirvió a mis intereses —responde el viejo.

Raúl levanta la camiseta y muestra una cicatriz en la parte baja del estómago, en el lado derecho, resultado de una incisión profunda. Arquea un poco las costillas para que se vea otra cicatriz idéntica, en las últimas costillas. Un objeto cortante, fino, penetró de un lado a otro, dejando su marca hasta el final de los días.

—¿Está viendo lo que me hicieron ese día, en el almacén de Nueva York? No me parece que haya servido para sus intereses. —La rabia emana de sus palabras. Deja que las cicatrices hieran la sensibilidad de JC, pero él ni pestañea. El dolor de los otros no lo afecta.

—Mi querido capitán. No puede censurarme por intentar recuperar lo que me fue quitado.

—No censuro. Simplemente, no creo que haya servido a sus intereses.

—¿Cuál fue el acuerdo? —interroga Elizabeth.

Está fuera de juego de toda la conversación. Raúl y Sarah le contaron lo menos posible de lo que sucedió el año anterior para evitarle disgustos. El divorcio estuvo en un tris; sin embargo, Sarah explicó a su madre que él no tuvo ninguna culpa. Se vio envuelto en un torbellino de acontecimientos incontrolables, al igual que ella. Y es verdad.

—¿Prefiere decirlo usted? —desafía Raúl a JC.

—No veo ningún problema en eso —asevera el viejo, desviando la mirada de la calle hacia Elizabeth—. Su hija tenía en su posesión algo que me pertenecía.

—Eso es relativo —refunfuña Raúl. Hay resentimientos evidentes que se han despertado en él.

—Usted me ha pedido que lo contase. Tiene que admitir mi versión —explica JC sin alterar su tono sereno.

—Sólo estoy diciendo que la propiedad de los papeles es relativa. Sabemos muy bien a quién pertenecían.

—Lo sabemos. Pertenecieron a Albino Luciani hasta la fecha de su muerte y, posteriormente, a mí.

Raúl ve con claridad que no alterará la manera de pensar del viejo, por muchos argumentos que lo apoyen. Hace un gesto de rendición y le pide que prosiga.

—Su hija envió los documentos en cuestión a una amiga periodista y el acuerdo fue un pacto de no agresión mutuo, cumplido, escrupulosamente, hasta el fin.

—¿Por qué confió? —insiste Raúl.

—Porque no me parece que fuesen a sacrificar sus vidas por valores o principios morales. Sabe tan bien como yo que significaría la muerte. Además, confío en una máxima que me acompaña desde siempre. —Toca en el hombro del cojo, que mira, atentamente, para el frente—. ¿Cuál es?

—Hay más mareas que marineros —completa el dedicado ayudante.

JC mira a Raúl y Elizabeth con una expresión triunfal. El brillo del orgullo personal vuelve a centellear.

—¿Qué quiere decir con eso? —pregunta Raúl, todavía nervioso.

—Repare: quien se quedó con la custodia de los documentos fue una señora, como ya dijo, compatriota suya —añade, señalando a Elizabeth—, llamada… —Intenta acordarse. Toca nuevamente en el hombro del cojo—. ¿Cuál era el nombre?

—Natalie. Natalie Golden.

—Natalie. Correcto. Llamada Natalie… Golden.

—¿Y qué sale de ahí? —Raúl siente mucha curiosidad, lo que unido a la irritación se convierte en impaciencia.

—De ahí sale que es necesario que se pregunten: ¿cuál es la mayor ambición de un periodista?

Raúl y Elizabeth cruzan sus miradas. Saben, perfectamente, las aspiraciones de su única hija, en cuanto profesional. Marcar la diferencia, contar la gran historia, la exclusiva que le dará prestigio, aunque Sarah ya esté lanzada por ese camino, como editora de política internacional.

—¿Le dio una exclusiva? —se arriesga Elizabeth.

JC confirma con un gesto.

—¿A cambio de los documentos? —Los nervios de Raúl no caben dentro de sí.

—Fue un precio justo —aclara JC—. Todo hecho a través de intermediarios, obviamente.

—¿Cómo fue ella capaz? —pregunta Raúl, más para sí que para los restantes pasajeros.

—La carne es débil, querido mío. De cualquier manera, la joven no utilizará la historia.

—¿Por qué? —pregunta Elizabeth amedrentada.

—Fue eliminada por los mismos que quieren asesinar a su hija —responde, sin rodeos.

—Dios mío. —Elizabeth se lleva las manos a la cabeza, incrédula.

—¿Cómo pudo ocurrir eso? —titubea Raúl. Tampoco él esperaba un desenlace como ése.

—Luchamos contra una fuerza letal. No les quepa duda.

Raúl espira, liberando una ínfima parte de la amargura que siente en ese momento.

Elizabeth se santigua y cierra los ojos humedecidos. Ninguno de ellos conocía a Natalie personalmente. Solamente formaba parte del grupo de conocidos que Sarah nombraba, a nivel personal o profesional, de los relatos emotivos que la hija narraba, de vez en cuando, en las vacaciones, durante una conversación telefónica o por Internet. Se habían habituado a tener a ese personaje como uno de los principales en la vida de la hija. Ahora todo eso se ha acabado. Hasta este instante, para Elizabeth, el miedo no tenía rostro ni carácter. Se proyectaba como algo turbio, insalubre, capaz de todo y de nada, abierto a la negociación, a las cesiones, a la esperanza. Esa idea acaba de perderse. Están en medio del peligro real y cualquier sensación de control es pura ilusión. Ahora se explica la atención con que el ayudante de JC, pues una señora no lo llamaría nunca cojo, sin más, observa todo y a todos. El peligro está ahí fuera, en cualquier esquina, ventana, automóvil, terraza. Todos son sospechosos, hasta los inocentes. Dios tenga piedad de su hija.

—¿Quién me garantiza que no es usted quien anda detrás de mi hija? —pregunta Raúl, receloso.

—Piense, mi querido capitán. Piense —sugiere JC, nada ofendido.

Raúl baja la mirada. Ha dejado que la confusión se apoderase de él. Tiene que ser lógico, racional en estos momentos. Sin embargo, no puede evitar sentirse intrigado.

—Usted tiene, nuevamente, todo en su poder —comprueba el militar.

JC lo confirma con un gesto.

—Tiene la sartén por el mango —vuelve a comprobar—. ¿Qué va a ser de nosotros cuando todo acabe?

Es una pregunta pertinente.

Elizabeth se apoya en la demanda del marido y lanza una mirada aterrorizada sobre el viejo. Éste muesta cierta satisfacción con la inquietud manifestada. Ser temido es una baza.

—Capitán, escuche lo que le digo. Y la señora también. Si les quisiese hacer daño, ya se lo habría hecho. Si fuese mi intención eliminar a su hija, ella ya habría sido eliminada. Sé lo que piensa. Que ella consiguió burlarme una vez. Una razón más para no temerme. Puede tener la certeza de que ella no lo haría dos veces. No conmigo.

—Es la hora —observa el cojo, ignorando la conversación del asiento trasero.

El viejo mira por la ventanilla del coche. Pasan la monumental Santa Sofía, los seis minaretes apuntando al cielo, construida como templo bizantino y que es, en los tiempos que corren, una de las mezquitas más célebres de todo el mundo.

—Avanza hacia el lugar —ordena.

El cojo susurra al conductor una especie de letanía ininteligible y éste acelera. No es fácil enfrentarse con el tráfico turco, especialmente en una metrópolis como Estambul, cuando se tiene un horario que cumplir. De cualquier forma, éstos son hombres precavidos que delinearon un itinerario, aparentemente turístico, pero que corresponde, en realidad, a un perímetro radial, que nada tiene que ver con la seguridad, más bien con la distancia, para asegurarse de que no les lleve más de diez minutos llegar al lugar acordado a partir de cualquier punto. Está todo muy bien pensado.

El conductor para el coche en la Sultanahmet Meydani. El cojo sale, abre la puerta a JC, en primer lugar, y aguarda a que los otros dos pasajeros salgan por la misma. En condiciones normales, Raúl y Elizabeth admirarían la inmensa plaza situada entre dos grandes perlas del mundo musulmán: Santa Sofía, la gran iglesia transformada en mezquita en el siglo xv, y la mezquita Azul, pero no hoy.

—Esperen —ordena JC, mientras hace un gesto al cojo. El coche sigue viaje, solamente con el conductor turco.

—¿Cuál es la idea? —pregunta Raúl.

JC no responde, ajeno a la dimensión histórica y cultural que lo rodea, a los pregones de los vendedores de alfombras y *simit*. Su semblante es serio.

Segundos después, el cojo hace una señal a un *taksi*, de los varios que pasan por la calle central, y éste para prontamente. Entran al vehículo de color amarillo fuerte.

El cojo indica la dirección al taxista, que enseguida acelera para el destino solicitado.

Durante algunos minutos, traducibles en metros, nadie perturba el silencio opresivo que ha invadido el interior del vehículo.

Raúl es el primero en hacerlo.

—¿Cuál es la razón de tanto secretismo? ¿Para qué el cambio de coche? —pregunta en sordina.

—¿Nunca ha oído decir que hombre precavido vale por dos, capitán?

—¿Tan grande es el peligro?

—Mataron a Natalie, Raúl —apunta Elizabeth. Para ella es argumento que basta.

—No es una cuestión de peligro, capitán, sino de principios —aclara JC—. Un hombre en mi línea de acción nunca puede bajar la guardia. Hacerlo una vez, hasta puede salir bien y no pasar nada. Pero si se sigue arriesgando, se hace uno negligente y es el fin. No me pasará a mí. Asumí ese compromiso conmigo y con mis colaboradores hace muchos años. Es el secreto de mi éxito. Nunca, nunca dejar rastro ni cabos sueltos.

Elizabeth tiembla al oír la exposición.

—¿Quiere decir que tiene un plan para nosotros al final? —pregunta Raúl.

—Obviamente.

—Somos cabos sueltos, ¿no es verdad?

—No, mi querido capitán. No son cabos sueltos. Pero tampoco voy a explicarle la definición de cabo suelto. Conforme dije en relación con su hija, les digo a usted y a usted —mira hacia Raúl y Elizabeth—: Si los quisiese muertos, no estaríamos teniendo esta conversación, ni los llevaría a ver a un amigo. —Su expresión es perentoria.

—¿Quién es ese amigo? —vuelve a preguntar Raúl.

—Ya falta poco —se limita a decir JC—. Disfrute de las vistas.

No vuelven a cruzar palabra hasta el final del viaje. Seis minutos después, el cojo paga la carrera en nuevas liras turcas, y abre la puerta a JC y a la pareja.

El destino final no queda lejos, ni puede, pues JC ya no tiene el vigor de otros tiempos y no se puede permitir el lujo de andar muchos metros. Se ciñe a unos pocos paseos, a su ritmo, siempre en terreno llano. Las subidas son letales.

Entran en un edificio secular, rosa, con un conjunto de placas negras grabadas con caracteres dorados coronando la puerta de entrada.

—¿Qué sitio es éste? —pregunta Elizabeth.

—Un *hamam* —responde JC, siguiendo adelante.

El cojo cierra la fila con la mano en el interior de la chaqueta, sobre el arma, alerta como un halcón.

—¿Qué es un *hamam*? —pregunta Elizabeth.

JC señala a las placas negras.

—Está escrito encima de las placas turcas en su lengua.

Y, de hecho, así está, en una placa identificativa blanca, reciente, colocada pensando en los turistas.

REAL TURKISH BATH. 300 YEARS OLD.

—Estamos en los baños de Cağaloğlu, mandados construir por Mahmut I en el siglo XVIII —clarifica JC.

Se paran junto a la entrada.

—En todos los baños, la sección de los hombres y la de las mujeres están separadas. Además, la entrada de las señoras se hace por otra calle —informa JC—. Mi ayudante se quedará aquí con usted, el capitán y yo entramos. ¿Les parece bien?

El matrimonio accede a la sugerencia, en parte por no haber otro remedio. Claro que la voluntad de Elizabeth es entrar, pero tiene que entender las tradiciones culturales diferentes de la suya. Sea como fuere, no consigue evitar la sensación de que JC lo hace a propósito para que ella acabe por enterarse de lo sucedido de segunda mano, en una versión quizá relatada por su marido. De cualquier manera, alguien tendrá que contarle todo.

El cojo se aproxima a JC y le cuchichea algo al oído.

—Me lo imaginé —pronuncia el viejo en respuesta—. ¿Está preparado, capitán?

Raúl no dice nada, pero se sobrentiende que sí.

Los dos hombres avanzan hasta la entrada, donde JC cede a Raúl el paso. El portugués suspira y continúa, paso a paso, hacia lo desconocido.

En el *camekan* se encuentran los vestuarios, pequeños cubículos donde varios hombres se cambian de ropa, conversan, leen el periódico, toman un té. Son todos de origen occidental, ningún turco.

Raúl se detiene, esperando órdenes.

—Prosiga —ordena JC.

Pasan la antecámara siguiente, el *soğukluk*, sin parar y se quedan en el *hararet*. Los vapores se adensan y el calor provoca la inmediata sudoración.

—Esto no es bueno para usted —advierte Raúl, con el sudor escurriéndole por la cara—. Ni para mí —murmura.

—Lo imaginé —comenta JC—. Si no es bueno para mí, imagine para él.

¿Quién es él?, piensa Raúl.

A pesar de que, por norma general, el *hararet* es la parte más concurrida del baño, no cuenta con muchos hombres en este momento. Consiguen ver a uno, tumbado en el plinto, mientras es masajeado, competentemente, por un empleado, pero no parece que esté minimamente interesado en conversaciones secretas.

—Para mí basta —refunfuña JC con la ropa toda enpapada y la respiración jadeante. Es demasiado para su cuerpo—. Sebastiani —grita.

Sólo necesita esperar cinco segundos para que el otro haga su entrada. Un viejo con una enorme cabellera blanca, vistiendo un traje negro, sentado en una silla de ruedas y empujado por un joven clérigo, su ayudante.

—JC.

—Sebastiani —saluda ahogado, sudado y fatigado—. ¿Qué hacemos aquí?

Por increíble que parezca, Sebastiani no parece afectado por la temperatura y por los vapores del local; a su asistente, un joven de unos veinte años, le chorrea agua del rostro y tropieza al andar, la visión está nublada y siente que se puede desmayar en cualquier momento.

—Ah, estoy habituándome.

—¿A qué?

—Al infierno —contesta el otro sin contemplaciones—. ¿No es a donde vamos todos? Esto ha sido lo que he encontrado más parecido.

Una sonrisa sarcástica irrumpe en su boca.

—No aguanto estar más aquí —dice JC agarrándose a Raúl—. Vamos a salir de aquí.

El grupo pasa al *soğukluk*. JC y Raúl necesitan algunos minutos para recuperarse. Sebastiani aguarda, sereno, sin limpiar el ligero sudor que le cubre la cabeza. No va a tener problemas en sobrevivir en el infierno. El ayudante da gracias a Dios por haber salido de la sala de vapores, donde han entrado completamente vestidos, y se sienta en el primer banco que encuentra, sin fuerzas.

—Definitivamente, nunca se debe pasar del *camekan* en un baño turco. Ahí dan de comer y beber, y no mata —afirma JC.

—En el infierno no vas a necesitar comer ni beber —explica Sebastiani.

—¿Conoces a alguien que haya ido allí y regresado para contártelo? —ataca JC.

—No contradigas mis creencias —devuelve Sebastiani—. No impongo mi fe a nadie, pero tampoco admito que la ofendan.

JC acata la amonestación del amigo. Es preciso dividir para reinar de vez en cuando.

—Éste es el capitán Raúl Brandão Monteiro, militar portugués —presenta—. Éste es Sebastiani Cardinali Corrado, cardenal de la Iglesia católica romana.

Raúl inclina la cabeza cortésmente. Nunca había conocido a un cardenal.

—Cardenal sin derecho a elección. Tengo noventa y cuatro años, ¿sabe? Soy un cardenal de segunda. Y usted, Raúl, ¿es militar sin ejército?

—De hecho sí. Estoy en la reserva —sonríe.

—¿Está viendo? Nuestra situación es parecida —observa—. En los cónclaves de 1978 aún era obispo. En el de 2005 era demasiado viejo.

—Es porque no tenía que ser —declara JC.

—Es lo que me digo a mí mismo. Sólo hay espacio para un papa cada vez. Pero me congratulo de que el polaco haya durado tantos años, aunque para mi perjuicio.

—¿Cómo ha ido en Fátima? —quiere saber JC.

—Normal. Resulta extraño ver a gente mucho más joven que yo y con la sesera atrofiada.

—Mira tu fe —amonesta JC—. No ofendas la de los otros —aprovecha para picar.

—No confundas fe con psicopatía. —Y lanza una carcajada gutural que no contagia a nadie.

—¿Qué tienes para mí? —presiona JC.

El hombre abre la mano con la palma hacia arriba. Es el mensaje silencioso para el ayudante, que pone un sobre amarillo sobre ella. Sebastiani se lo da a JC.

—¿Esto?

—Eso. Ten cuidado. —Es la primera vez que su cara displicente presenta algún recelo—. El otro a estas horas debe de estar totalmente desorientado. Ya ha reparado en que allí no hay nada.

—Estupendo. Estupendo.

—¿Qué va a pasar de aquí en adelante?

JC guarda el sobre y mira a los presentes, seriamente.

—He dado un montón de información a cada lado para que remen contracorriente —afirma regocijado—. Ha llegado la hora de que aparezca el célebre JC.

Capítulo
62

James Phelps se agarra al débil hilo de la vida con todas sus fuerzas, o, por lo menos, así lo parece, sacudido por los traqueteos intermitentes de la furgoneta destartalada que se esfuerza por llevarlos al Hospital de Veteranos, a algunas manzanas de la barbería.

La salida se hace por una de las puertas cerradas del pasillo, que daba a otro, más estrecho, que a su vez terminaba en otra puerta con acceso a un garaje subterráneo. El plan de fuga en caso de que alguna operación se fuera al traste, o se torciese.

Rafael e Ivanovsky lo han transportado con Sarah dándole ánimos. Lo han instalado en los asientos de en medio de la Daihatsu, modelo de los años ochenta, de nueve plazas. Vladimir conduce la «diarrea de humo», como la llaman, cariñosamente, debido a la liberación excesiva de combustible quemado por el tubo de escape roto.

—Aguante —anima Rafael, con las manos en la cabeza de Phelps.

Ivanovsky ha tomado posición en el asiento del copiloto para indicar el camino a Vladimir. Una manía rusa, esa de saber más que los otros o considerar que se sabe. Sarah está en los asientos de en medio, junto a la puerta deslizante. Los pies de Phelps se apoyan en su regazo.

—Todo va a ir bien —alienta ella.

—¿Ustedes han oído hablar de los talleres de automóviles? —grita Rafael para hacerse oír por encima de las turbulencias del motor—. El ruido y el humo que esto suelta lo deben detectar los satélites —añade.

—Esta furgoneta está retirada desde hace mucho tiempo. Es la primera vez que se pone en marcha en quince años. O más —responde Ivanovsky también a gritos—. ¿Usted ha dicho que sabe quién está detrás de todo esto?

Sarah atiende a la conversación de sordos. ¿Rafael sabe quién está detrás de esta trama? ¿Quién?

Rafael hace un gesto de afirmación.

—Pienso que sí.

—¿Quién? —preguntan el ruso y Sarah al unísono.

—Sólo veo a un hombre capaz de manipular todo y a todos con tanta arte. JC. ¿Ha oído hablar de él?

Claro, reflexiona Sarah. *¿Cómo es que nunca he pensado en eso?*

—Sí, he oído hablar, pero nunca ha sido comprobada su existencia.

—Él existe —confirma Rafael, intercambiando una mirada más larga con Sarah.

—Métete por la Ulitsa Varvarka —ordena el barbero, también atento a la conducción de Vladimir.

Pasan la plaza Roja, repleta de gente, el Kremlin en el lado opuesto. Junto a los muros, el mausoleo donde el cuerpo embalsamado de Lenin sirve de atracción turística nacional e internacional, además de los grandes hombres de la nación, un poco detrás, que lo acompañan para la eternidad, Yuri Gagarin, Gorky, Brézhnev. La catedral de San Basilio y sus cúpulas bulbosas, mandada erigir por Iván el Terrible, está frente al Museo de Historia, separados por quinientos metros de la plaza Roja.

Se nota que no es la primera vez que Rafael visita la ciudad, pero Sarah preferiría otra situación que no fuera ésta para poder disfrutar de los atractivos culturales e históricos que Moscú tiene para ofrecer al viajero.

—Gira ahora por la Ulitsa Varvarka.

—Es más largo por ahí —observa Vladimir, en ruso.

—Haz lo que te digo. —Ivanovsky vuelve a girarse hacia atrás—. ¿Cuál es el plan de ese JC?

—Él tiene su propia agenda —responde Rafael—. Pero es típico de él todo este enredo. Les pasa información a ustedes, a nosotros, al Opus, unas notas indelebles a los americanos y a los ingleses, y todos comienzan a moverse, pensando que son ellos los únicos.

—¿Dónde encaja el cura español?

—Eso todavía no lo sé. No quiere decir que todo esté interconectado —dice Rafael en un tono meditabundo. Phelps suelta un gemido distante.

Sarah le acaricia la pierna y sube hasta el muslo, sin segundas intenciones, a pesar de ser conocida su atracción por hombres de la Iglesia, aunque más jóvenes.

—Va a ir todo bien —susurra.

—Tenemos que descubrir cuál es su plan —asevera Ivanovsky.

—Claro —confirma Rafael. *Sé muy bien cómo hacerlo,* cavila para sí mismo. No se puede compartir todo.

—Acelera esta mierda —se irrita Ivanovsky, girándose para Vladimir—. El tío no se nos puede ir. Tiene que contarnos todo lo que sabe.

—Esto no da más —garantiza Vladimir, que pisa el pedal del acelerador a fondo, no consiguiendo hacer que la furgoneta pase de los setenta por hora.

Nuevo gemido de James Phelps, esta vez un poco más intenso, que casi sobrepasa el gruñido motorizado de la Daihatsu.

—Tenga calma. Estamos casi llegando —afirma Rafael.

Sarah repite la caricia en la pierna y en el muslo, el derecho, para ser más precisos, hasta que algo le llama la atención. Un bulto de un centímetro, en medio, que lo rodea completamente. Como un cinto envolviendo el muslo... Bastante apretado.

¿Qué es esto?, se pregunta a sí misma. En ese preciso momento, James Phelps abre los ojos y la mira como nunca lo había hecho antes. El viejo flaco y temeroso se ha desvanecido por completo.

Un golpe en el cristal de delante la saca del letargo en el que se había sumergido. James Phelps tiene los ojos cerrados. Quizá no ha sido más que imaginación por su parte, excepto el cinto apretado en el muslo.

No hay tiempo para consideraciones, nuevo golpe en el cristal de delante que hace que la Daihatsu se vuelque hacia el lado del conductor. Ivanovsky comienza a gritar, así como Rafael, que se agarra al asiento para no caer sobre Sarah, al mismo tiempo que sujeta, con todas sus fuerzas, a Phelps para que su peso muerto no la lastime.

—Joder —se oye a Rafael maldecir.

—¿Qué pasa? —grita Sarah.

Ivanovsky, apoyado contra el panel frontal, saca dos armas.

—Han matado a Vladimir —alerta—. Hijos de puta.

Dada la poca velocidad de la furgoneta, ésta se detiene a los pocos metros, volcada hacia el lado del conductor difunto.

—¿Qué pasa? —pregunta la voz débil de Phelps.

—Esté tranquilo. Lo vamos a sacar de aquí —ordena Rafael, rojo por el esfuerzo de sujetarlo.

—Vaya bajándolo lentamente —sugiere Sarah, retirándose para dejar espacio. Repara en que el cristal de la puerta deslizante se ha partido y está con los pies en el asfalto de la calle. Son impresionantes las cosas que pueden ocurrir en pocos segundos.

Rafael deja a Phelps con cuidado. Ya tiene algún control sobre su cuerpo, aunque todavía tenga una mano en el pecho. Unos segundos después el inglés está en el suelo junto a Sarah.

—¿Qué pasa? —pregunta.

—Nos están atacando —informa Sarah, percatándose, por primera vez, de la gravedad de la situación.

Rafael se gira hacia Ivanovsky.

—Páseme una de ésas.

El ruso duda, pero acaba por lanzarle una de las armas. Abre su puerta y vigila el exterior. Rafael rompe el cristal de la ventanilla de lo que era, antes, su lado y ahora es el techo y saca la cabeza fuera. Este modelo sólo tiene una puerta deslizante y queda, justamente, en el lado de Sarah, que ahora es el suelo. Un tiro atraviesa la carrocería a unos centímetros de su rostro. Lo mismo sucede con Ivanovsky. Ambos vuelven a meterse en el interior del habitáculo.

—Tiradores —explica Rafael.

—Así es —conviene el barbero.

—¿Mafia rusa? —pregunta Phelps todavía dolorido.

—No—refuta Ivanovsky—. Americanos. Sólo pueden ser americanos. Hay que tener narices —lamenta.

—Barnes —susurra Sarah.

—Tenemos que hacer algo —declara Rafael—. Los tiros vienen desde dos sitios, de delante y de detrás de la furgoneta.

Se esfuerza por pasar a la parte de atrás, donde el cristal ha quedado intacto. Observa durante algún tiempo.

—Deles un poco de dulce, Ivanovsky.

—¿Por qué yo?

—Porque usted está ahí y yo aquí, pero, si lo prefiere, podemos cambiarnos.

Los dos hombres se miran. Ivanovsky en la parte de delante de la furgoneta, de pie, agarrado al asiento. Rafael, en la de atrás, junto a la ventanilla trasera. Phelps y Sarah entre los dos, también de pie. Los asientos sirven de esquinas.

—¿Quiere cambiar? —vuelve a sugerir Rafael.

—No, yo me encargo —rezonga el ruso, articulando, posteriormente, algún insulto en ruso.

Se agarra al asiento y se sube hacia la puerta. Rafael observa, en la parte trasera, los edificios de su campo de visión. Vigila por un lado del cristal, mientras que el resto de su cuerpo queda tapado por la chapa de la puerta de atrás.

Ivanovsky saca la cabeza fuera. Un tiro alcanza la carrocería junto a su cabeza. Responde con dos tiros hacia la parte alta del edificio para no herir a civiles. Dos tiros en respuesta, cada vez más cerca de él, hacen mella en la chapa. Otro tiro parte no se sabe de dónde. Lo mejor es no abusar de la suerte. Se retira al interior.

—Ya lo he identificado —avisa Rafael.

—¿Puede eliminarlo?

—Está hecho —informa.

Un orificio en el cristal trasero lo atestigua. Ha sido el último disparo que el ruso ha oído antes de bajarse.

—¿Por qué no tiran a matar? —pregunta el ruso.

—Deben precisar de alguno de nosotros y no quieren arriesgar.

—¿Qué hacemos? —quiere saber Phelps.

—Sacamos la cabeza fuera para ver dónde están los otros o esperamos a que nos vengan a buscar —afirma Rafael, solícito—. De cualquier manera…

—Estamos jodidos —completa el ruso.

—Creo que deberíamos enfrentarnos a ellos —declara Phelps más rehecho.

Sarah lo mira con admiración.

—¿No tiene una de ésas para nosotros? —pregunta Phelps señalando el arma.

—¿Usted sabe trabajar con esto?

—No, pero aprendo.

Ivanovsky reflexiona durante unos instantes y después se decide a sacar el arma del cuerpo de Vladimir, encogido contra la puerta, junto al suelo.

Ya no vas a necesitarla, amigo mío.

Se la entrega a Phelps con cuidado.

—Está con el seguro —avisa—. Para quitarlo…

Phelps coge el arma con pericia, le quita el seguro y pega un tiro justo en el medio de la cabeza de Ivanovsky, que cae, sin vida, sobre Vladimir.

—Sé cómo se desbloquea —avisa fríamente.

Sarah pega un chillido de pánico, incrédula con lo que acaba de ver.

Rafael apunta a Phelps, pero éste agarra a Sarah y apoya el arma en su cabeza.

—No me estoy sintiendo bien —gime, parodiándose a sí mismo. A continuación, suelta una carcajada sarcástica que termina con una mirada seria y cortante sobre Rafael—. Tire el arma fuera de la furgoneta.

—¿Cómo ha sido capaz? —se queja Sarah, sintiendo el cañón caliente quemándole el cuero cabelludo.

—Sarah sabe muy bien hasta dónde somos capaces de llegar para salvaguardar el buen nombre de nuestra Iglesia. —Se vuelve hacia Rafael—. Tire el arma fuera. No lo voy a repetir.

Rafael rompe el cristal trasero de una patada y tira la Glock sobre el asfalto, bien alejada de la furgoneta.

—Usted es un adversario de altura —elogia Phelps—. Guarda lo mejor para sí. No es fácil mantenernos a su nivel. Pero he conseguido que me diera todo lo que preciso.

—¿Cree que sí? —pregunta Rafael con osadía—. Usted no es tan buen actor como piensa.

—No me menosprecie. No le sienta bien —rebate el inglés, si es que lo es—. El ataque cardiaco ha sido muy bien elaborado. Sé cuánto se ha preocupado por mí y se lo agradezco mucho. Podría confiar en usted en alguna ocasión semejante.

—No estoy hablando del ataque cardiaco. Aplaudo su *performance* en ese particular.

—¿De qué está hablando entonces? —La curiosidad ha sido estimulada. Una sonrisa sarcástica aflora en sus finos labios.

—Del muslo que le ha dolido de vez en cuando.

Sarah entiende ahora el origen del dolor. Todo tiene una explicación.

—¿Qué pasa con ello? —La sonrisa de Phelps se desvanece.

—No pasaría nada... Si hubiera sido siempre el mismo muslo. Ha sido ahí donde ha fallado. Unas veces le ha dolido el derecho, otras el izquierdo. Eso significa solamente una cosa.

—Un cilicio —pronuncia Sarah. Es eso lo que él tiene alrededor del muslo. Es eso lo que, de vez en cuando, le provoca dolores atroces. Los pinchos agudos clavados en la carne.

Phelps no considera la censura objeto de mofa.

—De cualquier forma, usted me ha dado casi todo lo que preciso. Va a entregarme el dosier que sustrajo de la casa de Sarah. Con eso haré que JC aparezca.

—Si fuese así de simple.

—¿Qué quiere decir con eso? —El buen humor de Phelps desaparece a ojos vistas.

—Usted se considera un gran manipulador, un actor de primera, pero ha estado controlado todo el tiempo.

Phelps hace cada vez más fuerza en el arma contra la cabeza de Sarah y aprieta unos milímetros el gatillo.

Sarah cierra los ojos aterrorizada.

—Su *bluff* no convence —acaba por decir Phelps.

Tres furgonetas negras, con cristales tintados, paran junto a la furgoneta volcada. Varios hombres encapuchados, armados con semiautomáticas, rodean el vehículo.

—Está todo bien —grita Phelps.

Dos hombres sacan fuera a Rafael, lo esposan y lo obligan a entrar en una de las furgonetas. Proceden de igual manera con Sarah.

Poco tiempo después, Phelps hace su entrada monumental.

Otro hombre comparte el interior de la furgoneta. Porta unas gafas oscuras que combinan con su traje.

—Stuart.

—Phelps. —Inclina la cabeza con la necesaria deferencia.

—¿Por qué has tardado tanto tiempo?

—Hemos tenido que aguardar a que llegaran a una zona que llamara poco la atención. Han recorrido los sitios turísticos.

—Mi querido coronel, estaba viendo que me iba a dar un ataque verdadero.

Los dos hombres se carcajean con ganas.

—Vámonos ya —ordena Stuart Garrison—. Nos espera un largo viaje.

Las furgonetas inician la marcha, alejándose de la que está volcada con dos cadáveres en el interior.

Capítulo
63

E s una noche como tantas otras que han pasado y como otras que han de llegar.

El hospedero hace las cuentas de un día más de trabajo. Es normal tener pocos huéspedes en esta época del año. No hace frío o calor suficiente. El negocio florece en pleno invierno con la nieve y la fascinación que ejerce sobre pequeños y grandes, y en verano, cuando el verde conquista al blanco, gracias al aumento de la temperatura, lo cual da alas al turismo rural y religioso.

Hoy tiene siete huéspedes, dos sacerdotes, una pareja de turistas con un hijo pequeño y dos hermanas benedictinas. Todos con estancia superior a tres días, gracias a Dios. Espera algunas otras reservas para el fin de semana y así va pasando los días, sin mayores problemas.

Alguien toca el timbre a estas horas de la noche. Algún viajero en busca de aposento para una noche. Pasa algunas veces. A pesar de cerrar la puerta de la hospedería en cuanto la iglesia anuncia las diez de la noche, a causa de los atracadores, que siempre los ha habido por estas tierras, queda al acecho, esperando algún cliente de última hora o huésped que haya decidido aprovechar la velada en el pueblo o en la ciudad.

Desatranca la puerta y la abre. Fuera hay dos hombres, uno viejo, barbudo, sudoroso, otro más joven, más arreglado. Observa algunos hematomas en el rostro del viejo, que no inspiran confianza. El joven lleva una maleta negra de esas que los hombres de negocios usan para guardar sus secretos empresariales.

—¿Díganme?

—Buenas noches —saluda el más joven—. Queremos una habitación para esta noche.

Le lleva cinco segundos olvidar el estado del hombre más moreno, árabe tal vez, y acordarse de que la hospedería está casi vacía.

—Naturalmente. Hagan el favor de entrar.

Atranca la puerta, nuevamente, y les dirige en dos minutos al segundo piso. El joven firma como Timothy Elton y paga en *zlotys*, dejando una propina generosa.

El dinero es la lengua universal de la humanidad, sea cual sea la moneda. Nunca es demasiado, se escurre entre los dedos como agua y nunca se consigue agarrar. Se le puede domar, hipotéticamente, canalizándolo para aquí o para allá; sin embargo, siempre es propenso a fugas repentinas, localizadas o aleatorias. Y hace olvidar a todos los hospederos repartidos por este mundo los rostros que hay detrás de la mano que entrega el billete, aunque estén golpeados, doloridos, sudorosos, sucios o fatigados y sean altivos.

—No queremos ser molestados —señala el joven, lo único que habla durante todo el trámite de entrada.

—Perfectamente —responde, entregándole la llave de la habitación, sujeta a una vieira—. La 206.

Los huéspedes suben por la escalera, no hay ascensor. Una norma fundamental en el ramo de la hostelería es dar siempre la razón al cliente. Si su deseo es no ser incomodado, jamás se hará, a no ser que ocurra un cataclismo, lo cual nunca ha sucedido, gracias a Dios. Existe una barrera que nunca se puede traspasar, la de la privacidad, a partir del momento en que el huésped se retira al interior de la habitación. Es cierto que, cuando se va a hacer la limpieza después del *check-out* o de la salida turística diaria, se puede conocer un poco de la persona en cuestión, algunos hábitos de higiene, si los hubiere, gastronómicos, sexuales… En los treinta años que tiene de experiencia en el ramo, ha desarrollado también algunas capacidades premonitorias, nada sobrenatural, basadas solamente en la lógica de la observación perseverante. Le parece, por ejemplo, que la limpieza de la habitación número 206, por la mañana, no llevará más de cinco minutos. No habrá basura en las papeleras, tampoco el cuarto de baño denotará su utilización. La ropa de la cama permanecerá impecable, así como los muebles. Parecerá que nadie ha ocupado la habitación durante la noche.

Ya ha recibido a otros huéspedes de este tipo en el pasado, cuyos vestigios fueron deliberadamente ocultados o evitados. En esas situaciones no se hacen preguntas que supongan una intromisión, se recibe el dinero, se archiva la ficha y se olvida que un hombre que dice llamarse Timothy Elton, acompañado por otro más viejo, han estado en alguna ocasión en la hospedería.

Por detrás de la puerta cerrada con las cifras 2, 0, 6 fijadas en la madera, se asiste a una escena de nervios unilateral. El más joven anda de un lado para el otro, con el móvil en la mano, sin ninguna llamada emitida o en curso. Abu Rashid está sentado en una silla, desapegado, libre, observando el estado de nervios del otro.

—Estoy como único responsable —dice Tom—. No consigo comunicar con mi superior.

Se nota la sudoración inundando la cabeza. La aflicción es como una madrastra en estos hombres que están habituados a actuar bajo rigurosas instrucciones. Es como un hilo conductor que se ha roto, dejando a su aire el sistema hasta allí milimétricamente controlado.

Abu Rashid cierra los ojos y suspira. Adopta una actitud introspectiva, alejada de las energías negativas producidas por Tom. Se queda en ese estado durante muchos minutos, horas, concentrado en sí mismo, en la paz y en los buenos pensamientos. Olvida que comparte la habitación con alguien más, deja de oír los pasos frenéticos y los lamentos indigentes del otro. Comprende sus dudas, el dilema, el disgusto, la soledad, la confusión descontrolada. Es como el corte de un cordón umbilical estando todavía en el interior del vientre materno.

Cuando la madrugada rompe la medianoche y entra en la hora siniestra del silencio sepulcral, cortado por crujidos y zumbidos desconocidos y sobrecogedores, dejan de oírse los pasos de Tom en la habitación, a la espera de la llamada que no ha sido efectuada.

Abu Rashid siente un objeto frío y cilíndrico apoyarse en su cabeza. Sabe lo que es y no se digna abrir los ojos para contemplar la amenaza.

—¿Quién le informó del túmulo?

—Sabes la respuesta tan bien como yo, Tom.

—No me llame Tom —le grita.

—¿Cómo prefieres que te llame? ¿Timothy?

Tom retira el arma de la cabeza de Abu Rashid y se rasca la suya con la mano que la sujeta. Respira hondo y piensa. Se asegura de que tiene cobertura en el móvil. Todo está correcto. Sólo faltan las instrucciones.

—¿Quién más sabe algo del túmulo?

—Yo, tú y quien lo ordenó. Ni los intervinientes directos tienen conocimiento.

—Pero alguien lo tiene que saber. —La voz de Tom le sale tartajeante, confusa. Está muy cansado y Abu Rashid no es una presa fácil—. ¿Son los americanos? ¿Los rusos? ¿Con sus satélites secretos?

—Sabes que los satélites, por muy avanzados que sean, no consiguen controlar a miles de millones de personas. Tan sólo vigilan una ínfima parte del globo. Sólo consiguen ver una cosa cada vez. Y mientras están volcados en un objetivo, no ven nada más. Esa pretensión de que consiguen controlar todo y a todos a todas las horas y minutos es una idiotez. Una tentativa de meternos miedo. Sólo Dios consigue estar en todos los lados a todas las horas y, así, nos apoya en todo lo que queramos hacer.

—No blasfeme —reclama Tom, sentándose en el borde de la cama—. Esta conversación erudita sólo prueba que usted sabe cómo funcionan las cosas. —Le apunta con el arma.

—¿Por qué no pruebas a matarme si ya te has hecho tu juicio de valor sobre mí?

Tom baja la mirada y el arma. Vuelve a mirar el móvil situado encima de la colcha de la cama.

—No te preocupes. Va a terminar llamándote —afirma Abu Rashid.

Es visible el trastorno que asoma al rostro de Tom, un niño a quien quitaron el padre y la madre para darle órdenes y mostrarle el camino. Aunque se trate de una alusión metafórica, se corresponde con la verdad de su infancia. Sólo niños huérfanos, acogidos en el seno de la comunidad católica, pueden ingresar en la secreta orden de los santificadores. Y, de ésos, muy pocos son los escogidos para engrosar las parcas filas del grupo de élite. Son necesarias innumerables pruebas y disciplina. Miles de horas de oración al Señor, estudios teológicos, antropológicos, sociológicos, o el suplicio del cuerpo, varias horas al día, religiosamente. Es el principio del orden del mundo que recuerda el camino recto del Señor, bastan algunos azotes desgarrando la carne y enseguida el dolor agudo aniquila los malos pensamientos, sentimientos y demás degeneraciones.

Tom se levanta y retira del bolsillo de la chaqueta unas cuerdas de plástico, blancas. Se dirige al letárgico Abu Rashid y lo ata a la silla, con el fin de garantizar que no huya. Acabada esa tarea, abre la puerta del cuarto de baño de la habitación y se quita la chaqueta.

Abu Rashid abre los ojos.

—Dios es y será siempre sinónimo de amor. El hombre es quien ha creado el dolor y el dogma de que el sufrimiento es el remedio para todo.

Tom lo ignora y se encierra en el cuarto de baño. Se oye el agua corriendo en la bañera y en el lavabo. Chorros fuertes que disimulan los gemidos contenidos. *Devuélveme al camino, Señor,* es lo que él murmura, encorvado por el dolor libertador. *Devuélveme a Tu camino.*

Los grifos se cierran, el silencio regresa. Tom abre la puerta que separa el cuarto de baño del dormitorio, con la camisa puesta y abotonada. Mayor aplomo es imposible, dadas las circunstancias. Se encuentra con Abu Rashid en la posición en que lo ha dejado. Ojos abiertos, mirándolo, sin censura… Sin las cuerdas que lo maniataban. Mira mejor, no puede ser. Lo confirma. Se agacha para coger una de ellas, cortada. Coge el arma que ha dejado en la chaqueta, encima de la cama. Un acto irresponsable, reconoce.

—¿Quién ha cortado las cuerdas?

—La Señora —responde Abu Rashid.

Un bofetón le acierta de lleno en una de las mejillas.

—¿Quién ha cortado las cuerdas? —repite.

Abre la puerta de la habitación, arma en mano, y echa una mirada al exterior. Todo tranquilo. Hace lo mismo en la ventana. La densidad de la oscuridad no deja que la visión penetre.

—La Señora —vuelve a decir Abu Rashid.

Tom retrocede hasta el centro de la habitación y suspira. *Voy a volverme loco.* Asimila lo ocurrido y analiza, nuevamente, la cuerda.

—¿Por qué no ha huido o ha cogido el arma? —acaba por preguntar.

—No necesito huir, ni tampoco armas —declara Abu Rashid, mirándolo profundamente—. ¿No estás comprendiendo, Tom? No soy tu cautivo. Estoy aquí por mi propia voluntad. Ahora duerme. Mañana será un día importante.

Capítulo
64

Una línea muy tenue separa el deber del patriotismo de la ilusión temporal de una vida acomodada, a salvo de problemas financieros, como si, por arte de magia, el dinero fuese la solución para la felicidad terrena. Incluso en una frontera con un control tan rígido como la rusa, untar a alguien con dólares es estímulo suficiente. Nunca ha sido una cuestión de honor o dignidad, tan sólo de precio.

En cuanto han dejado Moscú, se han dirigido en helicópteros civiles hasta cerca de la frontera con Ucrania. Desde allí han cogido un avión que, en pocos segundos, ha cruzado la frontera, dejando a las autoridades rusas que se encargaran de los agentes muertos. Podría ser suficiente como para abrir un conflicto diplomático entre norteamericanos y rusos; sin embargo, ante la falta de pruebas, los occidentales negarán siempre cualquier responsabilidad.

Han parado otras dos veces en el largo viaje que han hecho, pero Rafael y Sarah no consiguen calcular la duración; saben, solamente, que viajan desde hace muchas horas. Hasta la primera escala han ido con los ojos vendados y han sido forzados a cambiar de avión. Allí les han retirado las vendas, pero, incluso así, no han tenido ninguna señal orientadora. Viajan juntos en un compartimento que bien puede ser llamado celda, sin ventanas. Malamente hay espacio para las dos sillas donde se sientan, atados con correas y encadenados de brazos y piernas. Quien sufriera de claustrofobia no se sentiría muy bien en un lugar tan angosto; incluso quien no tiene antecedentes sintomáticos acaba por sufrirlos, como le ha ocurrido a Sarah, que ha sentido cómo comenzaban a cerrársele la garganta y la nariz, impidiendo al aire pasar normalmente. Estar maniatada tampoco ayuda a que se sienta mejor. Menos mal que le han quitado la venda. Realmente no es necesaria, pues apenas ve las paredes que la rodean. El pánico respiratorio se manifiesta principalmente cuando Rafael se duerme. Se siente sola, incapaz de dormir, entregada a sus pensamientos y especulaciones. En esta ocasión, no controla la situación. Sin ases no hay modo de negociar. Sólo le queda confiar en Rafael, que duerme a su lado el sueño de los justos, despreocupado, como si no le esperase una sesión de tortura imprevisible. Barnes no va a perdonar, y mucho menos quienquiera que sea el que colabore con él.

¿Cómo podrá dormir?, se acuerda de haber pensado. Otro que no se le va de la cabeza durante el largo trayecto aéreo es James Phelps. ¿Cómo es posible tanto disimulo? Infiltrarse en medio de ellos, ganar su confianza, escuchar, sufrir en la piel como ellos, solamente para conseguir una maldita influencia, sea la que sea. Un hombre cortés, con una fragilidad entrañable, que podría ser su padre, hasta que la miró con aquellos ojos fríos, repugnantes, usurpadores de vidas. Hay un dicho portugués que reza que quien ve caras, no ve corazones. No hay dicho más acertado para ilustrar la energía manipuladora del inglés, partiendo del principio de que esa nacionalidad sea la suya. Pensar que estaba genuinamente preocupada con su salud, para después ser traicionada de esta manera. Por momentos no consigue impedir que una cierta negatividad se apodere de ella y deja de creer que exista esperanza para la humanidad.

Durante el tiempo en que no piensa en estas cosas, ni extrapola sobre su destino o combate otro ataque de pánico, observa a Rafael durmiendo profundamente. Nadie diría que está en pleno espacio aéreo europeo, preso de la CIA en connivencia con el Opus Dei o quienquiera que sea. Intenta tocarle en la mano, aunque sea con un dedo, pero la correa está demasiado ajustada.

Rafael sólo ha dormido una parte del viaje, obviamente. En el tiempo en que no lo ha hecho, ha charlado con Sarah sobre trivialidades.

—¿Qué tal es ser editora de política internacional? —ha comenzado preguntando.

—Da mucho trabajo, pero la remuneración es buena.

—Imagino que sí. He leído algunos de sus reportajes. Se le ha dado muy bien.

—Gracias. He estado todo el año pensando por qué.

—¿Por qué el qué?

—¿Por qué yo? ¿Cómo he llegado a este lugar como empujada en paracaídas?

—¿Y a qué conclusión ha llegado?

—Sólo puede haber sido porque JC me ha colocado allí y me ha dado material suficiente como para aguantar —argumenta Sarah—. No sé con qué objetivo.

Rafael no muestra conformidad ni disconformidad. Se limita a proseguir con una conversación amena, sin mencionar nada sobre los acontecimientos recientes. Sarah sobrentiende que la razón para tal omisión se debe a que tal vez haya oídos y ojos ajenos atentos a todo lo que se diga. Hablan durante horas sobre diversos asuntos hasta la segunda parada, probablemente para abastecimiento. Se oyen ruidos exteriores de lo que serán máquinas y camiones, ajustando lo que tiene que ser regularizado para el correcto funcionamiento del aparato en el aire. No son molestados en ningún momento. Da la sensación de que se hubieran olvidado de ellos.

Una hora después el avión retoma la marcha en dirección a la pista y, sin tardar, vuelve a despegar.

Sarah mira, por enésima vez, a Rafael, que se ha dormido nuevamente. Repara, en ese preciso instante, en que sólo hablaron sobre ella. Absolutamente nada acerca de él… Como era de esperar.

La puerta del compartimento se abre, dejando entrar a un hombre joven y rubio. Su mano de escuerzo acierta de lleno en el rostro adormecido de Rafael.

—Despierta —grita Herbert con el semblante serio.

Rafael abre los ojos, aturdido. Estaba verdaderamente dormido.

—Nos has dado mucho trabajo —rezonga, aflojando las correas a Sarah.

—Lo que he hecho ha sido facilitar vuestra tarea —declara Rafael, moviendo la mejilla afectada para ahuyentar el dolor—. Si os hubiera querido dar trabajo, no estaría aquí ahora.

—Ya he visto que eres un valiente —acusa Herbert, sarcásticamente, volviendo a darle otro bofetón en el mismo lado—. Éste es por los hombres que me has hecho perder.

—Debes de sentir mucha pena por ellos —escarnece Rafael.

Herbert se arrodilla para aflojar las correas que atan las piernas de Sarah y vuelve a levantarse.

—Ahora vamos a conversar —afirma el captor, obligando a Sarah a erguirse—. Voy a llevarla a ver a unas visitas.

—Deles besos de mi parte —pide Rafael, antes de cerrarse la puerta.

Permanecemos al lado de Sarah, pues Rafael no va a ir a ningún lado.

El avión es espacioso, ella no había reparado en ello al entrar, toda vez que aún estaba sin entender el rumbo de los acontecimientos. Su mente estaba siendo bombardeada con imágenes del tiro en la cabeza de Ivanovsky, el ruso excéntrico que ha muerto al servicio de su país, en un ataque perpetrado por separatistas chechenos, según rezarán los titulares de los periódicos. Moscú tendrá que adoptar fuertes medidas de represalia contra esos terroristas que demuestran no tener respeto por la vida humana.

Sillas giratorias están distribuidas por la cabina, debe de ser un Boeing siete algo, pertrechado de todo y alguna cosa más.

Sarah es empujada hacia la parte delantera del aparato. Varios funcionarios trabajan a lo largo de la aeronave, ajenos a su presencia y a la de Herbert. Ordenadores, radares y pantallas planas que reflejan gráficos sirven de apoyo a la turba. Al frente, una puerta cerrada. Herbert la abre y empuja a Sarah hacia el interior.

Es un despacho pequeño para tanta gente. Sarah reconoce sólo a algunas personas: Barnes, sentado en un sillón, detrás de un escritorio, Staughton, Thompson, aunque ignore sus nombres, y… Simon Lloyd.

—Simon —grita exaltada.

Intenta aproximarse a él, pero Herbert la tiene bien sujeta. Evalúa su estado, que no indica haber recibido un buen trato. Varios hematomas en el rostro, sangre seca y una hinchazón en el labio inferior. Simon Lloyd se ha llevado una buena tunda y ella se siente responsable; como si se la hubiese, de alguna forma, dado ella personalmente.

—Oh, Simon.

Él levanta los ojos como puede y vuelve a bajar la cabeza, abatido.

Hay más hombres en el diminuto despacho, dos sentados, uno de ellos en una silla de ruedas, que Sarah reconoce como el hombre que estaba en el interior de la furgoneta negra, donde los han metido, en Moscú. Otros dos más de pie y una mujer. No hay señal de James Phelps.

—Él no sabe nada. ¿Por qué le han hecho esto? —protesta impresionada.

—Él no sabe, pero usted sí sabe. Enfóquelo como un aviso —afirma Barnes, serio. Desvía la mirada hacia Herbert—. Ve a buscar al otro.

—Con mucho gusto —acata Herbert, que no es dado a seguir órdenes. Se percibe una aquiescencia positiva en el ambiente. Las cosas están yendo bien. Al abrir la puerta, se encuentra a Phelps y se miran.

—Buen trabajo —elogia Phelps.

—El suyo ha sido magnífico.

—¿Ya has avisado a Marius?

—Nos espera —informa Herbert.

—Perfecto.

Herbert se aproxima al oído del otro para que nadie más le oiga.

—Después tiene que decirme cómo lo ha conseguido. Ha ido todo tal como me dijo en nuestro último encuentro en el restaurante.

—El secreto es el alma del negocio —responde Phelps sin darse el trabajo de bajar el volumen de la voz.

Cada uno sigue su camino, Herbert en la dirección de la celda que priva a Rafael de la libertad, Phelps a comprimir todavía más el despacho compartido.

Sarah siente una mezcla de miedo y asco al verlo. Él le lanza una sonrisa sarcástica.

—¿Cuánto falta para que aterricemos? —pregunta Barnes a todos y a ninguno.

—Una hora para Roma —responde el siempre solícito Staughton—. Disculpe la pregunta, pero le reconozco del Chelsea and Westminster Hospital. Usted estaba con los objetivos y les ayudó. —No hay ningún tono reprobador en lo expresado.

—¿Eso es una pregunta? —Phelps está impaciente de empezar los interrogatorios.

—Calma, Staughton —se entromete Littel—. El señor Phelps estaba trabajando como infiltrado.

—¿Lo sabías? —quiere enterarse Barnes, alterado.

—Evidentemente —declara Littel.

—Mi nombre es James William Phelps. Soy obispo de la Iglesia católica romana, administrador de la prelatura del Opus Dei. ¿Alguna pregunta más?

—¿Quién es el otro con el que su hombre se comunica? —pregunta Barnes.

—Mi número dos. Su función era encargarse de todo mientras yo estaba ausente.

—¿Se considera un servidor de la Iglesia?

Phelps desvía la mirada hacia la fuente que ha enunciado la pregunta... Sarah. No ha conseguido permanecer callada.

Phelps sonríe.

—La Iglesia sirve a un propósito que no espero que usted entienda.

—¿Sirve para matar?

—Para matar y crear. Es mucho más que una casa de oración. La Iglesia es el motor del mundo civilizado. El sostén de la democracia. —Sarah le lanza una mirada pérfida de incredulidad—. No hay Estados libres sin la Iglesia. Todos los sacrificios son menores si tenemos eso en cuenta.

—Basta de dogmas y demagogia —ordena Barnes—. Vamos a lo que interesa. ¿En qué punto de la situación nos encontramos? —Sus ojos no se apartan de Phelps. Es a él a quien pide explicaciones. Hay demasiados jefes en esa sala.

—Me infiltré en el seno del enemigo —relata el obispo—. Fui destacado como asistente de un cardenal, en la Santa Sede, que me informó acerca de unos papeles perdidos de Albino Luciani y de otros de Wojtyla, además de un dosier completo sobre todos los pasos que llevaron al atentado del 13 de mayo de 1981.

—¿Quiénes son esos Albino Luciani y Wojtyla? —pregunta el agregado diplomático Sebastian Ford, que se ha unido al grupo.

—Juan Pablo I y Juan Pablo II —responde Thompson en sordina.

—Como pueden imaginar, nunca más dormí en paz desde esa noche —retoma Phelps enojado con tamaña ignorancia—. En una afortunada conversación con mi número dos tuve conocimiento sobre la localización de una parte de esos documentos. Otra estaba al alcance del cardenal a quien sirvo y mi red de contactos me proporcionó el resto. Moví los hilos para organizar un equipo profesional y competente, y obtener la colaboración de ustedes. No fue difícil, dados los favores que su presidente y familia me deben.

—¿Ha conseguido obtener todo? —pregunta Littel.

—No—afirma displicente—. Pero sé quién tiene lo que falta. Me convertí en ayudante del padre Rafael Santini, también conocido como Jack Payne, como deben saber. El hombre es difícil.

—A quién se lo va a decir —se desahoga Barnes.

—Pero nadie es invencible.

En ese preciso momento la puerta se abre para dejar entrar a Rafael y Herbert. Los que están de pie se acomodan de forma que quepan todos.

—Hablando del diablo… —dice Phelps.

—Habla el diablo —replica Rafael.

Se lleva un golpe leve en la cabeza.

—Calladito. Hablas cuando te manden —advierte Herbert—. Hay que tener educación.

—Continúe. ¿Quién tiene lo que falta? —inquiere Barnes.

En ese momento, se oye el intercomunicador.

Señores, habla el comandante, estamos descendiendo hacia Roma. Aterrizaremos dentro de veinte minutos.

Phelps mira a Rafael, que le devuelve la mirada sin pestañear.

—Este amigo nuestro tiene el dosier.

—¿Él? —protesta Barnes, señalando a Rafael con el índice.

—Pues ¿qué pasa, Barnes? —pregunta Littel.

—Buena suerte. Espero que tenga una alternativa, porque él se va a llevar esa información a la tumba.

—¿Qué dice? —Ahora es Phelps quien no está comprendiendo.

—Mi querido señor. Este hombre está entrenado para las misiones más peligrosas. A no ser que tenga algún ascendente sobre él, la única cosa que la tortura va a arrancarle son miembros y órganos.

Phelps sonríe. Entiende la preocupación del americano.

—No se preocupe. Él va a revelar todo. Tenemos a la mujer.

—¿Qué mujer? —pregunta Sebastian Ford.

—Ella. —Apunta hacia Sarah Monteiro irritado.

La sala mira a Phelps en silencio. ¿Qué tiene que ver la mujer con Rafael?

Phelps esboza una expresión de gurú. ¿Sólo él se ha percatado?

—Existen ciertos sentimientos entre los dos.

Sarah se ruboriza.

Barnes mira a Rafael y a Sarah, y después a Littel.

—¿Lo crees?

—Él es quien ha andado con ellos —se limita a responder el secretario, encogiendo los hombros.

—Vale. ¿Y el resto de asuntos?

—Mi número dos ha descubierto que el cardenal nos ha traicionado; por tanto, sólo pueden estar en manos de JC.

—Entonces la hemos cagado. —Barnes no escatima palabras.

—Está todo como tiene que ser. Sabemos quién tiene el qué. Y cuento con la ayuda de ustedes para ponerle un cebo a JC —anuncia Phelps, victorioso.

—¿El qué?

—Ah, pues… Quiero hablar contigo sobre eso —declara Littel a Barnes, y se levanta—. Sabemos que has colaborado con la P2.

—¿La P2? —vuelve a preguntar Sebastian Ford.

—La organización de JC —comunica Littel—. Necesitamos que montes un plan para pillarlos.

—No puedo hacer eso —advierte Barnes, circunspecto.

—Tienes que hacerlo —argumenta Littel—. Es una orden.

Barnes bufa como un caballo de carreras preparado para correr cuando suene el pistoletazo.

—Eso no es así. Tenemos que saber separar las cosas. No podemos darle la espalda a algunos sólo para beneficiar a entidades exteriores.

—Comprendo tu dilema, Barnes —alega Littel—. Pero no tenemos otra salida.

—Ya sabía yo que no habías venido aquí sólo para estar a mi lado.

El silencio reina en la sala durante algunos instantes, pero pronto se rompe.

—Menos mal que estamos de acuerdo —dice Phelps con una sonrisa burlona—. ¿Alguien más tiene preguntas?

—¿Por qué no consigue dormir en paz?

Las miradas se vuelven hacia Sarah, que es quien ha formulado la pregunta, y después hacia Phelps.

—Es usted la que va a ser interrogada ahora, querida mía —responde, incomodado.

—No quiere que se sepa que fue uno de sus miembros quien estuvo detrás del atentado —se entromete Rafael.

—Cállese —ordena Phelps.

Herbert le da otro golpe en la cabeza con un poco más de fuerza.

—¿Quién? —quiere saber Sebastian Ford.

—Paul Marcinkus —responde Rafael.

—Cállese, le he dicho. —La cólera tiñe el rostro de Phelps de rojo.

—Marcinkus era de la P2 —afirma Barnes.

—Y del Opus Dei. Fueron ellos los que lo recomendaron a Pablo VI como administrador del IOR.

—No diga una palabra más —vocifera Phelps—. Llévatelo de aquí.

Herbert lo agarra y comienza a arrastrarlo. No es fácil, incluso con Rafael maniatado.

—Ustedes están protegiendo a un asesino y a un pedófilo. Es eso lo que él no quiere que se sepa.

Priscilla se lleva una mano a la boca, impresionada. Littel y los restantes no parecen sorprendidos. Sólo los hombres de Barnes denotan también su desconocimiento.

Phelps se lleva una mano al rostro y suspira.

—Ya basta. Esto se va a hacer conforme acordamos con usted. ¿Hay algún problema? —Habla para Littel.

—Por nuestra parte no —responde mirando a Barnes.

—Muy bien. Lleven a estos dos para la celda. Serán interrogados en tierra —manda Phelps.

—¿Han oído lo que ha dicho? —reprende Barnes—. Staughton, Thompson, echen una mano. —Mira a Rafael—. Esta vez no hay acuerdos que te salven. Y quiero ser yo el que te mande al infierno.

Rafael esboza una sonrisa provocadora.

—¿Dónde está el musulmán? —quiere saber Phelps.

—¿Qué musulmán?

—Abu Rashid.

—Nosotros no lo tenemos —informa Littel—. Desapareció de Jerusalén hace días.

Phelps los mira pasmado.

—¿No lo tienen?

—No.

—Los rusos no lo tienen, oí la conversación que tuvieron con este de aquí. Él también parece que nunca oyó hablar de Rashid. Pensé que sólo podía estar en vuestro poder.

—Nunca lo ha estado —asevera Littel—. Ni tenemos idea de dónde pueda estar.

—Vamos a tener que resolver eso —afirma Phelps.

—¿Y en cuanto al periodista? —quiere saber Garrison.

—Mátenlo —dice Phelps sin pensarlo dos veces—. Venga, muévanse.

Staughton y Thompson ayudan a Herbert a llevar a Sarah y Rafael. Ella lanza una última mirada a Simon Lloyd, que no consigue disfrazar su pánico, con su rostro bañado en lágrimas de dolor.

—Nadie va a matar a nadie por ahora.

Todos los presentes miran a Rafael, decidido.

—¿Ah, no? —escarnece Phelps.

—No.

—¿Y por qué no?

—Porque yo sí sé dónde está Abu Rashid.

Los ases se guardan para el momento oportuno.

Capítulo

65

EL ULTIMÁTUM
30 de octubre de 1990

A lo largo de los años, el arzobispo norteamericano ha visitado algunas veces el despacho papal, situado en el Palacio Apostólico. Más a menudo en la época de su protector Pablo VI; bastaba una llamada telefónica para saber cómo estaba la agenda pontificia y enseguida las puertas se abrían en caso de disponibilidad. Una vez tan sólo en el corto mandato de Albino Luciani, en la víspera de su muerte, para apelar al corazón del veneciano en el sentido de que no los acusara de fraude y otros crímenes más graves, visita que fue un rotundo fracaso. En el reinado de Wojtyla, que ya dura doce años y parece que va para largo, las visitas se cuentan con los dedos de las manos. No llegan a la decena, siendo ésta la primera de los últimos cinco años.

El polaco está distraído garabateando en una hoja de papel timbrado y no le ha invitado a sentarse. Manda la buena educación que no lo haga motu proprio, especialmente en el despacho del Sumo Pontífice, cuando lo tiene enfrente.

Estampa su firma en la parte inferior de la hoja de papel timbrado con su blasón, deja la pluma de oro y mira, por primera vez, al americano.

—Buenas tardes, Néstor.

—¿Disculpe? —Marcinkus enrojece de vergüenza. ¿Habrá oído bien?

—Néstor —repite el polaco—. ¿No es ése su álter ego?

—No comprendo, Santidad. —El desasosiego del arzobispo es notorio. No se esperaba esta recepción.

—No se haga el tonto. —Wojtyla no anda con rodeos—. Sé todo desde hace algún tiempo.

—¿Todo qué, Santidad?

—Bien... vamos por partes. Consideré extraño, cuando lo aparté del IOR el año pasado, que no viniese a pedirme explicaciones.

—La decisión le correspondía a Su Santidad. Estuve al frente de los destinos del banco durante dieciocho años. Era normal que hubiese llegado la hora de salir —responde con naturalidad.

—Todo bien, Néstor.

—No me llamo Néstor, Santidad.

—Paul y Néstor son la misma persona. Un verdadero camaleón, por decirlo así. —Lo mira gravemente—. Usted atentó contra mí.

—No, Santo Padre —refuta, tímidamente.

—Siéntese —solicita—. Siéntese para oír una historia que tengo interés en contarle.

Paul Marcinkus acata la solicitud de Karol Wojtyla y se sienta, mientras el Papa se levanta y bordea el escritorio hasta quedar detrás del americano, lo que lo importuna.

—Hace cerca de dos años recibí una llamada telefónica misteriosa que culminó con una visita todavía más misteriosa. Alguien tenía asuntos de mi interés para discutir conmigo. Tal vez haya oído hablar de esa persona. Se hace llamar JC. En aquel momento pensé que tal vez se estuviese equiparando a Jesucristo, pero no me parece que tenga tamaña pretensión. No creo que profese las mismas creencias que nosotros.

—Nunca he oído hablar de él, Santidad —niega Marcinkus sin volverse hacia el polaco.

—¿No? Pues mire, él lo conoce muy bien. Me contó sus aventuras en la masonería...

—Puedo explicarlo, Santidad. —Se gira hacia el Papa, alarmado.

—¿Puede? Pertenecer a una organización masónica da origen a la excomunión directa, sin derecho a explicaciones. ¿Sabe algo de eso, Néstor, 124, de la Logia de Roma?

Néstor... Paul, corríjase la confusión de nombres, esconde la cara entre las manos, derrotado.

—No puede creer en cualquier persona que le aparezca de repente, Santidad. Mucha gente nos quiere mal.

—¿Sabe una cosa? Tiene toda la razón. Fue, exactamente, lo que le dije a su amigo.

—Él no es mi amigo —levanta la voz.

—Y él se prestó a probar lo que había dicho. Días después recibí un envío, un hermoso paquete que contenía tantas cosas que todavía hoy, con los años que han pasado, no se han conseguido analizar todas las ramificaciones y operaciones descritas.

Marcinkus se hunde en la silla.

—De ahí que le apartara del IOR el año pasado, lo cual, confieso, pensé que sería suficiente para verlo partir voluntariamente. Me engañé. Usted no se sintió afectado por esas cosas. Por tanto, voy a resumir todo lo que venía en ese paquete en una sola frase: usted es un criminal.

El americano retira las manos de la cara y se levanta como si el insulto hubiese sido el aguijón de una abeja.

—¿Cómo se atreve a llamarme eso? —alza la voz.

—No soy yo quien se lo llama, Paul. Son las pruebas. No puede contradecir las pruebas. —Wojtyla permanece firme y seguro.

—Pruebas. Pruebas. No me lance pruebas a la cara —habla con soberbia—. He dado mucho a la Santa Sede. No se preocupe, que no ha salido perdiendo. —Olvida por completo el tono educado que un papa merece.

—¿Necesito recordarle cuánto costaron sus actividades con el Ambrosiano en la década de los ochenta? Su absolución en 1984 fue todo menos pacífica y transparente.

Marcinkus lo mira con odio en la mirada.

—Sabía que, más pronto o más tarde, me habría de echar eso en cara. Admití el error en su momento.

—¿Y por qué no lo admite ahora?

—El Santo Padre es un papa popular en todo el mundo. El más popular de la Historia. ¿Quién piensa que le proporciona esa fama? ¿Quién financia sus viajes, el lujo en que vive? —pregunta con rencor.

—Los fieles —responde Wojtyla.

—No me haga reír —se burla Marcinkus con una sonrisa macilenta—. Es gracias a personas como yo, que administran sabiamente los bienes de la Iglesia desde hace siglos. El Santo Padre no existe sin mí. Yo soy el verdadero papa de todo esto. Y si intentara perjudicarme, siempre puede suceder algo —amenaza.

El Papa rodea el escritorio y coge la hoja de papel timbrado. Respira hondo.

—Con efecto inmediato, el arzobispo está apartado de todas las funciones que ocupa en la Santa Sede. Regresará a su archidiócesis, de donde no volverá a salir.

—No me puede hacer una cosa así —vocifera.

Wojtyla ignora el tono.

—Viajará en helicóptero directamente hacia el aeropuerto de Fiumicino, de donde partirá en un vuelo que lo llevará a Estados Unidos.

—Está jugando con fuego.

—A la prensa le será comunicado su retiro voluntario, debido al cansancio y su deseo de regresar a los orígenes. Es mi voluntad que este caso sea cerrado inmediatamente, sin escándalos. Las pruebas serán archivadas en los Archivos Secretos del Vaticano, sin más investigación. Si esta decisión no le agrada, tendré mucho gusto en entregarlo a las autoridades italianas, que están deseosas de echarle el guante. A usted le corresponde elegir —concluye Wojtyla, perentorio, dándole la espalda.

Marcinkus se deja caer en la silla. Una lágrima de inquietud y rabia le asoma a los ojos y desciende por la cara. Se queda en esa posición durante algunos minutos, devorando el silencio opresor. Llegó a Roma en 1950 y nunca ha salido de allí. Vivir en Estados Unidos le resulta impensable, como una condena a prisión. Decide levantarse y camina en dirección a la puerta del despacho. La abre y se queda allí parado, vencido, viejo.

Karol Wojtyla mira la plaza, oculto por las cortinas blancas.

—A las diez de la noche en el helipuerto. No se retrase.

Capítulo
66

Estambul tiene tanto movimiento por la noche como por el día. La vida rezuma por todas las calles y callejones, aliada a los misterios nocturnos que impregnan esta ciudad enigmática.

El grupo liderado por el viejo del bastón, cuyo puño forma la figura dorada de un león, se asemeja a los miles de turistas que, como ellos, llenan los lugares turísticos. Un viejo, acompañado de un matrimonio, además de otro hombre, todos juntos, bien pueden pasar por familiares cercanos, si fuese de su interés alimentar esa imagen.

Han pasado por el Hipódromo de Bizancio, cuyos obeliscos aún resisten, si bien las gradas, que tendrían una capacidad para cien mil personas, tienen que ser imaginadas. Han entrado en Santa Sofía, la catedral que se convirtió en mezquita y después en museo, donde fueron coronados emperadores y sultanes, que sirvió a griegos y otomanos, sobrevivió a Constantinopla y permanece como símbolo de la ciudad y de Turquía. Han ido a cenar a Çati, en Beyoğlu, en una mesa junto a la ventana con vistas al Bósforo. Han comenzado por un *yoğurt çorbasl*, sopa de yogur con hortalizas; después, como plato principal, *hünkar beğendili köfte*, albóndigas con puré de berenjenas, mezcladas con queso, y *kebabs* variados.

Raúl y Elizabeth tienen numerosas preguntas, pero no han hecho ninguna. Se extrañaban de la forma con que JC se deleitaba con los manjares de que iba disponiendo.

—Cocina turca del palacio —decía—. Deliciosa.

El matrimonio apenas ha probado la comida. Han picoteado, parcamente, más por educación y simpatía que por hambre, aunque se alimenten mal desde hace algunos días.

El cojo mantiene una postura neutra. Come, pero no como un salvaje. Su comportamiento es siempre igual. Comedido, callado, se alimenta para sobrevivir y no lo contrario, mira a su alrededor de vez en cuando, para cerciorarse de la seguridad del viejo. Ésa es su única preocupación, todo lo demás es relativo.

—¿A qué hora es nuestro encuentro? —pregunta JC al cojo.

—Nos llama en cuanto llegue.

—Dile que venga aquí.

—De acuerdo.

El cojo se levanta y sale con el móvil preparado en la mano. Una llamada privada, lejos del barullo inconexo del restaurante.

—¿Quién va a venir? —pregunta Elizabeth.

—¿Otro amigo? —añade Raúl.

—Un aliado... Espero —responde despreocupado, llevándose a la boca una albóndiga—. Hum... Delicioso.

—¿Cómo puede vivir así? —pregunta Elizabeth, escandalizada.

—¿Así cómo, querida mía?

—Así... —no sabe cómo ilustrarlo—, en la cuerda floja.

—Desengáñese, Mrs. Elizabeth. Los políticos son los que viven en la cuerda floja. Presidentes, primeros ministros, senadores y diputados viven en la cuerda floja. Saben que vivir de acuerdo con la voluntad de los electores es ingrato. Por mucho que se haga, el pueblo nunca lo agradece. Por eso, se venden a la industria, a los *lobbies*. En fin, cuidan de su futuro. Personas como ustedes también viven en la cuerda floja. Yo no.

—¿Llama a esto una vida en paz y sosiego? —se asombra Raúl.

—¿Qué más se puede desear? Cenar en un restaurante elegante en Estambul, después de una visita turística. Mañana, quién sabe, Ámsterdam, Pekín, Bangkok.

—No bromee —reclama Raúl.

JC bebe un poco de *vişne suyu*, zumo de cereza, para humedecer las palabras.

—Mi vida era muy tranquila hasta el año pasado. Su compadre es el que despertó todo esto. No se olvide.

—Lo sé perfectamente. Ésa es otra historia.

—En efecto, ya es algo pasado. De cualquier manera, este año me hace recordar mi juventud explosiva. Estoy viejo. Soy viejo, hace mucho tiempo. Mi apariencia no engaña, como pueden ver. Estuve retirado, en mi villa, tomando decisiones por teléfono, con un vaso de whisky en una mano, hojeando el *Corriere* y *La Repubblica* para estar al tanto de las estupideces que se dicen. Por primera vez, en quince años, me siento vivo. Para alguien cuya vida activa militar, política, clandestina comenzó en plena Segunda Guerra Mundial y continuó sin parar hasta el fin de la Guerra Fría, estar parado, físicamente, es frustrante. Ahora estoy otra vez sobre el terreno y eso no tiene precio. —Un brillo en los ojos y un semblante felino se perciben en su cara.

Después de todo, es humano, piensan los Monteiro.

—Según veo, esto para usted es un juego —alega Raúl.

—En cierta medida. Un juego con graves consecuencias para quien pierde.

—Las cosas no son ni negro ni blanco, ¿no es así? —pregunta Elizabeth, cada vez más desanimada. El tiempo pasa y necesita urgentemente noticias de su hija. La opresión en el corazón, la respiración difícil, la sangre que clama en las venas.

—Las cosas son negras o blancas, pero no para el hombre común —dice, comiendo un poco más de puré.

—¿Este papa también tiene secretos? —inquiere Raúl.

—¿Quién no los tiene? —Se pasa la servilleta de tela por la boca—. Como decía vuestro Mesías, *el que nunca haya pecado...* Ni los santos que la Santa Madre Iglesia autoriza que se veneren eran personas sin faltas. Nadie consigue pasar por la vida sin pecar... Aunque sólo sea con el pensamiento. No es malo. Es intrínseco al ser humano.

—Eso da miedo —confiesa Elizabeth.

—Hay un escritor brasileño, cuyo nombre no recuerdo, que dijo una cosa relacionada con eso. Si mirásemos más allá de las puertas de nuestros vecinos, nadie daría un apretón de manos a nadie. Es más o menos así.

—Nelson Rodrigues —añade Raúl.

—Exactamente —corrobora JC, rememorando el nombre del autor.

—¿Tiene noticias de mi hija? —pregunta Raúl, verbalizando la pregunta que hace mucho está atravesada en la garganta de Elizabeth.

—Todavía no.

—¿De verdad es así? ¿No nos estará queriendo evitar malos tragos de alguna forma? —La preocupación de madre suelta la lengua a Elizabeth. Solamente necesitaba un empujón.

—Míreme bien a los ojos. —Espera a que lo haga—. ¿Cree que tendría algún problema en contarle que le sucedió lo peor a su hija, si así fuera? ¿Después de todo lo que ha oído?

Elizabeth baja la mirada. Las malas noticias corren deprisa, las buenas a paso de caracol.

—¿Para usted es indiferente?

—Lo es —responde sin una gota de emoción—. Tienen que saber que las negociaciones que voy a emprender pueden afectar a su destino… Para bien o para mal.

—Por favor, no deje que le hagan daño —implora Elizabeth.

JC sorbe otro poco de *vişne suyu* y no deja traslucir ningún indicio de compromiso. Elizabeth intenta que su corazón de madre llame a la razón; sin embargo, es un acto inútil. JC no dejará que nada afecte a sus planes. A fin de cuentas, todo no pasa de ser una negociación, con el añadido de haber vidas humanas en juego.

El cojo regresa a la mesa acompañado de un hombre alto, impecablemente vestido. Apenas roza la mediana edad; su cuerpo bien moldeado denota las horas diarias invertidas en gimnasios; el bronceado regular, las sesiones semanales de solárium, y es probable que ya haya probado los baños de la ciudad y los masajes tonificantes. Un hombre que cultiva el cuerpo y, por consiguiente, la salud.

—¿Quién me explica esta urgencia? —pregunta con malos modos. No ha venido por su propia voluntad. Algunos clientes miran en dirección a la mesa.

—Por favor, siéntese —invita JC, ufano y sereno. Los buenos modos son importantes.

El hombre quiere demostrar un poco más su indignación, pero la mirada del viejo le hace pensarlo dos veces. Se sienta en la silla que pertenecía al cojo.

—Soy todo oídos —dice con malos modos.

—Ay, ustedes los americanos... Siempre con su arrogancia —suspira JC.

El hombre se levanta de golpe.

—No he venido aquí para ser insultado, ¿me está oyendo?

Una mano firme encima del hombro le obliga a sentarse. Al cojo le gustan poco los desafueros delante del viejo.

—Tenga calma, Oliver.

—¿Cómo sabe mi nombre? —pregunta, sorprendido.

—Sé mucho sobre usted, querido mío. Oliver Cromwell Delaney, nacido en 1966, Dover, Delaware, padre de dos lindas hijas...

—¿Quiénes son ustedes? ¿Qué pretenden de mí? —Su incomodidad da pie a que aparezca el nerviosismo. Todo empeora cuando unos extraños comienzan a mencionar a sus hijas. Coge el móvil.

—Voy a llamar a mi seguri...

—No va a llamar a nadie —advierte el cojo, arrancándoselo de la mano—. Y quédese sentado y quieto.

—Perdone los malos modos de mi fiel asistente —se disculpa JC, sardónico.

Raúl y Elizabeth asisten a la escena intimidados.

—¿Por dónde iba yo? Ah, padre de dos lindas hijas gemelas, Joanne y Kathleen, de once años. Cónsul en Estambul. Podría enumerar toda su pormenorizada biografía, pero no tenemos tiempo.

—¿Qué pretende?

—Necesito que me ponga en contacto urgente con George. Lo puedo hacer por mis propios medios, pero llevaría mucho tiempo autentificar la llamada.

—¿Quién es George?

—Su superior.

—No tengo ningún superior llamado George.

—¿No? —pregunta JC con una sonrisa sarcástica en los labios.

Oliver reflexiona en una especie de tentativa de visualizar a ese George de quien este viejo habla.

—No estoy… Ah… Está hablando de George…

—Ese mismo.

Capítulo

67

E l cuerpo pesa cada vez más a cada paso que dan. El sudor, que hace poco se limitaba a algunas gotitas esparcidas por el rostro, se transforma en un raudal, hasta gotear de la barbilla al suelo. Los dos hombres arrastran el montón de carne inerte, doblándose debido al esfuerzo compartido.

—¿Es que tenemos escritas en la frente las palabras «burros de carga»? —protesta Staughton.

—Por lo visto —se limita a decir Thompson. Incluso hablando gasta energía necesaria para la ejecución de la tarea.

—¿Crees que ha abierto la boca?

—No. Si la hubiese abierto, estaríamos transportando un cadáver.

—Barnes se ha quedado a gusto —afirma Staughton.

—Así es. Le ha dado bien. Al estilo antiguo.

Se alude al hecho de que no se han utilizado los más recientes métodos de recogida de pruebas por medio de la fuerza. Los choques eléctricos todavía están idolatrados en el seno de esa comunidad y la tortura del sueño se revela extremadamente eficaz, cuando se tiene tiempo, lo cual no es el caso. Una batería de comprimidos y líquidos inyectables puede dar resultados o no. Depende del estado físico y mental del individuo. Puede empezar a contar la verdad o iniciar una letanía sobre su biografía, existiendo incluso la posibilidad de desviarse por el desacreditado camino de la imaginación. Ninguna de esas técnicas ha sido utilizada con Rafael. Han echado mano del imprevisible puño cerrado o abierto, del puntapié fuerte en las partes bajas y no tan bajas, que lo ha dejado en este estado lastimoso sobre el que podemos testimoniar. Barnes, Herbert y el propio James Phelps, una y otra vez, no se han hecho de rogar ni han necesitado ceremonias, y han usado a Rafael como saco de boxeo. Existe una relación de afinidad entre el grado de dolor que el sujeto puede soportar, en el sentido de proporcionar el resultado pretendido, y la muerte. Es una frontera demasiado tenue que marca la diferencia entre un buen y un mal trabajo. Por esa razón, vemos a los dos hombres de la Agencia cargar el cuerpo inerte, pero con vida, de Rafael. Y el hecho de estar vivo marca la diferencia entre el debe y el haber. Significa tan sólo que no ha dicho nada a los interrogadores, o, si lo ha hecho, no ha sido satisfactorio; no obstante, todavía queda tiempo para obtener esa información, arrancada por los mismos métodos u otros diferentes.

Así se entienden los rostros desalentados de Barnes, Herbert, James Phelps y demás, distribuidos por la sala de interrogatorios del centro de operaciones de la Compañía en Roma, que también lo hay, por algo el brazo de la Agencia tiene casi la longitud del mundo.

—El tipo es duro —afirma Littel, sentado en una silla, fumando un cigarro. Así ha permanecido durante todo el interrogatorio, para unos, ajuste de cuentas, para otros. No se ha manchado su ropa elegante ni las manos cuidadas por la manicura. Eso es trabajo para los otros, no le pagan para ensuciarse.

—Es un hijo de puta —contradice Barnes. Se vuelve hacia Phelps con aire de censura—. Ya le he avisado de que no iba a sacar nada de él.

—Calma, doctor Barnes. De aquí a cinco minutos mande traer a la mujer. Va a ver cómo nos vamos a enterar de todo —afirma confiado.

—Así espero —declara Littel—. Hoy es la gran final del U. S. Open y no estoy dispuesto a perdérmela.

—Yo me he perdido Wimbledon y aquí estoy —contesta Barnes.

—Tú odias el tenis —argumenta Littel, como queriendo decir: *No pienses que me engañas.*

Hay más personas en la sala, las de costumbre, que mantienen un silencio sepulcral, mayor si cabe por ignorar el próximo paso que van a dar. Hablamos de Wally Johnson, siempre al lado de Harvey Littel como un guardaespaldas, el coronel Stuart Garrison, cuya eficiencia se ha revelado notoria en la captura de los fugitivos, Priscilla Thomason, la ayudante abnegada. Ha pedido permiso para ausentarse durante el interrogatorio, pero no ha conseguido evitar ver el estado en que la víctima ha salido de la sala, amparada por Staughton y Thompson, por no decir arrastrada, cargada, transportada. Sebastian Ford cierra el grupo, trastornado, pues una salpicadura de sangre le ha manchado el cuello de la camisa. Justo a él, que ni se ha aproximado a la jauría que machacaba al hombre como si no hubiese futuro. Intenta limpiarla con un pañuelo de tela bordado con sus iniciales, SF, pero la sangre se transforma en un borrón irregular y caprichoso.

—Rayos —lamenta un poco más alto de lo que habría deseado.

Todos lo miran con desaprobación, mientras restriega con el pañuelo, humedecido con saliva, el cuello blanco.

—Enseguida vengo —balbucea Sebastian Ford, saliendo de la sala.

—Políticos —se burla Phelps en cuanto Ford sale.

—Sé, por experiencia, que él prefiere dejar morir a la mujer a revelar la localización del musulmán y del dosier —garantiza Barnes preocupado.

—Pues entonces déjelos morir a todos —se oye a alguien sugerir desde la puerta.

—Marius. Mi buen Marius —saluda Phelps, abrazando al hombre de la cabellera blanca.

—James. Las cosas no han ido tan bien como desearíamos —alerta Marius Ferris.

—Podrían estar peor.

Marius Ferris mira a los presentes.

—Señores míos, buenas tardes a todos.

Barnes se acuerda del hombre de otras andanzas.

—¿El señor?

—El Señor está en el cielo —responde Ferris con una pizca de arrogancia.

—Nadie es lo que parece —acaba por decir Barnes. Ya nada le sorprende después de tantos años al servicio de la democracia.

—No ha hablado, Marius —informa Phelps.

—Ya he comprendido. Sebastiani también nos ha traicionado —dice, cerrando los puños de rabia—. ¿No tienen familiares con los que podamos influenciarles?

—Nada. El periodista tiene madre, pero no sabe nada. No adelantamos nada presionándolo con eso. Si supiese algo, ya lo habría confesado con la paliza que le hemos dado. Los padres de la mujer han desaparecido —declara Littel, con una arrogancia más británica que norteamericana—. No aparecen por ningún lado.

Phelps coloca la mano en el hombro de Marius Ferris.

—Esto es obra del viejo.

—También a mí me lo parece —confirma—. Es un zorro viejo y experimentado. Era de prever que se movería.

—Eso significa que ha estado desde el principio ayudándolos —reflexiona Phelps.

—Debe de haber echado más leña al fuego, sin duda.

—Herbert, ve a buscar a la mujer.

—Con mucho gusto —responde el sádico ayudante.

—Vamos a acabar con esto —decide James Phelps.

Capítulo
68

Rafael ha sido empujado dentro de la celda, contra la pared desnuda, con un seco *Bienvenido a Roma* por parte de Thompson, que sudaba la gota gorda.

Sarah ha dado un grito de aflicción al verlo en este estado.

—Oh, Dios mío, Rafael —lo llama.

Pero él no responde. Parece desmayado, pero lo más seguro es que esté demasiado dolorido para conseguir decir lo que quiera que sea.

Simon asiste a la aflicción de Sarah, impotente. No puede hacer nada. Se siente muy abatido, débil, incapaz de ejecutar actos heroicos. Rafael se ha llevado una ración de golpes superior a la suya. Espera no tener que ver llegar a Sarah de la misma manera.

La celda está compuesta por cuatro paredes de color cemento, idéntico suelo, sin ventanas, ni colchones, ni letrina... Nada. Sarah pone la cabeza de Rafael en su regazo y le acaricia con ternura.

—Madre mía. Lo que te han hecho —susurra, acariciando el pelo y la cara, como a un cachorro.

—Éstos no están para juegos —dice Simon.

—Son unos bárbaros. —Mira a Rafael con tristeza. Nunca lo ha visto así—. Ya veo que no te dejaron en paz —le dice a Simon, sin dejar de acariciar.

—Me dejaron durante un tiempo. El director me dijo que no saliera de casa bajo ningún pretexto.

—¿Roger?

—Sí. Yo sabía que me tenía que haber ido a otro sitio. Cuando me tiraron abajo la puerta, sentí que el corazón se me salía por la boca.

—¿Qué querían de ti?

—Saber el paradero del dosier y de un sujeto llamado Abu Rashid.

—¿Quién es ese Abu Rashid? —sondea Sarah, que ya ha oído hablar de ese hombre en Moscú.

—No tengo ni idea. Pero ¿piensa que ellos me han creído?

Simon mira a Sarah compungido. Como si tuviese algo que decir y no se atreviese.

—¿Qué pasa? —pregunta ella.

—¿Cree…? —No se siente bien abordando el asunto—. ¿Cree… cree que le van a hacer lo mismo?

En ningún momento Sarah ha pensado en eso. Solamente se ha preocupado de Simon y de Rafael y nunca de sí misma, ignorando que, en cualquier momento, la puerta puede abrirse para llevarla al interrogatorio.

—No vamos a pensar en eso —dice, disimulando el temor que la invade—. Además, sé tanto como tú. —No es ése un razonamiento adecuado, pues el hecho de que Simon no sepa nada no ha impedido que las marcas hayan quedado grabadas en su cuerpo.

Por ironías del destino, que le gusta manifestarse en los momentos adecuados, la cerradura de la puerta comienza a girar.

Sarah se deja vencer por el pánico. Ha llegado su turno, su hora de soportar los agravios de un grupo de hombres impacientes que harán lo que sea necesario para conseguir alcanzar sus objetivos.

La puerta se abre dejando pasar a un hombre que lleva un traje impecable, a primera vista. Se agacha sobre Rafael.

—Lo que han hecho contigo, amigo —lamenta.

—¿Quién es usted? —pregunta Sarah.

—Eso no importa. Ustedes nunca me han visto aquí, ¿entendido?

Lleva su mano al interior del bolsillo y saca una Beretta, con silenciador, que deja junto a Rafael.

—Esto es lo máximo que puedo hacer —afirma—. Adiós.

Sarah y Simon no comprenden lo que está pasando. ¿Quién es este hombre? ¿Por qué está dejándoles un arma? Como mujer, es natural que lance una mirada inquisitiva al desconocido y no deja de reparar en la...

—Hasta la vista —se despide el hombre.

De súbito, la mano de Rafael se agarra al brazo del hombre.

—John Cody —susurra débilmente.

El tal John Cody se inclina sobre Rafael.

—Amigo mío. No me puedo demorar.

—Necesito un favor. —La voz de Rafael parece salir de un pozo hondo.

—Si está a mi alcance...

—Sólo tienes... que... que... llamar a un número... —Tira de él hacia abajo y se lo dice al oído—. Él debe de estar confuso. Dile... Dile... —Le cuesta hablar—. Dile que no haga nada hasta recibir nuevas instrucciones.

El hombre suspira como si tuviese algo rondándole la mente, un peso difícil de soportar.

—Amigo mío, tienes que ser fuerte. Aguanta. Esto se va a resolver. —Le agarra la mano con fuerza—. Ellos han matado a tu tío.

Se levanta sin quitar los ojos de Rafael.

—Tengo que irme.

Puede verse una lágrima solitaria resbalar por el rostro de Rafael.

El amigo sale, cerrando la puerta detrás de sí, llevando consigo la mancha de sangre en el cuello de la camisa.

Quiero explicaciones —advierte Barnes.

—También yo —reitera Phelps—. No podemos salir de aquí sin ellas. La mujer tiene que darlas.

—No estoy hablando de ella. Estoy hablando de usted y de sus ayudantes.

—Ya he dado todas las explicaciones que tenía que dar —afirma perentorio.

—Falta una. —Barnes mira a Littel—. Los españoles andan dándonos la lata a causa de un cura a quien han asesinado a tiros en la catedral de Santiago de Compostela.

Phelps sonríe e intercambia una mirada cómplice con Marius Ferris.

—¿Qué es lo que le lleva a pensar que tenemos algo que ver con eso?

—¿Quiere que vayamos por ese camino? —Barnes odia muchas cosas, pero en primer lugar, empatado con la mentira y la traición, está la omisión. El simple hecho de querer hacerlo pasar por idiota. Con los años que lleva en el negocio... deberían pensárselo mejor cuando se enfrentan a él.

—¿Por dónde? —El sarcasmo de Phelps es evidente.

—Su ayudante, junto con su número dos, como lo llama, no son muy buenos borrando las huellas —declara Barnes.

—¿Y por qué deberían borrarlas, si puede saberse?

—El señor Marius Ferris aterrizó en el aeropuerto de Santiago de Compostela, procedente de Madrid, la mañana del día en que murió el padre Clemente. Y, gran coincidencia —teatraliza Barnes, elevando la voz y levantando las manos—, su ayudante llegó a Vigo ese mismo día. —Barnes se levanta, se inclina sobre la mesa apoyado en los brazos estirados y lanza una mirada firme y dura—. ¿Les importa explicármelo?

—¿A alguien le importa conectar el aire acondicionado? —pide Littel—. Si no, dentro de poco nos vamos a freír aquí dentro.

De hecho, el sudor se hace patente en todos los presentes, hace calor, y también hay recelo.

—Muy bien —accede Phelps—, había indicios de que el dosier del turco estaba en las manos de don Clemente. Herbert registró sus aposentos y Marius se enfrentó a él personalmente.

—Y lo mataron porque…

—No dejamos huellas. Desde el principio se decidió que así sería, sin testigos. Hemos cumplido.

—Deberían habernos avisado.

—¿No son ustedes los que siempre saben todo? —contrapone Marius Ferris con sarcasmo.

—¿Por qué razón pensaron que podía estar en su posesión? —pregunta Littel—. Según sabemos, Rafael cogió el dosier del turco de la casa de la mujer.

—Don Clemente tuvo varios encuentros con Rafael en el último año. Dos en Santiago, uno en Roma y otro en Londres.

—¿Eran conocidos? —quiere saber Barnes.

—Más que eso… Parientes —informa Phelps.

—Don Clemente era tío de Rafael —añade Marius Ferris.

—¿Ustedes mataron a su tío? —pregunta Littel.

—Y vamos a matar al sobrino —afirma Phelps con una sonrisa sarcástica de niño malo.

—¿Él lo sabe? —pregunta Barnes.

—Es poco probable.

—Creo que no debemos perder tiempo. Tenemos que eliminarlo cuanto antes —delibera Barnes preocupado.

Sebastian Ford vuelve a entrar en la sala, asfixiado. El sudor le resbala por la cara. Las axilas dejan un cerco húmedo en la camisa. Se ha quitado la chaqueta y aflojado un poco la corbata. Un político dando imagen de trabajo.

—¿Por qué has tardado tanto? ¿Dónde has estado? —pregunta Littel.

—Ah... He ido a quitarme la mancha, pero no va a salir —responde irritado.

—Después te compras otra —responde Littel.

—Y quemas ésa —ordena Barnes—. No quiero pistas. —Se vuelve hacia Phelps, el timonel—. ¿Qué os llevó a seguir a tío y sobrino?

—Una vez más, debido a las confidencias del cardenal a quien asistí... —Interrumpe la aclaración para adoptar la actitud de quien ha comprendido una súbita verdad.

—A quien asistía —completa Barnes con aire de menosprecio—. Que le contaba todo lo que usted quería oír...

El semblante de Phelps se altera sobremanera. Un color rosado adorna las mejillas y acaba por extenderse al resto del rostro.

—¿Qué pasa? —pregunta Marius Ferris.

La puerta vuelve a abrirse para dejar entrar a Staughton, Thompson y Herbert, que parecen estar consiguiendo tolerarse mutuamente. En las garras de Herbert está Sarah, blanca como la cal, en estado de pánico disimulado. Siguen la corriente de miradas que se fijan en el ruborizado James Phelps y comprenden, instantáneamente, que algo no va bien. La rabia que emana del cura puede sentirse a leguas. Barnes reprime una cierta satisfacción personal. Odia a la gente que se cree en un estadio tan superior que se juzga inalcanzable por la chusma humana.

—Me parece que quien acabó por ser manipulado fue usted —concluye Geoffrey Barnes.

—No diga disparates —vocifera Phelps.

—¿Qué pasa? —quiere saber Herbert. Cuando ha salido estaba todo bien.

—No me levante la voz —ordena Barnes con firmeza—. Puedo olvidarme de que somos socios y acabar con todo esto de una vez. —Aguarda a que las palabras penetren en la mente de Phelps—. Se ha comprobado aquí que el cardenal del que es o era asistente os ha traicionado. Aquello que él le secreteó ha terminado por revelarse falso. Me parece evidente que él lo ha llevado hacia donde mejor le ha parecido. Quiso que viese al tío conversando con el sobrino, quizá entregándole alguna cosa, hacerlo convencerse de que todo estaba controlado. La diferencia es que todo está controlado, pero por ellos y no por usted... Y, en consecuencia, por nosotros.

—Ellos están en una celda. La mujer está aquí bajo nuestra mirada —argumenta Phelps contrariado.

—Pero continúan en posesión de todo lo que nosotros queremos. Y los cabecillas ¿dónde están? ¿JC, el cardenal y todo su equipo? Asistiendo a todo desde un palco mientras beben champán fresco y comen un poco de caviar.

Todos escuchan a Barnes en silencio. Phelps, con los ojos cerrados, desea negar aquellas afirmaciones lógicas, pero su racionalidad se lo impide.

Geoffrey Barnes tiene razón. Ha sido engañado; sin embargo, hay remedio. Se aproxima a Sarah y la agarra por los pelos, sin piedad. Sarah se revuelve y grita.

—No. No.

La sienta en una silla vacía con violencia.

—¿Dónde está Abu Rashid?

—No lo sé —responde Sarah con miedo.

Un bofetón fuerte hace que su rostro se vuelva, súbitamente, para un lado.

—¿Dónde está el dosier del turco?

—No lo sé.

Las lágrimas del primer impacto saltan con el segundo, todavía más fuerte, del otro lado.

—¿Dónde está JC? —Las preguntas se suceden con una cadencia creciente.

Sarah ni responde, pero el golpe no se hace esperar, sacudiendo todo el interior de su cabeza.

—Vamos a arrancarle todo lo que sabe —grita Phelps, inclinándose sobre ella y tirándole del pelo con brutalidad—. Quiero toda la verdad; si no, sus padres van a sufrir.

Sarah lo mira, deshecha en lágrimas silenciosas. No da voz al dolor que la corroe, que la empuja a gritar, a gemir, a descargarse. La mención a sus padres es cruel, dura. ¿Será que los han cogido? ¿Eso significa que también han cogido a JC? ¿O es una invención para obligarla a contar todo? Pero todo ¿qué? Ella no sabe nada.

Otro golpe lleno de rabia. James Phelps está fuera de sí. Los ojos vítreos despiden una furia incontrolable. Un hilo de sangre brota de su boca.

El brazo de Phelps vuelve a coger impulso para un nuevo y brutal golpe en el rostro de Sarah, pero es impedido por una mano fuerte y como de sapo que lo agarra y lo para al instante.

—Cálmese, Phelps —recomienda Barnes—. La queremos viva… Pare ya.

—Ella va a contarlo todo —observa Phelps con una mirada maniaca.

—Todo lo que sabe… Que puede ser nada —alega Barnes.

El americano rodea a Sarah, da una vuelta completa, intimidatoria. Él sabe que ella lo teme, pues en el pasado ya ha visto de lo que es capaz.

—Sarah Monteiro, nacida el 8 de abril de 1976, periodista, portuguesa, residente en Londres, hija de padre portugués y madre inglesa. —El tono de Barnes es sereno, pero electrizante, repleto de intenciones mórbidas, anímicas. Hay una puerta que tiene que abrirse, la de la última defensa, aquella que todo lo guarda—. Tuvo un aborto en 2007.

Barnes se calla unos momentos y después se pone bien cerca del oído de ella.

—Mire bien a las personas presentes en esta sala. —Retrocede, la agarra por la cabeza y la barbilla con fuerza y grita—: Mire a todos, sin excepción.

Sarah no tiene otro remedio. Stuart Garrison, en su silla de ruedas, mirada mortecina, fría, como si estuviese en una sala de cine viendo una película aburrida. Priscilla Thomason, con el bloc de notas en la mano, cerrado, mirándola con consternación y pena. Se debe a Littel y a su voluntad o a su falta de voluntad. Permanece sentado, con las piernas cruzadas, leyendo unos informes cualesquiera, que poco interés deben de tener para este caso. Su desinterés por Sarah es notorio. Está allí para hacer cumplir la voluntad del presidente de los Estados Unidos de América... O no. Wally Johnson, con su uniforme del ejército, con los galones de teniente coronel bien visibles en los hombros, recuerda a un centinela guardando el fuerte, firme, alerta, preparado para aniquilar cualquier amenaza. Sebastian Ford, que Sarah reconoce como el hombre que ha entrado, hace poco, en la celda para ver a Rafael. El hombre de Rafael en el equipo de Barnes. Ni siquiera él sueña. La mira con compasión, el político con sentimientos, allí los votos no tienen valor, no hay campaña, nada en lo que haya que vencer. Herbert, el ayudante fiel, por lo visto todos los hombres de poder necesitan a uno con un perfil así, para hacer el trabajo sucio y también el limpio. Staughton, el hombre de los datos, más que del terreno, en el ordenador las vidas no pasan de ser puntos virtuales y las muertes se limitan a formar parte de una estadística que no habla, ni duele. Thompson la mira con distanciamiento. El hábito crea defensas, la mente se adapta y rechaza que aquello que se está haciendo sea malo. Se hace siempre por el interés superior de la nación americana. Por último, el viejo de cabellera blanca que parece fuera de lugar. Es Marius Ferris, el frágil párroco que conoció en Nueva York. Él no puede estar con aquella turba de malhechores. ¿O sí puede? Una sonrisa de burla por parte de él responde a las dudas de Sarah.

Las manos de Barnes le aprietan la cara, provocando una sensación angustiosa.

—Somos las únicas personas en el mundo que saben que usted todavía está viva.

Un escalofrío recorre la espina dorsal de Sarah.

Barnes saca el arma de la funda y apoya el cañón frío en la sien izquierda de Sarah.

—Hágase un favor a sí misma y desembuche todo lo que sabe.

Sarah inspira con ansia. Las lágrimas se deslizan copiosamente, el hilo de sangre brota de los labios y de la boca con tenacidad. Pueden golpearla hasta la muerte. No tiene nada que decir.

La tensión se ve de pronto interrumpida por la entonación polifónica del *The Star-Spangled Banner*, que pone a casi todos los presentes firmes. El sonido proviene de un móvil que clama por la atención del dueño, Harvey Littel.

—Eso es ilegal —recrimina Barnes con cara de pocos amigos. Deja a Sarah y se sienta en el escritorio dejando el arma junto a él.

—Todos los americanos deberían tener esta música en el móvil —afirma Littel antes de atender—. Littel.

El secretario del subdirector escucha la identificación del interlocutor.

—Sólo un momento. —Baja el aparato y mira a los presentes con gravedad—. Salgan —ordena.

A pesar de que la orden va dirigida a todos, ellos saben que la instrucción debe ser cumplida solamente por los funcionarios de nivel inferior, el coronel Garrison, Priscilla, Wally Johnson, Sebastian Ford, Jerónimo Staughton y Thompson. Pero nadie se mueve.

—Pida a sus hombres que esperen fuera —pide Littel a Phelps.

Al inglés le basta con fruncir el ceño para ver a Herbert y a Marius Ferris seguir el rumbo de los otros.

—¿Y la mujer? —pregunta Phelps.

—Déjela quedarse —declara Littel—. Será otro secreto para llevarse a la tumba.

Sarah preferiría salir y cambiar de aires a quedarse ahí junto a esos hombres.

Littel coloca el móvil con altavoz.

—Puede pasarme la llamada.

—Gracias. Espere un momento.

Barnes está lleno de curiosidad, así como Phelps. ¿Quién será?

No tarda más de cinco segundos en oírse una voz gangosa de labrador tejano.

—¿Harvey?

Sarah, en medio de su confusión y dolor, piensa que ha oído esa voz en alguna parte. Pero puede estar equivocada.

—El mismo, señor presidente.

Barnes se pone tieso como un palo. El presidente, por segunda vez en tan poco tiempo.

—¿Barnes está ahí contigo?

—Es… estoy, señor presidente —responde, nerviosamente, sentándose en la silla que hace juego con el escritorio.

—Estupendo, estupendo. Escúchenme con atención. Con efecto inmediato, quiero a la Agencia fuera de la operación.

Phelps enrojece al oír la frase. No puede haber oído bien. Sarah piensa lo mismo, por otras razones.

Littel se levanta receloso.

—Señor presidente, ¿le importa repetirlo?

—Quiero a la Agencia fuera de esa operación, inmediatamente. Hagan la maleta, apaguen la luz y cierren la puerta.

—No puede hacer una cosa así —se revuelve Phelps.

—¿Quién está hablando? —pregunta el hombre más poderoso del mundo, desde el otro lado de la línea.

—Jim Phelps, señor presidente —informa Littel.

—Ah, sí. Jim. —El presidente demuestra conocer a Phelps.

— Pero ¿qué es esto, George? Tenemos un acuerdo —recuerda el inglés.

—Nuestro acuerdo obedecía a un conjunto de cláusulas que no has cumplido.

—¿Qué quieres decir con eso? Todavía no se ha acabado. Estoy a tiempo de cumplir. —La irritación asoma cada vez más a su voz.

—Se ha acabado, Jim. Quiero a todos los implicados fuera de esto y a los presos liberados. Te aseguro que es lo mejor para ti.

—Ni tú sabes qué es lo mejor para ti —le replica Phelps. La explosión tenía que acontecer. El mundo se le está cayendo encima. Una decisión de éstas es como quedarse con la miel en la boca—. No puedes apoyar una cosa y después desistir a medio camino.

—El acuerdo era acabar con todos los cabos sueltos. Tenías todo mi apoyo y, por esa razón, estás en Roma con mis hombres. Pintaste un escenario muy fácil y, al final, a lo que hemos llegado es a que tu enemigo tiene todas las pruebas y me pide que yo termine con todo; en caso contrario…

—¿Qué? —Phelps está poseso.

—Eso mismo que has oído. JC ha contactado conmigo. Está en posesión de todo. Fue específico al decir que quiere que todo acabe o vais a pasar un mal trago.

Phelps se sienta angustiado. Vencido por el viejo zorro que ha previsto todos sus pasos. Le puso la zanahoria para que corriera detrás de ella y lo ha manipulado a su antojo.

—Queda todo como está. Nadie sale perjudicado —añade George—. Acepta y confórmate, Jim.

Si se mira atentamente, se consigue ver una lágrima asomando con dificultad del ojo de Phelps. Aceptar, conformarse, perder. Tanto trabajo para nada. No, esto no puede quedar así. Tenían un acuerdo. Maldito JC.

—¿Y en cuanto al túmulo? —quiere saber James Phelps.

—Queda todo como está —repite el presidente.

—Y la mujer, el agente del Vaticano…

—Libéralos inmediatamente. Bien, yo tengo otras cosas que hacer. Mis órdenes ya están dadas. Cuento con vosotros para hacerlas cumplir, Littel.

—Por supuesto, señor presidente.

—Contigo también, Barnes.

—Claro —responde Barnes, atropelladamente.

La llamada finaliza. Sarah no da crédito a lo que ha oído. No sabe si debe sentirse aliviada o recelosa; sea como fuere, ha sido una enorme pirueta que ha ocurrido en el momento justo.

—Canalla —maldice Phelps, rendido.

—Todo calculado —analiza Barnes—. Ustedes han oído las órdenes. Vamos a cerrar el chiringuito.

—No —balbucea Phelps.

—¿No? Ha oído lo mismo que yo. No voy a contrariar una orden directa del presidente —avisa Barnes con seguridad.

—Antes de entregar las armas debemos matar a los prisioneros —afirma Phelps en tono persuasivo.

—Me encantaría hacerlo. Especialmente, a ese cabrón de Rafael; pero las órdenes han sido explícitas —recuerda Barnes.

—Decimos que ya habían muerto.

—Dígame una cosa, Jim. —Es Littel quien habla—. Supongamos que hacemos lo que dice. ¿La transferencia continúa en pie?

—Mi palabra es sólo una. Cinco millones, en efectivo, donde y cuando quiera —garantiza Phelps.

—¿Transferencia? ¿Qué transferencia? —pregunta Barnes.

Sarah siente un escalofrío en el estómago.

—Diez millones —dice Littel.

Phelps mira a los ojos de Harvey Littel con un aire grave y pragmático.

—Serán diez millones.

—Littel, ¿qué rayos estás diciendo? El presidente ha sido muy cla...

Antes de acabar la frase, Barnes yace en el suelo, con los ojos abiertos y una bala en la sien izquierda. Littel mira el cuerpo con frialdad, un arma silenciosa en la mano, la que Barnes ha dejado olvidada encima del escritorio. Phelps sonríe diabólicamente y Sarah llora por Natalie, Greg, Clemente, Rafael, Simon, su padre, su madre... y Barnes. No estaba en su bando, pero no era un vendido.

—Mande buscar a los otros dos —ordena Littel, mirando a Sarah con un aire maquiavélico, una forma simple de decir «eres la próxima», sin abrir la boca. Limpia el arma con un pañuelo de seda y la coloca en la mano de Barnes, que mira el vacío de la vida. Qué puta manera de morir.

Capítulo
70

T om ha dormido como los ángeles. Hacía mucho que no sentía una paz de espíritu tan profunda. Los fantasmas que toda la vida han atenazado sus sueños y los han transformado, noche tras noche, en pesadillas traumáticas se han desvanecido, llevados por el viento muy lejos de él. Una noche serena, amiga, impregnada con los olores de la estación intermedia entre el calor y el frío, la naturaleza en su búsqueda eterna del equilibrio perfecto. La noche perfecta que jamás había imaginado que pudiera existir.

Por primera vez en su vida, se despierta letárgico, ofuscado por la luz del sol que invade la ventana abierta del cuarto de la hospedería y olvida los rezos al Creador de todas las cosas, una falta imperdonable a los ojos de los tutores clericales que le moldearon el carácter en sus primeros años. El primer pensamiento del día debe ser para el Creador, Dios, así como el último y todo lo que se haga a lo largo del día. Nada más existe a no ser Dios y en Él deben pensar todo el tiempo. Así se decía y se dice en el monasterio donde fue criado y reside, desde la infancia, al son de los azotes corporales que le rasgaban la piel, a él y a los otros.

Contempla el fuerte sol de la mañana y se sienta en el borde de la cama.

—Ha dormido bien —se oye a una voz decir a Abu Rashid, sentado en la silla donde Tom lo vio por última vez antes de dormirse.

—Sí.

—No era una pregunta —precisa Abu Rashid con dulzura—. Sé que has dormido bien.

Tom cierra los ojos y respira hondo. El peso que sentía sobre él el día anterior ha desaparecido. Se siente leve, rejuvenecido, fresco.

—Ésa es la verdadera paz —afirma Abu Rashid—. No tiene que ver con órdenes, sacrificio, sufrimiento. Estar en comunión con Dios es eso que sientes ahora. Una sintonía perfecta con la naturaleza, el Universo.

—¿Ha sido la Virgen quien le ha dicho eso?

—Cualquier persona juiciosa llega a esa conclusión.

Tom mira alrededor, inspeccionando la habitación, ya habituado a la luz intensa. Un sol blanco y fuerte, que abraza al mundo con energía. En algún momento, siente una opresión en las paredes del estómago al no avistar la maleta negra.

—Está debajo de la cama —informa Abu Rashid—. No quiero que te falte nada.

Tom se agacha y coge la maleta. No parece que haya violación del código ni que la cerradura esté forzada.

—¿No ha querido ver lo que hay en el interior? —pregunta curioso.

—Yo sé lo que tiene —afirma el musulmán—. No me hace falta verlo.

—¿O será que su videncia no ha conseguido descifrar el código? —pronuncia en tono de desafío.

—Me gusta verte más sereno, Tom. Pareces otro. —Abu Rashid ignora la provocación, deliberadamente.

—Me siento extraño —confiesa Tom—. Como si fuese el padre de una familia numerosa a la que tiene que sustentar con mucho sacrificio, él solo, y, de repente, dejaran de precisar de mí y pudiera vivir mi vida. Una vida que ni sabía que tenía.

Tom mira admirado al viejo musulmán. Nunca se había abierto con nadie, mucho menos con un extraño. Aprendió a guardar todas las frustraciones y confusiones para sí mismo, pues ésa era otra de las enseñanzas del monasterio. Ha sintetizado toda su existencia en una sola frase a un hombre al que, el día anterior, deseó matar.

—¿Qué hay en la maleta? —acaba por preguntar Tom.

—El hecho de no saberlo revela que eres un hombre íntegro. Después de todo, el código es tu año de nacimiento. Podrías haber visto su interior cuando hubieras querido.

Ambos sonríen plácidamente. Abu Rashid no es ningún engaño y, teniendo eso en consideración, Tom debería pegarle un tiro. No ha recibido instrucciones a tiempo; cuando eso sucede, el santificador debe optar por la decisión más acertada para salvaguardar a la Iglesia; sin embargo, a Tom hoy todo eso le trae sin cuidado. La vida está dándole otra oportunidad y va a aprovecharla. Se ha acabado el tiempo de oscuridad pasado en el seno de la élite que barre los problemas para esconderlos debajo de la alfombra.

—Voy a llevarlo de vuelta a su casa —decide.

—No hay necesidad. Sé el camino.

—Es justo que lo lleve. Fui yo quien lo arrancó de su vida normal.

—No, Tom. Ayer te lo dije y hoy te lo vuelvo a decir. Nunca me arrancaste de nada. Estoy aquí por mi libre voluntad. Esto todavía no ha acabado.

Tom se levanta asustado.

—Sí ha acabado. No quiero continuar haciendo esto.

—Eso es una sabia decisión, pero antes tienes que atender el teléfono.

—Qué...

El móvil comienza a sonar en ese preciso instante en la mesilla. En un acto instintivo, Tom lo coge, decidido, se lo lleva al oído y escucha.

—¿Quién habla? —pregunta desconfiado.

El interlocutor se identifica, explica la situación y transmite el mensaje. Debe ser eso lo que sucede, pero sólo Tom puede confirmarlo.

—Escuche, Sebastian, voy a llevar al hombre a su casa —informa Tom—. Él tiene un don especial, pero no voy a sentenciarlo.

—Mira hacia Abu Rashid, que le sonríe con condescendencia. Es posible cambiar a un hombre de la noche a la mañana.

La persona que le habla dice algunas palabras más que Tom escucha con atención.

—Afirmativo. Lo esperaré a él para transmitirle mi decisión —avisa, categórico—. Él sabe dónde estoy —añade. Frunce el entrecejo—. ¿Le ha ocurrido algo?

Sebastian le presenta su versión de los hechos, retocada, políticamente correcta, o, por el contrario, se limita a mencionar la indisponibilidad momentánea de Rafael para poder hablar con Tom por este medio.

—¿Cuándo estará disponible, tiene idea?

—No le puedo decir, pero espero que en breve. —Nueva respuesta de Sebastian Ford, evasiva, conciliatoria.

—Haga el favor de decirle que voy a llevar al hombre a Jerusalén y volveré al lugar acordado. Me quedaré allí ocho días. Si él no aparece en ese plazo, dele mis saludos y deseos de felicidad. —Hay una nueva alegría en la voz de Tom, un motivo válido para vivir. La vida es bella, al fin y al cabo.

El interlocutor desconecta y Tom hace lo mismo.

—Está claro —declara—. Voy a darme una ducha y nos vamos ya. Ya debe de tener nostalgia de su hogar —asevera Tom.

—El hogar anda siempre en mi corazón. No puedo tener nostalgia de algo que me acompaña a donde quiera que vaya. Mi hogar es el universo —dice el musulmán con un brillo en los ojos—. Hoy es el primer día del resto de tu vida.

Hasta la ducha le aporta sensaciones diferentes. Limpia toda la pobreza de su espíritu y abre el alma hacia nuevos confines. Una sucesión de imágenes confluye en su mente, reavivando sentimientos que juzgaba inexistentes o apagados. La soledad no es un modo de vida, más bien una aberración sin sentido que oscurece el ser y ennoblece los demonios interiores. El agua lava, arrastra, fluye, expele, expulsa, limpia, refresca. Ésa es su naturaleza, su verdadera esencia. Piensa en el amor, en la familia que no tiene, pero puede llegar a formar. Una montaña de oportunidades desfila por su mente.

Tom no sabe decir cuánto tiempo ha dejado el agua correr y fluir, pues ha dejado de tener sentido contabilizar los segundos, los litros, lo accesorio. Renovado, sonríe al reparar en que se ha ducha-do con la puerta abierta, una negligencia anteriormente reprobable.

—Preparado para regres… —Tom se interrumpe a sí mismo.

No hay nadie más en la habitación. La puerta permanece ce-rrada, con el cerrojo echado, la ventana cerrada por dentro. Abu Rashid se ha esfumado en el aire. No consigue evitar sentir una mezcla de tristeza y alegría. Una sonrisa le aflora en los labios y una lágrima asoma en sus ojos.

Encima de la cama, un objeto dorado, pequeño, cilíndrico, brillante… Una bala.

Capítulo
71

Virgen Santísima. ¿Qué ha pasado aquí? —pregunta Staughton, impresionado al ver el cuerpo de su direc tor en el suelo, la mirada al vacío, muerto. Una lágrima desciende por su rostro, el dolor contenido, genuino, imprevisto—. ¿Cómo ha podido pasar esto?

Los restantes componentes de los equipos del difunto Barnes, y de los vivos Littel y Phelps, vuelven a entrar en la sala de interrogatorios atónitos. Phelps está ausente, ha ido a buscar a los prisioneros. Todos miran el cuerpo de Barnes... Sin vida.

—Hemos recibido una llamada del Despacho Oval —explica Littel.

—¿Del Despacho Oval? —repite Sebastian Ford.

—Exactamente —afirma Littel, que se aproxima a Sarah y usa su propio pañuelo de seda como mordaza—. El presidente en persona ha ordenado que terminásemos todo y no dejásemos supervivientes. —Mira a Sarah seriamente, aunque ella consiga captar un cierto placer en aquello que él dice.

Thompson y Staughton están traumatizados con lo que tienen delante. No consiguen creer en lo que sus ojos ven. Barnes era inmortal, invencible.

—Barnes se ha alterado con la decisión del presidente. —Su discurso se ve agitado por la conmoción. Habla en voz baja, casi susurrando—. Se ha mostrado incluso grosero. Ha dicho que las cosas tenían que llegar hasta el final. Que daba una mala imagen. El presidente ha levantado la voz, ha dicho que la última palabra era la suya y que si Barnes no sabía cuál era su lugar, tenía que informarse mejor. —Se calla unos segundos dejando asentarse las palabras—. En cuanto el presidente ha desconectado, él se ha llevado el arma a la cabeza y ha disparado.

—Dios mío —invoca Staughton.

—¿Y ahora? —pregunta Thompson con la voz embargada. Después de todo son hombres. A pesar de estar habituados a la muerte y a la violencia, cuando ésta ocurre en su seno, en su casa, donde llega de forma inesperada, sufren por los suyos como el resto de las personas.

—Vamos a cumplir las órdenes del presidente. Eliminar a todos los prisioneros y cerrar la puerta —aclara Littel, condescendiente con el sentimiento generalizado en la sala.

Staughton y Thompson son los más afectados, comprensiblemente, por haber convivido diariamente con Geoffrey Barnes a lo largo de los últimos años. El hombre podía ser grande, tener un vozarrón intimidatorio, actuar de forma impulsiva, comer como un salvaje, jurar constantemente, dar vueltas a la mesa si las cosas no estaban como él quería, pero era justo, amigo a su manera, compañero y una persona prudente. Jamás arriesgaría la vida de un funcionario incluso aunque estuviese por medio la seguridad nacional.

¿Cómo es posible que Geoffrey Barnes, hombre de carrera, currículo envidiable, habituado a vivir bajo presión, haya terminado con todo de forma tan... tan... ¿cobarde? A pesar de todo, Barnes era equilibrado, separaba las aguas. Este desenlace es para Staughton y Thompson como una operación de sumar, previsible, matemática, una simple operación de dos más dos, cuyo resultado se transforma en cinco o en tres y nunca en el presumible cuatro.

—Nadie lo esperaba. Ha sido un golpe demasiado duro para todos —afirma Littel—. Staughton, Thompson, váyanse a casa. Cojan unos días para recuperarse. Nosotros terminamos la operación.

—No —disiente Staughton—. Nosotros queremos acompañar al jefe. —No quita los ojos del cadáver.

—Staughton —llama Littel. Tiene que colocarse frente a él y zarandearlo para que el impresionado Jerónimo Staughton dirija la mirada hacia él.

—Staughton. Hoy mismo Barnes va a estar en un avión camino de casa.

—Yo quiero ir con él.

—Yo también —declara Thompson.

—Muy bien. —Se vuelve hacia el teniente coronel—. Wally, acompaña a estos buenos hombres. Llévalos a visitar Roma.

—¿A San Pedro? —sugiere Wally Johnson.

—A San Pedro —asiente Littel—. Excelente idea. Recen un poco, refresquen las ideas y al final del día les meto en el mismo avión que su jefe. Es una promesa.

Littel propina unas palmadas amigables en el hombro de Staughton y le da la espalda. Wally Johnson lo ampara y orienta en dirección a la puerta. Thompson los sigue. La última mirada de los dos hombres antes de dejar la sala es para Geoffrey Barnes, el malogrado director que, hace diez minutos, exhalaba toda su vitalidad.

Salen tres, entran otros tantos, Phelps con los restantes prisioneros, Rafael y Simon, que tiene una expresión más grave que el pánico. Miedo a la muerte. Rafael ya se sostiene de pie, aunque un poco tambaleante. Un ojo hinchado no le permite una visión total. Son obligados a sentarse en bancos, al lado de Sarah.

—Saquen este cuerpo de aquí —ordena Littel a nadie en particular.

Toda vez que los únicos ayudantes, dignos de ese nombre, presentes en la sala son Priscilla y Herbert, no quedan dudas sobre quién recae la tarea. Herbert se dirige a Barnes, lo coloca, lo coge por los brazos y lo arrastra en dirección a la puerta.

—Ésa no es la manera más digna de tratar el cuerpo de un director de la CIA —advierte el coronel Garrison—. Hay protocolos…

—Que no pueden ser observados en este momento —interrumpe Littel.

—Si quiere, puedo cogerlo por los pies —desafía Herbert malévolamente.

Stuart Garrison le lanza una mirada de odio. En otras circunstancias, ese muchachito se tragaría esas palabras una por una.

Herbert prosigue la operación arrastrando el pesado cuerpo por etapas. Enseguida el sudor comienza a bañarle la cara. Barnes es realmente muy pesado.

—Ahora nosotros —afirma Littel hacia Simon, Rafael y Sarah.

Phelps los encara eufóricamente. Son tres muertes que van a salir caras, pero, por lo menos, los cabos sueltos quedan cortados de cuajo. Falta sólo JC, el viejo astuto. Hay que dar tiempo al tiempo.

Sarah y Simon cierran los ojos anticipando lo peor.

—Herbert —llama Littel—. Haga los honores.

Herbert deja prontamente lo que está haciendo, Barnes no tiene prisa por ir a ningún lado, y saca el arma de la funda.

—Con mucho gusto.

—¿Quieren añadir alguna cosa? —pregunta Littel con una sonrisa sarcástica.

El silencio es esclarecedor. Simon no se atreve a abrir la boca; Sarah está amordazada, incluso aunque no quisiese tiene que permanecer callada.

—Valentía es necedad, en este caso —completa Phelps—. Tengo una pregunta, si no le importa concederme la indulgencia. —Es a Rafael al que se dirige—. ¿Con quién habló en los aposentos papales, aquella mañana, en el Vaticano?

Los ojos de Rafael brillan y esboza una sonrisa vana.

—Con nadie.

—¿No quiere responder? —Phelps se enfurece.

—Estoy respondiendo. Con nadie. Fuimos allí sólo para estimular su curiosidad. Sabía que, así, iba a quedarse mucho más interesado. Piensa que nos engañó a todos, hasta al Papa. Fue más bien todo lo contrario. —La sonrisa se convierte en una risa pronunciada.

Littel hace un gesto con la cabeza a Herbert, autorizando la ejecución sumaria de los prisioneros. En breve serán solamente nombres que pasaron por la Tierra sin dejar su marca en la Historia. Rafael Santini, Sarah Monteiro, Simon Lloyd, olvidados por el mundo, dejarán de contar y ni figurarán en las estadísticas de mortalidad.

Herbert quita el seguro del arma, provista de silenciador, pero Phelps se la arranca de las manos enrabietado y apunta a Rafael.

Un tiro.

Dos tiros. Con el sonido amortiguado.

Antes de que se comprenda nada, vemos a Herbert agarrarse el pecho y caer. Lo mismo acontece con James Phelps que, antes de caer, ya estaba muerto. Un fino hilo de sangre surge de un orificio en medio de la cabeza. Ha muerto sin saber cómo.

Rafael se levanta antes de que pueda producirse cualquier reacción. Priscilla grita de pánico. Sarah y Simon abren los ojos para asistir a una escena dantesca. Tres cuerpos en el suelo, el coronel Garrison intentando alcanzar su arma, Marius Ferris atónito, completamente aturdido, Rafael, por detrás de Littel, con el arma apoyada en la cabeza del secretario.

—¿Quiere añadir alguna cosa? —pregunta, aproximándose al oído.

—No haga ninguna tontería —pide Marius Ferris.

—Más de las que ustedes han hecho es imposible. —Presiona todavía más el cañón contra la cabeza de Littel, que suda por todos los poros, nervioso, y aconseja—: Calma. Mira bien lo que has hecho.

—¿Yo? Debo avisarle de que es un crimen grave molestar a un funcionario del gobierno federal.

—Yo no te voy a molestar. Te voy a matar —amenaza Rafael con los dientes afilados como un perro rabioso.

—Vamos a ser razonables —argumenta Garrison—. Seguro que conseguiremos llegar a un acuerdo sin desperdiciar más vidas humanas.

—¿Está preocupado por la suya, coronel? —Es una pregunta retórica—. No recuerdo haberle visto preocupado por las vidas humanas en Moscú —añade, corrosivamente.

Garrison baja la cabeza.

Rafael mira a Sarah.

—Quítenle la mordaza.

Sebastian Ford cumple la orden, afloja el pañuelo de seda y lo deja caer al suelo. Littel enrojece, molesto.

Sarah respira por la boca con ansia, como si la hubiesen sacado de debajo del agua.

—Barnes no se ha suicidado. —Señala a Littel—. Ha sido él quien lo ha matado.

Priscilla lo mira espantada. Garrison levanta la cabeza, enfurecido.

—¿Cómo ha sido capaz? —Un dedo acusatorio del coronel.

—Diez millones de dólares —aclara Sarah—. Fueron motivo suficiente.

—Bueno, ¿van a creer en la palabra de una forajida? —contrapone Littel con aire superior, a pesar de su precaria situación.

Rafael lo empuja hacia delante, con tanta fuerza que cae en el suelo junto a los cuerpos de Phelps y Herbert.

—Contemplen a un patriota. —Stuart Garrison apunta su arma a Littel.

—¿Qué piensa que está haciendo? —vocifera Littel—. Mátelo —ordena.

El coronel apunta ahora hacia Rafael, que mantiene el arma sobre Littel.

—Ni lo piense —afirma Sebastian Ford, apuntando, a su vez, un arma a la cabeza de Stuart Garrison.

—Baje el arma, Sebastian —manda Littel.

—Hasta que averigüemos lo que ha pasado aquí, no habrá más muertes. Quiero que se emprenda una investigación y, si tuvieras culpa, Harvey… Dios y el presidente tengan piedad de ti.

—El presidente ha dado órdenes precisas de matar a los prisioneros —grita Littel.

—¿Y ha dado órdenes de que mataras a Barnes a sangre fría? —arguye Sebastian en el mismo tono. Se vuelve hacia Rafael—. Lléveselos de aquí. Desaparezcan.

—No estás actuando correctamente, Sebastian —alega Littel.

—Esto me huele mal desde el principio, Harvey. Déjalos irse ya.

Rafael, Sarah y Simon salen de la sala sin mirar para atrás.

—Vuelvan, inmediatamente —grita Littel, pero nadie le oye.

Marius Ferris se lleva las manos al pecho y cae al suelo. Un ramalazo de dolor le recorre las arterias coronarias. El corazón puesto a prueba, debido a una emoción extrema.

Rafael se agacha sobre él y le murmura al oído:

—Dios no duerme. Los fantasmas van a cuidar de usted ahora. Viva muchos años con ellos. Nos vemos en el más allá.

Escolta a Sarah y Simon fuera del centro de operaciones.

En la sala, Priscilla llora como una niña, Marius se ha desmayado debido al dolor del infarto, Sebastian Ford permanece con el arma apuntada a la cabeza del dubitativo coronel.

—Deme su arma, coronel —ordena Sebastian. Littel permanece agachado y mirando al vacío, desesperado, frustrado.

Sebastian Ford coge el móvil y hace una llamada.

—Sebastian Ford, código 1330. Quiero un equipo de rescate en el centro operacional de Roma, ASAP. —Mira a Littel—. Hay varios agentes muertos y detenidos.

Desconecta y se arregla el cuello de la camisa.

Se ha acabado.

Capítulo
72

LA CONFESIÓN
27 de diciembre de 1983

Veinte minutos puede ser mucho tiempo.

En la estrecha celda se apiñan cuatro personas, solamente una hace uso de la palabra, los restantes escuchan.

Dos años, siete meses y catorce días lleva de encarcelamiento judicial por haber atentado contra la vida de un papa... Sin éxito.

El Sumo Pontífice está sentado en un pequeño banco traído especialmente para él. El secretario y el guardián encargado de neutralizar cualquier posible amenaza sobre Su Santidad aguardan de pie, aunque el último tenga que fingir que no escucha lo que se está diciendo.

El turco no ha dejado en ningún momento la posición de penitente arrepentido, con las manos tocando la túnica blanca que santifica... Si fuera ésa la voluntad del señor que la porta, según las directrices del otro Señor, o no fuera el Universo determinista, permitiendo a algunos hombres elegidos interpretar todo lo que fue, es y será escrito.

—¿Fue así de simple, hijo? —quiere saber el Santo Padre, a quien el don de la omnipotencia no le ha sido concedido.

—Así fue.

—¿Una simple llamada telefónica y un encuentro?

El otro nada dice. Quien calla otorga. Además, ha sido él quien ha relatado la historia.

—¿Y el nombre?

—No lo sé.

—¿No preguntaste?

—No. Pagó la mitad en nuestro primer y único encuentro. No se hacen preguntas a hombres así.

—¿Dónde fue ese encuentro?

—En Atenas.

—¿Cuándo?

—En marzo.

Se dejan abrazar por el silencio compartido. Es necesario aprehender lo que ha sido dicho para reflexionar mejor sobre ello. La percepción es más profunda de esa manera.

El Santo Padre pone una mano bondadosa sobre la cabeza de su amado ejecutor malogrado. Una caricia sincera, repleta de energía positiva y del amor de quien sabe que no hay nada que perdonar.

—¿Y en relación con la fecha y la hora? —retoma el Sumo Pontífice—. ¿Fue decidido por ti?

—No. No decidí nada. Recibí órdenes con la fecha precisa y la hora.

—¿Con cuánto tiempo de antelación?

—Ocho días. Tiempo suficiente para prepararme. Llegué a Milán el día 7 y a Roma el día 10 de mayo.

El Papa y el secretario cruzan sus miradas, disimulando el malestar producido por esa afirmación.

—¿Actuaste solo?

—Que yo sepa, sí —responde el turco, bajando la cabeza.

—Te creo, hijo mío. ¿Había algún plan de huida? —Solamente el Santo Padre formula las preguntas.

El joven levanta la cabeza dejando traslucir la vergüenza.

—Había —confiesa, bajando nuevamente la cabeza. No continúa.

El Papa tiene que forzar la respuesta levantando, él mismo, la cabeza del turco para que éste lo mire a los ojos. No hay lugar a perdones ni a vergüenzas. Lo hecho, hecho está.

—Huir aprovechando la confusión... Una estupidez, lo sé ahora.

—¿Cómo te pagaría el resto del dinero?

—Dependía. Si yo sobrevivía, quince días después en un sitio a determinar. Él ponía como condición que fuese en dinero. En caso contrario, lo entregaría a mi familia.

—¿Tenían prevista esta posibilidad?

—Nunca —alega el turco—. Al fin y al cabo, disparé seis veces. Todavía hoy no sé cómo puede estar aquí hablando conmigo. Es difícil hacerlo peor.

—Ninguna bala puede matar si no fuera ésa la voluntad del Señor.

—Soy plenamente consciente de eso. Sé perfectamente hacia dónde apunté el arma.

A pesar de la actitud bondadosa que caracteriza al Papa polaco, no deja de ser patente, al mismo tiempo, una cierta serenidad relacionada con su deseo de reunir todos los datos relativos al caso. Las conclusiones no son menos graves de lo que preveía. Alguien en el seno de su propia familia clerical le quiere mal. Una vez confirmado eso, el disgusto es tremendo. Es como si fuesen sangre de su sangre, pues un hombre de la Iglesia convive más con sus hermanos que con sus familiares. Ésos no pasan de ser una memoria lejana de Wadowice, y de su domicilio en la Ulitsa Kościelna.

Sabía que el simple hecho de haber sido escogido para dirigir los destinos de la Iglesia por el Espíritu Santo, más ciento diez cardenales, le había granjeado unos cuantos enemigos. Así a bulto, recurriendo a la aritmética mental, la mitad de los noventa y siete que lo votaron. Es sabido que a partir de un cierto momento, las facciones en que se divide el cónclave tienen que llegar a un acuerdo entre caballeros que permita elegir a uno solo entre todos los elegibles. Más allá de esos cuarenta y ocho cardenales y medio a los que podía no gustarles su persona, entre los cuales no conseguía visualizar a uno con tanta falta de carácter, estaban también los asistentes, secretarios, subsecretarios, una fila interminable de aquellos que no eran cardenales, sino sacerdotes, obispos, arzobispos, monseñores, simples funcionarios sin diploma teológico. Cualquiera podría estar detrás de todo eso; sin embargo, tan sólo conseguía acordarse de uno.

—¿El nombre Néstor te dice algo? —pregunta el Santo Padre.

El joven turco escarba en sus recuerdos a la búsqueda de ese nombre.

—Ese nombre no me dice nada —acaba por declarar.

—¿Podría ser el nombre del hombre que te contrató?

—Podría.

—¿Aparentaba ser del Este? ¿Soviético?

—¿Soviético? Ni pensarlo. Americano o inglés —asevera el joven.

Wojtyla se levanta, de repente, dejando al turco arrodillado.

—Santo Padre, estoy preocupado con lo que le puedan hacer a mi familia. —Se agarra a la túnica blanca implorando misericordia—. Protéjalos. Por favor. Es un hombre desesperado quien implora.

El polaco lo mira de arriba abajo, pensativo.

—¿Alguien te ha amenazado, hijo?

—A mí no. Pero han amenazado a mi familia. Si yo abro la boca, ellos lo van a pagar.

El Papa adopta un semblante serio. Hay que tomar medidas con mucha precaución. Las piezas encajan más fácilmente. No precisa de ninguna garantía para sentir que las confidencias del joven son la verdad, sin invenciones heroicas, incluso sabiendo que puede estar sacrificando a su familia.

—Levántate y escúchame con atención —ordena con una voz decidida—. A partir de hoy tu familia será la mía y la mía la tuya. Los protegeré con todas mis fuerzas.

Las lágrimas resbalan por la cara del joven turco, sumiso.

—Pero acuérdate: nunca más contarás esto a nadie. Inventa una nueva versión cada día. Di lo que te venga a la cabeza. Una cosa por la mañana y otra, completamente diferente, por la tarde.

El joven mira al polaco espantado. El Papa comprende su confusión.

—Vamos a salvar a tu familia y a la mía... La nuestra. Lo mejor para los tuyos y para los míos es que nadie conozca la verdad. La verdad puede matar a la Iglesia, a mi familia, y, como consecuencia, a la tuya... A los nuestros.

Al joven turco se le doblan las piernas y cae al suelo llorando copiosamente.

El Papa acaricia la cabeza del turco y se dirige a la puerta. Mira una última vez hacia él.

—He venido aquí a conocer a mi verdugo y me llevo un amigo en el corazón.

Veinte minutos puede ser mucho tiempo.

Capítulo

73

AMÉN.
Última palabra de Juan Pablo II antes
de su muerte, el 2 de abril de 2005

Ocho días han pasado, aunque hayan parecido meses. Sarah ha deambulado por la pequeña ciudad de Wadowice, a cincuenta kilómetros al sur de Cracovia, en las venerables tierras de la Pequeña Polonia. Ha pasado por el número 7 de la Ulitsa Kościelna y ha visitado la casa donde nació y vivió el joven Karol Wojtyla. Debe confesar que la ha llenado de emoción el lugar donde la vida de Wojtyla despuntó y se encauzó, acabando por ser el Papa más amado de la Historia. Hay una certeza: en breve o no, un día será san Juan Pablo. Teniendo en cuenta todo aquello de lo que Sarah ha tenido conocimiento en esta última semana, es justo que así sea. Si existe un santo digno de ese nombre, es él. Un hombre que ayudó a su verdugo desde el principio, sin juicios, censuras o reprobaciones, que se entregó a Dios sin nada y con nada partió hacia Él. Humilde, bondadoso, plácido, sereno, ejemplo eminente para millones de fieles. No importa cómo, ni el qué, si calzamos Prada o vestimos Gucci. Lo importante es creer en Dios, Padre, Todopoderoso, Creador de todo lo que hubo, hay y habrá hasta la eternidad.

El coche bordea la Ulica Wisniowa y entra en la Gimnazjalna. Rafael conduce. No lleva sotana, ni traje, sino unos simples pantalones vaqueros y un jersey, pues ésta es la época del año en que no hace ni frío ni calor.

—¿Falta mucho? —pregunta Sarah.

—No —responde, sin quitar los ojos de la carretera.

Sarah recuerda unos días atrás, cuando Rafael la condujo, en Roma, al encuentro de sus padres. La reunión fue en la Piazza Navona, repleta de gente, a media tarde. Elizabeth la llenó de abrazos y besos, así como Raúl. Emanaban salud y se los veía bronceados.

—¿Habéis estado en la playa en mi ausencia? —preguntó Sarah en tono jocoso.

—Estambul tiene este efecto en las personas —se entrometió JC, provocando un escalofrío en Sarah, que no esperaba verlo.

—JC —balbuceó.

Rafael lo miró de arriba abajo, midiéndolo. Estaba más acabado que el año anterior. La edad pasa y corrompe. El cojo miraba hacia Rafael de soslayo, con la rabia presente, pero controlada, así tenía que ser. No conseguía dejar de pensar en su cojera y en el responsable de ella, allí delante de él, con algunos moratones en el rostro, nada que deje marca, mientras que su andar...

JC miró a Sarah con ojos fríos. Se divertía haciéndolo. Sabía el miedo que todos le tenían, con la excepción de Rafael, hacia quien acabó por desviar la mirada.

—Se ha portado bien —elogió.

—He procurado hacerlo así —se limitó a decir Rafael.

No había agradecimientos ni agradecidos.

—¿Qué va a pasar con Harvey Littel? —quiso saber Sarah, tímidamente.

—Va a ser ascendido a secretario de Defensa.

—¿Qué? ¿Está bromeando? —Sarah estaba escandalizada.

JC le mostró la primera página del *New York Times,* en la que podía leerse en los titulares: «Harvey Littel va a encargarse de nuestra Defensa». Sarah lo leyó, pero no lo creyó. ¿Cómo podía ser posible aquello? Un pequeño título al final de la página también llamó su atención: «Ford, acusado de pedofilia». Sebastian Ford, el hombre de Rafael en el equipo de Barnes y Littel. Aquel que arriesgó su vida para salvar la de Rafael y, como consecuencia, la de ella y la de Simon.

—No comprendo —refutó Sarah—. ¿Cómo se puede llegar a una situación así?

Miró a Rafael, que no parecía nada sorprendido.

—Littel es un hombre del sistema. Sabe mucho de muchas cosas. Ahora lo colocan en un puesto fuera de la CIA, pero en el que va a tener todos y cada uno de sus movimientos vigilados por la CIA... y por la opinión pública. Mantienen al perro, pero con una correa más corta —aclaró JC.

—¿Y usted? ¿Ha visto lo que le ha pasado a su amigo? —aludió Sarah, irritada.

—Una venganza de Littel. En política no hay lugar para hombres honestos —alegó Rafael—. Pero no se preocupe, el Vaticano va a necesitar de sus servicios como mediador con Estados Unidos.

Así a primera vista, ya no parecía tan mal. Rafael no era de los que dan la espalda a los amigos, eso era cierto, especialmente a los que no se la dieron a él en las horas malas.

—¿Qué pasó al final? ¿Qué es lo que quería James Phelps? —Sarah cambió de asunto. Ansiaba tener explicaciones.

—Phelps quería lo que mucha gente quiere. Eliminar cualquier vestigio que pudiese poner en tela de juicio la imagen de su institución. Nadie debía saber que Marcinkus era del Opus Dei.

—Y de la P2 —añade Sarah.

—Sí, pero eso no le importaba. Recelaba de que alguien pudiese llegar a saber que un hombre como ése, que presidió los destinos del IOR durante tanto tiempo, pudiese estar ligado a la organización. Estaría a un paso de llegar a descubrir que Marcinkus atentó contra la vida de dos papas y, lo peor de todo, que fue recomendado para ese puesto por el propio fundador.

—Dios mío.

—Pero usted también tenía su propia agenda —acusó Rafael.

—Lo lamento por su tío —dijo JC.

—No lo lamenta.

—Me gustan las personas directas. —Se volvió hacia Sarah—. Hay una caja de seguridad en la oficina de correos de King's Cross que se abre con esta llave. —Mostró una llave pequeña que depositó en la mano de Sarah—. En su interior encontrará un paquete de documentos y grabaciones que coleccioné a lo largo de mi vida.

Sarah no daba crédito a lo que oía. JC confiaba en ella.

—En breve recibirá instrucciones de qué hacer con eso —dijo—. No haga como hizo con el dosier del turco —censuró. Miró a Rafael—. Ayúdela en lo que sea necesario.

El sacerdote no dijo ni que sí ni que no.

El viejo sacó un sobre amarillo de la chaqueta, que Raúl reconoció como aquel que el cardenal Sebastiani le había entregado en mano en Estambul.

—Añada eso al expolio.

—¿Qué es? —preguntó Sarah, curiosa.

—Una carta que debió haber sido entregada a Wojtyla, pero nunca lo fue.

—¿Puedo leerla?

—Haga el favor —autorizó JC.

Sarah abrió el sobre y sacó el papel desgastado por el paso de los años. Fue blanco, en tiempos, y arriba llevaba la fecha 11 de abril de 1981.

—Sebastiani no quiso creer en la carta. La escondió como si ese acto pudiese apartar la premonición. Ese mismo día, el polaco recibió los tiros y Sebastiani supo que era verdad.

A mi muy estimado Santo Padre:

Me tomo la libertad de dirigirme a Vuestra Señoría con la más profunda humildad.

Sé que consagrará su pontificado a la Virgen María, pues siente por Ella el mismo amor que yo.

Escribí a muchos antecesores del Santo Padre, con los mismos modos respetuosos con que lo hago en estas líneas. [...] La Virgen siempre me ha transmitido y transmite las más variadas revelaciones a lo largo de mi sencilla vida.

En una de mis recientes visiones, la persona del Santo Padre ha sido mencionada de la forma que transcribo:

Dile que ninguna bala mata si no es ésa Su voluntad. A los hombres les gusta hacerse sufrir unos a otros, no respetan los valores de la bondad y del amor, pero no es razón suficiente para no perdonar. El amor incondicional trae el perdón incondicional. Los dos tienen que andar juntos, como hermanos.

[...] Será recordado todos los días en mis preces al Señor Misericordioso y a la Señora del Rosario.

Respetuosamente,
Lucía de Jesús de los Santos

—Esto es increíble —afirmó Sarah, extasiada.

JC le dio la espalda, acompañado por el cojo. Estaba todo dicho.

—¿Adónde va? —le dio por preguntar a Sarah.

El viejo se volvió hacia ella.

—Voy hacia donde tenemos que ir todos. No se meta en líos.

—Gracias por el empleo en el periódico —agradeció emocionada.

JC desvió la mirada hacia Rafael.

—No es a mí a quien tiene que agradecérselo. Si dependiese de mí, usted habría muerto en Londres o en Nueva York hace un año.

Exhibió una sonrisa sarcástica y siguió hacia lo que restaba de su vida. Nunca más se volverían a ver.

Sarah cavila sobre estas palabras, ahora, dentro del coche, por las calles de Wadowice. Rafael sigue por un camino secundario que lleva a las afueras.

—¿Por qué me consiguió el empleo en el periódico? —acaba por preguntar.

Rafael conduce en silencio.

—¿No merezco respuesta? —vuelve a presionar, ligeramente, ofendida.

—No le conseguí ningún empleo.

—¿Está mintiendo, padre Rafael? —reprende con ironía.

—¿Por qué razón alguien le habría de buscar empleo? —prosigue Rafael, confundido—. ¿Nunca se le ha pasado por la cabeza que puede haber conseguido el puesto por méritos propios?

Sarah jamás ha visto las cosas de esa forma. Por otro lado, puede ser él quien la quiere desviar hacia otros objetivos. Hágase su voluntad.

Entran en una carretera de tierra con una subida pronunciada.

—¿Hacia dónde vamos? ¿A hacer un *rally*? —protesta Sarah.

—Sólo son unos kilómetros más.

Siguen en silencio durante algunos minutos. Un mutismo que se adecua a la situación, más bien un silencio opresor, embarazoso.

—¿Cómo pudo el Papa perdonar a alguien que le hizo tanto daño? —pregunta Sarah.

—Era un alma noble.

—Creo que a él le habría gustado haber leído la carta —añade Sarah, mencionando la misiva que leyó en la Piazza Navona y que trae consigo.

—Él siempre supo que la bala era especial. Que fue desviada por intervención divina en el interior de su cuerpo.

—Una bala santa.

—Una bala santa.

—Lo siento por su tío Clemente —acaba por decir Sarah. Debía haberlo expresado mucho antes, pero no lo consiguió.

—Gracias.

—¿Eran muy allegados?

—Era mi único familiar vivo —admite.

Entretanto, llegan a un enorme portón de dos hojas, sujeto a un muro alto que rodea una propiedad enorme. Está abierto y, por eso, Rafael entra sin detenerse. El camino continúa durante kilómetros.

¿Para dónde rayos iremos?, se pregunta Sarah, harta de tanto misterio.

El mutismo se instala nuevamente. Rafael y Sarah sólo están bien el uno con el otro cuando median revólveres, tiros, bombas, persecuciones, tortura. Un paseo en coche en mitad del campo, en un día soleado, es demasiado complicado para que ambos consigan digerirlo.

—Quiero que me vea como una persona de la familia —sugiere Sarah con sinceridad.

Rafael la mira y para el coche, o para el coche y la mira. El orden no es importante.

—Gracias. Ya lo hago.

Las miradas se cruzan y por momentos no existe nada más. Sólo ella y él dentro de un coche.

Un toque en el cristal los saca del letargo romántico.

—Llegamos —informa Rafael.

Abre la puerta y sale del coche, mientras Sarah cierra los ojos con frustración antes de salir.

—Tom —saluda Rafael.

—¿Cómo está, Rafael?

—He llegado el último día, pero aquí estoy.

Sarah se une a ellos. Están en un espacio abierto rodeado de árboles. Hacia uno de los lados se ve una especie de pozo.

—Ésta es Sarah, una… amiga íntima.

—Mucho gusto. —Extiende la mano—. Tom Baynard.

Sarah lo mira. Es un hombre tranquilo, contenido. Lleva una maleta negra que entrega a Rafael.

—Sana y salva.

Tom se dirige hacia el pozo, que revela ser una escalera que se mete en la tierra. La losa que la cubre está abierta hasta la mitad. No debe de haber sido fácil para Tom hacerlo solo.

—Vamos —dice él bajando rápido, delante.

Sarah no consigue precisar cuánto tiempo descienden, pero se sorprende al ver la luz eléctrica iluminando el camino, bien diferente de Moscú.

—¿El terreno es privado? —pregunta Rafael.

—Sí. Comprado por el Vaticano —informa Tom, solícito.

—¿Ya sabes lo que vas a hacer con tu vida? —Cambia de asunto.

—No. El tiempo me lo irá diciendo. Lo que ha de venir, que sea para bien.

—Es una buena filosofía —asevera Rafael.

Entran en aquello que parece ser una cripta y que se confirma como tal por la tumba que está en el centro del amplio espacio.

Es reciente, granítica, con los caracteres grabados en oro.
Krystian Janusz Wladyslaw.
II-IV-MMV

—¿Qué quiere decir esto? —pregunta Sarah, desorientada.

—Treinta y tres días después de su entierro en la tumba de los papas en el Vaticano, Karol Jósef Wojtyla fue traído aquí, en secreto, de acuerdo con su voluntad. Aquí permanecerá para la eternidad, bajo este nombre. Si algún día alguien entra aquí por error, no sabrá de quién se trata.

Sarah se arrodilla en el suelo junto a la tumba que alberga el cuerpo del Papa más amado de todos los tiempos. Deja escapar una lágrima de emoción.

—Ya nada me retiene aquí —dice Tom a Rafael—. Quédese con esto como recuerdo.

Deja en su mano un objeto dorado, pequeño, cilíndrico, brillante... Una bala.

—Adiós.

—Adiós.

Solos. Rafael se acerca a Sarah y le da la mano para ayudarla a levantarse.

Se quedan durante un momento cogidos de la mano, velando el túmulo de Karol Wojtyla.

—¿Y ahora? —pregunta Sarah emocionada.

Rafael mira hacia ella y, después, hacia la tumba.

—Esto todavía no ha acabado.

La libertad de conciencia y de religión... Es...
un derecho primario e inalienable de la persona...
(Juan Pablo II en *La libertad religiosa*
y el Documento final de Helsinki,
n° 5; *cf. L'Osservatore Romano,*
15 de noviembre de 1980)

FINIS

Este libro
se terminó de imprimir
en los talleres gráficos de
Unigraf, S. L. (Móstoles, Madrid)
en el mes de enero de 2011

Suma de Letras es un sello editorial del Grupo Santillana

www.sumadeletras.com

Argentina
Avda. Leandro N. Alem, 720
C 1001 AAP Buenos Aires
Tel. (54 114) 119 50 00
Fax (54 114) 912 74 40

Bolivia
Calacoto, calle 13, 8078
La Paz
Tel. (591 2) 279 22 78
Fax (591 2) 277 10 56

Chile
Dr. Aníbal Ariztía, 1444
Providencia
Santiago de Chile
Tel. (56 2) 384 30 00
Fax (56 2) 384 30 60

Colombia
Calle 80, 10-23
Bogotá
Tel. (57 1) 635 12 00
Fax (57 1) 236 93 82

Costa Rica
La Uruca
Del Edificio de Aviación Civil 200 m al Oeste
San José de Costa Rica
Tel. (506) 22 20 42 42 y 25 20 05 05
Fax (506) 22 20 13 20

Ecuador
Avda. Eloy Alfaro, 33-3470 y Avda. 6 de Diciembre
Quito
Tel. (593 2) 244 66 56 y 244 21 54
Fax (593 2) 244 87 91

El Salvador
Siemens, 51
Zona Industrial Santa Elena
Antiguo Cuscatlan - La Libertad
Tel. (503) 2 505 89 y 2 289 89 20
Fax (503) 2 278 60 66

España
Torrelaguna, 60
28043 Madrid
Tel. (34 91) 744 90 60
Fax (34 91) 744 92 24

Estados Unidos
2023 N.W 84th Avenue
Doral, FL 33122
Tel. (1 305) 591 95 22 y 591 22 32
Fax (1 305) 591 74 73

Guatemala
7ª Avda. 11-11
Zona 9
Guatemala C.A.
Tel. (502) 24 29 43 00
Fax (502) 24 29 43 43

Honduras
Colonia Tepeyac Contigua a Banco Cuscatlan
Boulevard Juan Pablo, frente al Templo
Adventista 7º Día, Casa 1626
Tegucigalpa
Tel. (504) 239 98 84

México
Avda. Universidad, 767
Colonia del Valle
03100 México D.F.
Tel. (52 5) 554 20 75 30
Fax (52 5) 556 01 10 67

Panamá
Vía Transísmica, Urb. Industrial Orillac,
Calle Segunda, local 9
Ciudad de Panamá
Tel. (507) 261 29 95

Paraguay
Avda. Venezuela, 276,
entre Mariscal López y España
Asunción
Tel./fax (595 21) 213 294 y 214 983

Perú
Avda. Primavera, 2160
Surco
Lima 33
Tel. (51 1) 313 40 00
Fax. (51 1) 313 40 01

Puerto Rico
Avda. Roosevelt, 1506
Guaynabo 00968
Puerto Rico
Tel. (1 787) 781 98 00
Fax (1 787) 782 61 49

República Dominicana
Juan Sánchez Ramírez, 9
Gazcue
Santo Domingo R.D.
Tel. (1809) 682 13 82 y 221 08 70
Fax (1809) 689 10 22

Uruguay
Juan Manuel Blanes, 1132
11200 Montevideo
Tel. (598 2) 402 73 42 y 402 72 71
Fax (598 2) 401 51 86

Venezuela
Avda. Rómulo Gallegos
Edificio Zulia, 1º - Sector Monte Cristo
Boleita Norte
Caracas
Tel. (58 212) 235 30 33
Fax (58 212) 239 10 51